GUANGDONGSHENG QINGSHAONIAN XIAOYUAN ZUQIU FAZHAN BAOGAO

广东省青少年校园足球发展报告

（2015—2019）

广东省青少年校园足球工作领导小组办公室 编

广东高等教育出版社
Guangdong Higher Education Press
·广州·

图书在版编目（CIP）数据

广东省青少年校园足球发展报告 / 广东省青少年校园足球工作领导小组办公室编. —广州：广东高等教育出版社，2020. 11

ISBN 978-7-5361-6870-1

Ⅰ. ①广… Ⅱ. ①广… Ⅲ. ①青少年—足球运动—发展—研究报告—广东 Ⅳ. ① G843.2

中国版本图书馆 CIP 数据核字（2020）第 180031 号

出版发行	广东高等教育出版社 地址：广州市天河区林和西横路 邮政编码：510500 电话：（020）87553335 38493773 http：//www.gdgjs.com.cn
印　　刷	广东信源彩色印务有限公司
开　　本	890 毫米 ×1 240 毫米 1/16
印　　张	25.75
字　　数	633 千
版　　次	2020 年 11 月第 1 版
印　　次	2020 年 11 月第 1 次印刷
定　　价	98.00 元

《广东省青少年校园足球发展报告（2015—2019）》

编 委 会

提升治理能力　打造广东特色
全面推进广东省青少年校园足球快速发展

广东省青少年校园足球工作领导小组办公室

习近平总书记对中国足球改革和发展高度重视、非常关心。发展青少年校园足球是党中央、国务院作出的战略部署，是落实立德树人根本任务的育人工程，是提高中国足球普及程度和竞技水平的基础工程，是全面推进学校体育综合改革、推进体教融合深度发展的探路工程。大力发展青少年校园足球，不仅可以提高青少年体质健康水平，更是弘扬社会主义核心价值观、培养学生爱国主义、集体主义精神和奋发向上、顽强拼搏的意志品质的重要载体和途径。对实现学校体育“享受乐趣、增强体质、健全人格、锤炼意志”目标具有重要意义。

2015 年以来，在广东省委、省政府的统一谋划和部署下，广东省教育厅坚持“教学是基础、竞赛是关键、体制机制是保障、育人是根本”的校园足球发展理念，基本建立并不断完善了一整套校园足球制度体系，构建了从幼儿园到大学的一体化推进机制，积累了较为丰富的校园足球治理经验，治理能力不断提升，初步形成了具有广东特色的校园足球治理体系。

普及工作成效明显。截至 2019 年底，广东省已创建全国校园足球特色校 1 540 所，省级校园足球推广校 2 696 所；全国校园足球改革试验区 3 个、试点县（区）6 个，省级校园足球试点县（区）41 个；布局建设全国校园足球“满天星”训练营 3 个。校园足球特色学校每周开设 1 节足球课，覆盖 400 多万名学生。

竞赛体系基本建立。在深入开展校内班级和校际竞赛的基础上，着力构建县（区）级小学联赛、地市级初中联赛、省级高中联赛和省级大学联赛四级竞赛体系。5 年来，各级教育行政部门组织各类校园足球比赛 5 万余场，参加四级联赛的学生超过 40 万人次。

保障条件明显改善。5 年来，广东省发展校园足球累计投入超过 20 亿元，新（改、扩）建校园足球场地 11 025 块；组织校园足球师资、裁判培训 1 000 余次，累计培训 4 万余人；新增足球专项教师 4 000 余名，校园足球教学、训练和竞赛保障条件得到明显改善。

交流活动开展活跃。通过“走出去 + 请进来”，不断提升我省校园足球发展水平。5 年来，共选派 65 名校园足球教师参加教育部组织的赴外留学项目；聘请国外足球教师 / 教练 2 526 人次。举办世界名校、粤港澳大湾区学生足球邀请赛等赛事，加强省内外、国内外学生足球交流。

协同工作不断增强。广东省青少年校园足球工作领导小组各成员单位密切配合，充分发挥统筹决策方面的集体智慧和全省一盘棋的制度优势，逐步构建校园足球“一体化”推进体系，共同推进广东省青少年校园足球健康发展。

新的时期，广东省校园足球改革发展的任务还很重，我们要始终坚持立德树人，坚持遵循规律，坚持改革创新，坚持系统发展，坚持依法治理，坚持融合发展，努力实现我省校园足球由“好”变“强”，有力支撑中国足球改革发展。

进一步发挥校园足球组织力量。在省委、省政府的统一领导和部署下，充分发挥各级青少年校园足球工作领导小组的作用，进一步创造条件出台扶持校园足球发展的优惠政策，为培养优秀后备人才奠定物质和政策基础。综合施策，促使校园足球“一体化”建设，“一体化”推进。

进一步提高校园足球普及水平。继续在校园足球普及工作上下更多苦功夫、真功夫、实功夫，一如既往地抓好小学、初中、高中至大学的普及工作，加快幼儿足球普及工作，让更多的孩子走近足球、喜欢足球、热爱足球。

进一步提高校园足球竞赛水平。坚持普及与提高“两手都要抓，两手都要硬”，两者统筹推进，协调发展。进一步强化“教会、勤练、常赛”理念，通过练与赛提高竞技水平。充分利用政府、社会各方人才和资源优势，办好办优办强“省长杯”等品牌足球赛事，培养更多更优足球竞技和后备人才。

进一步加强校园足球内外交流。充分利用广东改革开放优势，主动学习国外足球发展和治理的先进经验。做好“请进来、走出去”的发展规划，把优秀外籍足球教师请进来帮教带训，把优秀足球教师送出去学习取经，不断开拓视野、开阔眼界，切实提升广东校园足球发展水平。

进一步提升校园足球师资水平。重视校园足球师资队伍建设，积极遴选人员参加校园足球骨干师资国家级培训，继续做好省、市两级校园足球师资培训。发挥高校专业人才优势和智囊团作用，帮助中小学校提高足球教师的教学训练水平，促进高校与所在地区的联动发展。

进一步加大校园足球融合力度。校园足球一头连着教育改革发展，一头连着足球改革发展，要从足球改革发展的全局出发，进一步把体教融合问题协调好、解决好、落实好。坚持全省一盘棋，深化体教融合体制机制，探索建立具有广东特色的足球青训之路，共同推进青少年足球发展。

进一步引领学校体育改革发展。校园足球是学校体育改革的突破口，不仅要把已经取得的成绩进一步巩固和扩大，还要把校园足球工作作为推动整个学校体育改革发展的示范和引领工程，积极探索、形成经验，逐步推进校园篮球、排球、游泳、武术、冰雪、网球等项目特色学校的建设与发展，形成具有广东特色的学校体育改革发展体系。

进一步浓厚校园足球氛围。广泛争取社会各界支持，让社会力量积极关心和帮助校园足球改革发展，共同营造校园足球良好氛围，形成政府主导、学校主体、行业指导、社会参与、家长支持的新时代广东特色校园足球发展新模式，使广东校园足球的改革发展充满活力和动力，不断取得更大进步。

校园足球改革发展是党和国家领导高度关心、社会大众密切关注、人民群众渴望改变的一项改革试点工程。我们要进一步增强责任感和使命感，担当起历史赋予的重任，加快校园足球治理体系建设和治理能力提升，共同谱写广东校园足球改革发展新篇章。

目 录

上 编
广东省青少年校园足球工作发展报告（2015—2019）

中　编
广东省各地市青少年校园足球工作发展报告

附：典型区经验

下　编
2015—2019 年广东省青少年校园足球相关文件、资料

上编

广东省青少年校园足球工作发展报告（2015—2019）

广东省青少年校园足球工作领导小组办公室 编

为深入贯彻习近平总书记关于发展青少年校园足球的指示精神，落实《中国足球改革发展总体方案》(国办发〔2015〕11号)、《教育部等6部门关于加快发展青少年校园足球的实施意见》(教体艺〔2015〕6号)，广东省教育厅联合广东省发展和改革委员会（简称“省发改委”）、广东省财政厅（简称“省财厅”）、广东省新闻出版广电局（现广东省广播电视局，简称“省广电局”）、广东省体育局（简称“省体育局”）、共青团广东省委员会（简称“团省委”）等5部门成立了广东省青少年校园足球工作领导小组（以下简称“领导小组”），办公室设立在省教育厅，并印发了《广东省关于推进青少年校园足球发展的实施意见》(粤教体〔2016〕1号)，全面对接国家政策，全力推进校园足球工作，促使我省青少年校园足球持续、稳定、有序发展。

五年来，在省委、省政府的坚强领导下，在领导小组各成员单位的通力合作下，在各地校园足球工作领导小组办公室（以下简称“校足办”）的扎实推动落实下，我省校园足球工作在踏实做好规定动作的基础上，充分结合广东实际，选准自选动作，深耕细作，在观念引导、健全组织、明确责任、落实任务、狠抓实效、凸显效果等方面持续用力，坚持“教学是基础，竞赛是关键，体制机制是保障，育人是根本”的发展思路，构建了一体化推进机制，逐步建立起一套行之有效的制度体系，初步形成了具有广东特色的校园足球治理体系，治理能力不断提升，校园足球立德树人功能得以彰显。

现将我省2015—2019年青少年校园足球发展情况总结如下：

一、广东省五年来校园足球发展主要成绩

（一）强化顶层设计，夯实发展基础

1. 领导高度重视，协同机制落实

广东省委、省政府高度重视校园足球工作，省领导多次出席“省长杯”及校园足球相关活动，多次对全省校园足球工作的开展作出指示批示。2015年6月，省教育厅牵头成立广东省青少年校园足球工作领导小组，教育厅厅长担任领导小组组长，教育厅、体育局分管负责领导担任副组长，教育厅、发改委、财厅、广电局、体育局、团省委等部门各安排相关负责领导担任成员，形成了齐抓共管的运行机制和校园足球联席会议制度，统筹协调全省青少年校园足球发展。2019年12月，领导小组在广州举行第二次会议，对全省校园足球五年发展情况进行总结，对下一阶段持续深入推进校园足球工作进行研究和部署。“到学校就要看校园足球”成为各级“校足办”领导，甚至是领导小组成员单位的领导下基层的必做工作。目前，广东全省各市、县（市、区）成立了由教育局局长乃至分管市领导或县（区）领导担任组长的校园足球工作领导小组，各级各类校园足球“特色学校”成立了学校校长担任组长的领导小组。各参与部门职责清晰，分工明确，形成了相互配合、齐抓共管的协同机制。在省校园足球工作领导小组的领导下，各级“校足办”切实发挥“统筹兼顾之谋，组织实施之能”，差异施策，对推进全省校园足球整体发展发挥了积极的作用（见图1–1至图1–5）。

图 1-1　时任广东省省长朱小丹（后排左 3）、副省长许瑞生（后排左 4）、
广东省体育局局长王禹平（后排左 2）为“省长杯”获奖学校颁奖

2. 构建发展体系，建设成果显著

截至 2019 年 12 月，广东省建设各级各类校园足球特色学校 5 029 所，占全省中小学校总数的 32%。其中，全国校园足球特色学校 1 540 所、省级校园足球推广学校 2 696 所、市级校园足球特色学校 793 所；现有广州、深圳、梅州等 3 个全国校园足球改革试验区；广州市海珠区、广州市天河区、深圳福田区、中山市、梅州市梅江区、惠州市龙门县等 6 个全国校园足球试点县（区）；梅州市和深圳市宝安区、罗湖区等 3 个全国校园足球“满天星”训练营；有 41 个省级校园足球试点县（区）。此外，现有中山大学、华南理工大学、华南农业大学、广东工业大学、广州大学、深圳大学、韩山师范学院等 7 所学校为足球项目高水平运动队建设学校（详见表 1-1）。五年来，广东省认真贯彻落实全国青少年校园足球工作领导小组和全国校足办文件精神，充分结合广东实际，锐意开拓广东实践，通过科学布局、分层实施、有序推进，已全面建立了“全国改革试验区 + 全国‘满天星’训练营 + 全国特色校 + 省级推广校 + 两级试点县（区）+ 足球高水平运动队高校”六位一体的校园足球整体推进格局，并取得显著建设成果。

图 1-2　广东省委常委黄宁生在景李虎厅长陪同下检查体育教师科研工作

图 1-3　广东省副省长覃伟中在粤港澳大湾区学生体育节、足球赛上讲话

图 1-4　广东省委教育工委书记、省教育厅党组书记、厅长、省青少年校园足球工作领导小组组长景李虎在南雄市黄坑中学调研校园足球开展情况

图 1-5　广东省青少年校园足球工作领导小组第二次会议

表 1-1 2015—2019 年广东省校园足球整体推进数量统计表

类型	2015 年	2016 年	2017 年	2018 年	2019 年	总数
全国校园足球特色学校 / 所	284	277	312	390	277	1 540
全国校园足球试点县（区）/ 个	2	1	1	1	1	6
全国校园足球改革试验区 / 个				1	2	3
全国“满天星”训练营 / 个				1	2	3
省级校园足球推广学校 / 所		500（第一批）	800（第二批）	800（第三批）	596（第四批）	2 696
省级试点县（区）/ 个		24	17			41
足球项目高水平建设学校 / 所	中大、华工、华农、广工、广大、深大、韩师					7

3. 加大经费投入，场地保障得力

五年来，广东省发展校园足球各级财政投入累计达 20 多亿元，仅省级财政就拨款 8 亿元支持全省校园足球发展；广州市的市、区两级财政 5 年拨款 21.4 亿元用于提升学校体卫艺工作水平，其中校园足球资金就达 4.3 亿元；深圳市市级财政投入校园足球资金 1.5 亿元；佛山市各级财政投入约 3 亿元支持校园足球工作；清远市仅 2018—2019 年度就拨款 3 700 万元开展校园足球工作；珠海、中山和东莞等市的投入都不少于 2 500 万元；汕尾市在经费困难的情况下，拨款 1 600 万元开展校园足球活动。其他地区在经费不足的情况下，也积极想方设法筹措经费开展校园足球（详见表 1-2）。全省各级校园足球经费的大力投入，使广东省的校园足球发展得到有力保障，大大提升了全省校园足球硬件条件、体育教学质量、师资水平、竞赛水平，全面奠定了良好的发展基础，同时对促进全省学校体育工作改革发挥了积极作用。

按照《广东省关于推进青少年校园足球发展的实施意见》和广东省足球发展总体规划相关精神，2016 年 12 月，省发改委联合省教育厅等 5 部门印发《广东省足球场地设施建设规划（2016—2020 年）》；2017 年 4 月，省发改委、省体育局、省教育厅和省足协共同编制了《广东省足球中长期发展规划（2017—2050 年）》；2018 年 5 月，省体育局、省教育厅等 6 部门印发《广东省足球场地设施建设空间布局总体方案（2017—2020 年）》。一系列政策文件的相继出台，有力地推动了广东省校园足球的场地建设。五年来，广东省用于场地建设的经费达到 16 亿元。根据各市上报材料统计，全省五年间共增加各类足球场地 11 025 块，其中，新建 5 人制足球场 2 515 块、7 人制足球场 2 085 块、11 人制足球场 818 块，合计 5 418 个，占新增场地的 49%（详见表 1-3）。五年来，省财政累计拨款超过 1.5 亿多元用于补助各市新建或修缮校园足球场地；2018 年广州市市、区两级财政投入 3.212 亿元，用于新、改、扩建及修缮校园足球场地；肇庆市 5 年来累计投入 1.2 亿元，用于 100 余块足球场地建设和升级改造；佛山市从 2017 年开始各级政府投入经费新增 78 块校园足球场地；梅州市在市财政资金比较紧张的情况下先后投入 1 215 万元升级改造了 30 块中小学足球场地；东莞市五年来投入 439.65 万元，新建及扩建学校足球场地。全省建设足球场的经费投入在全国处于领先地位，发展校园足球的场地条件得到极大改善。如图 1-6 所示为梅州市五华县田家炳中学球场改造前后对比。

表 1-2　2016—2020 年全省青少年校园足球省级财政投入统计

（单位：万元）

年度	省级推广学校奖补	场地建设补贴	国家级特色学校奖补	试点县（区）奖补	省级竞赛经费	经济欠发达地市竞赛经费补贴	奖励金	各类培训	国家级改革试验区和“满天星”训练营	发展支持	夏令营	精英训练营	教研科研	评估检查	总结系列活动	宣传	省校足办	合计
2016 年		8 525	3 595		900	970		945									65	15 000
2017 年	3 000		3 490	5 800	600	1 300		400		210			200					15 000
2018 年	4 800	1 400	1 999	4 000	1 300	700		351		220			90	100		40		15 000
2019 年	4 800		2 410	100	1 490	1 400	1 839	450	1 400		600		120	260	59	72		15 000
2020 年	3 576	5 651	1 788	100	1 565	1 400	2 542	770		900	450	598	120	145	170	100	125	20 000
合计	16 176	15 576	13 282	10 000	5 855	5 770	4 381	2 916	1 400	1 330	1 050	598	530	505	229	212	190	80 000

表 1–3　2015—2019 年广东省新增不同规格足球场地数量统计

单位：块

场地类型	2015 年	2016 年	2017 年	2018 年	2019 年	合计
11 人制足球场	144	143	175	173	183	818
7 人制足球场	332	369	426	499	459	2 085
5 人制足球场	307	407	496	620	685	2 515
笼式足球场	400	483	333	242	194	1 652
其他	710	719	739	813	947	3 955
共新增场地	1 893	2 121	2 196	2 347	2 468	11 025

（1）改造前

（2）改造后

图 1–6　梅州市五华县田家炳中学球场改造前后对比

（二）筑牢教学根基，立足抓实普及

1. 坚持每周一课，扩大普及人数

根据全国校园足球特色学校和省级校园足球推广学校的建设标准，广东省所有校园足球特色校和推广校坚持每周开设一节足球课，各地学校在认真贯彻落实教育部制定的《全国青少年校园足球教学指南》和《学生足球运动技能等级评价标准》等文件精神的同时，以每周一节足球课为基础，以足球大课间活动为辅助，提高学生对足球的兴趣，不断扩大普及面，至 2019 年，全省共有 400 多万中小学生接受比较系统的不同层次的足球专项学习。省教育研究院组织编写了从幼儿园至高中的《广东省基础教育校园足球教学指导用书》，省教育研究院、广州市教育科学研究院、东莞市教育局教研室等单位组织编写了《南粤校园足球》《校园足球》等教学用书，梅州市教育局组织一线体育教师编写梅州市校园足球地方教材。广州、深圳、梅州、中山等地中小学通过对足球训练辅助器材的创新组合，把足球竞技游戏“红旗榜”引入课堂教学，有效提高了学生的足球兴趣和足球基本运动技能的掌握。如图 1–7 所示为潮州市潮安区沙溪镇贾里小学学生正在上足球课。

图 1–7　潮州市潮安区沙溪镇贾里小学学生正在上足球课

2. 试点幼儿足球，从小培养兴趣

起步早、持续久是广东省践行“足球从娃娃抓起”的一大特点。从 2012 年开始，广东省已着手开展幼儿足球的研究工作，省教育研究院承担了国家社会科学基金教育学一般课题“构建广东省幼儿体育活动实践体系”的研究，对幼儿足球的科学开展进行探究。课题研究通过了全国教育科学规划领导小组办公室的鉴定，并获得 2019 年广东省教育教学成果一等奖。2016 年，广东高等教育出版社出版了《幼儿园体育活动大纲》和《“三维”幼儿体育活动器材》。《幼儿园体育活动大纲》是按照教育部颁发的《3—6 岁儿童学习与发展指南》的要求，根据幼儿身心发展规律研发的国内首个幼儿园体育活动大纲，其中就有开展幼儿足球的各种动作指引。同年，广东省还承办了第 12 届亚洲幼儿体育科学大会，全省幼儿园有 53 篇论文入选科学论文报告会，其中研究幼儿足球活动的论文就有 8 篇。

2019 年，广东省成功创建 100 所国家级足球特色幼儿园，广州、深圳、梅州、中山等市已经通过开展培训和举办活动进一步推进幼儿足球试点工作，广州体育学院足球学院已经建立了广东省全国幼儿足球特色幼儿园发展平台，全面掌握并指导幼儿足球工作科学、有序开展。如图 1–8 所示为幼儿园开展的足球活动。

图 1–8　兴宁市第一幼儿园的足球活动

3. 专家送课下乡，各级培训到位

为提高各地校园足球教学质量，五年来，广东省教育研究院在全省组织了 62 场次校园足球送教下基层及宣讲活动，为各地提供示范课并进行校园足球发展、教学理念的宣讲，参加活动的体育教师达 2 万多人，活动受益学生超过 200 万人，有效提高了省内不同区域对校园足球的认识水平，提升了校园足球课堂教学效率和质量，为不同区域间校园足球科学、均衡发展奠定了基础。如图 1–9 所示为广东省校园足球教研活动。

（1）活动合影

（2）活动现场

图 1–9　广东省校园足球教研活动

为解决足球师资短缺难题，广东省采取请进来与内部挖潜相结合的策略，加强校园足球教师队伍建设。“请进来”主要是通过招录、兼职、转岗或聘请足球顾问、购买教练服务等方式，吸收高等院校足球专项毕业生和退役高水平运动员到中小学校从事足球教学、训练工作。五年来，广东省各级学校外聘足球教师、教练 2 526 人，足球精英指导员 1 221 人。通过其他渠道落实的足球教师 2 317 人，新增足球专项教师 3 000 余名（见图 1–10）。到 2019 年底，全省各级校园足球特色学校共有足球专业体育教师 8 713 名，超额完成了《广东省关于推进青少年校园足球发展的实施意见》中提出的校园足球特色学校每校至少一名足球专项教师的目标。“内部挖潜”主要是以组织培训的方式充实校园足球师资力量，面向非足球专项的专、兼职体育教师，以“能上课、能带队”为目标开展普适性培训；面向足球专项体育教师，以“上好课、带好队”为目标开展专项培训（见图 1–11、图 1–12）。五年来，省、市两级校园足球培训 1 000 余次，累计培训 4 万余人。其中，省级校园足球培训开展 13 期，培训 6 881 人，培训对象主要包括非足球专项体育教师、教练员、裁判员、教研员和行政管理人员（详见表 1– 4 ）。

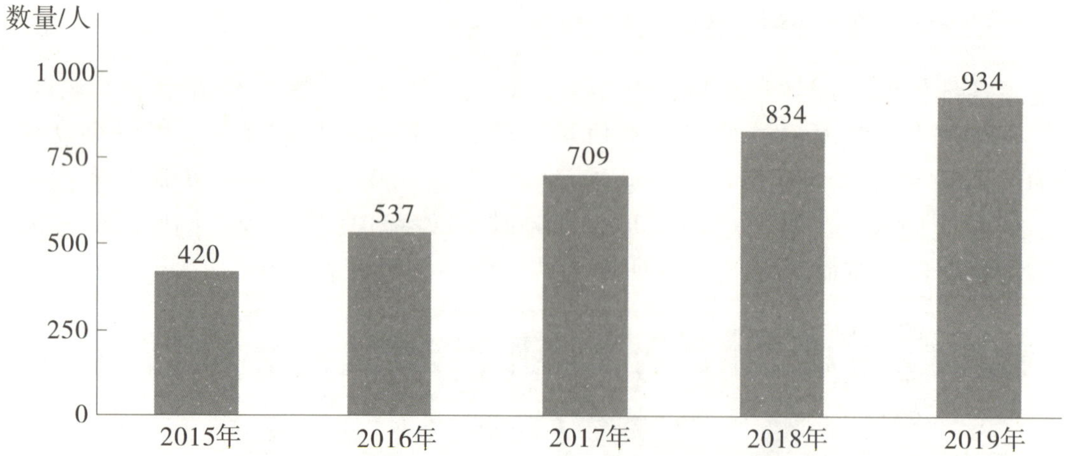

图 1-10　全省近五年每年增加的足球专项教师数量

图 1-11　2019 年广东省校园足球专项培训在广州体育学院举行

图 1-12　教师培训场地实践

表 1-4　2015—2019 年广东省各级校园足球教师培训统计表

组织级别	2015 年	2016 年	2017 年	2018 年	2019 年	合计
县（区）/ 人	2 042	2 746	3 384	3 584	3 029	14 785
地级市 / 人	1 273	1 738	2 257	2 376	1 987	9 631
省级 / 人	589	900	1 444	1 508	1 383	5 824
国家级 / 人	398	384	356	507	518	2 163
国际培训 / 人	26	32	32	57	53	200

经过层层培训和四级联赛锤炼，涌现出一批高素质、高水平的教练员、裁判员。广州体育学院足球学院李海新老师于 2019 年顺利通过国际足联考核，晋升为国际级足球裁判，并于 2020 年 1 月正式生效，是目前广东省唯一的国际级足球裁判员，他还在 2019 年中国足球协会举行的超级联赛颁奖典礼上荣膺 2019 中超联赛最佳裁判员“铜哨”。

除了承担国家及省内各级教育部门主办的校园足球专项培训外，广州体育学院足球学院和广东省教育研究院还选派专家赴新疆喀什地区指导校园足球工作。从 2017 年开始，广州体育学院足球学院和广东省教育研究院连续 4 次选派专家及骨干教师赴新疆喀什地区，开展了 4 期校园足球教师培训，并与广东省对口支援新疆工作前方指挥部签订“足球援疆战略合作框架协议”，共同负责喀什地区足球援疆的组织领导和培训工作，共建疏附县足球教学实践基地（见图 1-13）。目前，疏附县三中、明德小学、萨依巴格乡中心小学已成为广州体育学院足球学院教学实践基地，疏附县 10 所中学、12 所小学纳入足球集训体系，500 多名各民族青少年长年得到专业足球培训。这一举措为少数民族地区校园足球发展贡献了广东力量。

图 1-13　为新疆喀什地区疏附县培训足球教师

（三）完善竞赛体系，促进水平提高

1. 活跃校园竞赛，完善四级联赛

"教学是基础，竞赛是关键。"竞赛是从普及到提高的抓手，开展面向人人的校园足球联赛是广东省发展校园足球的关键抓手和体现足球育人功能的重要载体。通过广泛开展校内联赛，不仅可以帮助学生提高对足球的兴趣，而且还有助于促进学生足球技能的掌握，有利于提高学生的规则意识，有利于发现和培养优秀足球后备人才。学生只有通过比赛，才能把足球课学到的技战术运用到实战中，实现理论向实践的转化；才能更好地提高运动技能；才能在比赛中体会合作和团队精神；才能更好地体验体育品德；才能实现习近平总书记提出的"帮助学生在体育运动中享受乐趣、增强体质、健全人格、锤炼意志"的目标要求。广东省在不断完善校内班级足球联赛的基础上，已经初步形成了县（区）级小学联赛、地市级初中联赛、省级高中联赛和省级高校联赛的校园足球四级联赛制度，比赛场次从 2015 年的 46 951 场增加到 2019 年的 83 854 场，参赛人数也从 2015 年的 39 万多人增加到 2019 年的近 80 万人（见表 1-5）。有的地区已经开始探索在幼儿园阶段开展与足球相关的活动。

表 1-5　近五年广东省校园足球四级联赛的场次及参赛人数统计表

年度	2015 年	2016 年	2017 年	2018 年	2019 年	合计
比赛场次 / 场次	46 951	53 381	67 497	78 836	83 854	330 519
参赛人数 / 人	398 560	500 685	1 349 208	729 019	789 316	3 766 788

经过五年的探索与完善，广东省在精心打造四级联赛的基础上，逐步建立了以“校内竞赛—校际联赛—选拔性竞赛—出国交流比赛”为一体的校园足球竞赛体系，校园足球比赛场次和参赛人员逐年攀升，竞赛水平也水涨船高。

自 2015 年以来，广东省连续五年举办“省长杯”校园足球联赛，共进行 1 656 场比赛，参赛人数 2 万余人。各市、县（区）学校也相应举行“市长杯”“县长杯”“校长杯”校园足球比赛（见图 1–14、图 1–15），每年参赛人数近 400 万人次。各级校园足球联赛推动了学校足球队的建设，足球特色学校足球代表队逐年增加，学校足球队的数量从 2015 年的 4 760 支增加到 2019 年的 9 525 支（见表 1–6），五年来增加了一倍，参与日常足球训练学生近 20 万人。

图 1–14 “省长杯”校园足球联赛开幕式

图 1–15 东莞市麻涌古梅第一中学班级联赛

表 1–6 全省校园足球特色学校足球队数量统计

年 度	2015 年	2016 年	2017 年	2018 年	2019 年	合计
各级足球特色学校足球代表队数量 / 支	4 760	6 045	7 984	9 111	9 525	37 425

2. 夏令营“满天星”，人才培养显效

五年来，广东省各级各类学校获得 40 个全国各类足球比赛冠军。其中，仅 2019 年就有广东工业大学荣获 2019 年全国青少年校园足球联赛大学校园男子组总决赛冠军（见图 1–16），华南师范大学附属中学荣获 2019 年全国青少年校园足球联赛高中男子组总决赛冠军（见图 1–17），湛江市第八中学荣获 2019 年中国中学生暑期足球协会杯（高中女子组）亚军（见图 1–18）。

图 1–16 广东工业大学荣获 2019 年全国青少年校园足球联赛大学校园男子组总决赛冠军

图 1-17　华南师范大学附属中学获 2019 年全国青少年校园足球联赛高中男子组总决赛冠军

图 1-18　湛江市第八中学获 2019 年中国中学生暑期足球协会杯（高中女子组）亚军

近年来，广东省校园足球四级联赛有效发挥了人才培养渠道作用，联赛中涌现出一大批足球尖子，共有 1 642 名学生通过校园足球竞赛活动获得国家二级或一级运动员证书（见图 1-19、表 1-7）。

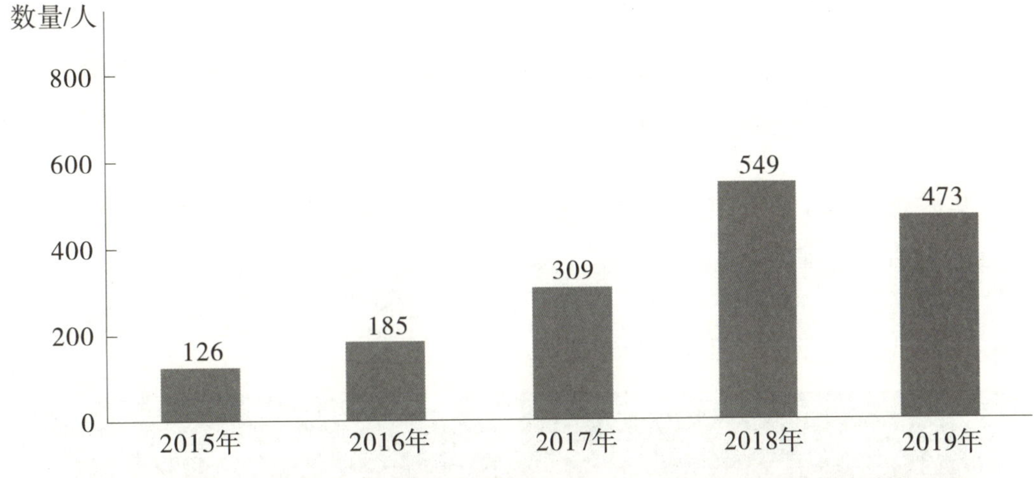

图 1-19　五年来广东省获得足球项目国家二级或一级运动员证书人数

表 1-7　2018—2019 年广东省通过夏令营获得运动员等级证书人数统计

运动员等级	2018 年	2019 年	合计
三级运动员 / 人	74	74	148
二级运动员 / 人	112	164	276
一级运动员 / 人	22	12	34

近五年来，广东省为各职业俱乐部梯队、U 系列队伍输送苗子 3 000 余人，其中向各

级青少年国家队输送足球人才 167 人次，5 000 余名学生以足球特长生身份进入高校。2016 年以来，各有 1 人入选中国 U12、U14 和 U15 国少队；2019 年，有 4 人入选中国青少年校园足球国家集训队（见表 1–8）。

表 1–8　近五年广东省每年向大学及职业俱乐部梯队输送优质生源统计

年　度	2015 年	2016 年	2017 年	2018 年	2019 年	合计
向高校输送人数 / 人	746	955	1 165	1 325	1 360	5 551
向职业俱乐部梯队输送人数 / 人	321	440	641	829	861	3 092

（四）构建协作机制，形成发展合力

1. 加强一体推进，体教融合见效

探索具有中国特色的校园足球发展道路，关键在于体教融合，完善教育与体育部门、足球协会和足球俱乐部的联动机制，形成校园足球与足球青训体系在教学、训练、竞赛等方面的“一体化设计、一体化推进、自成体系、互相支撑”的发展格局。广东省教育部门和体育部门协同发展，合力开辟出了一条培养优秀足球竞技人才的通道。教育部门负责校园足球统筹规划、宏观指导和综合管理，完善教学、训练、竞赛体系的建设、组织和管理工作，落实足球课程开设和足球活动时间；体育部门发挥人才和资源优势，组织体校教练及优秀退役运动员进入校园开展业余训练，为校园足球发展提供技术支撑和服务，帮助校园足球提高水平。如 2019 年组织两批共 56 名退役足球运动员到学校开展“广东省青少年校园足球精英指导员”支教活动（见图 1–20），通过开展丰富多彩的足球活动，包括足球课、足球训练、足球游戏、足球节等，普及足球基本技能，传播足球优秀文化，培育足球后备人才，有力地促进了足球在各级各类学校的推广。据不完全统计，五年间，广东省各级体育部门共派出 1 300 多人次到各级校园足球学校指导或带足球队训练。五年间，“省校足办”还与省足协合作举办 E 级教练员培训班 22 期、D 级教练员培训班 72 期，培养校园足球教练员 1 500 余人，举办三级以上裁判员培训班 109 期，培养校园足球裁判员 1 800 余人，为广东校园足球的开展提供了强有力的支持。

图 1–20　第一批广东省青少年校园足球精英指导员（退役球员支教）准备赴各地学校指导

2. 争取社会支持，合力共建发展

广东校园足球的快速发展得到社会各界特别是高水平俱乐部的大力支持。如富力集团近几年来每年投入 300 万元冠名中小学市级足球联赛。深圳市宝安区是广东省第一个全国青少年校园足球“满天星”训练营，宝安区校足办本着“开放包容、互鉴共赢”的思路，在体教结合的基础上，在具有 78 年历史的深圳壆岗足球俱乐部的大力支持下，将“满天星”办公室设置在俱乐部内，并与本土企业棕榈体育达成合作共建协议，通过棕榈体育引进英国西布朗足球俱乐部青训资源，包括引进外教和开展“直通西布朗”校园足球精英到西布朗足球俱乐部训练等活动（见图 1–21），大大提升了“满天星”训练营的工作水平。2019 年 8 月，全国首次“满天星”训练营经验交流会在宝安举行，宝安“满天星”训练营成为全国示范点。宝安“满天星”训练营又与中山、湛江等校园足球学校开展联动，通过国家级“满天星”训练营来带动省、市和区“满天星”训练营的发展，真正实现了“聚是一团火、散是满天星”的发展理念。全国校足办、省校足办、梅州市教育局与富力足球俱乐部签署《协同建设梅州市青少年校园足球“满天星”训练营战略合作框架协议》，协同推进梅州全国青少年校园足球改革试验区建设；清远市与恒大足校联合创建清远足球人才培训基地，由恒大足校派遣专业教练对清远校园足球进行重点帮扶，搭建足球特长生的无缝成长通道，构建清远校园足球高地，引领和辐射清远市中小学校发展（见图 1–22）。

图 1–21　深圳市校园足球精英到西布朗足球俱乐部训练

图 1–22　朱广沪、李勇等专家在清远指导校园足球工作

3. 加强内外交流，借鉴先进经验

坚持立足国情和学习国外先进经验是《中国足球改革总体方案》提出的我国足球发展的基本原则。学习和借鉴国外足球发展的先进经验成为广东校园足球提高认识、转变理念、提升自我的重要手段。五年间，全省共选派 65 名校园足球教师、教练员赴英国或法国交流学习，各地经常邀请国内外著名专家到当地深入学校指导工作，并与国外足球俱乐部

合作培训教师和指导学生进行足球训练。如中山市连续四年聘请阿根廷、巴西外教指导青训和培养教练员工作（见图 1-23）；广州市选派 5 名外籍教练到农村地区和外来工子女较为集中的学校，高质量开展校园足球课余训练；梅州市聘请巴西外教深入校园指导小学生足球练习（见图 1-24）。

为贯彻落实习近平总书记考察广东时的重要指示精神和《粤港澳大湾区发展规划纲要》，助力粤港澳大湾区学校体育事业整体发展，省教育厅批复同意由广州体育学院牵头成立粤港澳大湾区体育教育与发展联盟，并举行大湾区学生体育节，大、中学生校园足球邀请赛是体育节的重要内容，比赛很好地起到了连接粤港澳三地，促进交流与学习的作用。

图 1-23　巴西外教指导中山市石岐区雍景园小学学生守门员技术

图 1-24　巴西外教指导梅州市江南小学学生

为全方位拓展国际交流，加快校园足球与国际接轨，广州市与欧美足球发达国家开展了多种形式的交流合作：一方面与相关国家或团体合作开展国际交流，从 2016 年开始与中国宋庆龄基金会、捷豹路虎集团合作开展校园足球项目，引进英超青训专家为广州市学校培训足球教练员，并组织学生交流团赴英国训练；另一方面通过建立国际友城青少年足球交流平台开展城市之间学校足球交流活动，2017 年和 2018 年连续两年与德国、法国、以色列等地的国际友好城市成功举办青少年足球交流活动。为加强国内交流，广州市举办了“2019 年三省九市校园足球交流活动”（见图 1–25）以及“粤港澳大湾区青年足球交流赛”（见图 1–26）。深圳市为了办好全国青少年校园足球改革试验区，引进了世界著名的拜仁慕尼黑足球俱乐部青训体系，高标准建设具有深圳特色的足球特色学校。宝安区“满天星”训练营积极开拓校园足球精英海外训练营，目前已有 4 批次 61 名队员到英国西布朗俱乐部进行 10 天的训练比赛交流。

图 1–25 “羊城之约”2019 年三省九市校园足球交流活动

图 1–26 第二届粤港澳大湾区青年足球交流赛

华南理工大学在全国校足办的支持下，与广州市政府、清华大学联合主办了2019世界名校足球赛（见图1-27）。参赛队伍包括英国剑桥大学、牛津大学，意大利都灵理工大学，美国南加州大学，德国图宾根大学，加拿大英属哥伦比亚大学，南非金山大学，荷兰莱顿大学及中国清华大学、北京大学、华中科技大学和东道主华南理工大学。该赛事是广东省首个全球范围内顶级大学的足球赛事，倡导"始于足球、不止于足球"的理念，积极搭建国际人文交流平台，助推青少年校园足球发展。

图1-27　华南理工大学承办世界名校足球赛

（五）建立激励机制，畅通成才渠道

1. 建设训练网点，打通成才通道

在普及的基础上促进提高是校园足球发展的理念之一，要保持校园足球的可持续发展，必须构建一个从小学到大学的网点体系。广东省大部分地区按照高中、初中和小学1∶3∶6的基本比例合理匹配中小学特色学校，并适当向寄宿制学校和九年一贯制学校倾斜。各地在足球人才培养过程中创新了各具特色的成才通道。广州市在现有特色学校的基础上，与富力集团合作，对执信中学等五所中小学进行整合，形成"小、中、高"完整的升学、训练体系，打通了学校间对应年龄段人才升学的通道；深圳市完善小学、初中、高中足球运动员升学招生办法，全国校园足球特色学校可以根据组建学校足球队的需要，单列计划跨学区、降低分数线招收各年龄段足球特长生；梅州市出台足球特长生政策，规定初中校园足球特色学校每年招生比例不超过招生人数的3%，高中校园足球特色学校每年按招生人数3%～5%的比例招收足球特长生。

广东省从2018年开始组织省级校园足球夏令营活动（见图1-28、图1-29），每年参加夏令营人数近2 000人，共有148名小学生获得三级运动员证书，276名初、高中学生获得二级运动员证书，另有34名进入全国青少年校园足球夏令营总营最佳阵容的初、高中学生获得一级运动员证书。成才通道畅通，使一批批学生顺利升上校园足球特色学校，一批国家一级、二级运动员学生顺利入读国内知名高校，吸引和带动越来越多的学校、家长支持孩子参与足球运动。此外，广东省还积极承办全国青少年校园足球夏令营活动，2018、

2019 年深圳市宝安区（小学组）、广东外语外贸大学（初中组）、深圳大学（初中组）、嘉应学院（高中组）等地区和学校成功承办了全国青少年校园足球夏令营第八分营活动。

图 1–28　2019 年广东省青少年校园足球夏令营高中营区开营仪式

图 1–29　校园足球夏令营选拔测试

2. 建立激励机制，表彰先进代表

五年来，随着广东省校园足球工作逐步推进，全省校园足球学校不断增加，各地学校开展的足球活动、竞赛越来越频繁。为了促进各级校园足球特色学校更好地开展工作，广东省从 2015 年开始就建立了校园足球激励机制，对成功创建的全国校园足球特色学校和省级校园足球推广学校分别给予经费补助和人员培训上的政策倾斜，促使此类学校快马加鞭，更进一步。省财政还对获得全国校园足球改革试验区、全国校园足球试点县（区）、全国“满天星”训练营和省校园足球试点县（区）的单位分别给予不同程度的奖补资金。为了激励更多的学校参加全国、全省校园足球联赛和鼓励学生参加全国、全省“夏令营”“满天星”训练营活动，鼓励各地在全国校园足球竞赛中取得好成绩，2018 年开始，对在全国校园足球联赛获得前三名，在“省长杯”中获得高中组前 8 名、中职组前 6 名和大学组前 10 名的队伍予以奖励，对国家级“最佳阵容”获得者、省级“最佳阵容”获得者分别给予奖金奖励。五年来，奖励金额从 2016 年的 4 565 万元增加到 2020 年的 8 082 万元（详见表 1–9），形成了良好的激励机制。

表 1–9　2016—2020 年全省校园足球奖励资金情况表

单位：万元

年度	国家级特色学校奖补	省级推广学校奖补	试点县（区）奖补	国家级改革试验区和“满天星”训练营	经济欠发达地市竞赛经费补贴	夏令营	精英训练营及专项提升计划	“省长杯”奖金	总结系列活动	入选全国青少年校园足球夏令营奖金	省夏令营最佳阵容奖金	参加全国赛事名次奖金
2016 年	3 595				970							
2017 年	3 490	3 000	5 800		1 300							
2018 年	1 999	4 800	4 000		700			585		152	1 030	
2019 年	2 410	4 800	100	1 400	1 400	600		600	59	224	1 250	540
2020 年	1 788	3 576	100		1 400	450	598		170			
总计	13 282	16 176	10 000	1 400	5 770	1 050	598	1 185	229	376	2 280	540

2019年1月，嘉应学院承办了全国青少年校园足球精英运动员集训及年度总结系列活动（见图1–30），全国校足办主任、教育部体育卫生与艺术教育司王登峰司长在全国青少年校园足球工作年度总结活动上为校园足球国家队授旗（见图1–31）。广州市海珠区后乐园街小学、广州市第五中学获评全国校园足球优秀特色学校，广州市海珠区后乐园街小学肖乐彬、佛山市南海区海北中学欧洋获评全国优秀校园足球教师，珠海市金湾区第一小学李湘云、佛山市顺德区梁开中学李贤锡获得全国校园足球优秀特色校长，广州市第五中学邱浩明获评校园足球未来之星，广州市天河区鱼沙坦小学潘国洪获全国校园足球感动人物提名奖，梅州市梅江区副区长罗涤权获评全国校园足球试点县（区）长，嘉应学院获优秀组织奖。

图1–30　全国青少年校园足球工作年度总结活动

图1–31　全国校足办主任、教育部体育卫生与艺术教育司王登峰司长
在全国青少年校园足球工作年度总结活动上为校园足球国家队授旗

2019年12月，省校足办在广州体育学院举行了广东省青少年校园足球总结系列活动（见图1–32、图1–33），表彰了在开展校园足球工作中取得优异成绩和做出突出贡献的单位和个人，分别表彰了20所中小学校园足球优秀学校，38名中小学校园足球优秀校长，38名优秀校园足球教师，20名优秀校园足球教练员，4名优秀校园足球裁判员，24名校园

足球“未来之星”，3 名校园足球“感动人物”，3 个优秀试点县（区）、1 名优秀试点县（区）长。另有 6 个单位获得优秀组织奖，4 个单位获得优秀媒体合作伙伴，1 个单位获得优秀企业合作伙伴，分别有 6 名、4 名和 5 名高等院校的教师获评高校优秀校园足球教师、高校优秀校园足球教练员和高校优秀校园足球裁判员。激励机制的建立和不断完善有效激发了广东校园足球蓬勃发展的活力，有利于其健康、可持续发展。

图 1-32　广东省委教育工委书记、省教育厅党组书记、厅长、广东省青少年校园足球工作领导小组组长景李虎在总结活动上讲话

图 1-33　广东省青少年校园足球总结活动

（六）实施科学管理，提高治理能力

1. 注重科研引领，确保发展方向

五年来，广东省校园足球坚持科学引领，科研与实践齐头并进，全省各市、县（区）组织教科研活动 1 000 余次。特色学校在开展足球教学、训练和竞赛的同时，积极开展和

参与科学研究，共参加国家级校园足球课题研究 79 项，在国家级刊物发表论文 267 篇，完成校园足球发展专著 73 部（见表 1-10）；参加省级校园足球课题研究 381 项，在省级刊物发表论文 547 篇，完成校园足球发展专著 76 部。

表 1-10 近五年广东省国家级校园足球科学研究情况统计表

科研成果类型	2015 年	2016 年	2017 年	2018 年	2019 年	合计
课题研究 / 项	9	13	19	23	15	79
学术论文 / 篇	28	33	53	80	73	267
校园足球发展专著 / 部	13	13	15	19	13	73

广东省为提高校园足球的整体水平，每年在“省长杯”期间举行校园足球高端论坛，邀请全国足球专家、名宿、学者一起为广东校园足球“把脉问诊”、出谋献策，保障了广东校园足球的发展方向不偏、道路不歪。另外，省内建设高水平足球运动队和设立运动训练专业足球方向的高校现已达到 13 所。2016 年 4 月，广州体育学院成立了全国首家足球学院。2019 年，嘉应学院又成立了嘉应学院足球学院。高等院校不断扩大足球专项招生规模，加大研究力度，为广东校园足球的提速提供了强大的动力。

2. 实行数据管理，优化治理环境

为提高校园足球综合管理水平，广东省 2019 年 6 月启动广东省校园足球特色学校绩效平台建设，对所有校园足球特色学校工作开展情况进行线上评估，随时监控和指导各地学校开展校园足球工作；同年 10 月又开通了广东省校园足球数据采集平台，收集广东省各市、县（区）及各级各类学校的校园足球发展数据，逐步实现对广东省校园足球工作的全程、实时监测，数据采集平台收集的校园足球数据达 200 多万条。到 2020 年，广东省校园足球数据采集平台已具有特色学校上报、评价和数据统计功能。这两项工作的开展，对校园足球工作领导小组完善校园足球治理机制，及时了解和掌握全省校园足球开展情况，制定发展规划，提供数据参考，提出改进措施，保证对校园足球学校的正态发展起到重要作用。如图 1-34 所示为广东省校园足球绩效评估专项培训班。

图 1-34 2019 年广东省校园足球绩效评估专项培训班在东莞教师进修学校举行

3. 实施专家带领，破解困境难题

为充分发挥各方面专家在开展校园足球过程中的智库和引领作用，2019 年 6 月，省教育厅成立了由 70 余名专业功底扎实、学术水平高、工作能力强、综合素质高的各界人士组成的首届广东省青少年校园足球专家委员会（简称“广东省专委会”，见图 1–35）。广东省专委会由全国校园足球专家委员会副主任刘江南教授担任主任，成员由省内高校足球专业教授，一线足球教练，学校体育理论、体育心理和新闻传播领域的著名专家、资深媒体人等组成，设有教学工作组、训练工作组、竞赛工作组、科研工作组和新闻宣传工作组等五个具体职能小组。在广东省专委会委员中，刘江南、周毅、阿拉木斯、赵刚为全国校园足球专家委员会委员，周毅、庄弼、徐云燕为全国幼儿足球专家委员会委员。广东省专委会充分发挥专家引领作用，在省校足办的领导下，积极有效地开展工作，在每年的“省长杯”校园足球联赛、校园足球夏令营、校园足球高端论坛（见图 1–36）及撰写广东省校园足球发展报告等方面均发挥了重要作用。广东省专委会围绕广东省青少年校园足球重点环节和关键领域，提出了很多具有建设性的意见和建议，为广东省校园足球健康发展提供了智力支持。

图 1–35　广东省第一届青少年校园足球专家委员会成立大会合影

图 1–36　校园足球发展高端论坛

（七）加强校园宣传，营造浓厚氛围

1. 培育校园文化，创设良好氛围

各级各类学校在开展足球教学训练的同时，重视校园文化建设，通过拍摄校园足球宣传片，举办主题班会、手抄报、摄影摄像展、宣传板报、嘉年华等系列足球文化活动，使越来越多的学生开始参与足球、了解足球、熟悉足球、热爱足球。到 2019 年底，广东省有 89.5% 特色学校开展了校园足球文化建设。2015 年广东省各级校园足球特色学校举行校园足球文化节或嘉年华的学校只有 1 624 所 / 次，到 2019 年达到 6 808 所 / 次（见表 1–11），从表中可以看出，随着校园足球的不断推进，越来越多的学校把建设校园足球文化提高到学校日常工作中，不少学校每年开展两次校园足球文化节，校园足球文化建设成为推动校园足球持续发展的重要力量。每年的“省长杯”期间均举行全省各地校园足球文化交流活动，展示和交流各地开展校园足球的成绩与经验（见图 1–37 ~ 图 1–39）。

表 1–11　近五年开展校园足球文化节活动统计

年　　度	2015 年	2016 年	2017 年	2018 年	2019 年	合计
校园足球文化节次数 /（所 / 次）	1 624	3 193	5 109	6 243	6 808	22 977

图 1–37　校园足球手抄报

图 1-38　梅州市梅江区光远小学足球节

图 1-39　中山市黄圃镇培红小学校园足球嘉年华中的亲子活动

2. 加大宣传力度，扩大足球影响

省校足办在省广电局的大力支持下，充分发挥舆论和新闻媒体的宣传作用，通过新华社、中国教育报、南方日报、广东电视台、广州电视台、广州日报等各级媒体，全方位报道广东省校园足球发展状况，营造领导重视、学校主导、学生热爱、家长支持、社会参与的校园足球文化氛围，不断提升广东省青少年校园足球的影响力。

仅 2019 年，新华社、中新社、中国体育报、中国教育报等国家级媒体对广东省校园足球工作进行的报道就达 68 次；南方日报、广东电视台、广州电视台、足球报等省级媒体对校园足球相关报道共计 313 次；各地市媒体对校园足球相关报道达 1 289 次。新华网、广东电视台、爱奇艺、腾讯体育等重量级直播平台对“省长杯”青少年校园足球联赛、粤港澳大湾区足球邀请赛以及省大运会足球赛等赛事进行直播达到 218 场次，累计流量超过 3 000 万。

“广东教育”“广东校园体育”微信公众号作为广东省校园足球宣传推广的主阵地，一直坚持全方位、高质量报道校园足球工作。“广东校园体育”自 2019 年 8 月开通以来，关注人数过万，累计发布新闻 1 000 余条，拍摄图片 2 万余张，发布视频材料近千小时。

各地市和学校也高度重视校园足球宣传工作，全省 80% 以上的地市建立了校园足球宣传平台，70% 以上的特色学校建有自己的校园足球宣传平台。报道形式多种多样，其中文字报道 650 万余篇，图片报道 17 万余篇，拍摄视频 2.4 万余个（详见图 1–40），初步形成了广东省校园足球全媒体报道矩阵，成为全面报道广东省校园足球工作的中坚力量。

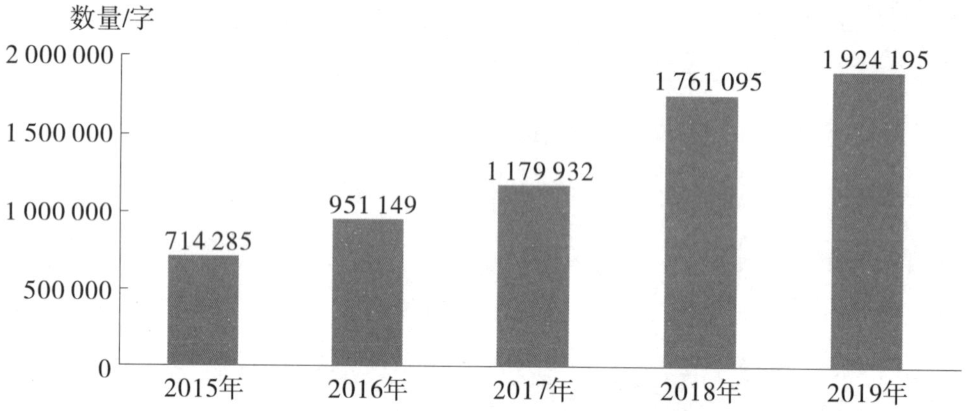

（1）近五年各级各类学校校园足球文字报道数量统计

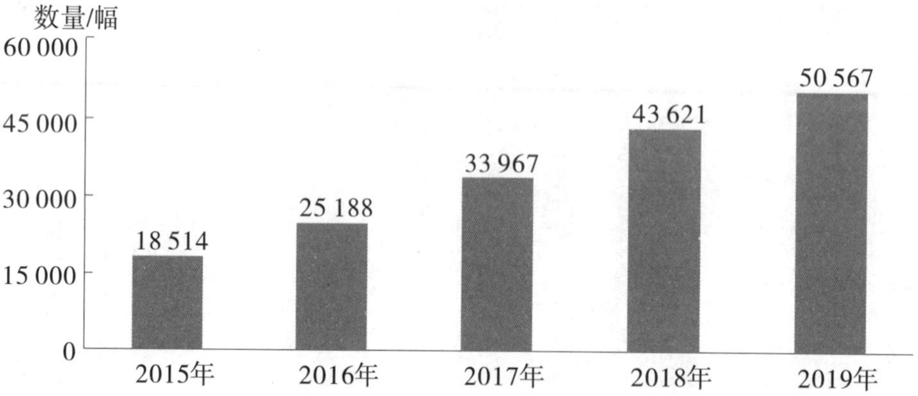

（2）近五年各级各类学校校园足球图片报道数量统计

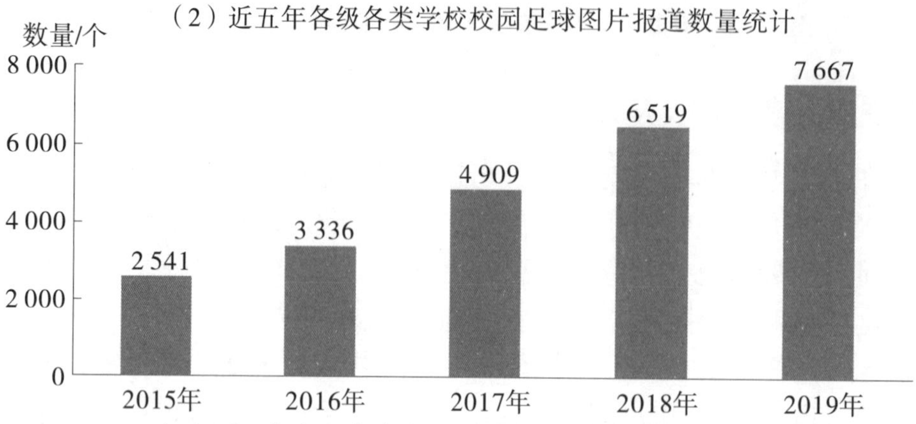

（3）近五年各级各类学校校园足球视频报道数量统计

图 1–40　广东省近五年校园足球宣传情况统计

（八）聚焦立德树人，育人功能凸显

1. 以足球为载体，突出育人功能

广东省把开展校园足球作为推动学校体育综合改革的抓手，把足球文化节、嘉年华、社团活动、夏令营、各级联赛等，作为立德树人的育人手段，以校园足球为载体，锤炼学生意志，健全学生人格，提高学生思想品德，促进学生德智体美劳全面发展。有 95% 以上的学校把学生文化课学习达到一定要求作为参加足球活动的前置条件，规定文化课不及格（中学）或良好以下（小学）均不能参加学校足球队的训练和比赛。五年来的实践经验表明，参加足球训练的学生文化课成绩不降反升（见图 1–41）。通过对全省参加校园足球特训练比赛的学生的语文、数学、英语三科平均成绩与全校学生平均成绩的对比，可以看到超过 90% 的参加足球训练的学生的文化课成绩优于或等于全校学生的平均成绩。实践证明：只要把育人作为开展校园足球的主要目标，正确处理好学习与训练的关系，一手抓学习，一手抓训练，就可以达到预期的效果，就可以办好让社会放心、校长宽心、家长开心的校园足球。

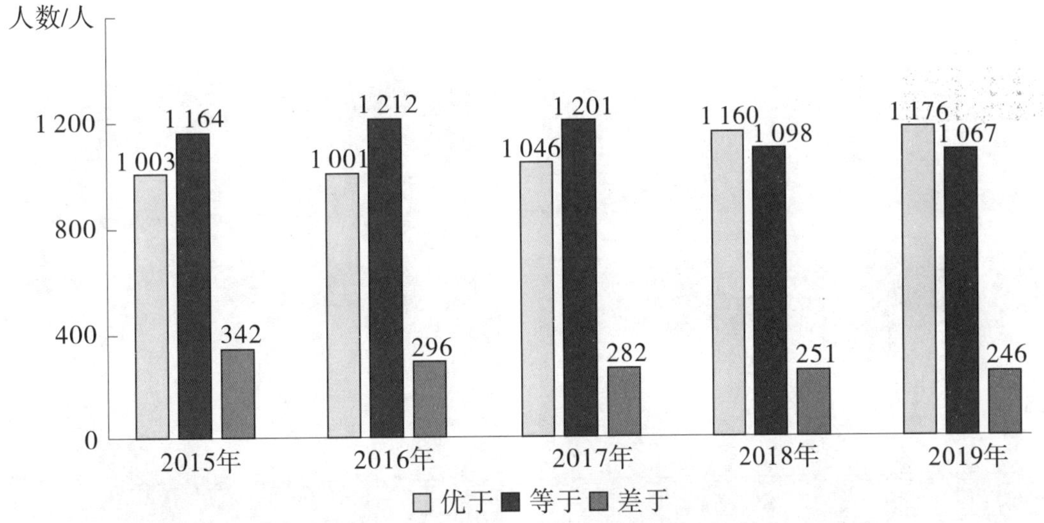

图 1–41　五年来参加足球训练比赛的学生与普通学生文化课成绩对比

为了充分发挥校园足球的育人作用，省校足办在每年省夏令营选拔及比赛期间，组织师生到全国德育基地接受革命传统教育。如在梅州市和中山市举行活动时，分别组织师生参观叶剑英和孙中山故居。中山市把承办全国校园足球新长征广东站启动仪式作为推动校园足球文化建设的契机，在启动仪式期间，举行校园足球画展、征文、嘉年华等活动，升华校园足球文化。各地举行校园足球比赛时，学生纷纷报名争做志愿者。“省长杯”比赛期间，参加比赛的学生运动员将书包、装备和水瓶在替补席上摆放得整整齐齐；每场比赛前后，学生运动员们手拉手先向对方教练员鞠躬致意，再向观众席、裁判员鞠躬致谢，最后向自己的教练员鞠躬并深情拥抱；比赛结束后，近千人的场地没有一片纸屑，没有一块垃圾，所有的空矿泉水瓶整整齐齐摆在场地的一角。这些都是校园足球综合育人功能的体现，也是校园足球的价值追求（见图 1–42 至图 1–44）。

图 1-42 校园足球新长征启动仪式

图 1-43 相互鼓励

图 1-44 做文明观众

2. 形成锻炼习惯，体质水平提升

各级校园足球项目学校坚持以足球为突破口，促进了学校体育工作开展，学生在校园足球氛围的感染下，积极参加体育活动，逐步形成锻炼习惯，有效提升了学生体质健康水平。2018 年广州市中小学生体质健康状况合格率、优良率较 2017 年均有明显上升。湛江市 2016 年—2018 年的学生体质健康综合评定结果显示，校园足球项目学校学生体质健康的优良率和达标率均高于非校园体育项目特色学校学生，特别是校园足球特色学校学生的优良率在 3 年中持续升高，增幅明显高于非校园体育项目特色学校，而体质健康不合格率呈逐年下降的趋势。全省校园足球项目学校上报数据表明：学生体质健康水平逐年提高，优良率（参照《国家学生体质健康标准》）从 2015 年的 44% 提高到 2018 年的 50%，高于广东省中小学的平均水平。这些结果显示校园足球项目学校通过积极开展校园足球，带动学校体育工作改革，提高了学生参加体育活动的积极性，增强了学生体质，促进了学生身心健康发展。

五年来，全国校足办非常关心广东省校园足球工作的开展，多次到广东进行指导和开展活动。2015 年 3 月 19 日，国务院办公厅公布《中国足球改革发展总体方案》（以下简称《总体方案》）后的第三天，有来自全国 700 余名学员参加的全国青少年校园足球行政管理人员和校长培训班在中山市开班，全国校足办主任、教育部体育卫生与艺术教育司王登峰司长对《总体方案》做了解读；2016 年 11 月 4 日，由全国校足办举行的“全国青少年校园足球新长征”活动广东站在中山市启动。2018 年 11 月 30 日，全国青少年校园足球联赛新赛季启动仪式在广州市越秀山体育场揭幕，著名球星齐内丁・齐达内参加了活动；2019 年 1 月 29 日，全国青少年校园足球工作年度总结系列活动在梅州市举行；2019 年 8 月，全国校园足球“满天星”训练营经验交流会在深圳市宝安区举行。此外，广东省还多次承办全国青少年校园足球夏令营第八分营的活动。积极承办各类全国性的校园足球活动和竞赛，有力地推动了广东省校园足球的开展。如图 1–45 所示为王登峰司长在全国青少年校园足球“满天星”训练营讲话。

图 1–45　王登峰司长在全国青少年校园足球“满天星”训练营（沙井中学）讲话

五年来，广东校园足球文化氛围渐浓，形成了良好的发展态势，学校体育改革得到有效推动，学生体质健康水平进一步提高，为国家输送了一批优秀足球人才，受到了各级领导和社会各界的高度认可（见图 1–46）。2018 年 10 月，教育部体育卫生与艺术教育司王登峰司长到广东调研校园足球工作时认为，校园足球工作在广东，特别在广州和深圳确实是扎下了根，大家劲头非常足，效果非常明显。可以概括为“六个好”，即管得好、教得好、赛得好、练得好、融合得好、办得好！

图 1–46　全国校足办主任、教育部体育卫生与艺术教育司王登峰司长，省教育厅邱克楠二级巡视员到广州市江南二小调研校园足球开展情况

二、广东省五年来校园足球发展存在的问题

（一）区域发展、男女发展不平衡

1. 区域发展不均衡

珠江三角洲地区（注：本文所说珠江三角洲不包括肇庆和惠州）在校园足球经费投入、师资配备、场地建设、竞赛组织以及取得成绩方面均远优于粤东西北地区。

过去五年，珠江三角洲 7 个城市累计投入校园足球专项经费 13.24 亿元，平均投入达 1.8 亿元；粤东西北 14 个城市累计投入专项经费 7.23 亿元，平均投入 5 100 万元。两者之间差距高达 3.5 倍（见图 1–47、图 1–48）。

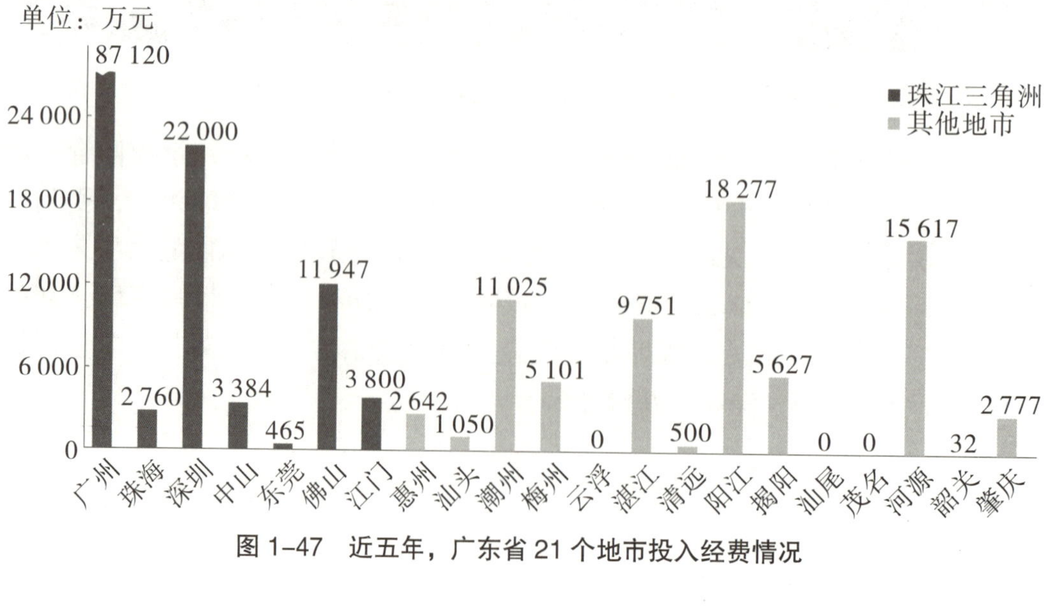

图 1–47　近五年，广东省 21 个地市投入经费情况

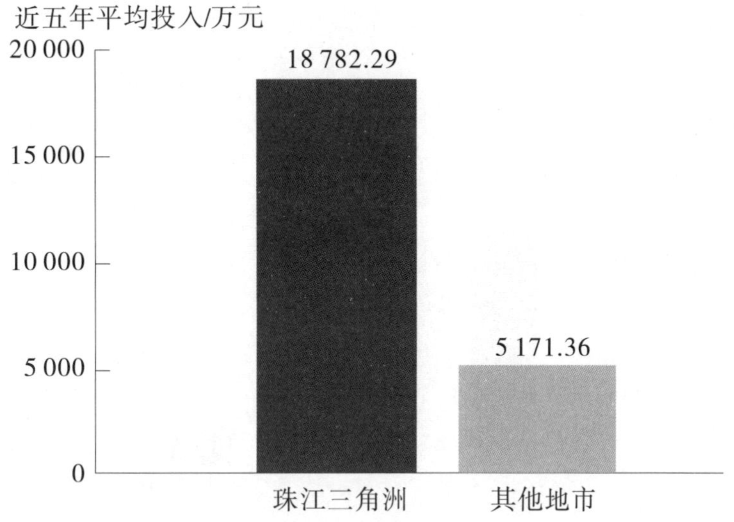

图 1-48　近五年，珠江三角洲 7 个城市与粤东西北 14 个地区校园足球投入对比

截至 2019 年，珠江三角洲七市共有足球专项教师 8 824 人，每个城市平均 1 260 人；其他城市足球专项教师 7 887 人，每个城市平均 563 人。两者之间差距为 2.2 倍（见图 1-49、图 1-50）。

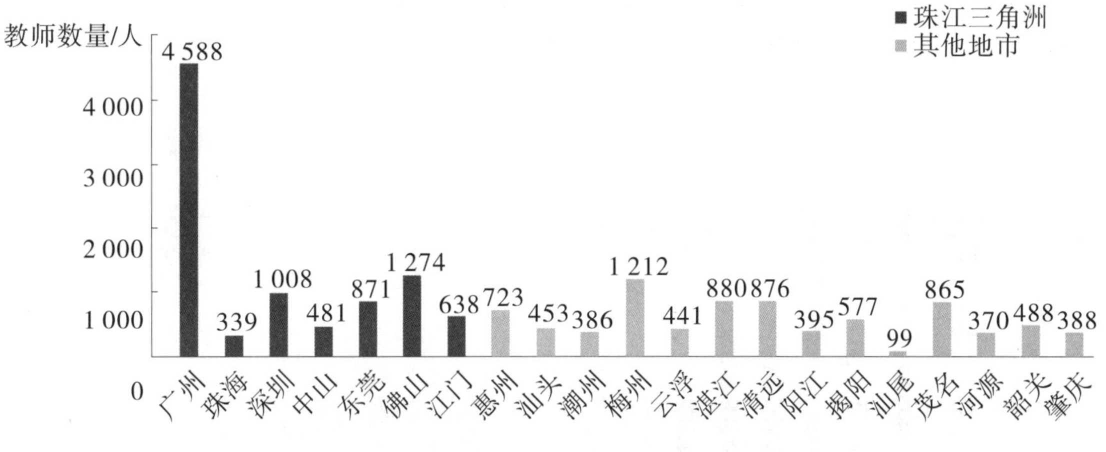

图 1-49　广东省 21 个地市足球专项教师数量

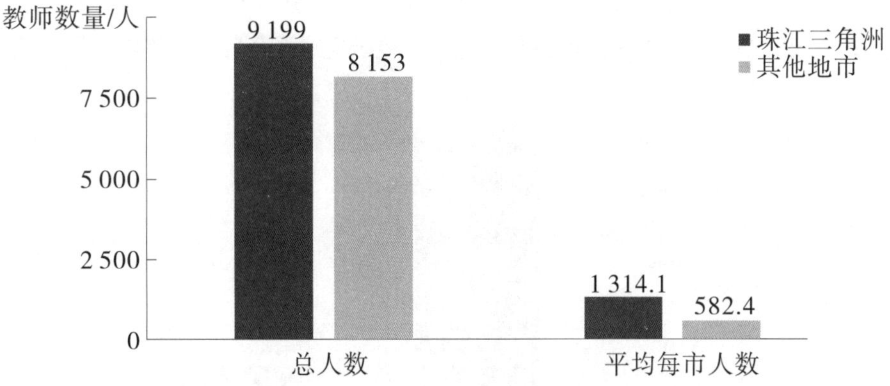

图 1-50　珠江三角洲 7 个城市与粤东西北 14 个地区校园足球教师数对比

珠江三角洲 7 市共有 5 人制以上足球场地 1 758 块，平均每个市 251 块；其他 14 个市

拥有五人制以上足球场地 2 150 块，平均每个城市只有 153 块。两者相差近 100 块（见图 1–51）。

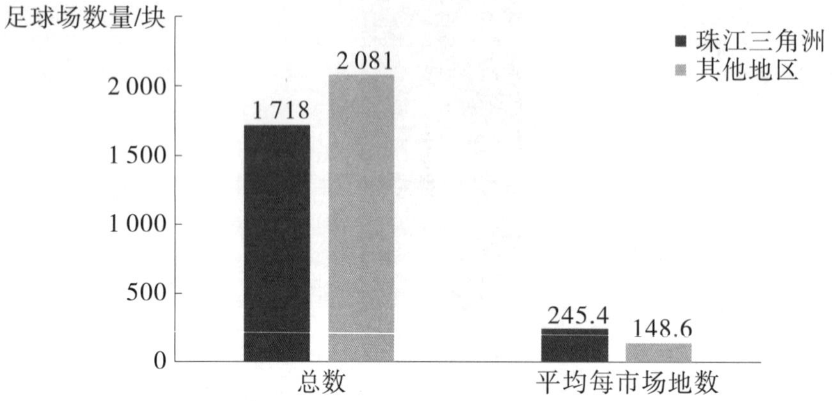

图 1–51　珠三角 7 市与其他 14 个市五人制以上足球场对比

在 2018 年、2019 年省级校园足球夏令营最佳阵容中，珠江三角洲 7 市入选的人数占全省总入选人数的 61%；珠江三角洲 7 市加梅州、湛江两个足球传统城市，入选总人数超过全省总人数的 80%。其他 12 个地级市入选人数总占比不足 20%（图 1–52）。可以看出，除了经济投入外，足球底蕴浓厚及重视程度较高也是重要的因素，如梅州和湛江两市开展校园足球的经验，值得其他市借鉴（见图 1–53）。

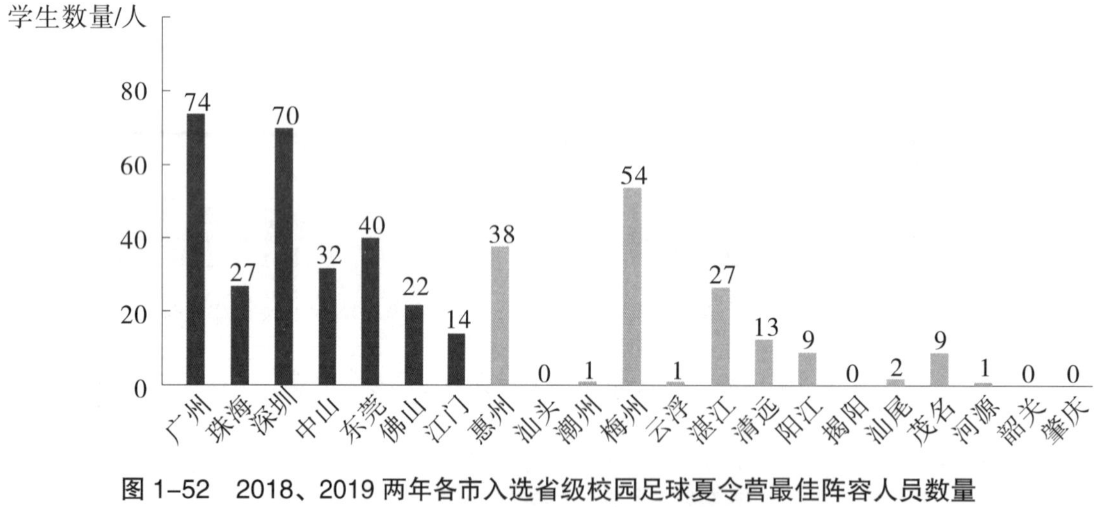

图 1–52　2018、2019 两年各市入选省级校园足球夏令营最佳阵容人员数量

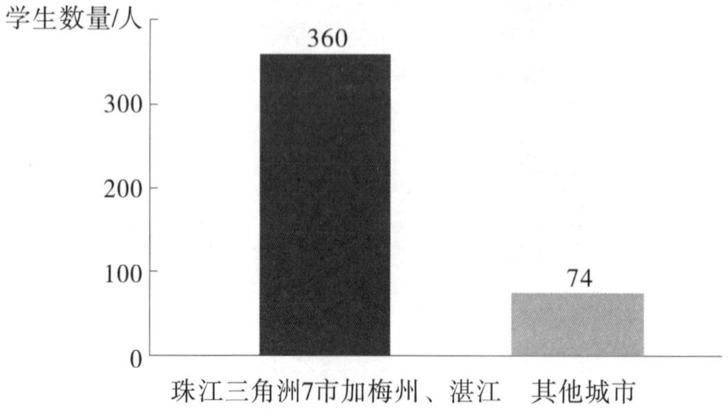

图 1–53　珠江三角洲 7 市加梅州、湛江与其他市入选人数对比

2. 男女发展不平衡

从校园足球目前的推进情况来看，不少学校存在着明显的重男足、轻女足的现象，认为女生踢足球会在行为和生活方式上出现男子化现象，初中以上开展女足的学校明显减少。在广东省各学校代表队构成中，男子校队数量是女子队的近 2 倍，超过三分之一的学校虽成立了女足代表队，但平时并未开展训练（见图 1–54）。

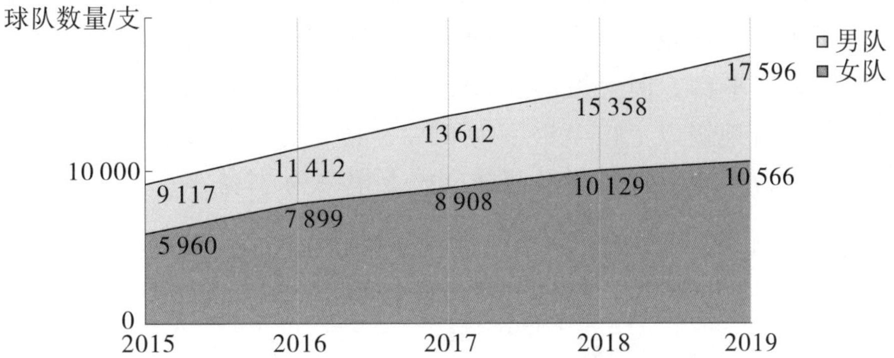

图 1–54　校园足球学校男、女生足球队数量

重男足、轻女足的现象影响了广东省近两年入选全国校园足球最佳阵容的男、女学生比例（见图 1–55）：广东男子足球情况普遍较好，尤其是小学组和高中组均位居全国校园足球前列，广东女子足球则远低于全国平均数。各个组别中，男子入选的人数均多于女子，高中组差别最大。

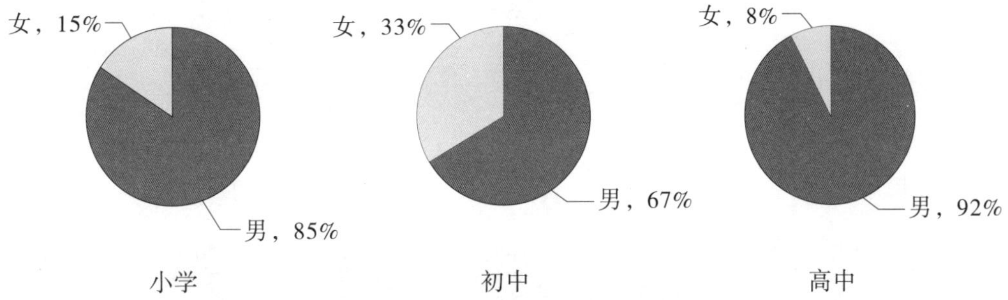

图 1–55　入选全国校园足球最佳阵容的男、女学生比例

（二）监督评价机制不完善

各地限于人力、财力、资源保障和传统思想与思维定式等影响，在校园足球工作中，不同程度上存在"重规划、轻督查"现象。比如下发了文件和规划，但抓工作的"招数不硬、措施不实"的问题仍然突出，推进校园足球工作的硬招、实招不多；对没有完成任务或推进校园足球工作不力的地区单位或学校，缺乏强有力、行之有效的监督评价机制。

如在贯彻执行全国校足办颁布的《全国青少年校园足球教学指南（试行）》（以下简称《教学指南》）、《学生足球运动技能等级评定标准（试行）》（以下简称《评定标准》）和《天天足球》365 集足球运动技能教学示范视频等教学指导文件资料上，就存在落实不力的现象。2016 年，为进一步深化校园足球教学改革，形成内容丰富、形式多样、因材施教的校园足球教学体系，规范和指导中小学积极开展教学活动，大力提升校园足球教学质量，培养全面发展的足球人才，教育部组织专家研制了《教学指南》和《评定标准》，并拍摄了《天天足球》365 集足球运动技能教学示范视频，并正式发文要求各单位认真贯彻学习。但从全省特色学校的执行情况来看并不理想。根据对全省特色学校使用《教学指南》和《天天足球》的调查结果表明，大约有 10%（230 所）的学校很少或几乎没有使用《教学指南》，而《天天足球》教学视频的使用率则相对更低，超过 50%（1 263 所）的学校很少或几乎没有使用该视频（见图 1–56、图 1–57）。省、市、县（区）的文件执行情况也不乐观。为了提高工作效率，提升治理水平，2019 年省校足办开通了全省校园足球绩效评估平台和数据采集平台，但上报情况并不乐观。截至 2019 年底，绩效评估平台上报率为 67%，数据采集平台地级以上市上报率为 62%、县（市、区）上报率为 73%、全国校园足球特色学校上报率为 74%、省校园足球推广校上报率为 37%。

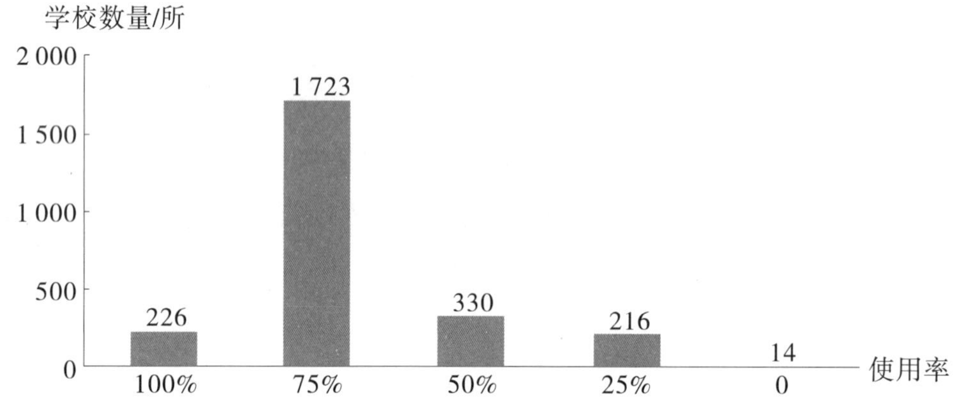

图 1–56　校园足球特色学校使用《教学指南》情况统计

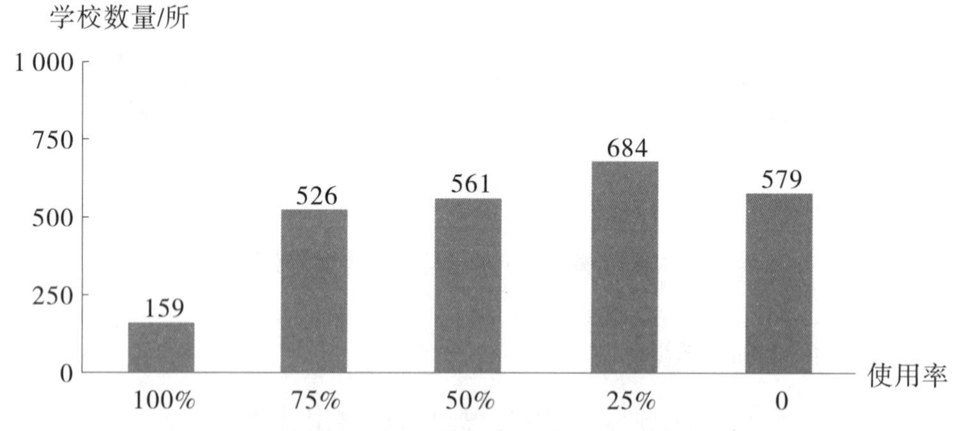

图 1–57　校园足球特色学校观看《天天足球》情况统计

（三）“八大体系”建设与国家要求尚有差距

（1）推广体系方面：仍有部分地区和各级学校对校园足球工作重视不足，在对 13 个地级以上市，91 个县（区）和 2 509 所特色学校的调查中发现，仍有 7 个县（区）和 36 所特色学校没有成立校园足球工作领导小组（见图 1–58）。

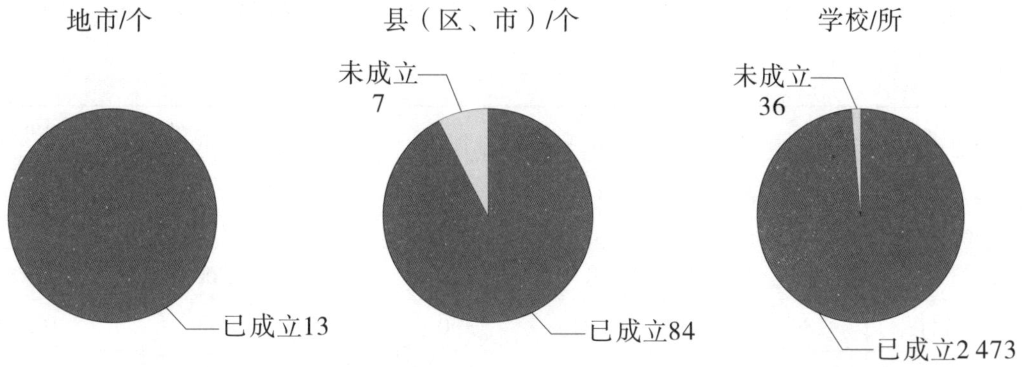

图 1–58　未成立校园足球领导机构的市、县（区）及学校数目

（2）教学体系方面：大部分学校只停留在每周开设一节足球课，没有进一步在体育活动中提高学生的足球技能。《国务院办公厅关于强化学校体育促进学生身心健康全面发展的意见》（国办发〔2016〕27 号）指出“学校要将学生在校内开展的课外体育活动纳入教学计划，列入作息时间安排，与体育课教学内容相衔接，切实保证学生每天一小时校园体育活动落到实处”。足球大课间活动是足球教学的延伸，是提高学生足球运动兴趣、提升足球技能、展示学生足球风采的重要途径。目前特色学校虽然每周能够安排一节足球课，但课外锻炼时间少，特别是每周一次足球大课间的落实情况有待提高（见图 1–59）。在调查的 2 509 所学校中，只有 532 所学校能够做到每周一节大课间足球活动（落实率 100%），仅占 21%，而偶尔或几乎没有的学校比例达到 41%。另外，校园足球教学形式较为单一，教学目标评价体系缺失，教学条件、资源缺乏等问题依然存在，建立健全足球教学与课外活动质量监测机制、加强教学质量评价迫在眉睫。

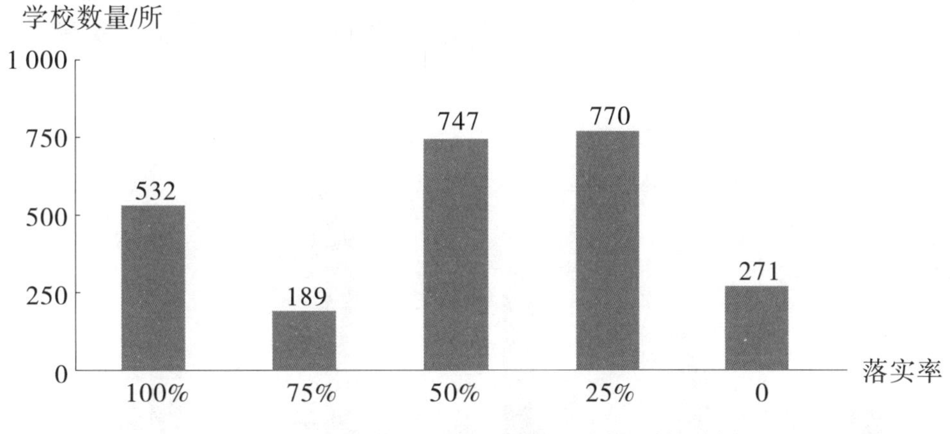

图 1–59　特色学校足球大课间活动落实情况统计

（3）样本体系方面：截至 2019 年，全省已拥有 3 个全国校园足球改革试验区、6 个全国校园足球试点县（区）和 41 个省级校园足球试点县（区），以及 3 个全国“满天星”训练营，但无论是国家或省级的试点县（区）仍未能形成校园足球精英训练体系。

足球特色学校的比例尚需优化，足球特色小学的数量不足，影响了初中特色学校足球人才的招生，加上人才输送体系的不完善，导致中学选才面比较窄（见表 1–12）。

表 1-12 近五年广东省全国校园足球特色学校、省级推广校分布情况统计表（小学、中学）

单位：所

等级	学段	2015 年	2016 年	2017 年	2018 年	2019 年	申报成功学校总数	占全省学校总数（15 238 所）的比例
特色校	小学	126	132	161	220	141	780	5.11%
	中学	158	145	151	170	136	760	4.99%
	合计	284	277	312	390	277	1 540	10.10%
推广校	小学	—	305	460	788	—	1 553	10.19%
	中学	—	195	340	608	—	1 143	7.50%
	合计		500	800	1 396	277	2 696	17.69%
总计		284	777	1 112	1 786	277	4 236	28.80%

（4）竞训体系方面：影响竞赛体系的主要有两大方面，一是训练，一是竞赛。没有高质量的训练体系就没有高水平的竞赛体系。

a. 训练体系。特色学校训练体系存在两个比较明显的问题：一是训练质量不高，缺乏先进理念指导，缺乏科学训练的指导性文件，训练方法和手段落后；二是人才成长通道不畅，学训矛盾依然存在，人才管理体系和监控体系之间衔接不够畅通，有潜质的足球苗子流失、浪费严重。五年来，随着校园足球的蓬勃发展，参与日常足球训练的学生越来越多，特别是在小学阶段，参与足球运动的学生人数增长明显（图 1-60），各学段之间人才输送量也逐年增加。但由于人才培养和成长体系尚未完善，各学段良性输送的情况并不理想。随着初中、高中学生的文化课学习和升学压力逐渐增大，在初中向高中输送足球特长学生的过程中出现中断，不少具有培养潜力的足球苗子因为缺乏系统、科学、有序的训练而不得不放弃足球专长，造成人才流失。

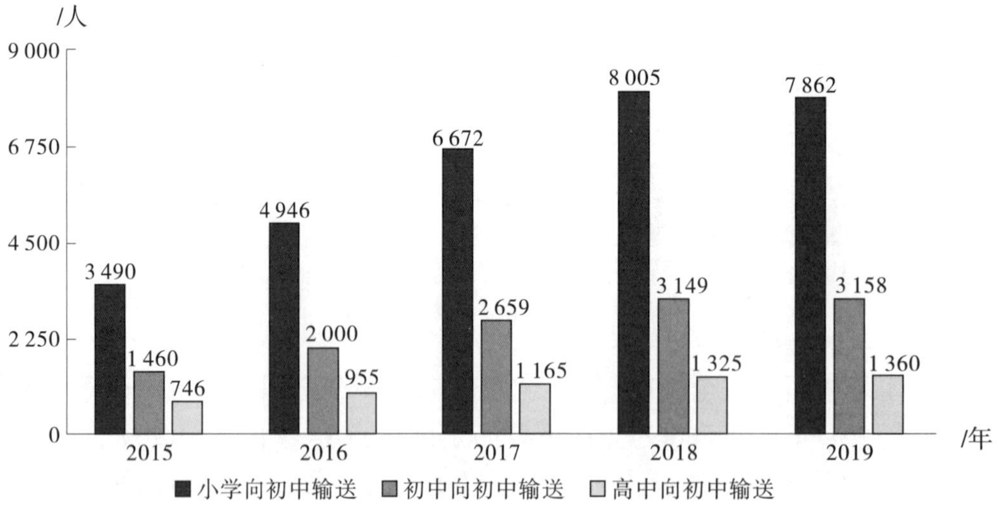

图 1-60 全省校园足球各学段学生输送情况图

b. 竞赛体系。校园足球重竞赛、轻普及现象依然存在。竞赛是当前开展校园足球的重要推手，校园足球四级联赛已经初步形成规模。截至 2019 年，在统计的学校中，参加校内联赛的学生约为 80 万人，这仅占学生总人数的 20% 左右（见图 1–61）。能够让普及后的学生参加比赛的竞赛体系仍需完善，能够代表参加区县校级联赛的仅为总人数的 1%。竞赛成绩依然成为评价校园足球成果的最重要的指标。

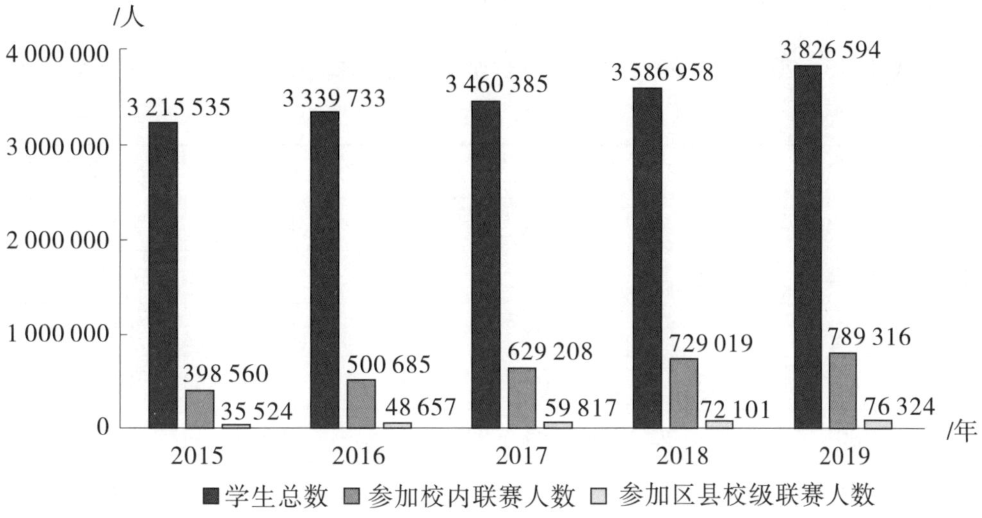

图 1–61 全省校园足球学校参加竞赛人数统计图

（5）科研体系方面：五年来，特色学校参加了 500 个各级各类校园足球的课题研究，但是水平不高，真正能够用于指导实践的研究较少。高校专家参与校园足球科研工作往往只以个人名义出现，通过高等学校带动中小学开展教育科研的地区及学校寥寥无几。专家委员会的引领和智库作用有待进一步发挥，对校园足球发展的核心内容、关键领域的针对性研究不足。

（6）荣誉体系方面：调动社会各界支持和参与校园足球发展的积极性有待进一步提高，应吸纳更多有意愿、有热情、有实力的社会企业支持和参与校园足球发展，并对其中做出突出贡献的企业或个人进行荣誉认定并加大宣传。目前全省只有 2019 年底举行了第一届校园足球总结系列活动，各地市、县（区）的荣誉体系尚未建立。

（7）融合体系方面：随着校园足球水平的提高，越来越多高水平学生运动员开始涌现，体教融合存在的问题日益突出，特别是如何处理好校园足球夏令营、“满天星”训练营与 U 系列比赛之间的矛盾已经成为急需解决的问题，不少中学特别是高中学生面临着在校园足球夏令营、“满天星”训练营与体育部门 U13 以上青训梯队比赛之间的非此即彼的选择，这也导致全省高水平的学生运动员不能集中参加全国最佳阵容选拔，直接影响了广东省校园足球竞技水平的提高和优秀人才的脱颖而出。

（8）宣传体系方面：新闻媒体的宣传力度需要进一步整合和完善；校园足球文化氛围有待进一步提升，宣传方式和内容有待进一步丰富和拓展，不少学校只停留在对足球知识的宣传，缺乏更深层次的校园文化建设的谋划与指引。

（四）精英数量不足

从 2018 年和 2019 年广东省入选全国最佳阵容、第八营区最佳阵容和广东省最佳阵容学生球员的统计数据来看，广东校园足球的发展中存在精英不多（足）、强弱不均的现象。

在 2019 年全国青少年校园足球夏令营活动中，广东最终有 19 人入选全国最佳阵容，占全国总数的 3.8%，整体处于全国中上水平，与广东省学生整体运动水平有较大差距。

1. 广东省学生进入全国夏令营最佳阵容情况

表 1–13　2018 年、2019 年广东入选全国校园足球夏令营最佳阵容统计表

单位：人

组别	全国总数	2019 年广东人数及占比		2018 年广东人数及占比		全国平均	比较
高中男子组	88（44）	7	7.95%	5	11.36%	3.13%	上升
高中女子组	88（44）	1	1.14%	0	0	0	上升
初中男子组	88	1	1.14%	13	14.77%	3.13%	大幅下降
初中女子组	88	3	3.41%	4	4.55%	3.13%	下降
小学男子组	80	7	8.75%	4	4.55%	3.13%	上升
小学女子组	68	0	0	2	2.94%	3.13%	下降
总数	500	19	3.8%	28	5.60%	3.13%	下降

注：表格中括号部分数据为 2018 年全国总数。

根据表 1–13 可以看出，广东总体数量高于全国平均数，男子整体情况较好，尤其是小学组和高中组位居全国各省前列，而女子组则远低于全国平均数，小学女子无一人入选。这一情况说明广东女子校园足球的竞技水平及后备力量问题较为突出，也凸显了广东校园足球男女发展不平衡的问题。初中组低于全国水平的其中一个原因是初中高水平运动员因参加足协、职业队的 U 系列比赛，而未能参与校园足球夏令营。

2019 年与 2018 年相比较总体下滑 1.8%，初中组从 17 名锐减到 4 人，初中男子从 13 人锐减到 1 人。小学男子与高中男子都有一定的增加，其中小学男子较为突出。要充分重视小升初和中考升学给校园足球人才流失带来的巨大影响，促进初中与高中阶段足球特色学校的衔接发展。中学阶段进行女足训练的学校锐减，大多数小学女足队员升学后，因学校不开展女足而失去踢球机会。

2. 最佳阵容成员分布情况

从 2018 年和 2019 年统计表（见表 1–14、表 1–15）可以看出，广东省最佳阵容晋级全国第八分营最佳阵容的比例较高，2019 年占总数的 55.6%，其中小学组 46%、初中组 29.5%、高中组 37.1%，并且高于 2018 年 48.56% 的比例。由在海南、福建、江西和广东组成的全国第八分营中，广东校园足球优势明显。但也暴露出小学、初中和高中女子较弱，初中整体偏弱的情况。广东省最佳阵容晋级全国营最佳阵容的比例较低，2019 年晋级比例只有 7.6% 低于 2018 年本省数据，低于河南（13.2%）等超过 10% 的省份。2019 年广东省最佳阵容晋级全国最佳阵容的小学组为 9.5%，初中 4.5%，高中为 9.1%；男子组为 11.8%，女子组为 3.3%。

表 1–14　2018 年主要城市晋级情况统计

分布	全国总营	晋升比	全国第八分营	晋升比	省最佳	两年总和	备注
深圳	5	23.81%	14	66.67%	21	11	连续 2 年
梅州	3	11.11%	13	48.15%	27	6	连续 2 年
广州	9	20.45%	24	54.55%	44	11	连续 2 年
惠州	1	4.35%	6	26.09%	23	3	连续 2 年
东莞	1	6.25%	10	62.5%	16	2	连续 2 年
江门	0	0	2	28.57%	7	1	
湛江	3	23.08%	11	84.62%	13	3	
中山	2	18.18%	5	45.45%	11	2	
珠海	1	6.67%	4	26.67%	15	1	
佛山	1	8.33%	3	25.00%	12	1	
阳江	1	14.29%	4	57.14%	7	1	
河源	0	0	0	0	1	0	
清远	1	20.00%	3	60.00%	5	1	
茂名	0	0	1	50.00%	2	0	
云浮	0	0	0	0	1	0	
潮州	0	0	0	0	1	0	
汕尾	0	0	0	0	2	0	
总数	28	13.46%	101	48.56%	208		

表 1–15　2019 年主要城市晋级情况统计

分布	全国总营	晋升比	全国第八分营	晋升比	省最佳	2018	备注
深圳	6	12.2%	28	57.1%	49	5	增加 1
梅州	3	11.1%	18	66.7%	27	3	持平
广州	2	6.7%	14	46.7%	30	9	减少 7
惠州	2	13.3%	6	40.0%	15	1	增加 1
茂名	1	14.3%	6	85.7%	7	0	增加 1
东莞	1	4.2%	15	62.5%	24	1	持平
江门	1	14.3%	3	42.9%	7	0	增加 1
省直	3	—	7	—	5	0	增加 3
湛江	0	0	6	42.9%	14	3	减少 3
中山	0	0	6	28.6%	21	2	减少 2
珠海	0	0	8	66.7%	12	1	减少 1
佛山	0	0	6	60.0%	10	1	减少 1
阳江	0	0	0	0	2	1	减少 1
清远	0	0	3	37.5%	8	1	减少 1
其他	…	…	…	…	…	…	…
总数	19	7.6%	139	55.6%	250	28	

在广东省21个地级市及省直单位中有20个单位在全省最佳阵容评选中榜上有名，但通过数据分析可以看出以下几个问题：

（1）城市间差异较大。深圳（11人）、广州（14人）和梅州（6人）是广东校园足球的核心城市，入选全国最佳阵容人数占全省的65.96%，而且逐年增加（2018年，60.71%，2019年73.68%）。东莞（2人）和惠州（3人）在省最佳阵容和全国最佳阵容中保持稳定增长，属于广东校园足球的第二梯队。湛江（3人）、中山（2人）、茂名（1人）、珠海（1人）、佛山（1人）和清远（1人）等发展不够稳定，尤其是湛江和中山等具有足球传统的城市退步较为明显，这6个城市的校园足球改变现状、稳步向前发展是广东校园足球成为全国排头兵的关键因素之一。其余10所城市，尤其是潮汕地区发展持续滞后，需要引起相关地市教育主管部门的重视。

（2）年龄段差异较大。通过2年的数据比较分析，高中组和小学组保持稳中有升的趋势，初中组下滑明显，初中男子组尤为严重。广东校园足球发展情况男子整体好于女子。

（3）与其他省份的差距加大。全国校园足球在政策的支持下取得了显著的进步，在竞技水平上得到较大的提升。在全国八个分营中，第八分营的整体水平在全国八个分营中处于劣势，尤其是与第七分营、第五分营的差距较为明显，并有逐步加大的趋势。广东在第八分营中的优势较为明显，但与江苏、上海、河南、四川等省市尚存在一定差距。

3. 趋势与问题分析

2019年与2018年相比较，在全国最佳阵容规模扩大的前提下，广东最佳阵容人数却出现较大规模的下滑（见表1-16）。除了全国各省重视校园足球、竞技水平得到提升这类外部因素之外，广东省内部选拔机制也有一些问题值得思考。主要有以下三个方面：

表1-16　2018年、2019年广东省入选全国最佳阵容人数比较

组别	2019年	2018年	变动	分组变化	备注
高中男子组	7	5	+2	从1个组变成2个组	实际下降
高中女子组	1	0	+1	从2个组变成2个组	实际下降
初中男子组	1	13	–12	组别未变	下降明显
初中女子组	3	4	–1	组别未变	下降
小学男子组	7	4	+3	组别未变	上升明显
小学女子组	0	2	–2	组别未变	下降明显
总数	19	28	–9	全国总数增加	下降明显

（1）选拔覆盖面问题。广东省每年夏令营都是下达指标到各地市，通过三级选拔（学校推荐—区县选拔—地市选拔）的地市较少，不少地市采用派任务给某些学校的形式进行，主要原因是经费不足与缺乏岗位责任意识与担当。

（2）选拔科学化问题。由于省夏令营最佳阵容可以获得运动员等级证书，所以备受各方重视。从2018、2019两年数据的情况来看，从省最佳阵容的转化率可以看出，有些地市入选人数不少，但转化率较低，也是选拔效果不佳的一种体现。

（3）体教融合问题。从小学开始，优秀队员就成为体育局、足协和职业俱乐部争夺的对象，夏令营期间有精英赛、体校杯和省运会等任务，获得运动员等级证书的概率更大。所以许多队员在无法兼顾参加校园足球夏令营时，大多选择参加体育部门组织的比赛。

（4）推荐人数指标问题。同一学校推荐数量有限制，已经获得运动员等级证书的学生就放弃了继续参加的机会，把机会留给了尚未获得等级证书的队员，也会造成高水平队员不再参加，从而出现实际水平下降的现象。

（5）水平高的学校没有派出最好的队员参加广东省最佳阵容选拔。2018 年广州五中有 8 人入选广东省最佳阵容，6 人入选全国最佳阵容；2018 年湛江八中 8 人入选广东省最佳阵容，3 人入选全国最佳阵容；2018 年深圳实验中学 4 人入选广东省最佳阵容，3 人入选全国最佳阵容。但 2019 年广州五中、湛江八中、深圳实验中学等优秀传统学校均未能派出优秀队员参加选拔。

三、广东省校园足球未来五年发展思路

五年来，广东省青少年校园足球形成了良好的发展势头，校园足球改革初显成效。但同时我们也要看到，广东省青少年校园足球在发展过程中依然存在发展不平衡、运行机制不完善、发展效能不显著等问题，在与国家“八大体系”建设对标中依然存在差距。

我们不仅要继续发扬在发展过程中取得的成功经验，而且要针对存在的具体问题，逐条逐项提出改进措施，补齐短板；更要参照国家校园足球八大体系建设要求，深化校园足球改革，创新发展活力，指导广东校园足球在未来五年乃至更长时间提质增效，实现更好更快发展。

（一）夯实校园足球推广体系

各级校足办要强化对校园足球工作的领导。坚持普及与提高并重，普及重心逐步下移到幼儿园，开展以培养兴趣为主的足球启蒙教育，不断夯实已有特色幼儿园和特色学校发展基础，科学制订创建规划，完善高校高水平足球运动队建设指导意见，在招生、教学、训练、竞赛和条件保障等方面重点统筹。制定统一的校园足球运动员注册机制，建立校园足球普及与教育精准扶贫相结合的机制，引进国际足联和社会力量，大力支持校园足球发展落后地区，促进教育优质均衡发展。

2015—2019 年五年间，广东省完成 1 540 所全国校园足球特色学校的创建。全国共创建 2.7 万所校园足球特色学校，广东省占全国的比例为 5.7%。2025 年全国将完成 5 万所校园足球特色学校的建设任务，根据教育部下达给广东的任务，广东省在 2021—2025 年五年间需完成 1 470 所全国校园足球特色学校的创建，平均每年将近 300 所。十年间广东省创建的全国校园足球特色学校将达到 3 373 所，占全省中小学总数（15 711 所）近 21.5%，任务相当艰巨。在创建全国校园足球特色学校布局的过程中，应按照相应比例积极推进省级校园足球推广校的创建，争取更多的高校招收高水平运动队的资格，推进试点县（区）、校园足球改革试验区、“满天星”训练营的创建工作。推动地区、城乡和男女青少年校园足球优质均衡发展，是夯实校园足球推广体系、促进校园足球全面发展的重要举措。

到 2025 年，全国青少年校园足球特色学校学生体质健康合格率达到 95% 以上，优良

率 60%，中小学生经常参加足球运动人数超过 800 万人，学生运动能力和足球技战术水平明显提高，规则意识、意志品质、爱国主义和集体主义精神显著增强。

（二）健全校园足球教学体系

（1）推进校园足球教学改革，促进教学内容、条件和资源等衔接配套，形成内容丰富、形式多样、因材施教的青少年校园足球教学培养体系，在“会教”“教会”及“会学”“学会”上下功夫，推动校园足球教学与多学科课程相融会；未来几年特色学校的重点是提升校园足球课堂教学质量，不能满足于每周一节足球课，而应该使每个足球特色学校的学生在接受足球课的学习后，能够把学到的足球技能在足球大课间活动中复习和提高，并在班级联赛中得到锻炼和运用，把“教会、勤练、常赛”真正落到实处，真正提高每个学生的足球技战术水平。要使每所特色学校除了制订足球教学计划、编写校本教材外，还要把足球大课间、足球班级联赛联动起来，纳入学校的日程计划中，使校园足球在学校中实现真正意义上的普及。要建立健全校园足球教学目标体系和教学质量监测机制，加强教学效果评价和质量监测，进一步改善教学条件，鼓励学校通过对教学、训练器材、训练方法的创新，以足球游戏的方式，带动学生足球兴趣的提升和足球技能水平的提高。

（2）强化足球师资培训培养，加强教体资源共享，制定考培官、讲师的晋选和等级考核办法。完善校园足球教师和教练在线培训，建立线上线下相结合的校园足球师资培训体系，开发培训课程，增强培训针对性和实效性，健全国家资助足球教师和教练员赴海外留学选拔、培训制度和考核办法，建立跟踪机制和继续培训机制。

（3）加快推进新型足球学校、足球相关专业院校和专业学科建设，以培养体育教育和足球专项师资为主要任务，建立并实施高校足球专业学生毕业时获得相应等级教练员或裁判员制度。

（4）青少年足球教学内容、设施设备和线上线下教学平台等资源更加衔接配套。校园足球师资队伍不断壮大，教学水平不断提升，培训培养体系不断完善，“互联网、大数据、人工智能”等技术与校园足球教学深度融合，“健康知识 + 基本运动技能 + 专项运动技能”的校园足球教学模式日趋成熟。

（三）打造校园足球样板体系

（1）加快推进广东省青少年足球后备人才培养体系建设。整合教育、体育、足协、职业俱乐部及国内外相关优质资源，加快推进国家级“满天星”训练营建设，着力实现“六高”，即落实高水平保障、配备高水平教练、实施高水平教学、开展高水平训练、组织高水平竞赛、强化高水平管理，示范引领校园足球工作全面提质增效。

（2）健全完善“满天星”训练营共建机制，为区域内校园足球教师和教练员提供培训，指导教学、训练和竞赛的开展。推动试点县（区）“满天星”训练营联动建设，从 2021 年开始，所有地级以上市及试点县（区）逐步建立各级“满天星”训练营，使“满天星”训练营真正起到引领、示范和样板的作用，各级“满天星”训练营负责组织区域内有潜质的校园足球学生运动员在课余、周末和节假日进行高水平足球训练和竞赛。定期组织各年龄段校园足球精英集训，组建多组别校园足球精英集训队、社会相关组织有序参与"满天星"训练营建设，建立与足协、职业俱乐部的合作机制，不断完善校园足球多层次、立体化、科学化的课余训练体系，畅通"校园足球特色学校—'满天星'训练营—校园足球精英训练营—校园足球省级代表队—校园足球国家队"通道。

（3）督促各地切实按照国家特色学校高中、初中和小学 1∶3∶6 的比例或广东省 1∶2∶7 的比例推动特色学校网点建设，并创新足球特长生招生机制。2015—2019 年广东省小学特色学校配备数量还不达标，根据布局，未来 5 年创建的 1 470 所全国特色学校中要包括 882 所小学，各地要充分做好摸底工作，以及统筹区域谋划。各地要研究出台相关政策，推动各个层次参加足球训练的学生能够继续到高一级的足球特色学校学习。高校要加强与全省足球特色高中学校的联系，各地校足办和学校要积极加强与当地职业足球俱乐部的联系与合作，建立各个年级的训练梯队，培养更多高质量的足球后备人才，不断提高训练和竞技水平。力争到 2025 年广东省校园足球整体水平在全国名列前茅。

（四）做强校园足球竞赛体系

（1）小学、初中、高中和大学四级联赛蓬勃发展，"校内竞赛—校际联赛—选拔性竞赛—国际交流比赛"为一体的竞赛选拔体系日臻完善，形成赛事丰富、赛制稳定和赛纪严明的青少年校园足球竞赛体系。

（2）做到校园足球特色学校有班级联赛，班班有球队，周周有比赛，到 2025 年全省特色学校参加足球训练及竞赛的学生数占全体学生的 40%，形成学生积极主动参与课余足球训练，训练方式方法更加丰富，训练科学化水平显著提升，足球竞技水平明显提高，高水平运动员不断涌现的良好局面。在校内联赛的基础上，进一步完善小学、初中、高中和大学联赛，在联赛的基础上进一步完善选拔性竞赛和夏令营，形成联赛和选拔性竞赛相结合的完整体系。到 2025 年，各地市、县（区）包括乡镇、学区均建立健全最佳阵容的衔接体系。

（3）继续完善全省校园足球竞赛体系。继续办好、办优、办强"省长杯""市长杯""县长杯""校长杯"等校园品牌足球赛事。参照足球强国发展模式，完善幼儿园（活动）、小学、初中、高中和大学联赛体系，深化夏令营活动形式和综合效益，真正发挥足球比赛锤炼人、培养人的作用，不断提升各级校园足球联赛的影响力。建立校园足球竞赛管理平台，对各地的竞赛活动进行实时统计和追踪分析。严肃赛风赛纪，完善竞赛规则和处罚条例，健全监督、执法和仲裁机制，加强校园足球组织、俱乐部、从业人员诚信守则自律，依法查处违法犯罪行为。

（五）强化校园足球科研体系

（1）强化学科交叉融合，围绕青少年校园足球重点环节和关键领域，形成一批专业功底扎实、学术水平高、业务能力强的青少年校园足球专家团队。建立专委会定期会商工作机制，加强内部管理，建立退出机制。不断规范和完善省专委会管理，提高广东省校园足球高端论坛的质量，强化智库支撑，每年破解一个难题。专委会要针对广东省校园足球发展的重点难点，进行专项调研，开展基础性、前沿性、探索性创新研究，围绕青少年足球发展的重点领域和关键环节设立研究项目，在校园足球理念领先、思路创新方面贡献广东力量，逐步形成特色鲜明的广东省校园足球科研体系。

（2）进一步加大校园足球送教下基层活动力度，整合全省高校及教科研力量。从2020年起，每年各县（区）组织开展送教下基层教研活动不少于一次。

（3）积极吸纳社会力量支持，构建政府主导、社会有序参与的高水平科研平台，利用信息化、大数据、区块链等高新技术，完善校园足球治理机制，提升校园足球治理水平。充分发挥绩效评价平台和数据采集平台作用，全面了解和掌控全省校园足球开展情况，每年编辑出版《广东省青少年校园足球发展报告》。

（六）共筑校园足球融合体系

（1）发展青少年校园足球是长线工程，也是系统工程。校园足球一头连着教育改革发展，一头连着足球改革发展。习近平总书记高度重视青少年足球工作，强调此项工作涉及基础，事关长远，要抓细抓实。孙春兰副总理指出开展校园足球要从民族振兴的全局出发，强调教体双方要进一步把融合问题协调好、解决好、落实好。要坚持全省一盘棋，深化体教融合的体制机制，探索教育、体育、足协及社会俱乐部的合作途径，建立具有广东特色的青少年足球发展之路。

（2）校园足球工作领导小组的组成部门要协同配合，完善领导小组成员单位沟通例会制度，加快推进工作对接和资源共享，发挥各自优势，在场地规划、师资培训、新闻宣传、社会支持等方面形成合力。教育系统要牵头把校园足球的教学训练和竞赛活动扎扎实实地开展起来；发改、财政部门要一如既往地为校园足球的发展提供规划和财力方面的保障；体育部门和足协要发挥自己的优势，帮助校园足球在训练和竞赛上不断提高水平；新闻媒体要进一步扩大宣传力度，特别要全方位宣传校园足球在立德树人，培养德、智、体、美、劳全面发展的新一代社会主义建设者和接班人方面的重要作用；共青团把推广亿万学生阳光体育运动与校园足球相结合，激发更多的青少年投入到校园足球的行列中；各级校足办要保证有专人负责校园足球工作；校园足球特色学校的校领导要主动作为、狠抓落实，保障学校在校园足球工作上有人员、有经费、有教学、有竞赛。

（3）进一步推进校园足球与青训体系“一体化设计、一体化推进，自成体系，相互支撑”合作格局，畅通人才输送渠道，各学段优秀校园足球运动员升学政策更加完善，拓宽校园足球学生运动员进入国家足球后备人才梯队、国内外职业足球俱乐部的通道。建立和完善校园足球与足协或职业俱乐部运动员流动和逐级反哺机制。完善退役运动员、优秀教练员、社会体育指导员、有体育特长的社会人员支持学校开展校园足球工作的制度。加强国际交流互鉴，搭建国内外相关足球组织、机构和部门有序参与、协同推进校园足球健康发展的格局。

（七）完善校园足球荣誉体系

从2021年开始，督促市、县（区）建立并逐步完善校园足球荣誉体系，每年举行“校园足球年度总结系列活动”，对为校园足球发展做出突出贡献的相关组织、企业和个人进行荣誉认定并加大宣传力度，对受表彰人员特别是一线体育教师、足球教练在职称晋升、评优评先等方面予以倾斜。

（八）丰富校园足球宣传体系

（1）校园足球的健康发展，离不开健康的舆论环境。今后五年，全省要在舆论宣传方面建立层级分明、职责清晰的全媒体宣传矩阵，增强信息发布的权威性和及时性，主动回应社会各方面对校园足球的关切，讲述校园足球好故事，传播校园足球好声音。特别要做好典型宣传，要在理念和价值方面对社会有更多的正面引领。通过加大宣传力度，充分调动社会企业和学生家长的参与积极性，形成政府主导、学校主体、行业指导、社会参与、家长支持的具有广东特色的校园足球发展新模式。

（2）强化全省校园足球品牌形象建设，对我省校园足球对外形象进行全面升级，构建我省校园足球形象体系。从2020年开始，依托“广东校园体育”公众号建好全省青少年校园足球新媒体中心，各地市、县（区）校足办积极与当地相关专业院校或机构合作，建立区域内青少年校园足球新媒体工作站，共同构建层级分明、职责清晰的全媒体矩阵，与宣传主管部门和新闻媒体建立更及时、更有效的沟通渠道。组织创作一批青少年喜闻乐见的动漫及文学影视作品。打造全国一流的省级校园足球自媒体矩阵，通过公众号、微博等自媒体刊发校园足球相关报道文章，年度刊发文章超过500篇，浏览量超过1 000万。通过电视媒体直播或转播青少年校园足球赛事，全面报道广东校园足球比赛实况，通过对广东省大中学生运动会足球比赛、足球夏令营、“省长杯”等赛事的直播报道让校园足球和公众面对面。年度转播赛事不低于100场，总流量不低于1 000万。

（3）编辑校园足球年度画册，用照片形式全面记录校园足球的风貌。在2024年推出广东省校园足球十年发展画册。

（4）每年制作广东校园足球总结年度宣传片，时长约30分钟，记录校园足球的方方面面，力争成为全国省级校园足球总结宣传片的样板。在2024年推出广东省校园足球十年发展宣传片。

（5）每年度制作系列校园足球纪录片2～3部，如校园足球“援疆”纪录片、校园足球“精准扶贫”纪录片以及各特色学校、特色城市校园足球纪录片。“十四五”期间，预计推出纪录片10部到15部。

（6）与广东电视台等省级电视媒体合作打造“广东校园足球”专题节目，预计全年制作20期，内容包括广东校园足球新闻、广东校园足球任务、广东校园足球高端论坛和沙龙等，通过广东电视台体育频道、广东电视台少儿频道以及广体传媒等多种媒体播出。

（7）每年举办“校园足球力量——青少年校园足球好照片、好视频以及好新闻征集”活动，通过作品征集、线上展示和线下展览，展现青少年校园足球发展对夯实立德树人和助力国家足球事业发展的贡献，在全社会宣传校园足球的育人功能及广大青少年在校园足球发展中形成的优秀品质和展现出的向上精神。

校园足球是党和国家领导高度关心、社会大众密切关切、人民群众渴望改变的一项改革试点工程。未来五年需要各方面密切配合，进一步增强责任感和使命感，担当起历史赋予的重任，加大各方面投入，加快校园足球治理体系建设和治理能力现代化，共同谱写广东省校园足球改革发展新篇章。

中国足球改革是习近平总书记亲自发动、亲自部署的一项重大改革行动。要始终坚持立德树人，坚持遵循规律，坚持改革创新，坚持系统发展，坚持依法治理，坚持融合发展，在促进学校体育改革，提高青少年学生体质健康水平，促进学生身心健康，体魄强健等方面，百尺竿头，更进一步！

图 1–62　广东省校园足球活动掠影

注：1. 本文图片由广东省青少年校园足球领导小组办公室提供。

2. 本文图表数据由广东省青少年校园足球领导小组办公室和广东省青少年校园足球数据平台技术支持单位大连星辉华奥科技有限公司提供。

中编

广东省各地市青少年校园足球工作发展报告

广州：育人为本　久久为功

广州市教育局

广州市以习近平新时代中国特色社会主义思想和习近平总书记关于教育的重要论述为指导，落实“四个走在全国前列”指示精神，坚持“全面普及、因地制宜、改革创新、统筹协调、久久为功”的原则，把发展校园足球作为“立德树人”的载体，作为促进学生身心健康的突破口，作为提升足球竞技水平的重要抓手，作为扩大足球人口规模的基础性工程，在校园足球教学、训练、竞赛、保障、对外交流等方面整合资源，构建“政府主导，学校主体，高校支持，社会参与”深度融合发展的校园足球“广州模式”。2019 年 7 月 23 日，教育部召开新闻发布会，聚焦全国青少年校园足球工作，广州市向全国推广介绍经验做法。

一、基本情况

广州是首批 5 个中国足球改革试点城市之一，2018 年广州入选全国青少年校园足球改革试验区。目前，全市共建成 2 个全国青少年校园足球试点区，有 3 个省级校园足球试点区、165 所全国校园足球特色学校、38 所全国足球特色幼儿园、270 所省级校园足球推广学校、900 所市级校园足球推广学校、60 所市级校园足球基地学校。

二、主要做法

以全面完善校园足球八大发展体系为目标，以完善机制为引领，以课堂教学为基础，以推广普及为核心，以补齐短板为重点，以竞赛活动为助推剂，科学谋划广州校园足球发展路线图。

（一）强化顶层规划，启动校园足球科学发展

从育人出发，创新体制机制，注重内涵发展，不断提升发展质量，让更多学生热爱足球、享受足球。

（1）注重组织领导，不断完善市、区、校三级管理体系。建立由分管副市长主抓的校园足球联席会议制度，成立广州市校园足球工作领导小组，各区成立校足办，整合市、区两级政府有关部门力量。

（2）制订发展规划，持续推进校园足球有序发展。率先在全国开展市级顶层设计三年行动计划，印发《广州市中小学校园足球计划（2014—2016 年）》《广州市青少年校园足球发展计划（2017—2020 年）》和《广州市青少年校园足球改革试验区实施方案（2019—2021

年）》，提出校园足球工作总目标、时间表、路线图，完善竞赛体系和人才培养机制等。

（3）逐步推广“五个一”校园足球工作模式，在校园内外营造看足球、踢足球、爱足球的浓郁氛围，每学年一次足球文化节、每学期一次足球嘉年华、每月一次足球班级联赛、每周一节足球课、每周一次足球大课间活动。

（二）明确实施路径，推进校园足球务实发展

按照广州校园足球顶层设计，朝着明确实施路径和方向，持续努力，久久为功，引领青少年校园足球务实发展。

1. 加大经费投入

建立以市、区两级财政投入为主体，社会各界广泛参与的融合式经费投入机制。2015—2017 年，市、区两级财政先后投入 17.5 亿元，实施学校体育卫生基础设施提升改造工程。2018 年，市、区两级财政投入 3.212 亿元，用于新、改扩建、修缮校园足球场地。市本级 2018 年先后投入 1 870 万元，2019 年省、市投入 4771 万元，各区也投入相应配套资金，用于足球特色、推广学校的校园足球发展。

2. 强调普及为重

编印《羊城校园足球》《校园足球风》《名师经验汇编》等，拍摄教学视频，把足球知识和技能纳入体育课程，确保示范学校每周足球课时。发布《广州市初中学业水平考试体育与健康考试实施意见》，将足球作为中考体育考试选考项目，引导广大学生参与足球活动。积极将足球运动向幼儿园延伸，进一步下移普及重心。挖掘广州足球的文化底蕴，倡导“全民健身，你我同行”的健康文化。

3. 构建竞赛体系

按照“上下衔接、全面覆盖，优化赛制、规模适当，提高水平、促进普及”的思路，精心打造市、区、校三级校园足球联赛体系，基本覆盖小学、初中、高中（中职）各个年龄段，逐步形成班班有球队、校校有比赛的整体态势。广州市中小学生足球联赛开展五年以来，累计参赛学校达 4 000 多所、球队近 5 000 支、学生近 10 万人。在 2019 年初“全国青少年校园足球工作年度总结活动”中，广州市第五中学的邱皓朗同学入选全国优秀校园足球“未来之星”，杨荣裕同学入选首届全国校园足球国家队（高中男子组）。在 2019 年底的“省长杯”校园足球联赛中，广州市代表队包揽高中男子组冠、亚军。

4. 加强师资建设

每年委托广州市体育学院、广东第二师范学院等高校举办足球教师专项培训、教练员和裁判员培训 300 人次；与广州市足协共同开展校园足球 D 级教练员培训，累计参训人员达 96 人次。从 2017 年开始每年通过购买服务的方式，购买足球专业教练员（精英指导员）进入全市 50 所学校开展校园足球训练、竞赛等指导服务。从 2019 年开始，通过派遣

师资，选派包括5名外籍教练员在内的高水平教练，补充到农村地区和外来工子女较为集中地区的学校，帮助开展高质量的课余训练。目前全市足球专项教师近800人，推广学校基本配齐专项教师。在2019年初“全国青少年校园足球工作年度总结活动”中，海珠区后乐园街小学肖乐彬老师被评为“全国优秀校园足球教师”。

5. 保障场地资源

“十三五”期间，将校园足球场地建设纳入《广州市足球场地设施规划建设实施方案（2017—2020年）》进行规划。深入开展学校体育场地调研，积极探索构建学校与社会公共体育场所共享机制，让专业性足球场、经营性足球场等社会足球场免费或优惠向中小学校开放，带动区域校园足球发展。2015年起实施学校体育卫生基础设施提升改造工程，2018年新、改扩建、修缮场地160块，学校足球运动场地保障水平得到整体提升。

（三）坚持融合发展，助力校园足球可持续发展

广州是华南地区政治、经济、文化和科教中心，体育院校数量众多，体育团体和专业组织集中，群众足球氛围浓厚，有恒大、富力两大中超足球职业俱乐部，为校园足球的发展奠定了良好基础。广州市积极整合教育与体育两个系统的优势资源，深化结合，形成合力，提高效能，形成校园足球发展合力。

1. 以校内校外的融合提高教学训练水平

通过“三融合”，鼓励学生参与体育锻炼，促进教研训练水平的提高。一是课程课题融合。不断创新课堂教学，强化课题研究，深化学科融合，组织足球教学示范和观摩活动，编印足球教材和读本，把足球知识和技能融入体育课程，促进教学水平提高。二是比赛和趣味活动融合。利用大课间、课余及节假日、夏令营等，开展以校园足球为主题的嘉年华、世界杯系列活动、趣味赛、对抗赛、挑战赛等，激发学生参与足球活动的兴趣，倡导“团结协作、积极向上、顽强拼搏”的爱国主义、集体主义品质，以赛代练，以活动促练。三是校际间优势资源融合。秉持“满天星”训练营理念，发挥特色学校和推广学校师资、场地优势，让学校足球场地充分服务于周边场地缺乏的学校，让足球专业指导员到周边学校进行指导，构建“市区10分钟校园足球圈”“镇街10里校园足球圈”。

2. 以足球赛事的融合实现普及提升

充分发挥各类足球赛事活动对校园足球普及的推动作用，精心“打造”市、区、校三级校园足球竞赛体系。一是精心打造市级联赛。连续举办五届广州市中小学生足球联赛，率先在全国设置独立中职组比赛，整合社会性青少年足球赛事，强化竞赛管理，以赛促训，以赛提质。二是打造选拔性竞赛制度。以逐级选拔推荐为原则，推荐市级联赛高中、中职组冠、亚军参加“省长杯”足球赛，获奖队伍参加东南赛区和全国青少年校园足球联赛总决赛。举办高中冠军杯。三是进一步下移普及重心，将足球运动向幼儿园延伸。开展“小场地”学校（小学、幼儿园）足球研讨、观摩及嘉年华活动。四是注重交流合

作。组织三省九市校园足球交流赛、国际友城足球交流活动、足球教师交流赛、开展与贵州毕节市、黔南州和陕西延安市足球帮扶交流等。五是打造具有广州特色的校园足球精英训练营。由市统一组织开展各级训练营最佳阵容选拔和培训，为省级和国家级训练营输送人才。训练营丰富的赛事提升了学生体质健康水平，扩大了足球人口，提高了竞技水平。2016—2018 年有数据显示，广州市中小学生体质健康优良率、合格率逐年上升，不及格率逐年下降。2018 年以来共有 53 人入选全国最佳阵容，其中小学 21 名、初中 22 名、高中 10 名。在 2019 年全国青少年校园足球联赛总决赛中，华南师范大学附属中学斩获冠军，涌现出 2017 年中超 U23 最佳球员、富力中后卫黄政宇等运动员。在 2019 年“省长杯”青少年校园足球比赛中，广州市第五中学蝉联冠军。

3. 以社会资源的融合形成发展合力

整合教育与体育、足协等部门、体育院校、社会专业团体组织和足球职业俱乐部优势资源，形成“两购买、三构建、四探索”模式，形成校园足球发展合力。两购买是指通过购买服务方式开展足球教师、教练员和裁判员培训，率先在全国开设针对学校足球教师的 D 级教练员培训班；通过购买服务方式派出足球精英指导员进校园，做实校园足球教学、训练、竞赛。三构建是指构建“足球名宿—退役足球运动员—外籍足球教师—精英指导员—足球教师—体育教师”校园足球教练员体系；构建校园足球竞赛体系；2018 年底按配额认定高中男足“冠军杯”优秀队员为“二级运动员”，率先在全国进行校园足球运动员等级认定，构建运动员荣誉体系。四探索是指探索试点“市队校办 / 区办”，设立广州足协 U15 梯队（广州市第五中学）男子足球队和广州足协 U15 梯队（广州市南武中学）女子足球队，科学安排文化教育与训练竞赛；探索社会与学校资源互补机制，接收足球俱乐部梯队队员进入学校学习文化课，同时优选拔尖学生进入梯队进行专业训练；探索社会公共足球场资源共享机制，通过团购租赁方式将专业性、经营性足球场等统筹安排给中小学校使用；探索搭建足球梯队机制，派出专业教练员帮助搭建市区校三级、小学初中高中衔接的足球重点梯队。

三、面临的问题

广州市在发展校园足球的新思路、新做法上积极探索，继续加大普及力度，充分发挥校园足球的育人功能，让学生在足球运动中更快乐、更健康地成长。同时，广州市校园足球发展中也同样面临场地供需矛盾较为突出、校园足球人才上升通道不畅、人才学训矛盾等亟须解决的问题。

四、下一步工作

广州市将按照全国青少年校园足球改革试验区“八大体系”建设要求，在教学规范化、训练系统化、竞赛体系化、保障标准化等方面下功夫、想办法，争取到 2021 年，“满天星”校园足球训练营布局与建设合理，建成校园足球发展体系，形成具有鲜明广州特色的校园足球发展格局，当好全国青少年校园足球发展“排头兵”。

（执笔人：谭江平、李哲洋、邵云）

图 2-1 “富力杯”广州市第五届中小学生足球联赛总决赛

图 2-2 2019 年中国教育科学研究院在深圳市福田区举办的全国实验区足球联赛

深圳：创新校园足球模式　落实全程育人目标

深圳市教育局德育与体育卫生艺术教育处

深圳在市委、市政府的高度重视和支持下，全市教育系统积极落实党中央、国务院关于校园足球整体战略部署和习近平总书记系列重要批示精神，高度重视发展校园足球，准确把握校园足球定位，充分发挥校园足球的独特育人功能，把发展校园足球作为加快推进健康中国建设，落实教育立德树人工程和全面推进学校体育综合改革的探路工程，以立德树人、提升学生体质健康水平为根本任务，贯彻“教学是基础、竞赛是关键、体制机制是保障、育人是根本”的发展思路，大力普及发展校园足球，不断扩大校园足球运动规模，提升青少年学生综合素养，并将发展校园足球作为学校体育改革的着力点和突破口，引领学校体育改革创新。

深圳市现有普通中小学 740 多所，在校生近 150 万人。2017 年 9 月，深圳市正式被命名为“全国青少年校园足球改革试验区”。深圳以此为契机，认真实施教育部和广东省教育厅关于青少年校园足球改革发展的意见，牢固树立“小足球，大教育”观念，大力推动校园足球运动普及，引领学校体育改革创新。全市各学校校园足球逐渐普及，足球教学改革更加深入，竞赛体系更加完善，条件保障更加有力。深圳充分发挥全国青少年校园足球改革试验区的示范引领作用，为全国培育可复制、可推广、见效快的有益经验；积极总结校园足球工作的成功经验与做法，逐步辐射、拓展到篮球、排球、乒乓球、武术、啦啦操等学生喜爱且普及度高的体育项目中，大面积提升深圳市中小学生体质健康水平。

一、亮点经验

（一）高度重视校园足球，加快推进试验区建设

市委、市政府高度重视校园足球工作。2016 年 9 月颁布实施《深圳市足球振兴行动计划（2016—2020 年）》。2017 年 9 月，全国校园足球领导小组办公室批准深圳设立全国青少年校园足球改革试验区。2017 年 11 月，分管副市长代表深圳市政府与教育部签订校园足球改革备忘录，市委、市政府主要领导就试验区建设做出专门批示：“要求全市教育系统坚持立德树人的根本任务，准确把握校园足球定位，充分发挥校园足球的独特育人功能，大力推动校园足球运动普及。”政府部门在财政投入、足球自主招生等方面予以全力支持和保障。

（二）创新竞赛体系，促进全员参与和普及

从常规入手，开足开齐足球课，将足球课教学内容与课外活动、校内比赛相衔接。将校园足球作为“校园体育一小时”重点内容列入教学计划，同时在开展小学、初中、高中校园

足球三级联赛的基础上，发展校园足球班级联赛，并融入礼仪教育，创新足球竞赛体系。

1. 校内搭建多形式的竞赛体系

一是校内比赛和单项技能比赛。不仅有全校所有班级参加的集体比赛，还有全体学生参与的以单项足球技能比赛为主的嘉年华或校园吉尼斯比赛，如颠球、绕杆、射门、踢远、运球接力等比赛。部分确实没有足球场地的学校，也可以开展校内单项足球技能比赛。二是相关的文化活动。如足球宝贝啦啦操比赛、足球解说、足球摄影、足球征文、足球演讲、足球漫画比赛等。

2. 校外创新开展校园足球班级联赛

班级联赛分为三个层级：校级、区级和市级比赛。校级比赛中，每个班级参与比赛的场次每年不少于 10 场；区级比赛是本行政区内各学校班级联赛中脱颖而出的各年级冠军队参加的比赛；市级比赛是各区按照一定名额派出各年级优胜班级代表队参加的比赛。市级校园足球班级联赛已经连续举办了 3 年。无论是校级、区级还是市级比赛，各参赛队的队员均来自一个班级，学籍同属一个班，平时上课也在一个班，不允许跨班联合组队，为尽可能多的学生参与校园足球提供了机会和平台。2015—2016 学年度全市共有 200 多所学校开展班级联赛，30 多万中小学生参与校园足球单项技能比赛等活动。去年全市有 300 多所中小学校开展了班级联赛，近 60 万中小学生参与校园足球单项技能比赛等活动，参赛学生的规模得到迅速扩展，掀起了校园足球运动的热潮。

（三）通过比赛活动达成育人目标

深圳市教育局出台了《关于通过学生体育竞赛活动加强礼仪教育的通知》，规定了各种比赛赛前、赛中、赛后的行为规范，明确了球迷、教练员、运动员、家长、啦啦队员的有关要求；充分发挥校园足球在培养学生遵规守纪、公平竞争、团结合作、养成良好行为习惯等方面所具有的独特育人功能。全市各级校园足球活动许多细节令人感动：比赛时，替补席上孩子们的书包、水瓶摆放得整整齐齐；每场比赛结束时，小运动员们手拉手先向对方教练员鞠躬致意，再向观众席、裁判员鞠躬致谢，最后向自己的教练员鞠躬并深情拥抱。市级校园足球班级联赛颁奖仪式结束后，近千人的场地没有一片纸屑，没有一块垃圾，所有的空矿泉水瓶整整齐齐摆在场地的一角。这些都体现了孩子们良好的人文素养和精神风貌。深圳市还坚持把诚信教育渗透到每个细节中。如在市级校园足球班级联赛每场比赛开赛前，双方队长都需要交换《深圳市校园足球班级联赛公平竞赛诚信承诺书》，承诺所有队员来自同一个教学班级，并将参赛队员名单进行公示。这些活动的开展，很有创意，也很有教育效果，在近两年的市、区两级班级联赛中未出现任何一支球队弄虚作假的现象，达成了活动育人的目标。

（四）鼎力支持特色学校，发挥示范引领作用

深圳市积极创建全国和省、市校园足球特色（推广）学校，认真做好全国校园足球特色学校的管理和建设，加大支持力度，加快市级校园足球特色学校的建设。市级统筹区域和学校类型按高中、初中和小学 1∶3∶6 的基本比例合理匹配，适当向寄宿制学校和九年

一贯制学校倾斜，到 2020 年计划遴选出 350 所市级特色学校。鼓励各区按照《全国青少年校园足球试点县（区）标准》，做好整体谋划和布局，并依据《全国校园足球特色学校基本标准（试行）》，开展本区校园足球特色学校建设工作，形成建设梯队。截至目前，深圳市已有 108 所中小学被教育部命名为“全国青少年校园足球特色学校”，约占全市的 14.4%；福田区、罗湖区分别被评为国家级、省级足球改革实验区。深圳还有 2 个“满天星”训练营，1 个全国教学与实训基地。此外，深圳 150 所省级校园足球推广学校，约占 20%。在此基础上，深圳市还率先开展了市级校园足球特色学校评选，2016 年遴选市级校园足球特色学校 100 所，2017 年增加到 200 所，2018 年达到 272 所，2020 年将达到 350 所，约占 47%。同时，积极鼓励各区开展区级校园足球特色学校建设工作，形成建设梯队和特色。

深圳市财政对全国和市级校园足球特色学校分别予以每年 20 万元和 10 万元专项经费支持，专款用于开展校园足球活动，通过特色学校遴选，积极推动校园足球的普及，形成一批校园足球教育教学工作引领示范的典型，推动全市中小学全面普及校园足球。

（五）创新人才培养模式，梯队建设成效初显

1. 创新了足球自主招生政策

拓宽足球人才培养渠道，制定有利于足球人才成长的招生政策，完善小学、初中、高中足球运动员升学招生办法。全国校园足球特色学校可以根据组建学校足球队的需要，单列计划跨学区、降低分数线招收各年龄段足球特长生。今年将进一步探索创新自主招生方案，采取自主招生加“绿色通道”的办法，让学校招得到人，能招好人。制定足球自主招生认定标准和管理制度，深圳市教育局既严格监管，出台了相应监管制度，又充分赋权给学校，让学校有相应的自主权，招到心仪的特长学生。

2. 搭建平台畅通输送体系，推动校园足球水平快速发展

通过搭建平台一级高水平示范，推动校园足球全方位普及。一方面，深圳市学校代表队在国际和国内校园足球比赛中争金夺银：深圳实验学校足球队先后于 2015 年 U15 和 2017 年 U14 全国青少年男子足球锦标赛获得冠军，该校高中足球队还获得 2016 年广东省“省长杯”校园足球赛冠军，2017—2018 年度闽粤港澳埠际学界足球锦标赛冠军；翠园中学足球队 2015 年、2016 年先后获得全国高中足球联赛冠军和亚军，2015 年获得亚洲中学生足球锦标赛第四名，2018 年广东省传统项目足球锦标赛第一名；园岭小学 2015 年获得“达能世界杯”全国冠军，2017 年获得全国青少年校园足球赛亚军；深圳中学、育才二中、育才一小男子足球队和新安中学女子足球队也先后获全国校园足球比赛冠军；等等。积极组织优秀运动员参加区级、市级、省级和国家级“满天星”精英训练营。另一方面，充分发挥足协、职业足球俱乐部、足球学校、体育运动学校等在人才培养方面的积极作用，建立教育、体育和社会相互衔接的人才输送渠道，为有足球天赋和发展潜力的青少年创造优质文化教育和高水平专项训练指导平台，为足球运动的发展奠定坚实的人才基础，为山东鲁能、广州恒大、深圳佳兆业等职业球队、各高校输送了一大批足球人才和苗子，真正推动了校园足球持续发展。

（六）以校园足球为突破口，推动深圳学校体育整体发展

坚持顶层设计，整体谋划，将校园足球作为落实立德树人的重要途径和推动学校体育改革的突破口及重要抓手，纳入学校体育的整体工作进行全面布局。不搞形式主义和花架子，从常规工作入手，扎扎实实抓好学校体育课与课外锻炼，开足开齐体育课，科学安排内容，保证练习密度和运动强度，让每个学生都得到充分锻炼，加强校园足球等重点项目的技能教学，注重运动兴趣和技能培养，使学生学会至少两项终身受益的体育锻炼项目，切实提高体育课教学质量；将校园足球作为“校园体育一小时”重点内容，实行“校园体育一小时”飞行检查制度，切实保证学生每天“校园体育一小时”落到实处。将校园足球的经验推广到校园篮球、排球、乒乓球和啦啦操等项目中。全市中小学常年开展面向全体学生参加的校内外竞赛活动，常年举办校园足球、篮球、排球、乒乓球、啦啦操等项目班级联赛及各类单项技能比赛，形成“人人有爱好、班班有项目、校校有特色”的学校体育新格局。

二、常规做法

（一）各司其职，加强校园足球组织管理

深圳成为全国青少年校园足球改革试验区的东风，建立以政府分管副市长牵头，教育、体育、发改委、财政、团市委等多部门共同参加的深圳市全国青少年校园足球改革试验区工作领导小组，具体指导校园足球工作，形成齐抓共管的运行机制和校园足球联席会议制度。领导小组办公室设在深圳市教育局（德育与体育卫生艺术教育处），负责全市校园足球的日常管理工作。教育行政部门负责统筹规划、综合管理，牵头推进实施校园足球工作；体育专业部门提供技术指导、行业支持等相关服务；发展改革部门负责统筹场地设施规划与实施；财政部门负责制定推动校园足球工作的相关经费支持；宣传部门加大宣传支持力度，积极宣传校园足球的发展动态，营造校园足球发展的生态环境；共青团系统负责组织和参与开展校园足球文化活动，把校园足球项目纳入共青团日常工作的活动内容。教育督导部门要将校园足球纳入教育督导指标体系，加强督导检查。各校开展校园足球工作要实行校长负责制，成立学校校园足球工作领导小组。

（二）坚持课内外结合，提升足球课堂教学水平

经过多年的探索、论证，深圳拟于2021年将足球列入中考体育考试选考科目，以考试评价作为促进足球技能的有效手段。建立校园足球专家资源库，指导完善深圳市校园足球教学和评估体系，建立健全足球课堂教学质量监测机制，加强教学质量监测。各级各类学校都将足球作为体育课堂教学的主要内容之一，校园足球特色学校每周最少开设一节足球课。各级各类学校都坚持课内外结合，将课堂教学与全员参与的足球颠球、过竿、射门、踢远等单项技能比赛相衔接，提高体育课堂教学效果和学生课外锻炼的积极性，培养学生足球运动的兴趣和技能，使足球成为学生终身受益的体育锻炼项目。

（三）完善竞赛体系，深入推广普及校园足球

广泛开展多样化的足球竞赛活动，形成稳定规范的赛制，构建包括校内竞赛、校际联赛、各区选拔赛和市级总决赛、班级联赛、精英联赛等深圳校园足球竞赛体系。

（四）丰富活动内容，加强校园足球文化建设

大力开展校园足球普及教育活动，各校设立校园足球文化节，加强足球知识和足球文化教育，培育发展学生核心素养。开展各级校园足球活动的新闻宣传推广，提高全社会的关注度与参与度，营造浓厚的校园足球文化氛围，搭建青少年足球运动对外交流竞技平台，树立改革试验区校园足球品牌形象。市局发文要求各级各类学校必须要组织全员参与的校园足球嘉年华活动，如举办足球单项技能比赛、校园足球吉尼斯、足球节、足球亲子、足球名人进校园等主题活动，营造浓郁的校园足球文化氛围。通过学校网站、宣传栏、校报、微信公众号等平台全面宣传校园足球工作，创办校园足球期刊、校刊、专刊，加强宣传引导，在校园内外掀起爱足球、看足球、踢足球的热潮。

（五）有效整合资源，切实提升教师素质

制订校园足球教师培训计划，结合实际开展多种方式的教师培训。组织开展足球教师教学竞赛、经验交流和教研活动，着力提升足球教师教学实践能力和综合职业素养。聘请国内外高水平足球专家培训校园足球教师、教练员、裁判员。多渠道配备师资，采取多种方式，配齐配强校园足球教师。制订校园足球兼职教师管理办法，鼓励专业能力强、思想作风好的足球教练员、裁判员，以及有足球特长的其他学科教师和志愿人员担任兼职足球教师。建立校园足球教师专业考级培训制度，逐年分期对学校体育教师分类、分层次进行不同等级的足球精准系统培训，并颁发等级证书，努力提高学校体育教师足球专项的执教能力和水平。完善政策措施，创新用人机制，为退役运动员转岗为足球教师或兼职足球教学创造条件。建立教师长期从事足球教学的激励机制。选派部分优秀青少年校园足球工作管理人员、教师、教练员、裁判员到国外参加专业培训和交流活动。鼓励通过购买服务、公开招标等形式，聘请高水平、有资质、符合从教资格的社会体育技能人才、退役优秀运动员、专业机构或团队，按照有关规定开展足球运动训练指导、“校园体育一小时”足球活动、四点半活动等。

（六）改善设施条件，加大经费支持力度

深圳市、区财政加大对校园足球的投入，统筹相关经费渠道对校园足球改革发展给予倾斜。探索建立政府支持、市场参与、多方筹措支持校园足球发展的经费投入机制。优化教育投入结构，积极创造条件，因地制宜逐步提高校园足球特色学校经费保障水平，支持学校开展足球教学、普及、训练和比赛。加快场地设施改造建设，把校园足球活动的场地建设纳入本行政区域足球场地建设规划，加大场地设施建设力度，创造条件满足校园足球活动要求。鼓励建设小型多样化足球场地设施，如利用屋顶建设、建设足球笼等。在现有青少年培养、实践基地建设中，规划和建设好足球场地设施。在深圳市学校体育场馆向社会开放的基础上，推动了社会体育场地设施向学校分时段开放，形成了教育与体育、学校

与社会、学区与社区共建共享场地设施的有效机制。

（七）完善安全保障体系，健全师生学校参与足球激励机制

1. 安全保障

加强校园足球运动伤害风险预防管理，制定安全防范规章制度，加强运动安全教育、检查和管理，增强学生的运动安全和自我保护意识。在购买中小学校校方责任保险和学生意外伤害保险的基础上，正在探索购买“校园体育一小时”专项保险或设立深圳市校园体育活动风险防范保障基金。健全学校体育工作法律支持体系，建立体育锻炼及活动项目家长知情同意制度，发挥家长委员会对学校体育工作的支持监督作用。降低学校体育工作安全风险，提升校园足球安全保障水平，解除学校和体育教师的后顾之忧。

2. 师生激励机制

建立足球教师激励机制。通过将教师组织课外足球活动、课余足球训练折算成课时作为工作量计入教师绩效工资等方式，鼓励教师长期从事足球教学工作，不断提升业务能力。教师参加校园足球相关培训并经考核合格的，按相应培训学时计入教师继续教育学时。在国家、省、市各级校园足球联赛中取得优异成绩的学校球队的教练在评先树优、职务评聘时享受优惠政策。

把足球学习情况纳入学生档案，作为学生综合素质评价的参考。加强足球特长生文化课教学管理，完善考试招生政策，激励学生长期积极参加足球学习和训练。合理规划安排区域内校园足球特色学校的布局，做好足球后备人才梯队衔接，为深圳市有足球特长的学生创设持续发展的通道。

3. 学校激励机制

健全校园足球特色校考评机制。制定深圳市校园足球特色学校评估标准，定期考评，考评结果计入校长职级制考核。对活动开展不积极、成绩不突出的学校限时整改或予以摘牌，并对有关负责人问责；对活动普及面广、成效显著的学校给予奖励。

（八）鼓励社会力量参与，大力发展校园足球

深圳市各区都加大了规划、政策、标准引导力度，多渠道调动社会力量支持校园足球发展的积极性。充分发挥职业足球俱乐部、足球学校、体育运动学校在人才培养方面的积极作用，鼓励有条件的体育俱乐部、企业及其他社会组织联合开展有利于校园足球发展的公益活动。

深圳正在“长征”路上。深圳市将抓住改革试验区的契机，推动校园足球的可持续发展，为全省和全国校园足球改革发展做出积极贡献。

（执笔人：向苏龙）

珠海：明确发展思路　加强校园足球体系建设

珠海市教育局

为贯彻落实《国家中长期教育改革和发展规划纲要（2010—2020年）》《中国足球改革发展总体方案》（以下简称《总体方案》）《教育部等6部门关于加快发展青少年校园足球的实施意见》及全国青少年校园足球工作电视电话会议精神，珠海市在上级相关部门指导下，在市教育局、市文化广电旅游体育局等相关单位通力合作、积极推动下，全面加强校园足球教学、训练、竞赛、师资、文化和对外交流等方面工作，促进珠海市青少年校园足球工作良性发展，取得了一定成效。现将近五年珠海市青少年校园足球开展情况总结汇报如下。

一、完善组织机构，明确发展思路

1. 成立珠海市校园足球工作领导小组

组　长：林日团　珠海市教育局局长
副组长：石玉屏　珠海市教育局三级调研员
成　员：朱业春　珠海市教育局体卫艺科科长
李　云　珠海市香洲区教育局副局长
王　凯　珠海市斗门区教育局副局长
何　忠　珠海市金湾区教育局机关党支部书记
黄国强　珠海市校园足球协会会长

2. 下设珠海市校园足球工作执行小组

组　长：朱业春（兼）
成　员：赵云峰、韦海金、林自强、黄江红、李大谋、
关兆文、吴文祥、黄英萍、刘紫盈、王　飞

3. 推进校园足球工作的总体思路

珠海市深刻领会《总体方案》的具体要求和内在逻辑，充分发挥校园足球的育人功能，加快足球普及，促进文化学习与足球技能共同发展、足球人才规模化成长，加快足球师资队伍和新型足球学校建设等任务和要求，统筹全局，加强顶层设计。2017年，经市政府同意，印发了《关于加快发展珠海市青少年校园足球工作的实施意见》，明确珠海市校园足球工作发展的指导思想、基本原则、工作目标、主要任务和保障措施。广泛开展校园足球活动，普及与提高相结合，训练和比赛相补充，普及校园足球知识，完善足球联赛制

度，以校园足球为契机，树立“终身体育”意识，培养全面发展、特长突出的人才，全面推动学校体育工作健康发展。

二、校园足球工作的主要进展

（一）保障体系——师资保障

为满足校园足球专业教师的需要，近五年珠海市通过公开招聘方式引进足球专项教师，基本解决珠海市足球特色学校足球师资的紧缺需求；同时通过举办各类足球专业知识学习与培训，提升珠海市校园足球教师团队的专业知识和技术水平，为足球教学课和训练课的开展提供有力的保障。

（1）近五年共招聘足球专项体育教师 12 人，其中 2015 年 4 人，2016 年 3 人，2017 年 1 人，2018 年 3 人，2019 年 1 人。

（2）组织市级校园足球专项培训共 22 次，培训人数达 1 254 人次。其中，2015 年组织 2 次，培训人数共 137 人；2016 年组织 3 次，培训人数共 152 人；2017 年 5 次，培训人数共 279 人；2018 年 6 次，培训人数共 323 人；2019 年 6 次，培训人数共 363 人。

（二）保障条件——场地及训练器材

几年来，珠海市在各级各区相关部门的大力支持下，通过上级行政拨款、地方配套专项经费、学校自筹经费等方式共投入校园足球专项经费 3 220.55 万元（其中 2015 年投入 85.21 万元，2016 年投入 259.31 万元，2017 年投入 849.96 万元，2018 年投入 1 256.77 万元，2019 年投入 769.3 万元）；采用区校自行购买等方式，逐步解决珠海市校园足球场地器材问题，并基本达到省级要求。

1. 用于场地建设的费用：2015 年 41.42 万元，2016 年 45.38 万元，2017 年 500.78 万元，2018 年 682 万元，2019 年 114.5 万元。

2. 用于购买器材的费用：2015 年 25.49 万元，2016 年 53.11 万元，2017 年 140.87 万元，2018 年 92.74 万元，2019 年 119.23 万元。

3. 用于教师培训的费用：2015 年 2.5 万元，2016 年 3.16 万元，2017 年 4.13 万元，2018 年 4.7 万元，2019 年 6.7 万元。

4. 用于教师训练补贴的费用：2015 年 2.5 万元，2016 年 3.66 万元，2017 年 3.52 万元，2018 年 3.53 万元，2019 年 2.27 万元。

5. 用于购买服务的费用：2015 年 0 元，2016 年 130.7 万元，2017 年 170.56 万元，2018 年 439.5 万元，2019 年 487.6 万元。

6. 用于组织比赛的费用：2015 年 9.5 万元，2016 年 15.2 万元，2017 年 18.3 万元，2018 年 22.1 万元，2019 年 24.5 万元。

7. 用于参加比赛的费用：2015 年 3.8 万元，2016 年 8.1 万元，2017 年 11.8 万元，2018 年 12.2 万元，2019 年 14.5 万元。

（三）质量提升——足球教学

珠海市根据校园足球发展的基本指标，把落实每周一节足球课作为发展校园足球的根本任务，全面贯彻校园足球的教学指南，落实到教学课堂，做到有课程、有教师、有教材、有测试、有评价、有反馈，真正落实校园足球从课堂抓起，从校园全面普及。近五年来组织的校园足球教学公开课共有 27 次，其中 2015 年 3 次、2016 年 5 次、2017 年 6 次、2018 年 5 次、2019 年 8 次，有效促进珠海市足球教师的教学能力和业务水平。

（四）水平提升——教研活动

五年来，珠海市各级教育行政部门积极铺开校园足球教研工作，通过足球课程开设、足球教学与训练、足球大课间与课外活动的开展，因地制宜举办形式多样的校园足球活动，全面提升了全市校园足球的科研水平。

（1）组织校园足球科研活动共 17 次。其中，2015 年 2 次，2016 年 3 次，2017 年 3 次，2018 年 4 次，2019 年 5 次。

（2）组织学校参加的上级部门校园足球科研活动 21 次，分别为 2015 年 3 次，2016 年 4 次，2017 年 4 次，2018 年 6 次，2019 年 4 次。

（3）发表的校园足球发展研究课题共 40 个。其中，省级课题 39 个，国家级课题 1 个。

（4）发表的校园足球发展论文共 103 篇。其中，省级论文 98 篇，国家级论文 5 篇。

（5）发表的省级校园足球发展专著共 24 部。其中，2015 年 2 部，2016 年 3 部，2017 年 5 部，2018 年 7 部，2019 年 7 部。

（五）推广活动——足球文化

近年来，珠海市各级各类学校重视校园足球文化建设，多方位、多角度宣传和展现青少年校园足球发展理念、育人功能和校园足球文化，如北师大珠海附中、香洲区第十小学等中小学举办的校园足球文化节活动。各校在学生中广泛征集校园足球的口号、标语、绘画、徽标、歌曲等文化作品，使足球成为倡导健康生活、传播正能量的重要载体。金湾区鱼林小学、斗门区乾务中心小学开展“校园足球之星”“校园足球小使者”等评选活动，在学生中树立榜样，发挥示范、引领作用，激发青少年参与校园足球活动的热情，促进校园足球健康发展。

（1）五年来，珠海市共组织了 29 次校园足球交流活动。其中，2015 年 4 次，2016 年 4 次，2017 年 6 次，2018 年 7 次，2019 年 8 次。

（2）通过内部宣传平台和新闻媒体共发送校园足球活动相关图片 1 913 张，文字报道 194 篇，视频短片 51 个。

（六）加强组织——足球竞赛

经过 5 年的努力，珠海市构建了班级、校级、区级、市级四级竞赛模式，形成了小学、初中、高中、大学四级校园足球常态化竞赛体系，校园足球特色学校和推广学校普遍组织班级、年级比赛以及校际邀请赛等竞赛活动。同时，珠海市还举办了珠海市青少年中小学足球锦标赛、高校足球联赛和珠港澳三地中学生足球赛；组队参加广东省“省长杯”

青少年足球联赛（高中、中职组）全省总决赛。浓厚的校园足球竞赛氛围，让学生感受到足球的快乐，提高足球竞技水平和身体素质，养成良好的品质。

（1）五年来珠海市参加市级或以上级别足球比赛的青少年学生人数达 6 566 人次。其中，2015 年 680 人，2016 年 962 人，2017 年 1 176 人，2018 年 1 654 人，2019 年 2 094 人。

（2）组代表队参加地市以上（含地市）的比赛共 238 场。其中，2015 年 38 场，2016 年 38 场，2017 年 50 场，2018 年 53 场，2019 年 59 场。

（3）参加省级以上（含省级）比赛取得前八名成绩共 12 次。其中省赛前八名 10 次，国家级比赛前八名 2 次。

（七）特色创建——全国青少年校园足球特色学校和广东省校园足球推广学校

按照《全国青少年校园足球特色学校基本标准（试行）》和《广东省青少年校园足球推广学校基本标准（试行）》，珠海市注重统筹城乡区域和学校类型，高中、初中和小学各学段合理匹配原则，落实“成熟一个推一个”的宗旨，严格把好质量关，按照足球特色学校的标准进行推选申报。

（1）珠海市获批全国青少年足球特色学校共 34 所，其中，2015 年 6 所，2016 年 8 所，2017 年 8 所，2018 年 12 所。

（2）广东省校园足球推广学校共 58 所，第一批 10 所，第二批 25 所，第三批 23 所。

（3）经过市级遴选参加省级选拔。经省级选拔，珠海市已有 13 人进入全国分营选拔。经全国分营选拔，有 4 人进入全国总营活动。

三、存在的主要问题

近几年，珠海市校园足球各项工作取得了重大进展，让越来越多的学生享受到足球带来的快乐。同时，随着校园足球逐步走向深入，一些困扰校园足球发展的问题也出现了，主要有以下方面：

（1）学校对校园足球的重视程度有差别。到目前为止，仍有部分学校领导和教师认为校园足球或者体育运动是校队或少数体育特长生的事，没有认识到普及发展校园足球的价值，没有充分发挥校园足球“育人”的核心功能。如何提升人们的发展校园足球的观念，是珠海要重视的问题。

（2）师资不足。珠海市 197 所中小学校中仅有 67 名足球专项体育教师，有着专业足球运动经历的体育教师也比较少，很多专业足球教练和退役运动员，因为教师招考门槛较高，很难进入教师队伍。如何配齐、补足校园足球师资，是珠海要加快解决的问题。

（3）经费短缺。目前各校开展校园足球的经费，主要来源包括上级行政拨款、地方配套专项经费、学校自筹经费。对于学校来说，聘请教师、修建和维护场地、组织和参加赛事等，都需要大量经费支持。如何建立长效经费保障机制，也是珠海要研究解决的问题。

四、促进校园足球持续发展的工作举措

珠海市校园足球的发展必须按照习近平总书记对新时代学校体育的“四位一体”目标定位，对照《总体方案》要求，在思想观念上做到“移风易俗”，强调对校园足球综合育人功能的认识，聚焦“教会、勤练、常赛”，并示范和引领学校体育教育教学改革；要在改善办学条件上实现“改天换地”，切实加强足球师资队伍建设和场地器材建设；要在凝聚力量上达到“众志成城”，不断完善新时代学校体育美育评价激励机制，调动“师生家校社”参与足球运动的积极性、主动性，拉动更广泛的社会各界支持，促进校园足球进一步提质增效；同时在不断求索中完善支撑体系，构建校园足球特色平台。

（一）夯实校园足球推广体系

要健全各级校园足球管理机构建设。从机构设置、人员配备、薪资待遇、管理办法等方面提出具体指导意见。不断夯实基础，科学规划，压实责任，争取每年至少创建8所全国青少年校园足球特色学校目标，并加强对校园足球特色学校以及高水平足球运动队管理。

（二）健全校园足球教学体系

推进校园足球教学指南和评定标准的实施，鼓励和支持引入先进教学方法和高新科学技术，建设智慧球场和应用智能训练设施和装备，强化科学训练。建立线上线下相结合的校园足球师资培训体系，建设在线培训系统，建立线下培训和考核点，开发培训课程，制订考核等级评定标准、评定办法和考核模式。健全珠海市资助赴海外留学足球教师和教练员选拔、培训机制，约定相关任务和要求，制订考核办法，建立跟踪机制和继续培训机制。

（三）打造校园足球样板体系

努力探索一条中国特色青训人才培养模式。通过教体深度融合，建设适合珠海市特点的足球特色学校。资源整合，针对处于义务教育阶段初中、小学生不能脱离学制的要求，将体育系统的优质资源向教育系统投入，积极委派优秀教练员担任特色学校和推广学校的主教练，带领校园足球教师、教练员共同备课，共同制订珠海市校园足球教学、训练、竞赛计划，发挥传、帮、带作用。同时，利用周一至周五下午的阳光体育活动时间开展校园足球竞赛，并对具有发展潜力的苗子进行专业化训练，提高其竞技水平。

教体结合模式既实现了体育系统高水平专业力量“走进来”，又有利于区域校园足球的普及、推广、提高和教师、教练员的成长，还能够提前介入对具备足球运动天赋学生的关键时段培养，是实现教育系统共享体育系统优质资源、体育系统扩大选才范围、学校家庭学生得到实惠，教育、体育、学校、家庭实现共赢的最佳路径。

（四）做强校园足球竞赛体系

以赛促训、以赛提质，确保校园足球特色学校班班有球队，定期组织比赛，通过年级联赛组建各个年龄组的学校代表队。在校内联赛的基础上，进一步完善小学、初中联赛。在联赛的基础上进一步完善选拔性竞赛和夏（冬）令营活动。

（五）共筑校园足球融合体系

进一步加强校园足球工作领导小组各部门协同配合，在场地规划、师资培训、社会支持等方面形成合力。进一步推进各部门工作对接和资源共享，发挥各自优势，深化教体融合，加快推进校园足球与青训体系“一体化设计、一体化推进，自成体系，相互支撑”合作格局。积极鼓励有较好足球运动技能和水平的中、小学生坚持有计划、有层次的足球训练。

（六）构建校园足球荣誉体系

进一步调动学生、家长、学校及社会各界参与、重视、支持校园足球。不断完善校园足球运动员等级认定体系，进一步打通校园足球人才成长通道，不断完善小学、初中优秀足球运动员升学政策，建立衔接贯通的升学通道。

在校园足球广泛普及的基础上，建立“校园足球特色学校—训练营—校园足球精英训练营—校园足球代表队”的高水平运动员发展与训练渠道，进一步完善校园足球优秀运动员的成长机制，并鼓励和支持优秀足球苗子向职业化发展。建立和完善校园足球教师和教练员超课时训练、带队比赛工作量认定和补助政策。通过分层分类、递进提高培训，促使校园足球教练员队伍层次分明，有序衔接。每年举行校园足球年度工作总结活动，大力宣传表彰为校园足球做出贡献的相关单位和人员。

（七）搭建校园足球科研体系

鼓励足球教师、教练开展基础性、前沿性、探索性创新研究。积极引导各界力量围绕青少年校园足球开展科学研究，推动成果转化应用。加强与体育部门、足协组织的合作，借鉴国内外优秀研究成果，积极探索适应珠海市青少年足球人才成长的教学、训练和竞赛体系理论与实践研究，逐步形成特色鲜明的青少年校园足球科研体系。

（八）健全校园足球安全保障机制

探索建立学生体育运动专项保障资金或学生体育运动相关保险，进一步健全体育运动伤害保障机制。根据《学校体育运动风险防控暂行办法》要求，督导各学校建立健全学校体育运动风险防控体系和管理制度；通过政府购买服务，为学生购买体育运动意外伤害保险，完善学校的“保险机制”，为所有学生的足球活动安全“保驾护航”，在赔偿范围方面做出根本性的改变，即一旦学生出现运动意外伤害，将得到全部赔付。提升珠海市中小学校足球推广过程中的安全风险保证水平，维护学生、家长和学校三方权益，促进足球活动社会化、规范化、安全化，最后实现校园足球发展“职业化”。

（九）完善校园足球舆论宣传体系

充分利用现代互联网技术建立媒体宣传平台，加强互联网青少年校园足球政务信息数据服务平台和公共服务平台建设，增强信息发布的权威性和及时性。主动向全社会公开有关工作进展，回应社会各方面对校园足球的关切和建议，接受各方面监督。积极整合多方优质资源，吸纳有益力量，构建层级分明、职责清晰的全媒体宣传矩阵，传播校园足球好声音，宣传校园足球好人好事。

（执笔人：林自强）

汕头：加强投入　普及校园足球活动

汕头市教育局

根据《教育部等6部门关于加快发展青少年校园足球的实施意见》（教体艺〔2015〕6号）及《广东省关于推进青少年校园足球发展的实施意见》（粤教体〔2016〕1号）要求，五年来，汕头市以立德树人为工作目标，以增强青少年学生体质，培养青少年拼搏进取、团结协作的精神为宗旨，广泛开展校园足球活动，提高青少年的足球兴趣，以校园足球为突破口，培养全面发展、具有特长的青少年学生。

一、加强组织领导，健全工作机制

为全面提高汕头市青少年学生的体质和体能，促进校园足球特色学校的创建与发展，汕头市成立了由市教育局胡冬局长任组长，市教育局、发改局、财政局、文广旅体局、团委等分管领导任副组长的校园足球工作领导小组，加强对全市校园足球工作的领导。各校园足球特色学校成立了校园足球工作领导小组，加强对校园足球工作的领导，由一名副校长分管学校足球工作。

汕头明确学校体育指导思想，重视学校体育和学生体质健康工作，把校园足球作为增强学生体质健康的重要举措，将校园足球发展纳入学校整体工作计划，制定具体计划，制定完善的校园足球管理措施和实施细则。2016年，结合汕头市实际，经市政府同意，市教育局、发改局、财政局、文化广电新闻出版局、体育局和团市委联合制定出台了《汕头市关于推进青少年校园足球发展的实施意见》（汕市教〔2016〕88号），进一步明确了全市校园足球发展的目标措施。2017年，汕头市校园足球领导小组成立，领导小组办公室设在市教育局。汕头市建立联席会议制度，定期研究校园足球发展规划，确保校园足球建设有序发展；建立健全规范、科学、有序的校园足球发展模式，促进学生体质健康、运动技能和健全人格的发展与提高。各学校制定教学管理、课余训练和竞赛、师资培训等规章制度，制定运动安全防范措施与保障防范预案。

二、加强师资建设及场地资金投入

针对足球专项教师奇缺、教学及训练中水平参差不齐的问题，汕头市于2017年4月举办了全市校园足球专项培训班，邀请广州体院有关专家对汕头市足球专项教师进行专项培训，以及举办全市校园足球研讨活动。各区县也分别举办了教练员校园足球培训班。各校园足球特色学校选派优秀足球专项教师参加国家级、省级、市级、区级足球骨干教师培训班、足球一级裁判员培训班、足球指导员培训班等相关项目学习，加强教师及教练员队伍培训建设，不断提高自身足球教学及训练水平。汕头市及其区、县每年分别组织校园足球教师培训 1～2 次，2015—2019 年参加国家级、省级、市级校园足球教师培训班达 1 000 人次。现全市学校持证的专业教练员有 27 人，由体育教师担任的教练员有 33 人，外聘教练员有 48 人；现全市学校有国家一级裁判员 13 人，国家二级裁判员 19 人。汕头确保体育工作专项经费每年有所增加，各学校积极向上级有关部门申请专项资金，做好足球场地的修缮工作，配备足球专项器材，保证满足教学和课余足球训练需要。多渠道争取资金投资校园足球场地建设。汕头充分发掘社会捐资，用于学校场地建设，同时对国家及省级足球专项资金严格按专款专用。我市有 5 人制足球场地 120 块，7 人制足球场地 40 块、11 人制足球场地 15 块。建立健全运动风险防控制度，为学生购买校方责任险，并为学生新增购买运动意外伤害险，保证学校开展校园足球运动的安全。

三、开展校园足球教学，普及校园足球运动

汕头市各学校坚持深化学校体育改革，坚持健康第一，把足球作为立德树人的载体，积极推进素质教育，促进学生全面发展，按国家课程计划开足开齐体育课。每年实施《国家学生体质健康标准》，完成测试数据上报工作。为了进一步推动足球活动开展，使校园足球能够全面、快速普及，义务教育阶段足球特色学校把足球作为体育课必修内容，每周每班不少于一节足球教学课，高中阶段学校开设足球选修课，上课教师制定详细的足球教学教案，每天安排体育大课间活动，每周实施适合学生年龄特点的足球教学和课外活动。学校聘请资深足球专项教师，深入学校，走进课堂，与老师、同学们共同上足球课，激发了学生们上足球课的兴趣，提高了体育老师对足球教学的能力。2017 年 6 月在澄海实验学校举办粤东地区校园足球教学研讨活动，广东省教育研究院等多位专家到现场指导及开展研讨交流活动；2017 年 10 月在澄海实验小学举办市小学足球教学研讨活动；2018 年 4 月与广东省教育研究院在金平区聿怀初级中学、金龙小学联合举办校园足球宣讲暨下基层活动；2018 年 9 月，在澄海实验学校举办汕头市校园足球教学比赛；2019 年 10 月与省教育研究院在濠江区广澳学校举办校园足球宣讲暨下基层活动。部分有条件的学校利用自身教学资源开发和编制足球校本教材。

四、建立健全各级联赛制度

2016 年以来，汕头市举办了每年一届的“市长杯”校园足球联赛（2016 年为首届），各区县也举办区县级校园足球联赛。同时，自 2018 年起，汕头每年还举办全市校园足球特色学校足球联赛。2019 年汕头市校园足球特色学校足球联赛，设高中组男子组、初中组男子组、中学女子组和小学组男子组，共 42 支足球代表队，745 名运动员、领队、教练员参加总决赛。在此期间，各学校按照市的总体要求，积极参加市级、区级校园足球联赛，制订足球竞赛制度，每年组织校内足球班级联赛，开展班级与班级、年级与年级之间的比赛。现全市常年举办的校园足球赛事有“市长杯”青少年校园足球联赛、市校园足球特色学校足球联赛、“区长杯”足球联赛、校际联赛、班级联赛、小学阶段甲乙组升降级和 U9 以下丙组赛事等，已比较完善地建立市、区县、学校三级联赛制度。2015—2019 年，全市举办中学校园足球赛超过 1 000 场、小学校园足球赛超 1 500 场，每年参加的队伍共 200

支、人数共 3 000 人次。比赛增强了学生们的身体素质，培养了他们拼搏进取、团结协作的精神，也使校园足球活动得到普及。

各学校积极组建校级足球代表队，做好科学的训练计划，利用课外活动时间进行积极运动训练。各年级成立足球兴趣小组、年级代表队，大多数班级纷纷成立班足球队。现学校中学校队足球运动员有 1 042 人，小学校队足球运动员有 1 644 人。为进一步丰富中小学生暑假生活，促进校园足球活动的深入开展，给广大青少年学生创造一个自我展示、相互交流的平台，部分学校根据本校条件及学生特点，举办暑假校园足球夏令营活动，聘请市足球协会教练到学校任教，丰富校园足球的内容。2019 年 6 月，汕头市还组织小学、初中、高中学生参加省校园足球夏令营活动。

五、加强校园足球宣传及示范引领作用

各学校充分发挥舆论和新闻媒体的作用，利用校园广播、校园网、校刊、橱窗和板报广泛宣传校园足球运动的开展情况，营造领导重视、学校支持、学生热爱、社会参与的校园足球文化氛围，促进青少年素质的全面发展，致力把汕头市青少年校园足球活动提高到一个更新的水平。

汕头市结合我各区县及学校的基本条件及发展情况，以足球特色学校为抓手推进校园足球工作，做好足球特色学校布点工作，积极创造条件，推荐有条件的学校申报校园足球特色学校和推广学校。目前全市有 70 所学校获教育部命名为全国青少年校园足球特色学校，137 所学校获省教育厅命名为省级校园足球推广学校，龙湖区、金平区获评省级校园足球试点区。

六、存在问题

（一）场地设施不足

各校园足球特色学校及推广学校基本上每个学校只有 1 个足球场地，足球运动用地面积有限，而部分学校班额多、生数多，有限的场地不能充分满足全校学生普及开展足球运动的需求。

（二）专项师资薄弱

各校园足球特色学校足球专项教师薄弱。多数校园足球特色学校只有 1 名足球专项教师，学生专项训练教学力量薄弱，学生运动训练需要聘请部分外校教师担任，普及开展校园足球指导技术力量薄弱。

（三）训练水平不高

部分校园足球特色学校和推广学校训练水平不高，运动员选拔渠道存在局限，足球特长学生输送不畅，严重影响足球训练的合理性与系统性，影响足球运动竞技水平的提高。

七、今后工作

（一）改进场地设施建设

多方筹集资金，争取各级政府校园足球专项资金，协调各有关部门规划校园足球用地；加强校园闲置场地改造用于足球项目，以解决学校开展校园足球项目场地不足的问题。

（二）加强专项师资配置与建设

力争有关部门增加足球专项教师的配置，多种形式引进、聘请足球教练员和专项教师到学校任教，缓解学生专项训练力量薄弱与教学需求大于供给的矛盾。加强对非足球专项教师进行培训，以满足开展校园足球教学与训练的需要。

（三）强化校园足球影响力

针对校园足球的特色，立足基础课堂教学，创造有效、合理、创新的教学方式方法，通过研讨会、研讨课的形式，形成具有亮点的足球课堂、训练教学。建立丰富多彩校园足球竞赛活动，在校园中形成浓烈的足球文化氛围。改进专项训练方法，提高专项训练管理水平，促进运动竞技水平提高。

（执笔人：廖伟德）

图 2–3　汕头市校园足球联赛

佛山：大力普及　强化特色

佛山市教育局

近五年，佛山市科学把握校园足球发展方向，以普及校园足球为目标，深入贯彻落实《教育部等6部门关于加快发展青少年校园足球的实施意见》《广东省关于推进青少年校园足球发展的实施意见》《佛山市青少年校园足球工作实施意见》，建立了政府主导、教体融合、学校参与的校园足球工作联动机制，有效推动全市校园足球工作稳步、有序、健康发展。目前，佛山市已有国家级校园足球特色学校127所、省级校园足球推广学校124所、省级校园足球试点区3个，参与校园足球队训练学生达1.5万人，参与各种校园足球活动的学生人数呈逐年递增趋势，校园足球普及与提升不断迈上新台阶。现将情况总结如下：

一、主要做法

（一）加强领导，落实政策，增强校园足球发展支撑力

一是明确职责，落实政策。成立了由市教育牵头、各部门参与的佛山市校园足球工作领导小组，由市教育局商学兵局长任组长，分管胡英副局长任副组长，同时，在市教育局德体卫艺科设立校园足球办公室，定期召开协调会，研究校园足球发展新问题、新动态，协调解决在校园足球发展中出现的难题，全面提升佛山市校园足球档次、水平。各校园足球特色学校、推广学校分别成立以校长为组长的校级校园足球领导小组，加强组织领导，层层抓好落实，确保校园足球扎实有效推进。

二是统筹引领，促校园足球普及。营造“阳光体育、快乐足球”的校园足球发展理念，坚持以校园足球普及为目标，坚决贯彻落实国家和省有关文件精神，结合佛山实际，制定有利于佛山校园足球发展的政策，先后出台《佛山市青少年校园足球工作实施意见》《佛山市青少年校园足球推广学校方案》《佛山市校园足球特色学校专项检查细则》等文件，并成立佛山市青少年校园足球专家指导委员会，指导各中小学校开展校园足球教学、训练、竞赛，进一步加强校园足球业务指导，引领全市校园足球改革与发展。

三是营造良好氛围，确保稳步发展。青少年校园足球作为佛山市推进素质教育、引领学校体育改革的突破口，将校园足球作为开展阳光体育运动、落实学生每天校园一小时体育活动的重要抓手，建立健全规范有序的校园足球发展模式，推动全市校园足球稳步健康发展。定期召开校园足球专项研讨会，总结校园足球工作做法、经验与成效，分析存在问题和不足，研究校园足球发展思路、对策与措施，提升校园足球发展整体水平。建立佛山市校园足球专业网站和校园足球微信公众号，与新闻媒体合作，为校园足球全面普及营造良好的氛围。

四是加大投入力度，加快校园足球场地建设。校园足球场地供给与配置建设是发展校园足球的关键环节之一，佛山市教育局高度重视，研制《佛山市足球中长期发展规划（2017—2050）》和《佛山市足球场地设施建设规划（2016—2020 年）》，规划实施三年以来，佛山市新增 78 块校园足球场地，各级经费投入约 3 亿元，校园足球场地建设进一步加快，切实解决校园足球场硬件不足等问题。截至目前，全市中小学校 5 人制足球场地有 623 块，8 人制足球场地有 190 块，11 人制足球场地有 178 块，有效解决了在校学生足球运动场地不足的问题。

（二）立足普及，完善机制，校园足球迸发蓬勃生机

五是以课堂为主线，拓宽校园足球人才培养通道。全面落实教育部《全国校园足球教学指南（试行）》，狠抓校园足球课堂教学主阵地，在全市全面推广校园足球课程。校园足球特色学校、省推广学校落实每周一节足球教学课，校园足球全面植根课堂，大部分校园足球特色学校、推广学校已制定校本特色课程和校本教材，形成具有地方特色的校园足球课程教材体系。同时，深化招生制度改革，加大力度增加校园足球特长生招生名额，推动小学、初中、高中校园足球区域联盟建设。佛山市第一中学、南海石门中学、顺德区第一中学、佛山市第二中学、佛山市第三中学、顺德区北滘中学、三水华侨中学等一批校园足球特色学校已相继招收一定比例的足球特长生，为足球特长生持续发展创设通道和平台。

六是以兴趣培养为核心，倡导校园足球文化自信。以校园足球普及促发展，全面培养学生校园足球兴趣，凝练出“踢出快乐，拼出精彩”的校园足球精神，深入指导各中小学开展形式多样的足球活动、足球大课间、第二课堂活动、足球节、校园足球社团，让校园足球与阳光体育运动紧密结合，确保学生每天在校园有一小时体育锻炼时间。指导学校开设校园足球特色课程，将足球课程与足球文化建设相融合，开展校园足球会徽、绘画评比，拓展教学和课外锻炼空间。鼓励学校举办校园足球节，创建“校园足球文化”特色品牌，培养学生兴趣爱好和文化自信。

七是以联赛为载体，构建完善的校园足球竞赛体系。构建校园足球“三级联赛”核心模式，坚持小型多样的联赛体系，大力推进校级足球联赛，将区级中小学足球联赛和市级校园足球联赛深度衔接。每年佛山市教育局与市文广旅体局联合举办佛山市校园足球联赛总决赛、佛山市青少年校园足球锦标赛、校园足球特色学校联赛、校园足球高中联赛，夯实全市小学、初中、高中校园足球三级联赛体系，镇级、区级、市级校园足球三级联赛已产生巨大影响力。同时各校园足球特色学校、省推广学校积极开展班级、校级联赛，参加“省长杯”青少年校园足球联赛，通过竞赛教育，培养学生规则意识、团队精神，培养了一大批品学兼优的学生。

（三）强化培训，做优存量，盘活校园足球工作人力资源

八是校园足球师资力量不断增量。强项必强师，佛山市在校园足球师资培训、人才培养方面不断加大投入力度，每年举办一届校园足球培训班，联合足协举办校园足球教练员、裁判员培训班，参加国家级、省级校园足球师资培训班，整体师资水平得到有效提升。目前，全市有 499 名校园足球专项体育教师。在当前校园足球教师中，具有亚足联—中国足协 D 级教练员证书的教师 81 人、C 级 62 人、B 级 3 人、A 级 1 人，具有国家二级

运动员等级的体育教师 34 人、一级 5 人、健将级 2 人。校园足球师资力量的提升，确保了校园足球在佛山市“生根发芽”。

九是校园足球师资提质增优。2015—2019 年，五年间，全市共有 4 名校园足球教师赴国外深造，其中有 2 名赴英国学习，2 名赴法国学习；共有 165 名足球专项教师、154 名行政管理人员参加国家级培训，为校园足球特色学校树立品牌；共有 139 名足球专项教师、53 名行政管理人员参加省级培训，为校园足球普及与推广提供经验，刘军、李伟 2 位老师担任省校园足球专家指导委员会委员，在全市起到引领指导作用。校园足球师资力量的增强，使校园足球之花在佛山绽放。

十是校园足球裁判水平同步提升。五年来，通过校园足球联赛，每年培养一大批优秀裁判骨干教师，组织举办全市骨干裁判教师学习足球竞赛规则、足球裁判法、体能和理论考核等课程。2016 年推荐 2 名教师到上海参加国家级裁判培训，2017 年推荐 10 名体育教师到中山参加省级裁判培训，2019 年推荐 10 名体育教师到广州体育学院参加裁判员学习班。此举为促进校园足球同步发展，培养一支高素质、专业化的校园足球师资队伍，提升竞赛执裁水平，起到关键性作用。

十一是培养佛山特色校园足球骨干教师。为破解校园足球发展难题，解决足球师资不足问题，打造具有佛山特色的校园足球师资队伍，根据全市校园足球现状，佛山市连续五年举办校园足球专项体育教师培训班，聘请国内外知名专家、教授为老师位授课，指点迷津，提升足球训练、教学、临场指挥水平，为全市校园足球的发展夯实基础。

（四）落实经费，强化监管，加大校园足球发展保障力度

十二是加强校园足球专项经费统筹管理。五年来，各级校园足球专项经费对佛山市校园足球全面发展起到推动作用，解决校园足球学校资金不足问题。佛山市教育局为管好、用好校园足球专项经费，组织专家制定专项细则，指引学校落实精神实质，及时下发年度校园足球资金的文件，明确各区、各学校资金使用计划，建立活动报备制度，对校园足球专项资金进行监管，公示资金使用情况，接受学校和群众监督，确保校园足球专项资金专款专用和校园足球正常开展，规范全市校园足球各项活动，保证校园足球健康有序发展。

十三是落实校园足球专项经费保障。自 2016 年起，佛山市教育局专设校园足球专项经费，四年投入 450 万元用于“校园足球”联赛举办、教师培训、学校奖补、研讨会等方面，确保校园足球的有效运行。同时，推进各区设立校园足球工作经费，确保校园足球正常运行，着力解决学校举办校内足球联赛、校园足球节面临的足球场地软硬件建设等问题，鼓励学校与足球协会、社会团体合作，确保校园足球运动正常开展，为校园足球发展排忧解难。

二、主要成效

（一）学生体质健康水平有效提升

佛山市将校园足球作为学校体育重点打造项目，抓实抓牢校园足球主阵地。五年间，通过举办一系列校园足球活动，使学生都能享受足球带来的快乐，掌握足球运动技能。

各年国家学生体质健康测试结果显示，2016 年全市学生优良率 51.32%、合格率 97.73%，2017 年优良率 51.04%、合格率 97.98%，2017 年优良率 51.1%、合格率 98.42%，同时佛山市已连续六年上报率为 100%，位列全省各地市前列。校园足球的深入开展有效提升学生体质健康水平，全市学生体质健康水平呈上升趋势，学生体质健康水平得到进一步保障，开展校园足球效果明显。

（二）校园足球竞赛成绩稳中有升

构建完善的校园足球竞赛体系成效明显：在湛江省运动会学校体育组足球比赛中，佛山市男子足球队获得第四名，女子足球队获得季军；在肇庆省运动会学校体育组足球比赛中，女子足球代表队获得第七名；在历届广东省“省长杯”校园足球联赛中高中男子组获前四名，高中女子组、男子中职组在全省稳居前八名。全市通过举办年度校园足球高中联赛、校园足球总决赛，检阅校园足球训练、教学成果，各区竞赛成绩交替上升，拼抢激烈，为校园足球增添活力，培养一大批优秀校园足球后备人才。

（三）校园足球尖子生培养增速

校园足球竞赛体系和招生政策的进一步理顺，为培养校园足球尖子生提供成才通道，小学、初中通过区域化招生为重点中学培养足球苗子，市一中、市二中、市三中等重点高中招收足球特长生，佛山市第二中学、三水华侨中学、顺德北滘中学将校园足球作为学校特色品牌项目，为高校和体育院校输送一大批足球运动员。同时，校园足球夏令营也选拔了出一批等级运动员，2018 年有 13 名学生进入全省总营，其中葛欢同学进入全国总营，获得一级运动员称号，9 名同学获得二级运动员称号，3 名同学获得三级运动员称号；2019 年有 10 名学生进入全省总营及全国分营，有 9 名学生获得二级运动员称号，1 名获得三级运动员称号。佛山市通过打通校园足球尖子生培养渠道，为校园足球尖子生创设平台。

（四）校园足球教科研能力不断提高

各级校园足球教科研取得丰硕成果。佛山市教师在广东省首批校园足球专项课题立项达 14 项，其中 3 项为省重点课题；2018 年省级校园足球专项课题立项达 10 项；2019 年省级校园足球专项课题立项达 3 项；市教育局组织申报佛山市学校体育专项课题，立项 86 项，其中校园足球课题达 15 项；一批校园足球教师代表佛山市参与广东省青少年校园足球教学与送教下乡活动，取得优异成绩，得到兄弟地市一致好评。老师们积极探索，教科研能力不断提高，解决校园足球在实际发展中的难题与困惑。老师们将研究成果转化为实践，有效助推校园足球发展。

（五）校园足球育人效果明显

五年来，佛山市校园足球通过举办校园足球节、校园足球联赛、校园足球大课间、校园足球社团、校园足球队训练等系列活动，促使学生养成习惯、培养兴趣、掌握技能。通过走访，许多学生表示在接受校园足球教育过程中，能真正感受到足球文化、足球竞赛、足球训练给他们带来的帮助与改变，培养了吃苦耐劳、拼搏向上、团结协作、永不言败的足球精神，彰显育人效果。

三、存在主要问题

（一）经费投入不足

五年来，除省级校园足球专项经费对佛山市扶持外，佛山市各级财政也加大投入力度，相继设立市级、区级、镇级校园足球专项经费，但校园足球资金短缺始终制约全市校园足球发展。在训练与比赛经费的投入上，上级专项经费一旦用完，大多数学校明显动力不足或不予支持，校园足球特色学校、推广学校在经费投入上也是杯水车薪，根本不能满足现阶段开展校园足球的需要，严重影响体育教师训练、教学、竞赛的积极性，在一定程度制约了校园足球的发展。

（二）师资配备不强

五年来，佛山市采取招聘专项教师和培训师资的办法，初步解决了校园足球发展面临的师资难题，但全市还存在校园足球师资配备不强等问题，足球教师、教练与佛山市现行127所校园足球特色学校、124所推广学校的规模不匹配。足球专项教师数量不足，训练水平和执教能力不强，学校校园足球现代管理水平不高，严重制约校园足球发展。目前，全市校园足球学校已完成轮训，但专项足球能力、足球理念、足球意识不可能在短期内养成，部分学校只能引入社会团体进行训练。此外，受当前教师招聘制度限制，专业足球人才入职存在难度，体育教师一专多能，身兼多职，工作量大，影响校园足球整体提升。各级亟待配齐配强校园足球专项教师。

（三）场地设施不足

当前佛山市激励校园足球发展的各项规划已经接续出台并渐趋完善，但是有关校园足球场地供给提升的专项经费拨付政策和筹措体系尚不完备。佛山市部分学校足球场地设施供给“底子薄”“欠账多”，“短板补齐”的速度与广大学生对足球场地设施的需求发展速度还有一定差距。

图 2-4 佛山市校园足球高中（职中）联赛

五年来，尽管佛山市校园足球场地设施供给与配置建设工作取得了长足进展，具备了一定的物质基础和发展条件，但总体来看仍然存在总量矛盾减少、结构性矛盾突出的问题。例如，校园足球基础设施相对薄弱，场地设施供给相对不足且校际发展不平衡不充分，难以满足中小学生日益增长的足球运动需求和美好体育生活需要，制约了场地设施与足球运动课余训练的深度融合，不利于学生足球运动技能夯实与运动水平提升，不利于学生足球运动创新精神与实践能力培养，不利于国家素质教育的实施和学生身心健康的全面发展。显而易见，足球场地设施供给、建设与配置方面的诸多问题与发展瓶颈，一定程度上制约了佛山市各类学校校园足球运动的发展与足球运动水平的提升，亟须着力破题与深入改革。

上述问题将在今后的工作中逐步研究解决。下一步，佛山市将重点打造校园足球特色学校、推广学校，拓宽校园足球覆盖面，加强师资队伍建设，加大校园足球普及力度，加快全市校园足球普及发展步伐。进一步理顺足球特长生培养机制，加强足球运动员梯队建设，为足球特长生升学创设平台。大力推进各级校园足球特色学校开展校园足球节、校级足球联赛、班级联赛等活动，让学生在校园足球活动中享受乐趣、增强体质、健全人格、锤炼意志。同时，将加大宣传力度，营造良好的校园足球氛围。

（执笔人：吴海桐、孙建群）

图 2–5　佛山市禅城区同济小学的足球课

韶关：抓好课堂教学　开展各类竞赛

韶关市教育局

一、基本情况

目前，韶关市有全国校园足球特色学校 49 所，广东省校园足球推广学校 85 所（其中 29 所是全国校园足球特色学校），广东省校园足球试点县（市、区）2 个（乐昌市和南雄市）；全市学校共有足球场 264 块，其中 5 人制足球场 104 块，7 人制足球场 120 块，11 人制足球场 40 块；全市足球专项教师 241 人。

二、主要成效

韶关市从 2015 年起，每年都举办全市校园足球联赛，5 年来，参赛学生人数逐年递增，足球竞赛水平也有了较大幅度的提升。

（1）参加足球竞赛人数逐年增加。如 2015 年举办了韶关市第二十届中学生“英东杯”足球竞赛，有 22 支足球代表队 264 名运动员参加；2016 年举办了韶关市青少年校园足球联赛暨韶关市第二十一届中学生“英东杯”足球比赛，有 37 支代表队 578 名运动员参加；2017 年举办韶关市第十五届青少年运动会学校体育组足球比赛，参赛学生达 600 多人；2018 年举办韶关市第二十三届中小学生“英东杯”足球竞赛，比赛设高中男子组、高中女子组、初中男子组、初中女子组、小学男子组、小学女子组，共有来自全市 52 支代表队的 800 多名运动员参赛；2019 年举办韶关市第二十四届中小学生“英东杯”足球比赛，共有来自全市 53 支代表队的 817 名运动员参赛。

（2）参加省级校园足球竞赛成绩突出。如 2015 年参加广东省第十四届运动会学校体育组获得高中男子组第八名；2017 年参加广东省“省长杯”青少年足球联赛全省总决赛获高中女子组第四名；2018 年参加广东省第十五届运动会获高中女子组第四名，参加广东省“省长杯”足球联赛总决赛获得高中男子组第八名，参加广东省足球传统项目学校比赛获高中男子组第八名；2019 年参加广州市教育局主办的“羊城之约”三省九市校园足球交流赛获得第五名。

三、主要措施

（一）高度重视、领导支持

为贯彻落实《国务院办公厅关于印发中国足球改革发展总体方案的通知》《教育部等

6部门关于加快发展青少年校园足球的实施意见》和省关于推进青少年校园足球发展的实施意见的精神，韶关市教育局、发展和改革局、财政局、文广新局、体育局、团市委等6部门成立了“韶关市青少年校园足球工作领导小组”，并联合印发了《韶关市关于推进青少年校园足球发展的实施意见》，各部门协调配合，共同推进校园足球运动开展。全市各县（市、区）教育部门和学校都高度重视校园足球工作，把校园足球工作摆在突出位置，明确学校校长是开展校园足球工作的第一责任人，并制定了《韶关足球场地设施建设规划（2017—2020年）》《韶关市足球中长期发展规划（2017—2050年）》，促进校园足球场地建设。

（二）抓好课堂教学，全面普及校园足球运动

课堂足球教学是普及校园足球运动，提高学生运动技术水平，培养学生足球运动爱好最主要的途径。韶关市强调以课堂足球教学为抓手，各级各类学校通过开展加强校园足球的课程建设，将足球纳入体育教育教学内容，义务教育阶段学校每周应保证不少于1学时的足球内容教学，高中阶段学校每学年应保证不少于一个模块的足球项目教学（18学时），将足球基本技能纳入学生体育课考试内容，保证足球教学质量。

（三）开展各级各类校园足球竞赛，提高足球运动技术和竞赛水平

建立校级、县级和市级三级校园足球联赛制度。韶关市结合“英东杯”文体竞赛、市运动会积极开展足球竞赛。近年来，韶关市每年都举办全市初中、高中校园足球联赛，各县（市、区）教育局和学校也都积极组织开展校园足球竞赛和班级联赛，参赛队数和参赛学生人数逐年增加。此外，韶关市还积极参加省级各类足球竞赛，如积极参加广东省“省长杯”足球总决赛，为全市教师和学生提供一个向兄弟市学习的机会，以此带动韶关市校园足球运动的发展。

（四）组织形式多样的足球活动，营造良好校园足球氛围

积极争取新闻媒体支持，广泛宣传校园足球的健身价值、育人功能和社会意义，以及校园足球文化和典型经验做法。在全市掀起“爱足球”“看足球”“踢足球”的热潮，形成学校积极组织，学生广泛参与、家长大力支持、社会共同关心的良好氛围。2016年5月和2017年11月9日，韶关市教育局在仁化县凡口学校连续2次举办韶关市中小学校园足球工作推进会暨仁化县凡口学校第二届校园足球嘉年华活动，邀请了中国校园足球专家委员会委员蔡向阳进行主题讲座，邀请荷兰青训专家进行讲座和现场示范课，韶关市所有县（市、区）教育局副局长、校长、体育教师、学生家长共300余观摩人员，为宣传和普及校园足球运动营造了良好氛围。2018年11月1日，韶关市教育局在乐昌市第三中学举办了2018年韶关市中小学校园足球现场推进会暨乐昌市首届校园足球嘉年华活动，各县（市、区）教育局分管体育工作副局长、体育股长（专干），全国青少年校园足球特色学校和广东省校园足球推广学校分管副校长、体育科组长、教师代表共400多人参加现场会。2019年10月8—13日成功举办了2019年韶关市青少年校园足球夏令营活动，全市197名中小学生分别参加了高中组、初中组、小学组夏令营活动。

（五）参加各级各类培训，加强校园足球师资队伍建设

师资队伍建设是推动校园足球的保障。一是通过吸收高等院校足球专项毕业生到学校从事足球教学、训练工作，解决校园足球师资不足的问题，不断优化教练员队伍结构，提高整体师资水平。二是加大足球教师培训力度，提高教师足球教学、训练和科研水平。积极组织教师参加国家、省各类校园足球培训学习，或者积极引进国外先进足球教育教学和训练经验，全面提高教师足球教育教学和运动训练水平。三是积极引进社会力量，通过聘请校外足球专业教练或与足球俱乐部合作，加强足球师资力量。

（六）加大投入，完善校园足球基础条件建设

校园足球基础条件建设是推动校园足球的基础。韶关市各级教育部门和学校根据开展校园足球活动的需要，加大校园足球场地建设、足球运动器材等方面的经费投入，以扶持校园足球活动的开展，提升校园足球安全保障水平。大力倡导全社会支持校园足球发展，鼓励企业、社会团体、足球爱好者对学校开展校园足球工作给予支持。

四、存在主要问题

目前，韶关市校园足球发展比较缓慢，各县（市、区）之间发展不平衡，存在足球场地不足、师资队伍不足、足球特长生升学渠道不畅通、足球经费不足等问题。

（一）校园足球普及较慢，足球氛围不浓厚

个别学校，纯粹就抓一两支足球运动队，以为学校足球队参加省级、市级、县级比赛能取得好成绩，学校就是足球特色学校，观念存在偏差，课堂足球教学普及率不高，教学内容简单，班级、年级足球竞赛学生参与人数少、比赛场次少、比赛周期短，校园足球主题文化活动内容单一。

（二）足球师资缺乏，足球运动场地不足

个别学校，尤其是小学缺编严重，非专业体育教师兼上体育课现象普遍。有的学校没有足球专项教师，有的学校足球运动场地很小，不能满足师生开展校园足球活动的要求。

（三）经费投入不足，教师积极性不高

个别学校校园足球投入经费不足，足球器材缺乏，体育教师开展足球训练激励机制不完善，带队训练积极性不高。

五、下一步工作思路

（一）完善校园足球场地建设

一是建立以政府支持、社会力量参与的体育场地设施资源投入、建设、管理和使用模式。二是推进学校周边公用足球场地向学校免费开放，形成共享足球场地设施的有效机制。三是政府统筹规划教育用地，通过地方立法，明确新建学校必须配套建设标准足球场

地。四是加大学校现有足球场地的整改、完善。

（二）加大经费投入

各级政府和学校要加大足球科研、足球训练、足球竞赛以及场地建设等方面经费的基本投入，扶持校园足球活动的开展。引入社会机构支持校园足球发展，鼓励企业、社会团体、足球爱好者，从财力、物力、人力等方面对学校开展校园足球工作给予支持。

（三）配足配齐体育教师

学校体育教师是推动校园足球开展的直接参与者，体育教师的不足直接影响校园足球活动的开展，建议政府部门增加体育教师编制，配足配齐体育教师。

（四）建立激励机制

加大对校园足球工作表现突出的单位和个人的表彰力度；对开展足球项目推广学校、足球特色学校、足球传统项目学校和承担各级校园足球参赛任务的学校，在评优评先、经费支持方面给予一定的政策倾斜。学校要尊重足球教师的劳动，计算工作量给予适当倾斜，充分调动全校师生的积极性。

（五）统筹规划、强化督导

各地教育局要制定本地校园足球中长期发展规划，合理布局，统筹安排，指导全国青少年校园足球特色学校和省校园足球推广学校开展足球特色运动，加强督导检查，把校园足球普及和推广真正落到实处。

（执笔人：彭水林、黄春神）

图 2-6　韶关五中代表队参加青少年校园足球联赛全省总决赛

河源：树立标杆 以点带面

河源市教育局

近五年来，河源市校园足球工作在广东省教育厅的正确领导和具体指导下，在社会各界的大力支持和广大学校师生的共同努力下，已进入快速发展的轨道。校园足球运动的发展始终紧紧抓住普及青少年校园足球这个关键环节不放松，加强教体结合力度，增加经费投入，不断推动全市青少年足球事业全面、稳定、健康、持续发展。现将近五年河源市校园足球工作开展情况总结如下：

一、开展青少年校园足球工作的主要做法

河源市校园足球工作的开展始终以全面发展青少年校园足球普及工作为目标，倡导青少年重在参与、重在普及的宗旨，在足球锻炼中享受快乐、在快乐成长中增强体质的“阳光体育，快乐足球”的理念，鼓励青少年走向操场，走到阳光下，丰富校园文化，进一步增强青少年体质。

（一）建立健全青少年校园足球工作的领导机构和管理机制

市教育局成立了校园足球工作领导小组，全市 7 个县区成立了相应工作机构，由专人负责青少年校园足球工作的开展。各学校均成立由校长任组长的校园足球工作领导小组，将校园足球工作列入学校工作年度计划，各项管理制度完善。校园足球工作有计划、有部署、有研究、有总结，分工明确、责任到人，确保了校园足球各项工作措施落实、管理到位、效果明显。

（二）树立标杆、以点带面，营造良好的校园足球工作氛围

积极创建“全国青少年校园足球特色学校”“广东省校园足球推广学校”“广东省校园足球推广县区”，大力开展“市级校园足球推广学校”遴选活动。目前，河源市有“全国青少年校园足球特色学校”41 所，“广东省校园足球推广学校”96 所，“市级校园足球推广学校”70 所。这些学校对周边地区、学校的校园足球工作起到了辐射、引领和示范的作用。越来越多的学校逐渐转变观念，提高认识，增强了开展校园足球工作的紧迫感和责任感。近几年，学校申报国家级特色学校和省、市级推广学校的热情高涨。

（三）建立联赛机制以活动形式带动校园足球全面发展

河源市已建立“市长杯”校园足球联赛制度。联赛在全市 7 个县区 500 多所中小学校开展，赛制为高中 11 人制、初中 7 人制和小学 5 人制，分别进行中小学校校内比赛、县（区）级预赛、地市级复赛、组队参加“省长杯”决赛 4 个阶段的比赛。各县市区级预

赛的各组第一名晋级市级复赛，市级复赛的高中组、中职组第一名参加省级的总决赛。目前，河源市校园足球普及工作呈现出良好的发展趋势。据不完全统计，近 5 年，中小学生参加校园足球活动的人数达到 30 多万人，参加各级各类校园足球比赛的人数达 3 万多人，大部分县（区）和学校涌现了“校校有球队，班班有赛事”的可喜的局面。校园足球普及面的扩大也极大地提高了河源市学生个人足球技术水平和赛事整体水平的提高。如河源市第一小学因为学校整体改造，在两年没有足球场地的情况下，依然成立学校足球队，并利用课外时间借用其他学校的场地训练，在市直学校联赛中连续两年获得小学组的冠军；河源中学是河源市一所重点高中，在抓教学质量的同时也非常重视校园足球的发展，2015 年获得市级决赛冠军并代表河源市参加省级的总决赛；广州附属东江中学代表河源市参加 2016 年省长杯总决赛并以小组第一名的成绩出线，进入 16 强；龙川一中代表河源市参加 2017 年“省长杯”总决赛进入高中女子组前八强。

（四）加强培训工作，培养了一支能上课、能指导训练和比赛的足球师资队伍

近几年，教育部特别是省教育厅加大了校园足球师资培训的力度。我们深感校园足球落后的关键在于师资的落后，所以我们非常珍惜每一次上级教育行政部门组织举办的培训机会，5 年来全市参加国家和省级培训的老师近 500 人次。同时我们也积极组织举办市、县级的校园足球师资培训，2015 年、2016 年、2017 年、2018 年市教育局组织全市 500 多名体育教师参加了市级校园足球师资培训班，2019 年组织全市 80 名足球教师参加“足球 E 级教练员”培训班。各县区每年也相应开展县区级的师资培训班。除此之外，还有一部分学校采用“走出去、请进来”的办法开展师资培训，让非专业的足球教师迅速成为具有一定教学、指导水平的足球专项教师。如河源中学实验学校、河源市第二中学组织全体体育教师赴深圳、东莞校园足球特色学校跟岗学习，并邀请深圳、东莞的老师到学校给老师上示范课，效果非常好。各级各类的校园足球师资培训班为河源市培养了一大批校园足球师资生力军，为我市学校开设足球课、组织各级比赛、促进校园足球的普及和可持续发展提供了最重要的保障。

（五）加快校园足球场地建设，完善校园足球设施设备

近几年，河源市校园足球场地建设的投入加大，各学校的设施设备和器材也得到有效的补充。比如，新建学校一定将足球场列入整体规划做到足球场地一步到位；一部分学校利用省里的场地建设奖补资金新建足球场地；一部分学校通过申报省级校园足球推广学校，积极与当地政府沟通、协调争取当地政府出资建设足球场地，特别是河源市东源县（省级试点县），出台了一系列鼓励学校改造足球场地的办法并得到县政府的大力支持，近两年学校足球场地的数量增幅较大。

（六）充分利用社会资源助力校园足球发展

各学校跟当地足球协会及足球培训机构紧密联系，邀请专业教练训练学校球队，让学生得到更加专业的训练。这两年学生的足球技术得到很大的提高，越来越多的学生会踢球了，喜欢踢球了，从而也提升了市县级联赛竞技水平，2015 年河源市首次举行校园足球联赛时，各学校、各县区都纷纷诉苦，因为没有学生会踢球，组不起队。而现在很多学校校

长向我们要求增加参赛球队，大家的参赛热情空前高涨。这中间，社会资源的助力起到了很大的作用。

二、存在的主要问题

（1）经费投入不足，训练条件不能满足需求。经费不足一直是制约河源市校园足球发展的主要因素之一。目前，河源市校园足球经费主要是省里拨付的专项资金，市级财政投入不足，直接制约了项目发展。

（2）学校足球专业教师数量不足，专业训练水平有待提高。学校体育教师数量不足、训练水平和能力不高的现象普遍存在，缺乏对校园足球现代管理和发展理念的认识，影响执教水平。另外，学校有一部分足球队的体育教师不是足球专项教练，对于足球缺少足够的实践经验和理论知识，在训练科学性和理论方面有待提高，训练手段和方法落后，随意性强，缺乏连续性和系统性，导致训练质量无法保证，制约着项目发展。

（3）校园足球文化氛围比较欠缺。没有将校园足球文化建设统一列入校园文化建设内容，缺乏整体规划和长期规划。

（4）学生运动伤害风险在一定程度上制约了校园足球的发展。

（执笔人：吴剑锋、黄伟云）

图 2-7　河源市第二小学开展“校长杯”班级足球联赛

梅州：校园足球　蓄势再发

梅州市教育局

梅州市位于广东省东北部，地处闽、粤、赣三省交界处，下辖2区1市5县，是中国足球运动开展最早的地区之一，素有中国“足球之乡”称誉，又是著名的“世界客都”，“文化之乡”“华侨之乡”。深厚的客家传统足球技术文化，培育了众多足球人才，也得到一代又一代足球人的传承创新。

2015年以来，在国家、省教育行政部门以及梅州市委、市政府的关心、支持下，梅州市严格按照《教育部等6部门关于加快发展青少年校园足球的实施意见》《广东省人民政府办公厅关于印发广东省足球改革发展实施意见的通知》《广东省关于推进青少年校园足球发展的实施意见》等文件精神，科学谋划，精心部署，扎实工作，开拓创新，通过近五年来的努力，打通了“特色学校＋试点县（市、区）＋满天星训练营＋改革实验区”的校园足球普及推广新局面，足球气氛空前浓厚，为擦亮球乡品牌、实现梅州足球的再次腾飞提供基础人才支持。

一、基本情况

梅州全市共有中小学校701所，目前有国家级校园足球特色学校105所，足球特色幼儿园20所，省级校园足球推广学校183所，市级校园足球特色学校362所，市级以上的足球传统项目学校31所。2018年教育部同意梅州市开展全国青少年校园足球改革试验区建设。2019年教育部同意梅州市教育局开展“满天星”训练营建设。梅州现有全国校园足球试点县（区）1个、省级试点县（市、区）3个；现有足球场地582块，其中5人制262块，7人制257块，11人制63块；现有足球专业专职教师412人，兼职教师282人，持有E级证书的教练员15人，持有D级证书的教练员127人，持有C级证书的教练员25人，持有B级证书的教练员1人；参与校园足球的学生人数达25万多人，占全市中小学生人数的42%。

二、主要做法和成效

（一）抓顶层规划，推动高位发展

梅州市先后制订出台《梅州市校园足球发展五年行动计划（2015—2019年）》《梅州市推进校园足球普及工作实施方案》《梅州市青少年校园足球工作考核办法（试行）》《梅州市高中阶段、初中阶段学校体育艺术特长生招生工作实施办法》《梅州市高中阶段学校足球专项自主招生工作实施办法》《梅州市小学学段优秀足球运动员毕业升学衔接工作实施办法》《梅州市青少年校园足球“满天星”训练营建设方案》等政策文件，做好全市青少年校园足球总体谋划发展。

（二）抓培训引进，推动师资整体提升

（1）大力引进足球专项教师。近 3 年招聘了 43 名大学本科足球专业毕业生充实到校园足球教师队伍。

（2）积极选送校长、体育教师参加校园足球专项培训。近 5 年来，梅州市共选送中小学校长、体育教师 1 500 多人次参加国家、省教育行政部门组织的校园足球管理人员、校园足球骨干教师、校园足球裁判员培训，先后选派 3 人参加赴法、赴英留学项目。

（3）积极举办市级校园足球专项培训。梅州市通过举办市级青少年校园足球骨干教师专项培训、中国足协 D 级教练员培训（梅州市中小学体育教师定向班）、梅州市青少年校园足球精英教练员培训班、组织赴法留学项目人员开展市级培训等，共培训 360 名中小学足球教师。

（三）抓经费落实，推动场地升级

近五年来，利用省级校园足球场地建设专项资金 725 万元升级改造了 21 块中小学足球场地，利用市级财政资金 890 万元升级改造了 12 块中小学足球场地。目前梅州市共有中小学 715 所，校园足球场地共有 615 块，其中 5 人制 256 块，7 人制 288 块，11 人制 71 块。2020 年在省、市拟投入校园足球场地建设专项资金 1 350 万元的基础上，各县（市、区）配套资金、发动校友乡贤捐款等形式，拟新建 41 块校园足球场地，其中 5 人制 13 块，7（8）人制 22 块，11 人制 6 块；修葺改善 42 块，其中 5 人制 16 块，7（8）人制 17 块，11 人制 9 块。基本实现“校校有球场”的目标。

（四）抓教材创新，推动特色教学提质

为确保梅州市中小学各级各类足球特色学校上好每周一节以足球为主要内容的体育课，2019 年，梅州市教育局根据梅州市足球特点，依托嘉应学院和广东教育出版社的专家力量，组织全市中小学足球一线体育教师，开展梅州市校园足球地方教材编写工作。教材分小学和初中校园足球教材，共 9 册。每一章节分为“练习运用”“拓展提高”“梅州足迹”“成长评价”四个部分。教材已经广东省中小学教材审定委员会初审通过（教材初审编号：2019–35）。2020 年上半年，梅州市选择八所学校开展该套教材的试验工作，并在实验过程中对相关内容参数进行订正，组织进行修改。

（五）抓联动发展，推动精英队伍培养

为认真落实全国校足办、广东省校足办、梅州市教育局和广州富力足球俱乐部有限公司、富力足球学校今年 2 月在嘉应学院举行的全国青少年校园足球论坛活动上签订的《协同建设梅州市青少年校园足球“满天星”训练营战略合作框架协议》，推进梅州市全国青少年校园足球改革试验区的建设，为梅州市培养更多的精英教练员和精英运动员，梅州市教育局制定了《梅州市青少年校园足球精英运动员、精英教练员培训方案》，委托梅县区富力足球学校每年为梅州市培训 50 名精英教练员、120 名精英运动员。同时，梅州市还依托梅州市全国青少年校园足球“满天星”训练营，通过建设市总营、县（市、区）分营、学校子营的做法，按照“学会”“勤赛”“多练”的要求，通过层层选拔、定期集训，提升优秀人才培养质量。

（六）抓机制激励，推动培养通道畅通

完善足球招生升学政策，激励学生长期积极参加足球学习和训练。初中校园足球特色校每年招生比例不超过招生人数的 3%；高中校园足球特色学校每年按招生人数的 3% ~ 5% 的比例招收足球特长生。获得梅州市“市长杯”青少年校园足球联赛初中组第一、二名队伍中全部参加小组赛的运动员，可在所在县（市、区）辖第二、三批录取高中学校中自主选择报读学校；获得小学组第一、二名队伍中全部参加小组赛的运动员，可在本辖区内任选一所公办初中学校就读（报读学校为市级以上足球特色学校）。

（七）抓教体融合，推动环境优化

一是按照“一体化设计、一体化推进、自成体系、相互支撑”的基本原则，正在制定出台《梅州市青少年校园足球训练、比赛、注册管理一体化制度》。

二是开展梅州市青少年校园足球俱乐部创建工作。为深入推进体教融合，加强梅州市青少年校园足球组织建设，完善青少年体育公共服务体系，为提高广大青少年的运动技能水平创造良好的条件和环境，梅州市教育局出台了《梅州市青少年校园足球俱乐部创建管理办法》（梅市教体〔2019〕148 号），2019 年共创建了 44 个青少年校园足球俱乐部。梅州力争用三年时间，创建 85 个青少年校园足球俱乐部。

（八）抓竞技平台，推动以赛促建

完善校园足球竞赛体系，形成稳定规范的赛制。进一步完善构建小学、初中、高中三个级别的联赛竞赛体系，认真组织校内“校长杯”、县级“县（市、区）长杯”、市级“市长杯”三个层面的青少年校园足球联赛，进一步将足球三级联赛融入到校园教育体制中。通过班际赛、校际赛、县（市、区）联赛、市级联赛等各级校园足球赛事，联赛能够制度化、常态化，成为推动、普及校园足球的平台。认真打造梅州市“市长杯”青少年校园足球联赛市级决赛，梅州市“禁毒杯”青少年校园足球联赛，U 互动等赛事。近五年来，市级决赛的场次达到了 830 多场，参赛运动员 7 700 多人。通过比赛，一批优秀足球运动员脱颖而出。

（九）抓种苗培养，推动普及重心下移

按照《全国青少年校园足球改革试验区基本要求（试行）》中关于“进一步下移普及重心，积极将足球运动向幼儿园延伸”的部署，梅州市尽早尽快抓好幼儿足球工作的开展。2019 年 10 月 16 日，梅州市召开了全市推进足球特色幼儿园经验交流暨培训会，各县（市、区）分管副局长，业务股长、全市幼儿足球特色幼儿园园长、体育教师参加。10 月 21 至 23 日，梅州市组织 100 多所幼儿园的园长及老师们参加了“新时代高素质幼儿园园长的专业素养”及“适宜性娃娃足球课程”专题培训。11 月 28 日选派全市幼儿足球特色幼儿园园长、体育教师参加以幼儿足球为主题的“携手前行・互助成长”（第二期）广东省彭盛斌名教师工作室送教下乡活动。这些活动明确了幼儿足球工作开展的规律、目标和做法。

（十）成效初显，优秀运动员（队）脱颖而出

（1）我市梅县区高级中学在 2016 年和 2017 年连续获得广东省“省长杯”青少年校园足球高中（中职组）全省总决赛高中男子组亚军。梅县区华侨中学在 2018 年和 2019 年连

续获得广东省“省长杯”青少年校园足球高中（中职组）全省总决赛高中女子组冠军。

（2）一大批运动员入选全国、省夏令营最佳阵容。2018 年、2019 年梅州市均有 27 名运动员进入广东省青少年校园足球夏令营最佳阵容，均有 3 人入选全国青少年校园足球夏令营最佳阵容，入选全国和省夏令营最佳阵容的人数均排在全省第三名。2018 年梅州市 1 人入选初中女子乙组校园足球国家队。

（3）在 2018 年广东省第十四届运动会学校体育组男子足球比赛中荣获第三名。

（十一）加大表彰力度，完善激励机制

加大对足球进校园工作表现突出的单位和个人的表彰力度。梅州市教育局在 2019 年 3 月召开了全市青少年校园足球推进会，对当年的校园足球工作进行了部署，对近年来在开展青少年校园足球工作中表现突出的先进单位和个人进行了表彰。

（十二）积极承办高水平赛事，积极营造校园足球氛围

梅州市积极承办高水平赛事，2016 年承办广东省青少年校园足球联赛高中（中职组）全省总决赛，来自全省各地市的参赛队伍 48 支，参赛人数 100 人；2019 年承办广东省青少年校园足球（高中组）夏令营活动，来自全省各地市共 714 名领队、运动员参加。承办高水平赛事，展示了梅州市校园足球硬件水平，营造了良好的校园足球氛围。

三、存在问题

（1）部分学校校长对开展校园足球工作的重要意义认识不到位，行动不迅速；

（2）对开展校园足球工作的目的意义认识不全面，普及工作落实不到位；

（3）校园足球教师的超课时训练、带队比赛工作量认定和补助政策难落实，影响校园足球教练员带队训练和比赛的积极性；

（4）城区学校普遍存在大学校小场地的现象，学生多，班额多，场地小，开展足球教学的场地严重不足；

（5）中小学校开展足球教学、教研的积极性不够高；

（6）对校园足球文化建设重视程度不够。

四、下一步的工作计划

（1）开展校园足球特色学校示范校（幼儿园）建设；

（2）组建一支专业兼职校园足球师资队伍；

（3）规范全市校园足球特色学校球队建设；

（4）加快“满天星”训练营建设，推进满天星训练与足协青训中心资源有机结合；

（5）在全市足球特色学校普及推广足球韵律操大课间活动；

（6）进一步强化区域布局，拓展校园足球人才通道建设；

（7）引进足球俱乐部优质的青训资源，规范职业足球俱乐部合作；

（8）加大力度推进市级足球特色幼儿园试点工作。

（执笔人：冯惠坚、黎小平）

惠州：强组织立制度　抓塔尖丰竞赛

惠州市教育局

党的十八大以来，以习近平同志为核心的党中央把振兴足球作为发展体育运动、建设体育强国的主要着力点进行重要部署。2015 年 2 月，习近平主持中央深改组第十次会议审议通过了《中国足球改革总体方案》，提出“实现中华民族伟大复兴的中国梦与中国体育强国梦息息相关，发展振兴足球是建设体育强国的必然要求”。2016 年 7 月，广东省政府办公厅印发了《广东省足球改革发展实施意见》。2016 年 3 月，广东省教育厅等六部门联合下发《广东省关于推进青少年校园足球发展的实施意见》。惠州市根据国家和省有关文件精神编制了《惠州市足球改革发展指导意见》《惠州市关于推进青少年校园足球发展的实施意见》，提出发展校园足球始终坚持“政府主导、科学规划，积极发展、稳步提高”的原则，紧紧抓住普及校园足球这个关键环节，采取有效措施，不断推动全市校园足球事业全面、稳定、健康、持续发展。现将惠州市校园足球发展总结如下：

（一）强组织、立制度，建立校园足球新机制

惠州市建立教育、体育、发改、财政、共青团和广电新闻出版等共同参与的联席会议制度，统筹协调解决校园足球工作发展中的重要问题，为推进校园足球发展提供保障。惠州市成立由市教育局主要领导任组长、分管领导任副组长的工作领导小组，定期或不定期召开会议总结和推广校园足球工作的经验和做法，深入分析薄弱环节和制约推进工作的问题。各县、区成立相应的工作机构，实行一把手总负责、分管副局（校）长具体抓的工作机制，形成了主要领导亲自抓、一级抓一级、层层抓落实的工作格局。各学校把加强校园足球工作纳入重要议事日程，派专人专职负责推动校园足球的开展，把开展校园足球工作作为推进素质教育、促进学生全面发展的一项重要工作与常规教学工作同部署、同推进，充分发挥学校在开展校园足球工作上的主导作用。

惠州市制定《惠州市关于推进青少年校园足球发展的实施意见》，以创建国家级、省级校园足球特色（推广）学校和试点县（区）为抓手，带动惠州市校园足球活动的开展。目前，全市中小学校开设足球校本课程的学校有 133 所，每周有不少于 1 小时足球体育活动内容的学校有 357 所，保证每周一节足球课的学校有 222 所。惠州市成功创建国家级校园足球特色学校 99 所、国家级校园足球特色幼儿园 10 所、国家级校园足球试点县（龙门县）1 个、省级校园足球推广学校 137 所、省级校园足球推广县（区）2 个（仲恺区、博罗县）。

（二）增投入、创条件，开拓足球发展新空间

近几年，惠州市不断加大投入，积极改善、完善学校运动场地条件，充分利用现有

条件创设校园足球场地，鼓励多方位借助社会力量建设足球场地，添置足球、球门、球网等设备，对损坏、缺额器材进行更换、维修和补充。目前，全市中小学校共有足球场319块，其中11人足球场数量为53块（人工草皮足球场22块），7人足球场数量为102块（人工草皮足球场52块），5人足球场数量为164块（人工草皮足球场114块）。

（三）抓教学、优素质，打造足球教学新队伍

惠州市严格按照体育健康课程标准和有关规定开展体育教学和校园足球工作，开足开齐体育课，保证学生每天锻炼不少于一小时。根据学生年龄特点科学设计体育课，充分利用课内、课外的体育锻炼时间，增加足球教学比例，加大足球相关知识、技能的普及力度，培养学生对足球的兴趣，提高学生开展足球运动的积极性。对有足球特长的学生重点培养，制订科学的训练计划，使他们在思想道德品质、文化知识、运动技能等方面全面发展。引导体育教师在平时的教育教学中，钻研创新教学方法，开发校园足球的校本课程。通过制订年度培训计划，分阶段、分层次，举办以学校普通体育教师为主的足球专项业务培训班，扩大专业化教师队伍。近三年来，针对惠州市足球专业教师紧缺问题，组织学校体育教师进行足球专业基础和专业技能培训，教师经培训考核合格后获得培训合格证书并获得相关执教资格，培训纳入中小学继续教育总课时。联合体育局每年在市、县（区）举办多期足球教练员、裁判员和足球指导员培训，全市目前已有2 100多名体育教师接受了市级校园足球教学和专业技能培训。参加国家级校园足球培训的学校校长286名，足球教师879名；参加省级校园足球培训的学校校长366名，足球教师1 132名。

（四）抓塔尖、丰竞赛，引领学生足球热潮

近五年来，惠州市积极承办和参加国家级、省级校园足球赛事及活动，并取得不错的成绩。其中，龙门县2018年承办广东省青少年校园足球夏令营最佳阵容（高中组）活动。在竞赛方面，2017年获得广东省“省长杯”校园足球联赛全省总决赛高中女子组冠军；2018年获得全国青少年校园足球联赛高中女子组南区亚军，全国青少年校园足球联赛总决赛高中女子第八名；2019年获得高中女子组全国锦标赛第八名；等等。

在开展好校园足球工作的同时，惠州市还建立学校、乡镇、县（区）、全市的四级校园足球联赛机制。联赛在所有有条件的中小学校开展，赛制为高中11人制、初中和小学8人制，分中小学校校内班级联赛、乡镇预赛、县（区）决赛、全市总决赛四个阶段进行。目前，惠州市中小学生参与校园足球活动的人数呈直线上升趋势，参加四级联赛的学生突破15万人，拥有校级以上足球队伍300多支。惠州举办全市达能世界杯足球赛、全市中小学生校园足球冠军赛、惠州市校园足球夏令营最佳阵容选拔赛等比赛，推动校园足球蓬勃发展。全市所有国家级校园足球特色学校和省级推广学校，涌现了班班有球队、天天有赛事的可喜局面。

惠州市在2018年和2019年全国、省青少年校园足球夏令营最佳阵容选拔活动中表现活跃，其中入选省各组别最佳阵容40人，入选全国各组别最佳阵容6人；为省队、各大专院校和足球学校、俱乐部等输送足球苗子近50人，其中为广东省青少年队输送3人，为恒大足球学校输送1人，为梅县铁汉足球俱乐部U17梯队输送15人，为各大专院校输送近

10 人，为梅州富力足球学院输送 20 人。惠州市足球小将有 8 人进入国字号的梯队：2016 年邓尧仂入选中国 U15 国少队；2019 年谢健、刘熙民、邬炜莹、李永生、陈俊义等入选中国青少年校园足球国家集训队，黄梓舜入选 U14 国少队，何嘉林入选 U12 国少队。

（五）广宣传、树典型，营造足球发展新环境

惠州市把足球运动作为立德树人、提升素质的载体之一，加大宣传力度，利用电子屏、宣传栏、校园网、校报、校园广播等，广泛宣传校园足球运动的开展情况、典型和成效，动态报道经验交流工作、特色成果展示，同时还依托家长会、校讯通等，加强与家长的沟通，营造了一个领导重视、学校支持、学生热爱、社会参与的良好氛围，为开展校园足球工作创造了有利的社会环境。

（执笔人：利伟文、袁可天、陈子良）

图 2-8 惠州市“市长杯”青少年校园足球联赛总决赛颁奖仪式

汕尾：加大财政资金投入　加强师资队伍建设

汕尾市教育局

为深入贯彻落实《教育部等6部门加快发展青少年校园足球的实施意见》（教体艺〔2015〕6号）文件精神，汕尾市全力打造校园足球文化活动，提高青少年足球人口，促进学生身心全面和谐发展。现将汕尾市近年来开展校园足球工作情况汇报如下：

一、基本情况

1. 领导重视，成立组织机构

为加快普及汕尾市校园足球运动的发展，促进汕尾市中小学校园足球整体水平的提高，汕尾市以《中国足球改革发展总体方案》和教育部《中国校园足球发展规划纲要（2015—2025）》以及《广东省关于推进青少年校园足球发展的实施意见》为指导精神，进一步明确了汕尾市校园足球发展工作方向和目标，成立了以分管副局长为组长的校园足球工作领导小组，引导全市青少年校园足球工作的开展，履行校园足球工作的指导、统筹协调、综合管理等职责和任务。

2. 普及推广校园足球教学，提升校园足球的发展水平

汕尾市强调各学校严格执行国家体育教育课程标准，开足体育活动课、足球课，认真落实学生每天一小时校园体育活动。要求各地各校结合实际，在上好日常体育课程和大课间的同时，积极开展形式多样的校园足球活动，充分提高学生参与活动的积极性，提高学生对足球运动的爱好兴趣，营造校园足球发展的良好氛围。

3. 加大财政资金投入，逐步完善校园体育场地建设

近年来，各中小学以教育创强为契机，学校场地器材、设备、设施得到前所未有的投入和建设，市财政共投入资金1 600万元，为校园足球的教学与训练打下良好的场地基础。据统计，目前汕尾市已建成足球场地由85个，其中11人足球场19个，7人足球场31个，5人足球场35个，2017—2020年规划场地68个，为汕尾市足球事业奠定了扎实的基础。

4. 加强师资队伍建设，提高体育教师足球教学水平

汕尾市近几年通过对外招聘引进各专业体育教师人才，强化全市体育教师队伍建设，每年先后选派多批体育教师有针对性地参加国家和省的各项培训，并在2016年和2018年

举办了全市校园足球体育教师培训班，聘请省足球教育专家来授课指导，要求全市所有特色足球与推广学校派人参加此次培训。培训有效地提高汕尾市中小学体育教师足球教学、训练水平。

5. 建立足球竞赛体系，推进足球特色学校及推广学校建设

汕尾市加强完善校园足球常态化竞赛体系，以市级联赛带动各县区、各学校的足球训练和比赛，要求校园足球特色学校和有条件的学校每年组织年级、班级比赛以及校际足球比赛等交流活动，每年举办一次全市校园足球总决赛，在今年暑假举办一次校园足球夏令营选拔活动，每年积极参加全省足球（省长杯）总决赛和全省校园足球夏令营选拔活动，小学组有 3 名运动员入选全省校园足球夏令营最佳阵容，为全市校园足球发展实施增添信心和动力。

按照省教育厅创建校园足球特色学校的要求，汕尾市在 2016 年申报创建了 11 所全国青少年校园足球特色学校；2017 申报创建了 47 所省级校园足球推广学校，同时 47 所省级校园足球推广学校中有 13 所学校申报为全国青少年校园足球特色学校，市城区申报为省级校园足球试点县区；2018 申报创建了 54 所省级校园足球推广学校，同时 54 所省级校园足球推广学校中有 9 所学校申报为全国青少年校园足球特色学校，陆丰市申报为省级校园足球试点县区；2019 年 11 所学校申报为全国青少年校园足球特色学校。到目前为止，汕尾市全国青少年校园足球特色学校有 43 所，省级校园足球推广学校有 69 所，省级校园足球试点县区。汕尾市按照《全国校园足球特色学校基本标准（试行）》和《省级校园足球推广学校基本标准（试行）》指导学校进行建设，充分发挥特色学校和推广学校示范引领作用。

二、存在问题

近年来，汕尾市校园足球开展虽然取得了很大进步和一定的成绩，但还存在一些问题和不足：

（1）体育教师结构不平衡，缺少足球专业技术的教师，专职的少，兼职的多，无法满足校园足球教学训练的需要。

（2）足球场地设施简陋不足，在各县（市、区）学校中，塑胶场地极少，大部分是沙土场地，积水时不能上课训练，由于条件比较落后，无法满足校园足球联赛需求，制约着校园足球的正常开展。

（3）领导重视程度有待提高。部分学校领导不够重视，不能够正确认识开展校园足球活动的意义，怕孩子受伤学校担责任，怕影响学生的学习成绩，课时安排和学生参与足球活动的普及率达不到要求，教学组织不够严密，没有利用好有效时间开展活动，放任自流式地管理，导致没能正确引导不爱运动的学生提高足球兴趣，校园足球活动开展质量不高，甚至是应付了事。

（4）经费投入不足，不能满足开展校园足球的需求。经费不足是制约汕尾市校园足球发展的主要因素。目前，除来自国家、省的校园足球特色学校专项资金以外，市财政方面没有相关专项经费或补助，各县（市、区）开展体育活动的经费差距较大。

之所以存在这些问题和不足，主要是因为存在以下几方面的原因：

1. 对“校园足球”缺乏足够的关注和必要的扶持政策

缺乏关注就缺乏重视，这严重阻碍了青少年足球的普及力度，足球人才的金字塔严重萎缩。没有足够的经费、便利的场地、齐全的设施，校园足球的发展便会停滞不前，变成空谈。

2. 体育师资的数量和业务水平还不能适应开展校园足球活动的需要

汕尾市体育教师在对足球的理解认识上，在学历、岗位级别和对专业训练的研究上，都相当欠缺，足球专业毕业的体育教师几乎没有，绝大多数足球教练员的理论、实践水平亟待提高。

3. 家长观念较保守

家长只注重学习成绩，而忽视了体育活动的重要性，认为足球运动较剧烈，易受伤，影响孩子的学习。全市初、高中学校没有特招生政策，家长认为孩子踢球没出路，不能够靠足球特招去上好的初、高中。除此之外，应试教育、重文轻武思想、独生子女现状等也都不同程度上制约了“校园足球”的发展。

4. 愿意踢球的孩子在减少

一方面是因为前几年中国足球大环境差，青少年参加足球活动或者家长让孩子参加足球活动的意愿不高；另一方面也受制于学科压力，在“升高、升初”时，没有政策上的优势，有的孩子因此放弃了足球。

三、对今后校园足球发展工作的意见和建议

汕尾市的校园足球活动刚刚起步，克服了各种阻力，总算有一个良好的开端。对于进一步发展校园足球，汕尾市提出以下意见和建议：

1. 加大政府投资力度，加强组织建设

在过去一段时间开展的校园足球工作实践表明，政府的重视程度是开展校园足球的关键，应结合校园足球发展的现状，运用政策杠杆和经济杠杆，加强宣传力度和宏观调控力度。所以，汕尾需要市、县（市、区）财政乃至社会给予更多的支持。

2. 广纳足球专业人才，加强培训，全面提升教练水平

定期或者不定期地对足球教练进行理论课或者实践课培训，为培养优秀的足球人才奠定厚实的基础。

3. 改变家长的陈旧观念

要与家长沟通好，让他们知道足球活动的必要性和孩子身体发展的重要性，逐渐改变家长对足球运动的偏见。

（执笔人：吴家豪、王辉成、廖毅平）

东莞：狠抓内涵发展　构建健康生态新格局

东莞市教育局

近年来，东莞市深入贯彻落实习近平总书记和党中央、国务院关于抓好青少年足球、加强学校体育工作的战略决策和部署，根据《广东省关于推进青少年校园足球发展的实施意见》精神，确立了“普及与提高并举，普及为先”的工作思路，以“让参与足球运动学习的学生接受完全的校园足球教育”为愿景，着力构建健康生态的校园足球发展格局，促进全市中小学体育与健康教育教学质量持续、均衡、优质发展。在省教育厅的正确领导和支持下，经五年的努力，东莞市校园足球的建设和发展取得了一定成效，目前全市共有78所学校被评为全国青少年校园足球特色学校，122所学校被评为广东省校园足球推广学校，2个镇街（麻涌镇、南城街道）被评为省校园足球试点县。

一、主要措施和成效

（一）强化顶层设计，构筑系统工作体系

东莞市在2015年出台了《东莞市中小学校园足球推进计划（2015—2017年）》（下称《推进计划》），统筹规划实施全市中小学校园足球工作。《推进计划》提出加强对校园足球工作的组织领导，加强校园足球师资队伍建设，加强校园足球场地硬件建设，全面实施足球课程教学，完善足球竞赛制度，丰富校园足球活动，营造校园足球文化等工作措施。建立起由东莞市教育局牵头、东莞市文化广电旅游体育局配合的中小学校园足球指导工作机制，负责对全市中小学校足球教学、足球训练、足球竞赛、师资裁判培训等工作进行指导。

（二）加强发展保障，夯实发展基础

一是加大财政投入。2015年起市财政设立了东莞市中小学校园足球专项经费，主要用于特色学校奖补和开展教学、训练、竞赛、条件保障等体系建设以及师资队伍建设，五年合计439.65万元。各镇街也结合自身实际，积极加大财政投入，新建扩建辖区内校园足球场地，加大专业教师引进和培训，开展各类校园足球活动和竞赛。如从2016年开始，南城街道每年设立了250万元“南城校园足球专项经费”，列入年初的专项预算，用于开展各级各类足球特色学校创建、聘请校园足球教练、推广区域足球活动等费用。各校还每年设立不低于公用经费10%的体育教育经费，作为学校体育工作专项经费，纳入街道年度经费预算，其中包含足球教研、校本教材开发、足球活动比赛、教师提高培训等各项支出。麻涌镇投入了1 000多万元，用于中小学校足球场设施的改造和完善，改建了6个中小学足球场，新建5个5人制、1个7人制、1个9人足球场，全镇10间公、民办中小学实现足球场全覆盖，现有正规5人场10个、7人场1个、9人场1个、11人场1个。为配合镇小

学生足球队训练，麻涌镇 2015 年投入 50 多万元建设了男子足球队队员宿舍，2016 年投入 30 多万元改建了小学生女子足球队宿舍，2016 年至 2017 年投入约 262 万元将大部分小学原有的种植草足球场改造成人造草足球场，2018 年投入 100 多万元新建大步实验小学足球场。据统计，2015—2019 年，东莞市、镇两级财政投入校园足球经费共计约 1.68 亿元。

二是加强师资培养。东莞基于学校体育教育的本质特征，采取了请进来与内部挖潜相结合的策略，加强校园足球教师队伍建设。“请进来”是指通过招录、兼职、转岗或通过聘请足球顾问、购买教练服务等方式，吸收高等院校足球专项毕业生和退役高水平运动员到我市中小学校从事足球教学、训练工作。“内部挖潜”是指以组织培训的方式充实校园足球的师资力量，面向非足球专项的专、兼职体育教师，以“能上课、上好课”为目标开展普适性培训，面向足球专项体育教师，以“能上课、上好课，能带队、带好队”为目标开展专项培训。自 2015 年起，东莞市组织开展完成了 5 期非足球专项体育教师培训、4 期足球专项体育教师培训和 1 期校园足球裁判员的培训，共计培训专、兼职校园足球教师约 1 000 人次；共组织全市 196 名教师参加国家和省的专项培训。

（三）强化课内课外联动，提升教育教学实效

一是全面实施足球课程。首先落实足球教学课时。从 2015 年 9 月起，东莞把足球作为体育课的必修内容，规定义务教育阶段普通学校每学期在常态课教学中开设 8 ~ 10 节课；高中阶段普通学校每学期根据学生运动能力和技术水平开设 6 ~ 8 节不同种类的足球课；全国校园足球特色学校和省、市特色校、推广校必须把足球作为特色课，开展系列化单元教学，每周开设 1 节课。其次，科学构建校园足球课程教学体系。印发了《东莞市中小学校园足球教学指南（2015—2017 年）（试行）》，并启动“校本化足球课程教学体系建设”行动，将大课间、课外活动、课余训练和竞赛等足球活动课程化，将足球运动融入大课间、课外文体活动和体育艺术“2 + 1”项目为一体的阳光体育运动。最后，研究开发校园足球地方教材。目前，由东莞市教育局组织编写的《足球（小学全一册）》、由莞城街道编写的《校园趣味足球》等足球教材作为广东省地方教材已出版发行。此外，南城中心小学等 103 所学校也编制各自的校园足球校本教材，基本形成了市、镇、学校三级足球本土教材开发体系。

二是努力提升教学水平。首先是加强实践研究。从 2015 年起，东莞坚持以打造足球“智慧课堂”为抓手，通过持续不断地对课堂教学进行解构、优化和重构研究，有效提高了课堂教学的科学化水平。其次是强化足球教学研讨。东莞市于 2015—2019 年分别举办了全市青少年校园足球研讨会、全市青少年校园足球推进会，承办了全省中小学校园足球课堂教学与课外锻炼联动交流研讨活动、青少年校园足球总结系列活动，邀请国内外专家为东莞市校园足球把脉献策，总结推广足球教育教学工作经验，逐步建立起“观摩—研讨—展示交流”的现场教学研讨活动模式，有效提升了教师之间的交流，实现了资源共享、共同促进提高的效果。2015 年以来，东莞共举行了 23 场全市性现场教学研讨，260 场片区教学研讨活动。最后是开展足球教学帮扶。针对薄弱学校（特别是民办学校）校园足球师资短缺的情况，2015 年以来，东莞市坚持组织学科带头人、教学能手面向薄弱学校组织开展送课到校活动，累计达到 211 次，推送优质教学资源（优课、微课）190 多节。

三是积极探索课内外联动机制。2017年，东莞市启动“建立中小学校园足球教学与课外锻炼联动机制”的试验研究并取得初步效果，优化了足球课程教学的实施路径，明确了课堂教学和大课间、课外活动、课余训练、竞赛等活动的组织形式，构建了教学与课外锻炼联动的模型。在2017年广东省中小学校园足球教学与课外锻炼联动交流研讨活动中，试点学校麻涌镇古梅第一中学和南城中心小学分别进行了展示，受到了全省与会人员的高度肯定。

（四）健全足球竞赛训练体系，形成合力培养人才机制

（1）足球竞赛体系不断健全。东莞市在加强足球教学的基础上，着力构建普及与提高并举的校园足球竞赛体系。

完善了以提高足球运动能力为目标的竞技性比赛体系。从2015年开始，将小学、初中、高中足球比赛纳入全市学校体育常规比赛，搭建一个学习交流的平台，检验学校足球教学成果。每年由市教育局、体育局联合主办“东莞市小学生足球赛”和“东莞市中学生足球赛”，五年来累计参赛球队548队次，其中女子足球队158队次，参赛人数达8 035人次。全市有200余所学校举办了校内班级联赛。

初步创建了以满足个性化发展需求为目标的普及性比赛体系。为了实现“让参与足球学习的学生接受完全的校园足球教育”的愿景，强化足球课堂教学与课外锻炼的联动，自2016年起，历经2年初步建立了运动能力与足球文化相融合的、能够满足不同群体参与足球运动需要的校园足球运动会，推动了足球运动在校园的普及。

（2）足球竞赛成绩显著。随着东莞市校园足球三级竞赛平台建设的逐步完善，青少年学生足球竞技水平不断提升，东莞市在广东省和国家举办的各类足球比赛中取得了优异的成绩。2016年，麻涌中心小学获“达能益力”少年足球世界杯比赛中国赛区冠军，东莞市电子科技学校获2016年“省长杯”中职组比赛亚军。2017年，东莞麻涌青少年足球队获“省长杯”竞技组冠军、电子科技学校获中职组冠军。2017年东莞市代表广东省组队的男子足球队获得全国青少年校园足球夏令营高中组第四名，5名队员入选最佳阵容。2018年我市有4名运动员入选广东省校园足球最佳阵容，1名入选全国最佳阵容。2019年东莞有24名运动员入选广东省校园足球最佳阵容，1名入选全国最佳阵容。

（3）人才培养网格化基本形成。从2017年起，东莞市改革中考特长生招生制度，高中校园足球特色校、传统校可根据运动队建设的需要，降分招收足球项目特长生，并纳入当年招生计划，同时要求学校注重足球特长生的培养，建立特长生成长跟踪档案，积极与国内高等院校足球专业或高水平运动队合作共建，打通高中足球特长生的升学通道。目前，东莞市已逐步建立起“镇街校园足球特色小学—片区校园足球特色初中—全市足球特长生招生普高”的三级衔接的足球人才连贯培养通道。

（4）社会支持体系基本建立。东莞市大力倡导全社会支持校园足球事业的发展，鼓励企业、社会团体、足球爱好者等组织和个人，从财力、物力、人力等方面给予赞助和支持。通过引入社会资金投入校园足球工作，推动民办学校校园足球工作水平大幅提升；在引进足球专业人员方面，目前东莞市中小学从各个足球俱乐部（培训机构）外聘专业教练员有110多人，进一步充实了东莞市校园足球师资队伍力量，提升了课余训练质量；在开

展竞赛活动方面，东莞市于2016年专门成立了东莞市中小学体育艺术联合会足球协会，积极引进社会资源举办各级各类学生足球竞赛活动，如和市足协联合举办了五届东莞市小学生三人足球赛，在我市80多所学校开展“快乐足球·健康成长”校园足球体验活动，取得了较好的社会反响；在家校联动方面，各中小学校积极开展亲子共同参与的校园足球活动，并把会踢足球、热爱足球的家长吸纳到各学校校园足球活动当中，积极发挥家长们的作用。

五是校园足球文化氛围浓厚。近五年，东莞市大力加强学校足球文化建设，拓展足球文化宣传阵地，加大教育网、官方微信公众号、微课掌上通和各级各类媒体宣传力度，向广大师生和家长广泛宣传校园足球文化。各镇街积极举办形式多样，内容丰富，集学校、家庭、社会三位一体的足球活动，营造了浓厚的校园足球氛围。如南城阳光第二小学举办的校园足球文化节，设定了“晒足球，悟足球，说足球，画足球，秀足球，赛足球”六大主题，把足球文化与语文、美术等学科课程相融合，开展了以足球为主题的演说、绘画、机器人足球赛等20多个项目的活动，内容丰富，生动有趣，学生参与率达100%。

二、存在的问题

在校园足球的发展中，东莞市尝试性地做了一些探索，收获了一些经验，取得了一定成效，同时也存在一些问题和困难。

（一）民办学校校园足球发展水平仍较低

由于东莞市中、低收费民办学校在学校总数中占了较大比例，不少民办学校足球场地缺乏，足球师资不足。部分学校出于办学成本考虑，开展校园足球的意愿不大。

（二）部分镇街或学校领导对普及校园足球的认识仍不到位

部分镇街或学校领导没有将普及开展校园足球作为一项系统工程来抓，认为做好校园足球就是打造一支优秀的运动队，在各级比赛中拿到好的成绩，将较多资源倾斜到运动队建设上，在普及工作上力度不够。

（三）引进社会资源支持校园足球发展缺少政策支持

2018年教育部办公厅印发《关于严禁商业广告、商业活动进入中小学校和幼儿园的紧急通知》，强调进入校园或组织学生参与的活动，不得存在发布或变相发布商业广告的行为。目前，有效引进社会资源支持校园足球发展需要具体政策予以支撑。

三、下一步工作计划和建议

在下来的工作中，东莞市将以“享受乐趣、增强体质、健全人格、锤炼意志”四位一体的新时代学校体育教育目标为引领，严格落实教育部、省教育厅的部署要求，认真抓好校园足球工作，总结梳理校园足球发展中好的经验做法，加大宣传推广，全力提升全市校园足球发展水平。

（1）进一步完善评价体系，科学评价各级校园足球的发展水平，坚决杜绝锦标主义主导的现象。

（2）建立校园足球课堂教学与课外锻炼联动的配套机制，将课堂教学和大课间、课外活动、课余训练、竞赛等活动相结合，提高全体学生的足球运动水平。

（3）探索全员参与的校园足球竞赛体系，给学生创造更多的参赛交流机会，让每一个学生都有机会参加到足球比赛当中。

（执笔人：何冼厚、侯大行、冯伟华）

图 2–9　东莞市校园足球推进会

图 2–10　东莞市中小学校园足球专职体育教师培训

中山：加强宣传引导　推动观念转变

中山市教育和体育局

近年来，中山市委、市政府牢牢把握中央和省的相关部署，坚持因地制宜、改革创新，走出了一条具有中山特色的校园足球发展之路。2015 年，中山成为全省唯一入选全国校园足球试点县（区）的地级市，2016 年成为广东省足球试点城市，并形成“中山经验”向全国推广。2017 年 5 月，中山市成为全国首批签署改革发展备忘录的试点县（区）。2017 年 11 月《中山改革工作简报》第 21 期和 2017 年 12 月《广东省改革信息专报》第 38 期，都充分肯定了中山校园足球的改革发展成效。现将中山市校园足球发展的相关情况简要报告如下：

一、主要做法与成效

（一）加强组织领导，完善校园足球工作机制

（1）创新“教体合一”机制。2014 年合并成立中山市教育和体育局，教育和体育资源配置得到优化，统筹解决重点、难点问题，为加快校园足球发展提供了良好的基础。

（2）健全校园足球领导体制和运行机制。成立由市政府主要领导和分管领导分别担任正、副组长的中山市发展校园足球领导小组，履行统筹协调、宏观指导校园足球工作等职责。

（3）完善政策体系。全省率先出台《中山市发展校园足球五年规划（2016—2020）》和《中山市足球中长期发展规划（2017—2050 年）》《中山市足球场地设施建设规划（2016—2020 年）》，为中山校园足球发展打下了坚实基础。

（二）推动观念转变，加快校园足球普及发展

（1）优化学校培养模式。将足球列入中考体育选考项目，依托重点名校和体育特色项目学校，让学生可以因为足球特长而进入更优质的学校读书，着力破解固有的“踢足球影响学业”的观念。

（2）狠抓示范引领。构建“123”金字塔足球发展布局，创建了市级足球特色学校 108 所，省级推广校 67 所，全国青少年校园足球特色校 51 所，以特色带动普及，以普及促进提高。

（3）坚持从娃娃抓起。根据《中国足球改革发展总体方案》，全面贯彻“足球从娃娃抓起，从基层抓起”的理念，召开幼儿校园足球研讨会，举办市级幼儿校园足球嘉年华活动，创建了全国足球特色幼儿园 12 所，进一步巩固中山市全国试点（县）区、足球试点城市基础。

（三）加强支撑保障，确保校园足球持久发展

（1）加强经费保障。市政府设立校园足球发展专项经费，四年多来，市财政投入专项

经费 2 500 万元，为推动校园足球发展注入了强大动力。

（2）构建发展平台。成立全国首家民政局注册的校园足球协会，设立校园足球发展基金，吸引和筹集民间资金助推校园足球的发展。

（3）加强设施保障。因地制宜改造足球场地，仅 2018 年就新增 58 块足球场，现有各类足球场 335 块，相比 2014 年增加了 109 块，增幅达 48.2%，平均每万人拥有足球场地 1 块以上，远超全省平均水平。

（四）强化师资建设，增加足球教师数量和质量

（1）抓省、市专项培训。通过外教团队培训班、华东师大足球骨干教师培训班、特色校校长和教练培训等，五年来培训校园足球教练员 700 多人次。

（2）请进来，走出去。连续四年聘请阿根廷、巴西外教指导青训和培养教练员工作，积极选派优秀教练出国深造。选派陈兴、单伟、林磊等教练员到英国、法国参加专业培训学习，进一步提升中山市高水平足球师资水平。

（3）完善足球教师、教练用人机制。通过建立双向选择和公开招聘，吸引吴坪枫等一批高水平退役足球运动员担任学校专职或兼职足球教师。另外，各学校利用有限的编制招聘足球教师，足球专业教师占体育教师比例由改革前的 1% 提高到 15% 以上，覆盖全市 24 个镇区。

（五）建立联赛机制，完善校园足球竞赛体系

（1）完善竞赛机制。构建涵盖小学、初中、高中、大学和教师、家长的“4+2”的“市长杯”主客场联赛，以及夏令营“校园足球协会杯”和俱乐部杯足球赛，全年举办市级比赛 300 多场，3000 多人上场比赛，为全市中小学优秀足球学生提供了锻炼平台。

（2）加强国际交流。受巴西桑托斯足球俱乐部邀请，2018 年 1 月，中山市校园足球队 22 名球员到巴西开展两周的训练与交流，受到新华社、中央电视台关注。

（3）实战比赛与交流极大提升了中山校园足球的竞争力。2018 年第十五届省运会，中山市代表队获学校组女子第三名，竞技组男子乙组第四名。2018 年 4 月中山代表广东省参加“谁是球王‘新时代’杯”全国青少年校园足球赛第八赛区获冠军，陈嘉星入选全国最佳阵容，古康正入选俄罗斯世界杯参与球童和护旗手活动（全国 10 人）。2019 年，中山参加省级青少年夏令营，21 名学生入选最佳阵容，同比 2018 年增加 133.3%，陈嘉星、刘泽森入选教育部校园足球初中男子乙组国家队（全国 28 人）。

（六）加强宣传引导，促进校园足球文化建设

（1）加强校园足球的宣传引导。通过建立校园足球网站，拍摄中山校园足球宣传片《敢为天下先，实现新跨越》，每年邀请副市长参加“市长杯”足球联赛颁奖典礼，与国企合作开展“三个五百进校园”足球活动，多渠道、全方位宣传中山校园足球发展动态，传授足球知识，推广足球运动。

（2）举办足球文化活动。通过主题班会、手抄报、摄影摄像、宣传板报等活动，让更多的学生参与足球、了解足球、熟悉足球、热爱足球，推动校园足球持续发展。

（3）不断升华足球文化。举办校园足球新长征广东站启动仪式，教育电视台拍摄中山校园足球经验短片向全国推广，让中山校园足球经验走向全国。2018 年参加广东省校园足

球摄影微视频及征文大赛共获得26个奖项，其中市实验小学周其昌作品《黑白精灵》等三个作品获省一等奖。

推动校园足球改革5年多来，中山市校园足球工作机制进一步健全，师资力量进一步提升，基础保障进一步强化，普及进一步扩大，足球特色校建设进一步增强。中山市的成绩有目共睹，得到了上级主管部门和各大媒体的充分肯定。2018年7月《中国教育报》发文《跨越球员少、师资缺、联赛少等障碍——校园足球“洼地起高楼”的中山探索》，充分肯定中山政府主导、学校主体、社会参与的校园足球推进机制。

二、存在主要问题

虽然取得了可喜成绩，但要使中山校园足球再上新台阶，就要找出中山市校园足球发展亟待解决的问题。

（1）发展不平衡不充分的问题仍然存在。中山足球底子薄的问题没有根本改变，部分镇区的校园足球仍然基础薄弱，工作力度不足。

（2）高水平足球教练员欠缺，培养尖子的师资跟不上，造成尖子不尖的现象，运动队水平发展受到制约。

（3）保障条件有待改善。市级财政剔除聘请外教经费（310万元）后，只有263.32万元。全市有328所学校，平均每一所学校分配不到1万元。

（4）协调推进力度有待提高。市级各部门工作联动不密切，中山市发展校园足球领导小组虽然成立多年，但领导小组的作用没有充分发挥。

三、下一步工作思路

以习近平新时代中国特色社会主义思想为指导，坚持立德树人的根本任务，围绕“强基础、补短板，创高地”的工作思路，找准切入点和着力点，鼓足干劲，在新时代中体现新担当，展现新作为。

（1）坚持正确的方向。把发挥足球项目综合育人功能和普及推广放在首位，把足球教学和课外活动相结合，突出普及性，做大分母，不断扩大学生参与面。帮助学生在足球运动锻炼中享受乐趣、增强体质、健全人格、锤炼意志，培养德智体美劳全面发展的社会主义建设者和接班人。

（2）加强顶层设计。按照《关于加快发展青少年校园足球的实施意见》《中山市发展校园足球五年规划（2016—2020）》等国家、省、市文件精神，制定镇区、学校校园足球中长期发展规划，强化责任，统筹推进，不打折扣抓好落实。

（3）积极构建校园足球八大体系。科学布局，夯实校园足球的推广体系；精准发力，健全校园足球教学体系；严格管理，做强校园足球竞赛体系；示范引领，打造校园足球样板体系；激励创新，构建校园足球荣誉体系；精诚合作，合力形成校园足球推进体系；攻坚克难，搭建校园足球科研体系；龙虫并雕，形成校园足球舆论和宣传体系。

（4）要明确工作目标。加大全国特色校创建工作力度，做大做强全国校园足球改革试点县（区），争创全国校园足球改革实验区。全力支持“市长杯”足球联赛，争创省级竞赛优异成绩。

（执笔人：戴森元）

江门：优化队伍　加强督导

江门市教育局

在省教育厅、江门市委市政府的正确领导下，江门市坚持以十九大精神和习近平新时代中国特色社会主义思想为指导，全面贯彻党的教育方针，认真贯彻落实全国、全省、全市教育大会精神，按照《国家中长期教育改革和发展规划纲要（2010—2020年）》《国务院办公厅关于强化学校体育促进学生身心健康全面发展的意见》（国办发〔2016〕27号）和《广东省人民政府办公厅关于强化学校体育促进学生身心健康全面发展的实施意见》（粤府发〔2016〕119号）等文件精神，牢固树立"健康第一"的教育理念，不断深化江门市中小学体育课程改革，加强校园足球教育，全面提高江门市足球课堂教学质量。现将五年来江门市开展青少年校园足球活动总结如下。

一、加强领导，认真贯彻落实上级指示精神

多年来，江门市认真落实国家政策，把校园足球场地建设工作纳入国民经济和社会事业发展总体规划，把校园足球工作纳入学校体育建设的总体规划和年度计划，建立完善的工作机制和规章制度，加强督促指导。为加强中小学校园足球活动的组织领导，江门市教育局与市发展和改革局、市财政局、市文化广电旅游体育局和团市委联合成立江门市中小学校园足球活动领导小组，组长由市教育局局长担任，成员由各部门主管领导担任，在市教育局设立青少年校园足球办公室，负责日常工作。各地各学校也相应成立了校园足球活动领导小组。江门市教育局还联合市发展和改革局、市财政局、市文化广电旅游体育局和团市委印发了《江门市关于推进青少年校园足球发展的实施意见》，制定包括校园足球工作组织实施、招生、教学管理、课余训练和竞赛、运动安全防范、师资培训、检查督导等方面的规章制度和工作制度，为各地各学校开展校园足球工作指明方向。同时，江门市不断加大经费投入，提升学校体育软硬件保障水平。

目前，江门市有61所全国足球特色学校、89所省足球推广学校、1个省级校园足球试点县、112所江门市校园足球推广学校。

二、保障有力，强化培训，提高体育教师足球教学水平

（一）加强教师培训

采取"请进来"和"送出去"的方法对在职教师进行足球专业知识培训，每年多次举办初级、中级和高级足球教练员和裁判员培训班，组织体育骨干教师参加国家、省和市级以上足球培训，不断提高教师的自身素质和教学科研水平。例如，积极组织参加全国、全

省校园足球相关的教学特训班活动，每年举办“江门市青少年校园足球教练员培训班”暨广东省开展校园足球宣讲和送教下基层活动，邀请广东名人慈善会足球名宿莅临指导促校园足球发展，有9位体育教师分别获得2017年至2019年广东省开展足球专项立项课题。

（二）有效整合校园足球资源

推动校园足球集团化发展，加强区域和校际资源整合。把省级试点区新会区再分成中心片、东片和西南片三个片区，中心片以新会区圭峰会城街道为示范点；东片以新会区睦洲镇为示范点，西南片则以大泽镇、双水镇为示范点，组成校与校之间的足球联盟，形成校、镇、区三级管理体系。

（三）突出足球教育普及

开足开齐体育课，保证学生每天一小时校园体育活动。义务教育阶段学校把足球作为体育课的必修内容，每周用一节体育课进行足球教学。高中阶段学校开设足球选修课，积极推行第二课堂教学，开设校园足球课外兴趣小组，固定训练时间（早上6：25—7：25，下午4：30—5：30），不断优化训练方式，提升学生的踢球技术。其中鹤山市在这方面做得相当出色。江门市第一中学景贤学校每年组织对就读七年级的学生进行足球项目单独体育考试。

三、注重打基础，提升教学质量和水平

（一）建立活动机制

2015年以来，江门市教育局自行举办以及联合江门市文化广电旅游体育局举办的江门市中小学生体育比赛，把足球项目作为重大比赛来抓，每年都举办“映美杯”足球四级联赛冠军赛。江门市教育局与市宣传部、市体育局联合开展全市第二批青少年校园足球特色学校和足球试点学校创建工作。江门市注重加强学生体质锻炼，每年举办冬季长跑活动和启动仪式，组织各地各学校开展冬季长跑活动，确保每天锻炼一小时；组织举办了两届江门市体育教师教学能力大赛；推动学校实施“体育、艺术2+1项目”，建设“一校一品”或者“一校多品”足球体育特色项目。2018年江门市棠下中学女子代表队荣获“省长杯”高中女子组足球比赛第八名。

（二）注重基础建设

高度重视和加强学校体育工作基本条件建设，加大对足球项目投入，不断完善中小学校的体育设备设施，先后改造、建设学校的足球场地。每年江门市各地各学校都会聘请外籍足球教练到学校训练，邀请社会上有资质的足球团体、体育协会到学校开展校园足球活动。校园足球注重从幼儿园抓起。2019年6月29日，江门市教育局首次举办“奔跑吧足球”——江门市幼儿园亲子足球趣味运动会项目，展现了近年来江门市幼儿园体育教学的工作成效。

四、大力开展校园足球，提高足球运动水平

（一）以比赛带动

为加快江门市校园足球运动发展，江门市教育局每年都举办江门市青少年、中小学生校园足球比赛，并从2016年开始利用10年的时间，举办2016—2025年江门市“映美杯”青少年校园足球四级联赛和江门市“映美杯”2016—2025年青少年校园足球四级联赛冠军赛，每年通过各级联赛层层激烈的角逐，选出各市（区）六个组别共计48支冠军队伍参加江门市校园足球四级联赛冠军赛，2019年增加中职组男子比赛，通过足球联赛和四级联赛冠军赛推动江门市校园足球的发展。这也作为对江门市学校体育工作年度考核和开展校园足球工作情况的评价，提高江门市学校体育工作水平，为江门市青少年校园足球的开展创造了良好的氛围。

（二）建立行之有效的竞赛制度

江门各地各学校根据足球教学及课外活动的计划，组织面向全体学生的形式多样的足球技能竞赛；做到学校有班制比赛，镇有联赛，片区有选拔赛，市级进行决赛。全市区各镇均开展了校园足球活动，大部分学校涌现出“校校有球队，班班有赛事”的可喜的局面，全市逐步建立和完善小学、初中、高中全面覆盖的足球联赛机制。例如新会区分别与新会足球协会、广东省千色花化工有限公司和江门市劳卡有限公司联合，举办了五届新会区中小学生足球比赛。比赛既全面培养青少年对足球的热情，营造了浓厚的足球文化氛围就，也增加了外界对新会足球的了解，还吸引高水平教练来新会选才。新会区吕金铨学校学生杨海林2016年被选送到省集训队，该校2017年有13人被选送到江门体育运动学校训练。新会区五和小学、新会尚雅学校、新会区双水黄克竞博士学校等学校自2015年起有李根能、李晓凡、王迪等60多位同学被选送到广州恒大、富力足球学校和江门市体校少年足球队训练。新会区会城天禄小学2018年代表江门市参加“省长杯”获得第三名，2019年代表广东省参加全国第二届青运会获得U12－13组的第四名。

（三）提升足球竞赛水平

建立家校社一体化发展的工作机制和平台，不断提升足球竞技质量和水平。鹤山市古劳中学与广药集团王老吉共建“古劳王老吉”足球训练基地，成立王老吉校园足球队；鹤山市20所中小学邀请或聘请德国、巴西高水平足球教练和有资质的足球社会团体、体育协会等到学校开展校园足球推广活动。其中，2018年全国青少年校园足球夏令营鹤山市沙坪街道第六小学吴卓彬同学入选清远基地选拔、福州第八营选拔、河北秦皇岛总营活动最终入选广东省最佳阵容。2019年鹤山市第一中学温柔同学参赛山东省青岛市总营活动，最终入选广东省最佳阵容；鹤山市沙坪街道第六小学吴卓彬同学入选广东省最佳阵容、深圳第八营最佳阵容，进入河北秦皇岛全国总营，入选2019年全国青少年校园足球夏令营全国总营小学甲组全国最佳阵容。2019年3月鹤山市沙坪街道第六小学何卓斌同学，通过层层筛选，成功入选恒大足球学校U13梯队并签约，现在入读恒大足球学校。江门市第一中学景贤学校苏健富和吴梓昊同学入选2018年全国青少年校园足球夏令营分营最佳阵容，他们现

分别就读华师附中和广东实验中学。

五、存在问题及原因分析

（1）体育运动场地条件差，设施及器材配备不足。部分学校占地面积过小且周边无法增加用地等客观因素影响，涉及学校全部为小学且以城区学校居多。在面积达标的田径场中，泥沙运动场地占3成多。这些运动场中有个别场地条件较差，存在不够平整，晴天灰尘大、雨天不能用等现象，从而制约着学校体育工作的正常开展。

（2）体育教师和足球专业教师不足。对照《国家学校体育卫生条件试行基本标准》关于中小学校体育教师配备比例的要求，江门市现有体育专业教师缺口大，足球专业更为缺少。此外，受编制影响，江门市教育局没有专职体育教研员。

六、整改措施及工作要求

针对存在问题，江门市严格贯彻落实《教育部　卫生部　财政部关于印发〈国家学校体育卫生条件试行基本标准〉的通知》《国家中长期教育改革和发展规划纲要（2010—2020年）》《广东省学校体育三年行动计划（2015—2017）》等相关要求，以问题为导向，结合本地实际，采取积极措施，全面落实问题整改。主要工作措施如下：

（一）加大投入，进一步完善体育办学条件

（1）进一步健全学校体育经费保障机制，将学校体育工作经费纳入学校经费预算，并与学校教育事业经费同步增长。

（2）做好政府统筹，全面规划，开展《江门市学校体育运动场地升级改造》摸底调研，以覆盖全面、高标准提升全市中小学校体育基本办学条件，加强学校体育工作基本条件建设，按“轻重缓急”分年级投入、分类实施运动场地改造。

（3）完善中小学体育器材配置和管理制度，规范学校定时维护体育场馆、设施，及时更新、添置易耗易损体育器材等，规范各中小学校体育场馆、足球设施使用并在课余和节假日向学生免费或优惠开放等。

（二）优化队伍，进一步提升体育教师水平

（1）根据体育工作需要，通过每年新招聘、转岗培训、交流等方式充实专任体育教师岗位，以逐步解决体育教师紧缺的问题。加大培训交流力度，计划与相关院校联合组织兼任体育教师培训，为体育教师合理调配提供有力保障。

（2）加大体育教师职称评定、岗位聘任、学习进修和科研力度，提升体育教师素养和能力。

（3）要求学校将体育教学、课外体育活动、课余训练竞赛和实施《国家学生体质健康标准》等工作纳入教师工作量，提升体育教师获得感和荣誉感，激发体育教师的积极性和活力。

（三）完善管理，推进体育多元化办学特色

（1）以竞赛为杠杆，掀起阳光体育活动新高潮。举办多层次、多形式的学生体育竞赛，激发学生参加体育锻炼的热情和兴趣。如坚持开展年度大型田径运动会或体育节，定期举办足球单项比赛等。

（2）做好体育足球等传统项目学校、体育特色学校的建设工作，充分发挥其对广大青少年的示范引领作用。

（3）推进校园足球活动。要求学校开设足球课程，组织中小学生积极参加各级校园足球联赛，为国家、省培养更多的足球好苗子。发挥乡村少年宫和体育场馆对外开放辐射作用，传递体育锻炼正能量，倡导全民运动，营造浓厚的体育运动氛围。

（4）健全体育工作安全管理机制。加强学校体育活动的安全教育、伤害预防和风险管理，建立健全校园体育活动意外伤害保险制度，妥善处置伤害事件。

（四）加强督导，规范体育教学和体育运动的开展

充分发挥责任督导作用，全面落实、真实地反映江门市各地区体育年度工作情况；让学生在活动中得到充分的锻炼，提高自身素质，促进身心健康；更加全面准确把握校园足球定位，推动校园足球体育改革发展。

（执笔：陈厚波、温海健、李华斌）

图 2-11　江门市恩平市独醒中学课余足球训练

阳江：健全工作机制　统筹发展规划

阳江市教育局

近5年来，阳江市始终坚持以办人民满意的教育为目标，全力打造足球特色文化校园，各学校通过丰富多彩的校园足球活动，打造了精彩纷呈的校园足球文化，在推进学校体育工作科学发展、促进学生健康成长和全面发展方面取得了一定的成绩，全面提升了我市校园足球水平和学生综合素质。目前，阳江市共有14所市级校园足球特色学校、66所省级校园足球推广学校、48所国家级校园足球特色学校。现将近几年阳江市校园足球开展工作情况报告如下：

一、不断加强组织指导，完善落实各种规章制度

（1）各地校园足球特色学校及校园足球推广学校全面贯彻落实国家及省、市、区的各项政策，高度重视校园足球工作，始终把实施素质教育和提高学生体质健康水平当作学校体育工作的中心任务来抓，严格按照体育与健康课程标准以及有关规定开展足球体育教学工作。

（2）统筹发展规划，各地各校园足球特色学校及校园足球推广学校将校园足球纳入学校发展规划和年度学校工作计划，在学校文化建设中突出体育文化建设，尤其是校园足球文化建设的地位。在每年制订的年度工作计划中，将校园足球特色学校建设作为一项系统工程来抓，严格执行各项工作计划，确保计划落到实处。

（3）健全工作机制。各地各校园足球特色学校及校园足球推广学校都成立了以学校校长任组长，分管的副校长为副组长，各处室主任、各年级级长及各班班主任为成员的校园足球工作领导小组，每学年召开多次校园足球工作会议，制订详细工作计划，做到任务明确、责任到人，全面落实足球教育教学工作。

（4）各地各校园足球特色学校及校园足球推广学校都制定落实了《足球进校园实施方案》《校园足球三年发展计划》《校园足球训练管理工作规章制度》《校园足球运动队守则》《校园足球安全防范应急管理办法》《校园足球班级联赛活动方案》《足球比赛竞赛办法》等规章制度，保证了校园足球工作的全面、健康、和谐发展。

二、配齐配强体育师资，建设一流体育设施

（一）配齐配强体育师资

近年来，各地各校园足球特色学校及校园足球推广学校注重体育教师继续教育，先后派出300多人次参加各种国家和省、市足球教练员、足球裁判员培训。有60多所没有专业足球教师的学校与市足协、县（区）足协实行结对帮扶，加强学校的足球教学，也增强了阳江市足球师资力量。

（二）落实体育教师各项待遇

各地各学校严格按照上级下达的体育教师工作待遇，每年为体育教师购置运动服装；体育教师开展体育教学、足球训练和活动计入工作量；保证体育教师在评优评比、工资薪金、职务评聘等方面享受与其他科目教师同等待遇。

（三）场地设施建设完备

按照《中小学体育器材和场地标准》（国家标准）和《中小学体育器材设施配备目录》，逐步完善了足球教学及训练的硬件建设。2015 年至 2019 年阳江市投入 9 000 多万元建设了多个标准 11 人及 7 人制足球场及配齐各类足球教学、课外活动、业余训练器材，每年及时对损坏缺额器材进行更换、维修、补充，充分满足了师生锻炼身体的需求及不同体质学生锻炼的多样性需求，保证了校园足球活动的有序开展。

（四）体育经费保障充足

各地各学校设立有体育工作专项经费，并纳入学校年度经费预算，保证了校园足球工作的正常开展。

三、课程设置规范科学，足球文化浓厚

（一）教学理念先进

各足球特色学校及校园足球推广学校始终坚持健康第一，把足球作为立德树人的载体，积极推进素质教育，促进学生全面发展，健康成长。

（二）保证体育活动时间

各地各学校坚决保证学生每天锻炼不少于一小时，严格按照国家规定的课程标准开足开齐体育课，坚决杜绝减课、占课甚至不开课的现象。体育课加大足球教学比例，保证全国特色校和省级推广校有每周 1 课时足球课。通过大课间、体育课、专题足球课等方式，加大了足球相关知识、技能的普及力度。

（三）开发足球课程资源

各足球特色学校及校园足球推广学校充分利用本校体育教师和外聘专业教练员的优势，积极开发校园足球校本课程，并实施适合学生年龄特点的足球教学和课外活动。

（四）积极营造浓厚的校园足球文化氛围

各地各学校在师生中倡导“校园足球文化”，通过各县（市、区）每年的足球比赛、学校运动会、玩足球、画足球、讲足球、舞足球、赛足球、班级足球啦啦队等形式多样的活动来宣传足球知识，普及足球活动。学校利用校园广播、校园网、橱窗和新闻媒体广泛宣传校园足球运动的开展情况，建立了基于互联网的校园足球信息平台，动态报道足球活动，交流工作经验，展示特色成果。

四、足球训练不断规范，竞赛制度日臻完善

（1）各足球特色学校及校园足球推广学校都成立校足球队、班级足球队，各运动队建立了齐全的运动员档案，制订了训练计划。如今，各学校已经形成了浓郁的校园足球氛围，“人人都参与，班班有球队，年年搞足球比赛”将成为阳江市各足球特色学校的长效发展机制。

（2）开展科学训练。每所足球特色学校都高度注重足球运动队的训练，基本形成了教师有特点、学生有特长、比赛有成绩、社会有影响的学校运动队建设模式。

（3）建立竞赛制度。各足球特色学校每年都组织校内足球班级联赛，为学生提高足球竞技水平和运动能力创造条件。自 2015 年起阳江市每年都举办校园足球联赛，2015 年全市有 30 多支队伍参加比赛，2016 年全市有 50 多支队伍参加比赛，2017 年全市有 70 多支队伍参加比赛，2018 年全市有 90 多支队伍参加比赛，2019 年全市有 100 多支队伍参加比赛。阳江市各学校的足球队伍逐步发展壮大，足球水平大步提高。

五、不足及建议

阳江市校园足球工作扎扎实实、踏踏实实，开展得有声有色，取得了一定的成绩，但是也有不足。

（1）足球经费欠缺，投入仍需加大，不断完善足球场地建设及购置足球器材、设备设施，以满足全市学校的足球活动需要。

（2）足球专业教师短缺。阳江市现有专业足球教师 20 多人，需加大校园足球专业人员的投入，要经常组织培训和学习，提升教师的足球技战术水平、训练执教水平，不断积累经验，将阳江市校园足球工作开展得更有成效，更有特色，更上一层楼。

阳江市各地各学校一直本着“全员参与，致力提高”的足球发展方针，对校园足球的各项工作都高度重视，对推广足球运动、普及足球运动、增加足球人口等工作都不遗余力。我们相信，在上级领导的关心、重视下，在各界的大力支持下，阳江市的校园足球一定能越办越好，足球运动一定能在阳江市蓬勃发展。

（执笔人：李健）

图 2-12　阳江市中小学校园足球比赛

湛江：凸显全面育人　注重文化培育

湛江市青少年校园足球工作领导小组办公室

党中央、国务院高度重视青少年校园足球改革发展，习近平总书记多次作出重要指示批示，强调青少年足球事关长远，涉及基础，工作要抓细抓实。湛江市校园足球在推广布局、教学训练、竞赛选拔体系和师资、场地、科研、经费等保障条件上取得的成绩。五年来，湛江市教育局全面贯彻落实上级部署，按照《中国足球改革发展总体方案》（以下简称《总体方案》）要求，全力推进校园足球工作。现将有关情况报告如下。

一、推进校园足球工作的总体思路

五年来，湛江教育局深刻领会《总体方案》具体要求和内在逻辑，特别是发挥校园足球育人功能，加快足球普及，促进文化学习与足球技能共同发展、足球人才规模化成长，加快足球师资队伍和新型足球学校建设等任务和要求，统筹全局，加强顶层设计。贯彻落实《教育部等 6 部门关于加快发展青少年校园足球的实施意见》。坚持“教学是基础，竞赛是关键，体制机制是保障，育人是根本”的发展思路，扎实做到扩大分母抓普及、做强分子抓竞赛、师资队伍抓培训、提高质量抓标准、保障条件抓短板、加强管理抓协同、扩大视野抓交流等“七个抓”，抓牢抓实抓准核心点。打通升学通道，促进省内、国内交流，讲好校园足球故事，发挥典型带动作用，营造良好足球氛围，凝练出“踢出快乐，拼出精彩”的校园足球精神。强化组织领导和协同联动，注重内涵发展和质量提升，努力把校园足球打造成为中国足球改革发展的奠基工程、立德树人的育人工程和新时代全面推进学校体育综合改革的探路工程。

二、校园足球工作的主要进展

（一）坚持普及为主，凸显全面育人

以帮助学生在足球运动中“享受乐趣、增强体质、健全人格、锤炼意志”为目标，加强青少年校园足球推广普及。目前，湛江市校园足球活动开展较好，现有“全国青少年校园足球特色学校”101 所，“省级青少年校园足球推广学校”190 所，“广东省校园足球试点推广县区”2 个。落实全国校园足球特色学校基本标准，学校每周开设 1 节足球课，组织课余训练和校内联赛。坚持面向人人、男女均衡，充分发挥校园足球育人功能，培养学生集体主义、爱国主义精神和顽强拼搏的意志品质，让学生在足球运动中学会尊重、学会合作、学会助人、学会自律。经过推广普及，目前校园中踢球的人多了，会踢的人多了，踢得好的人也多了。

据学生体质健康系统数据显示，2016 年以来，校园足球特色学校的学生体质健康状

况显著优于非校园体育项目特色学校。2016 年至 2018 年的学生体质健康综合评定结果显示，3 年的校园足球学校学生体质健康的优良率和达标率均高于非校园体育项目特色学校学生，特别是校园足球特色学校学生的优良率在 3 年里持续升高，增幅明显高于非校园体育项目特色学校。这些结果显示积极推动校园足球的发展对于增强学生体质健康水平起到了显著促进作用。

（二）打牢教学根基，强化教会学会

按照习近平总书记对新时代学校体育“四位一体”要求，校园足球要做到“教（学）会、勤练、常赛”，教师要在“教会”上下功夫，学生要在“学会”上下功夫。。鼓励各县（市、区）因地制宜开发校园足球教材，因材实施开展校园足球教学。要求有关教师观看《天天足球》《校园足球战队》《校园足球先锋》等教学视频，在教学中参考使用。

（三）搭建竞赛体系，提高竞技水平

开展面向人人的校园足球竞赛是帮助学生实现健全人格、锤炼意志的关键，也是促进足球技能提高、培养后备竞技人才的重要支撑。按照《总体方案》要求，在推动校园足球特色学校深入开展校内班级和年级竞赛的基础上，全市广泛开展小学、初中、高中联赛并不断完善联赛制度。各县（市、区）校园足球联赛比赛场次、参赛人数呈现逐年上升趋势，形成“班班参与、校校组织、地方推动、层层选拔、全市联赛”的校园足球竞赛格局。不断探索建设集“校内竞赛—校际联赛—选拔性竞赛—省内、国内交流比赛”于一体的校园足球竞赛体系。五年来参加小学、初中、高中、联赛学生共计 5 500 人次，有 122 多名市级最佳阵容的学生参加省夏令营活动。

（四）强化师资培训，解决瓶颈问题

校园足球教师、教练员短缺是制约普及推广提高的瓶颈问题。为此，湛江不断完善校园足球师资培养培训体系，积极参加省级、国家级校园足球骨干师资培训、特色学校校长和体育教师培训，五年来参加市、省、国家培训的教师累计达 1 300 人。各县（市、区）根据实际，购买服务外聘专家到地方培训足球骨干教师 500 人。湛江市教育局为进一步提高足球教师教学水平，连续两年购买服务，组织足球骨干教师 150 人到北京、东莞等地培训。这些措施，都加强了校园足球教练员培训，提高了教练员执业水平。

（五）推动场地建设，改善条件保障

湛江市教育局积极配合市发改委等 5 部门开展《湛江市足球场地设施建设规划（2016—2020 年）》和足球场地建设情况督查，推动地方加紧出台足球场地建设规划。截至 2018 年 9 月，全市各级各类学校共有校园足球场地 621 块。2015 年至 2018 年全国教育系统共新建、改扩建校园足球场地 100 块，完成了《湛江市足球场地设施建设规划》规定的工作任务，到 2020 年还将再新建改扩建 20 块。此外，湛江还积极推进校园足球场地等体育场地向社会开放。

（六）深化教体融合，共推青训发展

完善与体育部门、湛江足协的联动机制，形成校园足球与足球青训体系在教学、训练和竞赛方面的“一体化设计、一体化推进、自成体系、相互支撑”的发展格局。

（七）打通升学通道，促进人才成长

经过近五年的努力，校园足球不仅实现了大规模的普及，而且在建立教学、训练、竞赛和保障体系的基础上，开始不断涌现优秀的足球后备人才。打通校园足球人才成长通道，不断吸引和带动越来越多的学校、家长支持孩子参与足球运动并将其作为成长成才成功的重要选项。

（八）试点幼儿足球，注重兴趣培养

贯彻教育部决定开展足球特色幼儿园试点工作，这是继足球特色校后校园足球向下延伸迈出的关键一步。培养足球人才，要紧紧抓住 3～6 岁幼儿的运动兴趣、习惯、认知和技能产生发展的关键期，尊重规律，以游戏、兴趣为主，引导各类幼儿园广泛开展幼儿足球活动。

（九）注重文化培育，创设良好氛围

充分利用地方主流媒体宣介校园足球。每年举办湛江市全国青少年校园足球、省级推广学校工作推广活动，传播校园足球声音，讲好校园足球故事，在全社会营造重视校园足球的浓厚氛围，扩大了校园足球的社会影响。

三、下一步工作举措

按照习近平总书记对新时代学校体育的“四位一体”目标定位，对照《总体方案》要求，在思想观念上做到“移风易俗”，强调对校园足球综合育人功能的认识，聚焦“教会、勤练、常赛”，并示范和引领学校体育教育教学改革；要在改善办学条件上实现“改天换地”，切实加强足球师资队伍建设和场地器材建设；要在凝聚力量上达到“众志成城”，不断完善新时代学校体育美育评价激励机制，调动“师生家校社”参与足球运动的积极性、主动性，拉动更广泛的社会各界支持，促进校园足球进一步提质增效。同时，在不断求索中完善支撑体系，构建校园足球特色平台。

（一）夯实校园足球推广体系

健全各级校园足球管理机构建设。不断夯实基础，科学规划，压实责任，到 2025 年再创建 120 所全国青少年校园足球特色学校。加强对校园足球特色学校、试点县（区）管理和监督。组建幼儿足球专家委员会，制订足球特色幼儿园发展规划，进一步开展足球特色幼儿园遴选和创建。

（二）健全校园足球教学体系

推进校园足球教学指南和评定标准的实施。建立和完善校园足球在线教学平台，发放教学示范课视频和相关教学资源。鼓励和支持引入先进训练方法和高新科学技术，建设智慧球场和应用智能训练设施和装备，强化科学训练。建立线上线下相结合的校园足球师资培训体系，建设在线培训系统，建立线下培训和考核点，开发培训课程。

（三）做强校园足球竞赛体系

以赛促训、以赛提质，确保校园足球特色学校班班有球队，定期组织比赛，通过年级

联赛组建各个年龄组的学校代表队。进一步完善小学、初中、高中三级（镇级、县级、市级）竞赛体系。在联赛的基础上进一步完善选拔性竞赛和夏令营活动。在湛江市最佳阵容的基础上，形成相对稳定的各组别校园足球市级队选拔和建队机制。严格赛风赛纪，执行《全国学生体育竞赛纪律处罚规定》《全国学生足球比赛纪律处罚规定（试行）》，规范涉及校园足球队员参与的赛事活动，确保校园足球竞赛活动的有序开展。

（四）共筑校园足球融合体系

进一步加强校园足球工作领导小组各部门协同配合，在场地规划、师资培训、社会支持等方面形成合力。教育、体育部门和足协等专业组织进一步推进工作对接和资源共享，发挥各自优势，深化教体融合，加快推进校园足球与青训体系“一体化设计、一体化推进，自成体系，相互支撑”的合作格局。加强省内、国内交流互鉴，搭建市内外相关足球组织、机构和部门有序参与、通力合作、协同推进校园足球健康发展的格局。积极鼓励有较好足球运动技能和水平的高中生向职业体育发展。完善退役运动员、优秀教练员、社会体育指导员、有体育特长的社会人员兼职校园足球教师制度。

（五）构建校园足球荣誉体系

进一步调动地方政府、企事业单位和学生、家长、学校及社会各界参与、重视、支持校园足球的积极性。进一步打通校园足球人才成长通道，不断完善小学、初中、高中优秀足球运动员升学政策，建立衔接贯通的升学通道；在校园足球广泛普及的基础上，建立高水平运动员发展与训练渠道，进一步完善校园足球优秀运动员的成长机制，并鼓励和支持优秀足球苗子向职业化发展。每年举行“湛江市校园足球年度工作总结活动”，大力宣传表彰为校园足球做出贡献的相关单位和人员。

（六）搭建校园足球科研体系

充分发挥湛江市青少年校园足球专家委员会的智库作用，加强学科交叉与融合，鼓励开展基础性、前沿性、探索性创新研究。积极引导各界力量围绕青少年校园足球开展科学研究，推动成果转化应用。探索建立政府主导、社会有序参与的校园足球产学研平台。加强与体育部门、足协组织的合作，借鉴省内、国内外优秀研究成果，积极探索适应湛江市青少年足球人才成长的教学、训练和竞赛体系，逐步形成特色鲜明的湛江市青少年校园足球科研体系。

（七）完善校园足球舆论宣传引导体系

充分利用现代互联网技术建立媒体宣传平台，加强互联网青少年校园足球政务信息数据服务平台和公共服务平台建设，增强信息发布的权威性和及时性。主动向全社会公开有关工作进展，回应社会各方面对校园足球的关切和建议，接受各方面监督。积极整合多方优质资源，吸纳有益力量，构建层级分明、职责清晰的全媒体宣传矩阵，传播校园足球好声音，讲述校园足球好故事。

（执笔人：陈全心）

茂名：砥砺前行　播种校园足球春天

茂名市教育局

为深入贯彻落实《国务院办公厅关于强化学校体育促进学生身心健康全面发展的意见》《教育部等6部门关于加快发展青少年校园足球的实施意见》《广东省关于推进青少年校园足球发展的实施意见》精神，加快茂名市校园足球的普及，全力打造足球推广学校和特色学校，茂名市教育局以“整体联动、全面发展”为原则，对校园足球活动进行了精心安排和部署，克服困难，积极探索，不断完善措施，校园足球呈现出良好发展势头，普及率不断得到提高，在竞赛组织、场地建设、课程开设、师资培训、社会倡导等方面取得显著的成绩。现将2015年以来茂名市校园足球工作情况总结如下：

一、高度重视，推动校园足球全面发展

加快发展青少年校园足球是贯彻党的教育方针、促进青少年健康发展的重要举措。2015年10月茂名市举行了茂名市足球进校园启动仪式，揭开了茂名市校园足球的序幕。2016年茂名市相继出台了《关于印发〈茂名市关于推进青少年校园足球发展的实施意见〉的通知》《关于成立茂名市青少年校园足球工作领导小组的通知》和《关于印发〈茂名市“市长杯”青少年足球联赛实施方案〉的通知》等校园足球指导性文件，市委、市政府、市教育局、市文化广电旅游体育局发挥指挥棒作用，至今已连续举办了四届“市长杯”足球赛，并将此赛事作为长期稳定的项目持续开展。茂名市校园足球联赛从无到有，校园足球的影响力不断扩大，同时带动了各区、县级市和各学校开展校园足球联赛。截至2019年底，我市“市长杯”青少年校园足球联赛（决赛阶段）已开设了8个组别，参赛队伍达到了328支，参赛运动员4 582名，累计比赛场次达到760多场。校园足球如火如荼，形成了浓厚的足球氛围，拥有广阔的发展空间。各区、县级市和各级学校纷纷建立“市（区）长杯”和“校长杯”等足球联赛制度，同时还积极参与区域性校园足球交流活动，校园足球全面发展。

二、加大投入，着力完善足球场地建设

近来年，茂名市高度重视校园足球发展的物质保障，强化经费、场地、安全等保障机制，确保校园足球持续发展。截至2019年底，省、市共投入校园足球建设经费达7 000多万元。其中用于球场建设专项资金达3 200多万元。各区县（市）也提供相应经费支持，并鼓励有条件的学校自筹资金改善足球场地等各项设施。截至2019年底，全市已建成足球场约255块，其中11人制足球场49块，7人制足球场123块，5人制足球场83块。根据《关于进一步加强我省足球场地设施建设工作的通知》文件精神，茂名市到2020年还将新

增校园足球场地 100 多块，校园足球场地条件明显改善。

三、强化师资，提高校园足球专业素质

为了全面提高茂名市校园足球的领导水平、教练水平、裁判水平，除了外派教练员、裁判员参加国家级和省级培训之外，我市分层次、分类别、分步骤对领导干部、校园足球教练、裁判员进行多次市级培训，还在校园足球联赛及“市长杯”足球赛赛前成立了校园足球裁判组，常态化服务好茂名市校园足球工作。2016 年和 2017 年，茂名市相继邀请了以原辽宁队主教练、中国足球十连冠创造者李应发为代表的中国飞跃校园足球教育团队和广州富力足球学校导师团队对我市校园足球教师进行了培训。培训内容涵盖了校园足球实践与管理、理论与实际、信息化操作与管理和室外实践等课程，极大拓宽了教练员和裁判员的视野，提高了教练员和裁判员的实战技能。通过“走出去，请进来”的形式，2018 年 6 月茂名市第一中学柯伟超老师和市第十七中学李海波老师通过全国校园足球教练员的选拔培训，获得了到英国和法国学习的机会。与此同时，以他们为代表的一批年轻足球教师也不断获得继续深造的机会，很大程度上提高茂名市校园足球的师资水平。截至 2019 年底，我市参加国家级校园足球培训达到 150 多人次，省级培训 480 多人次，市级培训 800 多人次。目前，茂名市基本形成一支有理论基础和实战能力的校园足球专业教练、裁判和服务团队。

四、优化宣传，营造浓厚校园足球氛围

茂名市率先利用“互联网 +”运作校园足球，2016 年统筹专项资金逐步优化 PC 端、手机端的信息平台，开发赛事报名、运动员注册、赛事直播等实用功能，推进校园足球信息化发展，拓宽各类校园足球赛事的宣传空间。通过每个赛季引入企业冠名的办法，开展校园足球主题征文、摄影大赛，拓深拓广宣传渠道。每次赛事和足球进校园活动均邀请茂名市各大新闻媒体参加报道，加大茂名市校园足球宣传力度，营造浓厚足球文化氛围。2017 年广东省校园足球摄影、微视频及征文大赛中，茂名市有 2 个作品荣获一等奖，5 个作品荣获二等奖，3 个作品荣获三等奖。

五、寻求合作，构建校园足球青训体系

茂名市根据《茂名市关于推进青少年校园足球发展的实施意见》的精神，积极与有条件的俱乐部、企业、社会团体等足球青训机构联合开展有利于校园足球发展的公益活动。目前，茂名市有 20 所中小学校与取得合法资质的俱乐部或青训机构合作，在师资培训、课程开设、足球训练等项目上进行深度开发，促进茂名市校园足球水平的提升。2017 年，国内著名足球青训俱乐部广州富力足球学校进驻茂名市，与市福华小学、茂名市油都足球俱乐部签订了协议，三方共建富力足球学校茂名青训中心，全面扶持茂名市直属学校校园足球的发展。市直属学校的成功经验得到各区、县级市的认可，各地通过开展该模式的接收和推广工作，足球水平逐年提高。

六、打造品牌，创建校园足球特色学校

茂名市以市直属学校为足球特色试点，以足球课程开设、足球教学与训练、足球大课间与课外活动的开展、高中足球特长生的招生等作为工作抓手，因地制宜开展形式多样的校园足球活动，让更多的学生参与足球运动，使校园足球的覆盖率和覆盖面不断扩大。近年来，茂名市严格按照《全国青少年校园足球特色学校基础标准（试行）》指导区域内学校进行建设。截至 2019 年底，茂名市已有全国青少年校园足球特色学校 69 所，广东省校园足球推广学校 157 所，广东省校园足球试点县区茂南区和高州市两个，校园足球普及率不断提升。2019 年茂名市组织了青少年校园足球夏令营活动，评选出 2019 年茂名市青少年校园足球夏令营最佳阵容并参加了国家和省青少年校园足球夏令营活动，共有唐僖、周雅菲等 7 人入选了广东省青少年校园足球夏令营最佳阵容，其中来自市光华小学的唐僖同学还入选了全国青少年校园足球夏令营总营最佳阵容，这是茂名市校园足球首次荣获全国性的奖励，也是对茂名市校园足球建设的肯定和鼓励。

七、立德树人，推进校园足球教学教研

自开展校园足球活动以来，茂名市积极推进校园足球教学教研活动，截至 2019 年该市有 6 项课题获省校园足球教科研专项课题立项。2019 年省教育研究院在茂名市新世纪学校举办了广东省中小学校园足球研讨活动，时任广东省教育研究院院长汤贞敏和来自北京及省的校园足球专家充分肯定了茂名市学校体育工作和校园足球教学教研工作所取得的成绩，对茂名市校园足球的开展情况给予高度的评价，同时也指出了足球不足和今后的发展方向。

足球运动已成为茂名市学生喜爱的体育运动，学校推广普及足球运动的浓厚氛围已经形成，校园足球的普及提振了茂名市学生的精神风貌，促进了学生综合素质的提高，对茂名市学校体育的发展起到了巨大的促进作用。

八、找准短板，播种校园足球绿色春天

茂名市校园足球目前取得了一些成绩，但与兄弟城市相比还存在着起步晚、基础薄弱等短板。

（1）针对部分学校对校园足球的理念理解不够透彻，轻普及重成绩，尚未形成科学、系统的校园足球理论、课程和训练体系等问题，将进一步强化校园足球以球立德、立德树人、强身健体的足球理念，通过开展校园足球教育教学活动来落实立德树人的目标。

（2）针对校园足球专项的师资与校园足球快速发展需求还不相适应的问题，将通过争取编制，配足补齐校园足球专项体育教师，多渠道加强师资培训，全面提高校园足球师资的业务能力和综合素养。

（3）针对足球场地设施建设不够规范的问题，将加大资金的投入，完善足球场地建设，改造升级学校现有足球场地，落实足球场地建设规划。

俗话说："一年之计在于春。"春天播下的种子，就要确保它发芽、生根、开花、结

果，保持生机盎然。为此茂名市将充分利用当前校园足球的良好发展势头，不甘落后、真抓实干，抓普及促发展，抓培训促提升，使校园足球焕发更强的生机和活力。

（执笔人：麦丽敏、葛勇、洪永生）

图 2-13　2017 年茂名市中小学足球裁判员、教练员培训

图 2-14　茂名市茂南区茂南一小的学生在比赛中

肇庆：统筹协调推进　积极承办省级赛事

肇庆市教育局

为贯彻落实党的十九大精神和中共中央、国务院《关于加强青少年体育增强青少年体质的意见》《教育部等6部门关于加快发展青少年校园足球的实施意见》《广东省关于推进青少年校园足球发展的实施意见》精神，五年来，在各级领导部门的关心和支持下，在全市上下的通力合作下，肇庆市的青少年校园足球工作取得跨越式的进展，取得了一定的成绩。现将近五年的工作情况总结如下：

一、主要做法和成效

（一）加强组织领导，统筹协调推进

肇庆市以《中国足球改革发展总体方案》和教育部《中国青少年校园足球发展规划纲要（2015—2025）》以及《广东省关于推进青少年校园足球发展的实施意见》为指导，加快普及肇庆市青少年校园运动的发展，促进肇庆市中小学校园足球整体水平的提高。2016年，由肇庆市教育局牵头，会同发改局、财政局等六个部门联合印发了《肇庆市关于推进青少年校园足球发展的实施意见》，组成了肇庆市校园足球工作领导小组，领导全市青少年校园足球工作的开展，履行校园足球工作的宏观指导、统筹协调、综合管理等职责和责任。

近几年来，领导小组多次协调各职能部门，深入学校一线开展校园足球工作调研，推动将校园足球改革发展纳入《肇庆市国民经济和社会发展第十三个五年规划》，制定《肇庆市足球场地建设计划》《肇庆市足球场地建设实施方案》等相关工作规划和实施方案，加快肇庆市校园足球工作的发展。

（二）增加投入，夯实基础

借助承办省运会东风，近几年来，肇庆市推动市、县级政府优先对学校体育经费加大投入，尤其是加大对校园足球场地建设、训练和组织、竞赛等方面的经费投入力度，扶持校园足球活动的开展。

1. 建设、改造足球场地

截至2019年12月，5年来累计投入10 235余万元用于足球场地建设、升级改造，建设、改造足球场地100余块。现肇庆市学校共有各种类型足球场269块，其中5人制足球场地127块，7人制足球场地113块，11人制足球场地29块。

2. 加强师资引进、培训

近5年来，肇庆市通过招考、外聘、转岗等方式，在新招体育教师中优先招聘足球专项教师，外聘知名运动员、教练员到校代课，通过足球教师专项培训在现有体育教师中挖掘潜力，满足开展校园足球教学的需要。截至2019年，肇庆市共有校园足球专项教师442人，其中国家二级运动员15人，国家一级运动员2人；有中国足协B级教练员证书者1人，中国足协C级教练员证书者14人，中国足协D级教练员证书者4人。

肇庆市于2016年制定《肇庆市2016—2020年校园足球教师培训方案》，累计投入资金110余万元，用于足球教师、足球裁判员、校园足球管理人员等培训班。累计培训市级足球专业、非专业足球教师600人次，校园足球裁判员100人次，校园足球管理人员120余人次。师资培训工作，有力提高了足球教师队伍的整体素质，促进了校园足球工作水平的提高。

3. 举办“市长杯”校园足球联赛，加强竞赛引领

从2015年起，肇庆市财政5年来累计投入资金140余万元举办“市长杯”校园足球联赛、校园足球特色校交流赛等。经过5年的发展，“市长杯”足球联赛由2015年的初、高中男子比赛，发展到小学男女子、初中男女子、高中男女子（含中职）全学段市级比赛。赛制采用赛会制、主客场制、混合制等各种形式。为扩大赛事影响力，2018年开始，肇庆市冠亚军决赛采用主客场双赛决胜制，把市一级的比赛办到了一线学校，给乡村学校一个更好的机会展示其开展校园足球活动的成果，比赛的跨度更大，受到的关注也更多，学生、老师能在自己的学校看到自己球队的比赛，球队获得了更多的支持，因而带动了更多的学生参加足球活动。每年参加县级以上足球竞赛的学生达5 000人以上，带动十余万学生参加足球活动。通过足球竞赛的示范引领作用，逐步建立和完善小学、初中、高中一条龙衔接的训练和竞赛制度。

（三）精心组织，创建足球特色学校

从2015年起，肇庆市每年举办校园足球推进工作现场会，组织各县（市、区）教育局分管领导、体卫艺股（科）负责人、足球特色学校校长和体育科组长参加。现场会通过专家学者讲座，观摩承办学校足球大课间、足球相关教育活动，知名教练员、名师上示范课，特色学校建设经验分享等活动，交流经验做法，有力地促进了肇庆市校园足球教学、训练水平的提高，推动校园足球工作快速发展。

5年来，肇庆市立足实际，因地制宜，按照城乡统筹、学段匹配的原则推进校园足球特色校的创建工作，充分发挥足球特色学校对全市青少年足球运动开展的示范引领作用。截至2019年底，肇庆市共建成省级足球特色试验区2个，全国青少年校园足球特色校52所，省级青少年校园足球推广校79所。不定期组织市校园足球领导小组成员单位对足球特色学校进行检查督导，对检查中出现的情况和问题进行积极的指导。

（四）建立机制，增加足球项目覆盖面

积极鼓励、支持校园足球特色学校开展校内竞赛，加强校园足球竞赛体系建设，积极

开展了校、县、市三级青少年校园足球联赛，每年组队参加省级校园足球联赛。2015 年以来，累计举办市级校园足球比赛 500 余场次，参赛学生运动员 5 000 余人次；举办县级校园足球比赛 10 800 余场次，参赛运动员 10 万余人次。2018 年开始举办市级青少年足球夏令营及选拔活动。通过开展足球训练与竞赛、运动员选拔等活动，把足球基本知识、基本技能覆盖到中小学的体育课堂；逐步建立和完善小学、初中、高中一条龙衔接的训练和竞赛制度；以足球活动为平台开展爱国主义教育等活动，丰富了校园足球文化活动内容，带动了更多的青少年走上球场，扩大了校园足球人口的覆盖面积。

（五）积极承办省级赛事，扩大足球赛事影响

2017 年肇庆市承办了第四届“省长杯”校园足球联赛全省总决赛，共有来自全省 22 个地市的男子、女子、中职组 65 支队伍共 1 500 多名运动员到肇庆参赛，在半个月的赛程里赛足 137 场。肇庆市高标准办赛，设计了“省长杯”比赛的会徽、会歌、吉祥物，举办了盛大的开幕式，对开幕式及重点场次赛事进行网络直播，通过网络累计观赛人次达到 50 多万人次，扩大了“省长杯”赛事影响力。在“省长杯”期间，又承办省校园足球工作推进会和高峰论坛，来自全国、全省的校园足球著名专家齐聚肇庆，探讨校园足球的发展方向。2018 年肇庆市又承办广东省第十五届运动会足球赛事。连续高水平的校园足球赛事在肇庆举行，带动了肇庆市民、学生参与足球运动的积极性。

（六）借助社会力量，推动校园足球发展

肇庆积极鼓励和倡导企业、社会团体从财力、物力、人力等方面对学校开展校园足球工作给予支助，近两年先后有广州富力足球俱乐部、深圳市悦达足球俱乐部、肇庆市立讯足球俱乐部、肇庆市恒泰足球俱乐部进肇庆市校园开展中小学校足球活动，以点带面，引领和带动了肇庆市中小学校足球全面发展。各俱乐部与学校签订合作协议，深入学校对足球教学、训练、比赛进行指导，有效补充开展校园足球的短板。肇庆市通过积极调动社会力量参与校园足球活动，使该市校园足球运动水平得到快速提高和发展。

二、不足之处

（1）市区及各县中心城区部分学校因占地面积有限，连 5 人制足球场地都不能保障。个别乡镇学校足球场地不达标，坑洼不平，不能满足教学和比赛的要求。

（2）校园足球师资、训练水平总体偏低。优秀退役运动员和社会知名足球人士长期为学校服务还存在一定的困难。

（3）虽然财政有校园足球专项经费，但杯水车薪，无法满足校园足球发展需要。筹措募集社会资金支持校园足球开展的方式、渠道还比较困乏，缺少相应的指导性意见。

（4）社会各界包括部分教育界人士对校园足球的开展依然存在偏见，导致校园足球目前仍处于精英模式，与全面普及和推广还有一定距离。

三、下一步计划

（1）继续贯彻落实足球课在各级各类学校的开展，探索多样化的足球教学模式，逐步加大足球课的比重，推进足球班级联赛的全面开展。

（2）选拔精英运动员，做好市级夏、冬令营的集训工作，引导更多孩子参与足球活动。

（3）强化肇庆市校园足球领导小组的组织领导，加强部门间的协调配合，加强对校园足球工作的业务指导。

（4）建立校园足球监管机制，将校园足球纳入教育督导的指标体系，及时总结和推广校园足球工作成功经验，加强校园足球工作质量检测，推动校园足球工作由“重竞赛”走向“重普及”，定期发布市青少年校园足球发展水平报告。

（5）探索政府支持、市场参与、多方筹措支持校园足球的机制。鼓励有条件的社会俱乐部和其他组织参与校园足球工作。

（执笔人：陈志刚、姚灵娟、张俊松）

图 2–15　肇庆市校园足球比赛

清远：五年校园足球路　一路艰辛一路歌

清远市教育局

2015 年以来，清远市以《中共中央　国务院关于加强青少年体育增强青少年体质的意见》（中发〔2007〕7 号）、《国家体育总局、教育部关于加强全国青少年校园足球工作的意见》（体青字〔2013〕12 号）和《教育部等 6 部门关于加快发展青少年校园足球的实施意见》（教体艺〔2015〕6 号）为指导，将校园足球作为实施素质教育的重要突破口，逐步扩大校园足球规模，提高校园足球发展水平；以"立德树人"为根本任务，营造"阳光体育、快乐足球"的校园足球理念；以校园足球为载体，培养学生的足球兴趣，丰富学生的课余生活，让足球成为青少年学生终身受益的体育锻炼方式之一，促进青少年学生身心健康和德智体美劳全面发展，推动清远市青少年足球运动健康发展。经过市、县（市、区）两级政府和各级教育部门及各中小学校的共同努力，清远市校园足球工作积极推进，并取得了一些成效。

一、开展校园足球工作取得的成绩

截至 2019 年 10 月，清远市创建全国足球特色学校 67 所，省校园足球推广学校 71 所，清新区、清城区先后创建成广东省校园足球推广试点区。参加足球运动学生人数为 294 800 多人，约占全市在校生人数的 55.7%，比 2015 年增长 45.5%。组建校园足球队 1 650 多支，共 26 900 多人，近三年来，每年参加赛事共 4 550 多场次，举办校级联赛 5 000 场次，镇级联赛 760 多场次，县（市、区）级赛事约 1 290 场次，市级赛事 100 多场，省级赛事 20 多场。

足球专项教师 235 人，持 D 级及以上足球教练员证 87 人，参加过市级及以上校园足球教练员培训的 415 人次，有两位教师分别获得参加教育部组织的赴法国、英国学习青少年足球培训的机会。持三级及以上足球裁判员证 271 人，参加过市级及以上校园足球裁判员培训的 292 人次。

全市共有各种规格足球场 376 块，其中 11 人制足球场地 65 块（人造草场 12 块），7 人制足球场地 191 块（人造草场 51 块），5 人制足球场地 120 块（人造草场 49 块）。

2018—2019 学年校园足球经费投入 3 700 多万元，比 2015 年增长 179%。其中，举办赛事 580 多万元，参加赛事 430 多万元，校园足球师资培训 150 多万元，器材装备购置 840 多万元，场地建设改造 1 750 多万元（含运动场）。

2015 年 7 月，首次举办"清远市中小学生足球联赛总决赛"时，只有 24 支队伍近 400 名学生参加了比赛。2017 年，经市政府同意，清远市中小学生足球联赛总决赛更名为"清远市'市长杯'足球联赛（高中、中职组）暨中小学生足球联赛总决赛"，同时增设了女子组，连续两年均有 51 支足球队近 800 名足球队员参加比赛。2019 年更是达到了创纪录的 75 支足球队近 1 200 名运动员参赛的规模。

"市长杯"高中组别的冠军球队代表清远市参加广东省"省长杯"足球赛并获得好成绩。2016 年，英德市第一中学获得高中男子组第七名、清新区职校获得中职组第七名；2017 年，英德一中获得高中男子组第七名；2018 年，市华侨中学获得高中女子组第五名。市华侨中学连续三年闯入高中男子组 16 强。2018 年广东省第十五届运动会，以市华侨中学男子足球队为班底组建的清远市学校组男子足球队勇夺冠军，为清远市的校园足球和清远人民争了光。

2018 年，清远市有 5 人入选广东省校园足球最佳阵容，1 人入选全国校园足球最佳阵容，并进入校园足球国家队（初中组）；2019 年，8 人入选广东省校园足球最佳阵容，3 人进入全国校园足球夏令营总营。

二、开展校园足球工作的几点做法

（一）强化组织领导

成立了由分管副市长为组长，分管副秘书长为副组长，教育、体育、发改、财政、共青团等部门负责人为成员的清远市校园足球工作领导小组。

领导小组负责全市校园足球的宏观指导、统筹协调、综合管理。教育部门负责做好校园足球发展规划，落实足球课程开设和课外足球活动时间，完善教学、训练、竞赛体系建设等工作；体育部门负责对校园足球的指导，在足球教练员、裁判员培训、训练指导、竞赛组织及条件保障等方面，为校园足球发展提供支撑和服务；财政部门负责落实校园足球经费保障，用于校园足球的比赛、培训以及基本工作条件建设；发改部门负责协助教育部门制定清远市校园足球发展战略、规划和政策，提出相关机制建立的意见和建议；共青团负责广泛发动青少年积极参与校园足球活动，将校园足球工作融入共青团的建设之中，使广大青少年充分认识开展校园足球的重要意义，自觉积极地投入到活动中去；宣传部门负责校园足球的宣传工作，充分发挥各种形式的新闻媒体的作用，加大宣传力度，营造全力推动校园足球发展的良好舆论氛围。因此形成政府主导、学校主体、社会参与、家庭和媒体支持与配合的校园足球发展新格局。

各县（市、区）也成立了相应的青少年校园足球工作领导小组，设立办事机构，制定工作计划，有效推进校园足球工作的开展。

（二）召开校园足球工作会议

2015 年 7 月，清远市政府在恒大足球学校召开了清远市第一次校园足球工作会议，举行了清远市校园足球启动仪式。参加人员有主管教育的副市长、市校园足球成员单位、各县（市、区）政府领导和教育局、体育局领导，还有部分校园足球特色学校代表。会议对全市校园足球的开展进行了动员，并对具体工作进行部署，全面拉开了清远市校园足球发展的序幕。之后的每年，市教育局都会召开校园足球工作会议，总结成绩，找出不足，为今后的工作指明方向。

（三）出台校园足球实施方案

2015年，清远市政府办印发了《清远市校园足球实施方案》，制订了三年发展规划：力争到2017年，全市设立80所校园足球推广学校，创建20所校园足球特色学校，建好100个校园足球场，培养300个足球教练员，组建100支校园足球队伍，吸引至少20万名青少年学生参加各级各类校园足球培训和竞赛活动。方案提出了具体任务和保障措施，为清远市校园足球的健康有序发展提供了强力保障。特别是在经费保障方面，市政府出台政策，拨出专款，每年对足球特色学校进行奖补，保证每年的比赛活动经费和师资培训经费。截至目前，超额完成该方案定下的发展目标，下一步准备出台新的校园足球发展规划。

（四）抓好校园足球特色学校布点建设

按照教育部关于开展以“阳光体育、快乐足球”为主题的全国青少年校园足球活动部署和要求，清远对全市学校校园足球的现状进行了深入调研，认真抓好布点学校建设，积极推进校园足球工作。到目前为止，全市共有全国校园足球特色学校67所，广东省校园足球推广学校71所，涵盖了小学、初中、高中和职校，遍布全市8个县（市、区）。清新区和清城区先后创建为广东省校园足球推广试点区。目前，各特色学校和推广学校对照标准，积极开展校园足球，在条件保障、师资配备、课程开设、活动开展等方面努力探索，成效明显。源潭中学、清新三小等学校把足球列入了课程，大部分学校还做到了“班班有球队、月月有比赛、人人一只球”。

（五）办好各级各类青少年足球比赛

充分发挥足球竞赛的龙头作用和杠杆作用，不断完善全市校园足球常态化竞赛体系，以市级联赛带动各校的足球训练和竞赛。鼓励校园足球特色学校和有条件的学校每年组织班级、年级比赛以及校际邀请赛等竞赛交流，进一步活跃校园足球运动。

近年来，清远每年举办全市中小学生足球联赛。在各县（市、区）举行足球联赛、片区赛的基础上，2015年7月在恒大足球学校，2016年7月在市三中和清城中学举行了总决赛，两届都有24支队伍近400名学生参加比赛。2017年，经市政府主要领导同意，清远市中小学生足球联赛总决赛更名为“清远市‘市长杯’足球联赛（高中、中职组）暨中小学生足球联赛总决赛”，同时增设了女子组，连续两年均有51支足球队近900名足球队员参加比赛。2019年新增中职组，赛事规模更是达到了创纪录的75支足球队近1 200名运动员。“市长杯”总决赛高中组的冠军球队代表清远市参加广东省“省长杯”足球赛和“省运会”足球赛并获得好成绩，为清远市的校园足球和清远人民争了光。

2016年至2019年，清远市教育局还与清远广电网络公司合作举办“U点五人足球争霸赛”，每年均有超过30支中小学学校足球队报名参赛。

此外，学校校内赛事也非常丰富多彩，近三年参加各类足球比赛的学生接近30万人次，有力地推动清远市校园足球运动的健康发展。

（六）抓好师资培训

近年来，清远市每年都组织开展足球骨干教师、足球指导员的培训。2015年，清远市依托恒大足球学校，组织了全市足球教练员共200人，开展了七天富有成效的培训工作。2016年，组织了5批行政管理人员和中小学校长，参加省、市举行的校园足球专项培训班学习。2017年，清远市举办了3期校园足球教练员、裁判员培训班，并结合全市中小学生足球总决赛进行实操训练。全市共有300多位教师参加了各种形式的培训。组织了90多位校园足球管理人员赴梅州、惠州参观学习和培训。2018年，聘请了教育部校园足球讲师、国家队前队员李勇先生担任清远市校园足球教练员专职讲师，并举办了校园足球教练员和裁判员培训班各一期，培训人数共120人。今后我们还将继续开展相关的各种培训，以进一步提高清远市校园足球教练员和裁判员的整体水平。

部分学校在社会上聘用具有足球专业知识技能且对足球充满热情的人士担任学校的足球指导员，承担校园足球课余训练、球队教练、比赛裁判和赛事组织等工作，充分调动各方面支持、参与清远市校园足球推广工作的积极性。

三、校园足球工作存在的困难和问题

经过近年来的努力，清远市校园足球工作虽然已取得了一定成绩，但是与国家、省、市的要求还有很大差距。制约清远市校园足球工作发展的困难和问题仍然不少。

（一）重视不够

由于受应试教育传统影响，清远市各级政府、有关职能部门、各中小学校、广大家长和学生不同程度存在重文化课、轻体育运动思想，致使从政府、学校到社会、家长、学生，对校园足球工作、足球活动的重视、支持、参与不够，严重制约了校园足球的快速发展。

（二）场地不足

相当部分学校没有标准球场，仅有的场地也大多陈旧、设施配套不全，远远不能满足学生的训练、活动和比赛需求。据统计，全市500多所中小学校只有约376个足球场，其中5人场120个，7人场191个，11人场65个，远远不能满足开展校园足球活动的需要。

（三）师资薄弱

目前，清远市绝大多数学校没有足球专业教师和裁判员，足球教练和裁判员多是由爱好足球的体育老师兼任。据统计，清远市校园足球专项教师约为235人（约占全市中小学专任教师的0.7%），参加过市级以上培训的415人次，持有D级以上教练员证书的87人，远远不能满足开展校园足球活动的需要。由于教师编制紧缺，部分布点学校以聘用教师解决足球师资不足问题。师资薄弱致使各中小学校基本上没有专门的足球课程设置，校园足球推广普及受到了严重制约。

（四）保障不力

政府财力有限，利用社会资源扶持和服务校园足球发展的措施缺乏，校园足球风险管理机制不健全，安全保障跟不上，许多学校领导、老师不敢放开手脚开展足球工作。有些学校对足球教练员绩效量化考核跟不上或不落实，教练员辛辛苦苦工作却得不到肯定和回报，挫伤了他们的积极性。

四、校园足球今后工作思路

围绕“教好、勤练、常赛”的工作要求，进一步做好校园足球推广和普及工作。

（一）做好校园足球基础工作

努力争取当地政府的支持，加大校园足球的资金投入，搞好学校足球场地设施建设，尽最大可能使每一所学校都能拥有一个足球场；每一所学校都能配备至少一名足球教师，并能定期参加上级部门举办的校园足球教练员专项培训。

（二）做好校园足球教学工作

所有的“全国校园足球特色学校”“广东省校园足球推广学校”，以及有条件的学校，都必须严格按照国家和省的相关要求开展足球教学，确保每周一节足球课，使学生能从小掌握足球的一些基本技能，从小就爱上足球，并享受足球带来的乐趣。

（三）做好足球训练和竞赛工作

继续办好一些传统赛事，如“清远市‘市长杯’中小学生足球联赛总决赛”、市级校园足球夏令营最佳阵容选拔活动、县（市、区）级中小学生足球联赛、学校班级联赛等，与市文广新局合作办好“清远市青少年足球锦标赛”，与广电网络公司合作办好“U点五人足球争霸赛”，争取参与清远市足球协会举办的各项足球赛事等，以赛促练，以赛代练，通过比赛发现人才，然后加强培养，代表清远市参加省级赛事，为清远争光。

（四）继续创建“全国校园足球特色学校”

以创建“全国校园足球特色学校”工作为抓手，力推清远市校园足球的普及提高。清远市现有的67所“全国校园足球特色学校”，只占清远市各级各类学校的13%左右，所占比例太低。力争用2—3年的时间，创建100所以上的“全国校园足球特色学校”，使清远市的“全国校园足球特色学校”比例提高到20%以上。

（五）借力社会资源，提高校园足球水平

（1）以恒大足球学校为支点，助力清远市校园足球发展。在前几年恒大足校提出的“百队进百校”构思的基础上，清远市教育局与文广旅体局联合印发《清远市加快青少年足球发展实施方案》，在中心区域遴选具有优质教育资源的小学2所、初中和高中各1所作为清远足球人才培养基地，由恒大足球学校对4所基地学校的足球教育教学进行重点帮扶，梯级输送生源，搭建足球特长生的无缝成长渠道，构筑清远校园足球高地，引领和辐射全市中小学校园足球的发展。同时，在恒大足球学校足球专家的协助下共同研讨制定《清远市校园足球发展五年规划》。

（2）争取清远市文广旅体局和市足球协会的大力支持，为清远市校园足球搭建更多更

高的赛事及培训的平台。市文广旅体局以及新一届的清远市足球协会非常重视全市的青少年足球人才的培养，决定在市足协举办的赛事中增加校园足球组，并加大与市教育局共同举办青少年足球锦标赛的力度，同时积极争取省足协的支持，为清远市举办校园足球教练员 D 级培训班，共同助力清远市青少年足球的发展。

（执笔人：欧作轩）

图 2-16　清远市校园足球比赛

图 2-17　朱广沪等足球名宿在清远市指导校园足球

潮州：思路拓宽　成果初现

潮州市教育局

潮州市教育局认真按照《广东省足球改革发展实施意见》《广东省关于推进青少年校园足球发展的实施意见》精神，在省教育厅、市委市政府的领导下，积极推进全市校园足球的推广普及工作。全市各相关政府职能部门密切配合，各级教育行政部门、各级各类学校共同努力，在过去的四年中，取得一定的工作成效。

目前，潮州市建成“全国青少年校园足球特色学校”39 所，潮安区、饶平县被省教育厅命名为“广东省校园足球试点区”，建成“广东省校园足球推广学校”80 所，市、县、区各级校园足球特色推广学校、足球项目体育传统学校近 150 所。

现将潮州市开展校园足球工作情况报告如下：

一、统一思想，加强领导

根据教育部、广东省教育厅和潮州市委市政府精神，结合全市实际，制定了有目标、有规划、有步骤、有成效的“四有”工作方案。通过加大校园足球意义的宣传，使各级教育行政部门、各学校领导提高了对开展校园足球工作意义的认识，进一步强调了校园足球是学校教育发展、全面推进学生素质教育的一条捷径，让各县（区）教育行政部门、各级各类学校领导班子从思想上统一起来，变被动为主动，更加积极投入到校园足球工作中来。

二、加大力度，推广普及

潮州市校园足球工作的着重点从提高学生的参与率和普及率出发。校园足球活动参与性强、普及面广，通过形式多样的活动，让男生女生、高年级低年级、有基础没基础的学生都参与进来，让潮州市青少年学生通过校园足球活动动起来，从中得到锻炼，身心得到和谐发展。开展校园足球的主要任务是让不同层次、不同年龄、不同性别的学生先爱上足球、爱上运动，主动走出教室去享受流汗、享受阳光，从而增强学生体质，培养学生的体育精神，提升学生的规则意识，提高学生的身体自我保护能力。同时把校园足球工作的开展和学校校风校纪建设、学校德育工作、培养学生的纪律意识和规则意识相结合，随着各级观念的更新、思想认识的逐步到位，校园足球工作的推进也由原来的阻力不小改变为动力不少。目前，潮州市各全国青少年校园足球特色学校、省级校园足球推广学校，均已将足球引入课堂教学，让校园足球为学校的发展起到积极作用。

三、机构完善，思路拓宽

为了更加切实地做好潮州市校园足球工作，成立了全市校园足球工作推广委员会，由市教育局直接领导。由于潮州足球基础相对薄弱，足球师资人才缺乏，市教育局针对这一现状，将校园足球师资队伍建设作为重点工作来抓，在过去几年中，坚定工作方向，明确工作思路，以推动潮州校园足球发展为原则，以培养教师专业队伍为目标，在实际操作中敢于拓宽思路，勇于创新，吸纳了能为潮州校园足球推广助力的各方面人才，甚至打破了学科局限，逐步强化了师资队伍建设，为潮州市校园足球工作可持续发展打下坚实的基础。

四、措施得当，初现成果

自 2016 年以来，潮州市校园足球工作紧密围绕着省教育厅、省校足办的工作精神，并在全市校园足球工作中予以贯彻落实，取得了很好的效果。主要工作有：

（1）建立健全潮州市校园足球竞赛和活动机制。组织举办全市中小学生校园足球联赛，建立和完善潮州市中小学校园足球联赛制度。潮州市中小学生校园足球联赛已成为全市赛事规模最大、参与人数最多、覆盖面积最广的体育单项赛事之一，目前已举办了三届，总参赛人数达到 12 996 人次。同时积极指导学校开展班级校园足球活动，全市共组织校级校园足球竞赛活动 240 余次，班际比赛累计近 1 500 场次，参与学生约 40 000 人次。2019 年组织举办了全市中小学生校园足球夏令营活动，选拔优秀学生参加省教育厅举办的广东省校园足球夏令营活动。潮州市共有 3 人次入选广东省校园足球最佳阵容、2 人次入选全国校园足球夏令营第八分营最佳阵容，市实验学校张博桐同学、湘桥区卧石侨英学校丁玉琰同学代表我省参加全国校园足球夏令营总营选拔，张博桐同学所在的广东省代表队一路闯进四强，离入选全国总营最佳阵容、入选中国学生足球队仅一步之遥。通过各种校园足球竞赛活动的举办，校园足球热情迅速升温，健康氛围浓郁，在全市青少年学生中掀起了“爱足球、爱运动、爱学校、爱生活”的活动热潮。

（2）加强校园足球师资队伍建设。近四年来，潮州市教育局组织举办了多期全市校园足球教师和校园足球裁判员培训班，在一定程度上缓解了潮州市校园足球师资不足的情况，让参训学员掌握了校园足球开展的组织形式，掌握了如何将校园足球教学内容融入到体育课堂当中，如何根据场地条件因地制宜去设置活动内容。各级各类学校校园足球活动的开展，使青少年学生增强了体质，身心健康得到很好的发展，更重要的是提升了青少年学生的自我保护意识和能力，为校园足球发展打了强心针。潮州市将校园足球教师、校园足球裁判员两支队伍的建设与学校足球活动紧密结合，把这两支队伍带好了才能为我市校园足球的持续健康发展提供强有力的保障。

（3）加强学校校园足球场地建设。2016 年，全市学校足球场地不到 10 块，校园足球活动开展举步维艰。近四年来，通过“教育创强”“教育创现”工作的推进，以及省教育厅下拨的省级校园足球专项资金场地奖补的支持，全市学校体育场地、校园足球场地设施得到了很好的改善。截至 2019 年 10 月，全市共有学校校园足球场地 99 个，其中，2018 年以后新建扩建的校园足球场地 48 个。

（4）开展校园足球“送教入校”活动。自 2016 年开始，由市教育局组织，在全市范围内开展“送教入校”活动。在各县（区）、市直学校中挑选有丰富体育课堂教学经验、有校园足球教学基础的师资力量组成团队，同时建成县区级校园足球名师工作室，深入教学第一线开展校园足球活动和教学教研交流。整个“送教入校”活动以实际效果的呈现为目标，以事实说话，修正了很多学校对校园足球意义的误解。“送教入校”对象不仅仅局限于城区学校，更延伸至农村、山区学校，在足球场上、在篮球场上、在空地上、在沙石地里同样能很好地开展，同样能感受到参与活动学生的热情，听到孩子们久违的笑声，特别让农村、山区孩子们真切享受到校园足球活动带来的快乐。4 年多以来，累计完成“送教入校”1 400 余次课。活动起到了抛砖引玉的效果，从另一方面推动了校园足球的发展，同时也营造了很好的社会氛围，得到家长、学生、学校、老师的肯定。

五、发现不足，逐步完善

随着工作的深入，潮州市校园足球工作所存在的不足也逐一暴露出来。主要有以下几个方面：

（1）社会层面、部分学校对开展校园足球工作的根本意义认识不到位，重于形式，急功近利，疏于实际。在 11 月 29 日召开的全国青少年校园足球工作领导小组第五次会议上，教育部陈宝生部长强调了抓好推广普及是校园足球的第一要务。校园足球本身就是学校体育工作的一部分，学校体育工作就是服务于学校的教育建设和发展的，推广校园足球的目的不仅仅是为了培养足球运动员，而在于充分发挥校园足球的育人功能，遵循教育的公平性、普惠性，让大部分青少年学生都能参与其中，从而增强体质，提升意志品质。

（2）足球师资不足。全市现有体育教师 1 700 余名，其中原足球专业的体育教师不足 20 名。通过这几年校园足球的专项培训，潮州市校园足球一线教师的数量已逐年上升，但依然无法完全满足校园足球发展的需要。要通过分片分区、定期培训、定期活动等模式，培养更多的校园足球师资人才，从而推动潮州市校园足球师资队伍建设。

（3）各级校园足球资金投入不足。近 5 年来，潮州市开展校园足球的教学教研、师资培训、设施建设和学生竞赛等工作，主要依靠省教育厅下拨的省级校园足球专项资金。省级校园足球专项资金主要用于“全国青少年校园足球特色学校”“广东省校园足球试点县（区）”“广东省校园足球推广学校”的校园足球工作，但其他大部分学校存在开展校园足球经费严重不足的情况，限制了我市校园足球工作的全面推广。

潮州市教育局将认真按照上级的工作部署，在省教育厅、市委市政府的领导下，继续抓好全市校园足球工作。只要积极干、努力干、持续干，潮州市校园足球一定会越来越好！

（执笔人：郑晓）

揭阳：保障发展经费　加强学习交流

揭阳市教育局

揭阳市为全面贯彻党的十九大精神，认真落实《广东省关于推进青少年校园足球发展的实施意见》，全市校园足球推广普及工作全面扎实启动，实现了从无到有的突破。

一、主要做法

（一）领导高度重视，抓特色推普及

足球运动并非揭阳市传统体育项目，基础十分薄弱，全市各级学校拥有的足球场地屈指可数，一些农村学校甚至找不到一个足球。面对困境，揭阳市教育局迎难而上，几年来，积极开展校园足球的推广和普及工作，把创建校园足球特色学校、推广学校等工作摆上重要的议事日程，通过调研、宣传、师资培训、课程开设、政策及资金扶持等一系列帮扶措施，以足球特色学校、推广学校为示范，推动全市校园足球的普及。通过各级教育部门、各相关学校及多方支持，揭阳市现拥有全国足球特色学校 90 所，省级足球推广学校 180 所。足球特色校全市分布：榕城区（含市直 3 所）11 所，普宁市（含普侨 1 所）20 所，揭东区 18 所，揭西县 12 所，惠来县（含大南山 1 所、大南海 3 所）12 所，揭阳空港区 11 所，揭阳产业园 6 所。推广校分布：榕城区（含市直 2 所）18 所，普宁市（含普侨 1 所）48 所，揭东区 22 所，揭西县 12 所，惠来县（含大南山 1 所、大南海 3 所）12 所，揭阳空港 11 所，揭阳产业园 6 所。足球学校的合理规划充分发挥了示范和引领作用。

（二）保障发展经费，完善场地设施

在地方经济基础薄弱、教育经费紧张的情况下，揭阳市教育局优先保障校园足球推广普及工作经费。2015 年以来，累计投入资金 4 898 万元，其中省、市政府资金 4 169 万元，彩票资金 6 万元，其他社会力量资金 491 万元，用于完善学校足球场地、器材、设备、设施的建设和配套工作，全市校园足球场地得到较大的改善，全市现有 11 人制足球场从 2015 年 4 个增加到 2019 年的 18 个，7—8 人制足球场 2019 年增加到 53 个，5 人制足球场从 2015 年的 77 个增加到 2019 年的 115 个。增加其他足球场所 18 个，面积约 58 643 平方米。

（三）缓解师资问题，提高教学水平

足球教师是校园足球推广普及工作的关键因素。揭阳市面对学校体育教师编制基本饱和、足球教师缺口巨大的困境，利用国家级、省级足球培训活动，加大本级培训力度。2015 年以来，国家级、省级、市级足球教师培训不断进行，2016 年 126 人，2017 年 240 人、2018 年 261 人、2019 年 146 人。另外积极鼓励各县（市、区）在符合相关教育政策

法规的前提下，创新工作思维，多形式、多渠道解决校园足球师资缺短的问题。如与当地足球协会加强合作，外聘足球教练等。2015—2019 年全市新增足球教师 155 人，新增足球专业教师 59 人。

（四）以赛事为动力，提升发展水平

为增进全市各地各学校的学习交流，提高全市青少年校园足球普及和竞技水平，揭阳市 2015—2019 年已连续举办 5 届全市中小学生足球比赛，参赛队伍和学生从 2015 年的 14 支共 194 人增加到 2018 年的 28 支共 506 人。每年比赛均按相应组别设置比赛项目，2015 年第一届比赛只设初中、高中男子组，2016 年第二届比赛增设小学技巧赛，2017 年第三届比赛增设小学男子组，从 2018—2019 年第四、第五届比赛增设小学混合队和高中女子组。赛事带动各县（市、区）联赛的完善与发展，不断提升全市校园足球的发展水平。全市校园足球四级竞赛场次从 2015 年的 147 场次增加到 2019 年的 1 187 场次，参加校园足球四级联赛人数从 2015 年的 1 660 人增加到 2019 年的 13 123 人。

（五）积极参加省赛，加强学习交流

为积极推动校园足球的健康持续发展，揭阳市积极参加省教育厅组织的校园足球赛事，通过参加全省赛事，增加向外学习交流的机会，让参赛队伍感受全省浓厚的足球氛围，体验高水平的竞技比赛，丰富比赛经验，查找自身不足，不断提高足球的技战术水平。2015 年揭阳市校园足球推广普及工作启动后，2016 年首次由蓝田中学组队代表全市参加“省长杯”足球比赛，圆了七百万揭阳人民“踢出揭阳”的足球梦！2018—2019 年揭阳市首次参加广东省青少年校园足球夏令营最佳阵容选拔，首次组队参加省运会足球比赛，首次组队参加“省长杯”女子高中组比赛，在参加全省校园足球赛事上取得新突破。

二、存在的问题

（1）个别家长认识不足，不支持孩子练足球，认为既耽误学习，又容易受伤，踢足球无出路，影响校园足球的开展。

（2）专业足球教练不足，体育教师足球专业技能、技战术水平偏低，校园足球推广和普及受到了严重制约。

（3）由于基础差、起步晚，资金投入大。上级下拨的足球资金，大部分足球特色学校都用于校园足球设备设施建设，平常开展活动的资金严重缺乏，制约专项工作全面、深入开展。

三、今后的工作

揭阳将根据上级有关文件精神，学习先进市的成功经验，积极探讨创建学校足球俱乐部。争取在招聘教师时引进专业教练员，为校园足球提供技术指导，促进体育教师专业水平的提高。校园足球在揭阳市已经扎根，未来的路还很长，还需各级领导的支持。相信揭阳市的校园足球一定能取得更好的成绩。

（执笔人：谢锐炎）

云浮：科学规划　保障发展

云浮市教育局

五年来，在推进校园足球试点区工作中，云浮市始终坚持“政府主导、科学规划、夯实基础、以赛促训、普及提高、打造特色”的原则，按照“整体推进与重点打造、全面参与特长培养”的工作思路，积极推进学校体育和学生体质健康工作，把校园足球作为增强学生体质健康的重要举措，纳入全市教育发展规划、年度工作计划，作为发展目标重要工作来抓，有效地推动校园足球运动又好又快地发展，促进校园足球运动普及与提高，并以此作为推进全市学校体育教育改革的突破口，实现教育“立德树人”根本任务，使全市青少年校园足球得到持续、稳定、有序的发展，切实提高青少年校园足球活动的总体质量和水平。现将有关情况汇报如下：

一、基本情况

云浮全市共中小学校 276 所（其中小学 173 所，初中 83 所，高中或完全中学 20 所；另有教学点 640 个未计入总数）。全市中小学生人数 401 098 人（其中小学生 258 609 人，初中生 96 838 人，高中生 45 651 人）。全市配备中小学体育专职教师 1 963 人（体育兼职教师未计算），其中小学体育专职教师 1 207 人，初中体育专职教师 542 人，高中体育专职教师 214 人。据不完全统计，云浮市有足球专业背景的教师在 115 人以上。

二、主要做法和成效

（一）成立机构，统筹开展

为加强对全市校园足球工作的领导，2015 年云浮市专门成立了教育局局长任组长、分管领导任副组长的校园足球工作领导小组，办公室设在体卫艺科，具体负责全市校园足球各项工作的落实；领导小组定期召开会议，研究落实校园足球各项工作。同时，各地各学校也相应成立主要领导任组长的校园足球工作领导小组，统筹推进校园足球实施工作。

（二）科学规划，制度保障

各县（市、区）、各学校结合实际，制定校园足球工作组织实施制度、教学管理制度、师资培训制度、足球特长生招生制度、课余训练与竞赛制度、运动安全防范管理制度、检查督导制度等各项制度，为云浮市校园足球的良性发展提供制度保障。

（三）加大投入，保障发展

（1）加强硬件设施建设。2015 年以来云浮市学校新建和改建学校足球场 50 个以上，为校园足球运动的蓬勃开展奠定了良好的场地基础。目前，全市学校共有足球场 227 个，其中 11 人制足球场 42 个，7 人制（8 人制）足球场 103 个，5 人制足球场 82 个，拥有足球场所的学校占全市完小以上学校 82% 左右。

（2）保障经费到位。据统计，云浮市学校 2017 年用于体育场地建设的经费支出 5 988.1 万元，2018 年用于体育场地建设的经费支出 6 356.2 万元。近五年来云城区开展校园足球经费的来源有上级财政下拨校园足球专项经费 529.5 万元（包括 300 万元试点区专项资金）、社会赞助 12 万元和学校公用经费 290.43 万元，合计开展校园足球经费有 831.93 万元。

（3）强化师资培训。为提高体育教师队伍的整体水平，云浮市各级教育部门多措并举。一是以区域教研为主阵地，通过举办公开课、优秀论文评选等形式，组织各个学校的体育教师参加业务教研，加强校际间的交流与学习，提高体育教师的专业水平。二是采取“走出去，请进来”的方式，组织体育教师到兄弟学校或外县、外市名校观摩学习。三是举办教师全员培训。为建设一支适应课程改革需要的教师队伍，各级各类学校每年都举办教师继续教育全员培训，通过制定切实可行的培训计划、举办形式多样的学习活动和组织教师教学业务考试等形式，促使教师掌握新课程教学设计和课堂教学的基本技能，提升实施新课程的教学能力。在体育教师培训方面，2018 年度参加体育教师培训 1 388 人次，其中受到县级以上表彰的体育教师为 257 人次。选派曾绍强老师外出英国进行为期三个月的培训。

（四）研发教材，制定标准

云浮市云城区教育局成立云城区校园足球教材编印领导小组，组织编印了《云城区足球校本教材（2016 年至 2017 年试行本）》（以下简称《教材》）和制订了《云城区中小学生足球技术考核标准》（以下简称《标准》），让体育教师方便、有效、有序地开展足球教学。《教材》及《标准》从 2016 年秋季开始使用，现该区义务教育阶段学校能把足球项目作为体育课的必修内容，保证每周一节足球课，高中阶段学校开设足球选修课。同时，为加强足球教学的研究，云浮市要求各县（市、区）每年举办体育足球公开课和研讨课，所有体育老师集中听课和研讨，不断改进足球教学方式方法，提高足球课教学水平。

（五）联赛引领，提高水平

为推动我市校园足球的发展，近几年云浮市教育局与体育局（市文广旅体局）联合举办了“市长杯”足球赛和校园足球联赛等品牌赛事。同时，各县（市、区）也举办“县长（区长）杯”足球赛和“校园足球联赛”，形成各级各层次的、常态化的、互动的足球比赛机制。另外，2018 年 11 月，云浮市举办了第一届足球素质技能大赛（初中组），参赛队为获得全国足球特色学校和省级校园足球推广学校的初中学校，比赛项目为足球运动基本功包括颠球、绕杆射门、4 × 25 米往返跑、远距离定点射门，参赛运动员达到 190 人，有效地促进了云浮市校园足球运动发展和提升。2019 年，为选拔优秀足球人才参加省足球夏令营活动，云浮市于 2019 年 6 月举办云浮市 2019 年青少年校园足球夏令营选拔活动，来自全市各中小学的 200 多名学生参加选拔。为了扩大影响，云浮市还开展中小学校园足球摄影、微视频、绘画、书法、小记者及征文大赛和中小学足球宝贝啦啦队评比等丰富多彩的活动。到目前为止，云浮市的足球联赛及足球产业比赛制度已初现规模，校园足球正在向着良性发展的方向稳步前进。

云浮市校园足球代表队参加各项足球赛事取得了优异成绩：2015 年，组队参加“省长杯”比赛，获青少年女子组第七名；2016 年 7 月，组队参加广东省“U”互动五人足球赛佛山大赛区比赛，获得第二名，并进入广州总决赛 16 强；2018 年有 1 名学生入选广东省青少年校园足球夏令营最佳阵容；2019 年有 2 名学生入选广东省青少年校园足球夏令营最佳阵容。

（六）特色建设，推动普及

结合学校实际，云浮市积极开展国家级、省级、市级特色足球学校创建工作，进一步扩大校园足球特色学校的数量。经过几年的努力，云浮市的校园足球初步形成了一定的规模和特色。目前，全市共有 38 所学校被教育部命名为“全国校园足球特色学校”，有 85 所学校被评为“省校园足球推广校”。同时，云浮每年组织对国家级足球特色学校和省级足球推广校进行评估，对评估较差的学校责令限期整改；整改仍不见效果者，对校长进行问责。

（七）督导评价，开足课程

从 2016 年起，云浮市将足球开展情况纳入教育督导年度评价体系之中，把督导评估结果作为评价学校教育工作成效的重要内容，作为表彰或问责的重要依据，对开展校园足球活动情况较好的学校及领导、教师给予表彰，对没有开展校园足球活动、体育课被挤占、不能保证每天一小时体育活动时间、学生体质健康水平持续三年下降的学校，实行评先评优一票否决，强力推进校园足球运动改革发展。

三、存在问题与努力方向

近年，在市委、市政府的正确领导和省教育厅的具体指导下，云浮市校园足球取得了一定的成绩，但在足球教育、裁判水平、教练员水平、学生氛围、师资队伍建设、场地设施设备等方面还存在薄弱环节，校园足球运动还不够普及，场地仍然不足，学生参与度仍需进一步提高。下一阶段，要积极学习、借鉴先进地区经验，取长补短，利用三年时间分步实施建设，力争到 2021 年分步新建、改建 5 人制人造草地及天然草地足球场，实现全市完小以上学校足球场地全覆盖。

四、工作建议

建议省出台相关文件，明确在学校公用费中的 10% 专项用于校园足球的各项开支，保障校园足球的发展。

（执笔人：张亚标、林文裕、梁浩宇）

附：典型区经验

坚持育人功能，唤醒基层活力

——深圳罗湖校园足球培养新模式

深圳市罗湖区委、区政府一直高度重视发展校园足球运动，由区教育局和文体局“强强联合”，2015 年 5 月成立罗湖区校园足球工作领导小组和罗湖区校园足球联盟，进一步整合部门技术及资源优势，携手共建，学体并重；坚持本土化培养，以翠园中学为罗湖区校园足球发展基地，培养全面发展的足球队员，并通过参与和举办国家、省、市各种赛事提升竞技水平，不断向国家队、顶级俱乐部、高校输送职业球员，形成罗湖校园足球培养新模式，打造罗湖模式校园足球品牌。

一、健全校园足球管理，构建完整组织推进机制

2015 年 5 月，罗湖区根据实际情况，经研究决定成立罗湖区校园足球工作领导小组，罗湖区教育局和文体局抽调成员组成校园足球办公室合署联合办公，并研究制定了 2016—2020 年罗湖校园足球发展规划纲要，全面负责罗湖区校园足球发展工作。

2016 年罗湖区财政新增罗湖校园足球专项发展资金，教育局申请 325 万元校园足球特色学校发展资金扶持各级各类特色学校校园足球的发展，文体旅游局申请 240 万元校园足球发展资金开展四级联赛、全明星计划、运动员梯队建设、教练员和裁判员培训、安全保障、参加各级各类赛事和冬夏令精英训练营等。2019 年罗湖校园足球专项发展资金超过 800 万元。

二、发挥足球育人功能，营造良好的校园足球文化氛围

为了营造良好的校园足球文化氛围，使罗湖校园足球这个优势传统项目得到可持续发展，2013 年以来，罗湖区创新赛事赛制体系，构建校园足球联赛“全明星计划”，建立主客场赛制；强化足球育人功能，让学校的每一个孩子在校园足球活动中找到自己的角色，也就是让每一个孩子都成为明星——足球之星、小记者之星、啦啦队之星、漫画之星、征文大赛之星等，使更多的学生参与到校园足球活动中，给学生提供了大量社会实践平台，同时也促进了学生社团的发展壮大，让学生的意志品质、团队意识、合作态度、公平竞争和责任意识在活动中得到极大的发展，使其终身受益。

2019—2019 年罗湖区校园足球联赛由涵盖高中、初中、小学和幼儿园的 58 所罗湖校园足球联盟学校的 132 支队伍参加，从 2019 年 10 月到 2020 年 5 月共举办了 611 场赛事，

超过 2 500 名运动员参赛，近 1 000 名啦啦操选手登场亮相，近万名学生参与到足球联赛全明星计划的各项活动中，影响教师和学生人群达 13 万人。六年来，罗湖共举办各级赛事近 3 000 场，学生培训活动 100 余次，得到了学校、学生、家长的一致支持，影响面越来越大，累计影响人群高达 60 万人次。

三、构建足球顶层设计，促进青少年足球人才规模化成长

2014 年 7 月 20 日，广东省乃至全国第一家以学校为基地的足球俱乐部——翠园足球俱乐部在罗湖区委、区政府的关心关怀下，在罗湖区教育局、文体局的大力扶持下成立，积极构建罗湖校园足球顶层设计。从 2013 年罗湖区翠园中学 8 名运动员入选 U16 国家足球集训队开始，翠园足球俱乐部已成为罗湖区校园足球后备人才培养基地，目前已形成了足球人才小学、初中、高中相互衔接的一条龙培养模式。该俱乐部 2015 年 7 月夺得中国高中男子校园足球联赛总决赛，2015 年 9 月获得第 43 届亚洲中学生足球锦标赛第四名，2015 年以来先后有 9 名高水平足球运动员走进职业足球，毕业的 31 名学生绝大部分进入全国重点大学就读，1 名被国外大学录取；23 人次入选中国中学生选拔队，12 人次入选中国 U 系列国家队。

四、推进校园足球普及，广植罗湖区学校足球人口

2015 年 6 月罗湖校园足球联盟成立，2019—2020 年罗湖区校园足球联赛的参与学校扩大到 58 所中小学和幼儿园，影响人群愈来愈多。五个赛季不仅意味着“全明星计划”实现了“量”的大跨越，更意味着校园足球“罗湖模式”以不可阻挡之势正在快速发展、全面辐射。小学覆盖率接近 70%、初中覆盖率 84.6%、高中覆盖率 50%，全区覆盖率超过 65%。罗湖区 2017 年成为广东省青少年校园足球试点县区，2019 年罗湖区被教育部认定为全国青少年校园足球“满天星”训练营。

五、积极落实足球课程，让更多孩子参与足球活动

强化足球育人功能，让学生通过足球课程的学习，意志品质、团队意识、合作态度、公平竞争和责任意识得到极大的发展，使其终身受益；强化足球基本技术，把过程和结果合理地联系在一起，使学生感受到有好的过程才会有好的结果，感受到自己的足球技能和体能、技术等在不同程度上确实有了一定的发展和提高，才能真正激活学生对足球运动的兴趣和爱好；强化社团建设、班级联赛和校本课程，特色学校要求每周至少上一节足球课，每学年至少组织一次班级联赛，强化足球社团建设，促进学生足球社团发展壮大，鼓励学生成立小小足球俱乐部，创设各种形式的学校班级联赛和俱乐部联赛，加强各校足球文化建设。罗湖区教育局 2018 年成为全国青少年校园足球师资国家级培训单位。

六、强化教练培训体系，切实提高基层教练员执教水平

为了提高校园足球基层培训力量，帮助校园足球教练员打开思路、提升水平，吸引更

多专业人才加入校园足球事业，罗湖区组织“名师培训校园足球基层教练员活动”，共举办近 24 期培训活动，来自中国、韩国、英国、西班牙、美国等 5 个国家近 40 名国内和国际知名专家和教练员作为讲师给罗湖校园足球教练员授课，6 名教练员参加了出国留学国培计划，分别远赴法国和英国进行了三个月的留学学习，极大地提高了罗湖区校园足球基层培训力量，帮助校园足球教练员打开了思路、提升了水平，精准提高了基层教练员执教水平。

七、搭建罗湖校园足球大数据云平台，推动校园足球全面普及发展

从 2017 年开始，罗湖区首次采用智能赛事系统。新赛季“全明星计划”正全面将智能赛事系统的运用贯穿到比赛始终，将比分数据、射手榜、红黄牌、赛事日程、精彩瞬间等实时更新；数据平台的评价体系中建立了每一名学生的校园足球数据库，为人才选拔提供客观依据。

八、结语

“坚持”一直是罗湖校园足球的关键词，坚持“足球育人功能”也是罗湖校园足球始终强调的教育主张，健全机制有组织，课程教材有落实，学生上升有渠道，人才输送有保障，教练培训有方法。罗湖借助科技有创新。罗湖校园足球“全明星计划”从 2013 年 10 月首创至今，已经成功举办了 7 届，凭借着独具一格的创新规划和积极广泛的影响力，吸引着越来越多的罗湖师生踊跃参与，同时也得到了学生家长的积极、广泛响应和支持。罗湖校园足球正呈现蓬勃发展之势。高层决策与基层活力唤醒的不仅是足球的希望，更是学校体育发展的星星之火。校园足球利用校园的人口红利和群体效应，改变了以往培养种子运动员的单线发展模式，提供了一种培养群体性足球爱好者的立体网状发展模式。罗湖校园足球“全明星计划”正凭借着独具一格的创新规划和积极广泛的影响力，吸引着越来越多的罗湖师生踊跃参与。

（执笔人：高凯、向苏龙、刘清岳）

图 2-18　深圳市罗湖区淘金山小学亲子足球游戏活动

资源整合搭平台，区域协同育人才

——深圳宝安基于“满天星”训练营的“区域协同”人才培养模式

2015年9月，深圳市宝安区印发《关于开展宝安区校园足球“区域协同”发展工作的通知》；2017年5月，引进棕榈体育和英国西布朗足球俱乐部支持宝安校园足球发展，将英国职业俱乐部外教引进宝安，启动对宝安校园足球训练及人才培养模式的升级改革。2018年在全国首次“满天星”训练营遴选中成为全国首批、广东第一个“满天星”训练营。宝安抓住建设全国校园足球“满天星”训练营的契机，搭建“开放包容，互鉴共赢”的资源平台和宝安优秀校园足球人才培养平台，进一步巩固宝安校园足球发展成果，着力发展基于“满天星”训练营的“区域协同”人才培养模式，这也是宝安校园足球发展的核心内容。

2019年8月26日，全国首次青少年校园足球“满天星”训练营经验交流会议在宝安举行，来自全国47个“满天星”训练营的300余名代表参加了本次会议。教育部体卫艺司司长、全国校足办主任王登峰在听取宝安的汇报和参观了宝安“满天星”训练营后指出：“宝安满天星训练营由政府主导、以特色校为主体、邀请社会组织广泛参与的做法，与欧洲足球青训体系如出一辙，是我国校园足球正在积极探索的中国特色青训体系的典型代表，值得全国同行学习和借鉴。”

一、政府充分重视，保障措施到位

宝安区教育局组织高校专家和合作企业等人员围绕宝安全国青少年校园足球“满天星”训练营的建设进行研讨，研制了《宝安校园足球“满天星”训练营实施方案》，每年为满天星训练营配套315万元建设经费（第一期3年）。在宝安区委、区政府的指导下，宝安区教育局、文体旅游局、华南师范大学和棕榈体育一起成立了宝安全国青少年校园足球“满天星”训练营领导小组及办公室，成为宝安全国青少年校园足球“满天星”训练营的执行机构，落实宝安满天星日常工作。

宝安“满天星”训练营建设两年来（2018—2019年），各级政府下达专项经费合计908.5万元，包括教育部下拨专项建设经费120万元和聘请外教经费73.5万元，广东省教育厅奖励建设经费400万元，宝安区政府配套建设专项经费315万元。经费主要用于聘请外教、教练培训、“满天星”联赛、器材装备购买以及选派精英教练和队员到英国交流学习等。

二、搭建资源平台、实现互鉴共赢

宝安“满天星”训练营制定“以营促建”的方针，共设置3个大本营（中学男子、小学男子和女子）和8个子营，11个营地学校均是全国校园足球特色学校，通过“满天星”

训练营来促进全国足球特色学校的建设。宝安“满天星”训练营在建设之初就提供高标准建设的要求，配备高水平英国职业俱乐部青训教练和本土优秀教练员，开展满天星春季和秋季联赛，建立三级人才选拔机制和加强国际合作交流，通过完整的体系建设与扎实的执行团队保证“满天星”训练营的建设，引领宝安校园足球工作全面提质增效。

宝安校园足球“满天星”训练营在建设过程中，秉承“开放包容、互鉴共赢”的发展思路，旨在搭建基于“满天星”训练营的校园足球发展平台。其与华南师范大学体育学院、棕榈体育、壆岗足球俱乐部、红旗体育签署了合作共建协议，通过合作共建引进英国西布朗足球俱乐部青训资源，与职业俱乐部共建梯队参加中青超比赛；引进“红旗榜”学训平台，为校园足球的教学与训练提供丰富内容。

三、倡导区域协同，创新选拔模式

宝安“满天星”训练营的建设还围绕人才培养积极开展科研创新，主要体现在四个方面：

（1）扎根社区、立足校园和依托职业俱乐部资源，搭建“社区 + 学校 + 俱乐部”三位一体的区域协同发展模式。

（2）强化效果检验与人才培养体系完善，通过“训练 + 比赛”的交叉组合实现效果检验，通过“子营—大本营—最佳阵容—国际交流”的动态选拔机制完善足球人才培养体系。

（3）加强科学训练、丰富测试维度。训练营对子营和大本营队员进行入营测试和年底测试，主要测试队员的身体素质、肌体成分、专项技能及运动损伤风险评估等方面，并且安排使用 TROPS、INBODY 等智能穿戴及测试设备，为宝安区全国青少年校园足球“满天星”训练营的子营和大本营建立了营员基础数据库。

（4）丰富训练手段。根据足球基本技战术训练要求，增加了辅助训练设备，研发足球“红旗榜”基本技术训练体系，将基本技战术与训练辅助器材进行科学组合，提升日常技战术训练的趣味性与训练密度，真正实现了通过“满天星”训练营不断完善校园足球多层次、立体化、科学化的课余训练体系，切实提高校园足球运动员的运动技能和竞技水平。

四、工作落实到位，区域特色鲜明

宝安区全国青少年校园足球“满天星”训练营建设各项工作落实到位，严格按照全国校足办“满天星”训练营建设指导方案进行建设，在教学、训练、竞赛、选拔、培训及国际交流合作等 6 方面做到高水平和严要求。宝安“满天星”训练营在遵循普遍规律的基础上结合自身特色，开展 4 个特色项目。

1.“满天星”联赛

“满天星”联赛是宝安校园足球最高水平的比赛，分为春季与秋季联赛，以营地学校队伍为主，中小学共 5 个组别 36 支队伍参加。比赛分主客场每周进行 1—2 场比赛，联赛实施升降级和总决赛，全年共 484 场比赛。联赛让营地学校的队伍每年参加区域高水平比赛达到 30 场，实现了“每周有比赛”和“赛训互相检验”的目标，并通过主场比赛充分展示各学校的校园文化，让更多的老师和孩子加入到比赛日的足球活动。另外，每一轮还安排了 2 场竞赛比赛的网络直播，让更多家长、学生了解和关注校园足球赛事。

2. 海外训练营

从 2018 年开始，宝安校园足球在企业支持下开展校园足球精英海外训练营，目前已有 4 批次 61 名队员到英国西布朗俱乐部进行 10 天的训练比赛交流。2019—2021 年，宝安“满天星”训练营的海外训练营将进入常态化，每年寒暑假将有 10 名教练带领 40 名队员赴英国西布朗足球俱乐部进行为期 2 周的学习训练。海外训练营是宝安“满天星”训练营“请进来”和“走出去”的重要举措，为开拓教练和队员的国际化视野、学习先进的足球理念和训练方法有着不可替代的作用。

3. 科学选才

宝安“满天星”训练营大本营队员采用多维度、分层次的人才选拔方法，主要是将传统的比赛选拔拓展为“比赛评价 + 技术评价 + 身体素质评价 + 客观数据评价”等。其中，体测与智能穿戴设备提供运动员的身体素质、专项素质和比赛智能设备评分等数据，帮助人才选拔中增加客观评价指标，完善“满天星”训练营人才选拔体系。

4. 红旗榜

宝安“满天星”训练营创新训练手段，研制了模块化模拟技术训练内容——校园足球“红旗榜”，将足球的传接球、灵敏、节奏与射门等技术进行有效地组合，根据难度划分三级，增加了日常训练的游戏娱乐性，为提升队员的基本技术和实战应用技术给予帮助。“红旗榜”已成为宝安“满天星”训练营队员选拔的技术测评内容，为人才选拔提供支持和帮助。

图 2–19　2019 年全国青少年校园足球“满天星”训练营“星光计划”帮扶项目签约仪式

五、“满天星”结硕果，局部形成突破

宝安“满天星”训练营区域协同模式初见成效，在体系建设和人才培养上形成突破：2019 年全区全国足球特色学校增加到 16 所，为高校高水平足球队输送十多名人才；入选全国总营、分营、省级夏令营最佳阵容人数位居广东区县榜首，并有 3 人入选全国校园足球夏令营总营最佳阵容，实现了宝安全国最佳阵容零的突破。

2019 年 7 月，全国校园足球夏令营第八营（小学组）在宝安成功举行；2019 年 8 月，全国首次“满天星”训练营经验交流会在宝安举行。宝安“满天星”训练营与广州、中山、湛江等区域校园足球开始联动，通过国家级“满天星”训练营来带动省、市和区“满天星”训练营的发展，真正形成“聚是一团火、散是满天星”的局面。

（执笔人：彭茂发、李培、王凤玲）

图 2-20 “满天星”训练营的训练风雨无阻

图 2-21 “满天星”训练营的裁判员们

下编

2015—2019年广东省青少年校园足球相关文件、资料

1. 关于成立广东省青少年校园足球工作领导小组的通知（粤教体〔2015〕6号）

广东省教育厅
广东省发展和改革委员会
广东省财政厅
广东省新闻出版广电局
广东省体育局
共青团广东省委
文件

粤教体〔2015〕6号

省教育厅 省发展改革委 省财政厅 省新闻出版广电局 省体育局 团省委关于成立广东省青少年校园足球工作领导小组的通知

各地级以上市及顺德区教育局、发展改革局（委）、财政（税）局、文化广电新闻出版局、体育局、团委，各普通高校：

根据党中央、国务院工作部署要求，为推进我省青少年校园足球工作，由省教育厅牵头成立广东省青少年校园足球工作领导小组（以下简称领导小组）。领导小组成员名单如下：

组　长：罗伟其　省教育厅厅长

副组长：郑庆顺　省教育厅副厅长

　　　　高敬萍　省体育局副局长

成　员：钱永红　省新闻出版广电局副局长

　　　　梁均达　共青团省委副书记

　　　　许舒翔　省教育厅体育卫生与艺术教育处处长

　　　　吕劭华　省体育局青少年体育处处长

　　　　彭　琳　省财政厅教科文处副处长

　　　　黄　珽　省发展改革委社会处副处长

领导小组依据《广东省青少年校园足球工作领导小组工作职责及议事规则》（附后），领导全省青少年校园足球工作的开展，履行校园足球工作的宏观指导、统筹协调、综合管理等职责和任务。在省教育厅设立办公室，负责日常工作，由省教育厅体育卫生与艺术教育处处长兼任办公室主任。办公室成员由省教育厅、省体育局有关处室（单位）负责同志，以及各成员单位联络员担任。

附件：1. 广东省青少年校园足球工作领导小组工作职责及议事规则

　　　2. 广东省青少年校园足球工作领导小组办公室人员构成

广东省教育厅　　广东省发展和改革委员会　　广东省财政厅

广东省新闻出版广电局　　广东省体育局　　共青团广东省委

2015 年 6 月 16 日

附件 1

广东省青少年校园足球工作领导小组工作职责及议事规则

第一条 为加强广东省青少年校园足球工作的领导、规划与管理，教育厅会同省发展改革委、财政厅、新闻出版广电局、体育局、共青团省委等五部门，共同成立广东省青少年校园足球工作领导小组（以下简称领导小组）。

第二条 领导小组是广东省青少年校园足球工作协调、议事和决策机构。领导小组成员均为职务兼职，教育厅厅长担任组长，教育厅、体育局分管负责同志担任副组长，教育厅、省发展改革委、财政厅、新闻出版广电局、体育局、共青团省委等部门一名相关负责同志任成员。各成员单位应确定一名科级干部担任联络员。

第三条 领导小组的主要职责：

（一）贯彻落实国家、省有关学校体育和校园足球的法律法规、方针政策和重要文件精神；

（二）审议省青少年校园足球的规章制度和管理办法；

（三）研究决定省青少年校园足球的重大政策和发展事项；

（四）部署省青少年校园足球年度工作计划；

（五）负责全省青少年校园足球的规划和指导，检查督促校园足球开展情况；

（六）审议全省青少年校园足球经费预算和决算。

第四条 领导小组定期召开年度全体会议，遇重大决策事项不定期召开领导小组工作会议。会议由领导小组组长或组长委托的副组长主持，会议议题由领导小组组长确定，必要时领导小组可召开有关成员单位参加的专题会议。

第五条 领导小组全体会议、工作会议和专题会议决定的事项应形成会议纪要，并印发领导小组各成员单位。

第六条 领导小组下设办公室，设在省教育厅体育卫生与艺术教育处，负责校园足球日常工作。省教育厅体卫艺处主要负责同志任办公室主任，体卫艺处分管负责同志、体育局青少年体育处相关负责同志任副主任。省教育厅、体育局有关处室负责同志，以及各成员单位联络员任办公室成员。

第七条 领导小组办公室主要职责：

（一）提出全省青少年校园足球工作目标、任务和实施方案的建议；

（二）组织协调各成员单位共同促进全省青少年校园足球工作；

（三）组织开展全省青少年校园足球的全面推广工作；

（四）建立与各成员单位日常联络、问题反馈机制；

（五）检查督促领导小组决定事项的贯彻落实；

（六）承办领导小组召开的会议和重要活动；

（七）承办领导小组交办的其他事项。

第八条 领导小组办公室实行办公室主任负责制，人员实行专兼职结合。

第九条 本规则自 2015 年 6 月 1 日起施行。

附件2

广东省青少年校园足球工作领导小组办公室人员构成

主　任：许舒翔　省教育厅体育卫生与艺术教育处处长
副主任：吕劭华　省体育局青少年体育处处长
　　　　侯　波　省教育厅体育卫生与艺术教育处副处长

成　员：许丁元　省教育厅办公室主任科员
　　　　杨　超　省教育厅基建财务处科员
　　　　冯伟雄　省教育厅基础教育处主任科员
　　　　周昭国　省教育厅高中与中职教育处主任科员
　　　　王　瑜　省教育厅高等教育处主任科员
　　　　李　华　省教育厅体育卫生与艺术教育处副主任科员
　　　　杨宇泽　省教育厅教育督导室副主任科员
　　　　张晓莉　团省委少年部部长
　　　　黄雪亮　省发展改革委社会发展处主任科员
　　　　林　瑜　省财政厅教科文处主任科员
　　　　卢忠光　省新闻出版广电局新闻报刊处副调研员
　　　　罗　茜　省体育局青少年体育处主任科员

2. 关于调整广东省青少年校园足球工作领导小组组成人员的通知（粤教体函〔2019〕63号）

广东省教育厅
广东省发展和改革委员会
广东省财政厅
广东省广播电视局
广东省体育局
共青团广东省委员会

粤教体函〔2019〕63号

广东省教育厅 广东省发展和改革委 广东省财政厅 广东省广播电视局 广东省体育局 共青团广东省委关于调整广东省青少年校园足球工作领导小组组成人员的通知

各地级以上市教育局、发展改革局（委）、财政局、广播电视局、体育局、团委，各普通高校：

自广东省青少年校园足球工作领导小组（以下简称“领导小组”）成立以来，全省校园足球工作得以扎实推进，目前已形成了良好的发展氛围和健康的发展态势，并取得了一定实效。现根据机构设置、人员变动情况和工作需要，对领导小组组成单位和人员进行调整。现将调整后的名单通知如下：

组　长：景李虎　省教育厅厅长

副组长：邱克楠　省教育厅副巡视员

许建平　省体育局副局长

成　员：陈健生　省教育厅体育卫生与艺术教育处处长

李刚超　省发展和改革委社会发展处副处长

林　瑜　省财政厅教科文处副处长

庄　伟　省广播电视局总工程师

程志文　省体育局足球运动中心主任

饶　玲　团省委少年部部长

领导小组办公室设在省教育厅，承担领导小组日常工作，成员调整情况见附件。

领导小组成员及办公室人员因工作变动等需要调整的，由所在单位向领导小组办公室提出，按程序报领导小组组长批准。

附件：广东省青少年校园足球工作领导小组办公室人员名单

广东省教育厅　　广东省发展和改革委员会　　广东省财政厅

广东省广播电视局　　广东省体育局　　共青团广东省委

2019年4月4日

附件

广东省青少年校园足球工作领导小组办公室人员名单

主　任： 陈健生　省教育厅体育卫生与艺术教育处处长
副主任： 董业权　省教育厅体育卫生与艺术教育处副调研员
　　　　邓欢欢　省体育局足球运动中心副主任
成　员： 许丁元　省教育厅办公室主任科员
　　　　罗东升　省教育厅基建财务处主任科员
　　　　张正安　省教育厅基础教育与信息化处主任科员
　　　　周宝堂　省教育厅职业教育与终身教育处主任科员
　　　　王　瑜　省教育厅高等教育处主任科员
　　　　张志立　省政府教育督导室主任科员
　　　　李　华　省教育厅体育卫生与艺术教育处主任科员
　　　　秦　倩　省发展和改革委社会发展处副主任科员
　　　　韦媛媛　省财政厅教科文处科员
　　　　王思远　省广播电视局科技与媒体融合处副主任科员
　　　　雷丹平　省体育局青少处副主任科员
　　　　张蔼之　团省委少年部副主任科员
　　　　任仲儒　省足协副秘书长

3. 广东省关于推进青少年校园足球发展的实施意见（粤教体〔2016〕1号）

广东省教育厅
广东省发展和改革委员会
广东省财政厅
广东省新闻出版广电局
广东省体育局
共青团广东省委员会
文件

粤教体〔2016〕1号

广东省教育厅　广东省发展和改革委员会　广东省财政厅　广东省新闻出版广电局　广东省体育局　共青团广东省委员会关于印发《广东省关于推进青少年校园足球发展的实施意见》的通知

各地级以上市及顺德区教育局、发展改革局(委)、财政（税）局、文化广电新闻出版局、体育局、团委，各普通高校，各省属中小

学校:

《广东省关于推进青少年校园足球发展的实施意见》业经省人民政府同意，现印发给你们。请各地、各部门认真贯彻实施，切实提高开展校园足球各项工作的质量和水平，以促进青少年学生健康成长为目标，提高思想认识，采取有效措施，加大工作力度，推动校园足球取得实质性进展，并使其成为推进素质教育、引领学校体育改革突破口。

附件：广东省关于推进青少年校园足球发展的实施意见

广东省教育厅　　广东省发展和改革委员会

广东省财政厅　　广东省新闻出版广电局

广东省体育局　　共青团广东省委

2016 年 1 月 25 日

附件

广东省关于推进青少年校园足球发展的实施意见

为深入贯彻党中央、国务院关于深化教育综合改革和加快发展校园足球的总体部署，落实立德树人根本任务，促使我省青少年校园足球持续、稳定、有序发展，切实提高青少年校园足球普及水平和工作质量，根据《中国足球改革发展总体方案》和《教育部等 6 部门关于加快发展青少年校园足球的实施意见》（教体艺〔2015〕6 号），提出以下实施意见：

一、指导思想

把发展青少年校园足球作为推进素质教育、引领学校体育改革的突破口；科学把握校园足球定位，充分发挥足球项目在培养学生遵守规则、公平竞争意识、形成科学健身方式、养成良好行为习惯等方面所具有的独特育人功能；因地制宜，为每一个喜欢足球的孩子提供一条适合他们成长发展的道路，让更多的孩子享受足球运动的乐趣；建立健全规范、科学、有序的校园足球发展模式，促进学生体质健康、运动技能和健全人格的发展与提高。

二、目标任务

省、地级以上市、县（区）应建立健全由教育部门牵头，发展改革、财政、新闻出版广电、体育、共青团等部门参与的工作协调机制，以加强校园足球课程建设为先导，打牢校园足球发展基础；以建设校园足球特色学校、推广学校为抓手，落实各项工作要求；以搭建校园足球竞赛体系为途径，实现提高普及程度和技术水平两个战略目标；以丰富校园足球文化为载体，传播足球运动的文化内涵，让足球运动在校园扎根，成为学校教育不可或缺的一部分。

（一）打造校园足球地方特色课程

省教育厅牵头组织有关专家设计和编印广东省校园足球工作指南；组织编写校园足球教学、训练、培训大纲；建立具有地方特色的校园足球课程体系，指导校园足球地方课程设计及教材编写工作；制定各学段学生足球技能评价标准。

（二）加快全国青少年校园足球特色学校建设

1. 各地市应按照《全国青少年校园足球特色学校基本标准（试行）》（以下简称《特色学校标准》）指导区域内学校进行建设。特色学校建设要统筹城乡、区域和学校类型，高中、初中和小学各学段合理匹配，适当向寄宿制学校和九年一贯制学校倾斜。要有利于区域联赛开展和校园足球的普及。扩大全国青少年校园足球特色学校的达标数量，积极鼓励辖区内的各县（区）按照《全国青少年校园足球试点县（区）标准》，做好整体谋划和布局。

2. 中山市、广州市海珠区作为全国青少年校园足球试点县区，应在校园足球特色学校和试点县（区）建设中起示范引领作用，在本区域内应有 60% 以上的中小学能达到《特色学校标准》，切实推动校园足球工作迈上新台阶。

3. 到 2017 年，全省 1 000 所中小学达到《特色学校标准》（小学 700 所、初中 200 所、高中阶段 100 所）。到 2020 年，全省 1 380 所中小学达到《特色学校标准》（小学 950 所、初中 300 所、高中阶段 130 所）。

4. 加强高校足球高水平运动队的建设与管理，支持有条件的高等学校建设高水平足球队。

（三）大力发展省级校园足球推广学校

1. 各地市根据《广东省青少年校园足球推广学校基本标准（试行）》，综合考虑区域分布、学段衔接等因素，发展一定比例的省级校园足球推广学校，带动当地学校大力开展校园足球。

2. 校园足球推广学校要将足球课程开设、足球教学与训练、足球大课间与课外活动的开展作为工作抓手，因地制宜开展形式多样的校园足球活动，让更多的学生参加足球运动。

3. 力争到 2020 年，校园足球推广学校遍及全省各市、县、区；各级各类学校要把足球列入体育课教学内容，积极推进足球教学模式的多样化。全省三分之一的中小学校确保每周不少于 1 个小时以足球为主要内容的体育活动（含教学课）。普通高校足球选项课开设率达 95% 以上。

（四）建立校园足球四级联赛制度

1. 在完善校内班级足球联赛的基础上，建立县区级小学联赛、地级市级初中联赛、省级高中联赛、省级高校联赛的校园足球四级联赛制度。

2. 充分发挥体育竞赛的杠杆作用，形成共同推进校园足球活动的合力。创新校园足球比赛内容和组织形式，增设趣味性、技巧性的个人和团队项目；增添有关足球参赛、观赛礼仪的内容，突出足球项目独有的育人功能；淡化金牌意识和锦标主义，让更多的青少年学生享受足球的乐趣。鼓励和支持学校开展校际间各种形式的足球比赛和交流活动。

3. 到 2017 年，参加校园足球四级联赛的队伍达 4 000 支；全省 100% 的高校组建有校级足球队。到 2020 年，参加校园足球四级联赛的队伍达 5 000 支。

4. 地级以上市、各县（区）要统筹组织好本地区各类别的校园足球联赛，指导学校组织开展班级、年级之间的比赛活动。高校足球竞赛成绩要纳入高校体育工作考核评价体系。

（五）推动"校园足球文化"建设

各级各类学校应把开展竞赛、游戏等形式多样的足球活动作为校园文化建设的重要内容，采取多种方式推进足球知识、技能、理念的传播，为校园足球教学、训练、竞赛、普及、提高创造良好的环境和氛围。积极倡导把"团结协作、积极向上、顽强拼搏、健康成长"的"校园足球文化"融会贯穿到各学科的教学中。在各级各类学校中做到"校园足球文化"全覆盖。

三、保障措施

（一）明确部门职责，形成工作合力

以政府为主导、学校为主体，统筹校园足球各项工作，加强部门协作，完善政策支持，整合优质资源，形成全面推进校园足球发展的合力。教育部门牵头做好日常管理工作，协调各有关单位积极推动各项任务落实。

1. 政府主导，明确职责

各有关部门职责分工：教育部门应履行好校园足球的主管责任，负责校园足球统筹规划、宏观指导和综合管理；完善教学、训练、竞赛体系的建设、组织和管理等工作，落实足球课程开设和课外足球活动时间；体育部门应发挥人才和资源优势，负责足球专项教师、教练员、裁判员培训的技术指导，并组织专家到校进行教学辅导、课外训练、比赛指导；建立和完善青少年足球人才培养渠道，组织和举办校园足球周末训练营、夏（冬）令营等活动，为校园足球发展提供支撑和相关服务；发展改革部门负责统筹场地设施建设规划；财政部门对校园足球改革发展给予支持，负责制定推动校园足球工作的相关经费支持政策，统筹落实用于组织校园足球教学、比赛、活动、培训以及基本工作条件建设等方面的经费；新闻出版广电部门加大校园足球的宣传支持力度，充分发挥各级新闻媒体的作用，统筹营造全力推动校园足球发展的良好舆论氛围；共青团系统负责广泛发动青少年积极参与校园足球活动，将校园足球工作融入共青团的建设之中，使广大青少年自觉积极地投入到活动中去。

2. 加强督导，推进各项工作实施

（1）教育督导机构要将校园足球纳入教育督导指标体系，要制定校园足球专项督导办法，定期开展专项督导。

（2）省教育厅牵头，成立全省青少年校园足球专家委员会，加强对校园足球工作的指导、检查，及时总结和推广各地工作经验，充分发挥优秀学校的示范引领作用，推动校园足球活动的蓬勃发展。

3. 落实学校主体责任

（1）学校校长是开展校园足球工作的第一责任人，应有1名分管副校长具体负责校园足球工作。学校应根据实际情况，制定本校校园足球发展规划和具体实施方案。

（2）在核定编制总量内，全国青少年校园足球特色学校应配备不少于1名足球专项教师，省级校园足球推广学校应配备具有一定足球技术水平的体育教师。

（3）全国青少年校园足球特色学校、省级校园足球推广学校要加大足球运动场地、设施建设和配备力度，基本满足开展足球教学、开展足球大课间和课外活动的需要。

（二）落实保障措施，确保各项工作顺利开展

1. 加大政府经费保障力度

各级政府要加大对学校体育的投入，切实保证校园足球场地建设、开展训练和组织、参与比赛等方面经费的基本投入，扶持全省校园足球活动开展。鼓励地级以上市、县（市、区）两级财政相应安排经费。

2. 倡导全社会支持校园足球的发展

（1）探索建立政府支持、市场参与、多方筹措支持校园足球发展的经费投入机制。

（2）积极鼓励企业、社会团体、足球爱好者，从财力、物力、人力等方面对学校开展校园足球工作给予资助。

3. 发挥学校协调和统筹能力

鼓励和支持学校发挥自身协调和统筹能力，争取更多的社会资源，不断加大开展校园足球活动的投入。

4. 建立完善激励措施

（1）对开展校园足球工作表现突出以及主动承接、承担各级校园足球比赛任务的学校，在评优评先、经费支持等方面给予倾斜。

（2）同等条件下，对工作业绩突出的体育教师、教练员在职务评聘、评优评先等方面给予倾斜。

（3）学校要尊重足球教师的劳动，在工作待遇上给予倾斜，充分调动全校师生的积极性，为校园足球工作的开展提供有力保障。

5. 完善招考政策和相关管理制度

（1）逐步完善小学、初中、高中、大学各学段有机衔接的招生考试政策，激励学生长期积极参加足球学习和训练。

（2）建立健全足球特长生文化课学习、训练与竞赛管理制度，为扩大足球人口、提高足球后备人才梯队建设质量提供保障。

6. 公共体育场所足球场适当增加向学生免费开放的时间

（1）鼓励各地依托学区现有资源建立青少年足球活动中心；鼓励有条件地方的体育、教育部门充分依托现有资源，联合创建青少年足球训练中心，为提高学生足球运动水平提供综合服务。各级政府应积极推动公共体育场馆设施向青少年学生免费开放，为足球活动开展提供场地。

（2）公共足球场地要在法定节假日和学校寒暑假期间，适当延长对青少年学生的免费开放时间或设立学生活动专场。

（3）同步推进学校足球场地向社会开放和社会体育场地设施向学校开放，形成教育与体育、学校与社会、学区与社区共建共享场地设施的有效机制。

（三）拓宽渠道，加强足球师资队伍建设

1. 开展体育教师足球专项培训

依托体育院校、师范院校，开展体育教师足球专项培训工作。培训分两个层次进行：一是以足球专项教师为主要对象的足球教练员、裁判员等级培训；二是以体育教师为主要对象的校园足球骨干教师业务培训。

2. 开展兼职教师足球技能培训

组织足球教学、训练专家团队，采取送教下乡的方式，对各地从事校园足球教学与训练的兼职体育教师进行全员培训，使经过培训的教师能够基本具备组织开展校园足球相关活动的能力。

3. 加强校园足球的学术研究和交流

举办不同层次的青少年校园足球论文报告会、研讨会等科研活动，促进经验交流，提升校园足球教学、训练和科研水平。

4. 提高足球师资人才培养质量

依托有条件的高校建立校园足球运动研究基地，加强理论与实践研究，提升校园足球运动发展的科学化水平。鼓励有关高校不断优化体育专业人才培养方案，多渠道扩大足球教师、教练员、裁判员和管理类等专业人才培养基数，为开展校园足球提供高质量人才储备。

5. 组建校园足球社会指导员队伍

充分调动社会各界热爱足球人士的积极性，建设一支由优秀教练员、优秀足球退役运动员等组成的校园足球社会指导员队伍，定期组织选派到全国校园足球特色学校和省级校园足球推广学校进行教学、训练、比赛指导，有效补充开展校园足球的短板。

（四）加强风险防控管理，构建安全保障体系

各级教育部门和各级各类学校要广泛开展校园足球安全教育，按照《学校体育运动风险防控暂行办法》（教体艺〔2015〕3 号）要求，建立健全学校体育运动风险防控体系并切实加强管理；增强学生的运动安全和自我保护意识；完善保险机制，推进政府购买服务，提升校园足球在内的学生体育运动意外伤害保障水平，解除学生、家长和学校的后顾之忧。

（五）加大宣传力度，营造校园足球文化氛围

多方位、多角度宣传和展现青少年校园足球发展理念、育人功能、校园足球文化和先进经验做法；充分挖掘各种媒体的宣教潜力，提升校园足球社会影响力；不断优化发展校园足球的舆论环境，营造全社会关注、支持青少年校园足球发展的浓厚氛围。

附件 1

全国青少年校园足球特色学校基本标准（试行）

根据加快发展和普及校园足球的精神，为确保校园足球特色学校遴选工作规范有序开展，特制定本标准，请遵照执行。

一、组织领导

1. 落实国家政策。学校高度重视学校体育和学生体质健康，按照体育与健康课程标准及有关规定开展体育教学和校园足球工作。

2. 纳入发展规划。将校园足球纳入学校发展规划和年度工作计划，并严格执行。

3. 健全工作机制。建立在校长领导下，学校有关部门共同参加的校园足球工作领导小组，具体指导本校校园足球工作的开展。

4. 完善规章制度。学校制定有校园足球工作组织实施、招生、教学管理、课余训练和竞赛、运动安全防范、师资培训、检查督导等方面的规章制度和工作制度，并且不断完善。

二、条件保障

1. 配齐配强体育师资。在核定编制总量内配齐体育教师，能满足教学工作需求，并至少有一名足球专项体育教师。每年能提供一次体育师资参加培训机会，学校定期开展体育教学研究，不断提高体育教师教学技能。

2. 落实体育教师待遇。体育教师开展体育教学和足球训练和活动要计入工作量。保证体育教师在评优评比、工资待遇、职务评聘等方面享受同等待遇。

3. 场地设施建设完备。场地设施、器械配备基本达到国家标准，能满足体育工作的需求，不断得到补充，并建设有适合学校条件的足球场地，足球及基本训练竞赛器材数量充足。

4. 体育经费保障充足。设立有体育工作专项经费，纳入学校年度经费预算，原则上年生均体育教育经费不低于10%，保证体育和校园足球工作的正常开展。在为学生实施校方责任险的基础上，为学生新增购买运动意外伤害险。

三、教育教学

1. 教学理念先进。深化学校体育改革，坚持健康第一，把足球作为立德树人的载体，积极推进素质教育，促进学生全面发展，健康成长。

2. 保证体育时间。按照国家要求，开足开齐体育课，保证学生每天一小时校园体育活动；义务教育阶段学校把足球作为体育课的必修内容，每周用一节体育课进行足球教学；高中阶段学校开设足球选修课；足球运动纳入大课间或课外活动。

3. 开发足球课程资源。根据国家校园足球教学指南，因地制宜，开发和编制足球校本教材，实施适合学生年龄特点的足球教学和课外活动。

4. 营造校园足球文化。经常开展以足球为主题的校园文化活动（如摄影、绘画、征文、演讲等）。建立基于互联网的校园足球信息平台，动态报道足球活动、交流工作经验、展示特色成果。

四、训练与竞赛

1. 成立足球组织。学校有足球俱乐部或兴趣小组，吸纳有兴趣的学生参与足球活动。小学三年级以上建有班级、年级代表队，学校建有校级男、女足球代表队；学生基本达到全员参与足球。

2. 开展科学训练。学校制定有系统、科学的训练计划，常年开展课余足球训练，注重提高训练效益，并配备有安全、医疗等应急方案。定期邀请校外专业教练员提供技术指导。

3. 建立竞赛制度。不断完善校内足球竞赛制度、并趋于稳定；每年组织校内足球班级联赛、年级挑战赛，每个班级参与比赛场次每年不少于10场；积极参加校园足球联赛；主动承办本地足球比赛。

4. 支持学生发展。鼓励有天赋、有潜力学生参与校外足球训练、培训和比赛，并积极向上级特色学校及各级各类足球优秀运动队输送人才，为学生提高足球竞技水平和运动能力创造条件。

附件2

广东省青少年校园足球推广学校基本标准（试行）

为让更多的青少年学生享受足球的乐趣，提高校园足球的普及水平，加快我省中小学校校园足球发展速度，特制定本标准，请遵照执行。

一、组织领导

1. 落实国家政策。学校重视学校体育和学生体质健康，按照体育与健康课程标准及有关规定开展体育教学和校园足球工作。

2. 纳入发展规划。将校园足球纳入学校发展规划和年度工作计划，并严格执行。

3. 健全工作机制。建立在校长领导下，学校有关部门共同参加的校园足球工作领导小组，具体指导本校校园足球工作的开展。

4. 完善规章制度。学校制定有校园足球工作组织实施、招生、教学管理、课余训练、运动安全防范、师资培训、检查督导等工作制度及安全、医疗等应急方案，并且不断完善。

二、条件保障

1. 在核定编制总量内配齐体育教师，能满足开展校园足球教学、训练工作需求。能提供体育师资参加校园足球培训的机会，学校定期开展足球体育教学研究，不断提高体育教师足球教学技能。

2. 体育教师开展足球训练、活动要计入工作量。保证体育教师在评优评比、工资待遇、职务评聘等方面享受同等待遇。

3. 场地设施、器械配备能基本满足开展校园足球工作的需求，并不断得到补充；具有可以进行足球教学的场地，足球教学及基本训练器材配备充足。

4. 学校按体育教学需要，在学校年度经费预算中优先安排体育教育工作经费，并逐年有所增长，原则上体育教育工作经费不低于学校公用经费的15%，保证学校体育和校园足球工作的正常开展。在为学生实施校方责任险的基础上，为学生新增购买运动意外伤害险。

三、教育教学

1. 教学理念先进。深化学校体育改革，坚持健康第一，把足球作为立德树人的载体，积极推进素质教育，促进学生全面发展，健康成长。

2. 保证体育时间。按照国家要求，开足开齐体育课，保证学生每天一小时校园体育活动；义务教育阶段学校把足球作为体育课的必修内容，体育课中要有一定比例的足球教学内容；高中阶段学校开设足球选修课；足球运动纳入大课间或课外活动。

3. 开发足球课程资源。根据国家或我省校园足球教学指南，因地制宜，开发和编写足球校本教材，实施适合学生年龄特点的足球教学和课外活动。

4. 营造校园足球文化。结合学校艺术教育实践活动，每年开展以足球为主题的校园文化活动（如摄影、绘画、征文、演讲等）。借助校园广播、黑板报、宣传栏等，定期报道和宣传学校开展校园足球活动的情况。

四、课余训练

1. 成立足球学生社团。学校有足球俱乐部或兴趣小组，吸纳有兴趣的学生参与足球课余训练活动，参与学生数达到50%；学校建有校级男、女足球代表队。

2. 开展科学训练。学校制定有系统、科学的训练计划，常年开展课余足球训练，注重提高训练效益，定期邀请校外专业教练员提供技术指导。

3. 每年积极参加本地区的校园足球联赛；主动承办本地校园足球比赛。

4. 支持学生发展。鼓励有天赋、有潜力学生参与校外足球训练、培训和比赛，并积极向上级特色学校输送人才，为学生提高足球竞技水平和运动能力创造条件。

4. 广东省足球改革发展实施意见（粤府办〔2016〕71号）

广东省足球改革发展实施意见

为全面贯彻落实党中央、国务院关于足球改革发展的总体部署，根据《国务院办公厅关于印发中国足球改革发展总体方案的通知》（国办发〔2015〕11号）要求，结合我省实际，制定本实施意见。

一、总体要求

（一）指导思想

全面贯彻落实党的十八大和十八届二中、三中、四中、五中全会精神，以习近平总书记对体育和足球工作的系列重要讲话精神为指导，遵循足球发展规律，以体制机制改革为突破口，以培育职业俱乐部、培养专业人才、发展校园足球和社会足球为主线，以场地设施建设和完善赛事体系为依托，坚持足球事业和足球产业全面发展，扎实推进我省足球改革发展，努力开创体现广东特色、领先全国、具有国际影响的足球工作新局面，为我省实现“三个定位、两个率先”目标作出贡献。

（二）基本原则

——立足省情与借鉴国际经验相结合。从我省足球实际出发，学习借鉴足球发达国家和地区经验，走出具有广东特色的足球改革发展新路，全面实现足球的社会价值和功能。

——着眼长远与夯实基础相结合。做好顶层设计和长远规划，推动足球可持续发展。大力夯实足球发展的人口基础、设施基础、管理基础、文化基础，持续用力，久久为功。

——政府保障与市场投入相结合。坚持政府在足球公益事业发展上的主导地位和作用，增强体育事务公共责任与保障。完善市场机制，吸引社会资本共同投入发展足球事业。

——重点先行与全面推进相结合。支持广州、深圳等条件成熟的地区先走一步，成为全国足球改革的先行地；梅州等基础好的地区，积极稳妥推进改革；以点带面，推动足球运动逐步覆盖全省更多人口和更广地域。

——发展足球运动与推动全民健身相结合。以职业足球发展水平的提升带动社会足球的发展，掀起群众健身热潮。通过社会足球人口的增加和水平的提高，为职业足球的进一步发展奠定扎实的群众基础和市场环境，形成良性循环。

二、主要目标

——近期目标（2016—2020年）：建立新型足球管理体制，完善足球专业人才培训体系，健全全省足球竞赛制度，增加足球场地设施，不断满足群众对足球运动的需求，形成全社会关心和支持足球发展的良好氛围。广东足球运动水平在全国保持领先。

——中期目标（2021—2030年）：足球管理体制顺畅高效，足球人口基础雄厚，多元投入持续稳定，各类市场主体积极参与，足球产业规模、竞技运动水平大幅提高，足球水平达到亚洲一流。

——远期目标（2031—2050年）：实现足球事业全面发展，各类人才基础雄厚，南粤足球文化内涵丰富，足球产业持续快速发展，广东足球国际竞争力显著提升，为中国申办世界杯、实现一流足球强国作出贡献。

三、主要任务

（一）改革足球管理体制

1. 加快转变政府职能。加快政社分开、管办分离步伐，推进全省足球社会组织与行政机关脱钩，推进协会实体化建设。体育行政部门从微观事务管理向宏观调控、市场监管、公共服务转变，凡是足球协会（以下简称足协）接得住、管得好的事情都逐步交由其承担，加强对足协的业务指导和监督管理。（省体育局会省编办、发展改革委、民政厅、人力资源社会保障厅负责）

2. 改革广东省足协。改变省足协与省足球管理中心两块牌子、一套人马的组织架构。按照政社分开、权责明确、依法自治的原则调整组建省足协。省足协作为具有公益性和广泛代表性、专业性、权威性的广东省足球领域社团法人，是负责广东省足球项目普及与提高工作的地区性自律机构，是代表广东省参加中国足协的唯一合法机构。省足协按照社团法人机制，依法独立运行，在内部机构设置、工作计划制定、财务和薪酬管理、人事管理、专业交流等方面拥有自主权。健全省足协党的组织机构，按照党管干部原则和人才政策，加强协会思想政治工作和干部日常管理。省足协设立党组织，按规定由省相关单位党组织领导。（省体育局会省民政厅、财政厅、人力资源社会保障厅、足协负责）

3. 做好脱钩改革保障工作。各地、各部门要在脱钩改革过程中加大对足协的培育扶持。整合相关资源，在明晰产权归属的基础上，按照所有权、使用权相分离的原则，对足协资产进行清查核实，并根据足协的实际需要提出资产处置意见，可以将原有资产及按需配置新的资产交由足协继续无偿使用。可以通过购买服务等方式，加大支持足协开展业务。（省体育局会省发展改革委、财政厅、国资委、足协负责）

4. 健全内部管理机制。改革后的省足协应完善内部治理结构、权力运行程序和工作规则，建立决策权、执行权、监督权既相互制约又相互协调的机制。加强自身建设，广纳贤才，提高从业人员素质。加强行业自律，增强服务意识。实行财务公开，接受审计和监督。（省体育局会省足协负责）

5. 健全协会管理体系。各地级以上市足协参照省足协管理体制组建，按照章程以会员名义加入省足协，接受行业指导和管理。各市足协担负本地区的会员组织建设、竞赛、培训、足球活动开展、宣传等职责。经过努力，逐步形成覆盖全省、组织完备、管理高效、协作有力、适应现代足球管理运营需要的协会管理体系。（省体育局会省民政厅、足协负责）

（二）提升职业足球水平

1. 保持优秀职业足球俱乐部领先优势。立足长远，系统规划，统筹协调，积极创造条件，在政策激励、场地设施、赛事组织、后备梯队建设等方面，全力支持优秀职业足球俱乐部持续发展壮大，扩大国内领先优势，争取国际赛事优异成绩，打造亚洲一流、世界知名的百年职业足球俱乐部。（省体育局会省足协、相关地级以上市政府负责。）

2. 促进职业足球俱乐部健康发展。引导各类职业足球俱乐部加强自身建设，遵守行业规则，健全规章制度，实行规范管理，接受社会监督，承担社会责任。完善俱乐部法人治理结构，建立现代企业制度，制定长远发展规划，持续提高竞技水平和发展效益，为国家输送优秀人才，鼓励具备条件的职业足球俱乐部上市。（省体育局会省民政厅、足协，相关地级以上市政府负责）

3．推动职业足球俱乐部扎根城市形成体系。鼓励各地政府以人才、资金、场地等多种形式，合作、合资、入股等多种方式，推动各级各类职业足球俱乐部建设，坚持使用城市中性名称、长期稳定扎根，长远规划建设，逐步培育足球文化和产业，打造城市足球名片。（省体育局会省发展改革委、相关地级以上市政府负责）

（三）完善足球竞赛体系

1．积极承办重大赛事。在中国足协指导下，积极申办世界杯、亚洲杯等国际重大赛事。支持有条件的市、有实力的社会组织和企业承办国际赛事。支持职业足球俱乐部组织好年度赛事。（省体育局会省外办、公安厅、足协负责）

2．打造区域竞赛品牌。利用广东地域和气候优势，精心举办每年一届的“省港杯”“粤澳杯”和“穗、港、澳”小型足球赛等历史悠久、影响全国、具有南粤地域文化特色的体育交流活动。加强与国际友好城市知名足球俱乐部的交流，促进我省足球运动水平的发展提高。发挥足球运动的影响力，加强与“一带一路”国家及地区的交流，为“一带一路”倡议实施作贡献。（省体育局会省商务厅、外办、足协负责）

3．完善全省竞赛制度。以省足协为主导，发动社会力量，每年举办全省十一人、七人、五人及沙滩足球等足球联赛，建立省级—市级—县级竞赛制度。充分发挥“省长杯”青少年足球联赛的带动作用，办好年度全省青少年各年龄组比赛，实施校园足球四级联赛制度，以竞赛促进青少年足球培训工作深入开展。（省体育局会省教育厅、足协负责）

4．加强足球行业管理和竞赛秩序维护。完善裁判员公正执法、教练员和运动员遵纪守法的约束机制。足球管理部门与公检法等方面加强协作，坚决依法打击假赌黑等违法犯罪行为。各类足球赛事组织机构和主管部门会同公安机关加强监督管理，健全各类足球赛事安保服务体系，依法打击球场暴力和滋事行为，全力营造安全有序的观赛环境。（省体育局会省公安厅、足协负责）

（四）积极培育后备人才

1．完善后备人才培养体系。加强统筹，合理布局，进一步完善以职业足球俱乐部为龙头，省市优秀运动队为重点，各级各类体校和青少年俱乐部、青少年培训中心为骨干，校园足球为基础的训练体系。各地级以上市建立青少年培训基地，各县（市、区）和有条件的镇街建立体校或青少年俱乐部、培训中心等。鼓励职业俱乐部和其他社会力量创办新型足球学校，支持社会资本建立青少年业余足球俱乐部和青少年足球培训中心等，丰富青少年足球人才培养模式。加强青少年足球人才培养过程中的国际交流合作，输送更多的优秀青少年足球人才到足球发达国家参加培训和比赛。（省体育局会省教育厅、民政厅、足协负责）

2．畅通优秀足球后备人才培训渠道。省、市体育、教育主管部门牵头，各级足协负责，促进校园、体校和青少年俱乐部及青少年培训中心、专业队、职业足球俱乐部各层次之间人才选拔、输送渠道的有效衔接，构建多渠道、多形式的人才发现和培养机制，不断

扩大青少年足球规模，为巩固提高足球竞技水平奠定人才基础。（省体育局会省教育厅、足协负责）

3．努力提高青少年培训成效。坚持“选好苗子、着眼未来、打好基础、系统训练、积极提高”的原则，按照国家青少年足球训练大纲要求，进一步强化青少年队伍建设，扎实做好年龄衔接、选拔标准、技术规范、素质要求等基础工作。大力开展科学系统训练，加强文化教育工作，开展训练学习评估检查，提高青少年运动水平和文化素质。完成好全运会、青运会参赛任务，为国家培养输送高水平后备人才。（省体育局会省教育厅、足协负责）

（五）改革推进校园足球发展

1．推动校园足球普及。充分发挥足球在培养学生遵守规则、增强公平竞争意识、形成科学健身方式、养成良好行为习惯等方面所具有的独特育人功能，通过开展丰富的足球活动，使更多学生参与足球、热爱足球、享受足球，推动校园足球普及，提高学生综合素质，扩大校园足球人口规模。（省教育厅会省体育局、足协负责）

2．打造特色校园足球。着力打造具有地方特色的校园足球课程，加快全国青少年校园足球特色学校和试点县（市、区）建设，大力发展省级校园足球推广学校，实施校园足球四级联赛制度，推动校园足球文化建设。（省教育厅会省体育局、足协负责）

3．营造校园足球发展环境。加大学校体育投入，改善校园足球发展相关软硬件建设。通过购买服务、特聘教师等方式，聘请退役运动员、教练员参与校园足球发展。选派优秀运动员、教练员到学校开展足球辅导。加强足球特长生文化课教学管理，逐步完善小学、初中、高中、大学各学段有机衔接的考试招生政策，激励学生长期积极参加足球学习和训练。（省教育厅会省体育局、足协负责）

（六）普及发展社会足球

1．不断扩大足球运动发展的基础。鼓励各级政府机关、企事业单位及人民团体等自发组建业余足球队，举办形式多样的社会足球赛事。各地要因地制宜开展丰富多彩的群众性足球活动，组织常态化的草根足球竞赛活动，不断提高足球运动的群众认可度和参与度，推动足球人口的普及和水平的提高。（省体育局会省总工会、团省委、省妇联、省足协负责）

2．加强对社会足球的指导。充分利用各级足协的优势，加强对社会足球在赛事组织、人才培训、监督裁判、纪律仲裁等方面的支持、指导和服务。鼓励社会力量参与社会足球组织建设，加强足球社会指导员队伍建设。（省体育局会省民政厅、足协负责）

3．建设社会足球发展示范点。充分发挥广州、深圳中心城市带头作用，支持其先行先试改革发展。发挥梅州“足球之乡”传统优势，打造城乡足球协调发展的典范。鼓励具备条件、积极性高的城市加快推进足球的改革发展，逐步形成结合实际、各具特色、优势突出的足球城市群，以点带面、分类指导，提高我省足球运动整体水平。（省体育局会省发展改革委，广州、深圳、梅州市政府负责）

（七）加强足球场地建设管理

1．加强足球场地规划建设。各地要按照配置均衡、规模适当、方便实用、安全合理的原则，科学规划、合理布点布局、统筹建设足球场地。完善现有足球场地功能，满足赛事组织需求。支持有条件的市、县（市、区）新建或改（扩）建足球场地。（省发展改革委会省财政厅、国土资源厅、住房城乡建设厅、体育局负责）

2．增加足球场地数量。鼓励新建居住区和社区配套建设足球场地，支持老城区与已建成居住区改造现有设施、增加足球活动空间。充分利用城市和乡村的荒地、闲置地、公园、广场、林带、屋顶、人防工程等建设一大批简易实用、便民利民的中小型足球场，不断满足和方便群众就近参与足球运动。加大校园足球场地建设力度。每个中小学足球特色学校均建有 1 块以上足球场地，有条件的高等院校均建有 1 块以上标准足球场地，其他学校创造条件建设适宜的足球场地。（省发展改革委会省教育厅、财政厅、国土资源厅、住房城乡建设厅、体育局负责）

3．建设国家高水平足球训练基地。建设拥有专业比赛场和训练场，食宿配套设施完善，教学、培训、比赛、训练、科研、医疗一体化的国家高水平足球训练基地。（省发展改革委会省财政厅、国土资源厅、住房城乡建设厅、体育局负责）

4．提高场地设施运营能力和综合效益。按照管办分离和非营利性原则，通过委托授权、购买服务等方式，招标选择专业的社会组织或企业管理运营公共足球场，促进公共足球场地低价或免费向社会开放。推动学校足球场在课外时间低价或免费向社会开放，公开开放时间、收费标准、管理规章等信息，建立学校和社会对场地的共享机制。（省发展改革委会省教育厅、财政厅、国资委、体育局负责）

（八）推动足球产业融合发展

1．实施“足球 + 互联网”创新行动。鼓励足球产业利用互联网整合开发资源，开展商业模式创新。促进足球场馆、赛事的信息化、智能化、网络化管理和服务水平。支持企业借助大数据及互联网交易模式拓展业务，构建线上线下相结合的足球服务模式。鼓励手机应用程序（APP）、微博公众号、微信公众号等产品的开发应用。规范足球及相关衍生品销售电商平台发展。（省体育局会省经济和信息化委、商务厅、工商局、足协负责）

2．推动足球与旅游融合发展。以足球专业基地为基础，构建集足球训练、竞赛表演、健身休闲、足球培训、旅游观光于一体的足球旅游精品路线和景区。积极打造省级体育旅游示范基地。引导建设一批以足球等体育运动为主题的公园。（省旅游局会省体育局负责）

3．推动足球与媒体融合发展。发挥广东足球体育传播业优势，鼓励省足协与相关专业机构共同投入，市场化运作，统筹电视媒体、平面媒体、新媒体资源，对接省体育总会、国际体育单项协会和世界各大职业足球联赛等组织，争取国际知名足球赛事转播权在广东落地，打造具有影响力的足球体育传媒品牌。加快培育和发展足球动漫、足球游戏、电子竞技、足球运动在线指导等新兴产业，重点培育一批足球与文化融合发展的重点项目和骨干企业。（省新闻出版广电局会省文化厅、体育局、足协负责）

四、组织保障

（一）加强组织领导

建立省足球改革发展联席会议制度，由省政府有关领导同志担任召集人，由省发展改革委、教育厅、公安厅、民政厅、财政厅、人力资源社会保障厅、国土资源厅、住房城乡建设厅、地税局、新闻出版广电局、体育局等部门组成，办公室由省体育局分管足球工作的负责同志负责，日常工作由省足协承担。各单位各司其职，密切配合，协调解决足球改革发展中遇到的问题，加快推进各项工作的组织实施。各地级以上市应当参照建立本市联席会议制度，把足球改革发展摆上重要议事日程，建立健全相应工作机制，切实加强组织领导，因地制宜制定实施细则和配套措施，形成一整套支持足球改革发展的政策体系，营造各方积极参与足球运动、投资足球产业的良好环境。（省发展改革委、教育厅、公安厅、民政厅、财政厅、人力资源社会保障厅、国土资源厅、住房城乡建设厅、地税局、新闻出版广电局、体育局负责）

（二）加大财税金融扶持力度

完善公共财政对足球事业发展的投入机制，通过政府购买服务等多种方式支持足球运动发展。各地要将足球改革发展所需经费列入本级财政预算。加大体育彩票公益金支持足球发展的力度，每年从省级体育彩票公益金中安排一定资金，用于支持青少年足球人才培养和足球公益活动。设立省足球发展基金会，作为非营利性法人，依法募捐、接受捐赠并资助足球公益活动。有条件的地市可成立本市足球发展基金会，并参照运作。足球场馆自用的房产和土地，可按有关规定享受有关房产税和城镇土地使用税优惠。足球领域的社会组织，经认定取得非营利组织企业所得税免税优惠资格的，依法享受相关优惠政策。足球俱乐部和相关企业发生的广告费支出，企业和社会力量捐赠足球运动服装和器材装备，符合税法规定条件的，可在计算应纳税所得额时扣除。足球场地设施的水、电、气、热价格按不高于一般工业标准执行。鼓励金融机构在风险可控、商业可持续的基础上拓展足球领域金融服务新业务。（省发展改革委、教育厅、财政厅、住房城乡建设厅、地税局、体育局、足协负责）

（三）吸引社会资本投资

支持社会资本以合资、独资、特许经营、政府与社会资本合作等方式参与场馆建设经营、足球赛事举办和职业足球运动发展。加快国有足球资产的资源整合、优化配置和改组改制步伐。鼓励社会资本以多种形式兴办足球相关企业，全面落实国家、省扶持中小企业发展的政策措施。鼓励职业足球俱乐部、大型公共足球活动场所建立资产运营机制，并结合自身实际建设足球服务企业孵化器，为足球领域的创业创新提供良好环境。（省发展改革委、经济和信息化委、财政厅、国资委、地税局、体育局、足协负责）

（四）加强规划和土地政策保障

将足球场地设施建设纳入各级城乡规划、土地利用总体规划和年度用地计划，统筹规划足球活动场地，优先给予用地支持。对单独成宗、依法应当有偿使用的新建足球场地设施项目用地，供地计划公布后只有一个意向用地者的，可采取协议方式供应。在其他项目中配套建设足球场地设施的，可将建设要求纳入供地条件。利用以划拨方式取得的存量房产和原有土地兴办足球场地设施，土地用途和使用权人可暂不变更，连续运营1年以上、符合《划拨用地目录》的，可以划拨方式办理用地手续；不符合的，可采取协议出让方式办理用地手续。严禁改变足球场地设施用地的土地用途，对擅自改变用地性质的依法查处。（省发展改革委、国土资源厅、住房城乡建设厅、体育局负责）

（五）完善足球人才培育引进与就业政策

积极探索形成高效灵活的人才培育、引进、使用、评价、激励和保障政策，营造优化足球人才成长的良好环境。建立和规范运动员、教练员、裁判员等人才注册制度，理顺球员培养补偿和转会机制，推动与国际通行规则相接轨。加强专业人才培养，构建政府、行业、专业机构等多元培训机制，加强对足球教练员、裁判员、讲师、校园足球教师等专业人才的培训。将校园足球教师、社会足球指导员、足球教练员的专业技能培训，按规定纳入各类相关培训范围。充分挖掘本土足球教练人才，分批次选派中青年骨干教练前往足球发达国家学习培训。鼓励支持有条件的高等院校、专业学校设立足球学院或足球管理相关专业，培养适应足球产业化需求的专业化足球管理人才。加强政策引导，遵循市场机制，鼓励社区、企业等设立相应岗位，吸引退役运动员、教练员从事社会足球指导和其他涉足球工作。加大人才引进力度，重点引进在专业人才培训、青少年培训、足球经营管理、国际足球交流等领域能力突出的足球专业人才，特别是契合我省足球风格、符合我省足球发展方向的高水平教练、海外高层次足球人才来粤创业、工作或短期授课、交流。（省教育厅、财政厅、人力资源社会保障厅、体育局、外办负责）

（六）加强舆论宣传

各地宣传、体育部门要组织各类媒体大力宣传足球改革发展的意义，加大对足球赛事活动的报道力度，创作、引进足球题材的优秀文化作品，提升足球的社会关注度和影响力，营造群众积极参与、社会共同投入的足球发展良好氛围。（省文化厅、体育局、新闻出版广电局负责）

5. 广东省足球场地设施建设规划（2016—2020 年）（粤发改社会〔2016〕862 号）

广东省发展和改革委员会
广东省教育厅
广东省体育局
广东省住房和城乡建设厅
广东省足球协会
文件

粤发改社会〔2016〕862 号

关于印发广东省足球场地设施建设规划（2016-2020 年）的通知

各地级以上市发展改革局（委）、教育局、体育行政部门、住房城乡建设、规划局（委），省足球协会会员单位：

为贯彻落实《广东省人民政府关于加快发展体育产业促进体育消费的实施意见》（粤府〔2015〕76 号）和《广东省足球改革发展实施意见》（粤府办〔2016〕71 号），夯实足球运动发展基础，普及推广足球运动，提高足球运动水平，根据《全国足球场地设施建设规划（2016-2020 年）》（发改社会〔2016〕987 号）要求，省发展改革委、教育厅、体育局、住房城乡建设厅和省足协共同编制了《广东省足球场地设施建设规划（2016-2020 年）》。规划经省足球改革发展联席会议第一次会议审议通过，现予印发，请抓紧组织实施。

附件：广东省足球场地设施建设规划（2016-2020 年）

广东省发展改革委　　广东省教育厅　　广东省体育局

广东省住房城乡建设厅　　广东省足协

2016 年 12 月 30 日

附件

广东省足球场地设施建设规划（2016—2020 年）

为进一步普及推广足球运动，满足群众体育健身需求，建设体育强省，根据《全国足球场地设施建设规划（2016—2020 年）》（发改社会〔2016〕987 号）和《广东省足球改革发展实施意见》（粤府办〔2016〕71 号）要求，结合我省实际，制定本规划。

一、规划背景

足球运动在我省拥有广泛的群众基础，已成为全民健身的重要组成部分。科学规划建设足球场地设施，有利于增加足球场地有效供给，对夯实足球运动发展基础，落实全民健身战略，发展体育产业，建设体育强省具有重要意义。

随着社会经济的发展，在各级政府和社会各界的大力支持和共同推动下，全省足球场地设施在投入、数量、面积等方面都不断发生了可喜变化，为足球运动的普及提高打下了良好的基础。根据 2013 年广东省第六次体育场地普查统计，全省足球场地发展情况如下：

（一）基本概况

全省共建有各级各类足球场地 3 563 块。足球场地区域分布情况：珠三角 9 市（广州、深圳、珠海、佛山、惠州、东莞、中山、江门、肇庆）有 2 185 个，占比 61.3%；粤东 6 市（汕头、梅州、河源、汕尾、潮州、揭阳）有 409 个，占比 11.5%；粤西 4 市（阳江、湛江、茂名、云浮）有 724 个，占比 20.3%；粤北 2 市（韶关、清远）有 245 个，占比 6.9%。

足球场地所属系统情况：教育系统 2 317 个，占比 65.0%；其他系统 1 029 个，占比 28.9%；体育系统 217 个，占比 6.1%。

（二）存在问题

一是数量不足。截至 2013 年底，全省拥有足球场地 3 563 块，平均每万人拥有足球场地只有 0.33 块，与《全国足球场地设施建设规划（2016—2020 年）》提出的“平均每万人拥有足球场地达到 0.5 块”的目标存在较大差距。

二是分布不平衡。从区域分布看，足球场较集中在经济发达的珠三角地区，经济欠发达地区足球场地相对缺乏。从系统结构看，教育系统场地数量占比 65.0%，足球场地社会化程度不高。

三是开放利用率不高。全省 3 563 个足球场中，有 1 696 个不开放，占比 47.6%，有 925 个部分时段开放，占比 26.0%，有 942 个全天开放，占 26.4%。

总的来看，我省足球场地设施建设及运行管理仍有许多亟须解决的问题，各地要进一步增强责任感和紧迫感，主动适应经济社会发展新常态，采取有力措施加快足球场地设施建设，提高运行管理水平。

二、指导思想

深入贯彻落实习近平总书记系列重要讲话精神，紧紧围绕“四个全面”战略布局，按照“三个定位、两个率先”目标要求，把足球场地设施建设作为重要民生工程和振兴南粤足球的基础性工程，调动全社会力量共同参与，有效增加供给，增强公益性，提高可及性，为足球运动在全省进一步蓬勃发展奠定坚实的物质基础。

三、基本原则

——面向基层、服务群众。以群众健身、足球普及为导向，以校园和社区为重点，积极建设群众身边的足球场地设施，大幅提高场地设施覆盖率，方便城乡居民就近参与足球运动。

——因地制宜、分类指导。充分考虑区域内人口数量及分布、自然环境特点和现有体育设施资源等因素，合理布点布局，科学确定足球场地数量、类型及标准。

——政府引导、多方参与。强化政府在规划、政策、标准和投入方面的责任，充分调动社会力量积极性，积极引导社会资本参与设施建设和运行。

——建管并重、提高效益。既要努力增加供给，又要盘活存量资源，既要注重硬件建设，又要注重运行管理，不断提高足球场地设施利用效率。

四、建设目标

本规划所指足球场地包括 5 人制、7 人制（8 人制）和 11 人制场地；标准场地指 11 人制足球场。

到 2020 年，全省足球场地数量超过 6 500 块，其中新建足球场地 3 000 块，平均每万人拥有足球场地达到 0.6 块以上，有条件的地区达到 0.7 块以上。足球场地设施利用率和运营能力有较大提升，群众健身需求得到不断满足，经济社会效益明显提高，初步形成布局合理、覆盖面广、类型多样、普惠性强的足球场地设施网络。

五、建设任务

（一）建设校园足球场地 2 000 块。坚持因地制宜，逐步完善，充分利用现有条件完善校园足球场地设施，每个中小学足球特色学校均建有 1 块以上足球场地，有条件的高等院校均建有 1 块以上标准足球场地，其他学校创造条件建设适宜的足球场地。

（二）新建社会足球场地 1 000 块。每个地市应建有配备 1.5 万个以上座位的体育场（含标准足球场地）。除少数山区外，每个县级行政区域至少建有 2 个标准的社会足球场地。乡镇、有条件的街道、行政村、城市新建居住区应建有 1 块 5 人制以上的足球场地，老旧居住区也要创造条件改造建设小型多样的足球场地设施。

（三）建设专业足球场地。鼓励有条件的地市及企业，按照国际标准，建设拥有专业足球比赛场和训练场，以及配套食宿、培训、比赛、科研、医疗等功能，适用于各级国家队训练比赛的国家级足球训练基地；鼓励有条件的地区采取新建或改建的方式，建设完善可承办国际 A 级赛事的足球场地；鼓励有条件的地区建设本级青少年足球训练基地。

（四）建设完善省级足球场地设施。加快对省奥林匹克体育中心、省人民体育场的场地改造和设施设备配套完善，将其建设成具备举办国际 A 级比赛的足球场；加快完善省足球训练基地建设，将其建设成为具备承担训练比赛任务、配套齐全的国内一流足球训练基地。

六、建设方式

（一）综合利用。立足整合资源，充分利用体育中心、公园绿地、闲置厂房、校舍操场、社区空置场所等，拓展足球运动场所。

（二）修缮改造。立足改善质量，对农村简易足球场地进行改造，支持学校和有条件的城市社区改善设施水平。

（三）新建扩容。立足填补空白，将足球场地设施建设纳入城乡规划、土地利用总体规划和年度用地计划，合理布局布点，在缺乏足球场地的中小学校、城乡社区加快建设一批足球场地。

七、开放利用

贯彻落实《广东省公共体育设施向社会开放指导意见》（粤体群〔2012〕67 号），切实推动各级各类足球场地向社会开放。

（一）校园场地开放。在确保正常教学秩序和校园安全的前提下，实现校园场地在课余时间向学生开放。满足开放条件的学校，要积极推动校园体育场地向社会开放。建立学校和社区场地资源共享机制，显著提高校园场地综合利用率。

（二）公共体育设施开放。坚持以公益性为导向，政府投资兴建的足球场地在没有承接赛事或安排训练任务的前提下，必须实现常年免费或低收费向社会开放。

（三）其他社会场地开放。引导厂矿企业、机关事业单位等所属的足球场地设施向社会开放。通过政府购买服务等方式引导营利性场地设施为群众健身服务。鼓励职业俱乐部以适当形式开放场地，供训练、比赛和参观学习。

（四）场地设施高效利用。建立场地设施长效运营机制，明确校园和公共足球场地开放条件和要求，对设施状况、开放时间、收费价格等予以公开明示。运用互联网 + 信息平台提供足球场地设施查询及预订服务，加强日常维护，确保使用安全。

八、组织保障

（一）加强组织领导

要充分认识加强足球场地设施建设的重要性，将足球场地设施建设纳入各级国民经济和社会发展规划。按照《广东省足球改革发展实施意见》（粤府办〔2016〕71 号）要求，坚持足球改革发展联席会议制度，各级发改、财政、国土资源、住房城乡建设、城乡规划、教育、国税、地税、体育等部门加强沟通协调，密切配合，共同推动足球场地设施建设。

（二）编制建设规划

1. 各地市应根据本规划，进一步摸查本地区足球场地设施现状，编制本地区足球场地设施建设工作方案，建立项目库，报省体育局、发展改革委备案，抄送省住房城乡建设厅。

2. 由省住房城乡建设厅牵头，省体育局、教育厅配合，根据本规划和各地市足球场地设施建设工作方案，进一步编制《广东省足球场地建设空间规划》和《广东省足球场地建设技术指引》，印发各地市参照执行。

3. 各地市进一步明确本地区足球场地设施建设年度目标任务、时间进度、责任主体，落实资金渠道，抓好项目建设，确保工程质量。

（三）拓宽经费来源

各级政府要加大公共财政投入，安排财政性资金支持基础性、公益性足球场地设施建设。各级政府要加强财政支持保障，可从本级留成的体育彩票公益金中安排适当资金，科学调整并优化支出结构，统筹安排资金支持基础性、公益性足球场地设施建设。吸引社会资本投入，鼓励企业、个人和境外资本投资建设、运营足球场地。推动政府和社会资本合作，采取公建民营、民办公助、委托管理、PPP 等方式，因地制宜建设足球场地设施。

（四）提供政策保障

各地要将足球场地设施建设纳入城乡规划、土地利用总体规划和年度用地计划，确保建设用地供给，优化简化足球场地建设项目审批。落实体育设施建设和运营税费减免政策，加强足球场地设施建设和管理人才培养。

（五）强化监督检查

各地要建立动态跟踪监测和考核评估机制，及时对足球场地设施建设规划实施情况开展监督检查，确保工作落实到位、建设任务顺利推进、规划目标如期实现。省发展改革委、体育局、教育厅、住房城乡建设厅、足协等部门负责本规划监督检查。

6. 广东省足球中长期发展规划（2017—2050 年）（粤发改社会〔2017〕306 号）

特急

广东省发展和改革委员会
广东省体育局
广东省教育厅
广东省足球协会
文件

粤发改社会〔2017〕306 号

广东省发展改革委 体育局 教育厅 足球协会 关于印发广东省足球中长期发展规划（2017—2050 年）的通知

各地级以上市人民政府：

为贯彻落实《国家发展改革委等 4 部委关于印发中国足球中长期发展规划（2016—2050 年）的通知》（发改社会〔2016〕780 号）和《广东省人民政府办公厅关于印发广东省足球改革发展实施意见的通知》（粤府办〔2016〕71 号），省发展改革委、体育局、教育厅和足球协会共同编制了《广东省足球中长期发展规划（2017—2050 年）》。经省人民政府同意，现印发你们，请抓紧组织实施。

附件：广东省足球中长期发展规划（2017—2050年）

广东省发展改革委　　广东省体育局　　广东省教育厅

广东省足球协会

2017年4月28日

附件

广东省足球中长期发展规划（2017—2050 年）

为贯彻落实《国家发展改革委等 4 部委关于印发中国足球中长期发展规划（2016—2050 年）的通知》（发改社会〔2016〕780 号）和《广东省人民政府办公厅关于印发广东省足球改革发展实施意见的通知》（粤府办〔2016〕71 号），经省人民政府同意，制定本规划。规划近期至 2020 年，中期至 2030 年，远期展望至 2050 年。

一、发展目标

（一）近期目标（2017—2020 年）

到 2020 年，广东足球综合实力和发展水平在全国保持领先。

——广东特色的足球运动管理体制机制初步建立，政策法规初具框架，行业规范趋于完善。

——各级各类足球运动组织健康有序发展，全社会关心和支持足球发展的良好氛围初步形成。

——足球专业人才培养体系逐步完善，竞赛制度渐趋合理，场地设施逐步完善，足球事业、产业发展基础进一步夯实。

——各级队伍综合实力稳步提升，职业俱乐部参加国内及亚洲比赛成绩优异，全运会、青运会成绩有新突破。

（二）中期目标（2021—2030 年）

到 2030 年，广东足球水平达到亚洲一流。

——体制机制顺畅高效，校园足球、社会足球、职业足球运动体系合理衔接、有效运行。

——足球人口基础雄厚，专业人才全面发展，竞赛体系丰富，足球场地显著增加。

——各类市场主体踊跃参与，多元投入持续稳定，足球产业规模有较大提升，成为体育产业的重要引擎。

——足球竞技水平达到亚洲一流，具备较强的国际竞争力。

（三）远期目标（2031—2050 年）

到 2050 年，广东足球迈进国际先进行列。全力实现广东足球全面发展，各类人才基础雄厚，南粤足球文化内涵丰富，足球产业持续快速发展，足球水平进入世界先进行列，为中国实现足球一流强国做出贡献。

二、主要任务

（一）构建制度体系

1. 科学构建广东特色足球管理体制。搭建政府统筹推进、社会广泛参与的管理框架。各地政府提供公共服务，营造良好市场环境，加强监督管理。体育行政部门加强对足球改革发展的政策研究和宏观指导，促进各职能部门协调配合。教育行政部门履行好校园足球主体责任，积极推动校园足球发展。各地足球协会负责统一组织、管理和指导区域内足球运动发展，推进足球运动普及和提高。

2. 深化足球协会管理体制改革。建立健全协会管理体制，各地足球协会按照政社分开、权责明确、依法自治的原则进行调整组建，完善社团法人治理结构，在内部机构设置、工作计划制定、财务薪酬、人事管理、专业交流等方面拥有自主权，逐步建立体制完善、结构合理、职责明确、规章健全、监管严格的协会管理体制。建立健全协会运行机制，进一步加强协会内部管理、规范决策程序，完善内部治理结构，健全规章制度，建立协会依法自主管理、科学民主决策的运行机制。健全协会党的组织机构，按照党管干部原则和人才政策，加强协会思想政治工作和干部日常管理。加大对协会改革的保障工作，各地、各部门要整合相关资源，明晰产权归属，按照所有权、使用权相分离的原则，对协会资产进行清查核实，并按照国家相关法律法规，结合协会实际需要提出资产处置意见，通过购买服务等方式，支持协会改革以后开展业务。

3. 健全完善足球运动可持续发展机制。激发市场活力，充分调动社会力量参与足球运动发展的积极性，实现足球经济效益和社会效益良性循环，打破利益藩篱，创造公平竞争环境，促进资源优化配置。

4. 建立规范有效的足球法治体系。根据国家法律法规和足球行业规则，结合广东实际，建立规范有效、具有广东特色的足球法治体系。推进足球行业标准化规范化建设，建立场地设施建设及运行、赛事服务及安保、人才培养、市场准入及行为等行业标准及运行机制，提高足球行业规范化管理水平。健全监督、执法和仲裁机制，加强足球组织、俱乐部、从业人员诚信守则自律，严肃赛风赛纪，依法严厉查处打击足球领域违法犯罪行为。

专栏 1

深化足球管理体制改革，调整改革省足球协会，完善省足球协会内部管理机制，健全协会管理体系，逐步建立体制完善、结构合理、职责明确、规章健全、监管完善的协会管理体制，形成协会依法自主管理、科学民主决策的新机制。各地级以上市参照省足球协会调整组建，有条件的县（市、区）可成立足球协会，推进足球行业标准化和规范化建设。

（二）提高竞技水平

1. 完善职业俱乐部发展体系。正确把握职业足球发展规律，制定、落实职业足球发展政策措施，构建政府引导、规划科学、依托市场、管理规范、产权明晰、运转高效的职业足球发展体系。鼓励政府、企业、社会组织、个人投资职业足球，采取合作、合资、入股等多种方式，推动职业俱乐部发展。鼓励职业俱乐部使用城市中性名称，引导职业俱乐部向地域化、稳定化、产业化方向发展，全力打造职业足球百年老店。

2. 切实加强职业俱乐部发展实力。引导职业俱乐部加强自身建设，健全规章制度，加强自律管理，完善法人治理结构，加快现代企业制度建设，不断提高市场运作水平。各地政府要在投融资政策、场地设施、资金补贴、赛事服务、人才培养等方面加大对职业俱乐部的扶持力度，并切实维护职业足球参与主体的合法权益，不断增强职业俱乐部发展实力。相关政府部门要监督俱乐部遵守法律法规及行业规则，加强劳动用工管理，建立集体协商机制，督促依法参加社会保险，促进运动员转岗就业，切实维护职业俱乐部运动员、教练员、工作人员等劳动者的合法权益，引导职业俱乐部积极履行社会责任，接受社会监督，促进健康发展。

3. 加强省、市优秀运动队建设。围绕参加全运会和青运会等赛事目标任务，按照“训科医”一体化训练模式，组建专业团队，切实提高省、市优秀运动队竞技水平。完善优秀运动队激励措施、升学就业、医疗保险等保障政策，营造良好的人才培养氛围。按照“政府推动、市场运作”发展思路，充分发挥政府与市场的资源优势，建立优秀运动队与职业俱乐部的衔接机制。

专栏 2

正确把握职业足球规律，制定、落实职业足球发展政策措施，构建政府引导、规划科学、依托市场、管理规划、产权明晰、运转高效的职业足球发展体系。到 2025 年，全省拥有 16 个以上职业足球俱乐部，其中，争取有 1—2 个足球俱乐部处于亚洲领先地位，并达到世界水平。省、市优秀运动队建设取得明显成效，争取在全运会、青运会等比赛中位居前列，力争中国男女足各级国家队中有广东足球运动员。

（三）培养后备人才

1. 健全后备人才培养体系。建立健全以职业足球俱乐部为龙头，省、市优秀运动队为重点，各级各类青少年体育学校、青少年体育俱乐部、青少年培训中心为骨干，校园足球为基础的后备人才培养体系。各地级以上市要建立青少年培训基地，各县（市、区）和有条件的乡镇、街道要建立开展足球项目训练的青少年体育学校或青少年体育俱乐部、培训中心等。鼓励职业俱乐部和其他社会力量创办新型足球学校，支持社会资本建立青少年业余足球俱乐部和青少年足球培训中心等，丰富青少年足球人才培养模式。

2. 完善后备人才培养机制。各地体育、教育主管部门牵头，各地足球协会负责，职业俱乐部参与，促进校园、青少年体育学校、青少年体育俱乐部及青少年培训中心、优秀运动队、职业足球俱乐部各层次间人才选拔、输送渠道的有效衔接，构建多渠道、多形式的人才发现和培养机制，不断扩大青少年足球人口规模，为巩固提高足球竞技水平奠定人才基础。

3. 努力提高后备人才培养效益。按照《中国青少年足球训练大纲》要求，建立青少年足球选才标准及训练规范，大力开展科学选才、科学训练。加强青少年运动员文化教育，切实按照国家法律法规要求，确保适龄运动员接受文化教育，达到国家规定的教育标准，促进青少年运动员全面发展。

（四）普及校园足球

1. 推动青少年足球运动普及。各地教育部门要加快校园足球建设，把足球列入体育课教学内容，发展足球社团，培养足球兴趣，开展足球竞赛活动。同时，在推动班队、校队发展的基础上，大力建设足球特色学校。

2. 完善招生政策与升学激励机制。完善从小学、初中、高中互相衔接的足球特长生招生政策，激励更多青少年参加足球活动。制定大学高水平足球队招生政策，扩大招生规模。把足球学习情况纳入学生综合素质评价档案。

3. 加快校园足球师资力量建设。制订落实专职足球教师培养计划，采用“转、培、聘、兼”等方式，在核定编制总量内配齐体育教师，采用多种方式，配足补齐校园足球体育教师，保证特色学校至少有一名足球专项体育教师。优先录用足球专业人才到学校任教，吸纳优秀足球退役运动员和高校足球专业毕业生进校园指导、支教或任教。制订校园足球教师培训计划，将校园足球骨干教师纳入中小学幼儿园教师国家级培训计划等培训项目，对专兼职足球师资进行培训。

专栏 3

加快校园足球建设，把足球列入体育课教学内容。发展足球社团，开展足球竞赛活动，大力创建足球特色学校。到 2020 年，全省建成 1380 所校园足球特色学校，有 300 万以上学生长期参加足球运动。健全后备人才体系，改革人才培养机制，到 2025 年，接受系统训练的青少年争取达到 5 万人。完善小学、初中、高中互相衔接的足球特长生招生政策，制定高校高水平足球队招生政策。建立足球退役运动员和高校足球专业毕业生到学校支教或任教机制。制订校园足球教师培训计划，将校园足球骨干教师纳入中小学幼儿园教师国家级培训计划等培训项目，对专兼职足球师资进行培训。

（五）繁荣社会足球

1. 促进社会组织发展。制定社会足球组织建设和工作开展指导意见，鼓励社会力量组建多种形式的社会足球组织，有效引导各地社会足球组织健康有序发展。

2. 丰富各类社会足球活动。鼓励各地政府机关、企事业单位、社会组织、人民团体开展形式多样的足球活动。各地足球协会应加强对各类足球活动的服务和引导，有机地纳入到区域足球联赛体系，增强群众对足球项目的认可度和参与度，不断提高足球人口的数量。鼓励基层社区结合实际，广泛开展社区足球活动，逐步实现社区足球有组织、有场地、有队伍、有联赛、有经费、有机制。

3. 完善社会足球服务体系。各地足球协会要充分履行对社会足球的服务职能，加强对社会足球赛事组织、人才培训、协调指导、注册管理、裁判监督、纪律仲裁等方面的支持、指导和服务，促进社会足球各项工作有序开展。

（六）完善竞赛体系

1. 完善青少年竞赛体系。广泛开展以强身健体和快乐参与为导向的校园足球竞赛，以增强学生体质和意志品质、普及足球知识和技能、培养足球兴趣爱好为目的，举办多种形式的青少年校园足球活动。到 2020 年，建立全省校园足球“小学—初中—高中—大学”四级联赛制度，以及“省长杯”“市长杯”青少年足球联赛，培育青少年足球人才。

2. 建立社会足球竞赛体系。以丰富群众体育文化娱乐生活、增强人们体质为目的，鼓励各地政府机关、企事业单位、社会团体组织开展各类足球竞赛活动。逐步建立以广大人民群众为主体，省、市、县三级十一人制、七人制、五人制及沙滩足球联赛制度，营造良好社会足球氛围。

3. 创建广东特色品牌赛事。积极申办国际重大赛事，努力培育国际品牌。继续办好“省港杯”“粤澳杯”“穗港澳青少年足球赛”等传统赛事，大力打造传统品牌。借鉴其他国家、地区举办足球赛事的成功经验，创新赛事组织方式，打造新型足球赛事品牌。

专栏 4

积极申办重大国际足球比赛，每年举办“省港杯”“粤澳杯”等传统赛事，打造新型足球赛事品牌。努力承办好中超等比赛，繁荣足球竞赛市场。建立健全高校、高中、初中、小学校园足球联赛，举办“省长杯”“市长杯”青少年足球联赛，培育青少年足球人才。建立省、市、县三级十一人制、七人制、五人制及沙滩足球联赛制度，丰富人民群众体育文化娱乐活动。

（七）培养专业人才

1. 建立新型足球专业人才培养模式。依托优质教育资源，引进社会力量参与，鼓励兴办文化教育与足球运动紧密结合的新型足球学校。支持具备条件的高等院校、体育职业技术院校、中等职业学校等建立足球学院或开设足球专业，充分发挥教育资源优势，培养多层次足球从业人员。

2. 大力发展足球从业人员队伍。加强教练员队伍建设，建立各地体育行政部门领导、足球协会负责的教练员分级培训制度，采取长期培训和短期培训、岗前培训与继续教育以及“请进来与走出去”相结合的多元培训方式，培养高素质教练人才。加强裁判员队伍建设，建立健全裁判员管理与培养体系，完善裁判员注册、培训、考核、选派和奖惩制度，制定裁判员道德准则和行为规范，不断提高裁判员的思想品质和裁判水平。建立社会足球指导员培训机制，拓宽培训渠道，提高社会足球指导员技能水平，探索设立社区足球指导员专门岗位。加大退役运动员职业技能培训力度，拓宽退役运动员发展空间，畅通退役运动员向教练员、裁判员、社会足球指导员、企事业单位和社会组织管理人员转岗就业的渠道。

3. 加快培养复合型产业人才。建立复合型足球专业人才培养机制，坚持以市场化为导向，以国际化为标准，依托高等院校等优质教育资源，重点探索经营管理、资本运作、研发设计、科研医疗、中介服务、营销推广等相关专业与足球专业紧密结合，建立各类人才培养标准、准入、注册管理等制度，提高我省足球产业运作水平。

专栏 5

依托优质教育资源，引进社会力量参与，鼓励兴办新型足球学校。支持高等院校、体育职业技术院校等建立足球学院或设立足球相关专业，加强全省各类体育人才培养。建立教练员分级培训制度，完善社会足球指导员培训培养机制。到 2025 年，全省各级各类持证教练员达 5 000 人以上，国家级裁判员不少于 40 人，一级裁判员达到 2 500 人以上，各级各类社会足球指导员培训达到 10 000 人以上。

（八）建设场地设施

1. 合理规划足球场地建设。将足球场地设施建设纳入城乡规划、土地利用总体规划和年度用地计划，充分利用国家有关体育设施建设和运营税费减免等方面优惠政策，因地制宜地完成好建设任务。到 2020 年，全省足球场地数量超过 6 500 块，其中新建足球场地 3 000 块，平均每万人拥有足球场地 0.6 块以上，有条件的地区达到 0.7 块以上。

2. 创新足球场地建设方式。充分整合体育中心、公园绿地、闲置厂房、校舍操场、社区空置场所等场地资源，拓展足球运动场所。加强对农村简易足球场地修缮改造，支持学校和有条件的城市社区改善设施水平。加大新建扩容力度，合理布局布点，在缺乏足球场地的中小学校、城市社区加快建设一批足球场地。

3. 加大足球场地开放利用力度。切实推动各级各类足球场地向社会开放。在确保正常教学秩序和校园安全的前提下，实现校园场地在课余时间向学生开放，向社会开放。政府投资兴建的足球场地在没有比赛训练任务的前提下，必须实现全年免费或低收费向社会开放。引导厂矿企业、机关事业单位等所属足球场地设施向社会开放。通过政府购买服务等方式，引导营利性场地设施为群众健身服务。鼓励职业俱乐部以适当形式开放场地，供训练、比赛和参观学习。明确各类足球场地开放条件和要求，加强日常维护，确保使用安全。

专栏 6

因地制宜，逐步完善校园足球场地设施，每个中小学足球特色学校均建有 1 块以上的足球场地，有条件的高等院校建有 1 块以上的标准足球场地，其他学校创造条件建设适宜的足球场地。每个地级以上市建有配备 1.5 万个座位以上的体育场；除少数山区以外，每个县级行政区域至少建有 2 个社会标准足球场；乡镇、有条件的街道、行政村、城市新建居住区建有 1 块 5 人制以上的足球场地。鼓励有条件的地级以上市及企业修建高标准、高规格的足球训练基地、足球场及青少年足球训练基地。建设完善省级足球场地设施。到 2020 年，全省足球场地数量超过 6 500 块，其中新建场地 3 000 块，达到平均每万人拥有足球场 0.6 块，有条件的地区达到每万人拥有 0.7 块。

（九）培育足球文化及产业

1. 建设广东足球文化。传承中华民族传统文化，坚持南派足球风格，树立健康、快乐、进取的足球理念，塑造广东足球文化形象。加强诚信体系建设，积极倡导尊重规则、尊重对手、尊重观众的行为规范，不断增强足球运动的集体荣誉感和民族自豪感。注重发挥新媒体作用和足球志愿者奉献、友爱、互助、进步的精神，努力培育文明参赛、文明观赛的良好氛围，使足球运动成为传播正能量的重要载体。

2. 大力发展足球产业。与教育、文化、旅游、传媒、地产、制造、会展等产业多向融合，加快足球产业发展。充分发挥全球第一运动的优势，深入挖掘无形资产；发展赛事服务、数据服务、培训服务等足球服务业；积极推动足球赛事运营、场馆运营、中介代理、健身娱乐、医疗康复、足球电子竞技、衍生品开发等服务市场；做强足球产品、服装、装备、器材制造等足球产品企业；加快足球与互联网融合发展，打造全产业链的运营模式。

3. 扶持一批足球重点企业。按照新兴产业标准打造以广东省足球协会联赛为主的赛事品牌联盟，以足球基地为主的运动公园，以足球品牌制造为主的产品企业，进一步推动互联网、旅游、文化、制造业等与足球的结合，壮大广东足球产业。

（十）促进开放交流

1. 加强国际交流与合作。实施“请进来、走出去”战略，通过竞赛、训练、培训等，加强与国际足球组织及专业机构、足球发达国家、世界著名职业足球俱乐部等的交流与合作，拓展国际视野，学习先进理念，吸收成熟经验，提高足球工作水平。

2. 加大人才培养与引进力度。每年分批分类选派教练员、经营管理人员到足球发达国家和地区学习培训；积极组织青少年队伍与足球先进国家和地区交流比赛；输送青少年人才到世界先进职业足球俱乐部锻炼发展；积极引进在专业人才培训、青少年培养、足球经营管理、国际足球交流等领域能力突出的各种专业人才。

3. 增强广东足球国际影响力。坚持传统、突破创新，进一步推动粤港澳台足球交流，扩大泛珠区域足球活动；积极建设国际足球活动品牌，通过办赛参赛向足球发达国家和地区学习；参与亚洲及国际足球活动，发挥广东足球影响力。

专栏 7

通过竞赛、训练、培训等，加强与国际足球组织及专业机构、足球发达国家、世界著名足球俱乐部等交流与合作。与欧美等足球发达国家职业俱乐部合作培训教练员和青少年运动员。与足球发达国家和地区足球协会、俱乐部建立合作交流机制。举办和参与高水平国际青少年比赛与训练营。与中国足球协会、亚足联、国际足联合作开展区域足球项目试点。

三、保障措施

（一）强化组织领导

省足球改革发展联席会议各成员单位要各司其职、密切配合，制定相关政策措施，加快推进各项工作的组织实施。各地要积极贯彻落实本规划，建立由政府牵头，相关行政部门、足球协会等参与的足球发展工作机制，加快制定本地区足球发展规划，大力推进组织实施。按照规划确定的发展目标、主要任务，制订年度实施方案，细化工作分工，明确工作责任，逐年逐项落实目标任务。

（二）强化政策保障

1. 财政和金融政策。完善公共财政对足球事业发展的投入机制，通过政府购买服务等多种方式加大支持足球运动发展的力度。各地要将足球改革发展所需经费列入本级财政预算。加大体育彩票公益金支持足球发展的力度，每年从省级体育彩票公益金中安排一定资金，用于支持青少年足球人才培养和足球公益活动。设立省足球发展基金会，作为非营利性法人，依法募捐、接受捐赠并资助足球公益活动。有条件的地级以上市可成立本市足球发展基金会，并参照运作。引导保险公司根据足球运动特点开发职业球员伤残保险、校园足球和社会足球人身意外伤害保险、足球场地设施财产保险等多样化的保险产品，鼓励企事业单位、学校、个人购买运动伤害类保险。

2. 规划和土地政策。鼓励新建居住区和社区配套建设足球场地，支持老城区与已建成居住区改造现有设施、增加足球活动空间。可利用有条件的公园绿地、城乡空置场所等设置足球场地。对单独成宗、依法应当有偿使用的新建足球场地设施项目用地，供地计划公布后只有一个意向用地者的，可采取协议方式供应。在其他项目中配套建设足球场地设施的，可将建设要求纳入供地条件。利用以划拨方式取得的存量房产和原有土地兴办足球场地设施，土地用途和使用权人可暂不变更，连续运营 1 年以上、符合《划拨用地目录》的，可以划拨方式办理用地手续；不符合的，可采取协议出让方式办理用地手续。严禁改变足球场地设施用地的土地用途，对于不符合城市规划擅自改变土地用途的，应由政府收回，重新安排使用。

3. 税费和价格政策。足球场馆自用的房产和土地，可按有关规定享受有关房产税和城镇土地使用税优惠。足球领域的社会组织，经认定取得非营利组织企业所得税免税优惠资格的，依法享受相关优惠政策。足球俱乐部及相关企业发生的符合条件的广告费支出，符合相关规定的可在税前扣除。鼓励企业和社会力量捐赠足球运动服装和器材装备，支持校园足球和社会足球发展，对符合税收法律法规规定条件的捐赠，按照相关规定在计算应纳税所得额时扣除。足球场地设施的水、电、气、热价格按不高于一般工业标准执行。

（三）强化示范推动

开展省足球试点单位工作，推动市、县两级足球改革发展。在全省设立试点城市、试点县（市、区），通过政策、技术、资金等专项支持和对接，先行发展一批与自身特色相结合、具备示范效应的足球重点单位，按照典型先行、试点推广、以点带面的原则，快速推动全省足球工作全面发展。

（四）强化监督考评

建立目标任务考核制度，实行规划、年度监督、中期评估和终期检查制度。建立健全动态调整机制，跟踪分析规划实施情况，为调整目标任务和制定政策措施提供依据，确保规划目标任务如期完成。省发展改革委、体育局、教育厅、足球协会等负责本规划的监督检查。

7. 广东省足球场地设施建设空间布局总体方案（2017—2020年）（粤体场中〔2018〕22号）

广东省体育局
广东省住房和城乡建设厅
广东省发展和改革委员会　文件
广东省教育厅
广东省财政厅
广东省国土资源厅

粤体场中〔2018〕22号

广东省体育局 广东省住房和城乡建设厅 广东省发展和改革委员会 广东省教育厅 广东省财政厅 广东省国土资源厅 关于印发《广东省足球场地设施建设空间布局总体方案（2017-2020年）》的通知

各地级以上市发展改革局（委）、教育局、财政局、国土资源局（委）、住房城乡建设局（委）、规划局（委）、体育行政部门：

为全面贯彻落实党的十九大精神，根据《中国足球改革发展总体方案》《广东省足球改革发展实施意见》和《广东省足球场地设施建设规划（2016—2020年）》要求，省体育、住房城乡建设、发展改革、教育、财政和国土资源等部门联合制定了《广东省足球场地设施建设空间布局总体方案（2017—2020年）》（以下简称《总体方案》）。现将《总体方案》印发给你们，请高度重视，统筹安排实施，具体工作要求如下。

一、加强组织领导。各地级以上市应根据省政府的统筹部署，尽快建立本市足球改革发展联席会议制度，明确部门职责分工，落实各层级建设任务，完善常态化协调机制，保障本市足球场地设施建设工作顺利推进。

二、做好规划和土地保障。各地级以上市应明确牵头部门，落实责任，在《总体方案》的基础上，进一步细化建设任务，组织编制本市足球场地设施建设实施计划，报送省体育局、省教育厅和省住房城乡建设厅。各级城乡规划部门应保障足球场地设施建设纳入各类城乡规划，优化规划审批和验收流程；国土资源部门应保障足球场地设施建设用地指标落实。

三、切实加大资金支持。一是将足球场地设施建设纳入本地区国民经济和社会发展规划，尽快建立和完善公共财政对足球场地设施建设的投入机制，加大本级财政的投入力度。二是研究出台政策鼓励企业、个人等社会资本参与投资建设、运营足球场地设施，推动政府和社会资本合作，采取公建民

— 2 —

营、民办公助、PPP 等方式，多渠道筹集资金。三是研究制定利用留归各级的体育彩票公益金加大对足球场地设施建设投入的具体措施，并加强监督管理，确保规范使用。四是积极组织申报国家、省的专项资金支持本市足球场地设施建设。

四、开展监督检查工作。请各市安排工作组或委托第三方机构，开展年度和规划期末的监督检查工作，对足球场地设施建设的项目实施情况及开放运营情况等进行持续跟踪，并将检查情况报送省足球改革发展联席会议办公室（省体育局）。省足球改革发展联席会议成员单位每年对各地市足球场地设施建设任务的落实情况进行核查，并将核查情况定期向省政府报告。

附件：广东省足球场地设施建设空间布局总体方案（2017—2020 年）

广东省体育局　　　　广东省住房和城乡建设厅

广东省发展和改革委员会　　　　广东省教育厅

广东省财政厅　　　　　　　　广东省国土资源厅

　　　　　　　　　　　　　　2018年5月25日

联系人及电话：

省体育局　黄旭泉　020-83837522

省教育厅　李　华　020-37626353

省住房城乡建设厅　苏智勇　020-83133653

附件

广东省足球场地设施建设空间布局总体方案（2017—2020 年）

2016 年 10 月 25 日中共中央、国务院印发的《“健康中国 2030”规划纲要》指出：健康是促进人的全面发展的必然要求，是经济社会发展的基础条件，是民族昌盛和国家富强的重要标志，也是广大人民群众的共同追求。足球作为一项世界性运动，不仅成为全球备受关注的竞技体育运动项目之一，更是展示国民体质、反映国民健康的一项标志。为更好贯彻落实《中国足球改革发展总体方案》文件精神，以及更好推动足球事业的健康发展，近年来国家密集发布了一系列关于体育运动、全民健身的政策和规划。其中，针对足球场地设施建设和足球改革发展的政策文件尤为瞩目，足球发展已经成为国家战略。另一方面，人民群众对休闲健身活动的需求呈现出爆发式增长，而相关设施的供给却明显落后于需求。在足球领域，人民日益增长的美好生活需要和不平衡不充分的发展之间的矛盾尤为突出。

世界足球强国的发展经验表明，一定数量且合理分布的足球场地设施是足球运动发展的基本保障。广东作为传统的足球大省，职业足球成绩位居全国前列，群众足球蓬勃发展，足球人口众多，社会各界参与热情高涨。在推进足球改革发展的关键时期，广东在足球场地设施建设方面应继续保持全国领先水平，加快推动广东足球事业改革发展，为全国提供经验借鉴。

为了有效落实国家、省关于全民健身及足球场地设施建设的政策与文件精神，推动广东足球场地设施建设和足球事业健康发展，根据广东足球改革发展联席会议第一次会议的部署，省相关部门联合组织编制了《广东省足球场地设施建设空间布局总体方案（2017—2020 年）》，对广东足球场地设施的发展目标、总体布局、建设规模、各市任务、设施体系、保障机制等方面做出了规划安排。

第一章　总　则

第一条　为全面贯彻党的十九大精神，以习近平新时代中国特色社会主义思想为指导，深入贯彻习近平总书记重要讲话精神，促进我省足球事业与城市健康发展的融合，满足城乡居民对足球运动日益增长的需求，结合省情和各城市足球场地设施发展建设基础，制定《广东省足球场地设施建设空间布局总体方案（2017—2020 年）》（以下简称《总体方案》）。

第二条　足球场地设施类型

（1）足球场地类型。包括 5 人制、7/8 人制和 11 人制足球场地三类。

（2）足球场地设施类型。包括足球训练基地、专业足球场、综合体育场（含 11 人制足球场地）、城市足球公园、社区足球场、校园足球场等多种类型。

（3）足球场地设施等级。根据设施的重要性和服务范围，足球场地设施可分为国家级、省级、市级、县区级和社区级。

第三条　规划层次与内容

（1）省域层面。明确全省各类足球场地设施建设规模、类型比例、设施体系、选址要求等，制定各地级以上市的建设任务，提出全省空间布局方案，并对珠三角、粤东西北等区域提出建设指引。

（2）地市层面。在全省统筹安排下，进一步明确各市建设任务，包括类型比例、设施体系、实施计划等，提出各市足球场地设施建设指引。

第四条　规划依据

（1）《中华人民共和国城乡规划法》（2015 修订）；

（2）《中国足球改革发展总体方案》；

（3）《中国足球中长期发展规划（2016—2050 年）》；

（4）《全国足球场地设施建设规划（2016—2020 年）》；

（5）《全民健身计划（2016—2020 年）》（国务院，2016 年）；

（6）《关于加强生态修复城市修补工作的指导意见》（住房和城乡建设部，2017 年 3 月）；

（7）住房和城乡建设部办公厅等关于做好足球场地设施布局规划建设的指导意见（建办规〔2017〕37 号）；

（8）教育部、国家体育总局关于推进学校体育场馆向社会开放的实施意见（教体艺〔2017〕1 号）；

（9）《广东足球改革发展实施意见》；

（10）《广东省足球中长期发展规划（2017—2050 年）》；

（11）《广东省足球场地设施建设规划（2016—2020 年）》；

（12）广东省人民政府关于加快发展体育产业促进体育消费的实施意见（粤府〔2015〕76 号）；

（13）《广东省国民经济和社会发展第十三个五年规划纲要》；

（14）《广东省城镇体系规划（2012—2020 年）》；

（15）《广东省土地利用总体规划（2006—2020 年）》；

（16）国家、省有关规划建设的标准及规范。

第五条　规划范围为以城市、城镇为重点，覆盖全省城乡范围。

第六条　规划期限为 2017—2020 年。

第七条　规划对象

以足球场地类型划分（见第二条）为基准，统筹布局社会足球场地、校园足球场地和专业足球场地。各市应根据《总体方案》组织编制城市足球场地设施实施方案，明确本市足球场地设施建设的规划目标、规划布局、设施体系、类型结构、实施保障等内容，并与《总体方案》充分衔接。

第二章　规划目标与原则

第一节　规划目标

第八条　总体目标

立足广东良好的足球发展基础，统筹整合场地设施资源，多种方式结合推进足球场地设施建设，全省形成规模庞大、结构合理、经济实用的足球场地设施体系，为广东建设足球强省、达到国际先进水平打下坚实的基础。总体目标为：

（1）实现全国领先的足球场地建设水平。至 2020 年，全省各类足球场地数量达到 8 577 块，现状改造 2 924 块，新建 2 203 块。其中新建 5 人制、7/8 人制和 11 人制足球场地分别为 811 块、1 161 块和 231 块，规划人均拥有场地数量达到 0.72 块 / 万人。

（2）构建合理的足球场地设施体系。全省及各市形成由足球训练基地、专业足球场、综合体育场、城市足球公园、社区足球场和校园足球场构成的足球场地设施体系，满足全民健身、职业足球以及校园足球发展的不同需求。

（3）推动城市健康发展。结合城市“双修”推动足球场地设施与城市功能协调发展，完善城市功能，提高城市品质，增强城市活力，推动城市健康发展。

（4）大力推进足球特色小镇建设。选取足球运动基础好的城镇或者结合足球训练基地建设打造若干足球特色小镇。适度建设一批具有区域乃至全国影响力的国家级、省级足球场地设施。

第九条　目标体系

通过九大类为指标，构建全省足球场地设施建设的目标体系。详见表 2–1。

表 2–1　全省足球场地设施规划目标体系

指标内容	现状（2017 年）		规划（2020 年）	
场地数量	6 374 块		8 577 块	
万人拥有场地数量	0.58 块 / 万人		0.72 块 / 万人	
开放共享率	47%		70%	
万人拥有场地数量≥ 0.5 城市数量	9		21	
体系结构	足球训练基地	2 个	足球训练基地	17 个
	专业足球场	无	专业足球场	5 座
	综合体育场	17 座	综合体育场	45 座
	城市足球公园	无	城市足球公园	52 个
	社区足球场	1 253 块	社区足球场	1 575 块
	校园足球场	4 930 块	校园足球场	6 013 块
类型结构（数量 / 占比）	5 人制	1 886 块（30%）	5 人制	2 697 块（31%）
	7/8 人制	2 507 块（39%）	7/8 人制	3 668 块（43%）
	11 人制	1 981 块（31%）	11 人制	2 212 块（26%）

续上表

指标内容	现状（2017 年）		规划（2020 年）	
足球特色小镇	无		3 个	
高等级足球场地设施	国家级	无	国家级	6 个
	省级	3 个	省级	5 个

备注：体系结构中校园足球场地和社会场地数量，各地市政府可根据实际再作相应调整。

第十条　阶段目标

（1）2018 年 6 月。各市编制完成足球场地设施建设实施方案，进一步明确新增、改建足球场地设施的数量、类型与位置，并初步开展部分足球场地设施改建和新建，适时开展大型足球场地设施规划选址建设的前期工作。

（2）2019 年底。各市依据实施方案全面开展足球场地设施建设，同时总结经验形成一套成熟的建设模式供各地推广复制，全省各类足球场地数量显著增长，初步形成合理的设施体系。

（3）2020 年底。全面完成新增及改造足球场地 5 127 块，万人拥有足球场地数量达到 0.72 块，形成完善的足球场地设施体系。

第二节　规划原则

第十一条　省级统筹，地市落地

按照“全省统筹、上下联动、地市实施”的思路全面推进，通过空间布局总体方案推动建设目标在全省范围内落地，凝聚全省力量高效高质完成建设任务。

第十二条　数量质量并举，完善体系

在新建增量的同时，加强现有场地设施品质提升，形成多样化的设施类型，构建全省及各市足球场地设施体系，满足不同人群的使用需求。

第十三条　区域平衡，突出示范

既要推动足球场地设施在全省及各市均衡布局，又要考虑市情差异进行重点发展，打造一批省级足球示范城市，带动全省足球场地设施建设工作顺利开展。

第十四条　多种方式结合，推动城市健康发展

结合“城市双修”，见缝插针建设社区足球场地设施。通过将足球场地设施建设与“城市双修”相结合，推动城市健康发展。

第十五条　市场参与，强化开放共享与运营管理

足球场地设施的建设应采取“政府主导、市场参与”的思路，合理制定规则凝聚社会力量，使民营资本更多地参与到足球场地设施建设和经营中来。通过出台政策加强各类足球场地设施的开放共享力度，保障其公益性，提高利用效率。

第三章　足球场地设施类型与选址原则

第十六条　足球训练基地

指主要面向职业比赛、青少年培训，能满足一定规模足球赛事活动、足球培训的综合性足球训练设施。可结合度假区、大型城市绿地等进行选址建设，并与旅游观光、文化休闲等功能融合发展，形成足球培训、比赛、观光、休闲、旅游等多种功能为一体的综合性足球发展平台。

第十七条　专业足球场

指专门用于举行足球比赛、不设田径跑道的足球场，主要面向高水平职业比赛。宜位于城市核心区外围或者城市新区，靠近交通枢纽，便于人流集散。

第十八条　综合体育场

指配有 11 人制足球场地、能够举行多种体育活动的体育场馆。宜结合城市总体布局在城市中心或新区中心进行选址建设，与文化、商业等功能协调发展，共同打造综合性城市中心；同时应靠近公共交通枢纽，便于人流疏散。

第十九条　城市足球公园

指面向全市足球爱好者，以足球运动为主题的城市公园。可结合各类城市公园、绿地等大型开放空间以及规划的体育用地选址建设。

第二十条　社区足球场

指分布在社区、供社区居民就近使用的足球场，多为 5 人制和 7/8 人制场地。对老城区与已建成居住区可通过改造现有设施、利用有条件的公园绿地、城乡空置场所等灵活设置。对新建居住区鼓励通过配建的形式设置。

第二十一条　校园足球场

指结合中小学、大专院校等各类学校建设的足球场。新建学校建设足球场时应考虑对外开放的需要合理布置校园足球场地。

第四章　全省足球场地设施空间总体布局

第二十二条　全省足球赛事系统构建

结合国内外建设经验与广东省内足球运动开展情况，在全省层面建设 9 级的联赛系统，构建广东足球“金字塔”。其中第 1 级为中超联赛、第 2 级为中甲联赛、第 3 级为中乙联赛、第 4 级为全国业余联赛（中丙）、第 5 级为省级联赛（珠三角、粤东、粤西、粤北四大赛区）、第 6 级为地级市联赛、第 7 级为城市地区联赛、第 8 级为县区联赛、第 9 级为乡镇联赛。

第二十三条　全省足球场地设施空间结构规划

构建全省“一区集聚、三片环绕、四心支撑”的省域足球场地设施结构体系。

一区集聚：指专业足球场、综合体育场等设施重点向粤港澳大湾区核心集聚，形成集聚效应支撑省域运动中心建设。

三片环绕：指粤东西北地区根据自身情况各具特色建设足球场地设施。

四心支撑：指省域足球运动中心、粤东足球运动中心、粤西足球运动中心和粤北足球运动中心。

第二十四条　全省足球场地设施体系规划

全省形成由足球训练基地、综合体育场、专业足球场、城市足球公园、社区足球场、校园足球场构成的省域足球设施体系，构建体系完整结构合理的足球场地设施支撑系统，满足社会对足球运动的多种需求。

第二十五条　全省足球训练基地布局

根据全省赛事体系构建要求与各地市足球运动发展情况，构建“6＋5＋6”的足球训练基地体系。建设6个国家级足球训练基地、5个省级足球训练基地、6个市级足球训练基地，共17个足球训练基地。

国家级：清远市2个，广州市、珠海市、湛江市和梅州市各1个。

省级：肇庆市、佛山市、中山市、深圳市和东莞市各1个。

市级：茂名市、云浮市、阳江市、江门市、惠州市和汕头市各1个。

第二十六条　全省综合体育场与专业足球场馆布局

（1）规划至2020年底全省1.5万座以上综合体育场（含11人制足球场地）达到45座，其中新建31座，各地级以上市至少拥有1座1.5万座以上综合体育场（含11人制足球场地）。

（2）规划至2020年底全省共建设五大专业足球场馆，推动广东职业足球发展，其中广州市、深圳市、清远市、肇庆市和梅州市各1座。

第二十七条　全省城市足球公园布局

至2020年底，全省共建城市足球公园52个，各地级以上市至少拥有1个城市足球公园，营造良好的足球氛围。

表4–1　全省城市足球公园区域分布一览表

地区	城市足球公园数量与比例	
	数量/个	比例
珠三角地区	22	42%
粤东地区	15	29%
粤西地区	13	25%
粤北地区	2	4%
共计	52	100%

第二十八条　校园足球特色学校建设

加强对现有全国青少年校园足球特色学校和试点县（区）足球场地设施的维护；参照认定标准在中小学中加大足球场地设施建设力度，力争更多学校达到认定标准，推动全省校园足球高水平发展。

第二十九条　分区域建设指引

（1）珠三角地区——充分利用足球场地设施数量和密度优势，打造全省足球运动中心。建设广州、珠海两大国家级足球训练基地；建设肇庆、佛山、中山、东莞、深圳五大省级足球基地；建设江门、惠州两大市级足球训练基地。建设广州、深圳、肇庆（在建）三大专业足球场。至规划期末珠三角地区共建 3 座专业足球场、9 个足球训练基地、24 座综合体育场（含 11 人制足球场地）、22 个城市足球公园。推动广东省首批足球试点镇麻涌镇建设足球特色小镇。

（2）粤东地区——以梅州为核心，通过专业足球场与国家级足球训练基地建设，打造粤东足球运动中心。建设梅州国家级足球训练基地以及汕头市级足球训练基地。结合职业俱乐部发展，推动专业足球场建设。加快推动河源、汕尾、汕头、揭阳、潮州建设 1.5 万座以上综合体育场（含 11 人制足球场地）。至规划期末粤东地区共建 1 座专业足球场、2 个足球训练基地、9 座综合体育场、15 个城市足球公园。推动梅州市五华县横陂镇建设足球特色小镇。

（3）粤西地区——以湛江为核心，推进湛江国家级训练基地建设，打造粤西足球运动中心。建设湛江国家级足球训练基地；建设茂名、阳江、云浮三大市级足球训练基地。加快推动茂名、云浮、阳江建设 1. 5 万座以上综合体育场（含 11 人制足球场地）。至规划期末粤西地区共建 4 个足球训练基地、5 座综合体育场、13 个城市足球公园。

（4）粤北地区——推动清远英德女足训练基地升级改造，结合恒大足球训练基地建设龙颈镇足球特色小镇，打造世界级青少年培训基地，打造粤北足球运动中心。推动清远、韶关建设 1.5 万座以上综合体育场（含 11 人制足球场地）。至规划期末粤北地区共建 1 座专业足球场、2 个足球训练基地、2 座综合体育场、2 个城市足球公园。

第五章　各市足球场地设施建设空间布局指引

第三十条　广州市足球场地设施建设指引

（1）建设目标

以国家首批足球发展试点城市和足球区县示范区（海珠区）建设为契机，加快推进全市足球场地设施建设，完善足球场地设施体系，加大开放共享力度，构建全国乃至全球领先的足球场地设施网络。

（2）建设任务

至 2020 年，广州市各类足球场地数量达到 1 277 块，万人拥有足球场地数量达到 0.78 块。更新改造各类足球场地设施 613 块；新建 200 块，其中校园足球场地和社会足球场地各 100 块。新建足球场地中 5 人制、7/8 人制、11 人制球场分别为 80 块、100 块、20 块，实际建设时可根据需要对足球场地类型进行调整，促进形成合理的足球场地设施类型结构。

（3）体系结构

基本形成由足球训练基地、专业足球场、综合体育场、城市足球公园、社区足球场、校园足球场构成的足球场地设施体系。建设国家级足球训练基地 1 个，新建专业足球场 1 座，改造更新综合体育场 5 座，新建城市足球公园 9 个，结合社区绿地、边角空间等见缝插针建设社区足球场，结合学校建设校园足球场，将海珠区打造为全国一流的足球区县示范区。

（4）足球场地设施分类建设指引

表 5–1　广州市足球场地设施分类建设指引

设施类型	建设指引
足球训练基地	结合大型城市绿地、度假区等集中建设 5 人、7/8 人、11 人制足球场地若干，满足本市足球训练、赛事活动以及青训等的需要。同时根据需要配备医疗、康体、文化等服务设施，促进文化、体育、旅游综合发展
专业足球场	结合广州南站选址建设专业足球场 1 座，提升广东专业足球场硬件水平，推动南站地区发展
综合体育场	改造提升省人民体育场、奥体中心、越秀山体育场、天河体育场、大学城体育中心五大综合体育场
城市足球公园	结合公园、绿地、河漫滩等开放空间，在南沙、番禺、白云、花都、海珠、黄埔、天河等区各建设 1 个城市足球公园，包含 5 人、7/8 人、11 人制足球场地
社区足球场	利用城市闲置空地、社区边角地、街头绿地、公园绿地单独或结合社区体育公园建设 5 人或 7/8 人制足球场，满足足球爱好者就近使用的需要

表 5–2　广州市足球场地设施建设一览表

现状场地数量 / 块	2020 年规划场地数量 / 块	2020 年规划万人指标 /（块·万人$^{-1}$）	规划新增数量 / 块	新增足球公园 / 个	新增足球训练基地 / 个	现状提升改造场地数量 / 块
1 077	1 277	0.78	200	9	1	613

表 5–3　广州市足球场地设施建设年度计划表

时间	新增建设场地 / 块	备注
2018 年	50	建设足球公园 9 个 建设足球训练基地 1 个
2019 年	80	
2020 年	70	

第三十一条　深圳市足球场地设施建设指引

（1）建设目标

以广东省首批足球发展试点城市建设为契机，加快推进全市足球场地设施建设，完善足球场地设施体系，加大开放共享力度。

（2）建设任务

至 2020 年，深圳市各类足球场地数量达到 902 块，万人拥有足球场地数量达到 0.60 块。更新改造 269 块；新建 310 块，其中校园足球场地和社会足球场地分别为 54 块和 256 块。新建足球场地中 5 人制、7/8 人制、11 人制球场分别为 120 块、160 块、30 块，实际建设时可根据需要对足球场地类型进行调整，促进形成合理的足球场地设施类型结构。

（3）体系结构

基本形成由足球训练基地、专业足球场、综合体育场、城市足球公园、社区足球场、校园足球场构成的足球场地设施体系。建设省级足球训练基地 1 个，新建专业足球场 1 座，改造更新综合体育场 4 座，新建城市足球公园 1 个，结合社区绿地、边角空间等见缝插针建设社区足球场。

（4）足球场地设施分类建设指引

表 5–4　深圳市足球场地设施分类建设指引

设施类型	建设指引
足球训练基地	结合大型城市绿地、度假区等集中建设 5 人、7/8 人、11 人制足球场地若干，满足本市足球训练、赛事活动以及青训等的需要。同时根据需要配备医疗、康体、文化等服务设施，促进文化、体育、旅游综合发展
专业足球场	在深圳前海新区新建 1 座专业足球比赛场馆，提升广东专业足球场硬件水平
综合体育场	改造提升华润深圳湾体育中心体育场、深圳市宝安区体育中心体育场、深圳体育中心体育场、大运中心体育场等综合体育场，满足高水平赛事要求
城市足球公园	结合公园、绿地、河漫滩等开放空间建设足球公园，包含 5 人、7/8 人、11 人制足球场地，便于开展各类足球活动，提升足球氛围
社区足球场	利用城市闲置空地、社区边角地、街头绿地、公园绿地单独或结合社区体育公园建设 5 人或 7/8 人制足球场地，满足足球爱好者就近使用的需要

表 5–5　深圳市足球场地设施建设一览表

现状场地数量 / 块	2020 年规划场地数量 / 块	2020 年规划万人指标 /（块·万人 $^{-1}$）	规划新增数量 / 块	新增足球公园 / 个	新增足球训练基地 / 个	现状提升改造场地数量 / 块
592	902	0.6	310	1	1	269

表 5–6　深圳市足球场地设施建设年度计划表

时间	新增建设场地 / 块	备注
2018 年	60	建设足球公园 1 个 建设足球训练基地 1 个
2019 年	80	
2020 年	170	

第三十二条　珠海市足球场地设施建设指引

（1）建设目标

以广东省首批足球发展试点城市建设为契机，加快推进全市足球场地设施建设，完善足球场地设施体系，加大开放共享力度。

（2）建设任务

至 2020 年，珠海市各类足球场地数量达到 177 块，万人拥有足球场地数量达到 1.01 块。更新改造 86 块；新建 10 块，其中校园足球场地和社会足球场地分别为 4 块和 6 块。新建足球场地中 5 人制、7/8 人制、11 人制球场分别为 4 块、5 块、1 块，实际建设时可根据需要对足球场地类型进行调整，促进形成合理的足球场地设施类型结构。

（3）体系结构

基本形成由足球训练基地、综合体育场、城市足球公园、社区足球场、校园足球场构成的足球场地设施体系。建设国家级足球训练基地 1 个，改造更新综合体育场 1 座，新建城市足球公园 1 个，结合社区绿地、边角空间等建设社区足球场。

（4）足球场地设施分类建设指引

表 5–7　珠海市足球场地设施分类建设指引

设施类型	建设指引
足球训练基地	新建足球训练基地 1 个，位于高栏港区平沙镇，计划新建为国家级南方足球训练基地，并作为珠海市省级足球试点城市重点建设项目，建设标准足球场与小型足球场若干，满足专业球队训练比赛、赛事活动以及青训等需要，配备医疗、酒店、健身等设施
综合体育场	加大对珠海市体育中心体育场和副场进行改造升级，满足国际 A 级赛事的要求
城市足球公园	结合滨水、沙滩、绿道、绿地等开放空间，建设 1 个足球公园，包含 5 人、7/8 人、11 人制足球场地，便于开展各类足球活动，提升足球氛围
社区足球场	利用城市闲置空地、社区边角地、街头绿地、公园绿地单独或结合社区体育公园建设 5 人或 7/8 人制足球场地，满足足球爱好者就近使用的需要

表 5–8　珠海市足球场地设施建设一览表

现状场地数量 / 块	2020 年规划场地数量 / 块	2020 年规划万人指标 /（块·万人$^{-1}$）	规划新增数量 / 块	新增足球公园 / 个	新增足球训练基地 / 个	现状提升改造场地数量 / 块
167	177	1.01	10	1	1	86

表 5–9　珠海市足球场地设施建设年度计划表

时间	新增建设场地 / 块	备注
2018 年	3	建设足球公园 1 个 建设足球训练基地 1 个
2019 年	3	
2020 年	4	

第三十三条　汕头市足球场地设施建设指引

（1）建设目标

以全省推动足球场地设施建设为契机，加快推进本市足球场地设施建设，完善足球场地设施体系，加大开放共享力度。

（2）建设任务

至 2020 年，汕头市各类足球场地数量达到 329 块，万人拥有足球场地数量达到 0.56 块。更新改造 38 块；新建 221 块，其中校园足球场地和社会足球场地分别为 76 块和 145 块。新建足球场地中 5 人制、7/8 人制、11 人制球场分别为 80 块、120 块、21 块，实际建设时可根据需要对足球场地类型进行调整，促进形成合理的足球场地设施类型结构。

（3）体系结构

基本形成由足球训练基地、综合体育场、城市足球公园、社区足球场、校园足球场构成的足球场地设施体系。建设市级足球训练基地 1 个，新建 1.5 万座以上综合体育场（含 11 人制足球场地）1 座，新建城市足球公园 7 个，结合社区绿地、边角空间等见缝插针建设社区足球场。

（4）足球场地设施分类建设指引

表 5-10　汕头市足球场地设施分类建设指引

设施类型	建设指引
足球训练基地	结合大型城市绿地、度假区等集中建设 5 人、7/8 人、11 人制足球场地若干，满足本市足球训练、赛事活动以及青训等的需要。同时根据需要配备医疗、康体、文化等服务设施，促进文化、体育、旅游综合发展
综合体育场	新建 1 座 1.5 万座以上综合体育场（含 11 人制足球场地），满足高水平赛事要求
城市足球公园	结合公园、绿地、河漫滩等开放空间，建设 7 个足球公园，包含 5 人、7/8 人、11 人制足球场地，便于开展各类足球活动，提升足球氛围
社区足球场	利用城市闲置空地、社区边角地、街头绿地、公园绿地单独或结合社区体育公园建设 5 人或 7/8 人制足球场地，满足足球爱好者就近使用的需要

表 5-11　汕头市足球场地设施建设一览表

现状场地数量 / 块	2020 年规划场地数量 / 块	2020 年规划万人指标 /（块·万人$^{-1}$）	规划新增数量 / 块	新增足球公园 / 个	新增足球训练基地 / 个	现状提升改造场地数量 / 块
108	329	0.56	221	7	1	38

表 5-12　汕头市足球场地设施建设年度计划表

时间	新增建设场地 / 块	备注
2018 年	50	建设足球公园 7 个 建设足球训练基地 1 个
2019 年	85	
2020 年	86	

第三十四条　佛山市足球场地设施建设指引

（1）建设目标

以广东省首批足球发展试点城市建设为契机，加快推进全市足球场地设施建设，完善足球场地设施体系，加大开放共享力度。

（2）建设任务

至 2020 年，佛山市各类足球场地数量达到 830 块，万人拥有足球场地数量达到 1.09 块。更新改造 228 块；新建 20 块，其中校园足球场地和社会足球场地分别为 12 块和 8 块。新建足球场地中 5 人制、7/8 人制、11 人制球场分别为 8 块、10 块、2 块，实际建设时可根据需要对足球场地类型进行调整，促进形成合理的足球场地设施类型结构。

（3）体系结构

基本形成由足球训练基地、综合体育场、城市足球公园、社区足球场、校园足球场构成足球场地设施体系。建设省级足球训练基地 1 个，改造更新综合体育场 2 座，新建城市足球公园 1 个，结合社区绿地、边角空间等见缝插针建设社区足球场。

（4）足球场地设施分类建设指引

表 5–13　佛山市足球场地设施分类建设指引

设施类型	建设指引
足球训练基地	结合大型城市绿地、度假区等集中建设 5 人、7/8 人、11 人制足球场地若干，满足本市足球训练、赛事活动以及青训等的需要。同时根据需要配备医疗、康体、文化等服务设施，促进文化、体育、旅游综合发展
综合体育场	改造提升世纪莲体育场、三水人民体育场两座大型综合性体育场，满足高水平赛事要求
城市足球公园	结合公园、绿地、河漫滩等开放空间，建设 1 个足球公园，包含 5 人、7/8 人、11 人制足球场地，便于开展各类足球活动，提升足球氛围
社区足球场	利用城市闲置空地、社区边角地、街头绿地、公园绿地单独或结合社区体育公园建设 5 人或 7/8 人制足球场地，满足足球爱好者就近使用的需要

表 5–14　佛山市足球场地设施建设一览表

现状场地数量 / 块	2020 年规划场地数量 / 块	2020 年规划万人指标 /（块·万人$^{-1}$）	规划新增数量 / 块	新增足球公园 / 个	新增足球训练基地 / 个	现状提升改造场地数量 / 块
810	830	1.09	20	1	1	228

表 5–15　佛山市足球场地设施建设年度计划表

时间	新增建设场地 / 块	备注
2018 年	8	建设足球公园 1 个 建设足球训练基地 1 个
2019 年	7	
2020 年	5	

第三十五条　韶关市足球场地设施建设指引

（1）建设目标

以打造“户外运动天堂”“百县足球赛”为契机，加快推进足球场地设施建设，完善足球场地设施体系，加大开放共享力度。

（2）建设任务

至 2020 年，韶关市各类足球场地数量达到 153 块，万人拥有足球场地数量达到 0.50 块。更新改造 19 块；新建 58 块，其中校园足球场地和社会足球场地分别为 38 块和 20 块。新建足球场地中 5 人制、7/8 人制、11 人制球场分别为 20 块、30 块、8 块，实际建设时可根据需要对足球场地类型进行调整，促进形成合理的足球场地设施类型结构。

（3）体系结构

基本形成由综合体育场、城市足球公园、社区足球场、校园足球场构成的场地设施体系。改造更新综合体育场 2 座，新建城市足球公园 1 个，结合绿地、边角空间等建设社区足球场。

（4）足球场地设施分类建设指引

表 5–16　韶关市足球场地设施分类建设指引

设施类型	建设指引
综合体育场	改造提升西河体育中心、新丰体育运动场等综合体育场，满足高水平赛事要求
城市足球公园	结合公园、绿地、河漫滩等开放空间，在曲江区建设 1 个足球公园，包含 5 人、7/8 人、11 人制足球场地，便于开展足球活动，提升足球氛围
校园足球场	充分利用各类学校建设校园足球场，并创造条件向社会开放
社区足球场	利用城市闲置空地、社区边角地、街头绿地、公园绿地单独或结合社区体育公园建设 5 人或 7/8 人制足球场地，满足足球爱好者就近使用的需要

表 5–17　韶关市足球场地设施建设一览表

现状场地数量 / 块	2020 年规划场地数量 / 块	2020 年规划万人指标 /（块·万人 $^{-1}$）	规划新增数量 / 块	新增足球公园 / 个	新增足球训练基地 / 个	现状提升改造场地数量 / 块
95	153	0.50	58	1	0	19

表 5–18　韶关市足球场地设施建设年度计划表

时间	新增建设场地 / 块	备注
2018 年	15	建设足球公园 1 个
2019 年	23	
2020 年	20	

第三十六条　河源市足球场地设施建设指引

（1）建设目标

以全省推动足球场地设施建设为契机，加快推进全市足球场地设施建设，完善足球场地设施体系，加大开放共享力度。

（2）建设任务

至 2020 年，河源市各类足球场地数量达到 224 块，万人拥有足球场地数量达到 0.70 块。更新改造 26 块；新建 61 块，其中校园足球场地和社会足球场地分别为 38 块和 23 块。新建足球场地中 5 人制、7/8 人制、11 人 制球场分别为 20 块、35 块、6 块，实际建设时可根据需要对足球场地类型进行调整，促进形成合理的足球场地设施类型结构。

（3）体系结构

基本形成由综合体育场、城市足球公园、社区足球场、校园足球场构成足球场地设施体系。新建 1.5 万座以上综合体育场（含 11 人制足球场地）1 座。结合大型城市绿地、绿道、滨水开放空间建设面向全市的城市足球公园 1 个。

（4）足球场地设施分类建设指引

表 5–19　河源市足球场地设施分类建设指引

设施类型	建设指引
综合体育场	新建 1 座 1.5 万座以上综合体育场（含 11 人制足球场地），满足高水平足球赛事要求
城市足球公园	结合公园、绿地、河漫滩等开放空间，建设足球公园 1 个，便于开展各类足球活动，提升足球氛围
社区足球场	利用城市闲置空地、社区边角地，街头绿地、公园绿地单独或结合社区体育公园建设 5 人或 7/8 人制足球场地，满足足球爱好者就近使用的需要

表 5–20　河源市足球场地设施建设一览表

现状场地数量 / 块	2020 年规划场地数量 / 块	2020 年规划万人指标 /（块·万人$^{-1}$）	规划新增数量 / 块	新增足球公园 / 个	新增足球训练基地 / 个	现状提升改造场地数量 / 块
163	224	0.7	61	1	1	26

表 5–21　河源市足球场地设施建设年度计划表

时间	新增建设场地 / 块	备注
2018 年	15	建设足球公园 1 个
2019 年	25	
2020 年	21	

第三十七条　梅州市足球场地设施建设指引

（1）建设目标

以广东省首批足球发展试点城市建设为契机，加快推进全市足球场地设施建设，完善足球场地设施体系，加大开放共享力度。

（2）建设任务

至 2020 年，梅州市各类足球场地数量达到 1 000 块，万人拥有足球场地数量达到 2.13 块。更新改造 252 块；新建 303 块，其中校园足球场地和社会足球场地分别为 183 块和 120 块。新建足球场地中 5 人制、7/8 人制、11 人制球场分别为 120 块、150 块、33 块，实际建设时可根据需要对足球场地类型进行调整，促进形成合理的足球场地设施类型结构。

（3）结构体系

基本形成由综合体育场、城市足球公园、社区足球场、校园足球场构成的足球场地设施体系。建设国家级足球训练基地 1 个，新建专业足球场 1 座，改造提升综合体育场 3 座，分别为梅县曾宪梓体育场、梅县人民体育场、梅州五华体育场。建设面向全市的城市足球公园 4 个。

（4）足球场地设施分类建设指引

表 5-22 梅州市足球场地设施分类建设指引

设施类型	建设指引
足球训练基地	结合大型城市绿地、度假区等集中建设 5 人、7/8 人、11 人制足球场地若干，满足本市足球训练、赛事活动以及青训等的需要。同时根据需要配备医疗、康体、文化等服务设施，促进文化、体育、旅游综合发展
综合体育场	改造提升梅县曾宪梓体育场、梅县人民体育场、梅州五华体育场，满足高水平足球赛事要求
专业足球场	梅县区南口镇拟建 1 座专业足球场，提升职业足球发展硬件水平
城市足球公园	结合公园、绿地、河漫滩等开放空间，建设足球公园 4 个，便于开展各类足球活动，提升足球氛围
社区足球场	利用城市闲置空地、社区边角地、街头绿地、公园绿地单独或结合社区体育公园建设 5 人或 7/8 人制足球场地，满足足球爱好者就近使用的需要

表 5-23 梅州市足球场地设施建设一览表

现状场地数量 / 块	2020 年规划场地数量 / 块	2020 年规划万人指标 /（块·万人$^{-1}$）	规划新增数量 / 块	新增足球公园 / 个	新增足球训练基地 / 个	现状提升改造场地数量 / 块
697	1 000	2.13	303	4	1	252

表 5- 24 梅州市足球场地设施建设年度计划表

时间	新增建设场地 / 块	备注
2018 年	76	建设足球公园 1 个 建设足球训练基地 1 个
2019 年	117	
2020 年	110	

第三十八条 惠州市足球场地设施建设指引

（1）建设目标

以广东省首批足球发展试点城市建设为契机，加快推进全市足球场地设施建设，完善足球场地设施体系，加大开放共享力度。

（2）建设任务

至 2020 年，惠州市各类足球场地数量达到 246 块，万人拥有足球场地数量达到 0.50 块。更新改造 90 块；新建 66 块，其中校园足球场地和社会足球场地分别为 26 块和 40 块。新建足球场地中 5 人制、7/8 人制、11 人制球场分别为 20 块、40 块、6 块，实际建设时可根据需要对足球场地类型进行调整，促进形成合理的足球场地设施类型结构。

（3）体系结构

基本形成由足球训练基地、综合体育场、城市足球公园、社区足球场、校园足球场构成的足球场地设施体系。建设市级足球训练基地 1 个，改造更新综合体育场 2 座，新建城市足球公园 3 个，结合社区绿地、边角空间等见缝插针建设社区足球场。

（4）足球场地设施分类建设指引

表 5-25　惠州市足球场地设施分类建设指引

设施类型	建设指引
足球训练基地	结合大型城市绿地、度假区等集中建设 5 人、7/8 人、11 人制足球场地若干，满足本市足球训练、赛事活动以及青训等的需要。同时根据需要配备医疗、康体、文化等服务设施，促进文化、体育、旅游综合发展
综合体育场	改造提升惠州市奥体中心体育场、博罗体育中心，满足高水平赛事要求
城市足球公园	结合公园、绿地、河漫滩等开放空间，建设 3 个足球公园，包含 5 人、7/8 人，11 人制足球场地，便于开展各类足球活动，提升足球氛围
社区足球场	利用城市闲置空地、社区边角地、街头绿地、公园绿地单独或结合社区体育公园建设 5 人或 7/8 人制足球场地，满足足球爱好者就近使用的需要

表 5-26　惠州市足球场地设施建设一览表

现状场地数量 / 块	2020 年规划场地数量 / 块	2020 年规划万人指标 /（块·万人 $^{-1}$）	规划新增数量 / 块	新增足球公园 / 个	新增足球训练基地 / 个	现状提升改造场地数量 / 块
180	246	0.50	66	3	1	90

表 5-27　惠州市足球场地设施建设年度计划表

时间	新增建设场地 / 块	备注
2018 年	20	建设足球公园 1 个 建设足球训练基地 1 个
2019 年	20	
2020 年	26	

第三十九条　汕尾市足球场地设施建设指引

（1）建设目标

以全省推动足球场地设施建设为契机，加快推进全市足球场地设施建设，完善足球场地设施体系，加大开放共享力度。

（2）建设任务

至 2020 年，汕尾市各类足球场地数量达到 157 块，万人拥有足球场地数量达到 0.50 块。更新改造 11 块；新建 73 块，其中校园足球场地和社会足球场地分别为 40 块和 33 块。新建足球场地中 5 人制、7/8 人制、11 人制球场分别为 30 块、40 块、3 块，实际建设时可根据需要对足球场地类型进行调整，促进形成合理的足球场地设施类型结构。

（3）体系结构

基本形成由综合体育场、城市足球公园、社区足球场、校园足球场构成的足球场地设施体系。新建 1.5 万座以上综合体育场 1 座。结合大型城市绿地、绿道、滨水开放空间建设面向全市的城市足球公园 1 个。

（4）足球场地设施分类建设指引

表 5–28 汕尾市足球场地设施分类建设指引

设施类型	建设指引
综合体育场	新建 1 座 1.5 万座以上综合体育场（含 11 人制足球场地），满足高水平赛事要求
城市足球公园	结合公园、绿地、河漫滩等开放空间，建设足球公园 1 个，便于开展各类足球活动，提升足球氛围
社区足球场	利用城市闲置空地、社区边角地、街头绿地、公园绿地单独或结合社区体育公园建设 5 人或 7/8 人制足球场地，满足足球爱好者就近使用的需要

表 5–29 汕尾市足球场地设施建设一览表

现状场地数量 / 块	2020 年规划场地数量 / 块	2020 年规划万人指标 /（块·万人$^{-1}$）	规划新增数量 / 块	新增足球公园 / 个	新增足球训练基地 / 个	现状提升改造场地数量 / 块
84	157	0.50	73	3	1	11

表 5–30 汕尾市足球场地设施建设年度计划表

时间	新增建设场地 / 块	备注
2018 年	7	建设足球公园 1 个 建设足球训练基地 1 个
2019 年	33	
2020 年	33	

第四十条 东莞市足球场地设施建设指引

（1）建设目标

加快推进全市足球场地设施建设，完善足球场地设施体系，加大开放共享力度，推动麻涌足球试点镇发展建设。

（2）建设任务

至 2020 年，东莞市各类足球场地数量达到 424 块，万人拥有足球场地数量达到 0.50 块。更新改造 193 块；新建 93 块，其中 5 人制、7/8 人制、11 人制球场分别为 30 块、50 块、13 块，校园足球场地和社会足球场地分别为 46 块和 47 块。可根据实际需要对足球场地类型进行调整，促进形成合理的足球场地设施类型结构。

（3）体系结构

基本形成由足球训练基地、综合体育场、城市足球公园、社区足球场、校园足球场构成的足球场地设施体系。建设省级足球训练基地 1 个，新建综合体育场（含 11 人制足球场地）3 座，新建城市足球公园 3 个，结合社区绿地、边角空间等见缝插针建设社区足球场。

（4）足球场地设施分类建设指引

表 5–31 东莞市足球场地设施分类建设指引

设施类型	建设指引
足球训练基地	结合大型城市绿地、度假区等集中建设 5 人、7/8 人、11 人制足球场地若干，满足本市足球训练、赛事活动以及青训等的需要。同时根据需要配备医疗、康体、文化等服务设施，促进文化、体育、旅游综合发展
综合体育场	新建综合体育场（含 11 人制足球场地）3 座，分别位于水乡新城、长安新区、常平镇区，满足高水平赛事要求
城市足球公园	结合公园、绿地、河漫滩等开放空间，建设 3 个足球公园，包含 5 人、7/8 人、11 人制足球场地，便于开展各类足球活动，提升足球氛围
社区足球场	利用城市闲置空地、社区边角地、街头绿地、公园绿地单独或结合社区体育公园建设 5 人或 7/8 人制足球场地，满足足球爱好者就近使用的需要

表 5–32 东莞市足球场地设施建设一览表

现状场地数量 / 块	2020 年规划场地数量 / 块	2020 年规划万人指标 /（块 · 万人 $^{-1}$）	规划新增数量 / 块	新增足球公园 / 个	新增足球训练基地 / 个	现状提升改造场地数量 / 块
331	424	0.50	93	3	1	193

表 5–33 东莞市足球场地设施建设年度计划表

时间	新增建设场地 / 块	备注
2018 年	23	建设足球公园 1 个 建设足球训练基地 1 个
2019 年	40	
2020 年	30	

第四十一条　中山市足球场地设施建设指引

（1）建设目标

以广东省首批足球发展试点城市为契机，加快推进全市足球场地设施建设，完善足球场地设施体系，加大开放共享力度。

（2）建设任务

至 2020 年，中山市各类足球场地数量达到 303 块，万人拥有足球场地数量达到 0.83 块。更新改造 185 块；新建 35 块，其中校园足球场地和社会足球场地分别为 20 块和 15 块。新建足球场地中 5 人制、7/8 人制、11 人制球场分别为 12 块、20 块、3 块，实际建设时可根据需要对足球场地类型进行调整，促进形成合理的足球场地设施类型结构。

（3）体系结构

基本形成由足球训练基地、综合体育场、城市足球公园、社区足球场、校园足球场构成的足球场地设施体系。建设省级足球训练基地 1 个，改造提升综合体育场 1 座，新建城市足球公园 2 个，结合社区绿地、边角空间等见缝插针建设社区足球场。

（4）足球场地设施分类建设指引

表 5-34　中山市足球场地设施分类建设指引

设施类型	建设指引
足球训练基地	结合大型城市绿地、度假区等集中建设 5 人、7/8 人、11 人制足球场地若干，满足本市足球训练、赛事活动以及青训等的需要。同时根据需要配备医疗、康体、文化等服务设施，促进文化、体育、旅游综合发展
综合体育场	改造提升中山市体育场，满足高水平赛事要求
城市足球公园	结合公园、绿地、河漫滩等开放空间，规划建设 2 个足球公园，包含 5 人、7/8 人、11 人制足球场地，便于开展各类足球活动，提升足球氛围
社区足球场	利用城市闲置空地、社区边角地、街头绿地、公园绿地单独或结合社区体育公园建设 5 人或 7/8 人制足球场地，满足足球爱好者就近使用的需要

表 5-35　中山市足球场地设施建设一览表

现状场地数量 / 块	2020 年规划场地数量 / 块	2020 年规划万人指标 /（块·万人$^{-1}$）	规划新增数量 / 块	新增足球公园 / 个	新增足球训练基地 / 个	现状提升改造场地数量 / 块
268	303	0.83	35	2	1	185

表 5-36　中山市足球场地设施建设年度计划表

时间	新增建设场地 / 块	备注
2018 年	10	建设足球公园 1 个 建设足球训练基地 1 个
2019 年	10	
2020 年	15	

第四十二条　江门市足球场地设施建设指引

（1）建设目标

以创建“国家青少年足球培训试点城市”为契机，加快推进全市足球场地设施建设，完善足球场地设施体系，加大开放共享力度。

（2）建设任务

至 2020 年，江门市各类足球场地数量达到 230 块，万人拥有足球场地数量达到 0. 50 块。更新改造 78 块；新建 13 块，其中校园足球场地和社会足球场地分别为 9 块和 4 块。新建足球场地中 5 人制、7/8 人制、11 人制足球场地分别为 6 块、6 块和 1 块，实际建设时可根据需要对足球场地类型进行调整，促进形成合理的足球场地设施类型结构。

（3）体系结构

基本形成由足球训练基地、综合体育场、城市足球公园、社区足球场、校园足球场构成的足球场地设施体系。建设市级足球训练基地 1 个，改造更新综合体育场 2 座，新建城市足球公园 1 个，结合社区绿地、边角空间等见缝插针建设社区足球场。

（4）足球场地设施分类建设指引

表 5-37　江门市足球场地设施分类建设指引

设施类型	建设指引
足球训练基地	结合大型城市绿地、度假区等集中建设 5 人、7/8 人、11 人制足球场地若干，满足本市足球训练、赛事活动以及青训等的需要。同时根据需要配备医疗、康体、文化等服务设施，促进文化、体育、旅游综合发展
综合体育场	改造提升北门体育场、鹤山足球场，满足高水平赛事要求
城市足球公园	结合公园、绿地、河漫滩等开放空间，在江海区建设 1 个城市足球公园，包含 5 人、7/8 人、11 人制足球场地，便于开展足球活动，提升足球氛围
社区足球场	利用城市闲置空地、社区边角地、街头绿地、公园绿地单独或结合社区体育公园建设 5 人或 7/8 人制足球场地，满足足球爱好者就近使用的需要

表 5-38　江门市足球场地设施建设一览表

现状场地数量 / 块	2020 年规划场地数量 / 块	2020 年规划万人指标 /（块·万人$^{-1}$）	规划新增数量 / 块	新增足球公园 / 个	新增足球训练基地 / 个	现状提升改造场地数量 / 块
217	230	0.50	13	1	1	78

表 5-39　江门市足球场地设施建设年度计划表

时间	新增建设场地 / 块	备注
2018 年	5	建设足球公园 1 个 建设足球训练基地 1 个
2019 年	3	
2020 年	5	

第四十三条　阳江市足球场地设施建设指引

（1）建设目标

以全省推动足球场地设施建设为契机，推进全市足球场地设施建设，完善足球场地设施体系，加大开放共享力度。

（2）建设任务

至 2020 年，阳江市各类足球场地数量达到 130 块，万人拥有足球场地数量达到 0.50 块。更新改造 46 块；新建 30 块，其中校园足球场地和社会足球场地分别为 17 块和 13 块。新建足球场地中 5 人制、7/8 人制、11 人制球场分别为 10 块、15 块、5 块，实际建设时可根据需要对足球场地类型进行调整，促进形成合理的足球场地设施类型结构。

（3）体系结构

基本形成由足球训练基地、综合体育场、城市足球公园、社区足球场、校园足球场构成的足球场地设施体系。建设市级足球训练基地 1 个，新建 1.5 万座以上综合体育场（含 11 人制足球场地）1 座，新建城市足球公园 1 个，结合社区绿地、边角空间等见缝插针建设社区足球场。

（4）足球场地设施分类建设指引

表 5-40　阳江市足球场地设施分类建设指引

设施类型	建设指引
足球训练基地	结合大型城市绿地、度假区等集中建设 5 人、7/8 人、11 人制足球场地若干，满足本市足球训练、赛事活动以及青训等的需要。同时根据需要配备医疗、康体、文化等服务设施，促进文化、体育、旅游综合发展
综合体育场	新建 1 座 1.5 万座以上综合体育场（含 11 人制足球场地），满足高水平赛事要求
城市足球公园	结合公园、绿地、河漫滩等开放空间，在江城区建设 1 个城市足球公园，包含 5 人、7/8 人、11 人制足球场地，便于开展足球活动，提升足球氛围
社区足球场	利用城市闲置空地、社区边角地、街头绿地、公园绿地单独或结合社区体育公园建设 5 人或 7/8 人制足球场地，满足足球爱好者就近使用的需要

表 5-41　阳江市足球场地设施建设一览表

现状场地数量 / 块	2020 年规划场地数量 / 块	2020 年规划万人指标 /（块·万人$^{-1}$）	规划新增数量 / 块	新增足球公园 / 个	新增足球训练基地 / 个	现状提升改造场地数量 / 块
100	130	0.50	30	1	1	46

表 5-42　阳江市足球场地设施建设年度计划表

时间	新增建设场地 / 块	备注
2018 年	7	建设足球公园 1 个 建设足球训练基地 1 个
2019 年	13	
2020 年	10	

第四十四条　湛江市足球场地设施建设指引

（1）建设目标

以广东省首批足球发展试点城市为契机，加快推进全市足球场地设施建设，完善足球场地设施体系，加大开放共享力度，打造广东“足球之乡”。

（2）建设任务

至 2020 年，湛江市各类足球场地数量达到 673 块，万人拥有足球场地数量达到 0.89 块。更新改造 408 块；新建 196 块，其中校园足球场地和社会足球场地分别为 120 块和 76 块。新建足球场地中 5 人制、7/8 人制、11 人制足球场地分别为 70 块、100 块、26 块，实际建设时可根据需要对足球场地类型进行调整，促进形成合理的足球场地设施类型结构。

（3）体系结构

基本形成由足球训练基地、综合体育场、城市足球公园、社区足球场、校园足球场构成的足球场地设施体系。建设国家级足球训练基地 1 个，改造更新综合体育场 3 座，新建城市足球公园 9 个，结合社区绿地、边角空间等见缝插针建设社区足球场。

（4）足球场地设施分类建设指引

表 5-43　湛江市足球场地设施分类建设指引

设施类型	建设指引
足球训练基地	结合大型城市绿地、度假区等集中建设 5 人、7/8 人、11 人制足球场地若干，满足本市足球训练、赛事活动以及青训等的需要。同时根据需要配备医疗、康体、文化等服务设施，促进文化、体育、旅游综合发展
综合体育场	改造提升市体育中心体育场、吴川体育中心、雷州人民体育场等，满足高水平赛事要求
城市足球公园	结合公园、绿地、河漫滩等开放空间，在赤坎区、霞山区、麻章区、坡头区、雷州市、廉江市、吴川市、遂溪县、徐闻县各建设 1 个城市足球公园，包含 5 人、7/8 人、11 人制足球场地，开展各类足球活动，提升足球氛围
社区足球场	利用城市闲置空地、社区边角地、街头绿地、公园绿地单独或结合社区体育公园建设 5 人或 7/8 人制足球场地，满足足球爱好者就近使用的需要

表 5-44　湛江市足球场地设施建设一览表

现状场地数量 / 块	2020 年规划场地数量 / 块	2020 年规划万人指标 /（块·万人$^{-1}$）	规划新增数量 / 块	新增足球公园 / 个	新增足球训练基地 / 个	现状提升改造场地数量 / 块
477	673	0.89	196	9	1	408

表 5-45　湛江市足球场地设施建设年度计划表

时间	新增建设场地 / 块	备注
2018 年	50	建设足球公园 1 个 建设足球训练基地 1 个
2019 年	59	
2020 年	87	

第四十五条　茂名市足球场地设施建设指引

（1）建设目标

以全省推动足球场地设施建设为契机，加快茂名市足球场地设施建设，完善足球场地设施体系，加大开放共享力度。

（2）建设任务

至 2020 年，茂名市各类足球场地数量达到 318 块，万人拥有足球场地数量达到 0.50 块。更新改造 104 块；新建 175 块，其中校园足球场地和社会足球场地分别为 100 块和 75 块。新建足球场地中 5 人制、7/8 人制、11 人制足球场地分别为 60 块、100 块、15 块，实际建设时可根据需要对足球场地类型进行调整，促进形成合理的足球场地设施类型结构。

（3）体系结构

基本形成由足球训练基地、专业足球场、综合体育场、城市足球公园、社区足球场、校园足球场构成的足球场地设施体系。建设市级足球训练基地 1 个，新建 1.5 万座以上综合体育场（含 11 人制足球场地）1 座，改造提升综合体育场 1 座，新建城市足球公园 2

个，结合社区绿地、边角空间等见缝插针建设社区足球场。

（4）足球场地设施分类建设指引

表 5–46　茂名市足球场地设施分类建设指引

设施类型	建设指引
足球训练基地	结合大型城市绿地、度假区等集中建设 5 人、7/8 人、11 人制足球场地若干， 满足本市足球训练、赛事活动以及青训等的需要。同时根据需要配备医疗、康体、文化等服务设施，促进文化、体育、旅游综合发展
综合体育场	新建 1 座 1.5 万座以上综合体育场（含 11 人制足球场地），改造提升茂名市体育中心，满足高水平赛事要求
城市足球公园	结合公园、绿地、河漫滩等开放空间，建设 2 个城市足球公园，包含 5 人、7/8 人、11 人制足球场地，便于开展各类足球活动，提升足球氛围
社区足球场	利用城市闲置空地、社区边角地、街头绿地、公园绿地单独或结合社区体育公园建设 5 人或 7/8 人制足球场地，满足足球爱好者就近使用的需要

表 5–47　茂名市足球场地设施建设一览表

现状场地数量 / 块	2020 年规划场地数量 / 块	2020 年规划万人指标 /（块·万人$^{-1}$）	规划新增数量 / 块	新增足球公园 / 个	新增足球训练基地 / 个	现状提升改造场地数量 / 块
143	318	0.50	175	2	1	104

表 5–48　茂名市足球场地设施建设年度计划表

时间	新增建设场地 / 块	备注
2018 年	50	建设足球公园 1 个 建设足球训练基地 1 个
2019 年	60	
2020 年	65	

第四十六条　肇庆市足球场地设施建设指引

（1）建设目标

以全省推动足球场地设施建设和举办省运会为契机，推进肇庆市足球场地设施建设，完善足球场地设施体系，加大开放共享力度。

（2）建设任务

至 2020 年，肇庆市各类足球场地数量达到 266 块，万人拥有足球场地数量达到 0. 63 块。更新改造 87 块；新建 34 块，其中校园足球场地和社会足球场地分别为 20 块和 14 块。新建足球场地中 5 人制、7/8 人制、11 人制足球场地分别为 10 块、20 块、4 块，实际建设时可根据需要对足球场地类型进行调整，促进形成合理的足球场地设施类型结构。

（3）体系结构

基本形成由足球训练基地、专业足球场、综合体育场、城市足球公园、社区足球场、校园足球场构成的足球场地设施体系。建设省级足球训练基地 1 个，改造提升综合体育场

（含 11 人制足球场地）1 座，新建专业足球场 1 座，新建城市足球公园 1 个，结合社区绿地、边角空间等见缝插针建设社区足球场。

（4）足球场地设施分类建设指引

表 5–49　肇庆市足球场地设施分类建设指引

设施类型	建设指引
足球训练基地	结合大型城市绿地、度假区等集中建设 5 人、7/8 人、11 人制足球场地若干，满足本市足球训练、赛事活动以及青训等的需要。同时根据需要配备医疗、康体、文化等服务设施，促进文化、体育、旅游综合发展
专业足球场	新建 1 座专业足球场，位于肇庆新区，提升广东专业足球场硬件水平
综合体育场	改造提升肇庆市体育中心体育场，满足高水平赛事要求
城市足球公园	结合公园、绿地、河漫滩等开放空间，建设 1 个城市足球公园，包含 5 人、7/8 人、11 人制足球场地，便于开展各类足球活动，提升足球氛围
社区足球场	利用城市闲置空地、社区边角地、街头绿地、公园绿地单独或结合社区体育公园建设 5 人或 7/8 人制足球场地，满足足球爱好者就近使用的需要

表 5–50　肇庆市足球场地设施建设一览表

现状场地数量 / 块	2020 年规划场地数量 / 块	2020 年规划万人指标 /（块·万人$^{-1}$）	规划新增数量 / 块	新增足球公园 / 个	新增足球训练基地 / 个	现状提升改造场地数量 / 块
232	266	0.63	34	1	1	87

表 5–51　肇庆市足球场地设施建设年度计划表

时间	新增建设场地 / 块	备注
2018 年	4	建设足球公园 1 个 建设足球训练基地 1 个
2019 年	15	
2020 年	15	

第四十七条　清远市足球场地设施建设指引

（1）建设目标

以全省推动足球场地设施建设为契机，依托英德女子足球训练基地、恒大足球学校等良好的足球场地设施基础，加快清远市足球场地设施建设，完善足球场地设施体系，加大开放共享力度。

（2）建设任务

至 2020 年，清远市各类足球场地数量达到 322 块，万人拥有足球场地数量达到 0.81 块。更新改造 139 块；新建 10 块，其中校园足球场地和社会足球场地分别为 6 块和 4 块。新建足球场地中 5 人制、7/8 人制、11 人制足球场地分别为 5 块、4 块、1 块，实际建设时可根据需要对足球场地类型进行调整，促进形成合理的足球场地设施类型结构。

（3）体系结构

基本形成由足球训练基地、综合体育场、专业足球场、城市足球公园、社区足球场、校园足球场构成的足球场地设施体系。国家级足球训练基地 2 个，新建 1.5 万座以上综合体育场（含 11 人制足球场地）1 座，新建专业足球场 1 座，新建城市足球公园 1 个，结合社区绿地、边角空间等见缝插针建设社区足球场。

（4）足球场地设施分类建设指引

表 5–52 清远市足球场地设施分类建设指引

设施类型	建设指引
足球训练基地	对国家女子足球英德训练基地进行升级改造，满足高水平训练比赛、赛事活动以及青训等需要， 配备医疗、酒店、健身等设施，提升训练基地配置水平
专业足球场	结合龙颈镇足球特色小镇建设规划建设一座专业足球场，提升广东专业足球场硬件水平
综合体育场	新建 1 座 1.5 万座以上综合体育场（含 11 人制足球场地），满足高水平赛事要求
城市足球公园	结合公园、绿地、河漫滩等开放空间，建设 1 个足球公园，便于开展各类足球活动，提升足球氛围
社区足球场	利用城市闲置空地、社区边角地、街头绿地、公园绿地单独或结合社区体育公园建设 5 人或 7/8 人制足球场地，满足足球爱好者就近使用的需要

表 5–53 清远市足球场地设施建设一览表

现状场地数量 / 块	2020 年规划场地数量 / 块	2020 年规划万人指标 /（块 · 万人 $^{-1}$）	规划新增数量 / 块	新增足球公园 / 个	新增足球训练基地 / 个	现状提升改造场地数量 / 块
312	322	0.81	10	1	0	139

表 5– 54 清远市足球场地设施建设年度计划表

时间	新增建设场地 / 块	备注
2018 年	4	建设足球公园 1 个 建设足球训练基地 1 个
2019 年	3	
2020 年	3	

第四十八条 潮州市足球场地设施建设指引

（1）建设目标

以全省推动足球场地设施建设为契机，加快推进全市足球场地设施建设，完善足球场地设施体系，加大开放共享力度。

（2）建设任务

至 2020 年，潮州市各类足球场地数量达到 142 块，万人拥有足球场地数量达到 0.50 块。更新改造 3 块；新建 123 块，其中校园足球场地和社区足球场地分别为 70 块和 53 块。新建足球场地中 5 人制、7/8 人制、11 人制球场分别为 50 块、60 块、13 块，实际建设时可根据需要对足球场地类型进行调整，促进形成合理的足球场地设施类型结构。

（3）体系结构

基本形成由综合体育场、城市足球公园、社区足球场、校园足球场构成的足球场地设施体系。新建 1.5 万座以上综合体育场（含 11 人制足球场地）1 座。结合大型城市绿地、绿道、滨水开放空间建设面向全市的城市足球公园 1 个。

（4）足球场地设施分类建设指引

表 5–55　潮州市足球场地设施分类建设指引

设施类型	建设指引
综合体育场	新建 1 座 1.5 万座以上综合体育场（含 11 人制足球场地），满足高水平赛事要求
城市足球公园	结合公园、绿地、河漫滩等开放空间，建设足球公园 1 个，便于开展各类足球活动，提升足球氛围
社区足球场	利用城市闲置空地、社区边角地、街头绿地、公园绿地单独或结合社区体育公园建设 5 人或 7/8 人制足球场地，满足足球爱好者就近使用的需要

表 5–56　潮州市足球场地设施建设一览表

现状场地数量 / 块	2020 年规划场地数量 / 块	2020 年规划万人指标 /（块·万人$^{-1}$）	规划新增数量 / 块	新增足球公园 / 个	新增足球训练基地 / 个	现状提升改造场地数量 / 块
19	142	0.50	123	1	0	3

表 5– 57　潮州市足球场地设施建设年度计划表新增建设场地（块）

时间	新增建设场地 / 块	备注
2018 年	30	建设足球公园 1 个
2019 年	40	
2020 年	53	

第四十九条　揭阳市足球场地设施建设指引

（1）建设目标

以全省推动足球场地设施建设为契机，加快揭阳市足球场地设施建设，完善足球场地设施体系，加大开放共享力度。

（2）建设任务

至 2020 年，揭阳市各类足球场地数量达到 314 块，万人拥有足球场地数量达到 0.50 块。更新改造 7 块；新建 160 块，其中校园足球场地和社会足球场地分别为 96 块和 64 块。新建足球场地中 5 人制、7/8 人制、11 人制球场分别为 50 块、90 块、20 块，实际建设时可根据需要对足球场地类型进行调整，促进形成合理的足球场地设施类型结构。

（3）体系结构

基本形成由综合体育场、城市足球公园、社区足球场、校园足球场构成的足球场地设施体系。新建 1.5 万座以上综合体育场（含 11 人制足球场地）1 座，新建城市足球公园 1 个，结合社区绿地、边角空间等见缝插针建设社区足球场。

（4）足球场地设施分类建设指引

表 5-58　揭阳市足球场地设施分类建设指引

设施类型	建设指引
综合体育场	新建 1 座 1.5 万座以上综合体育场（含 11 人制足球场地），满足高水平赛事要求
城市足球公园	结合公园、绿地、河漫滩等开放空间，建设 1 个足球公园，包含 5 人、7/8 人、11 人制足球场地，便于开展各类足球活动，提升足球氛围
社区足球场	利用城市闲置空地、社区边角地、街头绿地、公园绿地单独或结合社区体育公园建设 5 人或 7/8 人制足球场地，满足足球爱好者就近使用的需要

表 5-59　揭阳市足球场地设施建设一览表

现状场地数量 / 块	2020 年规划场地数量 / 块	2020 年规划万人指标 /（块·万人 $^{-1}$）	规划新增数量 / 块	新增足球公园 / 个	新增足球训练基地 / 个	现状提升改造场地数量 / 块
154	314	0.50	160	1	0	7

表 5-60　揭阳市足球场地设施建设年度计划表

时间	新增建设场地 / 块	备注
2018 年	40	建设足球公园 1 个
2019 年	50	
2020 年	70	

第五十条　云浮市足球场地设施建设指引

（1）建设目标

以全省推动足球场地设施建设为契机，加快全市足球场地设施建设，完善足球场地设施体系，加大开放共享力度。

（2）建设任务

至 2020 年，云浮市各类足球场地数量达到 160 块，万人拥有足球场地数量达到 0.63 块。更新改造 61 块；新建 12 块，其中校园足球场地和社会足球场地分别为 8 块和 4 块。新建足球场地中 5 人制、7/8 人制足球场地各 6 块，实际建设时可根据需要对足球场地类型进行调整，促进形成合理的足球场地设施类型结构。

（3）体系结构

基本形成由足球训练基地、综合体育场、城市足球公园、社区足球场、校园足球场构成的足球场地设施体系。建设市级足球训练基地 1 个，新建 1.5 万座以上综合体育场（含 11 人制足球场地）1 座，改造提升综合体育场 2 座，新建城市足球公园 1 个，结合社区绿地、边角空间等见缝插针建设社区足球场。

（4）足球场地设施分类建设指引

表 5-61　云浮市足球场地设施分类建设指引

设施类型	建设指引
足球训练基地	结合大型城市绿地、度假区等集中建设 5 人、7/8 人、11 人制足球场地若干，满足本市足球训练、赛事活动以及青训等的需要。同时根据需要配备医疗、康体、文化等服务设施，促进文化、体育、旅游综合发展
综合体育场	新建 1 座 1.5 万座以上综合体育场（含 11 人制足球场地），改造提升罗定人民体育场、云安体育场等，满足高水平赛事要求
城市足球公园	在罗定市建设 1 个足球公园，包含 5 人、7/8 人、11 人制足球场地，便于开展各类足球活动，提升足球氛围

表 5-62　云浮市足球场地设施建设一览表

现状场地数量 / 块	2020 年规划场地数量 / 块	2020 年规划万人指标 /（块·万人$^{-1}$）	规划新增数量 / 块	新增足球公园 / 个	新增足球训练基地 / 个	现状提升改造场地数量 / 块
148	160	0.63	12	1	1	61

表 5-63　云浮市足球场地设施建设年度计划表

时间	新增建设场地 / 块	备注
2018 年	4	建设足球公园 1 个 建设足球训练基地 1 个
2019 年	4	
2020 年	4	

第六章　开放共享与运营管理

第五十一条　加大足球场地设施开放共享

在确保正常教学秩序和校园安全的前提下，可通过政府购买服务及市场化经营等方式鼓励校园足球场地设施在课余时间向学生和社会免费或有偿开放。具备开放条件的公办学校足球场地设施向社会开放比例 2020 年应达到 70% 以上，并逐步达到 100%。引导厂矿企业、事业单位等所属体育设施向社会免费或有偿开放。

第五十二条　建立广东省足球场地信息技术服务平台

搭建起覆盖全省的足球场地信息技术服务平台，整合全省足球场地设施建设、运营信息，提高足球场地信息透明度和服务水平。

第五十三条　提高场地设施运营水平

改变综合体育场、专业足球场的传统管理运营模式，采取市场化经营方式，提高足球场地资源利用效率。引导和鼓励各种社会力量以独资、合资、合作、联营等多种方式投资综合体育场、专业足球场、城市足球公园等足球公共服务设施，通过管理服务输出和委托运营等方式参与设施经营，大力开拓面向社会各阶层和不同人群的足球市场，由“提供体育场地硬件服务”向“提供体育专业技术服务”转型。

第五十四条　引导“足球 +”发展

改变足球场地设施单一的运动属性，通过将足球与旅游、文化、休闲等功能相结合，形成“足球 + 文化 + 培训 + 观光 + 休闲 + 旅游”的足球产业综合发展平台，引导足球产业发展壮大，培育南粤足球文化。

第七章　行动计划

第五十五条　2018 年 6 月。各地级以上市根据本规划编制完成各市实施方案，建立各市联席会议制度，出台相关政策指引，并启动一批足球场地设施的建设工作，为全省足球场地设施建设工作顺利推进打好基础。

第五十六条　2018 年底。全省新建各类足球场地共计 531 块。打造一批足球试点城市，在全省形式示范效应，进一步推动全省足球场地设施建设。全省及各市足球场地数量达到 6 905 块，全省及各市足球场地设施初步形成。

第五十七条　2019 年底。全省新建各类足球场地共计 770 块。全省及各市足球场地数量达到 7 675 块，全省及各市足球场地设施进一步完善形成。

第五十八条　2020 年底。全省新建各类足球场地共计 902 块。全省及各市足球场地数量达到 8 577 块，万人拥有足球场地数量 0.72 块，全省及各市足球场地设施体系基本形成。

第八章　实施机制与保障措施

第一节　组织管理

第五十九条　切实加强组织领导

（1）由省足球改革发展联席会议成员单位组成领导小组，建立常态化部门间协调机制，促进资源共享，对全省足球场地设施建设工作进行全面指导和统筹协调。

（2）各地级以上市人民政府根据省领导小组的统筹部署，建立本市足球改革发展联席会议制度和稳定的足球场地设施建设投入保障机制，加强本市部门间协作，保障本市足球场地设施建设工作顺利推进。

第六十条　明确各地市部门工作

市各部门要各司其职，保障足球场地设施建设顺利推进。体育部门应统筹协调各市实施方案的编制和实施；教育部门应统筹协调各市校园足球场地设施的建设和开放共享，推动青少年足球特色学校和试点县（区）的健康发展；住房城乡建设部门应加强规划编制指导，保障足球场地设施建设纳入各类城乡规划，并规范规划审批、建设和验收流程；国土资源部门应保障足球场地设施建设用地指标落实；市政及园林部门应统筹协调结合公园绿地等城市开放空间建设足球场地设施；其他部门应按照分工要求协调、配合相关工作。

第二节　政策保障

第六十一条　规划和土地政策

根据国家对足球场地设施建设关于规划和土地的支持政策以及省有关部门联合印发的《关于支持足球场地设施规划建设若干政策意见的通知》（粤规建〔2017〕90号）等规定，省有关部门和各市人民政府应切实加强足球场地设施建设的规划和土地保障，确保各类足球场地设施选址能够顺利落地。各地级以上市应修改完善市城市规划管理技术规范，将足球场地设施建设相关内容纳入地方城市规划管理体系，确保每个县级行政区（少数山区除外）至少建有2个11人制的社会足球场地，乡镇、有条件的街道、行政村、城市新建居住区应建有1块5人制以上的足球场地，老旧居住区创造条件改造建设小型多样的足球场地设施。

第六十二条　财政和金融政策

（1）各级政府尽快建立和完善公共财政对足球场地设施建设的投入机制。

各级政府应将足球场地设施建设纳入本地区国民经济和社会发展规划，研究制定本级公共财政加大本级公共财政投入。各级政府应出台政策鼓励企业、个人等社会资本和境外资本投资建设、运营足球场地，推动政府和社会资本合作，采取公建民营、民办公助、委托管理、PPP等方式，因地制宜建设足球场地设施。

（2）各级政府应根据国家、省有关体育设施建设资金支持政策，鼓励本地区积极申报专项资金建设足球场地设施，并加强对专项资金使用的监督检查。

（3）根据彩票公益金相关管理规定，各级政府应研究出台利用留归各级体育主管部门使用的彩票公益金加大对足球场地设施建设投入的具体措施，并加强监督管理，确保正确使用。同时，鼓励符合条件的项目积极申请中央集中彩票公益金支持各地建设足球场地设施。

省级体育彩票公益金支持内容。结合省级体育彩票公益金收入等实际情况，支持建设体育场馆、体育场、足球场等公共体育设施。

市级体育彩票公益金支持内容。结合市级体育彩票公益金收入等实际情况，支持建设体育场馆、体育场、足球场等公共体育设施。

第六十三条　税费和价格政策

足球场馆自用的房产和土地，可按有关规定享受有关房产税和城镇土地使用税优惠。足球领域的社会组织，经认定取得非营利组织企业所得税免税优惠资格的，依法享受相关优惠政策。足球俱乐部及相关企业发生的符合条件的广告费支出，符合税法规定的可在税前扣除。鼓励企业和社会力量捐赠足球运动服装和器材装备，支持校园足球和社会足球发展，对符合税收法律法规规定条件的捐赠，按照相关规定在计算应纳税所得额时扣除。足球场地设施的水、电、气、热价格按不高于一般工业标准执行。

第三节　监督考核

第六十四条　加强监督管理，建立健全监督落实机制

各地级以上市政府各相关部门结合各部门工作，进一步明确足球场地设施建设的任务和职责分工，加强工作绩效考核，及时开展对足球场地设施建设规划实施情况的监督检查，建立动态跟踪监测和考核评估机制，确保建设落实到位。各级政府应将当年建设项目、规模、数量、位置等组织规划建设工作情况，按年度上报上级政府及有关职能部门，采取适当的方式向社会公开，接受群众和有关部门的监督检查。

第六十五条　完善规划公开和公众参与

完善足球场地设施建设管理的公众参与的形式、参与程序和回应机制，加强实施透明力度，接受社会群众监督；充分采用多种灵活手段，提高实施管理过程的公众积极参与度，征求社会各界对设施运营的意见，及时反馈足球场地设施运营问题，完善足球场地设施运营，确保落实足球场地使用公开透明。

第四节　技术支持

第六十六条　出台足球场地设施建设指引

由省体育、住房城乡建设等部门出台足球场地设施建设指引，对场地尺寸、使用材料、设施配套等提出具体指引，指导各地开展足球场地设施建设。

第六十七条　开展足球场地设施规划建设技术培训

省体育局联合有关部门通过举办培训班等形式，加强对各地足球场地设施规划、建设和运营管理等方面的指导。省足协与各地足协在各级体育主管部门的指导下，发挥技术优势，积极参与足球场地设施规划、建设和运营管理指导。

第五节　宣传推广

第六十八条　加强宣传推广

省市体育主管部门积极联合其他有关部门采取多种渠道向社会和公众宣传国家、省及各地市足球场地设施建设方案和支持政策，创造积极的社会舆论，争取社会和公众大力支持，通过推广足球运动推动全民健身运动。

附件一：各市足球场地设施建设一览表

序号	城市	2016 年人口规模 / 万人	2017 年足球场地规模 / 块	现状万人拥有场地数量 /（块·万人$^{-1}$）	2020 年规划场地规模 / 块	2020 年规划人口规模 / 万人	2020 年新增规模场地 / 块	2020 年规划万人场地数量 /（块·万人$^{-1}$）	2020 年前新增场地规模（校园 / 社会）/ 块	年度增建设（2018/2019/2020）/ 块
1	广州	1 404.35	1 077	0.77	1 277	1 637	200	0.78	100/100	50/80/70
2	深圳	1 190.84	592	0.50	902	1 480	310	0.60	54/256	60/80/170
3	珠海	167.53	167	1.00	177	175	10	1.01	4/6	3/3/4
4	汕头	557.92	108	0.19	329	585	221	0.56	76/145	50/85/86
5	佛山	746.27	810	1.09	830	746	20	1.09	12/8	8/7/5
6	韶关	295.61	95	0.32	153	306	58	0.50	38/20	15/23/20
7	河源	308.10	163	0.53	224	320	61	0.70	38/23	15/25/21
8	梅州	436.08	697	1.60	1 000	470	303	2.13	183/120	76/117/110
9	惠州	477.50	180	0.38	246	492	66	0.50	26/40	20/20/26
10	汕尾	303.66	84	0.28	157	314	73	0.50	40/33	7/33/33
11	东莞	826.14	331	0.40	424	847	93	0.50	46/47	23/40/30
12	中山	323.00	268	0.83	303	365	35	0.83	20/15	10/10/15
13	江门	454.40	217	0.48	230	460	13	0.50	9/4	5/3/5
14	阳江	252.84	100	0.40	130	262	30	0.50	17/13	7/13/10
15	湛江	727.30	477	0.66	673	756	196	0.89	120/76	50/59/87
16	茂名	612.32	143	0.23	318	636	175	0.50	100/75	50/60/65
17	肇庆	408.46	232	0.57	266	423	34	0.63	20/14	4/15/15
18	清远	384.60	312	0.81	322	398	10	0.81	6/4	4/3/3
19	潮州	264.60	19	0.07	142	284	123	0.50	70/53	30/40/53
20	揭阳	609.40	154	0.25	314	628	160	0.50	96/64	40/50/70

续上表

序号	城市	2016 年人口规模 / 万人	2017 年足球场地规模 / 块	现状万人拥有场地数量 / （块·万人 $^{-1}$）	2020 年规划场地规模 / 块	2020 年规划人口规模 / 万人	2020 年新增规模场地 / 块	2020 年规划万人场地数量 / （块·万人 $^{-1}$）	2020 年前新增场地规模（校园 / 社会）/ 块	年度增建设（2018/2019/2020）/ 块
21	云浮	248.08	148	0.60	160	254	12	0.63	8/4	4/4/4
汇总		10 999	6 374	0.58	8 577	11 838	2 203	0.72	1 083/1 120	531/770/902

注：1. 2016 年各市现状人口数据来自《广东统计年鉴 2017》。
2. 2020 年规划人口规模根据各地级以上市现状及近年来人口增长变化情况进行预测。
3. 各地市可根据本地实际情况，适当调整对于校园足球场地和社会场地的比例。

附件二：全省足球场场地设施建设年度计划

序号	城市	2020 年规划足球场地规模 / 块	2018 年新增场地规模 / 块	2019 年新增场地规模 / 块	2020 年新增场地规模 / 块	2020 年规划万人足球场地指标 /（块・万人$^{-1}$）
1	广州	1 277	50	80	70	0.78
2	深圳	902	60	80	168	0.60
3	珠海	177	3	3	4	1.01
4	汕头	329	50	85	86	0.56
5	佛山	830	8	7	5	1.09
6	韶关	153	15	23	20	0.50
7	河源	224	15	25	21	0.70
8	梅州	1 000	76	117	110	2.13
9	惠州	246	20	20	26	0.50
10	汕尾	157	7	33	33	0.50
11	东莞	424	23	40	30	0.50
12	中山	303	10	10	15	0.83
13	江门	230	5	3	5	0.50
14	阳江	130	7	13	10	0.50
15	湛江	673	50	59	87	0.89
16	茂名	318	50	60	65	0.50
17	肇庆	266	4	15	15	0.63
18	清远	322	4	3	3	0.81
19	潮州	142	30	40	53	0.50
20	揭阳	314	40	50	70	0.50
21	云浮	160	4	4	4	0.63
汇总		8 577	531	770	902	0.72（全省平均）

附件三：全省足球场地体系建设计划一览表

序号	城市	国家级足球基地 / 个	省级足球基地 / 个	市级足球基地 / 个	专业足球场地 / 座	综合性体育中心（含球场）/ 座	城市足球公园 / 个
1	广州	1	0	0	1	6	9
2	深圳	0	1	0	1	4	1
3	珠海	1	0	0	0	1	1
4	汕头	0	0	1	0	1	7
5	佛山	0	1	0	0	2	1
6	韶关	0	0	0	0	3	1
7	河源	0	0	0	0	1	1
8	梅州	1	0	0	1	3	1
9	惠州	0	0	1	0	2	4
10	汕尾	0	0	0	0	1	3
11	东莞	0	1	0	0	4	1
12	中山	0	1	0	0	1	3
13	江门	0	0	1	0	2	1
14	阳江	0	0	1	0	1	1
15	湛江	1	0	0	0	5	9
16	茂名	0	0	1	0	1	2
17	肇庆	0	1	0	1	2	1
18	清远	2	0	0	1	1	1
19	潮州	0	0	0	0	1	1
20	揭阳	0	0	0	0	1	1
21	云浮	0	0	1	0	2	1
汇总		6	5	6	5	45	52

8. 2015 年广东省“全国青少年校园足球特色学校”名单

序号	所属市	所属县（区）	学校名称	学校类别
1	广州市	荔湾区	广东实验中学	完全中学
2	广州市	天河区	华南师范大学附属中学	完全中学
3	广州市	海珠区	海珠区后乐园街小学	小学
4	广州市	海珠区	海珠区江南新村第二小学	小学
5	广州市	黄浦区	广州市玉岩中学	完全中学
6	广州市	越秀区	越秀区净慧体校	小学
7	广州市	越秀区	广州市执信中学	完全中学
8	广州市	越秀区	广州市环市西路小学	小学
9	广州市	荔湾区	广州市荔湾区坑口小学	小学
10	广州市	南沙区	广州市南沙第一中学	完全中学
11	广州市	海珠区	广州市南武中学	完全中学
12	广州市	荔湾区	广州市培英中学	高中
13	广州市	越秀区	广州市培正中学	完全中学
14	广州市	天河区	广州市天河区高塘石小学	小学
15	广州市	天河区	广州市天河区渔沙坦小学	小学
16	广州市	天河区	广州市天河中学猎德实验学校	9 年一贯制学校
17	广州市	越秀区	广州大学附属中学	完全中学
18	广州市	白云区	白云区鹤边镇泰小学	小学
19	广州市	白云区	广州市白云区嘉禾中学	初中
20	广州市	白云区	广州市白云区清湖小学	12 年一贯制学校
21	广州市	白云区	广州市白云区颜乐天纪念中学	12 年一贯制学校
22	广州市	越秀区	广州市第二中学	高中
23	广州市	天河区	广州市第四十四中学	完全中学
24	广州市	海珠区	广州市第五中学	完全中学
25	广州市	荔湾区	广州市第一中学	完全中学
26	广州市	番禺区	广州市番禺区沙湾镇中心小学	小学
27	广州市	番禺区	广州市番禺区石楼镇海鸥学校	9 年一贯制学校
28	广州市	番禺区	广州市番禺区石楼中学	完全中学
29	广州市	番禺区	广州市番禺区市桥北城小学	小学
30	广州市	番禺区	广州市番禺区市桥星海中学	初中
31	广州市	越秀区	广州市华侨外国语学校	9 年一贯制学校
32	广州市	黄浦区	广州市黄埔区沙步小学	小学

续上表

序号	所属市	所属县（区）	学校名称	学校类别
33	广州市	白云区	广州市交通运输职业学校	小学
34	广州市	从化区	广州市从化区流溪小学	小学
35	广州市	从化区	广州市从化区从化中学	完全中学
36	广州市	花都区	广州市花都区新华第六小学	小学
37	广州市	增城区	广州市增城区荔城街荔景中学	初中
38	广州市	增城区	广州市增城区荔江小学	小学
39	广州市	增城区	广州市增城区新塘镇群星小学	小学
40	深圳市	福田区	深圳实验学校	9 年一贯制学校
41	深圳市	福田区	深圳市福田区华富小学	小学
42	深圳市	福田区	深圳市福田区梅山中学	初中
43	深圳市	罗湖区	深圳市翠园中学	完全中学
44	深圳市	蛇口区	深圳市蛇口区育才教育集团育才二中	12 年一贯制学校
45	深圳市	盐田区	深圳市盐田区田东小学	小学
46	深圳市	宝安区	深圳市宝安区松岗街道东方小学	小学
47	深圳市	龙岗区	深圳市葵涌第二小学	小学
48	深圳市	龙岗区	龙岗区福安学校	9 年一贯制学校
49	深圳市	龙岗区	深圳市龙岗区甘李学校	9 年一贯制学校
50	深圳市	龙岗区	深圳市平冈中学	高中
51	深圳市	龙岗区	深圳市龙岗中心小学	小学
52	深圳市	罗湖区	深圳中学初中部	初中
53	深圳市	蛇口区	深圳育才一小	小学
54	深圳市	坪山新区	深圳市坪山新区坪山第二小学	小学
55	深圳市	坪山新区	深圳市布心小学	小学
56	深圳市	光明新区	深圳市光明新区楼村小学	小学
57	珠海市	斗门区	珠海市斗门区乾务镇中心小学	初中
58	珠海市	斗门区	珠海市第一中学	高中
59	珠海市	金湾区	珠海市三灶镇鱼林小学	小学
60	珠海市	香洲区	珠海市香洲区湾仔小学	小学
61	珠海市	香洲区	珠海市唐家中学	完全中学
62	珠海市	香洲区	珠海市紫荆中学	初中
63	佛山市	禅城区	佛山市白燕小学	小学
64	佛山市	禅城区	佛山财经学校	中职

续上表

序号	所属市	所属县（区）	学校名称	学校类别
65	佛山市	禅城区	佛山市禅城区东鄱小学	初中
66	佛山市	禅城区	佛山市禅城区南庄镇河滘小学	小学
67	佛山市	禅城区	佛山市禅城区南庄镇南庄中学	高中
68	佛山市	禅城区	佛山市禅城区南庄镇中心小学	小学
69	佛山市	南海区	佛山市超盈实验中学	小学
70	佛山市	禅城区	佛山市城南小学	小学
71	佛山市	禅城区	佛山市第二中学	高中
72	佛山市	禅城区	佛山市第六中学	初中
73	佛山市	禅城区	佛山市第十三小学	小学
74	佛山市	禅城区	佛山市第十四中学	初中
75	佛山市	禅城区	佛山华英学校	初中
76	佛山市	高明区	佛山市高明区更合镇更合中学	初中
77	佛山市	高明区	佛山市高明区荷城街道德信实验学校	小学
78	佛山市	高明区	佛山市高明区荷城街道富湾小学	小学
79	佛山市	高明区	佛山市高明区富湾中学	初中
80	佛山市	高明区	佛山市高明区荷城街道石岐小学	12 年一贯制学校
81	佛山市	南海区	佛山市南海区大沥镇白沙小学	小学
82	佛山市	南海区	佛山市南海区大沥镇大镇小学	小学
83	佛山市	南海区	佛山市南海区大沥镇海北初级中学	初中
84	佛山市	南海区	佛山市南海区大沥镇沙溪小学	小学
85	佛山市	南海区	佛山市南海区桂城叠滘小学	小学
86	佛山市	南海区	佛山市南海区桂城街道桂江小学	小学
87	佛山市	南海区	佛山市南海区九江镇儒林第二小学	小学
88	佛山市	南海区	佛山市南海区罗村街道中心小学	小学
89	佛山市	南海区	佛山市南海区狮山中心小学	小学
90	佛山市	南海区	佛山市石门实验小学	小学
91	佛山市	南海区	佛山市荣山中学	完全中学
92	佛山市	三水区	佛山市三水区工业中等专业学校	高中
93	佛山市	三水区	佛山市三水区西南街道第四小学	小学
94	佛山市	三水区	佛山市三水区西南街道河口小学	小学
95	佛山市	三水区	佛山市三水区西南街道金本小学	小学
96	佛山市	禅城区	佛山市实验学校	12 年一贯制学校

续上表

序号	所属市	所属县（区）	学校名称	学校类别
97	佛山市	顺德区	佛山市顺德区北滘镇北滘中学	高中
98	佛山市	顺德区	佛山市北滘镇君兰中学	初中
99	佛山市	顺德区	佛山市顺德区伦教三洲学校	小学
100	佛山市	高明区	佛山市高明区沧江中学附属小学	小学
101	佛山市	高明区	佛山市高明区明城镇明城小学	小学
102	佛山市	南海区	佛山市南海区大沥镇东秀小学	小学
103	佛山市	南海区	佛山市南海区丹灶镇金沙中学	初中
104	佛山市	南海区	佛山市南海区狮山镇大圃初级中学	初中
105	佛山市	南海区	佛山市南海区西樵镇大桐堡小学	12 年一贯制学校
106	佛山市	南海区	佛山市南海区西樵镇第三小学	小学
107	佛山市	南海区	佛山市南海区西樵镇第一小学	小学
108	佛山市	三水区	佛山市三水区西南街道金本中学	初中
109	佛山市	顺德区	佛山市顺德区北滘镇中心小学	12 年一贯制学校
110	佛山市	顺德区	佛山市顺德区陈村镇仙涌小学	小学
111	佛山市	顺德区	佛山市顺德区伦教翁祐中学	12 年一贯制学校
112	佛山市	顺德区	佛山市同济小学	小学
113	佛山市	顺德区	佛山市顺德区陈村镇初级中学	初中
114	佛山市	三水区	佛山市三水区华侨中学	高中
115	韶关市	乐昌市	韶关市乐昌市第一中学	高中
116	韶关市	武江区	韶关市武江区第九中学	初中
117	韶关市	武江区	韶关市第五中学	高中
118	韶关市	武江区	广东韶关市实验中学	完全中学
119	韶关市	曲江区	广东省韶关市第三中学	初中
120	韶关市	曲江区	韶关市韶钢第四小学	小学
121	韶关市	曲江区	韶关市凡口铅锌矿职工子弟学校	9 年一贯制学校
122	韶关市	仁化县	仁化县实验学校	9 年一贯制学校
123	韶关市	始兴县	始兴县实验小学	小学
124	梅州市	大埔县	梅州市大埔县张云栽实验小学	小学
125	梅州市	丰顺县	丰顺县汤坑镇第三小学	小学
126	梅州市	丰顺县	广东省丰顺县汤坑中学	完全中学
127	梅州市	五华县	梅州市五华县兴华中学	初中
128	梅州市	五华县	五华县横陂镇第一小学	小学

续上表

序号	所属市	所属县（区）	学校名称	学校类别
129	梅州市	五华县	五华县华城镇第一小学	小学
130	梅州市	五华县	五华县田家炳中学	高中
131	梅州市	兴宁市	广东省兴宁市实验学校	9 年一贯制学校
132	梅州市	兴宁市	兴宁市龙田中学	完全中学
133	梅州市	梅县区	广东梅县东山中学	完全中学
134	梅州市	梅县区	梅县区高级中学	完全中学
135	梅州市	梅江区	梅州市梅江区城北镇中心小学	小学
136	梅州市	梅江区	梅州市梅江区人民小学	小学
137	梅州市	兴宁市	梅州市兴宁市第一小学	小学
138	梅州市	兴宁市	兴宁市叶塘中心小学	小学
139	梅州市	平远县	梅州市平远县坝头中学	12 年一贯制学校
140	梅州市	平远县	平远县第一小学	12 年一贯制学校
141	惠州市	惠城区	惠州市华罗庚中学	高中
142	惠州市	惠阳区	惠州市惠阳经济开发区三和实验学校	9 年一贯制学校
143	惠州市	惠阳区	惠州市惠阳区崇雅中学初中部	初中
144	惠州市	蕉岭县	蕉岭县镇平中学	初中
145	惠州市	龙门县	惠州市龙门县龙门中学	高中
146	惠州市	龙门县	惠州市龙门县实验学校	9 年一贯制学校
147	惠州市	龙门县	惠州市龙门县天堂山学校	9 年一贯制学校
148	惠州市	龙门县	龙门县龙华学校	9 年一贯制学校
149	惠州市	龙门县	惠州市龙门县龙城第二小学	小学
150	惠州市	龙门县	惠州市龙门县龙江镇中心小学	小学
151	惠州市	龙门县	龙门县地派中学	初中
152	惠州市	龙门县	龙门县蓝田瑶族乡中心小学	小学
153	惠州市	龙门县	龙门县龙城第三小学	小学
154	惠州市	龙门县	龙门县龙城第一中学	初中
155	惠州市	龙门县	龙门县龙城街道花围小学	小学
156	惠州市	龙门县	龙门县龙田第一小学	小学
157	惠州市	龙门县	龙门县龙田中学	初中
158	惠州市	龙门县	龙门县路溪学校	9 年一贯制学校
159	惠州市	龙门县	龙门县麻榨镇中心小学	小学
160	惠州市	龙门县	龙门县麻榨中学	初中

续上表

序号	所属市	所属县（区）	学校名称	学校类别
161	惠州市	龙门县	龙门县南昆山学校	9 年一贯制学校
162	惠州市	龙门县	龙门县平陵实验学校	9 年一贯制学校
163	惠州市	龙门县	龙门县平陵镇中心小学	小学
164	惠州市	龙门县	龙门县平陵中学	初中
165	惠州市	龙门县	龙门县沙迳中心小学	小学
166	惠州市	龙门县	龙门县沙迳中学	初中
167	惠州市	龙门县	龙门县铁岗学校	9 年一贯制学校
168	惠州市	龙门县	龙门县永汉镇第二小学	小学
169	惠州市	龙门县	龙门县永汉镇永强学校	9 年一贯制学校
170	惠州市	龙门县	龙门县永汉镇中心小学	小学
171	惠州市	龙门县	龙门县永汉中学	完全中学
172	惠州市	龙门县	龙门县左潭学校	9 年一贯制学校
173	惠州市	惠东县	惠东县平山第一小学	12 年一贯制学校
174	东莞市	松山湖片区	东莞市大岭山镇中心小学	初中
175	东莞市	松山湖片区	东莞市大岭山中学	9 年一贯制学校
176	东莞市	城区片区	东莞市东城初级中学	初中
177	东莞市	松山湖片区	东莞市东莞中学松山湖学校	完全中学
178	东莞市	水乡片区	东莞市麻涌镇第一中学	初中
179	东莞市	水乡片区	东莞市麻涌中学	高中
180	东莞市	城区片区	东莞市南城区阳光第二小学	小学
181	东莞市	城区片区	东莞市南城区阳光第五小学	小学
182	东莞市	城区片区	东莞市南城中学	完全中学
183	东莞市	临深片区	东莞市塘厦第三小学	小学
184	东莞市	临深片区	东莞市中堂中学	初中
185	东莞市	松山湖片区	东莞松山湖实验小学	小学
186	东莞市	滨海片区	东莞市虎门镇威远小学	小学
187	东莞市	水乡片区	东莞市麻涌镇中心小学	小学
188	东莞市	城区片区	东莞市南城区中心小学	小学
189	中山市	黄圃镇	中山市黄圃镇培红小学	小学
190	中山市	东区	中山市东区朗晴小学	小学
191	中山市	三乡镇	中山市三乡镇平岚小学	小学
192	中山市	黄圃镇	中山市黄圃镇中学	初中

续上表

序号	所属市	所属县（区）	学校名称	学校类别
193	中山市	南头镇	中山市南头镇初级中学	初中
194	中山市	东区	中山市实验中学	完全中学
195	中山市	古镇镇	中山市古镇初级中学	9 年一贯制学校
196	中山市	小榄镇	中山市小榄镇西区小学	小学
197	中山市	五桂山镇	中山市五桂山学校	9 年一贯制学校
198	中山市	石岐区	中山市实验小学	小学
199	中山市	火炬开发区	中山卓雅外国语学校	12 年一贯制学校
200	中山市	西区	中山市西区沙朗小学	小学
201	湛江市	遂溪县	广东省遂溪县第二中学	完全中学
202	湛江市	遂溪县	遂溪县城月镇城月中心小学	小学
203	湛江市	遂溪县	遂溪县城月镇竹叶塘小学	小学
204	湛江市	吴川市	吴川市梅菉中心小学	小学
205	湛江市	吴川市	吴川市板桥中学	初中
206	湛江市	吴川市	吴川市第一中学	完全中学
207	湛江市	吴川市	吴川市黄坡镇唐禄初级中学	初中
208	湛江市	吴川市	吴川市建兴小学	小学
209	湛江市	吴川市	吴川市林屋中学	完全中学
210	湛江市	吴川市	吴川市塘尾街道高屋小学	小学
211	湛江市	吴川市	吴川市塘尾中学	初中
212	湛江市	吴川市	吴川市塘缀中心小学	小学
213	湛江市	吴川市	吴川市兰石中心小学	小学
214	湛江市	吴川市	吴川市黄坡镇中心小学	小学
215	湛江市	霞山区	湛江市第二十五小学	小学
216	湛江市	霞山区	湛江市第一小学	小学
217	湛江市	雷州市	雷州市雷城街道第四小学	小学
218	湛江市	麻章区	湛江市麻章区第一中学	高中
219	湛江市	霞山区	湛江市第八中学	综合性学校
220	湛江市	霞山区	湛江市第二十七小学	12 年一贯制学校
221	湛江市	霞山区	湛江市第二十四中学	12 年一贯制学校
222	湛江市	赤坎区	湛江市第十七中学	12 年一贯制学校
223	湛江市	麻章区	湛江市麻章区麻章镇赤岭小学	小学
224	湛江市	坡头区	湛江市坡头区第一中学	完全中学

续上表

序号	所属市	所属县（区）	学校名称	学校类别
225	湛江市	雷州市	雷州市白沙镇第二初级中学	12 年一贯制学校
226	湛江市	雷州市	雷州市北和镇汇文小学	小学
227	肇庆市	四会市	四会市黄田学校	9 年一贯制学校
228	肇庆市	高新区	广东外语外贸大学附设肇庆外国语学校	12 年一贯制学校
229	肇庆市	端州区	肇庆市第八小学	小学
230	肇庆市	鼎湖区	肇庆市鼎湖区桂城街道办事处中心小学	小学
231	肇庆市	端州区	肇庆市端州中学	完全中学
232	肇庆市	德庆县	德庆县德城镇第一小学	小学
233	肇庆市	封开县	封开县杏花中学	初中
234	肇庆市	高要区	高要区大湾镇初级中学	初中
235	肇庆市	广宁县	广宁县江屯镇中心小学	小学
236	肇庆市	怀集县	广东省怀集县桥头镇初级中学	初中
237	肇庆市	怀集县	怀集县冷坑镇第二小学	小学
238	清远市	清城区	清远市清城区松岗中学	初中
239	清远市	清新区	清远市清新区第三小学	小学
240	清远市	清新区	清远市清新区禾云镇中心小学	小学
241	清远市	清新区	清远市清新区何黄玉湘中学	初中
242	清远市	清新区	清远市工贸职业技术学校	职业高中
243	清远市	清城区	清远市源潭中学	高中
244	清远市	连山壮族瑶族自治县	连山壮族瑶族自治县民族小学	小学
245	清远市	清城区	广东省清远市清城区凤翔小学	小学
246	清远市	清城区	广东省清远市恒大足球学校	12 年一贯制学校
247	清远市	阳山县	阳山县第一小学	小学
248	清远市	佛冈县	广东省清远市佛冈县第二小学	小学
249	清远市	佛冈县	佛冈县第一中学	高中
250	清远市	连州市	广东省清远市连州市北山中学	初中
251	清远市	英德市	广东省英德市望埠镇中心小学	小学
252	揭阳市	惠来县	广东省揭阳市惠来县东埔中学	初中
253	揭阳市	惠来县	广东省揭阳市惠来县览表学校	9 年一贯制学校
254	揭阳市	惠来县	惠来县澳角学校	9 年一贯制学校
255	揭阳市	惠来县	惠来县慈云世铿中学	完全中学

续上表

序号	所属市	所属县（区）	学校名称	学校类别
256	揭阳市	惠来县	惠来粤东中学	初中
257	揭阳市	揭东区	揭东县第一中学	高中
258	揭阳市	揭西县	广东省揭阳市揭西县张武帮中学	完全中学
259	揭阳市	揭西县	揭西县东园镇桃围小学	小学
260	揭阳市	揭西县	揭西县灰寨镇灰寨小学	小学
261	揭阳市	揭西县	揭阳市揭西县棉湖中学	12 年一贯制学校
262	揭阳市	惠来县	广东省揭阳市大南山侨区岭门小学	小学
263	揭阳市	榕城区	广东省揭阳市榕城区揭阳运通学校	12 年一贯制学校
264	揭阳市	惠来县	揭阳市大南海石化工业区溪西镇鲁阳小学	小学
265	揭阳市	榕城区	揭阳市第一中学	高中
266	揭阳市	榕城区	揭阳市华侨高级中学	12 年一贯制学校
267	揭阳市	空港经济区	揭阳市空港经济区凤美街道初级中学	初中
268	揭阳市	空港经济区	揭阳市空港经济区砲台镇锦河小学	小学
269	揭阳市	揭东区	揭阳市揭东区蓝田中学	高中
270	揭阳市	揭东区	揭阳市揭东区玉湖镇宁化初级中学	初中
271	揭阳市	揭东区	揭阳市揭东区玉湖镇泽联小学	小学
272	揭阳市	揭东区	揭阳市蓝城区才林中学	初中
273	揭阳市	揭东区	揭阳市蓝城区月城镇月城中心小学	小学
274	揭阳市	榕城区	揭阳市立才中英文学校	9 年一贯制学校
275	揭阳市	普宁市	揭阳市普宁华侨管理区中心小学	小学
276	揭阳市	榕城区	揭阳市实验中学	初中
277	揭阳市	榕城区	揭阳市空港经济区地都镇邹堂小学	小学
278	揭阳市	普宁市	普宁市流沙南街道马栅学校	9 年一贯制学校
279	揭阳市	普宁市	普宁市麒麟镇径水小学	小学
280	揭阳市	普宁市	普宁市兴文中学	完全中学
281	揭阳市	普宁市	普宁市育英中学	12 年一贯制学校
282	云浮市	郁南县	郁南县西江实验学校	小学
283	云浮市	云浮市	广东省云浮市云浮中学	完全中学
284	云浮市	罗定市	罗定市泷州中学	初中

9. 2016 年广东省“全国青少年校园足球特色学校”名单

序号	所属市	所属县（区）	学校名称	学校类别
1	广州市	荔湾区	广州市真光中学	完全中学
2	广州市	荔湾区	广州市荔湾区龙溪小学	小学
3	广州市	荔湾区	广州市荔湾区真光实验学校	初中
4	广州市	越秀区	广州市越秀区大沙头小学	小学
5	广州市	越秀区	广州市满族小学	小学
6	广州市	海珠区	广州市海珠区大江苑小学	小学
7	广州市	海珠区	广州市旅游商务职业学校	职业高中
8	广州市	天河区	广州市天河区龙洞小学	小学
9	广州市	天河区	广州市天河区华融小学	小学
10	广州市	天河区	广州市南国学校	9 年一贯制学校
11	广州市	白云区	广州市白云区龙归中学	初中
12	广州市	白云区	广州市白云区谢家庄小学	小学
13	广州市	黄埔区	广州市第八十六中学	高中
14	广州市	番禺区	广州市番禺区市桥沙墟第一小学	小学
15	广州市	番禺区	广州市番禺区南村镇锦绣香江小学	小学
16	广州市	番禺区	广东仲元中学	高中
17	广州市	番禺区	广州市番禺区钟村奥园学校	9 年一贯制学校
18	广州市	花都区	广州市花都区新雅街东塘小学	小学
19	广州市	花都区	广州市花都区新华街云山学校	9 年一贯制学校
20	广州市	花都区	广州市花都区新华街培新初级中学	初中
21	广州市	花都区	广州市花都区新华中学	高中
22	广州市	南沙区	广州市南沙小学	小学
23	广州市	从化区	广州市从化区良口中学	初中
24	广州市	从化区	广州市从化区鳌头镇人和小学	小学
25	广州市	增城区	广州市增城区增城中学	完全中学
26	广州市	增城区	广州市增城区增江街中心小学	小学
27	韶关市	武江区	广东北江中学	高中
28	韶关市	浈江区	韶关市第八中学	初中
29	韶关市	浈江区	韶关市浈江区赖新小学	小学
30	韶关市	曲江区	韶关市曲江区第一中学	高中
31	韶关市	始兴县	始兴县墨江中学	初中
32	韶关市	翁源县	翁源县龙仙第四小学	小学

续上表

序号	所属市	所属县（区）	学校名称	学校类别
33	韶关市	新丰县	新丰县实验小学	小学
34	韶关市	乐昌市	乐昌市第三中学	9年一贯制学校
35	韶关市	乐昌市	乐昌市坪石镇金鸡小学	小学
36	韶关市	南雄市	南雄市湖口中学	初中
37	韶关市	南雄市	南雄市第一小学	小学
38	深圳市	罗湖区	深圳市第二实验学校	完全中学
39	深圳市	罗湖区	深圳市罗湖区锦田小学	小学
40	深圳市	罗湖区	深圳市碧波小学	小学
41	深圳市	福田区	深圳市福田区红岭中学	初中
42	深圳市	福田区	深圳市福田区园岭小学	小学
43	深圳市	南山区	南山外国语学校（集团）文华学校	9年一贯制学校
44	深圳市	南山区	深圳市南山区第二外国语学校	9年一贯制学校
45	深圳市	宝安区	深圳市宝安区沙井中学	完全中学
46	深圳市	宝安区	深圳市宝安区新安中学	完全中学
47	深圳市	宝安区	深圳市光明新区凤凰小学	小学
48	深圳市	宝安区	深圳市龙华新区民治小学	小学
49	深圳市	龙岗区	深圳市坪山新区龙田小学	小学
50	深圳市	龙岗区	深圳市龙岗区新亚洲学校	9年一贯制学校
51	深圳市	龙岗区	深圳市龙岗区横岗街道大康小学	小学
52	深圳市	大鹏新区	深圳市大鹏新区葵涌中学	初中
53	深圳市	盐田区	深圳市盐田区外国语学校	初中
54	珠海市	香洲区	珠海市拱北中学	初中
55	珠海市	香洲区	珠海容闳学校	小学
56	珠海市	香洲区	珠海市香洲区第十六小学	小学
57	珠海市	斗门区	珠海市斗门区乾务镇初级中学	初中
58	珠海市	斗门区	广东省珠海市斗门区城南学校	9年一贯制学校
59	珠海市	高新区	珠海高新区唐家小学	小学
60	珠海市	香洲区	北京师范大学（珠海）附属高级中学	高中
61	珠海市	金湾区	珠海市实验中学	高中
62	汕头市	龙湖区	汕头市龙湖区新溪第一中学	完全中学
63	汕头市	龙湖区	汕头市龙湖区龙湖小学	小学
64	汕头市	龙湖区	汕头市龙湖区金阳小学	小学

续上表

序号	所属市	所属县（区）	学校名称	学校类别
65	汕头市	龙湖区	汕头市蓬鸥中学	初中
66	汕头市	金平区	汕头市长厦小学	小学
67	汕头市	金平区	汕头市东厦小学	小学
68	汕头市	金平区	汕头市金龙小学	小学
69	汕头市	濠江区	汕头市滨海中学	初中
70	汕头市	潮阳区	潮阳区铜盂铜钵盂小学	小学
71	汕头市	澄海区	汕头市澄海实验小学	小学
72	汕头市	南澳县	南澳县后宅镇中心小学	小学
73	汕头市	金平区	汕头市第一中学	高中
74	佛山市	禅城区	佛山市第九小学	小学
75	佛山市	南海区	佛山市南海区丹灶镇中心小学	小学
76	佛山市	三水区	佛山市三水区实验小学	小学
77	佛山市	三水区	佛山市三水区第三中学	初中
78	佛山市	三水区	佛山市三水区西南街道第十一小学	小学
79	佛山市	三水区	佛山市三水区西南街道中心小学	小学
80	佛山市	三水区	佛山市三水区芦苞镇实验小学	小学
81	佛山市	高明区	佛山市高明区更合镇中心小学	小学
82	佛山市	高明区	佛山市高明区杨和镇杨梅小学	小学
83	佛山市	禅城区	广东省佛山市第一中学	高中
84	江门市	蓬江区	江门市农林小学	小学
85	江门市	蓬江区	江门市紫茶小学	小学
86	江门市	新会区	江门市新会区大泽镇大泽初级中学	初中
87	江门市	新会区	江门市新会区大泽镇大泽吕金铨学校	小学
88	江门市	新会区	江门市新会区大泽镇五和小学	小学
89	江门市	开平市	开平市吴汉良理工学校	职业高中
90	江门市	开平市	开平市长沙街道办事处澄江小学	小学
91	江门市	鹤山市	鹤山市龙口中学	初中
92	江门市	恩平市	恩平市独醒中学	完全中学
93	江门市	蓬江区	江门市第一中学景贤学校	初中
94	江门市	蓬江区	江门市培英高级中学	高中
95	湛江市	赤坎区	湛江市第二十一小学	小学
96	湛江市	赤坎区	湛江第一中学	高中

续上表

序号	所属市	所属县（区）	学校名称	学校类别
97	湛江市	霞山区	湛江市霞山实验中学	初中
98	湛江市	霞山区	湛江市第二中学	完全中学
99	湛江市	坡头区	湛江市坡头区爱周中学	完全中学
100	湛江市	坡头区	湛江市坡头镇中心小学	小学
101	湛江市	麻章区	湛江市麻章中学	初中
102	湛江市	麻章区	湛江开发区东山中学	初中
103	湛江市	遂溪县	遂溪县第三中学	高中
104	湛江市	徐闻县	徐闻县实验小学	小学
105	湛江市	廉江市	廉江市第一中学	完全中学
106	湛江市	廉江市	廉江市新民镇中心小学	小学
107	湛江市	廉江市	廉江县良垌镇第一初级中学	初中
108	湛江市	雷州市	雷州市松竹中心小学	小学
109	湛江市	雷州市	雷州市客路中学	完全中学
110	湛江市	吴川市	吴川市第三中学	完全中学
111	湛江市	吴川市	吴川市沿江小学	小学
112	茂名市	茂南区	广东省茂名市第十一中学	初中
113	茂名市	电白区	茂名市电白区环城中学	初中
114	茂名市	电白区	茂名市电白区实验中学	高中
115	茂名市	高州市	石鼓第一中学	初中
116	茂名市	高州市	高州市第二中学	高中
117	茂名市	化州市	广东省化州市实验中学	完全中学
118	茂名市	信宜市	广东省信宜市第五小学	小学
119	茂名市	茂南区	广东省茂名市第十七中学	高中
120	茂名市	茂南区	茂名市新世纪学校	9 年一贯制学校
121	茂名市	茂南区	广东省茂名市第七小学	小学
122	茂名市	茂南区	广东省茂名市第一中学附属学校	初中
123	茂名市	茂南区	茂名市第十六中学	高中
124	肇庆市	端州区	广东省肇庆市第一中学	完全中学
125	肇庆市	端州区	肇庆市龙禧小学	小学
126	肇庆市	端州区	广东肇庆中学	完全中学
127	肇庆市	鼎湖区	肇庆市鼎湖实验中学	初中
128	肇庆市	高要区	广东省肇庆市高要区大湾镇中心小学	小学

续上表

序号	所属市	所属县（区）	学校名称	学校类别
129	肇庆市	广宁县	广宁县广宁中学	高中
130	肇庆市	怀集县	怀集县梁村镇中心初级中学	初中
131	肇庆市	怀集县	怀集县中洲镇中心小学	小学
132	肇庆市	封开县	封开县南丰中学	完全中学
133	肇庆市	德庆县	德庆县官圩镇中心小学	小学
134	肇庆市	四会市	四会市龙甫学校	初中
135	肇庆市	四会市	肇庆高新区实验小学	小学
136	惠州市	惠城区	广东省惠州市实验中学附属学校	9 年一贯制学校
137	惠州市	惠城区	惠州市铁路学校	9 年一贯制学校
138	惠州市	惠城区	惠州市南坛小学鼎峰分校	小学
139	惠州市	惠城区	惠州市田家炳中学	完全中学
140	惠州市	惠城区	惠州市第二小学	小学
141	惠州市	博罗县	博罗县罗浮中学	初中
142	惠州市	博罗县	博罗县实验学校	9 年一贯制学校
143	惠州市	博罗县	博罗县响水中心小学	小学
144	惠州市	惠东县	惠东县黄埠中学	初中
145	惠州市	惠东县	惠东县平山第三小学	小学
146	惠州市	仲恺高新技术产业开发区	惠州仲恺高新技术产业开发区潼侨镇中心小学	小学
147	惠州市	仲恺高新技术产业开发区	惠州仲恺高新技术产业开发区仲恺中学	完全中学
148	惠州市	仲恺高新技术产业开发区	惠州仲恺高新技术产业开发区潼侨中学	初中
149	惠州市	仲恺高新技术产业开发区	惠州仲恺高新技术产业开发区红旗小学	小学
150	惠州市	大亚湾经济技术开发区	惠州大亚湾经济技术开发区澳头第一小学	小学
151	梅州市	梅江区	广东省梅州市梅江区鸿都小学	小学
152	梅州市	梅江区	梅州市梅江区城北中学	初中
153	梅州市	梅江区	梅州市梅江区梅州中学	完全中学
154	梅州市	梅县区	梅州市梅县区丙村镇中心小学	小学
155	梅州市	梅县区	梅州市梅县区宪梓中学	初中
156	梅州市	梅县区	梅州市梅县区松口镇中心小学	小学
157	梅州市	梅县区	广东省梅州市梅县区华侨中学	完全中学

续上表

序号	所属市	所属县（区）	学校名称	学校类别
158	梅州市	大埔县	梅州市大埔县大埔小学	小学
159	梅州市	丰顺县	广东省梅州市丰顺县汤坑镇第二中心小学	小学
160	梅州市	五华县	广东省梅州市河东镇第一小学	小学
161	梅州市	五华县	广东省梅州市五华县华东中学	初中
162	梅州市	平远县	平远县石正中心小学	小学
163	梅州市	蕉岭县	广东省梅州市蕉岭县实验小学	小学
164	梅州市	兴宁市	广东省兴宁市刁坊中心小学	小学
165	梅州市	兴宁市	广东省梅州市兴宁市汉芬小学	小学
166	梅州市	兴宁市	兴宁市第一中学	高中
167	汕尾市	城区	汕尾市城区捷胜中学	初中
168	汕尾市	陆河县	陆河外国语学校	12 年一贯制学校
169	汕尾市	陆河县	陆河县河南小学	小学
170	汕尾市	陆丰市	陆丰市林启恩纪念中学	高中
171	汕尾市	陆丰市	陆丰市东海镇崎砂小学	小学
172	汕尾市	陆丰市	陆丰市金厢中学	初中
173	汕尾市	陆丰市	陆丰市甲子镇瀛江中学	9 年一贯制学校
174	汕尾市	陆丰市	陆丰市内湖中学	初中
175	汕尾市	陆丰市	陆丰市潭西深港小学	小学
176	汕尾市	城区	汕尾市实验小学	小学
177	汕尾市	城区	华南师范大学附属中学汕尾学校	完全中学
178	河源市	源城区	河源市源城区埔前中学	完全中学
179	河源市	源城区	河源市第二中学	初中
180	河源市	源城区	河源市第三小学	小学
181	河源市	源城区	河源中学实验学校（小学部）	小学
182	河源市	紫金县	紫金县城第一小学	小学
183	河源市	紫金县	紫金县新智中学	初中
184	河源市	龙川县	龙川县新城小学	小学
185	河源市	龙川县	龙川一中宏图学校	初中
186	河源市	连平县	广东省河源市连平县大湖镇中心小学	小学
187	河源市	和平县	和平县阳明中学	完全中学
188	河源市	东源县	广东省河源市东源县第一小学	小学
189	河源市	东源县	广州大学附属东江中学	高中

续上表

序号	所属市	所属县（区）	学校名称	学校类别
190	阳江市	江城区	阳江高新技术产业开发区漠南中学	初中
191	阳江市	江城区	阳江市城西学校	9 年一贯制学校
192	阳江市	江城区	阳江市第二中学	初中
193	阳江市	阳东区	阳江市阳东广雅学校	初中
194	阳江市	阳东区	阳江市阳东区第二中学	完全中学
195	阳江市	阳东区	广东省阳江市阳东区第一中学	高中
196	阳江市	阳西县	广东省阳江市阳西县第一小学	小学
197	阳江市	阳西县	广东省阳西县方正中学	初中
198	阳江市	阳春市	阳春市第二中学	高中
199	阳江市	阳春市	阳春市春州小学	小学
200	阳江市	阳春市	广东省阳春市岗美中学	初中
201	阳江市	阳春市	广东省阳江市阳春市春湾镇中心小学	小学
202	清远市	清城区	广东省清远市清城区石角镇中心小学	小学
203	清远市	清新区	清远市清新区第四小学	小学
204	清远市	佛冈县	佛冈县城东中学	初中
205	清远市	阳山县	阳山县韩愈中学	初中
206	清远市	阳山县	清远市阳山县太平镇中心小学	小学
207	清远市	英德市	英德市第一中学	高中
208	清远市	英德市	广东省英德市望埠镇初级中学	初中
209	清远市	英德市	广东省英德市望埠镇第二小学	小学
210	清远市	连州市	连州市连州中学	高中
211	清远市	连州市	连州市连州镇中心小学	小学
212	清远市	连南瑶族自治县	连南县顺德希望小学	小学
213	清远市	连南瑶族自治县	广东省清远市连南瑶族自治县三排镇南岗中心学校	9 年一贯制学校
214	东莞市	临深片区	东莞市电子科技学校	职业高中
215	东莞市	城区片区	东莞高级中学	高中
216	东莞市	临深片区	东莞市塘厦初级中学	初中
217	东莞市	城区片区	东莞市莞城建设小学	小学
218	东莞市	城区片区	广东省东莞市南城阳光第六小学	小学
219	东莞市	滨海片区	东莞市长安镇金沙小学	小学
220	东莞市	城区片区	东莞师范附属小学	小学

续上表

序号	所属市	所属县（区）	学校名称	学校类别
221	东莞市	水乡新城片区	东莞市麻涌镇漳澎小学	小学
222	东莞市	城区片区	东莞市南城阳光第四小学	小学
223	东莞市	滨海城区	东莞市长安振安学校	9年一贯制学校
224	东莞市	水乡新城片区	东莞市麻涌镇第一小学	小学
225	东莞市	城区片区	东莞市袁崇焕中学	初中
226	东莞市	临深片区	东莞市凤岗翡翠山湖学校	9年一贯制学校
227	东莞市	城区片区	东莞市莞城中心小学	小学
228	中山市	古镇镇	中山市古镇镇古三小学	小学
229	中山市	小榄镇	广东省中山市小榄中学	高中
230	中山市	坦洲镇	中山市坦洲镇安阜小学	小学
231	中山市	阜沙镇	中山市阜沙镇牛角小学	小学
232	中山市	五桂山街道	中山市中等专业学校	职业高中
233	中山市	火炬高技术产业开发区	中山市火炬高技术产业开发区第一中学	初中
234	中山市	三乡镇	广东省中山市三乡镇光后中心小学	小学
235	中山市	石岐街道	中山市石岐中心小学	小学
236	潮州市	湘桥区	广东省潮州市湘桥区意溪中心小学	小学
237	潮州市	湘桥区	潮州市湘桥区意溪中学	完全中学
238	潮州市	湘桥区	潮州市湘桥区城西中学	初中
239	潮州市	潮安区	潮州市潮安区宝山中学	完全中学
240	潮州市	潮安区	广东省潮州市潮安区沙溪镇贾里小学	小学
241	潮州市	饶平县	饶平县黄冈初级中学	初中
242	潮州市	饶平县	饶平县师范学校附属小学	小学
243	潮州市	饶平县	饶平县钱东镇中心小学	小学
244	潮州市	枫溪区	潮州市瓷都中学	高中
245	潮州市	湘桥区	潮州市绵德中学	高中
246	潮州市	潮安区	潮州市实验学校	小学
247	揭阳市	榕城区	揭阳市榕城区西郊学校	小学
248	揭阳市	榕城区	揭阳市实验小学	小学
249	揭阳市	榕城区	揭阳市榕城区仙桥街道办事处古溪初级中学	初中
250	揭阳市	揭东区	揭阳市揭东区玉湖镇新寮小学	小学
251	揭阳市	揭东区	揭阳市揭东区第二中学	高中

续上表

序号	所属市	所属县（区）	学校名称	学校类别
252	揭阳市	揭西县	广东省揭阳市揭西县宝塔实验学校	9 年一贯制学校
253	揭阳市	揭西县	揭西县五云镇鹏岭小学	小学
254	揭阳市	惠来县	惠来县鳌江镇中心小学	小学
255	揭阳市	惠来县	惠来县慈云实验中学	完全中学
256	揭阳市	普宁市	普宁市军埠镇神山沟小学	小学
257	揭阳市	普宁市	普宁市梅塘镇长美小学	小学
258	揭阳市	普宁市	普宁市船埔镇船埔中学	初中
259	揭阳市	揭东区	揭阳市蓝城区白塔中学	高中
260	揭阳市	空港经济区	揭阳市空港区桃山初级中学	初中
261	揭阳市	空港经济区	揭阳空港经济区地都中学	高中
262	云浮市	云城区	云浮市第二小学	小学
263	云浮市	云城区	云浮市第一中学	完全中学
264	云浮市	云安区	云浮市云安区云安中学	完全中学
265	云浮市	新兴县	广东省云浮市新兴县太平镇中心小学	小学
266	云浮市	新兴县	广东省云浮市新兴县实验中学	初中
267	云浮市	郁南县	广东省云浮市郁南县都城镇锦枝小学	小学
268	云浮市	罗定市	广东省罗定市素龙街中心小学	小学
269	云浮市	云城区	广东省云浮市邓发纪念中学	完全中学
270	佛山市	顺德区	佛山市顺德区梁开初级中学	初中
271	佛山市	顺德区	广东省佛山市顺德区聚胜小学	小学
272	佛山市	顺德区	广东实验中学顺德学校	初中
273	佛山市	顺德区	佛山市顺德区昌教小学	小学
274	佛山市	顺德区	佛山市顺德区勒流稔海小学	小学
275	佛山市	顺德区	佛山市顺德区乐从小学	小学
276	佛山市	顺德区	佛山市顺德区容桂四基中学	初中
277	佛山市	顺德区	广东省顺德容桂高黎小学	小学

10. 2017年广东省“全国青少年校园足球特色学校”名单

序号	所属市	所属县（区）	学校名称	学校类别
1	广州市	荔湾区	广州市荔湾区海中小学	小学
2	广州市	海珠区	广州市海珠区聚德西路小学	小学
3	广州市	海珠区	广州市海珠区江南新村第一小学	小学
4	广州市	海珠区	广州市海珠区知信小学	小学
5	广州市	海珠区	广州市江南外国语学校	初中
6	广州市	海珠区	广州市第四十一中学	完全中学
7	广州市	天河区	广州市天河区银河小学	小学
8	广州市	天河区	广州市第八十九中学	完全中学
9	广州市	天河区	广州市天河区石东小学	小学
10	广州市	天河区	华南理工大学附属实验学校	9年一贯制学校
11	广州市	天河区	广州市天河区冼村小学	小学
12	广州市	天河区	广州市第七十五中学	完全中学
13	广州市	白云区	广州市白云区人和镇第二小学	小学
14	广州市	白云区	广州市白云区南村小学	小学
15	广州市	白云区	广东省广州市白云区潭岗小学	小学
16	广州市	白云区	广州市白云区江高镇第二初级中学	初中
17	广州市	黄埔区	广州市黄埔区新港小学	小学
18	广州市	番禺区	广州市番禺区象贤中学	高中
19	广州市	番禺区	广州市番禺区石碁第四中学	初中
20	广州市	番禺区	广州市番禺区实验小学	小学
21	广州市	番禺区	广州市番禺区市桥富豪山庄小学	小学
22	广州市	番禺区	广州市番禺区石楼镇中心小学	小学
23	广州市	番禺区	广州市番禺区化龙中学	初中
24	广州市	番禺区	广州市番禺区钟村锦绣小学	小学
25	广州市	花都区	广州市花都区新雅街清布初级中学	初中
26	广州市	花都区	广州市花都区炭步镇第二小学	小学
27	广州市	花都区	广州市花都区邝维煜纪念中学	完全中学
28	广州市	花都区	广州市花都区花东镇大东小学	小学
29	广州市	从化区	广州市从化区第六中学	完全中学
30	广州市	增城区	广州市增城区石滩镇江龙学校	小学
31	韶关市	武江区	韶关市武江区至和汤邓淑芳纪念学校	小学

续上表

序号	所属市	所属县（区）	学校名称	学校类别
32	韶关市	浈江区	深圳市中金岭南有色金属股份有限公司韶关冶炼厂实验学校	9 年一贯制学校
33	韶关市	浈江区	韶关市浈江区浈江小学	小学
34	韶关市	曲江区	韶关市曲江初级中学	初中
35	韶关市	仁化县	仁化县黄坑中学	初中
36	韶关市	翁源县	翁源县官渡中学	初中
37	韶关市	南雄市	南雄中学	高中
38	深圳市	龙岗区	深圳科学高中	高中
39	深圳市	罗湖区	深圳市罗湖区凤光小学	小学
40	深圳市	罗湖区	深圳市翠园中学初中部	初中
41	深圳市	福田区	深圳市福田区梅园小学	小学
42	深圳市	福田区	深圳市第一职业技术学校	职业高中
43	深圳市	福田区	深圳市福田区梅山小学	小学
44	深圳市	福田区	深圳市福田区梅林小学	小学
45	深圳市	南山区	深圳市蛇口育才教育集团育才二小	小学
46	深圳市	宝安区	沙井街道垦岗小学	小学
47	深圳市	宝安区	深圳市龙华区清湖小学	小学
48	深圳市	宝安区	光明新区实验学校	9 年一贯制学校
49	深圳市	宝安区	深圳市龙华区丹堤实验学校	9 年一贯制学校
50	深圳市	宝安区	深圳市宝安区荣根学校	9 年一贯制学校
51	深圳市	宝安区	深圳市海滨中学	初中
52	深圳市	龙岗区	深圳市龙岗区深圳中学龙岗小学	小学
53	深圳市	龙岗区	深圳市龙岗区南湾街道沙湾中学	初中
54	深圳市	龙岗区	深圳市龙岗区平湖街道中心小学	小学
55	深圳市	龙岗区	深圳市大鹏新区大鹏第二小学	小学
56	深圳市	龙岗区	深圳市坪山新区坪山实验学校	9 年一贯制学校
57	深圳市	盐田区	庚子首义中山纪念学校	小学
58	珠海市	金湾区	珠海市平沙实验小学	小学
59	珠海市	金湾区	珠海市金湾区第一小学	小学
60	珠海市	香洲区	珠海市文园中学	初中
61	珠海市	香洲区	珠海市香洲区第十小学	小学
62	珠海市	香洲区	珠海市香洲区杨匏安纪念学校	小学

续上表

序号	所属市	所属县（区）	学校名称	学校类别
63	珠海市	斗门区	珠海市斗门区第四中学	初中
64	珠海市	斗门区	珠海市斗门区白蕉镇新环中心小学	小学
65	珠海市	香洲区	珠海市第一中等职业学校	职业高中
66	汕头市	龙湖区	汕头市世贸实验学校	9年一贯制学校
67	汕头市	龙湖区	汕头市龙湖区周厝塭小学	小学
68	汕头市	龙湖区	汕头市丹霞小学	小学
69	汕头市	龙湖区	汕头市龙湖区珠池小学	小学
70	汕头市	龙湖区	汕头市龙湖区诒铭小学	小学
71	汕头市	龙湖区	汕头市龙湖区西南小学	小学
72	汕头市	金平区	汕头市新乡小学	小学
73	汕头市	金平区	汕头市赖厝小学	小学
74	汕头市	金平区	汕头市聿怀初级中学	初中
75	汕头市	金平区	汕头市金荷中学	初中
76	汕头市	金平区	汕头市桂花小学	小学
77	汕头市	濠江区	汕头市广澳学校	9年一贯制学校
78	汕头市	濠江区	汕头市三河中学	初中
79	汕头市	潮阳区	汕头市潮阳区城南中学	完全中学
80	汕头市	潮南区	汕头市潮南区深溪明德学校	9年一贯制学校
81	汕头市	潮南区	汕头市司马浦镇溪美朱小学	小学
82	汕头市	澄海区	汕头市澄海东里小学	小学
83	汕头市	澄海区	汕头市澄海职业技术学校	职业高中
84	汕头市	南澳县	南澳县深澳正文学校	小学
85	佛山市	禅城区	佛山市禅城区南庄镇罗南小学	小学
86	佛山市	禅城区	广东省佛山市禅城区玫瑰小学	小学
87	佛山市	禅城区	佛山市第三中学初中部	初中
88	佛山市	南海区	佛山市南海区大沥镇泌冲小学	小学
89	佛山市	南海区	佛山市南海区里水镇旗峰小学	小学
90	佛山市	南海区	佛山市南海区狮山镇桃园小学	小学
91	佛山市	南海区	佛山市南海外国语学校	9年一贯制学校
92	佛山市	三水区	佛山市三水区西南街道第二中学	初中
93	佛山市	三水区	佛山市三水区白坭镇中心小学	小学
94	佛山市	高明区	佛山市高明区职业技术学校	职业高中

续上表

序号	所属市	所属县（区）	学校名称	学校类别
95	佛山市	高明区	佛山市高明区杨和镇中心小学	小学
96	江门市	蓬江区	江门市范罗冈小学	小学
97	江门市	蓬江区	江门市蓬江区荷塘镇良山小学	小学
98	江门市	新会区	江门市新会葵城中学	初中
99	江门市	新会区	江门市新会尚雅学校	9 年一贯制学校
100	江门市	新会区	江门市新会区大泽镇沙冲小学	小学
101	江门市	台山市	台山市华侨中学	高中
102	江门市	开平市	开平市金山中学	完全中学
103	江门市	鹤山市	鹤山市沙坪街道第六小学	小学
104	江门市	鹤山市	鹤山市鹤华中学	高中
105	江门市	蓬江区	江门市第一职业高级中学	职业高中
106	江门市	江海区	江门市第一中学	高中
107	湛江市	赤坎区	湛江市第四小学	小学
108	湛江市	赤坎区	湛江市第七中学	完全中学
109	湛江市	霞山区	湛江市第十二小学	小学
110	湛江市	霞山区	湛江市第四中学	高中
111	湛江市	霞山区	湛江市少林学校	12 年一贯制学校
112	湛江市	霞山区	湛江市第二十二中学	9 年一贯制学校
113	湛江市	坡头区	湛江市官渡中学	完全中学
114	湛江市	坡头区	湛江市南三德威中学	初中
115	湛江市	麻章区	湛江市麻章区太平镇第三初级中学	初中
116	湛江市	麻章区	湛江开发区觉民小学	小学
117	湛江市	麻章区	广东省湛江市爱周高级中学	高中
118	湛江市	麻章区	广东省湛江经济技术开发区第一中学	完全中学
119	湛江市	遂溪县	遂溪县黄略镇黄略初级中学	初中
120	湛江市	遂溪县	遂溪县建新镇建新初级中学	初中
121	湛江市	遂溪县	广东省遂溪县附城中学	初中
122	湛江市	遂溪县	遂溪县遂城第二小学	小学
123	湛江市	遂溪县	遂溪县黄略镇茅村小学	小学
124	湛江市	遂溪县	遂溪县城月中学	完全中学
125	湛江市	徐闻县	徐闻县城北乡中心小学	小学
126	湛江市	徐闻县	徐闻县五里中学	初中

续上表

序号	所属市	所属县（区）	学校名称	学校类别
127	湛江市	徐闻县	徐闻县曲界中学	初中
128	湛江市	廉江市	廉江市第二中学	完全中学
129	湛江市	廉江市	廉江市河唇中学	完全中学
130	湛江市	廉江市	廉江市第三中学	完全中学
131	湛江市	雷州市	广东省雷州市附城镇第二初级中学	初中
132	湛江市	吴川市	吴川市第二中学	完全中学
133	茂名市	茂南区	茂名市露天矿小学	小学
134	茂名市	茂南区	茂名市第十中学	完全中学
135	茂名市	茂南区	茂名市茂南区金塘镇第一小学	小学
136	茂名市	电白区	茂名市电白高级中学	高中
137	茂名市	电白区	电白春华学校	9 年一贯制学校
138	茂名市	电白区	茂名市电白区第一小学	小学
139	茂名市	高州市	高州市石鼓镇石鼓中心学校	小学
140	茂名市	高州市	高州市长坡镇长坡中心学校	小学
141	茂名市	高州市	高州市第一职业技术学校	职业高中
142	茂名市	化州市	化州市合江镇中心小学	小学
143	茂名市	化州市	化州市第一初级中学	初中
144	茂名市	化州市	化州市第一中学	高中
145	茂名市	信宜市	信宜市教育城小学	小学
146	茂名市	信宜市	信宜市径口初级中学	9 年一贯制学校
147	茂名市	信宜市	广东省茂名市信宜市第二小学	小学
148	茂名市	茂南区	茂名市龙岭学校	9 年一贯制学校
149	茂名市	茂南区	茂名市博雅中学	9 年一贯制学校
150	茂名市	茂南区	茂名市方兴小学	小学
151	茂名市	茂南区	茂名市第一中学	高中
152	茂名市	茂南区	茂名市行知中学	初中
153	茂名市	茂南区	茂名市福华小学	小学
154	茂名市	茂南区	茂名市愉园中学	初中
155	茂名市	电白区	茂名市电白区第四中学	完全中学
156	茂名市	电白区	七迳镇米粮小学	小学
157	肇庆市	鼎湖区	肇庆鼎湖中学	完全中学
158	肇庆市	高要区	肇庆市高要区金利镇中心小学	小学

续上表

序号	所属市	所属县（区）	学校名称	学校类别
159	肇庆市	广宁县	广宁县南街镇城南学校	9 年一贯制学校
160	肇庆市	怀集县	怀集县梁村镇中心小学	小学
161	肇庆市	怀集县	怀集县中洲镇泰来学校	9 年一贯制学校
162	肇庆市	封开县	封开县金装镇中心小学	小学
163	肇庆市	德庆县	德庆县德城中学	初中
164	肇庆市	四会市	肇庆高新技术产业开发区大旺中学	高中
165	肇庆市	四会市	四会市东城街道黄岗小学	小学
166	肇庆市	四会市	广东省四会市东城街道清东小学	小学
167	惠州市	惠城区	惠州市惠台学校	初中
168	惠州市	惠城区	惠州市光彩小学	小学
169	惠州市	惠城区	惠州市第十一小学金榜分校	小学
170	惠州市	惠城区	惠州市第一小学	小学
171	惠州市	惠阳区	广东省惠州市惠阳区淡水善培小学	小学
172	惠州市	博罗县	博罗县园洲镇星州双语学校	9 年一贯制学校
173	惠州市	博罗县	博罗县惠博小学	小学
174	惠州市	博罗县	广东省博罗县博罗中学	高中
175	惠州市	惠东县	惠东县平山第五小学	小学
176	惠州市	龙门县	广东省惠州市龙门县高级中学	高中
177	惠州市	龙门县	龙门县龙江中学	初中
178	惠州市	仲恺高新技术开发区	惠州仲恺高新技术产业开发区潼侨镇新华小学	小学
179	惠州市	仲恺高新技术开发区	惠州仲恺高新技术产业开发区惠环中学	初中
180	惠州市	仲恺高新技术开发区	惠州仲恺高新技术产业开发区陈江中心小学	小学
181	惠州市	仲恺高新技术开发区	惠州仲恺高新技术产业开发区惠环平南小学	小学
182	梅州市	梅江区	梅州市梅江区乐育中学	完全中学
183	梅州市	梅江区	梅州市梅江区乐育小学	小学
184	梅州市	梅江区	梅州市梅江区光远小学	小学
185	梅州市	梅县区	梅州市梅县区新城中心小学	小学
186	梅州市	梅县区	梅州市梅县区丙村中学	完全中学
187	梅州市	梅县区	梅州市梅县区程江镇中心小学	小学

续上表

序号	所属市	所属县（区）	学校名称	学校类别
188	梅州市	大埔县	大埔县茶阳镇中心小学	小学
189	梅州市	大埔县	大埔县华侨第二中学	初中
190	梅州市	大埔县	大埔县大埔第二小学	小学
191	梅州市	丰顺县	丰顺县丰良中学	初中
192	梅州市	丰顺县	丰顺县汤坑镇凌云小学	小学
193	梅州市	丰顺县	广东省丰顺县埔寨中心小学	小学
194	梅州市	五华县	五华县端本中学	初中
195	梅州市	五华县	五华县横陂镇第二小学	小学
196	梅州市	五华县	五华县安流镇第一小学	小学
197	梅州市	平远县	平远县实验小学	小学
198	梅州市	平远县	平远县第三小学	小学
199	梅州市	蕉岭县	蕉岭县友邦小学	小学
200	梅州市	蕉岭县	蕉岭县人民小学	小学
201	梅州市	兴宁市	兴宁市宁新中心小学	小学
202	梅州市	兴宁市	兴宁市新陂中心小学	小学
203	梅州市	兴宁市	兴宁市新陂中学	初中
204	汕尾市	城区	广东省汕尾市城区凤山街道中心小学	小学
205	汕尾市	城区	汕尾市城区汕尾中学	完全中学
206	汕尾市	城区	广东省汕尾市城区新城中学	完全中学
207	汕尾市	城区	汕尾市城区田家炳中学	完全中学
208	汕尾市	城区	汕尾市城区东涌镇中心小学	小学
209	汕尾市	海丰县	海丰县德成中英文学校	9年一贯制学校
210	汕尾市	海丰县	海丰县中等职业技术学校	职业高中
211	汕尾市	海丰县	海丰县彭湃中学	高中
212	汕尾市	陆丰市	陆丰市南塘五峰中学	完全中学
213	汕尾市	陆丰市	陆丰市博美镇霞绕小学	小学
214	汕尾市	陆丰市	陆丰市潭西镇第二中学	初中
215	汕尾市	陆丰市	陆丰市甲子镇第八小学	小学
216	汕尾市	陆丰市	陆丰市龙山中学	高中
217	河源市	源城区	河源市源城区太阳升小学	小学
218	河源市	源城区	河源市第一中学	初中
219	河源市	源城区	河源市源城区下角小学	小学

续上表

序号	所属市	所属县（区）	学校名称	学校类别
220	河源市	龙川县	龙川县第一中学	高中
221	河源市	龙川县	龙川县黄石中学	初中
222	河源市	龙川县	龙川县老隆镇第二小学	小学
223	河源市	连平县	连平县第一初级中学	初中
224	河源市	和平县	和平县阳明镇第三小学	小学
225	河源市	和平县	和平县实验初级中学	初中
226	河源市	东源县	东源县实验中学	初中
227	河源市	东源县	东源县蓝口镇中心小学	小学
228	阳江市	江城区	阳江高新技术产业开发区平冈镇中心小学	小学
229	阳江市	江城区	阳江市海陵岛经济开发试验区下朗小学	小学
230	阳江市	江城区	阳江市江城第一小学城南校区	小学
231	阳江市	江城区	阳江市江城区双捷镇中心小学	小学
232	阳江市	阳东区	阳江市阳东区红丰镇塘围初级中学	初中
233	阳江市	阳东区	阳江市阳东区北惯镇中心小学	小学
234	阳江市	阳春市	阳春市云凌小学	小学
235	阳江市	阳春市	阳春市潭水中学	初中
236	清远市	清城区	清远市清城区东城街中心小学	小学
237	清远市	清城区	清远市清城区飞来峡镇中心小学	小学
238	清远市	清城区	清远市清城区源潭镇中心小学	小学
239	清远市	清新区	广东省清远市清新区浸潭镇中心小学	小学
240	清远市	清新区	清远市清新区龙颈镇第一初级中学	初中
241	清远市	清新区	清远市清新区石潭镇第一初级中学	初中
242	清远市	阳山县	阳山县通儒中学	初中
243	清远市	连山壮族瑶族自治县	连山壮族瑶族自治县小三江初级中学	初中
244	清远市	英德市	英德市沙口中学	初中
245	清远市	连州市	连州市大路边中学	初中
246	清远市	连南瑶族自治县	连南瑶族自治县民族初级中学	初中
247	东莞市	产业园片区	东莞市谢岗中学	初中
248	东莞市	滨海片区	东莞市厚街镇桥头小学	小学
249	东莞市	滨海片区	广东省东莞市长安镇中心小学	小学
250	东莞市	城区片区	东莞市南城阳光第一小学	小学

续上表

序号	所属市	所属县（区）	学校名称	学校类别
251	东莞市	城区片区	东莞市东城第三小学	小学
252	东莞市	城区片区	东莞市南城星河学校	9年一贯制学校
253	东莞市	滨海片区	东莞市长安振安小学	小学
254	东莞市	滨海片区	东莞市厚街福民学校	9年一贯制学校
255	东莞市	产业园片区	广东省东莞市桥头镇第一小学	小学
256	东莞市	松山湖片区	东莞市松山湖实验中学	初中
257	东莞市	水乡新城片区	东莞市麻涌镇大盛小学	小学
258	东莞市	城区片区	东莞市第八高级中学	高中
259	中山市	港口镇	中山市港口镇中南小学	小学
260	中山市	南区	中山市良都中学	初中
261	中山市	东凤镇	中山市东凤镇同安小学	小学
262	中山市	板芙镇	中山市板芙镇板芙小学	小学
263	中山市	横栏镇	中山市横栏镇横栏小学	小学
264	中山市	神湾镇	中山市神湾镇神湾中心小学	小学
265	中山市	石岐街道	中山市华侨中学	完全中学
266	中山市	东升镇	广东省中山市东升镇裕民小学	小学
267	潮州市	湘桥区	潮州市湘桥区卧石侨英学校	小学
268	潮州市	湘桥区	潮州市湘桥区实验学校	小学
269	潮州市	湘桥区	潮州市湘桥区城西中心小学	小学
270	潮州市	湘桥区	潮州市城南中英文学校	小学
271	潮州市	潮安区	潮州市潮安区庵埠镇郭陇小学	小学
272	潮州市	潮安区	潮州市潮安区彩塘镇金骊中学	初中
273	潮州市	潮安区	潮州市潮安区实验学校	9年一贯制学校
274	潮州市	潮安区	潮安区龙湖阳光实验学校	9年一贯制学校
275	潮州市	饶平县	饶平县新丰镇中心小学	小学
276	潮州市	饶平县	饶平县所城中学	初中
277	潮州市	饶平县	饶平县城西实验小学	小学
278	潮州市	枫溪区	潮州市枫溪区洋头小学	小学
279	潮州市	湘桥区	潮州市高级实验学校	初中
280	揭阳市	榕城区	揭阳市榕城区梅云华侨中学	完全中学
281	揭阳市	榕城区	揭阳捷和职业技术学校	职业高中
282	揭阳市	揭东区	揭阳市揭东区云路镇北洋中心小学	小学

续上表

序号	所属市	所属县（区）	学校名称	学校类别
283	揭阳市	揭东区	揭阳市揭东区玉湖镇浮山华侨小学	小学
284	揭阳市	揭东区	揭阳市揭东区第四小学	小学
285	揭阳市	揭东区	揭阳市揭东区新亨镇硕联初级中学	初中
286	揭阳市	揭东区	揭阳市揭东区玉湖职业技术学校	完全中学
287	揭阳市	揭东区	揭阳市揭东区新亨镇硕和初级中学	初中
288	揭阳市	揭东区	揭阳市揭东区新亨镇硕联小学	小学
289	揭阳市	揭西县	揭西县南山第二中学	初中
290	揭阳市	揭西县	揭西县龙潭龙文学校	小学
291	揭阳市	揭西县	揭西县霖田高级中学	高中
292	揭阳市	揭西县	揭西县凤江镇凤湖小学	小学
293	揭阳市	惠来县	惠来县仙庵镇田墘小学	小学
294	揭阳市	普宁市	普宁英才华侨中学	高中
295	揭阳市	普宁市	普宁市洪阳镇洪东中学	初中
296	揭阳市	揭东区	揭阳产业转移工业园白塔镇桐坑初级中学	初中
297	揭阳市	揭东区	揭阳第三中学	高中
298	揭阳市	空港经济区	揭阳空港经济区地都镇第二初级中学	初中
299	揭阳市	空港经济区	揭阳空港经济区溪南街道溪南小学	小学
300	云浮市	云城区	广东省云浮市第一小学	小学
301	云浮市	云城区	云浮市云城区安塘中心小学	小学
302	云浮市	云安区	云浮市云安区六都镇第二中心小学	小学
303	云浮市	新兴县	新兴县里洞镇中心小学	小学
304	云浮市	新兴县	新兴县稔村镇初级中学	初中
305	云浮市	郁南县	郁南县建城镇中心小学	小学
306	云浮市	罗定市	罗定市廷锴纪念中学	完全中学
307	云浮市	罗定市	罗定中学城东学校	完全中学
308	佛山市	顺德区	佛山市顺德区容山中学	高中
309	佛山市	顺德区	佛山市顺德区容桂外国语学校	初中
310	佛山市	顺德区	佛山市顺德区聚贤小学	小学
311	佛山市	顺德区	佛山市顺德区陈村镇梁钊林纪念小学	小学

11. 2018年广东省“全国青少年校园足球特色学校”名单

序号	所属市	所属县（区）	学校名称	学校类别
1	广州市	荔湾区	广州市荔湾区蒋光鼐纪念小学	小学
2	广州市	荔湾区	荔湾区鹤洞小学	小学
3	广州市	荔湾区	广东广雅中学	高中
4	广州市	荔湾区	广州市荔湾区金道中学	初中
5	广州市	荔湾区	广州市荔湾区西塱小学	小学
6	广州市	越秀区	广州市越秀区东山培正小学	小学
7	广州市	越秀区	广州市越秀区黄花小学	小学
8	广州市	越秀区	广州市越秀区云山小学	小学
9	广州市	越秀区	广州市第十七中学	完全中学
10	广州市	越秀区	广州市越秀区桂花岗小学	小学
11	广州市	越秀区	广州市第二十一中学	完全中学
12	广州市	海珠区	海珠区晓港东马路小学	小学
13	广州市	海珠区	广州市海珠区宝玉直实验小学	小学
14	广州市	海珠区	广州市海珠区昌岗中路小学	小学
15	广州市	海珠区	广州市五中滨江学校	初中
16	广州市	海珠区	广州市岭南画派纪念中学	完全中学
17	广州市	天河区	广东实验中学附属天河学校	完全中学
18	广州市	天河区	广州市天河区龙口西小学	小学
19	广州市	天河区	广州市天河区长湴小学	小学
20	广州市	天河区	广州市天河区汇景实验学校	9年一贯制学校
21	广州市	天河区	广州中学	完全中学
22	广州市	白云区	广州市广外附设外语学校	12年一贯制学校
23	广州市	白云区	广州市第二外国语学校	完全中学
24	广州市	白云区	广州市白云区萧岗小学	小学
25	广州市	白云区	广州市白云区永兴小学	小学
26	广州市	黄埔区	广州石化小学	小学
27	广州市	黄埔区	广州市第一一七中学	初中
28	广州市	黄埔区	广州市黄埔区深井小学	小学
29	广州市	黄埔区	广州市黄埔中黄外国语小学	小学
30	广州市	番禺区	广州市番禺区南村镇侨联中学	初中
31	广州市	番禺区	广州市番禺区东怡小学	小学
32	广州市	番禺区	广州市番禺区大石中心小学	小学

续上表

序号	所属市	所属县（区）	学校名称	学校类别
33	广州市	番禺区	广州市番禺区洛溪新城小学	小学
34	广州市	番禺区	广州市番禺区化龙第二小学	小学
35	广州市	花都区	广州市花都区新华街第七小学	小学
36	广州市	花都区	广州市花都区风神实验小学	小学
37	广州市	南沙区	广州市南沙区金洲小学	小学
38	广州市	南沙区	广州市南沙榄核第二中学	初中
39	广州市	从化区	广州市从化区雅居乐小学	小学
40	广州市	从化区	广州市从化区棋杆中学	初中
41	广州市	增城区	广州市增城区荔城中学	高中
42	广州市	增城区	广州市增城区中新镇福和中学	初中
43	韶关市	武江区	韶关市第十四中学	初中
44	韶关市	浈江区	韶关市浈江区沙梨园小学	小学
45	韶关市	浈江区	韶关市浈江区南枫小学	小学
46	韶关市	曲江区	韶关市曲江区第三小学	小学
47	韶关市	曲江区	韶关市曲江区马坝中学	初中
48	韶关市	仁化县	仁化县田家炳小学	小学
49	韶关市	仁化县	仁化县第一中学	完全中学
50	韶关市	翁源县	江尾镇中心小学	小学
51	韶关市	乐昌市	乐昌市长来镇中学	初中
52	韶关市	乐昌市	乐昌市中等职业技术学校	职业高中
53	韶关市	乐昌市	乐昌市三溪镇中心学校	9 年一贯制学校
54	韶关市	南雄市	南雄市黄坑镇中心小学	小学
55	韶关市	南雄市	广东省南雄市黄坑中学	完全中学
56	深圳市	南山区	深圳市第二高级中学	高中
57	深圳市	罗湖区	深圳市泰宁小学	小学
58	深圳市	罗湖区	深圳市红桂中学	初中
59	深圳市	罗湖区	深圳市螺岭外国语实验学校	小学
60	深圳市	福田区	深圳市福田区上沙中学	初中
61	深圳市	福田区	深圳市福田区下沙小学	小学
62	深圳市	福田区	广东省深圳市福田区皇岗小学	小学
63	深圳市	福田区	深圳市福田区教育科学研究院第二附属小学	小学

续上表

序号	所属市	所属县（区）	学校名称	学校类别
64	深圳市	南山区	深圳市南山区松坪学校	9 年一贯制学校
65	深圳市	南山区	深圳市南山区平山小学	小学
66	深圳市	南山区	深圳市南山实验教育集团麒麟小学	9 年一贯制学校
67	深圳市	南山区	深圳市南山区南油小学	小学
68	深圳市	南山区	深圳市南山区卓雅小学	小学
69	深圳市	光明新区	龙华区实验学校	9 年一贯制学校
70	深圳市	光明新区	深圳市光明新区公明第一小学	小学
71	深圳市	光明新区	深圳市光明新区公明中学	初中
72	深圳市	宝安区	深圳市宝安区西乡西湾小学	小学
73	深圳市	宝安区	深圳市宝安区宝安小学	小学
74	深圳市	宝安区	深圳市宝安区沙井新桥小学	小学
75	深圳市	宝安区	深圳市宝安中学（集团）第二外国语学校	9 年一贯制学校
76	深圳市	宝安区	深圳市宝安区桥头学校	9 年一贯制学校
77	深圳市	龙华区	深圳市龙华区上芬小学	小学
78	深圳市	龙岗区	深圳市龙岗区布吉高级中学	高中
79	深圳市	坪山区	深圳市坪山区坑梓中心小学	小学
80	深圳市	龙岗区	深圳市龙岗区横岗水晶城小学	小学
81	深圳市	龙岗区	深圳市龙岗区华中师范大学龙岗附属中学	高中
82	深圳市	龙岗区	同乐主力学校	9 年一贯制学校
83	深圳市	坪山区	深圳市坪山区汤坑小学	小学
84	珠海市	香洲区	珠海市香洲区拱北小学	小学
85	珠海市	香洲区	珠海市第五中学	初中
86	珠海市	香洲区	珠海市香洲区造贝学校	小学
87	珠海市	香洲区	珠海市香洲区凤凰小学	小学
88	珠海市	香洲区	珠海市九洲中学	初中
89	珠海市	斗门区	白蕉镇六乡中心小学	小学
90	珠海市	斗门区	珠海市斗门区白蕉镇中心小学	小学
91	珠海市	斗门区	珠海市斗门区实验中学	初中
92	珠海市	金湾区	珠海市三灶镇中心小学	小学
93	珠海市	高新区	珠海市金鼎中学	初中
94	珠海市	香洲区	珠海一中附属实验学校	完全中学
95	珠海市	金湾区	珠海市平沙镇中心小学	小学

续上表

序号	所属市	所属县（区）	学校名称	学校类别
96	汕头市	龙湖区	汕头市龙湖区蔡社小学	小学
97	汕头市	龙湖区	汕头市龙湖区金涛小学	小学
98	汕头市	龙湖区	汕头市龙湖区华埠华侨小学	小学
99	汕头市	龙湖区	汕头市龙湖区永安小学	小学
100	汕头市	龙湖区	汕头市龙湖区碧华实验学校	9 年一贯制学校
101	汕头市	龙湖区	汕头市龙湖区金珠小学	小学
102	汕头市	龙湖区	汕头市龙湖区朝阳小学	小学
103	汕头市	龙湖区	汕头市龙湖区金晖小学	小学
104	汕头市	龙湖区	汕头市龙湖区鸥上小学	小学
105	汕头市	龙湖区	汕头市龙湖区东升小学	小学
106	汕头市	龙湖区	汕头市丰华学校	9 年一贯制学校
107	汕头市	龙湖区	汕头市谢易初中学	完全中学
108	汕头市	龙湖区	广东第二师范学院龙湖附属中学	完全中学
109	汕头市	龙湖区	汕头市新溪中学	初中
110	汕头市	金平区	汕头市浮西小学	小学
111	汕头市	金平区	汕头市月浦小学	小学
112	汕头市	金平区	汕头市大窖小学	小学
113	汕头市	金平区	汕头市金砂中学	完全中学
114	汕头市	金平区	汕头市第二中学	完全中学
115	汕头市	金平区	汕头市鮀浦中学	完全中学
116	汕头市	金平区	汕头市汇翠小学	小学
117	汕头市	濠江区	汕头市濠江区葛陈小学	小学
118	汕头市	濠江区	汕头市玉新中学	初中
119	汕头市	潮阳区	汕头市潮阳外国语学校	9 年一贯制学校
120	汕头市	澄海区	汕头市澄海澄华中心小学	小学
121	汕头市	澄海区	广东省汕头市澄海实验高级中学	高中
122	佛山市	禅城区	佛山市惠景中学	初中
123	佛山市	禅城区	佛山市第三中学	高中
124	佛山市	禅城区	佛山市惠景小学	小学
125	佛山市	禅城区	佛山市禅城区南庄镇上元小学	小学
126	佛山市	南海区	佛山市南海石门实验中学	初中
127	佛山市	南海区	佛山市南海区里水镇和顺中心小学	小学

续上表

序号	所属市	所属县（区）	学校名称	学校类别
128	佛山市	南海区	华南师范大学附属中学南海实验高级中学	高中
129	佛山市	南海区	佛山市南海区丹灶镇金沙小学	小学
130	佛山市	南海区	佛山市南海区大沥镇沥北小学	小学
131	佛山市	南海区	佛山市南海区西樵实验小学	小学
132	佛山市	顺德区	佛山市顺德区西山小学	小学
133	佛山市	顺德区	佛山市顺德区大墩初级中学	初中
134	佛山市	顺德区	佛山市顺德区罗定邦中学	高中
135	佛山市	顺德区	佛山市顺德区鉴海小学	小学
136	佛山市	顺德区	佛山市顺德区美的学校	小学
137	佛山市	顺德区	佛山市顺德区大良实验小学	小学
138	佛山市	顺德区	佛山市顺德区容桂容里小学	小学
139	佛山市	顺德区	佛山市顺德区容桂容边小学	小学
140	佛山市	三水区	佛山市三水区白坭镇白坭中学	初中
141	佛山市	三水区	佛山市三水区大塘镇中心小学	小学
142	佛山市	三水区	佛山市三水区乐平镇中心小学	小学
143	佛山市	三水区	佛山市三水区三水中学附属初中	初中
144	佛山市	三水区	佛山市三水区云东海街道下东鲁小学	小学
145	佛山市	高明区	佛山市高明区明城镇东洲中学	初中
146	佛山市	高明区	佛山市高明区高明实验中学	完全中学
147	佛山市	高明区	佛山市高明区第一中学附属小学	小学
148	江门市	蓬江区	江门市蓬江区棠下镇天河小学	小学
149	江门市	蓬江区	江门市培英初级中学	初中
150	江门市	蓬江区	江门市蓬江区甘光仪学校	小学
151	江门市	江海区	江门市江海区外海街道中心小学	小学
152	江门市	江海区	江门市江海区外海银泉小学	小学
153	江门市	江海区	江门市江海区礼乐中学	完全中学
154	江门市	新会区	江门市新会区会城天禄小学	小学
155	江门市	新会区	江门市新会区双水镇黄克竞博士学校	小学
156	江门市	新会区	江门市新会高级技工学校	职业高中
157	江门市	台山市	台山市广海中学	初中
158	江门市	台山市	台山市培正中学	完全中学

续上表

序号	所属市	所属县（区）	学校名称	学校类别
159	江门市	开平市	开平市第一中学	高中
160	江门市	开平市	开平市世界谭氏中学	初中
161	江门市	鹤山市	鹤山市古劳中学	初中
162	江门市	鹤山市	鹤山市职业技术学校	职业高中
163	江门市	鹤山市	鹤山市共和镇中心小学	小学
164	江门市	鹤山市	鹤山市共和中学	初中
165	江门市	鹤山市	鹤山市沙坪街道第一小学	小学
166	江门市	鹤山市	鹤山市沙坪实验中学	初中
167	江门市	鹤山市	鹤山市沙坪街道第三小学	小学
168	江门市	恩平市	恩平海外联谊学校	小学
169	湛江市	坡头区	湛江市坡头区第一小学	小学
170	湛江市	坡头区	湛江市坡头区南三镇中心小学	小学
171	湛江市	遂溪县	遂溪县遂城第一初级中学	初中
172	湛江市	遂溪县	遂溪县杨柑中学	完全中学
173	湛江市	遂溪县	遂溪县遂城镇分界小学	小学
174	湛江市	遂溪县	遂溪县杨柑镇中心小学	小学
175	湛江市	徐闻县	徐闻县第一中学	完全中学
176	湛江市	徐闻县	徐闻县西连中学	初中
177	湛江市	廉江市	廉江市良垌中学	初中
178	湛江市	廉江市	廉江市第五小学	小学
179	湛江市	廉江市	廉江市河唇镇第二初级中学	初中
180	湛江市	廉江市	廉江市石岭镇第二初级中学	初中
181	湛江市	廉江市	廉江市吉水镇第一初级中学	初中
182	湛江市	廉江市	廉江市石岭镇垭坭塘小学	小学
183	湛江市	吴川市	吴川市黄坡镇乌坭小学	小学
184	湛江市	吴川市	吴川市黄坡镇林屋小学	小学
185	湛江市	吴川市	吴川市塘缀镇第二小学	小学
186	湛江市	吴川市	吴川市黄坡镇育英小学	小学
187	茂名市	茂南区	茂名市茂南第一小学	小学
188	茂名市	茂南区	茂名市第四中学	完全中学
189	茂名市	电白区	茂名市电白区坡心镇中心小学	小学
190	茂名市	电白区	茂名市电白区麻岗镇中心小学	小学

续上表

序号	所属市	所属县（区）	学校名称	学校类别
191	茂名市	电白区	茂名市电白区滨海小学	小学
192	茂名市	电白区	茂名市电白区第一中学	高中
193	茂名市	高州市	高州市荷塘镇荷塘中心学校	小学
194	茂名市	高州市	高州市祥山中学	初中
195	茂名市	高州市	高州市第四中学	完全中学
196	茂名市	高州市	高州市第一中学	高中
197	茂名市	化州市	化州市新安镇中心小学	小学
198	茂名市	化州市	化州市笪桥镇中心小学	小学
199	茂名市	化州市	化州市官桥中学	完全中学
200	茂名市	化州市	化州市第二中学	完全中学
201	茂名市	信宜市	信宜市教育城初级中学	初中
202	茂名市	信宜市	信宜砺儒中学	高中
203	茂名市	信宜市	信宜市镇隆镇第一小学	小学
204	茂名市	信宜市	信宜市职业技术学校	职业高中
205	茂名市	市直属	茂名市向阳小学	小学
206	茂名市	滨海新区	茂名市电白区龙山中学	初中
207	肇庆市	端州区	肇庆市颂德学校	初中
208	肇庆市	鼎湖区	肇庆市鼎湖区莲花镇真光中心小学	小学
209	肇庆市	高要区	肇庆市高要区第一小学	小学
210	肇庆市	高要区	肇庆市高要区第一中学	完全中学
211	肇庆市	广宁县	广宁县木格镇中心小学	小学
212	肇庆市	怀集县	怀集县洽水镇中心小学	小学
213	肇庆市	封开县	封开县江口镇封川小学	小学
214	肇庆市	德庆县	德庆县孔子中学	高中
215	肇庆市	四会市	四会市青云小学	小学
216	肇庆市	四会市	肇庆市四会中等专业学校	职业高中
217	惠州市	惠城区	惠州市惠城区水口中学	初中
218	惠州市	惠城区	惠州市三新小学	小学
219	惠州市	惠城区	惠州市第二十六小学	小学
220	惠州市	惠城区	惠州市第五中学	初中
221	惠州市	惠城区	惠州市合生实验学校	9 年一贯制学校
222	惠州市	惠阳区	惠州市惠阳区淡水第八小学	小学

续上表

序号	所属市	所属县（区）	学校名称	学校类别
223	惠州市	惠阳区	惠州市惠阳高级中学实验学校	高中
224	惠州市	博罗县	博罗县响水中学	初中
225	惠州市	博罗县	惠州市博罗县杨村中学	初中
226	惠州市	博罗县	博罗县泰美中心小学	小学
227	惠州市	博罗县	博罗县九潭中心小学	小学
228	惠州市	惠东县	惠东县大岭中心学校	9年一贯制学校
229	惠州市	龙门县	龙门县龙田第二小学	小学
230	惠州市	龙门县	龙门县地派镇中心小学	小学
231	惠州市	仲恺高新技术开发区	惠州仲恺高新区第五中学	初中
232	惠州市	仲恺高新技术开发区	惠州仲恺高新技术产业开发区陈江小学	小学
233	惠州市	仲恺高新技术开发区	惠州仲恺高新区第四中学	初中
234	惠州市	仲恺高新技术开发区	惠州仲恺高新区潼侨光明学校	9年一贯制学校
235	惠州市	仲恺高新技术开发区	惠州仲恺高新技术开发区潼湖镇永平小学	小学
236	惠州市	仲恺高新技术开发区	惠州仲恺高新区第五小学	小学
237	惠州市	仲恺高新技术开发区	惠州仲恺高新区第四小学	小学
238	惠州市	仲恺高新技术开发区	仲恺高新技术产业开发区陈江五一小学	小学
239	梅州市	梅江区	梅州市梅江区水白中学	初中
240	梅州市	梅江区	梅州市梅江区联合中学	完全中学
241	梅州市	梅江区	梅州市梅江区作新小学	小学
242	梅州市	梅江区	梅州市梅江区龙坪小学	小学
243	梅州市	梅县区	梅州市梅县区丽群小学	小学
244	梅州市	梅县区	梅州市梅县区扶大中心小学	小学
245	梅州市	梅县区	梅州市梅县区松源镇中心小学	小学
246	梅州市	梅县区	梅州市梅县区松口中学	完全中学
247	梅州市	梅县区	梅州市梅县区石坑中学	初中
248	梅州市	大埔县	大埔县大东镇实验学校	9年一贯制学校

续上表

序号	所属市	所属县（区）	学校名称	学校类别
249	梅州市	大埔县	大埔县大麻镇中心小学	小学
250	梅州市	大埔县	大埔县湖山中学	初中
251	梅州市	丰顺县	留隍第一中心小学	小学
252	梅州市	丰顺县	丰顺县第一中学	完全中学
253	梅州市	五华县	五华县南山小学	小学
254	梅州市	五华县	五华县转水镇惠民小学	小学
255	梅州市	五华县	五华县水寨中学	完全中学
256	梅州市	五华县	五华县第三小学	小学
257	梅州市	五华县	五华县华新中学	初中
258	梅州市	五华县	五华县第一小学	小学
259	梅州市	平远县	平远县东石中心小学	小学
260	梅州市	兴宁市	兴宁市大坪中心小学	小学
261	梅州市	兴宁市	兴宁市兴城灌新小学	小学
262	梅州市	兴宁市	兴宁市龙田中心小学	小学
263	梅州市	兴宁市	兴宁市合水学校	9 年一贯制学校
264	梅州市	兴宁市	兴宁市大坪中学	初中
265	梅州市	兴宁市	兴宁市沐彬中学	完全中学
266	汕尾市	城区	马宫街道中心小学	小学
267	汕尾市	城区	汕尾市城区红草第一中学	初中
268	汕尾市	海丰县	海丰县实验中学	完全中学
269	汕尾市	海丰县	海丰县黄羌中学	初中
270	汕尾市	陆河县	陆河县陆河中学	高中
271	汕尾市	陆丰市	陆丰市金厢镇洲渚小学	小学
272	汕尾市	陆丰市	陆丰市东海龙潭中学	完全中学
273	汕尾市	陆丰市	陆丰市南塘镇南安小学	小学
274	汕尾市	华侨管理区	汕尾市华侨管理区中学	完全中学
275	河源市	源城区	河源高级中学	高中
276	河源市	源城区	河源市源城区高莲小学	小学
277	河源市	紫金县	河源市紫金县中山高级中学	高中
278	河源市	紫金县	紫金县古竹中心小学	小学
279	河源市	龙川县	龙川县佗城中学	完全中学
280	河源市	龙川县	龙川县赤光镇中心小学	小学

续上表

序号	所属市	所属县（区）	学校名称	学校类别
281	河源市	龙川县	龙川县鹤市镇中心小学	小学
282	河源市	和平县	河源市和平县阳明镇新社学校	9 年一贯制学校
283	河源市	东源县	广东省东源中学	高中
284	河源市	东源县	东源县第二小学	小学
285	河源市	东源县	东源县灯塔镇中心小学	小学
286	阳江市	江城区	阳江市岗列学校	9 年一贯制学校
287	阳江市	江城区	阳江市实验小学	小学
288	阳江市	阳东区	阳江市阳东区东城镇中心小学	小学
289	阳江市	阳东区	阳江职业技术学院附属阳东学校	9 年一贯制学校
290	阳江市	阳东区	阳江市阳东区合山镇中心小学	小学
291	阳江市	阳西县	阳江市阳西县第二小学	小学
292	阳江市	阳西县	阳西县织篢镇中心小学	小学
293	阳江市	阳西县	阳西县奋兴中学	初中
294	阳江市	阳春市	阳春市第一中学	高中
295	阳江市	阳春市	阳春市圭岗学校	9 年一贯制学校
296	阳江市	阳春市	阳春市中等职业技术学校	职业高中
297	阳江市	阳春市	阳春市逸夫小学	小学
298	阳江市	阳春市	阳春市绵登中英文小学	小学
299	阳江市	阳春市	阳春市春城街道第一小学	小学
300	阳江市	阳春市	阳春市双滘镇中心小学	小学
301	清远市	清城区	清远市清城区源潭镇第一初级中学	初中
302	清远市	清城区	清远市清城区飞来峡镇第一初级中学	初中
303	清远市	清城区	清远市清城区石角镇第二初级中学	初中
304	清远市	清城区	清远市清城区清城中学	初中
305	清远市	清城区	清远市清城区龙塘镇中心小学	小学
306	清远市	清城区	清远市新北江小学	小学
307	清远市	清城区	清远市清城区飞来湖中学	初中
308	清远市	清新区	清远市清新区山塘镇第二小学	小学
309	清远市	清新区	清远市清新区第一中学	高中
310	清远市	佛冈县	清远市佛冈县振兴小学	小学
311	清远市	阳山县	阳山县太平中学	初中

续上表

序号	所属市	所属县（区）	学校名称	学校类别
312	清远市	连山壮族瑶族自治县	连山壮族瑶族自治县民族中学	初中
313	清远市	英德市	英德市英城街中心小学	小学
314	清远市	连州市	连州市大路边镇中心小学	小学
315	清远市	连南瑶族自治县	连南瑶族自治县寨岗镇马安中心学校	9年一贯制学校
316	东莞市	城区片区	东莞市东城第一小学	小学
317	东莞市	水乡新城区	东莞市中堂镇槎滘小学	小学
318	东莞市	松山湖片区	东莞市寮步中学	初中
319	东莞市	滨海片区	东莞市厚街镇三屯小学	小学
320	东莞市	松山湖片区	东莞市光正实验学校小学部	12年一贯制学校
321	东莞市	产业园片区	东莞市企石镇中心小学	小学
322	东莞市	城区片区	东莞市东莞中学初中部	初中
323	东莞市	水乡新城片区	东莞市麻涌镇大步小学	小学
324	东莞市	水乡新城片区	东莞市中堂镇第二小学	小学
325	东莞市	城区片区	东莞市第七高级中学	高中
326	东莞市	产业园片区	东莞市桥头镇中心小学	小学
327	东莞市	产业园片区	东莞市横沥爱华学校	9年一贯制学校
328	东莞市	临深片区	东莞市凤岗镇镇田小学	小学
329	东莞市	松山湖片区	东莞市寮步镇横坑小学	小学
330	东莞市	城区片区	东莞市南城阳光第三小学	小学
331	东莞市	滨海片区	东莞市厚街镇竹溪小学	小学
332	东莞市	水乡新城片区	东莞市麻涌镇第二小学	小学
333	东莞市	产业园片区	东莞市谢岗振华学校	9年一贯制学校
334	东莞市	滨海片区	东莞市长安镇实验小学	小学
335	东莞市	滨海片区	东莞市沙田镇中心小学	小学
336	东莞市	城区片区	东莞市长安中学	高中
337	中山市	黄圃镇	中山市黄圃镇吴栏小学	小学
338	中山市	南区	中山市南区竹秀园中心小学	小学
339	中山市	石岐街道	中山市石岐第一小学	小学
340	中山市	三乡镇	中山市三乡镇载德小学	小学
341	中山市	石岐街道	中山市石岐中心小学大信学校	小学
342	中山市	小榄镇	中山市建斌中等职业技术学校	职业高中

续上表

序号	所属市	所属县（区）	学校名称	学校类别
343	中山市	沙溪镇	中山市沙溪镇云汉小学	小学
344	中山市	沙溪镇	中山市沙溪镇港园小学	小学
345	中山市	东区	中山市第一中学	完全中学
346	中山市	坦洲镇	中山市坦洲镇合胜小学	小学
347	中山市	石岐街道	中山市石岐中学	初中
348	中山市	西区	中山市实验小学蓝波湾学校	小学
349	潮州市	湘桥区	潮州市湘桥区磷溪镇仙河华侨学校	小学
350	潮州市	潮安区	潮州市潮安区庵埠镇梅溪小学	小学
351	潮州市	潮安区	潮州市潮安区文祠镇上荣小学	小学
352	潮州市	潮安区	潮州市潮安区彩塘镇水美小学	小学
353	潮州市	饶平县	饶平县上饶中学	初中
354	潮州市	饶平县	潮州市饶平县大埕镇中心小学	小学
355	潮州市	饶平县	饶平县茂芝全德学校	小学
356	潮州市	饶平县	饶平县黄冈镇中心小学	小学
357	潮州市	饶平县	饶平县鸿程中学	初中
358	潮州市	饶平县	饶平县第二中学	高中
359	揭阳市	榕城区	揭阳市榕城区仙桥街道办事处下六小学	小学
360	揭阳市	揭东区	揭阳市揭东区埔田镇庵后小学	小学
361	揭阳市	揭东区	揭阳市揭东区玉滘镇半洋小学	小学
362	揭阳市	揭东区	揭阳市揭东区梅岗中学	完全中学
363	揭阳市	揭东区	揭阳市揭东区锡场镇东仓小学	小学
364	揭阳市	揭西县	揭西县钱坑镇钱西小学	小学
365	揭阳市	揭西县	揭西县龙潭中学	初中
366	揭阳市	惠来县	惠来县东陇中心小学	小学
367	揭阳市	惠来县	惠来县锡溪学校	9年一贯制学校
368	揭阳市	普宁市	普宁市流沙北街道西陇小学	小学
369	揭阳市	普宁市	普宁市梅塘镇安仁初级中学	初中
370	揭阳市	普宁市	普宁市华美实验学校	完全中学
371	揭阳市	普宁市	普宁市大坝镇新兴初级中学	初中
372	揭阳市	普宁市	普宁市占陇镇新寮小学	小学
373	揭阳市	普宁市	普宁市流沙东街道新坛小学	小学
374	揭阳市	普宁市	普宁市梅林镇居民小学	小学

续上表

序号	所属市	所属县（区）	学校名称	学校类别
375	揭阳市	普宁市	普宁市第二中学	完全中学
376	揭阳市	揭东区	揭阳产业转移工业园城西小学	小学
377	揭阳市	空港经济区	揭阳空港经济区第一中学	高中
378	揭阳市	空港经济区	揭阳空港经济区凤美街道广美小学	小学
379	揭阳市	空港经济区	揭阳空港经济区渔湖中学	高中
380	揭阳市	空港经济区	揭阳空港经济区地都镇福美小学	小学
381	云浮市	云城区	云浮市第五小学	小学
382	云浮市	云城区	云浮市云城区思劳镇中心小学	小学
383	云浮市	云安区	云浮市云安区富林镇中学	初中
384	云浮市	新兴县	新兴县六祖镇船岗小学	小学
385	云浮市	新兴县	新兴县田家炳中学	完全中学
386	云浮市	郁南县	云浮市郁南县南江口镇中心小学	小学
387	云浮市	郁南县	郁南县蔡朝焜纪念中学	完全中学
388	云浮市	罗定市	罗定市罗城南区小学	小学
389	云浮市	罗定市	罗定市附城街中心小学	小学
390	云浮市	罗定市	罗定第一中学	完全中学

12. 2019年广东省“全国青少年校园足球特色学校”名单

序号	所属市	所属县（区）	学校名称	学校类别
1	广州市	越秀区	广州市铁一中学	完全中学
2	广州市	海珠区	广州市土地房产管理职业学校	高中
3	广州市	海珠区	广州市第六中学	高中
4	广州市	荔湾区	广州市陈嘉庚纪念中学	初中
5	广州市	荔湾区	广州市荔湾区双桥学校	9年一贯制学校
6	广州市	越秀区	广州市第七中学实验学校	9年一贯制学校
7	广州市	天河区	广州市天河区吉山小学	小学
8	广州市	天河区	广州市天河中学	完全中学
9	广州市	白云区	广州市白云区加禾小学	小学
10	广州市	白云区	广州市白云区白天鹅京溪实验小学	小学
11	广州市	白云区	广州市白云区平沙培英学校	9年一贯制学校
12	广州市	黄埔区	广州市黄埔区怡园小学	小学
13	广州市	黄埔区	黄埔区新港中学	初中
14	广州市	黄埔区	广州科学城中学	完全中学
15	广州市	黄埔区	广州市黄埔区下沙小学	小学
16	广州市	番禺区	广州市番禺区市桥富都小学	小学
17	广州市	番禺区	广州市番禺区市桥侨联中学	初中
18	广州市	番禺区	广州市番禺区东湖洲小学	小学
19	广州市	花都区	广州市花都区秀全街乐泉小学	小学
20	广州市	花都区	广州市花都区新雅街嘉行学校	9年一贯制学校
21	广州市	花都区	广州市花都区新雅街广塘小学	小学
22	广州市	花都区	广州市花都区花城街长岗初级中学	初中
23	广州市	南沙区	广州市南沙鱼窝头中学	完全中学
24	广州市	南沙区	广州市南沙区潭山小学	小学
25	广州市	从化区	广州市从化区第三中学	完全中学
26	广州市	从化区	广州市从化区太平镇信诚木棉小学	小学
27	广州市	增城区	广州市增城区石滩中学	初中
28	广州市	增城区	广州市增城区荔城街第二小学	小学
29	韶关市	武江区	韶关市武江区金福园小学	小学
30	韶关市	曲江区	韶关市曲江区大塘中学	初中
31	韶关市	曲江区	韶关市曲江区城南小学	小学
32	韶关市	乐昌市	乐昌市乐城第一小学	小学

续上表

序号	所属市	所属县（区）	学校名称	学校类别
33	韶关市	乐昌市	乐昌市北乡镇中心学校	9 年一贯制学校
34	韶关市	乐昌市	广东省乐昌市新时代学校	9 年一贯制学校
35	韶关市	南雄市	南雄市雄州街道新城小学	小学
36	韶关市	南雄市	南雄市南亩镇中心小学	小学
37	韶关市	南雄市	南雄市界址镇中心小学	小学
38	深圳市	坪山区	深圳市坪山区同心外国语学校	9 年一贯制学校
39	深圳市	龙华区	深圳市龙华区龙华中心小学	小学
40	深圳市	龙华区	深圳市龙华区潜龙学校	9 年一贯制学校
41	深圳市	罗湖区	深圳市文锦中学	初中
42	深圳市	罗湖区	深圳市滨河小学	小学
43	深圳市	罗湖区	深圳市淘金山小学	小学
44	深圳市	罗湖区	深圳市罗湖外语学校初中实验部	初中
45	深圳市	福田区	深圳市福田小学	小学
46	深圳市	福田区	深圳市福田区华新小学	小学
47	深圳市	福田区	深圳市福田区上沙小学	小学
48	深圳市	福田区	深圳市福田区黄埔学校	9 年一贯制学校
49	深圳市	南山区	深圳市南山区第二外国语学校（集团）学府中学	初中
50	深圳市	南山区	深圳市南山区桃苑学校	9 年一贯制学校
51	深圳市	南山区	深圳市南山区塘朗小学	小学
52	深圳市	光明区	深圳市光明区东周小学	小学
53	深圳市	宝安区	深圳市福永中学	初中
54	深圳市	宝安区	深圳市宝安区松岗第二小学	小学
55	深圳市	宝安区	深圳市宝安中学（集团）塘头学校	9 年一贯制学校
56	深圳市	光明区	深圳市光明区玉律小学	小学
57	深圳市	宝安区	深圳市宝安区海韵学校	9 年一贯制学校
58	深圳市	宝安区	深圳市宝安区西乡街道黄田小学	小学
59	深圳市	龙岗区	龙岗区实验学校	9 年一贯制学校
60	深圳市	龙岗区	深圳市龙岗区平湖外国语学校	12 年一贯制学校
61	深圳市	坪山区	深圳市坪山区坪山高级中学	高中
62	深圳市	大鹏新区	深圳市大鹏新区华侨中学	初中
63	深圳市	盐田区	深圳市田东中学	初中
64	深圳市	盐田区	深圳市盐田区梅沙小学	小学

续上表

序号	所属市	所属县（区）	学校名称	学校类别
65	珠海市	香洲区	广东省珠海市香洲区第一小学	小学
66	珠海市	香洲区	珠海市香洲区金钟小学	小学
67	珠海市	斗门区	珠海市斗门区城东中学	初中
68	珠海市	金湾区	珠海市金海岸海华小学	小学
69	珠海市	金湾区	珠海市红旗中学	完全中学
70	珠海市	高新区	珠海北大附属实验学校	12年一贯制学校
71	珠海市	金湾区	珠海市平沙镇华丰小学	小学
72	汕头市	龙湖区	汕头市龙湖区内充公小学	小学
73	汕头市	龙湖区	汕头市龙湖区旦家园小学	小学
74	汕头市	龙湖区	汕头市龙湖区绿茵小学	小学
75	汕头市	龙湖区	汕头市龙湖区锦泰小学	小学
76	汕头市	龙湖区	汕头市龙湖区官一小学	小学
77	汕头市	濠江区	汕头市濠江区凤岗小学	小学
78	汕头市	濠江区	汕头市礐石中学	初中
79	汕头市	潮南区	汕头市潮南区司马实验学校	初中
80	汕头市	澄海区	汕头市澄海坝头中学	初中
81	汕头市	澄海区	汕头市澄海坝头中心小学	小学
82	汕头市	澄海区	汕头市澄海南港小学	小学
83	汕头市	南澳县	广东省南澳县南澳中学	高中
84	汕头市	金平区	广东汕头华侨中学	高中
85	佛山市	禅城区	佛山市禅城区环湖小学	小学
86	佛山市	禅城区	佛山市禅城区南庄镇第三中学	初中
87	佛山市	禅城区	佛山市禅城区镇安小学	小学
88	佛山市	南海区	佛山市南海区里水镇绿欣小学	小学
89	佛山市	南海区	佛山市南海区南海实验小学	小学
90	佛山市	南海区	佛山市南海区狮山镇官窑第二初级中学	初中
91	佛山市	南海区	佛山市南海区桂城街道映月中学	初中
92	佛山市	顺德区	佛山市顺德区乐从镇东平小学	小学
93	佛山市	顺德区	佛山市顺德区容桂小黄圃小学	小学
94	佛山市	顺德区	佛山市顺德区华侨中学	高中
95	佛山市	顺德区	佛山市顺德区碧桂花城学校	9年一贯制学校
96	佛山市	顺德区	佛山市顺德区容桂实验学校	9年一贯制学校

续上表

序号	所属市	所属县（区）	学校名称	学校类别
97	佛山市	三水区	佛山市三水区乐平镇保安小学	小学
98	佛山市	三水区	广东省佛山市三水区西南街道第十二小学	小学
99	佛山市	三水区	三水区西南街道第四中学	初中
100	佛山市	高明区	佛山市高明区沧江中学	初中
101	江门市	蓬江区	江门市港口中学	初中
102	江门市	江海区	江门市江海区外海街道麻一佑启学校	小学
103	江门市	江海区	江门市江海区礼乐街道礼东小学	小学
104	江门市	江海区	江门市江海区礼乐街道新民小学	小学
105	江门市	江海区	江门市江海区礼乐街道礼贤小学	小学
106	江门市	新会区	江门市新会华侨中学	完全中学
107	江门市	新会区	江门市新会第二中学	完全中学
108	江门市	台山市	台山市鹏权中学	高中
109	江门市	台山市	台山市李潭更开纪念中学	完全中学
110	江门市	台山市	台山市培英职业技术学校	职业高中
111	江门市	台山市	广东省江门台山市台城中心小学	小学
112	江门市	台山市	台山市第一中学	高中
113	江门市	开平市	开平市水口镇第三小学	小学
114	江门市	开平市	开平市东河初级中学	初中
115	江门市	开平市	开平市教伦中学	完全中学
116	江门市	鹤山市	鹤山市宅梧镇宅梧小学	小学
117	江门市	鹤山市	鹤山市第一中学	高中
118	江门市	恩平市	恩平市第一中学	完全中学
119	湛江市	坡头区	湛江市坡头区东岸中学	初中
120	湛江市	麻章区	湛江市麻章第二小学	小学
121	湛江市	麻章区	湛江经济技术开发区新民小学	小学
122	湛江市	遂溪县	遂溪县岭北镇中心小学	小学
123	湛江市	遂溪县	遂溪县大成中学	高中
124	湛江市	遂溪县	遂溪县洋青镇沙古中心小学	小学
125	湛江市	廉江市	廉江市第九小学	小学
126	湛江市	廉江市	廉江市第十九小学	小学
127	湛江市	廉江市	廉江市横山镇第一初级中学	初中
128	湛江市	廉江市	廉江市石岭镇第二小学	小学

续上表

序号	所属市	所属县（区）	学校名称	学校类别
129	湛江市	雷州市	雷州市调风初级中学	初中
130	湛江市	雷州市	雷州市新城街道新村小学	小学
131	湛江市	吴川市	吴川市黄坡镇三柏小学	小学
132	湛江市	吴川市	吴川市振文中心小学	小学
133	茂名市	茂南区	茂名市茂南区羊角镇实验小学	小学
134	茂名市	茂南区	茂名市茂南区羊角中学	初中
135	茂名市	电白区	茂名市电白区杨梅小学	小学
136	茂名市	电白区	电白汉山学校	12年一贯制学校
137	茂名市	高州市	高州市大井中学	完全中学
138	茂名市	高州市	高州市镇江第一中学	初中
139	茂名市	化州市	化州市第九中学	完全中学
140	茂名市	化州市	化州市第五小学	小学
141	茂名市	信宜市	信宜市第三中学	高中
142	茂名市	信宜市	信宜市第五中学	9年一贯制学校
143	茂名市	茂南区	茂名市第二小学	小学
144	茂名市	茂南区	茂名市育才学校	9年一贯制学校
145	茂名市	电白区	电城镇中心小学	小学
146	肇庆市	端州区	广东省肇庆市第十六小学	小学
147	肇庆市	高要区	肇庆市高要区第二中学	完全中学
148	肇庆市	高要区	肇庆市高要区蚬岗镇中心小学	小学
149	肇庆市	广宁县	广宁县南街镇中心小学	小学
150	肇庆市	怀集县	怀集中学	完全中学
151	肇庆市	怀集县	怀集县永固镇初级中学	初中
152	肇庆市	封开县	封开县金装镇初级中学	初中
153	肇庆市	德庆县	德庆县莫村镇中心小学	小学
154	肇庆市	四会市	四会市石狗学校	小学
155	惠州市	惠城区	惠州市中堂小学	小学
156	惠州市	惠阳区	华南师范大学附属惠阳学校	12年一贯制学校
157	惠州市	惠阳区	惠阳竹贤学校	9年一贯制学校
158	惠州市	博罗县	杨村镇张金安小学	小学
159	惠州市	博罗县	惠州一中博罗启正学校	9年一贯制学校
160	惠州市	博罗县	博罗县杨侨中学	完全中学

续上表

序号	所属市	所属县（区）	学校名称	学校类别
161	惠州市	惠东县	惠东县平山青云小学	小学
162	惠州市	惠东县	惠东县白花中学	初中
163	惠州市	惠东县	惠东县平山中学	高中
164	惠州市	仲恺高新技术产业开发区	仲恺高新区惠州一中东江学校	9 年一贯制学校
165	惠州市	仲恺高新技术产业开发区	惠州市仲恺高新区第一小学东升校区	小学
166	惠州市	仲恺高新技术产业开发区	惠州仲恺高新技术产业开发区陈江东江小学	小学
167	惠州市	仲恺高新技术产业开发区	惠州仲恺高新区第二小学	小学
168	惠州市	仲恺高新技术产业开发区	惠州仲恺高新技术产业开发区沥林镇英光小学	小学
169	惠州市	大亚湾经济技术开发区	惠州大亚湾经济技术开发区澳头实验学校	9 年一贯制学校
170	梅州市	梅江区	梅州市梅江区黄遵宪纪念中学	初中
171	梅州市	梅江区	梅州市梅江区普育小学	小学
172	梅州市	梅江区	梅州市梅江区嘉应中学	完全中学
173	梅州市	梅江区	梅州市梅江区西街小学	小学
174	梅州市	梅江区	广东省梅州市梅江区江南育才小学	小学
175	梅州市	梅县区	梅州市梅县区畲江镇中心小学	小学
176	梅州市	梅县区	梅州市梅县区南口镇中心小学	小学
177	梅州市	梅县区	梅州市梅县区德兴小学	小学
178	梅州市	梅县区	梅州市梅县区雁洋中学	初中
179	梅州市	丰顺县	丰顺县砂田学校	9 年一贯制学校
180	梅州市	五华县	五华县龙村镇第一小学	小学
181	梅州市	五华县	五华县横陂中学	完全中学
182	梅州市	五华县	五华县华城镇银桂小学	小学
183	梅州市	五华县	五华县高级中学	高中
184	梅州市	五华县	五华县安流镇第三小学	小学
185	梅州市	蕉岭县	蕉岭县田家炳实验中学	初中
186	梅州市	蕉岭县	蕉岭县桂岭学校	小学
187	梅州市	兴宁市	兴宁市第十小学	小学
188	梅州市	兴宁市	兴宁市兴城中心小学	小学

续上表

序号	所属市	所属县（区）	学校名称	学校类别
189	梅州市	兴宁市	兴宁市齐昌中学	完全中学
190	梅州市	兴宁市	兴宁市华侨中学	初中
191	梅州市	兴宁市	兴宁市齐昌小学	小学
192	汕尾市	城区	汕尾市城区东涌中学	完全中学
193	汕尾市	城区	汕尾市城区香洲街道新楼小学	小学
194	汕尾市	海丰县	海丰县附城中学	初中
195	汕尾市	海丰县	海丰县附城镇中心小学	小学
196	汕尾市	海丰县	海丰县陆安高级中学	高中
197	汕尾市	陆河县	陆河县实验小学	小学
198	汕尾市	陆河县	陆河县南溪中学	初中
199	汕尾市	陆丰市	陆丰市利民中学	9 年一贯制学校
200	汕尾市	陆丰市	陆丰市甲子镇中心小学	小学
201	汕尾市	陆丰市	陆丰市定壮广信学校	9 年一贯制学校
202	河源市	紫金县	紫金县城富士康希望小学	小学
203	河源市	龙川县	龙川县田心中学	初中
204	河源市	连平县	连平县惠化中学	初中
205	河源市	和平县	和平县和丰中学	初中
206	河源市	东源县	东源县船塘镇中心小学	小学
207	河源市	东源县	东源县义合镇中心小学	小学
208	河源市	紫金县	紫金县临江中学	初中
209	阳江市	江城区	阳江市关山月学校	9 年一贯制学校
210	阳江市	江城区	阳江职业技术学院附属实验学校	9 年一贯制学校
211	阳江市	江城区	阳江市田家炳学校	9 年一贯制学校
212	阳江市	江城区	阳江市江城区国际城实验小学	小学
213	阳江市	江城区	阳江市阳江职业技术学院附属学校	9 年一贯制学校
214	阳江市	阳西县	阳西县溪头镇中心小学	小学
215	阳江市	阳西县	阳西县溪坎初级中学	初中
216	阳江市	阳春市	阳春市实验小学	小学
217	阳江市	阳春市	阳春市实验中学	初中
218	阳江市	阳春市	阳春市潭水镇第二小学	小学
219	阳江市	阳春市	阳春市石望中学	初中
220	清远市	清城区	清远市第一中学	高中

续上表

序号	所属市	所属县（区）	学校名称	学校类别
221	清远市	清城区	清远市华侨中学	高中
222	清远市	清城区	清远市清城区源潭镇青龙小学	小学
223	清远市	清城区	清远市清城区横荷街横荷中学	初中
224	清远市	清新区	清远市清新区太平镇中心小学	小学
225	清远市	清新区	清远市清新区第三中学	完全中学
226	清远市	佛冈县	佛冈县四九中学	初中
227	清远市	佛冈县	佛冈县第四小学	小学
228	清远市	阳山县	阳山县江英中学	初中
229	清远市	阳山县	阳山县实验小学	小学
230	清远市	连山壮族瑶族自治县	连山壮族瑶族自治县小三江中心小学	小学
231	清远市	英德市	英德市第八中学	初中
232	清远市	英德市	英德市九龙镇中心小学	小学
233	清远市	连州市	连州市保安镇中心学校	9 年一贯制学校
234	清远市	连南瑶族自治县	连南瑶族自治县大麦山镇中学	初中
235	东莞市	麻涌镇	东莞市麻涌镇第三小学	小学
236	东莞市	厚街镇	东莞市厚街丰泰外国语学校	9 年一贯制学校
237	东莞市	厚街镇	东莞市厚街道明外国语学校	9 年一贯制学校
238	东莞市	虎门镇	东莞市虎门镇白沙小学	小学
239	东莞市	石碣镇	东莞市石碣四海学校	9 年一贯制学校
240	东莞市	石排镇	东莞市石排东翔学校	9 年一贯制学校
241	东莞市	中堂镇	东莞市中堂镇第三小学	小学
242	东莞市	石排镇	东莞市石排诺培小学	小学
243	东莞市	东坑镇	东莞市东坑镇中心小学	小学
244	东莞市	厚街镇	东莞市厚街湖景中学	初中
245	东莞市	横沥镇	东莞市横沥镇中心小学	小学
246	东莞市	寮步镇	东莞外国语学校	12 年一贯制学校
247	东莞市	谢岗镇	东莞市谢岗镇中心小学	小学
248	东莞市	沙田镇	东莞市沙田镇第一小学	小学
249	东莞市	东坑镇	东莞市东坑镇多凤小学	小学
250	东莞市	桥头镇	东莞市桥头镇第五小学	小学
251	中山市	南区	中山市南区北台小学	小学

续上表

序号	所属市	所属县（区）	学校名称	学校类别
252	中山市	东区	中山市东区团益学校	9 年一贯制学校
253	中山市	东区	中山市东区水云轩小学	小学
254	中山市	坦洲镇	中山市坦洲镇七村小学	小学
255	中山市	古镇镇	中山市古镇镇曹二小学	小学
256	中山市	火炬高技术产业开发区	中山火炬高技术产业开发区中心小学	小学
257	中山市	阜沙镇	中山市牛角初级中学	初中
258	中山市	火炬高技术产业开发区	广东省中山市濠头中学	高中
259	中山市	火炬高技术产业开发区	广东省中山火炬高技术产业开发区香晖园小学	小学
260	中山市	东区	中山市杨仙逸小学体育路学校	小学
261	中山市	港口镇	中山市港口镇大南中学	初中
262	潮州市	湘桥区	阳光中英文（国际）学校	9 年一贯制学校
263	潮州市	潮安区	潮州市潮安区浮洋镇六联小学	小学
264	潮州市	潮安区	潮州市潮安区凤塘镇大埕小学	小学
265	潮州市	饶平县	饶平县大埕镇中心小学	小学
266	潮州市	饶平县	饶平田家炳实验中学	完全中学
267	揭阳市	揭东区	揭阳市揭东区第二小学	小学
268	揭阳市	普宁市	普宁市麒麟镇龙峰初级中学	初中
269	云浮市	云城区	云浮市云硫小学	小学
270	云浮市	云城区	云浮市第三中学	初中
271	云浮市	云安区	云浮市云安区富林镇第二中心小学	小学
272	云浮市	新兴县	新兴县天堂镇第十营小学	小学
273	云浮市	新兴县	新兴县蚕岗中学	初中
274	云浮市	郁南县	郁南县大湾镇中心小学	小学
275	云浮市	罗定市	罗定市黎少镇中心小学	小学
276	云浮市	罗定市	罗定市罗平镇中心小学	小学
277	云浮市	罗定市	罗定市华石中学	初中

13. 2017—2018 年广东省“全国青少年校园足球改革试验区”名单

年份	试验区
2017 年	深圳市
2018 年	广州市、梅州市

14. 2015—2019年广东省“全国青少年校园足球试点县（区）”名单

年份	序号	县（区）名称
2015年	1	广州市海珠区
	2	中山市
2016年	3	龙门县
2017年	4	梅州市梅江区
2018年	5	深圳市福田区
2019年	6	广州市天河区

15. 2018—2019年广东省全国校园足球“满天星”训练营名单

序号	省	市	建设单位
1	广东省	深州市	宝安区教育局
2	广东省	深圳市	深圳市罗湖区教育局
3	广东省	梅州市	梅州市教育局

16. 第一批省级校园足球推广学校名单

序号	所属县（区）/省直属	学校名称	学校类别	详细地址
1	广州	越秀区东山培正小学	A	广州市越秀区烟墩路35号
2		越秀区桂花岗小学	A	广州市白云区飞鹅路26号
3		广州市第三中学	D	广州市越秀区大新路163号
4		广州市第二十一中学	D	广州市环市东路天胜村16号之一
5		广州市第十七中学	D	广州市越秀区小北路280号
6		海珠区江南新村第一小学	A	江南西路紫龙大街8号
7		广州市第四十一中学	D	广州市海珠区工业大道北101号
8		海珠区聚德西路小学	A	广州市海珠区新港中路聚德路西横街2号
9		海珠区知信小学	A	广州市海珠区新港中路佳信三街13号
10		海珠区宝玉直实验小学	A	广州市海珠区海珠区工业大道北水榕3街13号
11		广州市江南外国语学校	B	广州市海珠区宝岗大道730号
12		荔湾区海中小学	A	荔湾区中南街海中村南约239号
13		荔湾区鹤洞小学	A	荔湾区白鹤洞南来大街161号
14		荔湾区蒋光鼐纪念小学	A	荔湾区宝华路宝贤东街11号
15		荔湾区环翠小学	A	荔湾区南岸路南岸大街环翠园3号
16		广州市美华中学	B	荔湾区西增路33号

续上表

序号	所属市（区）/省直属	学校名称	学校类别	详细地址
17	广州	荔湾区金道中学	B	荔湾区金道花园金光大街 1 号
18		广州市第八十九中学	D	天河区天源路 1219 号
19		广州市天河区石东小学	A	天河区员村二横路
20		华南理工大学附属实验学校	E、G	天河区华工校内
21		广州市天河区银河小学	A	天河区天平架马蹄岗 16 号
22		广州市第七十五中学（高中部）	D	天河区燕岭路 151 号
23		广州市天河区冼村小学	A	天河区珠江新城海安路 5 号
24		白云区江高镇第二初级中学	B	广州市白云区江高镇江城路 38 号
25		白云区潭岗小学	A	广州市白云区石井街潭村大基路 360 号
26		白云区南村小学	A	广州市白云区太和镇南村三姓南街 23 号
27		白云区人和镇第二小学	A	广州市白云区人和镇华西路 55 号
28		白云区萧岗小学	A	广州市白云区云城街萧岗九石岭 2 号
29		白云区钟落潭小学	A	广州市白云区钟落潭镇蟠龙路 20 号
30		黄埔区新港小学	A	广州市黄埔区黄埔东路 2879 号大院 62 号
31		广州石化小学	A	广州市黄埔区南一街
32		番禺区实验小学	A	广州市番禺区洛浦街南浦环岛西路 29 号
33		番禺区钟村锦绣小学	A	番禺区钟村锦绣生态园菁华轩四座 1 梯 403
34		番禺区石楼镇中心小学	A	番禺区石楼镇沙浦东路 36 号
35		番禺区市桥富豪山庄小学	A	广州市番禺区市桥东环街市广路 232 号
36		番禺区石碁第四中学	B	广州市番禺区石碁镇前锋南路 2–20
37		番禺区化龙中学	B	广州市番禺区化龙镇德才街 1 号
38		番禺区象贤中学	C	番禺区沙湾镇亚中坊路 15 号
39		花都区邝维煜纪念中学	D	广州市花都区新华街建设北路 129 号
40		花都区新雅街清㘵初级中学	B	广州市花都区迎宾大道校前路 33 号
41		花都区炭步镇第二小学	A	广州市花都区炭步镇市场路
42		花都区新华街第七小学	A	广州市花都区新华街云山大道 67 号
43		花都区花东镇大东小学	A	广州市花都区花东镇大东村
44		广州市南沙区金洲小学	A	南沙区南沙街金洲村裕兴西街 1 号
45		广州市南沙榄核第二中学	B	南沙区榄核镇顺河村
46		从化区棋杆中学	B	广州市从化区鳌头镇棋杆教育路 1 号
47		从化区良口镇善施学校	A	广州市从化区良口镇良新村

续上表

序号	所属市（区）/省直属	学校名称	学校类别	详细地址
48	广州	从化区第六中学	D	广州市从化区江埔街沿江南路 300 号
49		增城区石滩镇江龙学校	A	广州市增城区石滩镇光明西路
50		增城区实验中学	B	广州市增城区新塘镇瑶田新围村校前南街 10 号
51	深圳	深圳科学高中	C	深圳市龙岗区坂田街道环城东路
52		深圳市第一职业技术学校	C	深圳市福田区皇岗路 3009 号
53		翠园中学初中部	B	深圳市怡景路景贝北 1006 号
54		凤光小学	A	深圳市泥岗西路 69 号
55		泰宁小学	A	深圳市罗湖区太宁路 33 号
56		梅园小学	A	福田区梅亭路 16 号
57		梅林小学	A	福田区下梅林梅星路 8 号
58		梅山小学	A	福田区下梅林梅山街 3 号
59		上沙中学	B	深圳市福田区福荣路 52 号
60		学府小学	A	深圳市南山区书山路
61		育才第二小学	A	深圳市南山区荔园路 94 号
62		荣根学校	A	沙井街道环镇路 88 号
63		垦岗小学	A	沙井街道垦岗社区教育路 13 号
64		海滨中学	B	宝安区宝城 41 区兴华一路 106 号
65		宝安实验学校	E	深圳市宝安区新安街道新乐社区湖滨西路
66		深圳市龙岗区布吉高级中学	C	深圳市龙岗区南湾街道南岭村社区黄金南路 49 号
67		深圳市龙岗区深圳中学龙岗小学	A	深圳市龙岗区怡翠路 202 号
68		深圳市龙岗区南湾街道沙湾中学	B	深圳市龙岗区南湾街道吉厦社区沙平北路 110 号
69		平湖街道中心小学	A	深圳市龙岗区平湖街道办新南路 1 号
70		深圳市大鹏新区大鹏第二小学	A	深圳市大鹏街道鹏城社区银滩路 7 号
71		深圳市光明新区实验学校	E	深圳市光明新区凤凰街道东坑社区公明东升路 90 ~ 92 号
72		深圳市光明新区公明中学	B	深圳市光明新区公明街道公明社区振明路 60 号
73		清湖小学	A	深圳市龙华街道华清东路 135 号
74		深圳市观澜第二中学	B	深圳市观湖街道大和社区龙华大道大和段 314 号

续上表

序号	所属市（区）/省直属	学校名称	学校类别	详细地址
75	深圳	丹堤实验学校	E	深圳市梅林关口丰泽湖山庄内
76		金田小学	A	深圳市坪山区金康路69号
77		坪山实验学校	E	深圳市坪山区坪山街道六和社区行政九路与行政二路交叉口东北150米
78		深圳市庚子首义中山纪念学校	A	深圳市盐田区东海道66号
79	珠海	珠海市第一中等职业学校	C	珠海市香洲区心华路268号
80		珠海市香洲区杨匏安纪念学校	A	珠海市香洲区北山因是园街79号附近
81		珠海市文园中学	B	珠海市香洲区新香洲文园路33号
82		珠海市香洲区第十小学	A	珠海市香洲区柠溪富柠街40号
83		珠海市斗门区白蕉镇新环中心小学	A	斗门区白蕉镇新环村三六五省道与五八四县道交汇处北侧30米
84		珠海市斗门区第四中学	B	珠海市斗门区井岸镇南华路227号
85		珠海市金湾区第一小学	A	珠海市金湾区珠海大道和藤荣路交叉口
86		珠海市金鼎中学	B	珠海市香洲区金洲路86号
87		珠海市平沙镇中心小学	A	珠海市平沙镇糖厂新村四巷2号
88		珠海市平沙实验小学	A	珠海市金湾区平沙镇平沙三路
89	汕头	汕头市龙湖区丹霞小学	A	汕头市龙湖区丹霞庄东区25栋
90		汕头市龙湖区蓬中华侨小学	A	汕头市龙湖区外砂镇蓬中村
91		汕头市龙湖区周厝塭小学	A	汕头市龙湖区周厝塭居委东泰路中段
92		汕头市龙湖区西南小学	A	汕头市龙湖区新溪镇西南村
93		汕头市龙湖区诒铭小学	A	汕头市龙湖区外砂镇李厝村
94		汕头市龙湖区珠池小学	A	汕头市龙湖区珠池新村
95		汕头市龙湖区金珠小学	A	汕头市龙湖区环碧北街2号
96		汕头市龙湖区华埠华侨小学	A	汕头市龙湖区外砂镇华埠村新华中段
97		汕头市龙湖区蔡社小学	A	汕头市龙湖区鸥汀街道蔡社村
98		汕头市龙湖区永安小学	A	汕头市龙湖区永安村
99		汕头市龙湖区金涛小学	A	汕头市龙湖区金涛庄西区
100		汕头市澄海澄华中心小学	A	汕头市澄海区澄华街道
101		汕头市澄海坝头中心小学	A	汕头市澄海区凤翔街道头份管理区
102		汕头市澄海区东里小学	A	汕头市澄海区东里镇东陇村肖厝祠
103		汕头市潮南区雷岭镇茶园小学	A	汕头市潮南区雷岭镇
104		汕头市潮南区司马浦镇溪美朱小学	A	汕头市潮南区司马浦镇

续上表

序号	所属市（区）/省直属	学校名称	学校类别	详细地址
105	汕头	汕头市南澳县深澳正文学校	A	汕头市南澳县深澳镇
106		汕头市新乡小学	A	汕头市金平区金湖西路 32 号
107		汕头市桂花小学	A	汕头市金平区桂花园
108		汕头市大窖小学	A	汕头市金平区金湖西路 49 号
109		汕头市浮西小学	A	汕头市金平区浮西村
110		汕头市月浦小学	A	汕头市金平区月浦路
111		汕头市赖厝小学	A	汕头市金平区赖厝福园路北
112		汕头市三河中学	B	汕头市濠江区河浦街道浮山园
113		汕头市潮南区两英古厝初级中学	B	汕头市潮南区两英古厝
114		汕头市聿怀初级中学	B	汕头市金平区天山北路 18 号
115		汕头市金荷中学	B	汕头市金平区广夏街道广夏街荷花园 22 号
116		汕头市澄海职业技术教育中心	C	汕头市澄海广益街道环翠路中段北侧
117		汕头市丹阳中学	D	汕头市龙湖区丹阳庄
118		汕头市龙湖区谢易初中学	D	汕头市龙湖区外砂镇华机路中段
119		汕头市潮阳区城南中学	D	汕头市潮阳区城南
120		汕头市龙湖区碧华实验学校	E、G	汕头市龙湖区衡山路 63 号
121		汕头市龙湖区世贸实验学校	E	汕头市龙湖区金碧庄东区 47 栋
122		汕头市广澳学校	E	汕头市濠江区广澳街道
123		汕头市潮南区深溪明德学校	E	汕头市潮南区深溪乡
124	佛山	高明区职业技术学校	C	高明区荷城街道富湾职业教育园
125		高明区明城镇东洲中学	B	高明区明城镇昌十三街 63 号
126		高明区杨和镇中心小学	A	高明区杨和镇和丽路
127		白坭中心小学	A	佛山市三水区白坭镇
128		西南第二中学	B	佛山市三水区西南街道
129		三水中学附属初中	B	佛山市三水区云东海大道 9 号
130		南海区大沥镇泌冲小学	A	佛山市南海区大沥镇
131		佛山市南海区桂城街道海三路小学	A	佛山市南海区桂城街道
132		华南师范大学附属中学南海实验高级中学	G	佛山市南海区桂城镇东平路 7 号

续上表

序号	所属市（区）/省直属	学校名称	学校类别	详细地址
133	佛山	佛山市南海区里水镇旗峰小学	A	佛山市南海区里水镇大道南 6 号
134		佛山市南海外国语学校	E	佛山市南海区桂城街道平洲三山新城 F02 街区
135		佛山市南海区狮山镇桃园小学	A	佛山市南海区狮山镇汇江假日花园附近
136		佛山市惠景小学	A	佛山市禅城区汾江南路惠景二街 2 号
137		佛山市玫瑰小学	A	佛山市禅城区玫瑰东路 6 号
138		南庄镇罗南小学	A	南庄镇罗南西路 75 号
139		佛山市第三中学初中部	B	佛山市禅城区卫国路 86 号
140		佛山市外国语学校	E	佛山市禅城区南庄镇湖涌大道 1 号
141	韶关	韶关市武江区至和汤邓淑芳纪念学校	A	韶关市武江区芙蓉北路 34 号
142		乳源瑶族自治县第一小学	A	韶关市乳源瑶族自治县文昌路
143		韶关市浈江区铁路第一小学	A	韶关市浈江区莲花山 174 号
144		新丰县马头镇中心小学	A	韶关市新丰县马头镇
145		仁化县黄坑中学	B	韶关市仁化县黄坑镇
146		韶关市曲江初级中学	B	韶关市曲江区源河新城
147		翁源县官渡中学	B	韶关市翁源县官渡镇
148		乐昌市中等职业技术学校	C	韶关市乐昌市大昌路 317 号
149		南雄中学	C	韶关市南雄市环城西路 82 号
150		始兴县风度中学	D	韶关市始兴县城北路 62 号
151		乐昌市三溪镇中心学校	E	韶关乐昌市三溪镇
152		韶冶实验学校	E	韶关市浈江区南郊 9 公里
153	河源	河源市源城区太阳升小学	A	河源市源城区东华路 5 号
154		河源市源城区下角小学	A	河源市源城区东北直街 67 号
155		河源市源城区新江路学校	A	河源市源城区新江三路 298 号
156		和平县阳明镇新社学校	A	和平县滨江东路与福安路交叉路口东南侧
157		东源县蓝口镇中心小学	A	东源县蓝口镇新街南路 147 号
158		龙川县老隆镇第二小学	A	龙川县先烈路与同心街交叉路口往西约 50 米
159		龙川县登云镇中心小学	A	龙川县登云镇新街 72 号
160		和平县阳明镇第三小学	A	和平县阳明镇教育路 5 巷 15 号
161		河源市第一中学初中部	B	河源市源城区文明路 45 号

续上表

序号	所属市（区）/省直属	学校名称	学校类别	详细地址
162	河源	东源县实验中学	B	河源市东源县东源公园附近
163		连平县第一初级中学	B	河源市连平县元善镇鹤湖村连中路
164		连平县实验初级中学	B	河源市和平县阳明镇岭排路 104 号
165		龙川县黄石中学	B	龙川县 275 乡道
166		河源市源城区东圃中学	C	河源市源城区埔兴路 1 号
167		龙川县第一中学	C	龙川县老隆镇东风路 29 号
168		紫金县中山高级中学	C	紫金县紫城镇城西村委会
169		连平县忠信中学	C	河源市连平县忠信镇大坪村
170	梅州	梅江区光远小学	A	梅江区金山百果围
171		梅江区乐育小学	A	梅江区西郊新峰路
172		梅县区新城中心小学	A	梅县区新城街道办事处
173		梅县区程江镇中心小学	A	梅县区程江镇
174		梅县区丽群小学	A	梅县区程江镇嘉应西路宪梓大道 53 号
175		兴宁市新陂中心小学	A	兴宁市新陂镇后街
176		兴宁市宁新中心小学	A	兴宁市宁新街道大岭街
177		五华县南山小学	A	梅州市五华县公园路 16 号
178		五华县安流镇第一小学	A	梅州市五华县安流镇
179		五华县横陂镇第二小学	A	梅州市五华县横陂镇
180		五华县转水镇惠民小学	A	梅州市五华县转水镇
181		平远县第三小学	A	平远县环城路 189 号
182		梅州市平远县实验小学	A	梅州市平远县平城花园内
183		蕉岭县友邦小学	A	蕉岭县蕉城镇蕉阳大道北 21 号
184		蕉岭县人民小学	A	蕉岭县蕉城镇西街 4 巷 5 号
185		丰顺县汤坑镇第一中心凌云小学	A	丰顺县汤坑镇
186		丰顺县埔寨镇中心小学	A	丰顺县埔寨镇
187		梅州市大埔县第二小学	A	梅州市大埔县侨中路 2 号
188		大埔县茶阳镇中心小学	A	大埔县茶阳镇东升路
189		梅江区水白中学	B	梅江区三角镇约亭岗
190		梅县区石坑中学	B	梅县区石坑镇
191		兴宁市新陂中学	B	兴宁市新陂镇后街
192		梅州市学艺中学	B	梅州市梅江区江南学艺路

续上表

序号	所属市（区）/省直属	学校名称	学校类别	详细地址
193	梅州	丰顺县丰良中学	B	丰顺县广兴六街
194		五华县端本中学	B	梅州市五华县横陂镇
195		大埔县华侨第二中学	B	大埔县城黎家坪侨中路
196		五华县水寨中学	C	梅州市五华县河东镇
197		梅县区丙村中学	D	梅县区丙村镇
198		梅江区乐育中学	D	梅江区西郊新峰路
199		兴宁市水西学校	E9	兴宁市水口镇洋槐村
200	惠州（24）	惠州市第一小学	A	惠州市惠城区江北水北六路 1 号
201		惠州市第十一小学金榜分校	A	惠州市惠城区金榜路 8 号
202		惠州市光彩小学	A	惠州市惠城区龙丰上排路 12 号
203		惠州市惠台学校	B	惠州市惠城区江北新旺路 60 号
204		淡水善培小学	A	惠州市惠阳区淡水洋纳村
205		淡水八小	A	惠州市惠阳区湖滨路
206		华南师范大学附属惠阳学校	F12	淡水街道星河东七路 1 号
207		平山第五小学	A	莲花地银岭路八巷
208		平山青云小学	A	平山青龙大道 36 号
209		盐洲中学	B	广东省惠州市惠东县黄埠镇
210		龙城第四小学	A	龙门县龙城街道香滨西路 11 号
211		龙田第二小学	A	龙门县龙田镇田美虚
212		龙门县高级中学	C	龙门县龙城镇梨新路 81 号
213		龙江中学	B	龙门县龙江镇文教路 47 号
214		地派中心小学	A	龙门县地派镇高明路 80 号
215		陈江中心小学	A	惠州市仲恺区陈江街道办事处陈甲路旁
216		惠环平南小学	A	惠州市仲恺高新区惠环平南村红卫小组 55 号
217		潼侨新华小学	A	惠州市仲恺高新区潼侨镇新华居委会侨安路二街
218		惠环中学	B	惠州市仲恺高新区和畅东二路
219		博罗中学	D	广东省博罗县罗阳镇惠博沿江路
220		响水中学	B	惠州市博罗县湖镇镇响水镇
221		惠博小学	G	惠州市博罗县博罗体育中心北 2 门正对面
222		星州双语学校	G	广东省惠州市博罗县园洲镇

续上表

序号	所属市（区）/省直属	学校名称	学校类别	详细地址
223	惠州	西区第一小学	A	惠州市大亚湾经济技术开发区
224	汕尾	新城中学	D	汕尾市城区香洲街道康平路
225		田家炳中学	D	汕尾市城区凤山街道和顺上村
226		红草第一中学	B	汕尾市城区红草镇埔边村
227		汕尾中学	D	汕尾市城区新港街道新港社区广场路 1 号
228		捷胜文昌中学	D	汕尾市城区捷胜镇大流管区
229		东涌镇中心小学	A	汕尾市城区东涌镇东涌村
230		凤山街道中心小学	A	汕尾市城区凤山街道四马路
231		逸挥基金拾和小学	A	汕尾市城区红草镇拾和
232		东涌镇品清小学	A	汕尾市城区东涌镇品清 1 号
233		城区马宫街道中心小学	A	汕尾市城区马宫镇
234		陆河中学	C	陆河县教育园区
235		龙山中学	C	陆丰市东海镇马街 225 号
236		龙潭中学	D	陆丰市东海镇龙潭山
237		南塘镇五峰中学	B	陆丰市南塘镇响溪尾
238		潭西镇第二中学	B	陆丰市潭西镇凤山脚下
239		甲子镇第八小学	A	陆丰市甲子镇
240		博美镇霞绕小学	A	陆丰市博美镇霞绕村
241		彭湃中学	C	海丰县海城镇海银路五坡岭
242		海丰中等职业技术学校	C	海丰县莲花山教育园区
243		德成中英文学校	E	汕尾市海丰县莲花山教育园区
244		汕尾市职业技术学校	C	汕尾市城区东涌镇新湖管区红山村南侧
245	东莞	东莞市长安镇振安小学	A、G	东莞市长安镇锦厦村鹤洲路
246		东莞市长安镇中心小学	A	东莞市长安镇长盛中路 72 号
247		东莞市厚街福民学校	E9、G	东莞市厚街镇三屯村伦品涌福民路 1 号
248		东莞市厚街镇桥头小学	A	东莞市厚街镇塘面桥林路 18 号
249		东莞市东城第一小学	A	东莞市东城区温塘塘边头路 73 号
250		东莞市东城第三小学	A	东莞市东城区育才街 1 号
251		东莞市桥头镇第一小学	A	东莞市桥头镇桥前路 5 号
252		东莞市万江第一小学	A	东莞市大汾村汾溪路
253		东莞市虎门镇怀德小学	A	东莞市虎门镇怀北路东 1 号
254		东莞市南城阳光第一小学	A	东莞市南城区篁村松柏塘村 99 号附近

续上表

序号	所属市（区）/省直属	学校名称	学校类别	详细地址
255	东莞	东莞市南城星河学校	E9、G	东莞市南城街道石鼓社区
256		东莞市中堂镇槎滘小学	A	东莞市中堂镇槎滘村民众路 1 号
257		东莞市麻涌镇第三小学	A	东莞市麻涌镇南洲村
258		东莞市麻涌镇大盛小学	A	东莞市麻涌镇大盛村
259		东莞市松山湖实验中学	B	东莞市松山湖高新科技开发区研发中二路
260		东莞市寮步中学	B	东莞市寮步镇教育路 40 号
261		东莞市谢岗中学	B	东莞市谢岗镇育贤路 12 号
262		东莞市第八高级中学	C	东莞市樟木头镇仰贤路 2 号
263		东莞市商业学校	C	东莞市东城区新源路 23 号
264	中山	板芙镇板芙小学	A	中山市板芙镇芙蓉市场对面
265		东凤镇同安小学	A	中山市东凤镇同安村兴安路
266		神湾镇中心小学	A	中山市神湾镇南沙工业园园丁路 1 号
267		横栏镇横栏小学	A	中山市横栏镇顺兴北路
268		东升镇裕民小学	A	中山市东升镇接龙路 37 号
269		民众镇新平小学	A	中山市民众镇新平村十顷路 38 号
270		港口镇中南小学	A	中山市港口镇南八大街 1 号
271		南区良都中学	B	中山市南区上塘竹基街 1 号
272		中山市第一中学	D	中山市东区兴文路 68 号
273		中山市华侨中学	D	中山市石岐区大沙南路 1 号
274	江门	江门市第一中学	C	江门市金瓯路 138 号
275		江门市第一职业高级中学	C	江门市蓬江区胜利北路 40 号
276		江门市范罗冈小学	A	江门市蓬江区体育路西
277		江门市港口中学	B	江门市蓬江区潮江路 2 号附近
278		江门市蓬江区荷塘镇良山小学	A	蓬江区蓬江区善厚坊 2 号
279		江门市新会尚雅学校	E	江门市新会区文德路 18 号
280		江门市新会区大泽镇沙冲小学	A	新会区大泽镇沙冲村
281		江门市新会区葵城中学	B	新会区会城圭峰西路
282		台山市培正中学	D	台山市台城镇侨苑新村大街
283		台山市华侨中学	D	台山市台城镇环南一里
284		台山市广海中学	B	广海镇建设路 114 号
285		开平市第一中学	C	开平市赤坎镇东郊
286		开平市金山中学	D	开平市长沙良园路 26–32 号
287		鹤山市沙坪街道第六小学	A	鹤山沙坪雁翔路 218 号路

续上表

序号	所属市（区）/省直属	学校名称	学校类别	详细地址
288	江门	鹤山市古劳中学	B	鹤山市古劳镇三边工业区
289		鹤山市鹤华中学	C	鹤山市沙坪街道人民东路狮子山
290		恩平市第一中学	D	恩平市恩城青云路 25 巷 1 号
291	阳江	阳江市广东两阳中学	C	阳江市江城区金郊路
292		阳东区红丰镇塘围初级中学	B	阳东区红丰镇东岸路
293		阳春市潭水中学	B	阳春市潭水镇
294		江城区双捷镇中心小学	A	江城区双捷镇新兴街 7 号
295		阳东区北惯镇中心小学	A	阳东区北惯镇教育东路 7 号
296		阳春市云凌小学	A	阳春市春城街道育德路
297		阳西县方正小学	A	阳西县教育路 1 号
298		高新技术产业开发区平岗镇中心小学	A	阳江高新技术产业开发区平岗镇北街 232 号
299		海陵岛经济开发试验区下朗小学	A	海陵岛经济开发试验区闸坡镇下朗村
300		阳江市江城第一小学城南校区	A	江城区新华南路西侧横一路北侧
301	湛江	湛江市爱周高级中学	C	湛江市麻章区福民西街 83 号
302		湛江市第四中学	C	湛江市椹川大道 18 号
303		湛江市第十中学	D	湛江市霞山区绿林路 32 号
304		湛江市第二十二中学	E9	湛江市霞山区椹川大道南 124 号
305		湛江市第十二小学	A	湛江市霞山区人民大道 46 号
306		湛江市少林学校	F12	湛江市霞山区三岭山（湖光路 36 号）
307		湛江市第七中学	D	湛江市赤坎区幸福路 65 号
308		湛江市第四小学	A	湛江市赤坎区高州街 23 号
309		湛江市麻章区太平镇第三初级中学	B	湛江市麻章区太平镇
310		湛江一中恒盛实验学校	E9	湛江市麻章区麻章镇
311		湛江市官渡中学	D	湛江市坡头区官渡镇
312		湛江市南三德威中学	B	湛江市南三区
313		吴川市第二中学	D	吴川市梅录海港大道
314		吴川市张炎纪念中学	D	吴川市塘缀镇解放路
315		吴川市海滨小学	A	吴川市海滨区大坡公开发区
316		廉江市第二中学	D	廉江市廉城镇黄村街 15 号
317		廉江市第三中学	D	廉江市廉城镇城北育才路 14 号

续上表

序号	所属市（区）/省直属	学校名称	学校类别	详细地址
318	湛江	廉江市河唇中学	B	廉江市河唇镇
319		廉江市吉水镇第一初级中学	B	廉江市吉水镇
320		廉江市河唇镇第二初级中学	B	廉江市河唇镇河新路
321		廉江市安铺第一中学	B	廉江市安铺镇
322		廉江市营仔中学	B	廉江市营仔镇
323		廉江市石岭镇第二初级中学	B	廉江市石岭镇
324		廉江市安铺镇第四小学	A	廉江市安铺镇新区安东大道 29 号
325		雷州市附城镇第二初级中学	B	雷州市附城镇下广路
326		徐闻县五里中学	B	徐闻县南山镇
327		徐闻县曲界中学	B	徐闻县曲界镇
328		徐闻县城北乡中心小学	A	徐闻县城北乡
329		湛江经济技术开发区第一中学	D	湛江市海滨大道中 23 号
330		湛江经济技术开发区觉民小学	A	湛江市东海岛开发实验区东山镇
331		遂溪县第一中学	D	遂溪县遂城镇
332		广东省遂溪县附城中学	B	遂溪县遂城镇
333		遂溪县黄略初级中学	B	湛江市遂溪县黄略镇
334		遂溪县城月中学	D	遂溪县城月镇
335		遂溪县第二小学	A	遂溪县遂城镇港川路 21 号
336		遂溪县黄略镇茅村小学	A	遂溪县黄略镇茅村
337		遂溪县洋青镇沙古中心小学	A	遂溪县洋青镇槟榔村委会
338		遂溪县建新初级中学	B	遂溪县建新镇库竹村委会
339	茂名	茂名市第二小学	A	茂名市车山路 53 号大院
340		茂名市方兴小学	A	茂名市迎宾三街 2 号大院
341		茂名市福华小学	A	茂名市福华路 88 号大院
342		茂名市愉园小学	A	茂名市新福五路
343		茂名市第十三小学	A	茂名市环市北路 26 号
344		茂名市茂南区金塘镇第一小学	A	茂名市茂南区金塘镇
345		茂名市电白区第一小学	A	茂名市电白区水东镇澄波街 97 号
346		茂名市电白区麻岗镇中心小学	A	茂名市电白区麻岗镇
347		广东省信宜市教育城小学	A	广东省信宜市教育城
348		信宜市第二小学	A	信宜市东龙路 26 号
349		信宜市镇隆镇第一小学	A	信宜市镇隆镇 242 乡道

续上表

序号	所属市（区）/省直属	学校名称	学校类别	详细地址
350	茂名	高州市长坡镇长坡中心学校	A	长坡镇五星路 2 号
351		高州市荷塘镇荷塘中心学校	A	荷塘镇广场南路
352		高州市石鼓镇石鼓中心学校	A	石板镇石柱路
353		化州市笪桥镇中心小学	A	化州市笪桥镇教育路 8 号
354		化州市新安镇中心小学	A	化州市新安镇开发区
355		化州市合江镇中心小学	A	化州市合江镇教育路
356		博贺镇新沟小学	A	博贺镇新沟村
357		高新区米粮小学	A	高新区七迳镇米粮村
358		茂名市启源中学	B	茂名市河西厂前东路一号
359		茂名市行知中学	B	茂名市官山一路北
360		茂名市愉园中学	B	茂名市新福五路 99 号大院
361		茂名市茂南第一中学	B	茂名市茂南开发区天桥路 2 号
362		信宜市教育城初级中学	B	信宜市教育城
363		高州市石板第一中学	B	石板镇人民路 93 号
364		高州市镇江第一中学	B	镇江镇东风路 388 号
365		化州市第一初级中学	B	化州市城区北岸 207 国道旁
366		滨海新区爵山中学	B	爵山镇滨海大道
367		高新区七迳中学	B	高新区七迳镇七迳圩
368		茂名市第一中学	C	茂名市电白区海心路 8 号
369		茂名市第五中学	C	茂名市西城区桂园小区西城北路 1 号
370		茂名市电白区高级中学	C	茂名市电白区高地街道办那贞社区
371		广东省信宜市信宜中学	C	信宜市东镇街道塘面社区教育路 8 号
372		高州市第一职业技术学校	C	石鼓镇爱民路 60 号
373		化州市第一中学	C	化州市北岸汽车站北面 207 国道旁
374		茂名市第十中学	D	茂名市官渡路北路 13 号大院
375		茂名市电白区第二中学	D	茂名市电白区沙琅镇
376		化州市第九中学	D	化州市石湾街道办
377		滨海新区电白四中	D	电城镇东街 72 号
378		茂名市博雅中学	E	茂名市光华南路文光一街 17 号大院
379		茂名市龙岭学校	E	茂名市双山一路 6 号大院
380		茂名市官山学校	E	茂名市官达路 169 号
381		信宜市径口初级中学	E	信宜市金垌镇环球村委会

续上表

序号	所属市（区）/省直属	学校名称	学校类别	详细地址
382	茂名	茂名市电白区春华学校	E、G	茂名市电白区水东镇迎宾大道
383		茂名市电白区汉山学校	F、G	茂名市电白区岭门镇
384	肇庆	广宁县南街镇城南学校	E	肇庆市广宁县南街镇城南村委侧
385		肇庆市鼎湖区莲花镇真光中心小学	A	肇庆市鼎湖区莲花镇莲育路
386		肇庆鼎湖中学	D	肇庆市鼎湖区桂城办事处新港路 70 号
387		德庆县德城中学	B	德庆县德城镇登云路 2 号
388		高新技术产业开发区大旺中学	D	肇庆高新区
389		肇庆市高要区金利镇中心小学	A	肇庆市高要区金利镇
390		肇庆市高要区第二中学	D	肇庆市高要区新塘路 2 号
391		封开县金装镇中心小学	A	肇庆市封开县金装镇
392		四会市东城街道清东小学	A	四会市东城街道
393		四会市东城街道黄岗小学	A	四会市东城街道
394		肇庆市第四中学	D	肇庆市端州二路 3 号
395		怀集县梁村镇中心小学	A	肇庆市怀集县梁村镇
396		怀集县洽水镇中心小学	A	肇庆市怀集县洽水镇
397		怀集县中洲镇泰来学校	E	肇庆市怀集县中洲镇泰来荔枝街 1 号
398	清远	清城区飞来峡镇中心小学	A	清远市清城区飞来峡镇文化路 18 号
399		东城街中心小学	A	清远市清城区东城街东岗一路 40 号
400		清城区源潭镇中心小学	A	清远市清城区源潭镇源潭街 177 号
401		龙颈镇第一初级中学	B	清远市清新区龙颈镇石坎墟
402		石潭镇第一初级中学	B	清远市清新区下潭上街 149 号
403		浸潭镇中心小学	A	清远市清新区浸潭镇建设路 18 号
404		英德市第四小学	A	英德市英城街教育路
405		英德市沙口中学	B	英德市沙口镇
406		英德市田家炳中学	C	英德市大站镇
407		连州市保安镇中心学校	E	连州市保安镇
408		连州市大路边中学	B	连州市大路边镇策玉路
409		连山县小三江初级中学	B	连山壮族瑶族自治县小三江镇三联村委会
410		连南县民族初级中学	B	连南瑶族自治县曙光路与育才街交叉路口
411		阳山县通儒中学	B	阳山县七拱镇建设路
412		清远市第一中学	C	清远市东城大学东路 6 号

续上表

序号	所属市（区）/省直属	学校名称	学校类别	详细地址
413	清远	清远市华侨中学	C	清远市清城区清远大道 131 号
414		清远市第一中学实验学校	G、F	清远市清城区学贤路 1 号
415	潮州	潮安区庵埠镇郭陇小学	A	潮安区庵埠镇潮安大道北侧中段
416		潮安区文祠镇上荣小学	A	潮州市潮安区文祠镇文祠大道
417		潮安区彩塘镇金骊中学	B	潮州市潮安区彩塘镇
418		潮州市松昌中学	C	潮安区浮洋镇大吴村
419		潮安区实验学校	E	潮州市潮安区城区安盛花园
420		潮安区城南阳光实验学校	E、G	潮州市潮安区龙湖镇塘东村
421		饶平县新丰镇中心小学	A	饶平县新丰镇
422		饶平县浮山镇中心小学	A	饶平县浮山镇
423		饶平县大埕镇中心小学	A	饶平县大埕镇
424		饶平县城西实验小学	A	饶平县黄冈镇
425		饶平县所城中学	B	饶平县所城镇
426		饶平县第二中学	C	饶平县黄冈镇
427		潮州市金山实验学校	B	潮州市中山路官诰巷
428		潮州市高级实验学校	B	潮州市西河路 2 号
429		潮州市湘桥区城南中英文学校	A	潮州市湘桥区绿榕路
430		潮州市湘桥区卧石侨英学校	A	潮州市湘桥区桥东卧石村
431		潮州市湘桥区城西中心小学	A	潮州市湘桥区城西街道
432		潮州市湘桥区实验学校	A	潮州市湘桥区春荣路
433		潮州市枫溪区白塔小学	A	潮州市枫溪区白塔村
434		潮州市枫溪区洋头小学	A	潮州市枫溪区洋头村
435		潮州市枫溪瓷都实验中学	B	潮州市枫溪区池湖村
436	揭阳	揭阳捷和职业技术学校	C	揭阳市榕城区梅云街道办事处
437		梅云华侨中学	B	揭阳市榕城区梅云街道办事处
438		榕城区实验学校	E9	揭阳市榕城区东兴街道办事处
439		榕城区下六小学	A	揭阳市榕城区仙桥街道办事处
440		揭阳岐山学校	A	揭阳市榕城区东升街道办事处
441		揭东区玉湖中学	D	揭东区玉湖镇玉联村
442		揭东区新亨镇硕联初级中学	B	揭东区新亨镇硕联村
443		揭东区新亨镇硕和初级中学	B	揭东区新亨镇硕和村

续上表

序号	所属市（区）/省直属	学校名称	学校类别	详细地址
444	揭阳	揭东区第四小学	A	揭东区曲溪街道路篦村
445		揭东区玉湖镇浮山华侨小学	A	揭东区玉湖镇浮山村
446		揭东区云路镇北洋中心小学	A	揭东区云路镇北洋村
447		揭东区新亨镇硕联小学	A	揭东区新亨镇硕联村
448		揭阳第三中学	C	揭阳产业转移工业园磐东街道
449		揭阳产业转移工业园白塔镇桐坑初级中学	B	揭阳产业转移工业园白塔镇桐坑村
450		揭阳产业转移工业园城南小学	A	揭阳产业转移工业园磐东街道城南社区
451		揭阳产业转移工业园霖磐镇东洲小学	A	揭阳产业转移工业园霖磐镇东洲村
452		空港区第一中学	C	揭阳空港经济区京冈街道
453		空港区地都镇第二初级中学	B	揭阳空港经济区地都镇土尾社区
454		空港区溪南街道溪南小学	A	揭阳空港经济区溪南街道西寨社区
455		空港区凤美街道广美小学	A	揭阳空港经济区凤美街道广美社区
456		普宁市英才华侨中学	C	普宁市流沙北街道
457		普宁市洪阳镇洪东初级中学	B	普宁市洪阳镇
458		普宁市梅塘镇安仁初级中学	B	普宁市梅塘镇
459		普宁市洪阳镇雨堂小学	A	普宁市洪阳镇
460		普宁市赤岗镇仙洞小学	A	普宁市赤岗镇
461		普宁市流沙北街道西陇小学	A	普宁市流沙
462		普宁市大坪镇埔心小学	A	普宁市大坪镇
463		普宁市流沙东街道新芸小学	A	普宁市流沙东街道
464		揭西县霖田高级中学	C	揭西县河婆街道北环二路
465		揭西县南山镇第二中学	B	揭西县南山镇
466		揭西县龙潭镇龙文学校	A	揭西县龙潭镇龙跃村
467		揭西县凤江镇凤湖小学	A	揭西县凤江镇凤湖村
468		揭西县塔头镇塔头小学	A	揭西县塔头镇
469		揭西县五经富镇联南小学	A	揭西县五经富镇
470		惠来县神泉镇芦园小学	A	惠来县神泉镇芦园管区
471		惠来县仙庵镇田墘小学	A	揭阳市惠来县仙庵镇田墘村
472		惠来县东陇镇中心小学	A	惠来县东陇镇
473		葵潭镇长春第二学校	A	葵潭镇长春社区水果市场旁
474		惠来县前詹中学	B	揭阳市惠来县前詹镇庵泉路北 13 号

续上表

序号	所属市（区）/省直属	学校名称	学校类别	详细地址
475	揭阳	惠来县隆江第二中学	B	惠来县隆江镇凤红村
476		惠来县第一中学	D	揭阳市惠来县惠城镇校前路 1 号
477		揭阳大南海石化工业区东埔场中心小学	A	大南海石化工业区东埔场
478		大南山华侨管理区华侨中学	B	揭阳市大南山华侨管理区桃园办事处侨德路
479		大南山华侨管理区南侨慈云小学	A	揭阳市大南山华侨管理区桃园办事处侨德路
480		普宁华侨管理区中学	B	揭阳市普宁华侨管理区侨新居委
481	云浮	云浮市云城区安塘中心小学	A	云浮市云城区安塘夏洞村委侧
482		云浮市第一小学	A	云浮市云城区竹园路 43 号
483		罗定中学城东学校	D	云浮市罗定市龙化东路 173 号
484		罗定市罗城南区小学	A	云浮市罗定市罗城南区居委文昌巷 2 号
485		罗定市廷锴纪念中学	C	云浮市罗定市泷州北路 82 号
486		云安区六都镇第二中心小学	A	云浮市云安区六都镇南家乡村
487		新兴县里洞镇中心小学	A	云浮市新兴县里洞圩镇
488		新兴县稔村镇初级中学	B	云浮市新兴县稔村圩镇
489		郁南县建城镇中心小学	A	云浮市郁南县建城镇文化路 4 号
490		郁南县南江口镇中心小学	A	云浮市郁南县南江口镇镇兴路 35 号
491	顺德	容山中学	C	佛山市顺德区容桂容新路 249 号
492		顺德德胜学校	D	佛山市顺德区大良新城区民兴路
493		容桂外国语学校	B	顺德容桂街道红旗大道中 72 号
494		容桂容里小学	A	顺德容桂街道容里新展路 18 号
495		容桂容边小学	A	顺德容桂街道容边天河工业区七路 12 号
496		容桂小黄圃小学	A	顺德容桂街道小黄圃教育街 35 号
497		聚贤小学	A	顺德区顺峰居委会金沙大道
498		梁钊林纪念小学	A	佛山市顺德区陈村镇绀现村三六路 1 号
499		东平小学	A	佛山市顺德区乐从镇佛山新城富华路 2 号
500		红棉小学	A	佛山市顺德区乐从镇乐平路 B100 号

17. 第二批省级校园足球推广学校名单

序号	所属市（区）	学校名称	学校类别	详细地址
1	广州	广东广雅中学	C	广州市荔湾区广雅路 1 号
2		广州市越秀区育才中学	B	广州市越秀区中山一路水均南街 21 号
3		广州市越秀区知用中学	B	广州市越秀区解放中路 468 号
4		广州市第七中学实验学校（原越秀铁二中学）	B	广州市越秀区机山一巷 30 号
5		广州市越秀区贸易职业高级中学	职中	广州市越秀区文德东路 2 号
6		广州市越秀区清水濠小学	A	广州市越秀区德政中路清水濠 46 号
7		广州市越秀区云山小学	A	广州市越秀区云泉路 151 号
8		广州市越秀区黄花小学	A	广州市越秀区原道路 46 号
9		广州市越秀区广中路小学	A	广州市越秀区广中路 22 号
10		广州市越秀区八旗二马路小学	A	广州市越秀区八旗二马路 60 号
11		广州市越秀区铁一小学	A	广州市越秀区共和大街 1 号
12		广州市荔湾区西塱小学	A	广州市荔湾区西塱经济联社永安围 32 号
13		广州市荔湾区鸿图苑小学	A	广州市荔湾区浣花西路鸿图大街 71 号
14		广州市北大附中为明广州实验学校	F12	广州市海珠区沙渡路 131 号
15		广州市海珠区晓港东马路小学	A	广州市海珠区晓港东一马路 38 号
16		广州市第九十八中学	B	广州市海珠区工业大道保利花园保康路源溪街 5 号
17		广州市景中实验中学	B	广州市海珠区赤岗一街 5 号
18		广州市岭南画派纪念中学	D	广州市海珠区江南西路玫瑰二街 12 号
19		广州市海珠区南武实验小学	A	广州市海珠区南洲街道（珠江御景湾东北）博景街 3 号
20		广州市海珠区前进路小学	A	广州市海珠区前进路基立新村东 17 号
21		广州市海珠区昌岗中路小学	A	广州市海珠区昌岗中路 147 号
22		广州市海珠区东风村第二小学	A	广州市海珠区上涌村上涌东约新一巷 18 号
23		广州市海珠区五中滨江学校	B	广州市海珠区滨江东远安路 80 号
24		广州市海珠区客村小学	A	广州市海珠区广州大道南 702
25		广州市天河区龙口西小学	A	广州市天河区龙口西路 63 号
26		广州市华南农业大学附属小学	A	广州市天河区五山华南农业大学六一区

续上表

序号	所属市（区）	学校名称	学校类别	详细地址
27	广州	广州市天河区长湴小学	A	广州市天河区长兴街禾串树路 2 号
28		广州中学（原广州市第四十七中学）	D、B	广州市天河区龙口中路 2 号
29		广州市东圃中学	D	广州市天河区车陂路自编 690 号
30		广州市天河中学	D	广州市天河区珠江新城华成路 7 号
31		广东实验中学附属天河学校	D	广州市天河区天源路 399 号
32		广州市天河区四十七中学汇景实验学校	E	广州市天河区汇景南路 5—9 号
33		广州市华南师范大学附属小学	A	广州市天河区中山大道西 55
34		广州市天河区暨南大学附属小学	G、E	广州市暨南大学石牌校区明湖北路
35		广州市白云区大朗小学	A	广州市白云区石井街道大朗社区居委会
36		广州市白云区黄边小学	A	广州市白云区嘉禾街黄边北路 41 号
37		广州市白云区加禾小学	A	广州市白云区嘉禾街彭西大街 1 号
38		广州市白云区蟠龙小学	A	广州市白云区钟落潭镇广陈路 65 号
39		广州市白云区永兴小学	A	广州市白云区太和镇永兴村龙井西路 4 号
40		广州市白云区广外附设外语学校（小学）	A	广州市白云区石井街道大朗社区居委会
41		广州市白云区同德小学	A	广州市白云区同德街道上步社区居委会
42		广州市白云区第二外国语学校	D	广州市太和镇大来南路 59 号
43		广州市黄埔区深井小学	A	广州市黄埔区长洲街深井村迴波 8 号
44		广州市黄埔区怡园小学	A	广州市黄埔区大沙地怡园西街 21 号
45		广州市黄埔中黄外国语小学	A	广州市黄埔区黄埔东路 188 号大院 61 号内
46		广州市黄埔区下沙小学	A	广州市黄埔区南岗街道
47		广州市第一一七中学	B	广州市黄埔区广汕路长安段 12 号（117 中学）
48		广州市开发区外国语学校	D	广州市黄埔东路 3013 号大院
49		广州市番禺区番禺中学	C	广州市番禺区桥南街龙岐路 501 号
50		广州市番禺区沙湾镇龙岐螺阳小学	A	广州市番禺区沙湾镇育龙路 2 号
51		广州市番禺区沙湾镇红基学校	A	广州市番禺区沙湾镇紫坭村新涌路 2 号

续上表

序号	所属市（区）	学校名称	学校类别	详细地址
52	广州	广州市番禺区洛溪新城小学	A	广州市番禺区洛浦街如意三马路 A1 号
53		广州市番禺区市桥侨联中学	B	广州市番禺区市桥大北路侨联大街 16 号
54		广州市番禺区大石中心小学	A	广州市番禺区大石街岗东路 2 号
55		广州市番禺区化龙第二小学	A	广州市番禺区化龙镇潭山村环村公路地字二街 2 号
56		广州市番禺区钟村中学	B	广州市番禺区钟村街钟屏岔道 55 号
57		广州市番禺区市桥富都小学	A	广州市番禺区市桥街道
58		广州市华师附中番禺学校	D、G	广州市番禺区兴南大道 163 号华南新城内
59		广州市番禺区南村镇侨联中学	B	广州市番禺区市桥大北路侨联大街 16 号
60		广州市番禺区石碁镇中心小学	A	石碁镇莲塘路 2 号
61		广州市番禺区东怡小学	A	广州市番禺区大龙街东怡新区
62		广州市番禺区亚运城小学	A	番禺区亚运城兴亚三路 55 号
63		广州市番禺实验中学	D	广州市番禺区市桥康乐路 116 号
64		广州市花都区新华街第五小学	A	广州市花都区新华街宝华路 40 号
65		广州市花都区新华街第二小学	A	广州市花都区新华街育才街 4 号
66		广州市花都区富力实验小学	A	广州市花都区花东镇富力金港新城南一路 8 号
67		广州市花都区风神实验小学	A	广州市花都区秀全街风神大道 18 号
68		广州市花都区炭步初级中学	B	广州市花都区炭步镇侨明路 2 号
69		广州市南沙区大岗小学	A	广州市南沙区大岗镇豪岗花园正街 1 号
70		广州市南沙鱼窝头中学	D	广州市南沙区东涌镇市鱼路 42 号
71		广州市南沙麒麟中学	E9	广州市南沙区黄阁镇黄阁大道南麒麟新城内
72		广州市南沙区实验小学	A	广州市南沙区南沙街下街一巷 15 号
73		广州市从化区第三中学	D	广州市从化区大江路 19 号
74		广州市从化区城郊中学	B	广州市从化区城内路 239 号
75		广州市从化区雅居乐小学	A	广州市从化区尚景路雅居乐滨江花园南门
76		广州市从化区鳌头镇第二中心小学	A	广州市从化区鳌头镇棋杆中华路 46 号
77		广州市增城区荔城中学	C	广州市增城区东桥东路 43 号

续上表

序号	所属市（区）	学校名称	学校类别	详细地址
78	广州	广州市增城区福和中学	B	广州市增城区中新镇
79		广州市增城区甘泉小学	A	广州市增城区新塘镇
80		广州市增城区中新镇中心小学	A	广州市增城区中新镇
81		广州市增城区朱村街中心小学	A	广州市增城区朱村街
82	深圳	深圳市高级中学	F12	深圳市福田区春田路 2 号
83		深圳第二外国语学校	C	深圳市龙华区观澜福城街道大水坑社区龙澜大道
84		深圳大学附属中学	D	深圳市南山区前海路 0353 路
85		深圳市第二高级中学	C	深圳市南山区西丽街道创科路 3 号
86		罗湖外语学校初中部	B	深圳罗湖区莲塘国威路
87		红桂中学	B	深圳市罗湖区果园东 7 号
88		笋岗小学	A	深圳市宝岗路 146 号
89		螺岭外国语实验学校	A	深圳市文锦中路东升街 8 号
90		滨河小学	A	深圳市红岭路 1002 号
91		深圳市福田小学	小学	深圳市福田区福星路 109 号
92		深圳市福田区皇岗小学	A	深圳市福田区皇岗吉龙二村 77 号
93		深圳市莲花中学（北校区）	初中	深圳市福田区彩田路 6008 号
94		深圳市福田区下沙小学	小学	深圳市福田区福荣路 88 号
95		深圳市福田区竹园小学	小学	深圳市福田区农林路 35 号附近
96		南油小学	小学	南山区南光路 106 号
97		松坪学校	初中	南山区松坪山路 13 号
98		平山小学	小学	南山区丽山路 99 号
99		卓雅小学	小学	南山区桃源村
100		南山实验教育集团麒麟小学	小学	南山区泉园路 68 号
101		宝中（集团）第二外国语学校	E9	深圳市宝安区新桥街道河滨南路 2 号
102		新桥小学	A	深圳市宝安区新桥一路 4 号
103		西湾小学	A	深圳市宝安区西乡街道金海路 18 号
104		桥头小学	A	深圳市宝安区育才路 17 号
105		滨海小学	A	深圳市宝安区创业一路
106		宝安小学	A	深圳市宝安新中心区新安六路 1077 号
107		深圳市龙岗区实验学校	E9	深圳市龙岗区龙城街道愉园社区白湖路 1 号
108		深圳市龙岗区兰著学校	E9	深圳市龙岗区龙城街道协同路 1 号

续上表

序号	所属市（区）	学校名称	学校类别	详细地址
109	深圳	华中师范大学龙岗附属中学	C	深圳市龙岗区飞扬路 99 号
110		深圳市龙岗区坪地街道第二小学	A	深圳市龙岗区富强路 1 号
111		深圳市龙岗区水晶城小学	A	深圳市龙岗区横岗水晶城
112		深圳市龙岗区同乐主力学校	A	深圳市龙岗区阳和路 51 号
113		深圳市盐田区乐群小学	A	深圳市盐田区盐田路 272 号
114		盐田区外国语小学	A	盐田区沙兴角海景二路 1011 号
115		深圳市龙华区桂花小学	A	深圳市龙华区观澜办事处桂花路 178 号
116		深圳市龙华区潜龙学校	E9	深圳市龙华区民治办事处
117		深圳市龙华区上芬小学	A	深圳市龙华区民治办事处
118		深圳市龙华区美中学校	F12	深圳市龙华区观湖办事处
119		葵涌中心小学	A	深圳市大鹏新区葵涌三溪西路 29 号
120		华侨中学	B	深圳市大鹏新区迎宾南路 8 号
121		深圳市光明新区公明第一小学	A	深圳市光明新区公明柏溪路 60 号
122		深圳市光明新区高级中学	D	深圳市光明新区马田街道办将石新围路 5 号
123		深圳市光明新区下村小学	A	深圳市光明公明下村社区
124		深圳市坪山区汤坑小学	A	深圳市坪山区碧岭街道汤坑社区同裕路 1 号
125		深圳市坪山区坑梓中心小学	A	深圳市坪山区光祖北路
126		深圳市坪山区坪山中学	B	深圳市坪山区东纵路 296 路
127	珠海	珠海市第二中学	C	珠海市香洲人民东路 65 号
128		珠海一中附属实验学校	D	珠海市拱北夏湾港三路 393 号
129		珠海市理工职业技术学校	C	珠海市九洲大道西 3024 号
130		珠海市第五中学	B	珠海市香洲区香宁一街 63 号
131		珠海市九洲中学	B	珠海市香洲区石花东路 60 号
132		珠海市香洲区凤凰小学	A	珠海市春晖路 288 号
133		珠海市香洲区金钟小学	A	珠海市香洲区金钟街 22 号
134		珠海市香洲区拱北小学	A	珠海市香洲区拱北联安路 148 号
135		珠海市香洲区第一小学	A	珠海市香洲区凤凰北路 1017 号
136		珠海市香洲区香华实验学校	A	珠海市香洲区兴业路 52 号
137		珠海市香洲区造贝学校	A	珠海市香洲区造贝路 8 号

续上表

序号	所属市（区）	学校名称	学校类别	详细地址
138	珠海	珠海市香洲区第十八小学	A	珠海市香洲区契爷岭二街 83 号
139		珠海市斗门区城东中学	B	珠海市斗门区白蕉镇金坑南路 1 号
140		珠海市斗门区实验中学	B	珠海市斗门区井岸镇港霞西路 555 号
141		珠海市斗门区实验小学	A	珠海市斗门区旭日街 63 号
142		珠海市斗门区白蕉镇中心小学	A	珠海市斗门区白蕉镇同心中路 99 号
143		珠海市井岸镇新青小学	A	珠海市斗门区新青科技工业园新青三路
144		珠海市斗门区白蕉镇六乡中心小学	A	珠海市斗门区六乡大道 1132 附近
145		珠海市红旗中学	B	珠海市金湾区红旗镇藤山一路 89 号
146		珠海市金湾区小林实验小学	A	珠海市金湾区小林镇东成路
147		珠海市三灶镇中心小学	A	珠海市金湾区三灶镇琴石路
148		珠海市平沙第一中学	B	珠海市平沙镇平沙三路 23 号
149		珠海市平沙镇华丰小学	A	珠海市平沙镇美平 2078 号
150		珠海北大附属实验学校	F	珠海市唐家淇澳岛南芒湾北大教科园
151		珠海市横琴新区第一小学	A	珠海市横琴新区桃李路 55 号
152	汕头	汕头市鮀浦中学	D	汕头市金平区鮀江街道新业路 168 号
153		汕头市第二中学	D	汕头市外马路红星路 4 号
154		汕头市金砂中学	D	汕头市金环北路南墩段
155		汕头市飞厦中学	B	汕头市长平路 59 号
156		汕头市岐山第二中学	B	汕头市潮汕路月浦路段西侧
157		汕头市鮀东小学	A	汕头市鮀济南路 210 号
158		汕头市南墩小学	A	汕头市南墩村东湖路 1 号
159		汕头市龙眼小学	A	汕头市龙眼园
160		汕头市汇翠小学	A	汕头市汇翠时代花园
161		汕头市沟南小学	A	汕头市月浦街道沟南居委东胜路 1 号
162		汕头市鮀浦中心学校	E	汕头市鮀江街道逢州学校路 15 号
163		汕头市渔洲中学	D	汕头市龙湖区鸥汀街道
164		汕头市新溪中学	B	汕头市新溪镇
165		汕头市丰华学校	E	汕头市龙湖区丰华庄
166		汕头市龙湖区立才学校	E、G	汕头市龙湖区佳华居委
167		汕头市龙湖区锦泰小学	A	汕头市龙湖区 41 街区黄山路
168		汕头市龙湖区下蓬中心小学	A	汕头市龙湖区鸥下居委

续上表

序号	所属市（区）	学校名称	学校类别	详细地址
169	汕头	汕头市龙湖区鸥上小学	A	汕头市龙湖区鸥上居委
170		汕头市龙湖区朝阳小学	A	汕头市龙湖区朝阳庄
171		汕头市龙湖区东升小学	A	汕头市龙湖区新溪镇东升村
172		汕头市龙湖区金晖小学	A	汕头市龙湖区金晖庄
173		汕头市龙湖区十一合小学	A	汕头市龙湖区十一合
174		汕头市澄海实验高级中学	C	汕头市澄海区澄华街道澄江路
175		汕头市澄海莲上学校	B	汕头市澄海区裕德大道 1 号
176		汕头市澄海南港小学	A	汕头市澄海区南港九围
177		澄海南湾小学	A	汕头市澄海区莲下镇南湾村
178		汕头市玉新中学	B	汕头市濠江区玉新街道
179		汕头市濠江区葛陈小学	A	汕头市濠江区礐石街道
180		汕头市潮阳区海门第二初级中学	B	汕头市潮阳区海门镇洪洞村村委会旁
181		汕头市潮阳区金德实验学校	E、G	汕头市潮阳区铜盂镇 237 省道边灵山路口
182		汕头市潮阳外国语学校	E、G	汕头市潮阳区贵屿镇泗美村
183		汕头市潮南区东山中学	D	汕头市潮南区峡山镇
184		汕头市潮南区育才实验学校	E	汕头市潮南区
185		汕头市潮南区司马浦溪美朱初级中学	E	汕头市潮南区司马浦
186		汕头市潮南区仙城镇神仙里小学	A	汕头市潮南区仙城镇
187		南澳县云澳中学	B	南澳县云澳镇
188		汕头金山中学南区学校	D	汕头市濠江区磊广公路 281 号
189		汕头市莲塘小学	A	汕头市育才路 1 号
190		汕头市龙湖区内充公小学	A	汕头市龙湖区内充公居委
191		汕头市龙湖区旦家园小学	A	汕头市龙湖区旦家园居委
192	佛山	禅城区霍藻棉小学	A	澜石镇石头村校园路 2 号
193		禅城区南庄小学	A	南庄镇紫洞路
194		禅城区镇安小学	A	环市镇安大道北
195		禅城区张槎小学	A	张槎街道张槎村
196		佛山市第三中学	C	佛山市东平二路 33 号
197		佛山市惠景中学	B	佛山市华远东路 66 号

续上表

序号	所属市（区）	学校名称	学校类别	详细地址
198	佛山	禅城区铁军小学	A	禅城区季华五路永新南街 3 号
199		禅城区南庄上元小学	A	南庄镇上元村环村路 91 号
200		禅城区南庄杏头小学	A	南庄镇樵乐路 80 号
201		禅城区南庄吉利中学	B	南庄镇杏吉路 230 号
202		佛山市南海区第一中学	C	佛山市南海区石龙北路 22 号
203		南海区桂城街道桂江第二初级中学	B	南海区桂城南一路
204		佛山市南海石门实验中学	B	佛山市南海区人民西路 8 号
205		南海区狮山镇官窑第二初级中学	B	南海区狮山镇官窑教育路 35 号
206		广东实验中学南海学校	D	佛山市南海区中信大道中信山语湖
207		佛山市南海区南海实验小学	A	佛山市南海区海七路 8 号
208		佛山市南海区桂城外国语学校	A	佛山市南海区大德路 8 号
209		佛山市南海区九江镇儒林第一小学	A	佛山市南海区九江镇明华路 1 号
210		佛山市南海区南海执信中学	D	佛山市南海区西樵镇环山大道
211		佛山市南海区西樵镇西樵实验小学	A	佛山市南海区西樵镇
212		佛山市南海区西樵镇第五小学	A	佛山市南海区西樵镇
213		佛山市南海区丹灶镇金沙小学	A	佛山市南海区丹灶镇
214		佛山市南海区里水镇和顺中心小学	A	佛山市南海区里水镇
215		佛山市南海区大沥镇沥北小学	A	佛山市南海区大沥镇
216		佛山市南海区大沥镇海北小学	A	佛山市南海区大沥镇
217		佛山市高明区高明实验中学	D	高明区荷城街道三清路 99 号
218		佛山市高明区第一中学附属初中	B	高明区荷城街道星河路 28 号
219		佛山市高明区荷城街道第一小学	A	高明区荷城街道文昌路 183 号
220		佛山市高明区第一中学附属小学	A	高明区荷城街道中山路百乐街 63 号
221		佛山市高明区明城镇崇步学校	A	高明区明城镇潭朗村委会鸦岗村旁
222		佛山市高明区更合镇合水小学	A	高明区更合镇先烈西路 8 号
223		佛山市三水区大塘中心小学	A	佛山市三水区大塘镇
224		佛山市三水区乐平镇保安小学	A	佛山市三水区乐平镇

续上表

序号	所属市（区）	学校名称	学校类别	详细地址
225	佛山	佛山市三水区乐平镇中心小学	A	佛山市三水区乐平镇
226		佛山市三水区云东海下东鲁小学	A	佛山市三水区云东海
227		佛山市三水区西南第八小学	A	佛山市三水区西南街道
228		佛山市三水区南山镇六和小学	A	佛山市三水区南山镇
229		佛山市三水区白坭中学	B	佛山市三水区白坭镇
230		佛山市三水区乐平中学	B	佛山市三水区乐平镇
231		佛山市三水区健力宝中学	B	佛山市三水区沙兴大道 22 号
232		佛山市三水区理工学校	C	佛山市三水区乐平镇乐康路
233	韶关	南雄市黎灿学校	A	南雄市雄州街道环市西路
234		南雄市黄坑镇中心小学	A	南雄市黄坑镇
235		南雄市黄坑中学	D	南雄市黄坑镇
236		珠玑镇中心小学	A	南雄市珠玑镇
237		南雄市乌迳镇中心小学	A	南雄市乌迳镇
238		韶关市第十四中学	B	韶关市武江区工业西如意路 11 号
239		韶关市武江区华泰小学	A	韶关市武江区新津路 9 号
240		韶关市武江区金福园小学	A	韶关市武江区沙洲路 3 号
241		韶关市浈江区南枫小学	A	浈江区韶南大道北 9 号
242		韶关市浈江区沙梨园小学	A	浈江区南郊三公里
243		韶关市新丰县第三中学	B	韶关市新丰县
244		广东省韶关市第一中学	C	韶关市浈江区大学路 108 号
245		仁化县第一中学	D	仁化县新东大街 16 号
246		仁化县田家炳小学	A	仁化县九龄路
247		乳源瑶族自治县桂头中学	B	韶关市乳源县桂头镇韶桂路 11 号
248		乳源瑶族自治县桂头镇中心小学	A	韶关市乳源县桂头镇
249		始兴县沈所镇中心小学	A	韶关市始兴县沈所镇沈南村
250		广东省乐昌市北乡镇中心学校	E	韶关乐昌市北乡镇墟坪
251		乐昌市新时代学校	E	韶关市乐昌市大瑶山路 30 号
252		乐昌市长来镇中学	B	韶关市乐昌市红岭东路 20 号
253		乐昌市廊田镇中心学校	E	韶关市乐昌市农民街 65 号
254		韶关市曲江区城南小学	A	韶关市曲江区狮岩二路 4 号
255		韶关市曲江区第三小学	A	韶关市曲江区马坝镇

续上表

序号	所属市（区）	学校名称	学校类别	详细地址
256	韶关	韶关市曲江区马坝中学	B	韶关市曲江区马坝镇马坝大道南455号
257		韶关市曲江区实验小学	A	韶关市曲江区马坝镇府前南路6号
258		翁源县江尾镇中心小学	A	韶关市翁源县江尾镇
259		翁源县三华学校	E	韶关市翁源县龙仙镇
260		翁源县新江中学	B	韶关市翁源县新江镇
261	河源	和平县和平中学	C	河源市和平县阳明镇中山一路
262		和平县大坝镇大坝中学	B	河源市和平县大坝镇街镇
263		和平县阳明镇龙湖学校	E	河源市和平县阳明镇龙湖中路
264		和平县青州镇中心小学	A	河源市和平县青州镇街镇
265		和平县礼士镇中心小学	A	河源市和平县礼士镇街镇
266		连平县陂头镇中心小学	A	连平县陂头镇
267		连平县忠信镇中心小学	A	忠信镇新村二路43号
268		古竹中心小学	A	江东新区古竹镇紫博路南43号
269		江东新区临江第二中学	B	河源市江东新区临江镇开发区
270		龙川县实验中学	C	龙川县老隆镇果园新村
271		龙川县车田中学	B	龙川县车田镇
272		龙川县佗城中学	B	龙川县佗城镇灵江村
273		龙川县赤光中心小学	A	龙川县赤光镇
274		龙川县鹤市中心小学	A	龙川县鹤市镇罗乐村
275		龙川县通衢中心小学	A	龙川县通衢镇
276		源城区高莲小学	A	河源市源城区
277		源城区高新区实验学校	E	河源市源城区高新区高新四路
278		源城区文昌学校	E	河源市源城区
279		源城区啸仙中学	B	河源市源城区
280		源城区雅居乐中学	B	河源市源城区
281		东源县船塘镇中心小学	A	河源市东源县船塘镇
282		东源县仙塘中学	B	东源县仙塘镇
283		广东省东源中学	C	河源市东源县城
284		东源县灯塔中心小学	A	河源市东源县灯塔镇
285		东源县第二小学	A	河源市东源县
286		东源县叶潭镇中心小学	A	河源市东源县叶潭镇
287		河源高级中学	C	河源市东环路

续上表

序号	所属市（区）	学校名称	学校类别	详细地址
288	梅州	梅州市梅江区作新小学	A	梅州市梅江区梅新路 105 号
289		梅州市梅江区西街小学	A	梅州市梅江区城西十甲尾梅兴路
290		梅州市梅江区美华小学	A	梅州市梅江区江南团结三路 29 号
291		梅州市梅江区龙坪小学	A	梅州市梅江区江南路 24 号
292		梅县区雁洋镇中心小学	A	梅县区雁洋镇
293		梅县区松源镇中心小学	A	梅县区松源镇
294		梅县区德兴小学	A	梅县区程江镇西山村
295		梅县区大坪镇中心小学	A	梅县区大坪镇
296		梅县区扶大中心小学	A	梅县区扶大镇
297		兴宁市兴城灌新小学	A	兴宁市兴田街道办鹅湖村
298		兴宁市大坪中心小学	A	兴宁市大坪圩镇
299		兴宁市龙田中心小学	A	兴宁市龙田圩镇
300		兴宁市石马中心小学	A	兴宁市石马镇
301		兴宁市合水中心小学	A	兴宁市合水镇
302		五华县第一小学	A	梅州市五华县水寨镇华三路 46 号
303		五华县第三小学	A	梅州市五华县文化街 060 号
304		五华县第五小学	A	梅州市五华县水寨镇水潭西路
305		五华县龙村镇第一小学	A	五华县龙村镇
306		五华县长布镇第一小学	A	五华县长布镇
307		平远县东石中心小学	A	平远县东石镇教育三路 2 号
308		蕉岭县新铺镇中心小学	A	蕉岭县新铺镇
309		蕉岭县广福镇中心小学	A	蕉岭县广福镇
310		蕉岭县城东学校	A	蕉岭县东景路 38 号
311		大埔县大麻小学	A	大埔县麻新路 35 号
312		丰顺县丰良实验小学	A	丰顺县丰良镇府前路 2 号
313		广东省丰顺县留隍第一中心小学	A	丰顺县留隍镇新兴路 1022 号
314		丰顺县汤西石江小学	A	丰顺县汤西镇
315		广东省丰顺县建桥中心小学	A	丰顺县建桥镇
316		广东省丰顺县黄金中心小学	A	丰顺县黄金镇金中街 89 号
317		梅州市梅江区嘉应中学	B	梅州市梅江区爱心路 11 号
318		梅县区雁洋中学	B	梅县区雁洋镇
319		梅县区梅南中学	B	梅县区梅南镇

续上表

序号	所属市（区）	学校名称	学校类别	详细地址
320	梅州	兴宁市石马中学	B	兴宁市石马镇
321		兴宁市霞岚中学	B	兴宁市罗岗镇红星村
322		兴宁市大坪中学	B	兴宁市大坪圩镇
323		五华县华新中学	B	五华县水寨镇
324		五华县河东中学	B	梅州市五华县水寨镇
325		五华县马汕曾镜明中学	B	五华县横陂镇
326		大埔县湖山中学	B	大埔县湖寮镇城北路 262 号
327		大埔县大东实验学校	E9	大埔县大东镇
328		大埔县青溪实验学校	E9	大埔县青溪镇
329		平远县冬青实验学校	E9	平远县石正镇
330		平远县石正中学	B	平远县石正镇梅石路 78 号
331		平远县田家炳中学	B	平远县大柘建设路 166 号
332		梅县区松口中学	C	梅县区松口镇
333		平远县实验中学	C	平远县大柘镇羊子甸街 18 号
334		大埔县大麻中学	C	大埔县大麻镇
335		梅州市梅江区联合中学	D	梅州市梅江区黄塘路
336		兴宁市沐彬中学	D	兴宁市兴城教育路
337		五华县横陂中学	D	五华县横陂镇
338		蕉岭县华侨中学	D	蕉岭县长潭镇
339		大埔县虎山中学	D	大埔县工农路 112 号
340		丰顺县丰顺中学	D	丰顺县汤坑镇新世纪市政大道
341		丰顺县第一中学	D	丰顺县丰良镇
342	惠州	仲恺高新技术产业开发区陈江东升小学	A	惠州仲恺高新区陈江街道东升村
343		仲恺高新技术产业开发区陈江小学	A	惠州仲恺高新区陈江街道英才街 1 号
344		仲恺高新技术产业开发区潼湖银垅小学	A	惠州仲恺高新区潼湖镇银垅村
345		仲恺高新技术产业开发区沥林中心小学	A	惠州仲恺高新区沥林镇英山路
346		仲恺高新技术产业开发区沥林迭石龙小学	A	惠州仲恺高新区沥林镇迭石龙村
347		仲恺高新技术产业开发区潼湖中心小学	A	惠州仲恺高新区潼湖镇陈广公路

续上表

序号	所属市（区）	学校名称	学校类别	详细地址
348	惠州	仲恺高新技术产业开发区陈江五一小学	A	惠州仲恺高新区陈江大道北
349		仲恺高新技术产业开发区潼湖永平小学	A	惠州仲恺高新区潼湖镇永平村
350		惠州市第二十六小学	A	惠州惠城区鹅岭南路 117 号嘉逸园小区
351		惠州市三新小学	A	惠州惠城区江北三新四村
352		惠州大亚湾经济技术开发区西区兴汉小学	A	惠州大亚湾区西区移民村东联大道 7 号
353		龙溪镇球岗小学	A	惠州博罗县龙溪镇球岗村
354		广东省惠州市惠东县黄埠盐洲中心小学	A	惠州惠东县黄埠镇
355		北京师范大学珠海分校惠州附属学校	A	惠州惠城区
356		仲恺高新技术产业开发区沥林英光小学	A	惠州仲恺高新区沥林镇英光村
357		惠州市水北小学	A	惠州惠城区江北 5 号小区
358		仲恺高新技术产业开发区陈江社溪小学	A	惠州仲恺高新区陈江街道社溪村
359		仲恺高新技术产业开发区陈江东江小学	A	惠州仲恺高新区陈江街道东江村
360		泰美中心小学	A	惠州博罗县小罗路 342 号
361		杨村镇张金安小学	A	惠州博罗县杨村镇杨平路
362		九潭中心小学	A	惠州博罗县新村一路 13 号
363		仲恺高新技术产业开发区沥林中学	B	惠州仲恺高新区沥林镇公路南 2 号横岗
364		仲恺高新技术产业开发区潼湖中学	B	惠州仲恺高新区潼湖镇广和老街 63 号
365		惠州市惠城区水口中学	B	惠州惠城区水口龙和西路 123 号
366		惠州市第五中学	B	惠州惠城区麦地南路 20 号
367		叶挺中学	B	惠州惠阳区秋长街道鹏北路
368		杨村中学	B	惠州博罗县杨村镇
369		惠东县惠东实验中学	B	惠州惠东县平山镇莲花西路 85 号
370		惠东县惠东荣超中学	C	惠州惠东县白花镇

续上表

序号	所属市（区）	学校名称	学校类别	详细地址
371	惠州	惠州市惠阳高级中学实验学校	C	惠州市惠城区育贤路
372		仲恺高新技术产业开发区潼侨光明学校	E	惠州仲恺高新区潼侨镇光明村
373		惠州大亚湾经济技术开发区澳头实验学校	E	惠州大亚湾区澳头大堀坝 33 号
374		惠华学校	E	惠州惠阳区秋长街道维布村
375		惠州市合生实验学校	E	惠州惠城区皇冠路
376		惠州一中实验学校	E	惠州惠城区东平南路 6 号
377		惠阳实验学校	E	惠州惠阳区淡水北环路 12 号
378		惠东县大岭中心学校	E	惠州惠东县大岭镇
379		惠州市光正实验学校	F	惠州惠城区
380	汕尾	陆丰市南塘镇南安小学	A	陆丰市南塘镇南安村村委会旁
381		陆丰市金厢镇洲渚小学	A	陆丰市金厢镇洲渚村三洲村
382		陆丰市南塘陈佛庇纪念学校	E	陆丰市南塘西苑大道东侧
383		陆丰市华美学校	G、E	陆丰市东海大道南
384		陆丰市碣石镇碣南中学	E	陆丰市碣石镇前堆村固栅村东面
385		陆丰市湖东第二中学	B	陆丰市湖东镇郊林场西侧
386		陆丰市上英中学	B	陆丰市上英镇英海路 26 号
387		陆丰市玉燕中学	G、D	陆丰市碣石镇玉燕开发新区
388		陆丰市第二职业技术学校	C	陆丰市陆五公路东侧（河东派出所对面）
389		陆丰市双坑中学	B	陆丰市坡洋镇双坑村
390		陆河县实验小学	A	汕尾市陆河县河田镇朝阳路中段
391		陆河县樟河小学	A	汕尾市陆河县上护镇樟河
392		陆河县新田中学	B	汕尾市陆河县新田镇人民路
393		陆河县南溪中学	B	汕尾市陆河县河口镇南溪
394		陆河县河田中学	C	汕尾市陆河县县城南
395		海丰县实验中学	D	汕尾市海丰县城东镇
396		海丰县公平中学	B	汕尾市海丰县公平镇
397		海丰县黄羌中学	B	汕尾市海丰县黄羌镇黄羌村
398		华侨管理区中学	D	汕尾市陆丰市 138 县道附近
399		城区新港街道中心小学	A	汕尾市城区新港街道二马路 299 号

续上表

序号	所属市（区）	学校名称	学校类别	详细地址
400	汕尾	城区香洲街道中心小学	A	汕尾市城区香洲街道城西西门街
401		城区香洲街道新楼小学	A	汕尾市城区香洲街道东兴社区新楼村
402		城区田家炳中学香洲学校	E9	汕尾市城区凤山街道香洲社区和顺村
403		城区石洲中学	B	汕尾市城区东涌镇石洲村
404		城区职业技术学校	C	汕尾市城区香洲街道后径社区
405		海丰县鲘门中学	B	汕尾市海丰县鲘门镇岩公区海边
406	东莞	东莞市沙田镇中心小学	A	东莞市沙田镇沙太一路40号
407		东莞市中堂镇第二小学	A	东莞市中堂镇东向路口
408		东莞市中堂镇潢涌小学	A	东莞市中堂镇
409		东莞市大朗镇新民小学	A	东莞市大朗镇松柏朗村
410		东莞市凤岗镇镇田小学	A	东莞市凤岗镇雁田村镇田北路50号
411		东莞市厚街镇竹溪小学	A	东莞市厚街镇厚街大道西18号
412		东莞市厚街镇三屯小学	A	东莞市三屯中心大道北7号
413		东莞市麻涌镇第二小学	A	东莞市麻涌镇川槎村乡政路1号
414		东莞市麻涌镇大步小学	A	东莞市麻涌镇大步高成正街52号
415		东莞市寮步镇凫山小学	A	寮步镇凫山村寮园街11号
416		东莞市寮步镇横坑小学	A	东莞市寮步镇横坑村
417		东莞市寮步镇香市小学	A	东莞市寮步镇陈家埔路段
418		东莞市企石镇中心小学	A	东莞市企石镇宝石路39号
419		东莞市长安镇实验小学	A	东莞市长安莲湖路326号
420		东莞市长安雅正小学	A	东莞市长安镇乌沙社区兴发路6号
421		东莞市茶山镇第三小学	A	东莞市茶山镇南社村
422		东莞市光正实验学校小学部	F	东莞市茶山镇增埗村
423		东莞市虎门北栅小学	A	东莞市虎门镇北栅社区西坊村凤冈路1号
424		东莞市虎门镇白沙小学	A	东莞市白沙中心北路15号
425		东莞市虎门成才实验学校	E	虎门镇北栅社区凤翔路1号
426		东莞市桥头镇中心小学	A	桥头镇碧莲路6号
427		东莞市道滘镇中心小学	A	东莞市厚德路1号附近

续上表

序号	所属市（区）	学校名称	学校类别	详细地址
428	东莞	东莞市南城阳光第三小学	A	东莞市育才横路 1 号
429		东莞市石碣实验小学	A	东莞市石碣镇联滘路
430		东莞市万江中心小学	A	东莞市万江万福路 237 号
431		东莞市东华小学	A	东莞市莞长路 33 号
432		东莞市谢岗振华学校	E	东莞市谢岗镇谢岗村新城四路 3 号
433		东莞市横沥镇中心小学	A	东莞市横沥镇康乐路 6 号
434		东莞市横沥爱华学校	E	东莞市横沥镇横沥村
435		东莞市光明中学	D	东莞市光明路 68 号
436		东莞中学初中部	B	东莞市学院路 128 号
437		东莞市厚街湖景中学	B	东莞市厚街镇湖景大道 92 号
438		东莞市虎门第五中学	B	东莞市新湾新港南路社区卫生服务站旁
439		东莞市望牛墩中学	B	东莞市芳草路 1 号
440		东莞市桥头中学	B	桥头镇工业路 2 号
441		东莞市寮步镇香市中学	B	东莞市蟠龙路 1 号
442		东莞市华侨中学	B	东莞市凤岗镇五联村凤平路
443		东莞市第七高级中学	C	东莞市企石镇创业路 1 号
444		东莞市信息技术学校	C	东莞市石碣镇四甲金沙路 1 号
445		东莞市长安中学	C	东莞市莲峰路 19 号
446	中山	中山市东区水云轩小学	A	中山市东区富湾南路 9 号
447		中山市横栏镇四沙小学	A	中山市横栏镇新茂村德龙路育才街 1 号
448		中山市阜沙镇丰联小学	A	中山市阜沙镇丰联村
449		中山市三乡镇载德小学	A	中山市三乡镇小琅环路
450		中山市南区北台小学	A	中山市南区北台村凤鸣路
451		中山市沙溪镇港园小学	A	中山市沙溪镇建设路校园里 1 号
452		中山市石岐第一小学	A	中山市石岐区康华路 5 号
453		中山市沙溪镇云汉小学	A	中山市沙溪镇云汉村汉兴大街 2 号
454		中山市坦洲镇七村小学	A	中山市坦洲七村大道 42 号
455		中山市小榄镇竹源小学	A	中山市小榄镇竹源立新街 46 号

续上表

序号	所属市（区）	学校名称	学校类别	详细地址
456	中山	中山市火炬高技术产业开发区中心小学	A	中山市火炬开发区中山港港义路 3 号
457		中山市南区竹秀园中心小学	A	中山市南区竹秀园南大街 25 号
458		中山市黄圃镇吴栏小学	A	中山市黄圃镇吴栏村良涌北街 86 号
459		中山市杨仙逸小学体育路学校	A、G	中山市东区恒宝街 2 号
460		中山市石岐中心小学大信学校	A、G	中山市石岐区兴盛路 3 号
461		中山市东区初级中学	B	中山市东区小鳌溪村后塘路 20 号
462		中山市阜沙牛角初级中学	B	中山市阜沙镇牛角村育才路 1 号
463		中山市石岐中学	B	中山市中山市康华路 1 号
464		中山市浪网中学	B	中山市民众镇浪网大道 133 号
465		中山市港口中学	B	中山市港口镇南八大街 1 号
466		中山市中山纪念中学	C	中山市南朗镇翠亨村
467		中山市建斌中等职业技术学校	C	中山市小榄镇文东南街 18 号
468		中山市实验小学蓝波湾学校	A、G	中山市西区江湾路 8 号
469		中山市横栏镇第二小学	A	中山市横栏镇六沙村状元新村大街 1 号之二
470		中山市坦洲镇合胜小学	A	中山市坦洲镇合胜村
471	江门	江门市培英初级中学	B	江门市江北路 16 号
472		江门市怡福中学	B	江门市丰盛路 25 号
473		江门市蓬江区甘光仪学校	A	江门市港口二路白石联兴新村二号
474		江门市蓬江区棠下镇天河小学	A	江门市蓬江区棠下镇万安村
475		江门市江海区礼乐中学	D	江门市江海区礼乐大道三路 2 号之 1 号
476		江门市江海区银泉小学	A	江门市江海区江翠路 209 号
477		江门市江海区外海中心小学	A	江门市江海区中华大道 43 号
478		江门市新会区双水镇黄克競博士学校	A	新会区双水镇亿利大道
479		江门市新会华侨中学	D	江门市新会会城圭峰东路 10 号
480		江门市新会区会城天禄小学	A	江门市新会会城区天禄村
481		江门市新会高级技工学校	C	新会区会城圭峰路 106 号
482		江门市新会区睦洲中学	B	新会区睦洲镇新兴街中学路 1188 号
483		台山市第一中学	C	台山市台城镇石化路 1 号
484		台山市新宁中学	B	江门市台山市台城镇沙岗湖路

续上表

序号	所属市（区）	学校名称	学校类别	详细地址
485	江门	台山市武溪中学	B	江门市台山市白沙镇三八支路口
486		台山市育才学校	E	江门市台山市台城镇城南管理区
487		台山市广海镇中心小学	A	江门市台山市广海镇建设路 28 号
488		开平市世界谭氏中学	B	开平市长沙街科技路 9 号
489		开平市开侨中学	C	开平市长沙街侨园路
490		开平市教伦中学	C	开平市赤坎镇东郊
491		鹤山市职业技术学校	C	鹤山市沙坪街道铁夫路 175 号
492		鹤山市沙坪街道第三小学	A	鹤山市沙坪街道中华园 308 号
493		鹤山市龙口镇金岗小学	A	鹤山市龙口镇鹤龙路金岗圩 15 号
494		鹤山市宅梧小学	A	鹤山市宅梧镇双和路 40 号
495		鹤山市共和镇中心小学	A	鹤山市共和镇共和圩共兴路 259 号居委
496		鹤山市沙坪实验中学	B	鹤山市沙坪街道雁翔路 268 号
497		鹤山市共和中学	B	鹤山市共和镇莱苏村委
498		鹤山市雅瑶中学	B	鹤山市雅瑶镇元岗仔
499		鹤山市沙坪街道第一小学	A	鹤山市沙坪街道前进路 5 号
500		恩平海外联谊学校	A	恩平市福安西路大岭山脚下
501	阳江	阳春市中等职业技术学校	C	阳春市春城镇黎湖江城区金郊路
502		阳春市第一中学	C	阳春市校前路九号
503		阳西县奋兴中学	B	阳西县奋兴路 136 号
504		阳春市圭岗学校	B	阳春市圭岗镇河龙大道
505		阳东东城镇东城学校	E	阳东区东城镇永兴一路 41 号
506		阳江市同心中学	B	江城区马曹路 588 号
507		阳东区合山中学	B	阳东区合山镇合广路 8 号
508		阳东区东城镇中心小学	D	阳东区东城镇
509		阳江市实验小学	D	江城区漠江路 1 号
510		阳春市逸夫小学	D	阳春市河西街道三马街四巷 5 号
511		阳春市双滘镇中心小学	D	阳春市双滘镇
512		阳江职业技术学院附属阳东学校	E	阳东区迎宾路金桂花园内
513		阳春市春城街道第一小学	D	阳春市府前路 162 号

续上表

序号	所属市（区）	学校名称	学校类别	详细地址
514	阳江	阳西县第二小学	D	中山火炬（阳西）产业转移工业园中阳大道旁 C01-11 号地块
515		阳春市绵登中英文小学	D	阳春市河西绵登新城第六区
516		闸坡镇中心小学	D	海陵区闸坡镇
517		江城区国际城实验小学	D	阳江市江城区阳光大道国际城内
518		阳西县程村学校	E	阳西县程村镇
519		阳东区合山镇中心小学	D	阳东区合山镇
520		阳江市田家炳学校	E	江城区校前路 12 号
521		阳西县织篢镇中心小学	D	阳西县织篢镇
522		阳江市岗列学校	E	阳江市三环路尾
523	湛江	湛江市第八小学	A	湛江市赤坎区跃进路 20 号
524		湛江市第十六小学	A	湛江市赤坎区寸金二横路 2 号
525		湛江市第七小学	A	湛江市霞山区民治路 189 号
526		湛江市第三十一小学	A	湛江市霞山区荷花西路
527		湛江市麻章第二小学	A	湛江市麻章区麻章镇城区兴发街西侧
528		湛江市坡头区麻斜街中心小学	A	湛江市坡头区麻斜街麻斜村委会
529		湛江市坡头区第一小学	A	湛江市坡头区灯塔路 157 号
530		湛江市龙头中学	D	湛江市坡头区龙头镇
531		吴川市海滨街道清源小学	A	吴川市海滨街道清源村
532		吴川市黄坡镇育英小学	A	吴川市黄坡镇岭头村
533		吴川市黄坡镇乌坭小学	A	吴川市黄坡镇乌坭村委会
534		吴川市黄坡镇林屋小学	A	吴川市黄坡镇林屋
535		吴川市塘缀镇第二小学	A	吴川市塘缀镇解放路
536		吴川市长岐中学	B	吴川市长岐镇良村
537		吴川市浅水初级中学	B	吴川市浅水镇朝阳路
538		廉江市安铺镇第八小学	A	廉江市安铺镇城西居委会西侧
539		廉江市第五小学	A	廉江市人民大道东路南一横巷 31 号
540		廉江市和寮镇蕉林小学	A	廉江市和寮镇蕉林村
541		廉江市石角镇三合小学	A	廉江市石角镇三合村委
542		廉江市石岭镇垭坭塘小学	A	廉江市石岭镇垭坭塘村
543		廉江市安铺镇第三中学	B	廉江市安铺镇体育东路 218 号
544		廉江市和寮镇第一初级中学	B	廉江市和寮镇中山大道 7 号

续上表

序号	所属市（区）	学校名称	学校类别	详细地址
545	湛江	廉江市横山镇第一初级中学	B	廉江市横山镇教育路 28 号
546		廉江市吉水中学	B	廉江市吉水镇教育路 1 号
547		廉江市青平镇第一初级中学	B	廉江市青平镇教育路 100 号
548		廉江市石角镇第二初级中学	B	廉江市石角镇
549		廉江市塘蓬镇第二初级中学	B	廉江市塘蓬镇西安路 1 号
550		廉江市营仔镇第二初级中学	B	廉江市营仔镇营圩北
551		廉江市安铺中学	D	廉江市安铺镇西大街西环路 9 号
552		廉江市良垌中学	D	廉江市良垌镇文明路 21 号
553		廉江市塘蓬中学	D	廉江市塘蓬镇粤桂路 36 号
554		遂溪县城月镇官田小学	A	湛江市遂溪县城月镇官田村委会
555		遂溪县洋青镇寮客小学	A	遂溪县洋青镇寮客村委会
556		遂溪县杨柑镇中心小学	A	湛江市遂溪县杨柑镇红村村委会
557		遂溪县界炮镇中心小学	A	湛江市遂溪县界炮镇界炮圩
558		遂溪县遂城镇分界小学	A	湛江市遂溪县遂城镇分界村委会
559		遂溪县遂城镇仙凤小学	A	遂溪县遂城镇仙凤村委会
560		遂溪县遂城第一初级中学	B	遂溪县遂城镇文东路 107 号
561		遂溪县大成中学	D	遂溪县遂城镇中山路 206 号
562		遂溪县杨柑中学	D	湛江市遂溪县杨柑镇
563		雷州市白沙镇中心小学	A	湛江雷州市白沙镇
564		雷州市杨家镇中心小学	A	湛江雷州市杨家镇
565		雷州市客路镇中心小学	A	湛江雷州市客路镇
566		雷州市纪家镇中心小学	A	湛江雷州市纪家镇
567		雷州市龙门镇中心小学	A	湛江雷州市龙门镇
568		雷州市企水镇中心小学	A	湛江雷州市企水镇
569		雷州市第六中学	B	湛江雷州市雷城镇下江巷 193 号
570		雷州市东里镇初级中学	B	湛江市雷州市东里镇
571		雷州市唐家中学	D	雷州市唐家镇
572		徐闻县下洋镇中心小学	A	徐闻县下洋镇
573		徐闻县西连中学	B	徐闻县西连镇民主一路
574		徐闻县下洋中学	B	湛江市徐闻县下洋镇前进路 10 号
575		徐闻县第一中学	D	湛江市徐闻县贵生路
576		湛江市坡头区南三镇中心小学	A	湛江市坡头区南三镇

续上表

序号	所属市（区）	学校名称	学校类别	详细地址
577	湛江	湛江经济技术开发区第二小学	A	湛江市海滨大道中56号
578	茂名	茂名市向阳小学	A	茂名市人民南路向阳街80号大院
579		茂名市建设路小学	A	茂名市建设路314号大院
580		茂名市桥南小学	A	茂名市官山西坡嘴路1号
581		茂名市第二中学	B	茂名市新坡路61号大院
582		茂名市茂南第一小学	A	茂名市茂南开发区站南五街20号
583		茂名市茂南区公馆中心小学	A	茂名市茂南区公馆镇打铁街2号
584		茂名市第七中学	B	茂名市茂南区金塘镇尚贤路
585		茂名市第八中学	B	茂名市茂南区镇盛镇东街
586		茂名市第四中学	D	茂名市茂南区鳌头镇新建路14号
587		茂名市电白区杨梅小学	A	茂名市电白区水东镇广南路电海五街29号
588		茂名市电白区滨海小学	A	茂名市电白区南海街道霞里管区
589		茂名市电白区坡心镇中心小学	A	茂名市电白区坡心镇红十月管区
590		茂名市电白区黄岭镇上平山小学	A	茂名市电白区黄岭镇上平山管区
591		茂名市电白区羊角中学	B	茂名市电白区羊角镇东风路
592		茂名市电白区岭门中学	B	茂名市电白区岭门镇人民东路
593		茂名市电白区第一中学	C	茂名市电白区水东镇海滨路
594		茂名市电白区第三中学	D	茂名市电白区霞洞镇
595		信宜市丁堡镇中心小学	A	信宜市丁堡镇
596		信宜市旺沙中心小学	A	信宜市旺沙镇
597		信宜市水口中学	B	信宜市水口街207国道旁
598		信宜砺儒中学	C	信宜市区
599		信宜市丁堡职业高级中学	D	信宜市丁堡镇
600		信宜市西江中学	D	信宜市北界镇西江村
601		信宜市高坡中学	E	信宜市北界镇
602		高州市谢鸡镇谢鸡中心学校	A	高州市谢鸡镇朝阳路1号
603		高州市大坡镇大坡中心学校	A	高州市大坡镇文明街1号
604		高州市东岸镇东岸中心学校	A	高州市东岸镇育贤路2号
605		高州市祥山中学	B	高州市石鼓镇祥山墟
606		高州市沙田中学	B	高州市沙田镇和平路5号
607		高州市南塘第一中学	B	高州市南塘镇南胜大街3号

续上表

序号	所属市（区）	学校名称	学校类别	详细地址
608	茂名	高州市潭头第一中学	B	高州市潭头镇潭头村委会 9 号
609		高州市曹江第二中学	B	高州市曹江镇平山铺村委会
610		高州市第一中学	C	高州市教育路 50 号
611		高州市第四中学	D	高州市文笔路 151 号
612		高州市大井中学	D	高州市大井镇沿江路 1 号
613		高州市南塘中学	D	高州市南塘镇育新路 36 号大院
614		化州市第一小学	A	化州市文明西路
615		化州市石湾学校	A	化州市石湾街道办后
616		化州市林尘镇林华初级中学	B	化州市林尘镇
617		化州市职业技术学校	C	化州市下郭梅石西路
618		化州市第二中学	D	化州市橘城北路 39 号
619		化州市官桥中学	D	化州市官桥镇教育路 53 号
620		化州市那务中学	D	化州市那务镇教育路 2 号
621		化州市合江中学	D	化州市合江镇合中路 1 号
622		茂名市电白区电城镇中心小学	A	电城镇爵西校区
623		茂名市电白区电城镇第三小学	A	电城镇电城楼角校区
624		茂名市电白区龙山中学	B	博贺镇龙山街绿海路 1 号
625		茂名高新技术产业开发区米粮中学	B	高新区七迳镇米粮圩
626	肇庆	广宁县南街镇新城小学	A	广宁县南街镇南东一路 89 号
627		广宁县木格镇中心小学	A	广宁县木格镇丰田村委德胜岗
628		鼎湖区沙浦镇中心小学	A	肇庆市鼎湖区沙浦镇
629		鼎湖区莲花镇莲塘小学	A	肇庆市鼎湖区莲花镇
630		鼎湖区人民政府桂城办事处水坑一小学	A	肇庆市鼎湖区桂城街道
631		德庆县莫村镇中心小学	A	德庆县莫村镇圩镇 265 省道旁
632		德庆县莫村中学	D	德庆县莫村镇圩镇
633		德庆县孔子中学	C	德庆县龙母大街孔中路
634		怀集县连麦镇中心小学	A	怀集县连麦镇
635		怀集县坳仔镇中心小学	A	怀集县坳仔镇墟镇东街 129 号
636		怀集县岗坪镇初级中学	B	怀集县岗坪镇墟镇
637		怀集县永固镇初级中学	B	怀集县永固镇墟镇

续上表

序号	所属市（区）	学校名称	学校类别	详细地址
638	肇庆	广东省肇庆市四会中等专业学校	C	四会市龙凤路 68 号
639		四会市大沙中学	B	四会市大沙镇贺岗
640		四会市下茆镇马陂东霖学校	A	四会市下茆镇马陂村委旁
641		四会市石狗学校	A	四会市石狗镇文通路 89 号
642		四会市青云小学	A	四会市江谷镇镇郊
643		肇庆市高要区第一小学	A	肇庆市高要区南岸城区南亭路 80 号
644		肇庆市高要区乐城镇中心小学	A	肇庆市高要区乐城镇
645		肇庆市高要区莲塘镇中心小学	A	肇庆市高要区莲塘镇公信路 41 号
646		肇庆市高要区第一中学	D	肇庆市高要区南岸府前大街 11 号
647		封开县南丰镇中心小学	A	封开县南丰镇
648		封开县杏花镇中心小学	A	封开县杏花镇
649		封开县渔涝中学	B	封开县渔涝镇
650		肇庆市颂德学校	B	肇庆市端州区颂德路 6 号
651		肇庆市铁路学校	E	肇庆市端州区站北路 28 号
652	清远	英德市第七小学	A	英德市英城街道仙泉花园
653		英德市城北小学	A	英德市英城街道城北
654		英德市英城街中心小学	A	英德市英城街道和平南路
655		英德市大湾中学	B	英德市大湾镇
656		阳山县南阳中学	C	阳山县阳城镇思贤路 203 号
657		阳山县太平中学	B	阳山县太平镇
658		阳山县江英中学	B	阳山县江英镇江英大街 152 号
659		清远市佛冈县振兴小学	A	清远市佛冈县石角镇康乐街 129 号
660		清远市佛冈县四九中学	B	佛冈县汤塘镇四九龙头埔
661		清城区飞来峡镇第一初级中学	B	清城区飞来峡镇江口江中路
662		清远市清城区源潭镇第一初级中学	B	清远市清城区源潭镇
663		清远市清城区石角镇第二初级中学	B	清远市清城区石角镇兴仁管理区
664		清远市清城区飞来湖中学	B	清远市清城区胜利雅苑对面
665		清远市清城区新北江小学	A	清远市清城区连江西路 28 号
666		清远市清城区龙塘镇中心小学	A	清远市清城区龙塘镇

续上表

序号	所属市（区）	学校名称	学校类别	详细地址
667	清远	连山壮族瑶族自治县佛山希望小学	A	连山县沿江西路
668		连山壮族瑶族自治县民族中学	B	连山县沿江西路
669		连南瑶族自治县马安中心学校	E	连南县寨岗镇石坑崀村委会黄泥塘
670		连南瑶族自治县民族小学	A	连南瑶族自治县三江镇民族一路 81 号
671		连州市东陂镇西溪中心学校	E	连州市东陂镇东风街 10 号
672		连州市慧光中学	B	连州市连州镇大桥街 73 号
673		连州市大路边镇中心小学	A	连州市大路边镇策玉路 25 号
674		清远市清新区第三中学	D	清远市清新区县城规划 51 号区
675		清远市清新区三坑镇初级中学	B	清远市清新区三坑镇河岗路口
676		清远市清新区第一中学	C	清远市清新区清和大道 36 号
677		清远市清新区山塘镇第二小学	A	清远市清新区山塘镇金亭村委会
678		清远市清新区职业技术学校	C	清远市清新区太和路 7 号
679	潮州	潮州市潮安区古巷镇中盛学校	E	潮州市潮安区古巷镇孚中村
680		潮州市潮安区凤塘镇智勇中学	B	潮州市潮安区凤塘镇新乡村
681		潮州市潮安区凤塘镇大埕小学	A	潮州市潮安区凤塘大埕村
682		潮州市潮安区浮洋镇六联小学	A	潮州市潮安区浮洋镇夏里美村
683		潮州市潮安区庵埠镇梅溪小学	A	潮州市潮安区庵埠镇梅溪村
684		潮州市潮安区彩塘镇水美小学	A	潮州市潮安区彩塘镇水美村
685		潮州市潮安区金石镇林周全小学	A	潮州市潮安区金石镇古楼村群益路
686		潮州市潮安区龙湖镇银湖小学	A	潮州市潮安区龙湖镇银湖村
687		潮州市潮安区江东镇初级中学	B	潮州市潮安区江东镇西前溪村
688		潮州市潮安区江东镇下湖小学	A	潮州市潮安区江东镇下湖村
689		潮州市潮安区东凤镇东二小学	A	潮州市潮安区东凤镇东二村
690		潮州市潮安区庵埠中学	D	潮州市潮安区庵埠镇城区茂林街
691		饶平县上饶中学	B	饶平县上饶镇
692		饶平县鸿程中学	B	潮州市饶平县大埕镇贡天医院旁
693		广东省潮州市饶平师范实验小学	A	潮州市饶平县黄冈镇顶宫路
694		饶平县黄冈镇中心小学	A	潮州市饶平县黄冈镇石埕居委
695		饶平县上饶镇茂芝全德学校	A	潮州市饶平县上饶镇茂芝居委
696		饶平县三饶镇南联小学	A	潮州市饶平县三饶镇

续上表

序号	所属市（区）	学校名称	学校类别	详细地址
697	潮州	饶平县新圩镇中心小学	A	潮州市饶平县新圩镇潘段村西南面
698		饶平县联饶镇中心小学	A	潮州市饶平县联饶镇下饶村
699		潮州市饶平县浒洲镇中心小学	A	潮州市饶平县浒洲镇浒平后寨山
700		潮州市饶平县柘林镇中心小学	A	潮州市饶平县柘林镇
701		潮州市饶平县所城镇宏北小学	A	潮州市饶平县所城镇宏北村
702		潮州市湘桥区城基初级中学	B	潮州市湘桥区环城西路南段
703		潮州市湘桥区城南小学	A	潮州市湘桥区环城西路中段
704		潮州市湘桥区凤新中心小学	A	潮州市湘桥区凤新街道
705		潮州市湘桥区磷溪镇仙河华侨学校	A	潮州市湘桥区磷溪镇
706		潮州市枫溪区高厦小学	A	潮州市枫溪区高厦村
707		潮州市金山中学	C	潮州市韩江东岸东山路中段
708	揭阳	揭阳市综合中等专业学校	中职	揭阳市空港经济区渔湖中心大道
709		揭阳市榕城区仙桥街道办事处紫贤中学	B	仙桥街道办事处篮兜村
710		揭阳市榕城区榕东中学	B	榕东街道办事处梅兜村
711		揭阳市榕城区仙桥街道办事处山前小学	A	仙桥街道办事处山前村
712		揭阳市榕城区榕东街道办事处陆联小学	A	榕东街道办事处西陈村
713		揭阳市榕城区梅云街道办事处赤水小学	A	梅云街道办事处赤水村
714		普宁第二中学	C	普宁市流沙西街道广南社区广南路17 号
715		普宁市华美实验学校	C	普宁市大南山街道
716		普宁市大坝镇新兴初级中学	B	大坝镇
717		普宁市云落镇云联初级中学	B	云落镇
718		普宁市里湖镇竹林初级中学	B	里湖镇
719		普宁市占陇镇新寮小学	A	占陇镇
720		普宁市南溪镇大陇小学	A	南溪镇
721		普宁市燎原街道果陇小学	A	燎原街道
722		普宁市广太镇山前小学	A	广太镇
723		普宁市梅林镇居民小学	A	梅林镇
724		揭阳市揭东区梅岗中学	高中	揭东区曲溪街道

续上表

序号	所属市（区）	学校名称	学校类别	详细地址
725	揭阳	揭东区华南师大粤东实验学校	初中	揭东区曲溪街道
726		揭东区埔田镇庵后小学	小学	揭东区埔田镇庵后村
727		揭东区玉滘镇半洋小学	小学	揭东区玉滘镇半洋村
728		揭东区锡场镇潭王小学	小学	揭东区锡场镇潭王村
729		揭东区锡场镇东仓小学	小学	揭东区锡场镇东仓村
730		揭阳产业转移工业园桂岭镇大岭小学	A	揭阳产业转移工业园桂岭镇大岭村
731		揭阳产业转移工业园城西小学	A	揭阳市产业园磐东街道
732		揭阳产业转移工业园月城镇篮头小学	A	揭阳产业转移工业园月城镇篮头村
733		揭阳产业转移工业园龙尾镇明珠初级中学	B	揭阳产业转移工业园龙尾镇
734		揭阳产业转移工业园白塔镇桐联小学	A	揭阳产业转移工业园白塔镇桐联村
735		揭阳产业转移工业园桂岭健豪小学	A	揭阳产业转移工业园桂岭健豪村公所北侧
736		惠来县葵潭中学	D	惠来县葵潭镇吉镇大埔
737		惠来县周田中学	B	惠来县周田镇前湖村
738		惠来县锡溪学校	E9	惠来县仙庵镇锡溪村
739		惠来县前詹镇中心小学	A	惠来县前詹镇前詹村
740		惠来县靖海镇资深小学	A	惠来县靖海镇资深村
741		惠来县华湖镇丁田小学	A	惠来县华湖镇丁田村
742		揭西县龙潭中学	B	揭西县龙潭镇
743		揭西县金坑中学	B	揭西县金和镇
744		揭西县上砂镇第一中学	B	揭西县上砂镇
745		揭西县金和镇仙坡小学	A	揭西县金和镇
746		揭西县河婆街道南光小学	A	揭西县河婆街道新楼村
747		揭西县塔头镇潭新小学	A	揭西县塔头镇
748		揭西县京溪园镇日新小学	A	揭西县京溪园镇
749		揭西县钱坑镇钱西小学	A	揭西县钱坑镇
750		揭阳空港经济区渔湖中学	C	揭阳空港经济区渔湖镇镇前街
751		揭阳空港经济区溪南街道溪南初级中学	B	揭阳空港经济区溪南街道东寨社区

续上表

序号	所属市（区）	学校名称	学校类别	详细地址
752	揭阳	揭阳空港经济区砲台镇竞智初级中学	B	揭阳空港经济区砲台镇砲台居委
753		揭阳空港经济区登岗镇纪南小学	A	揭阳空港经济区登岗镇机场安置区
754		揭阳空港经济区砲台镇南潮小学	A	揭阳空港经济区砲台镇南潮村南通路
755		揭阳空港经济区地都镇福美小学	A	揭阳空港经济区地都镇福美社区
756	云浮	罗定市泗纶镇中心小学	A	罗定市泗纶镇龙安街 78 号
757		罗定市附城街中心小学	A	罗定市附城街道兴盛路 59 号
758		罗定市罗镜镇中心小学	A	罗定市罗镜镇西路 8 号
759		罗定市黎少镇中心小学	A	罗定市黎少镇广海西路 20 号
760		罗定中学	D	罗城镇府前路 15 号
761		罗定第一中学	D	罗定市附城街道迎宾路 207 号
762		罗定市船步中学	B	罗定市船步镇群贤路 7 号
763		云浮市邓发小学	A	云浮市云城区城基路 43 号
764		云浮市云城区思劳镇中心小学	A	云城区思劳镇
765		云浮市第五小学	A	云浮市云城区城北金山大道
766		云浮市第二中学	B	云浮市云城区云城街三眼塘村 139 号
767		云浮市云城区南盛镇中学	B	云浮市云城区南盛镇开发区
768		新兴县实验小学	A	云浮市新兴县新城镇建设二路
769		新兴县天堂镇第十营小学	A	云浮市新兴县天堂镇第十营村 36 号
770		新兴县六祖镇船岗小学	A	云浮市新兴县六组镇船岗圩
771		新兴县田家炳中学	D	云浮市新兴县天堂镇五一路
772		新兴县水台镇中心小学	A	云浮市新兴县水台镇圩镇
773		郁南县蔡朝焜纪念中学	C	云浮市郁南县都城镇城中路 237 号
774		郁南县实验中学	B	云浮市郁南县都城镇九塘基路 53 号
775		郁南县平台镇中心小学	A	云浮市郁南县平台镇平台开发区同心路 4 号
776		郁南县大湾镇中心小学	A	云浮市郁南县大湾镇
777		郁南县连滩镇中心小学	A	云浮市郁南县连滩镇
778		云安区石城镇石城中学	B	云浮市云安区石城镇
779		云安区富林镇第二中心小学	A	云浮市云安区富林镇

续上表

序号	所属市（区）	学校名称	学校类别	详细地址
780	云浮	云安区镇安镇第二中心小学	A	云浮市云安区镇安镇
781		云安区石城镇高潭小学	A	云浮市云安区石城镇
782	顺德	佛山市顺德区罗定邦中学	C	佛山市顺德区大良街道新桂南路
783		佛山市顺德区大墩初级中学	B	佛山市顺德区乐从荷岳路 8 号
784		佛山市顺德区勒流街道江义初级中学	B	佛山市顺德区勒流义大道北路 25 号
785		佛山市顺德区西山小学	A	佛山市顺德区大良街道东康路 1 号
786		佛山市顺德区鉴海小学	A	广东省顺德区金榜居委会鉴海北路五巷 2 号
787		佛山市顺德区大良实验小学	A、C	顺德区大良镇永和路 5 号
788		佛山市顺德区红岗小学	A	佛山市顺德大良凤南路 38 号
789		佛山市顺德区容桂城西小学	A	佛山市顺德区容桂大福路 69 号
790		佛山市顺德区容桂幸福陈占梅小学	A	顺德容桂永新南路 26 号
791		佛山市顺德区伦教羊额何显朝纪念小学	A	佛山市顺德区伦教街道羊额忠义街
792		佛山市顺德区美的学校	A、C	佛山市顺德区北滘镇美的海岸花园内
793		佛山市顺德区龙江陈涌聚龙小学	A	佛山市顺德区龙江镇陈涌文华路 1 号
794		佛山市顺德区南沙小学	A	顺德区均安镇安成路一巷 76 号
795		佛山市顺德区勒流勒北小学	A	佛山市顺德区勒流日新路 2 号
796	省属中职学校	广东省财经职业技术学校		南海区大沥镇工业大道 23 号
797		广东省对外贸易职业技术学校		广州市天河区龙洞东路 128 号
798		广东省海洋工程职业技术学校		广州市海珠区赤沙路 15 号
799		广东省食品药品职业技术学校		广州市天河区大观街 639 号
800		广东省石油化工职业技术学校		佛山市南海区狮山镇科技软件园内

18. 第三批省级校园足球推广学校名单

序号	地市	学校名称	详细地址
1	广州	广州市越秀区雅荷塘小学	广州市越秀区德政北路雅荷塘 10 号
2		广州市越秀区东川路小学	广州市越秀区东川路 47 号
3		广州市越秀区朝天小学	广州市越秀区朝天路 81 号
4		广州市越秀区秉正小学	广州市越秀区中山四路秉政街 42 号
5		广州市越秀区旧部前小学	广州市越秀区一德中路旧部前 56 号
6		广州市回民小学	广州市越秀区中山五路 182 号
7		广州市越秀区汇泉学校	广州市越秀区北站路 144 号
8		广州市海珠区新港路小学	广州市海珠区新港西路 120 号
9		广州市荔湾区康有为纪念小学	广州市荔湾区芳村大道中 273 号
10		广州市荔湾区芳村小学	广州市荔湾区花地大道翠竹街 50 号
11		广州市荔湾区龙津小学	广州市荔湾区龙津西路 349 之一
12		广州市荔湾区双桥学校	广州市荔湾区桥中街裕福街 33 号
13		广州市天河区盈彩美居小学	广州市天河区前进街道汇彩路 4 号
14		广州市天河区吉山小学	广州市天河区吉山村西新街 102 号
15		广州市天河区体育西路小学	广州市天河区体育西横街 187 号
16		广州市天河区元岗小学	广州市天河区下元岗东街 39–40 号
17		广州市天河区棠福学校	广州市天河区棠下棠福路 638 号
18		广州市白云区白天鹅京溪实验小学	广州市白云区沙太路麒麟路 2 号白天鹅花园内
19		广州市白云区神山第一小学	广州市白云区江高镇神山中街 47 号
20		广州市白云区竹料第四小学	广州市白云区钟落潭镇大纲领村角窿路 307 号
21		广州市白云区罗岗村小学	广州市白云区均禾街罗岗商农西街 32 号
22		广州市广大附属实验学校	广州市白云区石井街庆丰一路 2 号
23		广州市白云区平沙培英学校	广州市白云区均禾街富力城花语街 8 号
24		广州市白云区东平学校	广州市白云区永平街东平村东凤路 17 路
25		广州市黄埔区萝峰小学	广州市黄埔区房学路与塘山路交叉口处
26		广州市黄埔区姬堂小学	广州市黄埔区丰乐北路姬堂社区长德街
27		广州市黄埔区黄船小学	广州市黄埔区长洲路 241 号
28		华南师范大学附属外国语学校	广州市黄埔区科学大道 2 号
29		广州市花都区新雅街广塘小学	广州市花都区新华街广塘村育才路 1 号
30		广州市花都区花东镇中心小学	广州市花都区花东镇花都大道推广路段南 9 号

续上表

序号	地市	学校名称	详细地址
31	广州	广州市花都区花山镇和郁小学	广州市花都区花山镇
32		广州市花都区秀全街乐泉小学	广州市花都区花都永发路 4 号
33		广州市花都区炭步镇中心小学	广州市花都区炭步镇水厂路北二巷 3 号
34		广州市花都区新雅街嘉行学校	广州市花都区新雅街夏花六路六号
35		广东第二师范学院番禺附属小学	广州市番禺区新造镇永兴路 3 号
36		广州市番禺区丽江小学	广州市番禺区洛浦街丽江花园新浦路 11 号
37		广州市番禺区南村镇汇贤小学	广州市番禺区南村镇兴南大道 149 号
38		广州市番禺区化龙镇中心小学	广州市番禺区化龙镇工业路 22 号化龙镇
39		广州市番禺区南村镇梅江小学	广州市番禺区南村镇南里路中段
40		广州市番禺执信中学附属小学	广州市番禺区迎宾路星河湾
41		广东番禺中学附属学校	广州市番禺区桥南街福愉西路 663 号
42		广州市南沙区麒麟小学	广州市南沙区黄阁镇南涌口路 15 号
43		广州市南沙区庆盛小学	广州市南沙区庆盛村中心村 67 号
44		广州市南沙区潭山小学	广州市南沙区大岗镇潭山路
45		广州市南沙区星海小学	广州市南沙区榄核镇民生路 60 号
46		广州市从化区西宁小学	广州市从化区城郊街新城西路 135 号
47		广州市从化区街口街团星小学	广州市从化区街口街团星路 29 号
48		广州市从化区太平镇信诚木棉小学	广州市从化区太平镇木棉村
49		广州市从化区鳌头镇岭南小学	广州市从化区鳌头镇城鳌大道东 408 号
50		广州市增城区富鹏小学	广州市增城区荔城街富民路 4 号
51		广州市增城区新塘镇久裕小学	广州市增城区新塘镇久裕村
52		广州市增城区永宁街第二小学	广州市增城区汽车城大道
53		广州市增城区新桥小学	广州市增城区荔城街龙角村
54		广州市增城区石滩镇麻车小学	广州市增城区石滩镇麻车村
55		广州市增城区荔城街第二小学	广州市增城区荔城街西园路 6 号
56		广州市增城区凤凰城中英文学校	广州市增城区广园东碧桂园凤凰城
57		广州市第十中学	广州市越秀区维新横路素波巷 30 号
58		广州市绿翠现代实验学校	广州市海珠区滨江东路 810 号
59		广州市蓝天中学	广州市海珠区泰沙路 235 号
60		广州市荔湾区西关广雅实验学校	广州市荔湾区南岸路悦康街 1 号
61		广州市天荣中学	广州市天河区体育西路天荣路 9 号
62		广州市白云区江高镇第三初级中学	广州市白云区江高镇塘贝长岭头

续上表

序号	地市	学校名称	详细地址
63	广州	广州市黄埔区新港中学	广州市黄埔区南岗街亨元路
64		广州开发区中学	广州市黄埔区经济技术开发区友谊路 66 号
65		广州市从化区龙潭中学	广州市从化区鳌头镇龙潭广韶路 116 号
66		广州市从化区鳌头中学	广州市从化区鳌头镇鳌西路 1 号
67		广州市增城区石滩中学	广州市增城区石滩镇创业路 10 号
68		广州市增城区华侨中学	广州市增城区中侨路 1 号
69		广州市番禺区石楼镇第二中学	广州市番禺区石楼镇砺江路 23 号
70		广州市番禺区洛溪新城中学	广州市番禺区洛浦街如意路 39 号
71		广州科学城中学	广州市黄埔区萝岗街萝平路 79 号
72		广州市南沙东涌中学	广州市南沙区东涌镇和乐路 1 号
73		广州市铁一中学	广州市越秀区东兴南路文化里 13 号
74		广州市第六中学	广州市海珠区新港西路 179 号
75		广州市土地房产管理职业学校	广州市海珠区赤沙路 12 号
76		广州市白云行知职业技术学校	广州市白云区同和街握山北东街五巷 16 号
77		广州市番禺区禺山高级中学	广州市番禺区桥南街福贤路 323 号
78		广州市增城区第一中学	广州市增城区荔城街罗岗村九升社
79		广州市黄埔职业技术学校	广州市黄埔区庙头东路 801 号
80		广州市幼儿师范学校	广州市天河北林和东路沾益直街 121 号
81	深圳	深圳中学高中部	深圳市罗湖区人民北路深中街 18 号
82		深圳市第七高级中学	深圳市宝安区沙井街道
83		淘金山小学	深圳市罗湖区翠荫路 268 号
84		翠竹外国语实验学校	深圳市东门北路 14 号
85		翠园中学东晓校区	深圳市罗湖区春和路 8 号
86		文锦中学	深圳市文锦南路 1013 号
87		罗湖外语学校初中实验部	深圳市罗湖区罗芳路 124 号
88		景贝小学	深圳市景贝路景贝南住宅区
89		福田区教科院附属小学	深圳市福田区竹子林六路 13 号
90		福田区华新小学	深圳市福田区梅岗路 5 号
91		福田区黄埔学校	深圳市福田区福中一路 3009 号
92		福田区北环中学	深圳市福田区莲花北村
93		红岭中学石厦初中部	深圳市福田区石厦街 5 号

续上表

序号	地市	学校名称	详细地址
94	深圳	福田区外国语高级中学	深圳市福田区益田村西
95		北京师范大学南山附属学校	深圳市南山区东滨路 3002 号
96		北大附中深圳南山分校	深圳市南山区月亮湾大道 3002 号
97		深圳市南山实验教育集团南头小学	深圳市南山区南光路 143 号
98		深圳市南山区桃苑实验学校	深圳市南山区桃源村
99		深圳市南山区塘朗小学	南山区桃源街道塘朗村塘长路 2079 号
100		深圳市南山实验教育集团麒麟中学	深圳市南山区义学路 9 号
101		深圳市宝安区西乡街道黄田小学	宝安区西乡街道
102		深圳市宝安区海韵学校	宝安区罗田路与金科路交汇处
103		深圳市福永中学	宝安区福永街道立新路 70 号
104		深圳市松岗第二小学	宝安区松岗街道
105		宝安中学（集团）塘头学校	宝安区石岩街道
106		深圳市宝安区黄麻布学校	宝安区航城街道黄麻布学业路九巷 1 号
107		龙岗区外国语学校	龙岗区龙城街道新丰路 106 号
108		龙岗区横岗中学	龙岗区康乐路
109		平湖外国语学校	龙岗区新厦大道 11 号
110		布吉贤义外国语学校	龙岗区布吉镇罗岗社区金排路 1 号
111		龙岗区平湖中学	龙岗区凤凰大道 297 号
112		龙岗区龙西小学	龙岗区学园路 12 号
113		布吉街道德兴小学	龙岗区布吉街道
114		深圳市龙华区振能小学	深圳市龙华区德胜路 58 号
115		深圳市龙华区龙华中心小学	深圳市龙华区龙华街道华园道 316 号
116		深圳市盐田区盐港小学	深圳市盐田区沙冈圩 71 号
117		深圳市盐田区梅沙小学	深圳市盐田区大梅沙环碧路 69 号
118		深圳市田东中学	深圳市盐田区沙头角梧桐路 2030 号
119		深圳市光明新区玉律小学	光明区玉塘街道玉律社区
120		深圳市光明新区东周小学	光明区光明街道光明大道 509 号
121		深圳市光明新区公明第二小学	光明区公明街道上村社区元山路 2 号
122		深圳市坪山区同心外国语学校	深圳市坪山区坑梓街道秀新社区锦绣西路 3 号
123		中山小学	深圳市坪山区泰安路 3 号
124		碧岭小学	深圳市坪山区碧岭街道碧岭社区坑边路 22 号

续上表

序号	地市	学校名称	详细地址
125	深圳	深圳亚迪学校	深圳市大鹏新区葵涌镇延安路 2 号
126	珠海	珠海市斗门第一中学	珠海市斗门区井岸镇黄杨大道
127		珠海市田家炳中学	珠海市斗门区白蕉镇白蕉路 2863 号
128		珠海市第四中学	珠海市香洲区白莲路 162 号
129		珠海市香洲区第十一小学	珠海市香洲区兴柠街 51 号
130		珠海市香洲区广生小学	珠海市香洲区珠海大道 3001 号
131		珠海市香山学校	珠海市香洲区山场路 40 号
132		珠海市香洲区第二十三小学	珠海市香洲区岱山路乐文路交汇附近
133		珠海市荣泰小学	珠海市香洲区前山岱山路 128 号
134		珠海市夏湾中学	珠海市香洲区昌平路 226 号
135		珠海市第十三中学	珠海市香洲区屏湾一路 133 号
136		珠海市斗门区斗门镇南门小学	珠海市斗门区斗门镇南门村
137		珠海市斗门区乾务镇五山中心小学	珠海市斗门区 582 县道东 50 米
138		珠海市斗门区横山中心小学	珠海市斗门区莲洲镇横山村
139		珠海市斗门八甲景胜学校	珠海市斗门区斗门镇黄杨大道
140		珠海市五山初级中学	珠海市斗门区乾务镇沙龙北路 8 号
141		珠海市斗门区横山初级中学	珠海市斗门区泰来路 68
142		珠海市三灶镇海澄小学	珠海市金湾区根竹街 1 巷 27 号
143		珠海市金海岸海华小学	珠海市金湾区三灶镇华阳路 513 号
144		珠海市小林中学	珠海市金湾区红旗镇小林和兴路
145		珠海市三灶中学	珠海市金湾区三灶镇琴石路
146		珠海中山大学附属小学	珠海市香洲区唐家湾镇
147		珠海高栏港经济区南水中学	珠海市金湾区南水镇浪白路
148		珠海市横琴第一中学	珠海市香洲区石山村 133
149	汕头	广东汕头华侨中学	汕头市金砂路 39 号
150		汕头市翠英中学	汕头市龙湖区珠江路中段北侧
151		汕头市龙湖实验中学	汕头市珠池街道锦龙南路
152		汕头市龙湖区陈厝合小学	汕头市龙湖区黄山路西侧陈厝合村
153		汕头市龙湖区夏桂埔小学	龙湖区桂欣东路 37 号
154		汕头市龙湖区绿茵小学	汕头市龙湖区绿茵庄
155		汕头市龙湖区新溪中心小学	汕头市龙湖区新溪镇北中村
156		汕头市龙湖区六份小学	汕头市龙湖区新溪镇六份村

续上表

序号	地市	学校名称	详细地址
157	汕头	汕头市龙湖区龙头小学	龙湖区外砂镇龙头村
158		汕头市龙湖区培英小学	龙湖区外砂镇华新村
159		汕头市外砂中学	龙湖区外砂镇林厝同福里
160		汕头市龙湖区下三合小学	龙湖区新溪镇下三合村
161		汕头市龙湖区陶香小学	汕头市龙湖区外砂镇五香溪村
162		汕头市溪东小学	汕头市溪东村新校路
163		汕头市杜鹃小学	汕头市广厦新城杜鹃园 21 栋
164		汕头市华新城第一小学	汕头市华新城信华南路 1 号
165		汕头市鮀济中学	汕头市鮀济北路 3 号
166		汕头市长安小学	汕头市安居工程住宅区
167		汕头市聿怀中学	汕头市海滨路 33 号（滨海校区）
168		汕头市东厦中学	汕头市东厦路 79 号
169		汕头市嘉顿学校	汕头市乐山路 5 号
170		汕头市珠厦学校	汕头市珠峰南路
171		汕头市海棠中学	汕头市海棠园 4 幢
172		汕头市澄海程洋冈小学	澄海区莲下镇程洋冈村
173		汕头市澄海道南小学	澄海区上华镇渡头村
174		汕头市澄海坝头中学	澄海凤翔坝头片区头份
175		汕头市河浦中学	汕头市濠江区河浦大道中段
176		汕头市礐石中学	汕头市濠江区礐石街道
177		汕头市濠江区河东文华学校	濠江区河浦街道
178		汕头市濠江区双联小学	濠江区礐石街道尾村
179		汕头市濠江区燎原小学	濠江区玉新街道
180		汕头市濠江区三寮小学	濠江区广澳街道
181		汕头市濠江区埭头小学	濠江区广澳街道
182		汕头市濠江区凤岗小学	濠江区马滘街道
183		汕头市潮阳区海门第三学校	汕头市潮阳区海门镇明德园小区
184		汕头市潮阳区铭星实验学校	汕头市潮阳区和平镇和铺社区
185		南澳县第二中学	南澳县后宅镇
186	佛山	禅城区环湖小学	佛山市禅城区湖明街 2 号
187		佛山市第四中学	佛山市禅城区学富路 1 号
188		禅城区张槎中心小学	佛山市禅城区张槎街道古灶村古新路 6 号

续上表

序号	地市	学校名称	详细地址
189	佛山	禅城区石湾三小	佛山市禅城区石湾街道红卫岗北 319 号
190		禅城区南庄龙津小学	佛山市禅城区南庄镇龙津光明大道 192 号
191		禅城区南庄吉利小学	佛山市禅城区南庄镇吉利村杏吉路 113 号
192		禅城区南庄第三中学	佛山市禅城区南庄镇紫洞南路 80 号
193		禅城区南庄堤田小学	佛山市禅城区南庄镇堤田村堤田大道 80 号
194		禅城区冠华小学	佛山市禅城区东鄱南路 25 号
195		禅城区奇槎小学	佛山市禅城区石湾镇街道奇槎村奇槎小学路 1 号
196		佛山市南海区桂城街道平北小学	南海区桂城街道平洲南港路 17 号
197		佛山市南海区桂城街道南海中心小学	南海区桂城街道
198		佛山市南海区桂城街道文翰中学	佛山市南海区桂城街道
199		佛山市南海区九江镇南畔华光小学	佛山市南海区九江镇
200		佛山市九江镇沙头中心小学	佛山市南海区九江镇沙头北村路口
201		佛山市南海区九江镇华光中学	佛山市南海区九江镇
202		佛山市南海区里水镇绿欣小学	佛山市南海区里水镇
203		佛山市南海区里水镇金溪小学	佛山市南海区里水镇
204		华南师范大学附属小学恒大南海学校	佛山市南海区里水镇草场村恒大御景半岛
205		佛山市南海区大沥镇盐步初级中学	佛山市南海区大沥镇
206		佛山市南海区大沥镇横江小学	佛山市南海区大沥镇
207		佛山市南海区罗村实验小学	佛山市南海区罗村
208		佛山市南海区狮山镇兴贤小学	佛山市南海区狮山镇
209		佛山市南海区丹灶镇有为小学	佛山市南海区丹灶镇建沙路 18 号
210		佛山市南海区西樵镇太平小学	佛山市南海区西樵镇
211		佛山市南海区西樵镇第二小学	佛山市南海区西樵镇
212		佛山市南海区信息技术学校	佛山市南海区狮山镇桂丹路桃园路段
213		桂洲中学	顺德区容桂街道文华路 68 号
214		佛山市顺德区中等专业学校	佛山市顺德区大良桃源路 3 号
215		佛山市顺德区碧桂花城学校	佛山市顺德区陈村镇碧桂花城社区（佛陈大桥侧）
216		陈惠南纪念中学	顺德区陈村镇勒竹大道 1 号
217		佛山市顺德区伦教汇贤初级中学	佛山市顺德区伦教街道南苑西路 1 号
218		佛山市顺德区桂畔小学	佛山市顺德区桂畔路

续上表

序号	地市	学校名称	详细地址
219	佛山	佛山市顺德区均安中心小学	顺德区均安镇永安路 12 号
220		佛山市顺德区本原小学	佛山市顺德区新基三路 20 号
221		佛山市顺德德胜小学	顺德大良新城区呈祥路 1 号
222		佛山市顺德一中附小新德业学校	佛山市顺德区大良街道东乐路 8 号
223		佛山市顺德区伦教永丰小学	佛山市顺德区伦教永丰村年丰巷 1 号
224		佛山市顺德区龙江世埠小学	佛山市顺德区龙江镇世埠振兴大道 5 号
225		佛山市顺德区龙江东海小学	佛山市顺德区龙江镇东海村东海路 58 号
226		佛山市顺德区北滘镇林头小学	佛山市顺德区北滘镇
227		佛山市顺德区勒流上江小学	佛山市顺德区勒流龙洲路上涌路段
228		佛山市顺德区龙潭小学	佛山市顺德区杏坛镇龙潭村
229		北滘镇承德小学	佛山市顺德区北滘镇合成路 100 号
230		容桂瑞英小学	容桂文园路 2 号
231		佛山市高明区荷城街道荷城中学	高明区荷城街道荷美街 121 号
232		佛山市高明区沧江中学	高明区荷城街道大德路 333 号
233		广东外语外贸大学附设佛山外国语学校	高明区荷城街道富湾镇学府路 19 号
234		佛山市高明区纪念中学	高明区荷城街道泰华路学舟街 168 号
235		三水区实验中学	佛山市三水区西南街道同福北路 10 号
236		三水区西南第四中学	佛山市三水区西南街道
237		三水区龙坡中学	佛山市三水区芦苞镇社区北郊
238		三水区迳口中心小学	三水区南山镇迳口
239		三水区北江小学	三水区西南街道
240		三水区西南第十二小学	佛山市三水区西南广海大道 西邮电街 20 号
241	韶关	韶关市武江区龙归中学	韶关市武江区
242		韶关市武江区镇泰小学	韶关市武江区芙蓉北路 91 号
243		仁化县董塘中心小学	仁化县董塘镇凡塘路 13 号
244		仁化县董塘中学	仁化县董塘镇五一村
245		乐昌市坪梅中学	乐昌市坪石镇河西大道 13 号
246		乐昌市秀水镇中心学校	乐昌市秀水镇
247		乐昌市乐城第一小学	乐昌市盐围街 13 号
248		乐昌市中英文学校	乐昌市人民北路 238 号
249		乐昌市黄圃镇中心学校	乐昌市黄圃镇黄圃街 6 号
250		南雄市新城王锦辉中学	南雄市雄州街道新城

续上表

序号	地市	学校名称	详细地址
251	韶关	南雄市界址镇中心小学	南雄市界址镇界址墟
252		南雄市南亩镇中心小学	南雄市南亩镇
253		南雄市邓坊镇中心小学	南雄市邓坊镇
254		南雄市邓坊中学	南雄市邓坊镇
255		韶关市浈江区新韶镇黄金村中心小学	韶关市浈江区新韶镇黄金村
256		韶关市浈江区实验学校	浈江区五里亭良村公路 33 号
257		乳源瑶族自治县金禧小学	韶关市乳源瑶族自治县乳城镇风华路
258		乳源瑶族自治县中等职业技术学校	韶关市乳源瑶族自治县金狮南路东 100 米
259		韶关市曲江区白土镇中心小学	韶关市曲江区白土镇下乡村
260		韶关市曲江区白土中学	韶关市曲江区白土镇白土街
261		曲江区大塘镇大塘中学	韶关市曲江区教育路
262		始兴县马市镇中心小学	韶关市始兴县马市镇学前街 1 号
263		始兴县顿岗镇中心小学	韶关市始兴县顿岗镇
264		始兴县顿岗中学	韶关市始兴县顿岗镇
265		韶关市万豪英文中学	韶关市翁源县鑫源路 25 号
266		翁源县实验小学	翁源县县城新区八泉大道旁
267		翁源县江尾中学	韶关市翁源县江尾镇建设路 62 号
268		翁源县龙仙第三小学	韶关市翁源县康乐路 155
269	河源	源城区宝源学校	河源市源城区新宝路
270		源城区埔前镇中心小学	河源市源城区埔前镇建设路
271		源城区新兴小学	河源市源城区朱门亭大岭背 22 号
272		源城区公园西小学	河源市源城区公园西路
273		东源县义合中心小学	东源县义合镇
274		东源县黄村中心小学	东源县黄村镇
275		东源县船塘中学	东源县船塘中学
276		东源高级中学	东源县仙塘镇徐洞工业园侧
277		东源县顺天中心小学	东源县顺天镇
278		江东新区古竹中学	河源市江东新区古竹镇潮沙村
279		江东新区北大附属德爱国际学校	河源市江东新区碧桂园社区
280		和平县和丰中学	阳明镇丰道村
281		和平县丰道小学	阳明镇丰道村
282		和平县城南小学	阳明镇珊瑚村

续上表

序号	地市	学校名称	详细地址
283	河源	和平县上陵中学	上陵镇街镇
284		和平县贝墩学校	贝墩镇街镇
285		河源市正德中学	河源市江东新区华南城十里东岸
286		连平中学	连平县元善镇鹤湖村
287		连平县惠化中学	连平县元善镇西门岗
288		连平县绣缎中学	连平县绣缎镇
289		龙川县田心中学	龙川县田心镇
290		龙川县鹤市镇鹤市小学	河源市龙川县鹤市镇
291		龙川县第一中学初中部	龙川县老隆镇东风路
292		河源市田家炳实验中学	河源市源城区如意街
293		紫金中学	河源市紫金县紫城镇环城路 43 号
294		紫金县九和中学	河源市紫金县九和圩镇
295		紫金县中山实验学校	河源市紫金县紫城镇安良街 63 号
296	梅州	梅县区畲江镇中心小学	畲江镇官铺村
297		梅县区桃尧镇中心小学	桃尧镇桃松路
298		梅县区隆文镇中心小学	隆文镇圩镇
299		梅县区扶外小学	华侨城扶贵东路
300		梅县区南口镇中心小学	南口镇圩镇
301		五华县转水镇长源小学	五华县转水镇
302		五华县转水镇华育小学	五华县转水镇
303		五华县郭田镇坪上小学	五华县郭田镇
304		五华县横陂镇红光小学	五华县横陂镇红光村
305		五华县安流镇第三小学	五华县安流镇大都村
306		五华县梅林镇第一小学	五华县梅林镇
307		五华县华城镇银桂小学	五华县华城镇城东村
308		五华县河东镇增塘小学	五华县河东镇增塘村
309		五华县华阳镇北琴小学	五华县华阳镇
310		丰顺县汤坑镇黎峰小学	梅州市丰顺县汤坑镇
311		丰顺县留隍第二中心小学	梅州市丰顺县留隍镇
312		丰顺县汤南育中小学	梅州市丰顺县汤南镇
313		兴宁市第十小学	兴宁市兴南大道兴刁路
314		兴宁市齐昌小学	兴宁市兴将路

续上表

序号	地市	学校名称	详细地址
315	梅州	兴宁市兴城中心小学	兴田街道办神光一路15号
316		兴宁市宁中中心小学	兴宁市宁中镇
317		兴宁市黄槐中心小学	兴宁市黄槐镇
318		兴宁市罗岗中心小学	兴宁市罗岗圩镇
319		兴宁市坭陂中心小学	兴宁市坭陂圩镇
320		大埔县西河镇中心小学	梅州市大埔县西河镇
321		大埔县高陂镇中心小学	梅州市大埔县高陂镇
322		平远县八尺镇中心小学	平远县八尺镇圩镇中路33号
323		平远县仁居中心小学	平远县仁居镇长安街29号
324		梅江区江南育才小学	梅江区江南沿江东路
325		梅江区三角镇中心小学	梅江区三角镇
326		梅江区长沙镇中心小学	梅江区长沙镇
327		梅江区西阳镇中心小学	梅江区西阳镇
328		梅县区梅北中学	石扇镇中和乡
329		梅县区松南中学	松口镇圳头村
330		梅县区程风中学	梅县区大坪镇
331		五华县转水镇华民中学	五华县转水镇
332		五华县油田中学	五华县河东镇油田村
333		五华县华南中学	五华县安流镇福江村
334		兴宁市华侨中学	兴宁市兴南大道兴刁路
335		兴宁市齐昌中学	兴宁市兴将路
336		平远县城南中学	平远县平城南路
337		梅江区黄遵宪纪念中学	梅江区东山大道金山街道
338		梅县区畲江中学	梅县区畲江镇学前路
339		五华县高级中学	五华县水寨镇水华路大坝段119号
340		丰顺县球山中学	梅州市丰顺县留隍镇新堤路48号
341		丰顺县实验中学	梅州市丰顺县汤南镇
342		丰顺县黄金中学	丰顺县黄金镇建新街
343		兴宁市田家炳中学	兴宁市兴佛路
344	惠州	兴宁市坭陂中学	兴宁市坭陂圩镇
345		大埔县田家炳实验中学	梅州市大埔县湖寮镇
346		大埔县家炳第一中学	梅州市大埔县湖寮镇

续上表

序号	地市	学校名称	详细地址
347		大埔县大埔中学	梅州市大埔县茶阳镇
348		丰顺县砂田学校	梅州市丰顺县砂田镇
349		平远县热柘华侨学校	平远县热柘镇
350	惠州	惠州市中堂小学	惠城区下角大中堂路 2 号
351	惠州	惠州市第二十五小学	惠州市惠城区共联路 18 号
352	惠州	新圩镇长布小学	惠阳区新圩镇
353	惠州	华中师范大学附属惠州大亚湾小学	惠州大亚湾经济技术开发区龙光城
354	惠州	潼湖镇三和小学	惠城区潼湖镇
355	惠州	沥林镇君子营明宗小学	惠阳沥林镇君子营村
356	惠州	潼侨镇宏村小学	惠州市惠城区宏村 199 号
357	惠州	沥林镇泮沥小学	仲恺高新区沥林镇泮沥村
358	惠州	潼侨镇金星小学	仲恺高新区潼侨镇金星村
359	惠州	沥林埔心小学	惠城区沥林镇埔心村埔心路 21 号
360	惠州	仲恺高新区第二小学	惠州市惠城区惠风三路
361	惠州	杨侨中心小学	博罗县杨桥镇
362	惠州	湖镇显岗小学	博罗县湖镇镇显岗村
363	惠州	柏塘中心小学	博罗县柏塘镇
364	惠州	罗阳莲湖小学	博罗县罗阳街道莲湖村
365	惠州	罗阳镇第六小学	博罗县罗阳镇中园三路
366	惠州	惠东县实验小学	惠东县解放南路
367	惠州	惠阳区永湖中学	惠阳区永湖镇中学路 60 号
368	惠州	惠南实验学校	惠南高新科技产业园广泰路 11 号
369	惠州	仲恺实验学校	惠阳区东星路与古湖路交叉口
370	惠州	龙华中学	博罗县龙华镇
371	惠州	惠东县白花中学	惠东县新平大道 3500 号
372	惠州	柏塘中学	博罗县柏塘镇
373	惠州	惠东县平山中学	惠东县平山街道办东湖一路 59 号
374	惠州	龙田旧梁小学	龙田镇
375	惠州	杨侨中学	博罗县杨桥镇
376	惠州	石湾中学	博罗县石湾镇
377	惠州	惠州市惠南学校	惠城区河南岸体育南路 2 号
378	惠州	惠州市德威学校	东升三路德威朗琴湾

续上表

序号	地市	学校名称	详细地址
379	惠州	惠州市第三十九学校	惠城区金龙大道泰宇城市中央北
380		惠阳区半岛学校	惠阳区淡水半岛1号旁
381		惠阳区竹贤学校	惠阳区淡水围珠田77号
382		大亚湾金澳中英文学校	大亚湾金澳
383		惠州一中东江学校	水口街道东江高新科技园惠泽大道
384		潼湖鹏翔学校	仲恺区120省道
385		惠州市英华学校	仲恺区潼侨镇侨光路129号
386		黄冈中学惠州学校	惠州市惠城区文昌二路
387		惠东县平山中心小学	惠东县平山街道
388	汕尾	汕尾市林伟华中学	汕尾市城区后径村文兴路北侧
389		汕尾市实验初级中学	汕尾市城区文德路
390		汕尾市普宁华美学校	陆丰市东海大道人民法院对面
391		利民中学	陆丰市东海镇河图岭路西
392		甲秀中学	陆丰市甲子镇东方管区
393		彭伟学校	陆丰市东海镇东海大道月宝路
394		甲西镇第二中学	陆丰市甲西镇灯芯山
395		星都学校	陆丰市星都经济开发区文昌社区
396		潭西镇恢丰小学	陆丰市潭西镇丰盛村
397		上英镇豪路小学	陆丰市上英镇豪路村
398		海丰县实验小学	海丰县莲花大道边海丰碧桂园西侧
399		华中师范大学海丰附属学校	海丰县莲花教育园区
400		海丰县附城中学	海丰县附城镇
401		海丰县南塗中学	海丰县赤坑镇南塗
402		陆安高级中学	海丰县莲花教育园区
403		海丰县林伟华中学	海丰县附城镇三环路南岭头村
404		红城中学	海丰县海城镇二环路北桥西侧
405		海城镇城西小学	海丰县海城镇西华路
406		城东镇中心小学	汕尾市海丰县北环公路
407		河口中学	汕尾市陆河县河口镇河口圩
408		河城中学	汕尾市陆河县河田镇
409		河口镇河口屯小学	汕尾市陆河县河口镇河口屯
410		参城八一希望学校	汕尾市陆河县新田镇参城村

续上表

序号	地市	学校名称	详细地址
411	汕尾	华侨管理区中心小学	汕尾市陆丰市华侨管理区第二社区村委
412		白沙中学	汕尾市城区红海湾开发区田乾镇
413		新港街道海滨小学	汕尾市城区二马路 5 号
414		捷胜镇中心小学	汕尾市城区捷胜镇南门南直街
415		凤山街道林伟华小学	汕尾市城区凤山街道香洲路林伟华小学北 200 米
416		东涌镇龙溪小学	汕尾市城区东涌镇龙溪村
417		东涌中学	汕尾市城区东涌镇东涌村委会
418	东莞	东莞市桥头镇第五小学	东莞市桥头镇屋厦村
419		东莞市凤岗镇官井头小学	东莞市凤岗镇官井头同富路
420		东莞市石排诺培小学	东莞市石排镇中坑村
421		东莞市中堂镇蕉利小学	东莞市中堂镇蕉利村
422		东莞市大朗镇实验小学	东莞市大朗镇升平北路 168 号
423		东莞市虎门镇大宁小学	东莞市虎门镇大宁路 1 号
424		东莞市东城朝天实验小学	东莞市东城东泰花园内
425		东莞市凤岗东北师大附属益田小学	东莞市凤岗镇龙平西路
426		东莞市东坑镇多凤小学	东莞市东坑镇井美村鸦石岭 1 号
427		东莞市谢岗镇中心小学	东莞市谢岗镇广场南路 15 号
428		东莞市石碣序伦小学	东莞市石碣镇石碣村下一村
429		东莞市石碣袁崇焕小学	东莞市石碣镇石单中路 188 号
430		东莞市寮步镇石步小学	东莞市寮步镇石步村民安路 3 号
431		东莞市寮步镇实验小学	东莞市寮步镇红荔实验路 1 号
432		东莞市寮步镇河滨小学	东莞市寮步镇河滨西路
433		东莞市寮步镇中心小学	东莞市寮步镇教育路 17 号
434		东莞市东城虎英小学	东莞市东辉路 5 号
435		东莞市樟木头镇中心小学	东莞市樟木头镇
436		东莞市莞城步步高小学	东莞市莞城街道万横路二街与万园路交汇处附近西北
437		东莞市高埗镇东联小学	东莞市高埗镇泸溪村（东莞市客运北站斜对面）
438		东莞市横沥镇第二小学	东莞市横沥镇村尾村龙子路
439		东莞市沙田第二小学	东莞市沙田镇穗丰年村
440		东莞市塘厦镇中心小学	东莞市塘厦镇湖景路 26 号

续上表

序号	地市	学校名称	详细地址
441	东莞	东莞市清溪镇第二小学	东莞市清溪镇东环路 2 号
442		东莞市清溪镇中心小学	东莞市清溪镇育才路
443		东莞市中堂镇第三小学	东莞市中堂镇湛翠村
444		东莞市石排东翔学校	东莞市石排镇埔心三路
445		东莞市南开实验学校小学部	东莞市南城区水濂大道
446		东莞市石碣四海学校	东莞市石碣镇四甲村
447		东莞市宏远外国语学校	东莞市南城街道宏远金丰花园旁
448		东莞厚街道明外国语学校	东莞市厚街镇寮厦大道 39 号
449		东莞市横沥镇东豪学校	东莞市横沥镇石涌村金马路 8 巷 13 号
450		东莞市横沥莞盛学校	东莞市横沥镇育才路
451		东莞市企石中学	东莞市企石镇湖滨路 1 号
452		东莞市万江第三中学	东莞市万江新村大新路北 88 号
453		东莞市横沥中学	东莞市横沥镇村尾村树人路 1 号
454		东华初级中学	东莞市光明路与莞长路交汇处东
455		东莞外国语学校	东莞市寮步镇横坑村委会
456		万江中学	东莞市万江街道泰新路 118 号
457		东莞市厚街丰泰外国语学校	东莞市横岗湖畔（邻近广深高速厚街出口）
458	中山	古镇镇镇南小学	中山市古镇镇晋南路 1 号
459		古镇镇曹二小学	中山市古镇镇曹二文化路 13 号
460		中山市民众中学	中山市民众大道 113 号
461		民众镇浪网小学	中山市民众镇三源路 3 号
462		中山市民众镇育才小学	中山市民众镇文化路 18 号
463		中山市东凤中学	中山市东阜二路 198 号
464		东凤镇小沥小学	中山市东凤镇小沥路 73 号
465		中山市东区雍景园小学	中山市岐关西路 45 号
466		中山市东区团益学校	中山市亨尾横街 19 号
467		黄圃镇横档小学	中山市黄圃镇人富街
468		黄圃镇马新初级中学	中山市黄圃镇二河村裕河大街
469		中山市黄圃华洋学校	黄圃镇鳌山村南阳西街 5 号
470		黄圃镇新沙小学	中山市黄圃镇安庆中街 1 号
471		阜沙镇阜沙中心小学	中山市阜沙镇永红街 152 号
472		沙溪镇龙头环学校	中山市近郊龙头环下街 2 号

续上表

序号	地市	学校名称	详细地址
473	中山	中山市三乡南峰学校	中山市三乡镇聚龙路
474		三乡镇白石环小学	中山市三乡镇教育路 10 号
475		中山市三乡平东学校	三乡镇平东村教育路 2 号
476		南头镇中心小学	中山市南头镇同乐中路
477		南头镇升辉小学	中山市南头镇怡富路 68 号
478		中山市南头三鑫学校	中山市南头镇德业路 32 号
479		中山市高技术产业开发区香晖园小学	中山市火炬开发区石牛东路 2 号
480	江门	蓬江区杜阮中心初级中学	蓬江区杜阮镇良坑蟹山
481		江门市棠下中学	蓬江区棠下镇新城区建棠路
482		蓬江区荷塘中学	蓬江区荷塘镇恒美村 138 号
483		江门市蓬江区丹灶小学	蓬江区联合渭水里 1 号之一
484		蓬江区荷塘镇远昌小学	蓬江区荷塘镇吕步村
485		江门市第十一中学	江门市河南中沙 55 号
486		江海区外海麻园初级中学	麻二平顶山 2 号
487		江门市江海区新民小学	江门市江海区聚安里 34 号
488		江海区礼乐第三中学	礼乐礼睦路向民桥侧
489		江门市江海区礼东小学	江门江海区礼乐街道向荣村工业路
490		江海区礼贤小学	乐新街与县道一一九交汇处以东 50 米
491		江门市新会第四中学	江门市新会区古井镇金门路 1 号
492		江门市新会第二中学	江门市新会区双水镇天亭圩
493		新会区会城创新初级中学	江门市新会区会城同德二路 29 号
494		江门市新会区会城西园小学	江门市新会区会城西园新村
495		新会区双水镇上凌时年小学	江门市新会区双水镇上凌乡
496		台山市台城中心小学	台山市台城镇富城大道 69 号
497		台山市李星衢纪念学校	台山市台城板岗村委会
498		台山市大江实验中学	台山市大江镇石桥大道 88 号
499		台山市李谭更开纪念中学	台山市台城镇桥湖路 140 号
500		台山市鹏权中学	台山市台城镇环市西路
501		开平市东河初级中学	开平市三埠街道思始开发区
502		开平市第七中学	开平市长沙街楼冈圩
503		开平市水口镇第三小学	开平市水口镇第三工业园明星路 5 号
504		鹤山市沙坪街道第二小学	鹤山市沙坪街道新鹤路 1 号

续上表

序号	地市	学校名称	详细地址
505	江门	鹤山市龙口镇协华小学	鹤山市龙口镇协华村
506		鹤山市址山中学	鹤山市址山镇教育路 23 号
507		鹤山市碧桂园学校	鹤山市沙坪镇鹤山大道 623 号鹤山碧桂园社区内
508		恩平市大槐镇中心小学	恩平市大槐镇大槐墟北郊
509		恩平市恩城第二中学	恩平市恩城镇西门路 50 号
510	阳江	阳江市第三中学	阳江市江城区白沙街道望牛岗
511		阳西县第二中学	阳西县城桥平东路 38 号
512		阳江市关山月学校	阳江市江城区埠场镇
513		阳春市实验中学	阳春市春城镇城东大道 120 号
514		阳西县第一中学	阳西县县城十九区宋康路 200 号
515		阳江市阳江职业技术学院附属学校	阳江市江城区城北平效工业区沿山路
516		阳江市海陵岛经济开发试验区平章小学	海陵岛经济开发试验区闸坡镇平章村委会
517		阳江市高新技术开发区平冈镇大魁小学	阳江市高新技术开发区平冈镇大魁村大道
518		阳春市民族希望学校	阳春市永宁镇
519		阳西县溪头镇中心小学	阳西县溪头镇
520		阳东区北惯镇平地小学	阳东区北惯镇
521		阳春市潭水镇第二小学	阳春市潭水镇
522		阳西县溪坎初级中学	阳西县溪头镇
523		阳东区卓达学校	阳东区东城镇
524		阳江市江城区茶山中学	阳江市江城区白沙街道
525		阳春市第三中学	阳春市春城镇龙湾路 1 号
526		阳江市一间中学	阳江市江城区东风三路桃源街 12 号
527		阳江市江城星鹏中英文学校	阳江市江城区东风三路国际花园内
528		阳江市实验学校	阳江市江城区东门路 56 号
529		阳江市江城第十三小学	阳江市江城区富园路
530		阳江职业技术学院附属实验学校	阳江市江城区高梁路
531		阳西县实验小学	阳西县县城 15 区琼林九街 1 号
532	湛江	湛江市初级实验中学	湛江市赤坎区新云路 1 号
533		湛江市第五中学	湛江市赤坎区康宁路 4 号
534		湛江市太平中心小学	湛江市麻章区太平镇东风街 80 号
535		湛江市乾塘镇乾塘小学	湛江市坡头区乾塘镇
536		湛江市坡头区东岸中学	湛江市坡头区官渡镇广湛路 282 号

续上表

序号	地市	学校名称	详细地址
537	湛江	湛江市东海岛经济开发试验区东山镇调市小学	湛江开发区东山街道调市村
538		湛江经济技术开发区新民小学	湛江开发区民安街道民安圩
539		遂溪县遂城第十小学	遂溪县遂城镇
540		遂溪县遂城镇铺塘小学	湛江市遂溪县遂城镇铺塘村
541		遂溪县岭北镇中心小学	遂溪县岭北镇岭北圩
542		遂溪县岭北镇调丰小学	遂溪县岭北镇调丰村
543		遂溪县洋青镇中心小学	遂溪县洋青镇洋青圩
544		遂溪县北坡镇中心小学	遂溪县北坡镇
545		遂溪县河头镇中心小学	遂溪县河头镇遂江路 4 号
546		遂溪县乐民镇埠头小学	遂溪县乐民镇埠头村
547		遂溪县乐民镇余村小学	遂溪县乐民镇余村
548		遂溪县江洪镇中心小学	遂溪县江洪镇
549		遂溪县雷林初级中学	遂溪县城月镇
550		遂溪县港门镇港门初级中学	遂溪县港门镇
551		遂溪县草潭镇下六初级中学	遂溪县草潭镇
552		廉江市第一小学	廉江市廉城镇西街北二路 72 号
553		廉江市第十九小学	廉江市城北街道大塘村委佛子村
554		廉江市良垌镇中心小学	廉江市良垌镇育才路
555		廉江市良垌镇第二小学	廉江市良垌镇南坡村委会
556		廉江市高桥镇中心小学	廉江市高桥镇新桥居委会
557		廉江市雅塘镇中心小学	廉江市雅塘镇康雅路
558		廉江市石岭镇中心小学	廉江市石岭镇创新路
559		廉江市石岭镇第二小学	廉江市石岭镇朝阳东路
560		廉江市石岭镇荔枝林小学	廉江市龙湾镇荔枝林村
561		廉江市和寮镇长岭小学	廉江市和寮镇长岭村
562		廉江市营仔镇圩仔小学	廉江市营仔镇圩仔村委会
563		廉江市营仔镇下洋小学	廉江市营仔镇下洋村委会
564		廉江市横山镇中心小学	廉江市横山镇
565		廉江市车板镇中心小学	廉江市车板镇前进路
566		廉江市安铺镇第四中学	廉江市安铺镇
567		廉江市塘蓬镇第一初级中学	廉江市塘蓬镇
568		廉江市良垌镇第二初级中学	廉江市良垌镇湛新路 6 号

续上表

序号	地市	学校名称	详细地址
569	湛江	吴川市博铺中心小学	吴川市博铺镇
570		吴川市塘尾中心小学	吴川市塘尾镇
571		吴川市吴阳中心小学	吴川市吴阳镇
572		吴川市振文中心小学	吴川市振文镇
573		吴川市黄坡镇中山小学	吴川市黄坡镇
574		吴川市黄坡镇中华小学	吴川市黄坡镇
575		吴川市黄坡镇风采小学	吴川市黄坡镇
576		吴川市黄坡镇三柏小学	吴川市黄坡镇
577		吴川市覃巴镇吉兆小学	吴川市覃巴镇
578		吴川市塘缀镇上杭初级中学	吴川市塘缀镇
579		吴川市樟铺初级中学	吴川市樟铺镇
580		吴川市王村港中学	吴川市王村港镇
581		吴川市兰石中学	吴川市兰石镇
582		雷州市实验小学	雷州市新城街道
583		雷州市新城街道新村小学	雷州市新城街道
584		雷州市雷城街道第六小学	雷州市雷城街道
585		雷州市白沙镇官茂小学	雷州市白沙镇
586		雷州市附城镇南田小学	雷州市附城镇
587		雷州市南兴镇中心小学	雷州市南兴镇
588		雷州市英利初级中学	雷州市英利镇
589		雷州市杨家初级中学	雷州市杨家镇
590		雷州市调风初级中学	雷州市调风镇
591		雷州市第二中学	雷州市雷城街道
592		雷州市第八中学	湛江市华侨管理区
593		徐闻县龙塘镇高凉小学	徐闻县龙塘镇
594		徐闻县西连镇中心小学	徐闻县西连镇
595		徐闻县和安中学	徐闻县和安镇
596		徐闻县迈陈中学	徐闻县迈陈镇
597		徐闻县迈陈第二中学	徐闻县迈陈镇
598	茂名	茂名市文东街小学	茂名市官渡南路 30 号大院
599		茂名市桥北小学	茂名市河东市区官渡一路桥北中区 94 号
600		茂名市春晓中学	茂名市茂南区人民中路春苑二街 1 号大院
601		茂名市第一职业技术学校	茂名市电白区水东镇人民中路 63 号

续上表

序号	地市	学校名称	详细地址
602	茂名	茂名市第二职业技术学校	茂名市茂南区健康南路 9 号
603		茂名市育才学校	茂名市油城十路金宝三街一号
604		茂名市茂南区羊角镇实验小学	茂名市茂南区羊角镇新街二
605		茂名市茂南区镇盛镇第一中心小学	茂名市茂南区镇盛镇西街
606		茂名市茂南区金塘镇第一中学	茂名市茂南区金塘镇
607		茂名市茂南区袂花学校	茂名市茂水路隔坑路段
608		茂名市茂南区第二实验学校	茂名市西站路 28 号
609		茂名市电白区旦场镇平湖小学	茂名市电白区旦场镇平湖村委会
610		茂名市电白区旦场镇青福小学	茂名市电白区旦场镇青福村委会
611		茂名市电白区林头镇塘村小学	茂名市电白区林头镇塘村村委会
612		茂名市电白区马踏镇石笏小学	茂名市电白区马踏镇石笏村委会
613		茂名市电白区电海中学附属中学	茂名市电白区水东镇广南路 201 号
614		茂名市电白区南海中学	茂名市电白区南海街道霞里北街 1 号
615		茂名市电白区实践中学	茂名市电白区坡心镇
616		信宜市合水镇第一小学	信宜市合水镇新云村
617		信宜市第十小学	信宜市东镇街道
618		信宜市第八小学	信宜市东镇街道
619		信宜市东镇街道白坡小学	信宜市东镇街道白坡居委会旁
620		信宜市池洞第一中学	信宜市池洞镇
621		信宜市新宝第二中学	信宜市新宝镇大坝村
622		信宜市第三中学	茂名市信宜市竹山路 303 号
623		信宜市怀新中学	信宜市怀乡镇起义路 42 号
624		信宜市贵子中学	信宜市贵子镇
625		信宜市第五中学	信宜市城北大道
626		高州市潭头镇中心学校	高州市潭头镇根竹园村委会
627		高州市大井第一中学	高州市大井西山村委会
628		高州市根子中学	高州市根子圩 18 号
629		高州市云潭第一中学	高州市云潭镇王羌村委会
630		高州市新垌第一中学	高州市新垌镇安山圩
631		高州市华侨中学	高州市金山街道陈垌圩
632		高州市荷花中学	高州市荷花镇人民南路 179 号
633		化州市第七小学	化州市下郭街道办梅桔小区
634		化州市第五小学	化州市教育路 92 号

续上表

序号	地市	学校名称	详细地址
635	茂名	化州市长岐镇东方小学	化州市长岐镇东方小学517乡道
636		化州市那务镇中心小学	化州市那务镇那务圩人民一路
637		化州市长岐镇南岭小学	化州市长岐镇南岭村委会515乡道
638		化州市长岐中学	茂名市化州市长岐镇518乡道西50米
639		化州市良光中学	茂名市化州市良光镇青平街1号
640		化州市新安中学	化州市新安镇建设中路33号
641		茂名市电白区电城镇海茂小学	茂名滨海新区电城镇海茂村
642		茂名市电白区电城镇港头小学	茂名滨海新区电城镇港头村
643	肇庆	广东省肇庆市第十六小学	肇庆市端州区宝月路26号
644		肇庆市端城小学	肇庆市端州区前进中路建安街3号
645		肇庆市第六中学	肇庆市端州区端州一路
646		鼎湖区逸夫小学	肇庆市鼎湖区文昌四街4号
647		鼎湖区莲花镇初级中学	肇庆市鼎湖区莲花镇
648		肇庆市高要区白土镇第二中心小学	肇庆市高要区白土镇广源路
649		肇庆市高要区蚬岗镇中心小学	肇庆市高要区蚬岗镇双金二路
650		肇庆市高要区马安初级中学	肇庆市高要区南岸街道
651		肇庆市高要区莲塘镇初级中学	肇庆市高要区莲塘镇新市路5号
652		四会市四会中学	四会市城中街道县前街72号
653		四会市龙湾学校	四会市下茆镇龙湾马前岗
654		四会市迳口学校	四会市迳口镇迳口墟侧
655		广宁县江屯中学	广宁县江屯镇建设一路56号
656		广宁县宾亨镇中心学校	广宁县宾亨镇沿江路10号
657		广宁县南街镇中心小学	广宁县南街镇红星社区大务村侧
658		德庆县回龙中学	德庆县回龙镇戴洞村委上更村
659		德庆县播植镇中心小学	德庆县播植镇
660		德庆县斌山中学	德庆县马圩镇
661		封开县河儿口中学	肇庆市封开县河儿口镇
662		封开县金装镇初级中学	肇庆市封开县金装镇
663		封开县大玉口学校	肇庆市封开县大玉口镇
664		怀集县岗坪镇中心小学	怀集县岗坪镇
665		怀集县桥头镇中心小学	肇庆市怀集县桥头镇保丰村
666		中洲镇中心初级中学	怀集县中洲镇
667		怀集中学	怀集县怀城镇天湖

续上表

序号	地市	学校名称	详细地址
668	肇庆	肇庆高新技术产业开发区龙湖小学	肇庆高新技术产业开发区X503线农科所右侧
669		肇庆市第一中学实验学校	肇庆市端州区大鼎路南侧
670	清远	清远市第二中学	清远市清城区松岗路6号
671		清远市梓琛中学	清远市清城区石角镇灵洲管理区
672		清远市清城区横河街中心小学	清远市清城区横河街
673		清远市清城区洲心街中心小学	清远市清城区洲心街
674		清远市清城区洲心街第一初级中学	清远市清城区洲心街
675		清远市清城区东城街第一初级中学	清远市清城区东城街东岗一路141号
676		清远市田家炳实验中学	清远市清城区银泉北路
677		清远市清新区太平镇中心小学	清远市清新区太平镇南闸
678		清远市清新区山塘镇中心小学	清新区山塘镇
679		清远市清新区三坑镇中心小学	清新区三坑镇
680		清远市清新区龙颈镇中心小学	清新区龙颈镇
681		清远市清新区石潭镇中心小学	清新区石潭镇
682		清远市清新区浸潭镇第一中学	清新区浸潭镇学文街18号
683		清远市清新区太平镇初级中学	清远市清新区太平镇庙岗6号
684		英德市第二中学	英德市英城镇龙门西路
685		英德市第八中学	英德市和平北路
686		英德市大湾镇中心小学	英德市大湾镇
687		英德市桥头镇中心小学	英德市桥头镇
688		连州市连州镇共和小学	清远市连州市连州镇
689		连州市西江镇中心学校	清远市连州市西江镇
690		连州市丰阳镇中心学校	清远市连州市丰阳镇
691		佛冈县第四小学	清远市佛冈县石角镇教育路8号
692		清远市连山县小三江中心小学	清远市连山县小三江镇
693		连南瑶族自治县淳溪小学	连南瑶族自治县三江镇城西村老城街
694		连南瑶族自治县大麦山镇中学	连南瑶族自治县大麦山镇新寨村委
695		阳山县实验小学	阳山县商业大道173号
696		阳山县黎埠镇谭兆中学	阳山县黎埠镇大塘村大塘街
697	潮州	饶平县浮滨镇中心小学	潮州市饶平县浮滨镇
698		饶平县东山镇水美小学	潮州市饶平县东山镇
699		饶平县海山镇中心小学	潮州市饶平县海山镇

续上表

序号	地市	学校名称	详细地址
700	潮州	饶平县汫洲镇汫南小学	潮州市饶平县汫洲镇
701		饶平县钱东镇钱塘小学	潮州市饶平县钱东镇
702		饶平县钱东镇紫云小学	潮州市饶平县钱东镇
703		饶平县黄冈镇大澳小学	潮州市饶平县黄冈镇
704		潮州市潮安区凤塘镇盛户小学	潮州市潮安区凤塘镇盛户村
705		潮州市潮安区江东镇樟厝洲小学	潮州市潮安区江东镇樟厝洲村
706		潮州市潮安区浮洋镇新安小学	潮州市潮安区浮洋镇新安村
707		潮州市潮安区浮洋镇陇美小学	潮州市潮安区浮洋镇陇美村
708		潮州市潮安区登塘镇登塘小学	潮州市潮安区登塘镇
709		潮州市潮安区龙湖镇三英小学	潮州市潮安区龙湖镇三英村
710		潮州市湘桥区意溪镇橡埔基础小学	意溪镇橡埔村
711		潮州市湘桥区磷溪镇埔涵华侨学校	磷溪镇埔涵村
712		潮州市湘桥区厦寺小学	城西街道厦寺村
713		潮州市湘桥区铁铺镇溪头小学	潮州市湘桥区铁铺镇溪头村
714		饶平县联饶中学	潮州市饶平县联饶镇
715		潮州市潮安区古巷镇德芳中学	潮州市潮安区古巷镇水厂对面
716		潮州市湘桥区韩山实验初级中学	潮州市北片工业区立信路
717		潮州市湘桥区铮蓉中学	潮州市新洋路中段
718		潮州市枫溪区古板头中学	潮州市枫溪区古板头村
719		潮州市潮安区凤塘中学	潮州市潮安区凤塘镇玉湖路
720		饶平田家炳实验中学	潮州市饶平县黄冈镇
721		饶平县钱东中学	潮州市饶平县钱东镇
722		潮州市潮安区东凤中学	潮安区东凤镇东梅路中段
723		潮州市湘桥区铁铺中学	潮州市湘桥区铁铺镇大路旁
724	揭阳	潮州市潮安区凤凰镇华侨中学	潮州市潮安区凤凰镇华园南路54号
725		潮州市湘桥区阳光实验学校	桥东恒大城
726		潮州市湘桥区阳光中英文（国际）学校	潮州市富丽公园内
727		榕城区榕东街道办事处钟厝洋学校	揭阳市榕城区榕东街道办事处钟厝洋村
728		榕城区东山中心小学	揭阳市榕城区东阳街道东山村
729		揭东区第二小学	揭东区福源路
730		揭阳空港经济区登岗镇安乐小学	揭阳空港经济区登岗镇安乐村
731		揭阳空港经济区地都镇振华小学	揭阳空港经济区地都镇华美村池坎路

续上表

序号	地市	学校名称	详细地址
732	揭阳	揭阳产业转移工业园乔西小学	揭阳产业转移工业园磐东街道乔西社区
733		揭阳产业转移工业园乔东小学	揭阳产业转移工业园磐东街道乔东社区
734		普宁市池尾街道塔丰小学	普宁市池尾街道塔丰村
735		普宁市麒麟镇龙峰初级中学	普宁市麒麟镇
736		普宁市南溪镇仕林小学	普宁市南溪镇
737		普宁市大坝镇大坝小学	普宁市大坝镇
738		普宁市流沙西街道南山小学	普宁市流沙西街道
739		普宁市里湖镇池美小学	普宁市里湖镇
740		揭西县棉湖镇贡山小学	揭西县棉湖镇
741		揭西县凤江镇东新小学	揭西县凤江镇
742		揭西县五云镇育英小学	揭西县五云镇
743		惠来县仙庵镇四石小学	惠来县仙庵镇四石管区
744		惠来县神泉镇溪东小学	惠来县神泉镇溪东村
745		揭阳大南海石化工业区南海街道图田小学	揭阳大南海石化工业区南海街道图田管区
746		榕城区思贤中学	揭阳市榕城区思贤路
747		揭东区埔田中学	揭东区埔田镇
748		揭东区玉滘镇官硕初级中学	揭东区玉滘镇
749		揭阳空港区登岗镇吕畔初级中学	揭阳空港经济区登岗镇光明社区河溪村北面
750		揭阳空港经济区渔湖镇渔湖初级中学	揭阳空港经济区渔湖镇江夏村
751		揭阳产业转移工业园白塔镇白塔初级中学	揭阳产业园白塔镇塔北村
752		普宁市流沙西街道城南初级中学	普宁市流沙西街道
753		梅林镇梅林初级中学	普宁市梅林镇
754		揭西县第三华侨中学	揭西县凤江镇
755		揭西县纪达中学	揭西县河婆街道
756		惠来县鳌江中学	惠来县鳌江镇沃上村
757		揭阳空港经济区新华中学	揭阳空港经济区炮台镇桃山村
758		普宁市华侨中学	普宁市池尾街道
759		揭阳产业转移工业园龙尾职业技术学校	揭阳产业转移工业园
760		揭西县北山中学	揭西县五经富镇
761		惠来县隆江中学	惠来县隆江镇狗头山
762		揭东区第八小学	揭东区曲溪街道云南村
763		揭东区云路镇棋盘小学	揭阳市揭东区云路镇棋盘村

序号	地市	学校名称	详细地址
764	揭阳	揭阳空港经济区溪南街道新联小学	揭阳空港经济区溪南街道前光村
765		揭阳产业转移工业园霖磐镇联西小学	揭阳产业转移工业园霖磐镇联西村
766		普宁市下架山镇汤坑小学	普宁市下架山镇
767		普宁市大南山街道灰寨小学	普宁市大南山街道
768		普宁市高埔镇坪上小学	普宁市高埔镇
769		揭西县坪上镇连城小学	揭西县坪上镇
770		惠来县鳌江镇沃下小学	惠来县鳌江镇沃下村
771		揭东区云路镇云路初级中学	揭阳市揭东区云路镇云七村
772		揭阳产业转移工业园月城镇月城中学	揭阳产业转移工业园月城镇棉洋乡村
773		普宁市建新中学	普宁市军埠镇
774		惠来县京陇学校	惠来县仙庵镇京陇村
775	云浮	云浮市第三中学	云浮市云城区丰收街道80号
776		云浮市云城区安塘中学	云浮市云城区安塘街道
777		云浮市云硫小学	云浮市云城区高峰罗桂桥生活区
778		云浮市伊顿实验学校	云浮市云城区环市西路教育园区内
779		新兴县天堂镇中心小学	云浮市新兴县天堂镇建设北路
780		新兴县新城镇凤凰小学	云浮市新兴县新城镇凤凰村
781		新兴县河头镇中心小学	云浮市新兴县河头镇圩镇
782		新兴县六祖镇集成中学	云浮市新兴县六祖镇集成圩
783		新兴县第一中学	云浮市新兴县新城镇育才南路1号
784		郁南县西江中学	云浮市郁南县都城镇金鱼山
785		郁南县南江口镇初级中学	云浮市郁南县南江口镇
786		郁南县东坝镇中心小学	云浮市郁南县东坝镇
787		郁南县桂圩镇中心小学	云浮市郁南县桂圩镇
788		郁南县宝珠镇中心学校	云浮市郁南县宝珠镇
789		罗定市罗平镇中心小学	罗定市罗平镇罗平居委教育路26号
790		罗定市船步镇中心小学	罗定市船步镇开阳中路65号
791		罗定市分界镇中心小学	罗定市分界镇分界居委建设中路37号
792		罗定市双东街中心小学	罗定市双东街大众村大众岗48号
793		罗定市太平镇中心小学	罗定市太平镇城西大道25号
794		罗定市华石中学	罗定市华石镇华中路20号
795		罗定市泷水中学	罗定市罗镜镇镇西路54号
796		罗定实验中学	罗城镇迎宾三路

续上表

序号	地市	学校名称	详细地址
797	云浮	云浮市云安区白石镇中心小学	云浮市云安区白石镇
798		云浮市云安区富林镇界石小学	云浮市云安区富林镇
799		云浮市云安区华立中英文学校	云浮市云安区都杨新区
800		云浮市云安区镇安镇中学	云浮市云安区镇安镇

19. 第四批省级校园足球推广学校名单

序号	地市	学校名称	详细地址
1	广州	广州市第四十中学	广州市越秀区东华西路海月西街 5 号
2		广州市越秀区文德路小学	广州市越秀区文德北路 77 号
3		广州市越秀区永曜北小学	广州市越秀区越秀南路 70 号
4		广州市越秀区水荫路小学	广州市越秀区水荫路 94 号
5		广州市越秀区中山三路小学	广州市越秀区中山三路 58 号
6		广州市第三十七中学	广州市越秀区仙邻巷 42–1 号
7		广州市荔湾区东漖中学	广州市荔湾区东漖镇仁秀坊 183 号
8		广州市协和中学	广州市荔湾区西湾路 93 号
9		广州市陈嘉庚纪念中学	广州市荔湾区西湾路大岗元北 4 号
10		广州市荔湾区西关广雅实验学校	广州市荔湾区南岸路悦康街 1 号
11		广州市荔湾区广雅实验学校	广州市荔湾区东风西路 118 号
12		广州市天河区员村小学	广州市天河区员村三横路 15 号
13		广州市天河区五一小学	广州市天河区东莞庄路 9 号
14		广州市天河区黄村小学	广州市天河区黄村街西大马路 1 号
15		广州市天河区华美英语实验学校	广州市天河区华美路 23 号
16		广州市天河区吉山小学	天河区吉山村西新街 102 号
17		广州市第七十一中学	广州市白云区兴贤路 698 号
18		广州市白云区新和学校	广州市白云区广从九路 1133 号
19		广州市白云区石湖小学	广州市白云区太和镇石湖村前路 10 号
20		广州市白云区石井中学	广州市白云区石井街石沙路 19 号
21		广州市白云区鸦岗小学	广州市白云区鸦岗社边街 8 号
22		广州市第一一六中学	广州市白云区良田中路 10 号
23		广州市黄埔华南师范大学附属初级中学	广州市黄埔区长洲街金洲北路 516 号
24		广州市二中苏元实验学校	广州市黄埔区开创大道水西路 17 号
25		广州市黄埔区香雪小学	广州市黄埔区罗平路 69 号

序号	地市	学校名称	详细地址
26	广州市	广州市黄埔区东区小学	广州市黄埔区笔村社区中南坊街 30 号
27		广州市黄埔区文冲小学	广州市黄埔区石化路文元新大元二巷 8 号
28		广州市花都区花东镇大塘初级中学	广州市花都区花东镇大塘工业区 4 号
29		广州市花都区花城街长岗初级中学	广州市花都区花城街花都大道 167 号
30		广州市花都区秀全街九潭初级中学	广州市花都区秀全街九潭路 6 号
31		广州市花都区花东镇花侨小学	广州市花都区花东镇花侨侨晖路 18 号
32		广州市花都区秀全中学	广州市花都区花城街东边村溶华街 1 号
33		番禺区东湖洲小学	广州市番禺区大龙街傍雁路 899 号
34		番禺区钟村中心小学	广州市番禺区钟村街骏兴路 2 号
35		广州市番禺区屏山小学	广州市番禺区石壁街屏二东街 17 号
36		广东第二师范学院番禺附属初级中学	番禺区新造镇谷围新村穗石路 1 号
37		番禺区小谷围街穗石小学	广州市番禺区小谷围街穗石大道 52 号
38		广州市番禺执信中学	广州市番禺区迎宾路星河湾小区内
39		番禺区石碁第三中学	广州市番禺区大龙街城区大道 1 号
40		番禺区石楼镇何澄溪小学	广州市番禺区石楼镇
41		南沙黄阁中学	广州市南沙区市南路黄阁段 126 号
42		南沙区金隆小学	广州市南沙区金龙路 168 号
43		南沙区横沥小学	广州市横沥镇新兴村 11 队
44		南沙区大岗中学	广州市大岗镇越山路 79 号
45		从化区第五中学	从化区从城大道 839 号
46		从化区鳌头中学	从化区鳌头镇鳌西路 1 号
47		从化区街口街团星小学	从化区街口街团行路 29 号
48		从化区太平镇信诚木棉小学	从化区太平镇木棉村
49		从化区江浦街禾仓小学	从化区江埔街环市东路 289 号
50		增城区小楼镇中心小学	广州市增城区小楼镇德育路 3 号
51		增城区正果中学	广州市增城区正果镇正果大道 73 号
52		增城区实验小学	广州市增城区荔城街荔城大道 243 号
53		增城区仙村中学	广州市增城区仙村镇仙村大道 8 号
54		增城区挂绿小学	广州市增城区荔城街开园北路
55		广州市蓝天中学	广州市海珠区泰沙路 235 号
56		广州市海珠区瀛洲小学	广州市海珠区华洲街瀛洲北路 35 号
57		广州市海珠区赤沙小学	广州市海珠区新滘东路赤沙村大路巷 1 号
58		广州市绿翠现代实验学校	广州市海珠区滨江东路 810 号

续上表

序号	地市	学校名称	详细地址
59	广州	广州市第六中学	广州市海珠区新港西路 179 号
60		广州市信息工程职业学校	广州市天河区东莞庄路 231 号
61	深圳	百仕达小学	深圳市太安路 98 号
62		水库小学	深圳市罗湖区太安路 99 号
63		红桂小学	深圳市罗湖区桂园北路 53 号
64		笋岗中学	深圳市罗湖区红岗路 1008 号
65		鹏兴实验学校	深圳市罗湖区国威路 313 号
66		松泉实验学校	深圳市罗湖区太白路 4058 号
67		福田区上沙小学	深圳市福田区上沙村
68		福田区福民小学	深圳市福田区福强路 1033 号
69		福田区福华小学	深圳市福田区彩田南路 2016 号
70		福田区莲花小学	福田区红荔西路莲花三村福莲花园内
71		福田区绿洲小学	福田区新洲七街 191 号
72		福田区彩田学校	深圳市福田区莲花路彩田村内
73		福田区外国语学校	深圳市福田区景田北七街 1 号
74		光明新区光明小学	深圳市光明区碧园路 4 号
75		龙岗区横岗高级中学	龙岗区横岗街道红棉社区梧桐路 18 号
76		龙岗区南湾下李朗小学	龙岗区南湾街道
77		龙岗区坂田小学	龙岗区坂田街道
78		龙岗区南湾石芽岭学校	龙岗区南湾街道
79		龙岗区五园小学	龙岗区坂田街道
80		深圳市坪山高级中学	坪山区沿河北路一号
81		深圳市坪山区坪山中心小学	深圳市坪山区坪山街道东纵路 342 号
82		坪山区光祖中学	深圳市坪山区坑梓街道 83 号
83		蛇口育才教育集团育才三小	深圳市南山区蛇口沿山路 30 号
84		蛇口育才教育集团育才四小	深圳市南山区蛇口工业七路 1 号
85		南山实验教育集团鼎太小学	深圳市南山区前海路 1083 号鼎太风华社区内
86		南山区第二外国语学校（集团）学府中学	深圳市南山区海德一道 113 号
87		南山实验教育集团荔林小学	深圳市南山区前海路 0270 号
88		宝安实验学校	宝安区新中心区 N8 区
89		富源学校	宝安区航城街道洲石路 568 号
90		固戍小学	宝安区西乡街道固戍一路 417 号

续上表

序号	地市	学校名称	详细地址
91	深圳	潭头小学	宝安区松岗街道东辅路 6 号
92		蚝业小学	宝安区沙井街道沙井大街 297 号
93		官田学校	宝安区石岩街道官田村学园路 1 号
94		大鹏中心小学	大鹏镇中山路 49 号
95		梅沙小学	盐田区环碧路 69 号
96		玉龙学校	龙华区玉龙路龙悦居四期
97		同胜学校	大浪办事处上横朗村 251 号
98	珠海	珠海市金湾区第一中学	珠海市金湾区三灶镇
99		珠海市香洲区第六小学	珠海市香洲区香溪路 172 号
100		珠海市香洲区第七小学	珠海市香洲区碧涛路 17 号
101		珠海市香洲区第二十一小学	珠海市香洲区翠景路 530 号
102		珠海市香洲区广昌小学	珠海市香洲区培育街 53 号
103		珠海市香洲区格力学校	珠海市香洲区沿河路北侧
104		珠海市第十中学	珠海市美晟二街与美晟横街交叉口西北 150 米
105		珠海市斗门区白蕉镇东和小学	珠海市斗门区白蕉镇榕溢村
106		珠海市斗门区乾务镇马山小学	珠海市斗门区明智工业城附近
107		珠海市斗门区井岸镇东风小学	珠海市斗门区井岸镇东风村
108		珠海市斗门区第二实验小学	珠海斗门井岸镇珠峰大道新青五路
109		珠海市斗门区白蕉镇六乡中学	珠海市斗门区文兴路 25 号
110		珠海市斗门区斗门镇初级中学	珠海市斗门区斗门镇新区西 62 号
111		珠海市三灶镇海澄小学	珠海市金湾区根竹街 1 巷 27 号
112		珠海市小林中学	珠海市金湾区红旗镇小林和兴路
113		珠海高新区金鼎第一小学	珠海市香洲区圣皇头街 100 号
114	汕头	汕头经济特区林百欣中学	龙湖区天山南路 29 号
115		汕头市新津中学	龙湖区 14A 工业区内（龙新五街）
116		汕头市龙湖区金英学校	龙湖区龙祥街道周厝塭新联南街 21 号
117		汕头市龙湖区上头合小学	龙湖区新溪镇
118		汕头市龙湖区凤窖华侨小学	龙湖区外砂镇凤窖村洪福洲路中段
119		汕头市龙湖区官一小学	龙湖区龙祥街道官一居委
120		汕头市龙湖区亿信小学	龙湖区新溪镇南安路 33 号
121		汕头市龙湖区丽日小学	龙湖区丽日庄
122		汕头市金禧中学	天山北路金禧花园

续上表

序号	地市	学校名称	详细地址
123	汕头	汕头市岐山中学	金平区潮汕路 153 号
124		汕头市聿怀实验学校	金平区嵩山北路 150 号
125		汕头市浮东小学	金平区珠峰路浮东路段
126		汕头市东方小学	金平区东方园北区
127		汕头市北墩小学	金平区北墩新溪池南路 11 号
128		汕头市大场小学	金平区鮀莲街道天港居委
129		汕头市澄海广益小学	澄海区广益街道广益路北侧
130		汕头市澄海报国小学	澄海区溪南镇南砂乡
131		汕头市澄海东里镇塘西小学	澄海区东里镇塘西村
132		汕头市广澳中学	濠江区广澳街道
133		汕头市达濠第三中学	濠江区马滘街道
134		汕头市濠江区磊口小学	濠江区礐石街道
135		汕头市濠江区河北小学	濠江区河浦街道河北社区
136		汕头市濠江区林后小学	濠江区滨海街道林后社区宫前路
137		汕头市潮阳区金玉中学	汕头市潮阳区金灶镇
138		南澳县南澳中学	汕头市南澳县后宅镇后江路
139	佛山	顺德区华侨中学	佛山市顺德区德民路 1 号
140		佛山市顺德区龙江里海学校	佛山市顺德区龙江镇东头工商业大道 17 号
141		容桂兴华初级中学	佛山市顺德区容桂街道办富华路 41 号
142		杏联初级中学	顺德区杏坛镇杏联大道 4 号
143		顺德区容桂实验学校	容桂街道容桂教育南 1 路
144		顺德区云路小学	佛山市顺德区云路村
145		容桂马冈小学	佛山市顺德区容桂马岗村马东路 33 号
146		桑麻小学	佛山市顺德区桑麻村
147		顺德区乐从小学	顺德区乐从镇教德大道
148		顺德区龙江实验学校	顺德区龙江镇东华路 22 号
149		容桂细滘小学	佛山市顺德区容桂街道细滘大道 61 号
150		北滘镇莘村小学	顺德区北滘镇莘村李家大街 1 巷 1 号
151		北滘镇高村小学	佛山市顺德区北滘镇高村大道 1 号
152		容桂扁滘小学	佛山市顺德区容桂华滘路 1 号
153		顺德区龙江左滩小学	顺德区龙江镇左滩村长沙中路 7 号
154		佛山市高明区德恒菁英学校	佛山市高明区荷城街道明国路 700 号

续上表

序号	地市	学校名称	详细地址
155	佛山	京师时代教科院附属实验学校	佛山市高明区杨和镇杨西大道与三和路交汇处
156		佛山市高明区荷城街道泽英小学	佛山市高明区荷城街道星河路知言街 55 号
157		三水区南边小学	佛山市三水区乐平镇
158		范湖小学	佛山市三水区乐平镇
159		西南街道第十小学	佛山市三水区西南街道
160		云东海学校	三水区云东海街道高丰村委会高丰围
161		河口中学	佛山市三水区西南街道河口车仔 16 号
162		桂城街道桂江第三小学	佛山市南海区桂城街道叠北村头三幅堂 162 号
163		桂城街道映月中学	佛山市南海区桂城街道
164		大沥镇六联小学	佛山市南海区大沥镇
165		大沥镇太平成远小学	佛山市南海区大沥镇
166		丹灶镇联安小学	佛山市南海区丹灶镇
167		里水镇旗峰初级中学	佛山市南海区里水镇
168		里水镇展旗学校	佛山市南海区里水镇
169		狮山镇光明新城小学	佛山市南海区狮山镇
170		狮山镇石门实验中学附属小学	佛山市南海狮山镇松岗商业大道 68 号
171		西樵镇樵北初级中学	佛山市南海区西樵镇
172		西樵镇太平小学	佛山市南海区西樵镇
173		九江镇初级中学	佛山市九江镇
174		南海区第一职业技术学校	佛山市南海区桂城街道
175		鸿业小学	佛山市同华路 21 号
176		溶洲小学	南庄镇溶洲中路 138 号
177		张槎中学	佛山市禅城区张槎三路 25 号
178		下朗小学	张槎街道下朗村
179		绿景小学	佛山市华远东路 68 号
180		海口小学	张槎街道海口村
181		佛山第六小学	佛山市市东上路 3 号
182		湾华小学	石湾镇街道湾华村
183		佛山市高明区第一中学	佛山市高明区星河路 68 号
184	韶关	南雄市实验小学	南雄市全安镇
185		南雄市湖口镇中心小学	南雄市湖口镇
186		南雄市南亩中学	南雄市南亩镇

续上表

序号	地市	学校名称	详细地址
187	韶关	南雄市雄州街道新城小学	南雄市雄州街道教育路
188		南雄市乌迳中学	南雄市乌迳镇人民东路
189		武江区沐溪小学	韶关市武江区沐溪大道沐溪七路
190		武江区田家炳沙湖绿洲小学	韶关市武江区沙湖绿洲小区
191		翁源县新江镇中心小学	翁源县新江镇
192		乐昌市九峰镇中学	乐昌市九峰镇
193		乐昌市梅花镇中学	韶关市乐昌市梅花镇
194		乐昌市长来镇中心小学	乐昌市长来镇
195		曲江区沙溪镇中心小学	韶关市曲江区沙溪镇
196		曲江区沙溪中学	韶关市曲江区沙溪镇
197		曲江区大塘镇中心小学	韶关市曲江区大塘镇
198		仁化县周田中学	仁化县周田镇
199		仁化县长江中学	仁化县长江镇
200		仁化县周田中心小学	仁化县周田镇月岭大街 61 号
201	湛江	吴川市覃巴中心小学	吴川市覃巴镇
202		遂溪县草潭镇草潭初级中学	遂溪县草潭镇
203		遂溪县河头中学	遂溪县河头镇
204		遂溪县杨柑镇龙眼初级中学	遂溪县杨柑镇
205		遂溪县乐民镇乐民初级中学	遂溪县乐民镇
206		遂溪县界炮镇山内黄镜秋学校	遂溪县界炮镇
207		遂溪县北坡职业高级中学	遂溪县北坡镇
208		遂溪县北坡兴文学校	遂溪县北坡镇
209		遂溪县遂城第四小学	遂溪县遂城镇
210		遂溪县遂城第五小学	遂溪县遂城镇
211		遂溪县遂城第六小学	遂溪县遂城镇
212		遂溪县遂城镇白水小学	遂溪县遂城镇
213		遂溪县遂城镇牛圩小学	遂溪县遂城镇
214		遂溪县黄略镇中心小学	遂溪县黄略镇
215		遂溪县乌塘镇后发小学	遂溪县乌塘镇
216		廉江市第八小学	廉江市罗州大道 88 号
217		廉江市第九小学	廉江市石城大道东新景路

续上表

序号	地市	学校名称	详细地址
218	湛江	廉江市吉水镇中心小学	廉江市吉水镇吉和路
219		廉江市横山镇下路小学	廉江市横山镇
220		廉江市横山镇青塘小学	廉江市横山镇
221		廉江市和寮镇塘拱小学	廉江市和寮镇塘拱村村委会
222		廉江市新民镇丹竹塘小学	廉江市新民镇丹竹塘村委会
223		廉江市和寮镇塘肚小学	廉江市和寮镇塘肚村村委会
224		廉江市塘蓬镇第二小学	廉江市塘蓬镇开发区
225		雷州市唐家中心小学	雷州市唐家镇
226		雷州市北和中学	雷州市北和镇
227		雷州市第一中学（初中部）	雷州市西湖街道
228		雷州市新南方学校	湛江市雷州市工业大道
229		徐闻县实验中学	徐闻县 052 乡道
230		徐闻县下桥中学	湛江市徐闻县下桥镇东升路
231		徐闻县新寮镇中心小学	徐闻县新寮镇
232	肇庆	肇庆新区实验学校	肇庆新区总部四路
233		肇庆市实验小学	肇庆市端州区沙墩路 6 号
234		肇庆市第七小学	肇庆市八一路 3 号
235		肇庆鼎湖第一实验学校	鼎湖区坑口街道罗隐片区
236		鼎湖区永安镇新村小学	肇庆市鼎湖区永安镇新村
237		肇庆市高要区金利中学	肇庆市高要区金利镇教育东路 18 号
238		肇庆市高要区禄步镇初级中学	肇庆市高要区白土镇圩镇八达桥头西侧
239		肇庆市高要区白土镇初级中学	肇庆市高要区禄步镇文直路 38 号
240		肇庆市高要区白诸镇中心小学	肇庆市高要区白诸镇仁和路 2 号
241		北大公学肇庆实验学校	肇庆四会市城中街道仓丰市场对面
242		四会市贞山街道邓村学校	四会市贞山街道邓村社区 1 号
243		四会市地豆中学	四会市地豆镇
244		德庆县官圩中学	德庆县官圩镇
245		德庆县武垄镇中心小学	德庆县武垄镇圩镇
246		德庆县香山中学	德庆县香山中路 70 号
247		广宁县排沙镇中心小学	广宁县排沙镇排沙社区居委会
248		广宁县广宁第一中学	广宁县南街镇江背村
249		怀集县永固镇中心小学	肇庆市怀集县永固圩

续上表

序号	地市	学校名称	详细地址
250	肇庆	怀集县蓝钟镇中心学校	肇庆市怀集县蓝钟圩
251		怀集县怀城镇城南初级中学	肇庆市怀集县怀城镇黄牛园路
252		怀集县诗洞镇初级中学	肇庆市怀集县诗洞圩
253		封开县莲都镇中学	封开县莲都镇
254		封开县平凤镇初级中学	封开县平凤镇
255		封开县江口镇中心小学	封开县江口镇
256		肇庆高新技术产业开发区中心小学	肇庆高新区
257	江门	江门市紫沙小学	江门市蓬江区紫沙路 70 号
258		江门市杜阮镇贯溪小学	江门市蓬江区杜阮镇贯溪村
259		江门市荷塘镇白藤小学	江门市蓬江区白藤路 4 号
260		江门市北苑小学	江门市良化新村西 128 号
261		江门市第八中学	江门市蓬江区东观路 40 号
262		江门市江海区外海街道麻一佑启学校	江海区外海街道麻一东山里 3 路 1 号
263		江门市文昌中英文学校	江海区礼乐文昌花园内
264		江门市江海区原雅学校	江门市江海区礼乐街礼睦路 168 号
265		台山市培英职业技术学校	台山市台城镇和平一巷
266		台山市冲蒌中学	江门市台山市冲蒌镇竹湖管区龙头岭
267		台山市大江镇中心小学	台山市大江镇沙浦管区
268		台山市斗山镇墩头华侨中学	台山市斗山镇墩头村委会
269		广州大学台山附属中学	江门市台山市水步镇水步中学内
270		台山市居正学校	江门市台山市东郊路尾
271		台山市越华中学	台山市大江镇公益上海街
272		台山市水步镇中心小学	台山市水步镇新市路
273		恩平市大槐镇中心小学	恩平市大槐镇
274		江门市新会圭峰小学	江门市新会区会城镇育才路 61 号
275		江门市新会区司前镇王张瑞霞小学	江门市新会区司前镇大埗头侧
276		江门市新会区沙堆镇中心小学	江门市新会区沙堆镇沙西村
277		江门市新会区会城城西小学	江门市新会区会城镇城西二路 118 号
278		江门市新会区睦洲镇睦洲小学	江门市新会区睦洲镇睦洲村
279		江门市新会区司前中学	江门市新会区司前镇新建
280		江门市新会区大鳌中学	江门市新会区大鳌镇中心三路 1 号
281		江门市新会李文达中学	江门市新会区会城街道七堡

续上表

序号	地市	学校名称	详细地址
282	江门	江门市新会东方红中学	江门市新会区会城镇知政中路 16 号
283		江门市新会区崖门镇仙洞学校	江门市新会区崖门镇崖西仙洞圩
284		广东省鹤山市第一中学	鹤山市沙坪街道园外苑 20 号
285		广东省鹤山市沙坪中学	鹤山市沙坪街道容章路 800 号
286		广东省鹤山市雅瑶镇宝瑶小学	鹤山市雅瑶镇中心路 63 号
287	茂名	茂名市乙烯小学	茂名市双山路南乙烯生活一区内
288		茂名市双山小学	茂名市宾南路 118 号
289		茂名市茂南区公馆镇下垌小学	茂名市茂南区公馆镇
290		茂名市茂南区公馆镇东风小学	茂名市茂南区公馆镇
291		茂名市电白区东城中学	电白区水东镇新湖二路 402 号
292		茂名市电白区马踏中学	电白区马踏镇开发区中学路 1 号
293		信宜市第八中学	茂名市信宜市长塘村
294		信宜市朱砂中学	信宜市朱砂镇
295		广东高州中学	高州市城南茂岭
296		高州市谢鸡镇第一中学	高州市谢鸡镇谢鸡坡村
297		高州市荷塘中学	高州市荷塘镇塘圩
298		高州市石鼓中学	高州市石鼓镇爱民路 248 号
299		高州市石板中学	高州市石板镇宝石路 80 号
300		高州市镇江中学	高州市镇江镇人民北路 2 号
301		化州市林尘中学	化州市林尘镇幸福路 83 号
302		化州市新安镇第一中学	化州市新安镇旧圩
303		化州市良光镇中心小学	化州市良光镇
304		茂名市电白区电城镇河望小学	茂名滨海新区电城镇
305		茂名市电白区电城镇爵西小学	茂名滨海新区电城镇
306	惠州	惠州市惠阳区镇隆镇中心小学	惠州市惠阳区镇隆镇镇中路 29 号
307		惠州仲恺高新区陈江山下小学	惠州仲恺高新区陈江街道幸福村
308		惠州市惠东县稔山范和小学	惠东县稔山镇范和村
309		惠州市新湖小学	惠州市惠城区水口街道办新湖路 1 号
310		惠州市河南岸中心小学	惠州市惠城区鸿昌路 41 号院
311		惠州市湖山小学	惠州市惠城区河南岸办事处湖山村
312		惠州市水口联和小学	惠州市惠城区水口办联和大道 24 号
313		惠州大亚湾经济技术开发区霞涌第一小学	惠州大亚湾经济技术开发区霞涌街道

续上表

序号	地市	学校名称	详细地址
314	惠州	惠州市博罗县麻陂中心小学	博罗县麻陂镇三角街 5 号
315		惠州市博罗县罗阳城郊新角小学	博罗县罗阳街道新角村
316		惠州仲恺高新区潼湖赤岗小学	惠州仲恺高新区潼湖镇赤岗村
317		惠州仲恺高新区陈江东楼小学	惠州仲恺高新区陈江街道东楼村
318		惠州仲恺高新区陈江观田小学	惠州仲恺高新区陈江街道观田村
319		惠州仲恺高新区沥林镇星雄小学	惠州仲恺高新区沥林镇
320		惠州仲恺高新区德园学校小学	惠州仲恺高新区惠环街道
321		惠州仲恺高新区陈江石圳小学	惠州仲恺高新区陈江街道
322		惠州仲恺高新区陈江青春小学	惠州仲恺高新区陈江街道
323		惠州仲恺高新区第六小学	惠州仲恺高新区和畅六路
324		惠州仲恺高新区沥林镇塘角学校	惠州仲恺高新区沥林镇
325		惠州市惠阳区良井中学	惠州市惠阳区良井镇西门街 18 号
326		惠州市惠东县稔山第二中学	惠东县稔山镇卫西路
327		惠州市惠城区马安中学	惠州市惠城区马安镇兴安路 42 号
328		惠州市大亚湾经济开发区第三中学	惠州市大亚湾西区老畲村
329		惠州市惠东高级中学	惠州市惠东县大岭镇惠东大道
330		惠州市惠阳区凤凰山学校	惠州市惠阳区永兴路
331		惠州市中建麦绍棠学校	惠州市惠城区南岸路冰塘路口
332		惠州仲恺高新区沥林华科学校	惠州仲恺高新区沥林镇
333		惠州市综合高级中学	惠州市惠城区东平大道
334		惠州市惠东县稔山碧桂园十里银滩学校	惠州市惠东县稔山镇碧桂园十里银滩亚婆角高速入口
335		惠州市惠州一中双语国际学校	惠东县大岭镇
336		惠州市惠阳区东王实验学校	惠州市惠阳区淡水白云坑工业大道 26 号
337		惠州市博罗县湖镇镇东星学校	博罗县湖镇镇陈村
338		惠州市博罗县东江广雅学校	博罗县园洲镇桔龙村
339		惠州市博罗县榕城中学	博罗县城博西大道 7 号
340		惠州市惠州一中博罗启正学校	博罗新城广汕路旁
341		惠州市宝山职业技术学校	博罗县泰美镇宝山路 10 号
342		惠州市惠阳区文昌实验学校（替补）	惠州市惠阳区淡水大浦村
343	梅州	梅县区梅兴中学	梅县区南口镇荷泗太平村
344		梅县区广益中学	梅县区城东镇石下挖子里

续上表

序号	地市	学校名称	详细地址
345	梅州	梅县区梅西镇中心小学	梅县区梅西镇龙虎圩镇
346		梅县区石坑镇中心小学	梅县区石坑镇礤岭村
347		梅县区梅南镇中心小学	梅县区梅南镇新塘圩
348		梅县区南口中学	梅县区南口镇三角塘
349		梅州市梅江区西阳中学	梅州市梅江区西阳镇
350		梅州市梅江区普育小学	梅州市梅江区三角镇东升村
351		梅州市梅江区五洲小学	梅州市梅江区五洲城新洲路 16 号
352		梅州市梅江区金山小学	梅州市梅江区道前街 13 号
353		梅州市梅江区客都小学	梅州市梅江区客都路 9 号
354		兴宁市宁中中学	兴宁市宁新镇大岭街
355		兴宁市兴民中学	兴宁市司前街
356		兴宁市龙北中学	兴宁市龙北镇
357		兴宁市永和中心小学	兴宁市永和镇
358		兴宁市黄陂中心小学	兴宁市黄陂镇
359		兴宁市新圩中心小学	兴宁市新圩镇
360		兴宁市坜陂中心小学	兴宁市坜陂镇
361		兴宁市岗背中心小学	兴宁市岗背镇
362		兴宁市径南中心小学	兴宁市径南镇
363		五华县转水镇新民小学	五华县转水镇
364		五华县龙村镇金龙小学	五华县龙村镇
365		五华县河东镇第二小学	五华县河东镇
366		五华县横陂镇夏阜小学	五华县横陂镇
367		五华县横陂镇第三小学	五华县横陂镇
368		五华县安流镇学少小学	五华县安流镇
369		五华县龙村中学	五华县龙村镇
370		五华县梅林镇梅林中学	五华县梅林镇
371		五华县华城镇维新小学	五华县华城镇
372		五华县大都中学	五华县安流镇
373		五华县小都中学	五华县横陂镇
374		蕉岭县桂岭学校	蕉岭县桃源东路
375		蕉岭县逢甲纪念中学	蕉岭县文福镇白湖村委会
376		蕉岭县田家炳实验中学	蕉岭县桂岭大道北 87 号

续上表

序号	地市	学校名称	详细地址
377	梅州	蕉岭县新铺中学	蕉岭县新铺镇
378		大埔县石云中学	大埔县枫朗镇
379		大埔县枫朗镇双溪学校	大埔县枫朗镇
380		大埔县高陂中学	大埔县高陂镇
381		平远县河头镇中心小学	平远县河头镇
382		平远县铁民中学	平远县东石镇教育路
383		平远县差干中学	平远县差干镇
384		丰顺县千顷学校	丰顺县北斗镇
385		丰顺县潭山学校	丰顺县潭江镇
386		丰顺县建桥中学	丰顺县建桥镇
387		丰顺县东海中学	丰顺县东海附城镇
388	汕尾	定壮广信学校	汕尾市陆丰市定壮村委会
389		甲子镇中心小学	汕尾市陆丰市城西社区居委会
390		内湖镇三陂郭靖学校	汕尾市陆丰市内湖镇三陂村委
391		河西中学	汕尾市陆丰市河西镇后坑村委会
392		河西镇第二初级中学	汕尾市陆丰市石山村委会
393		城东镇水墘中学	汕尾市陆丰市水乾村委会
394		博美镇第二中学	汕尾市陆丰市博美镇霞绕村
395		西南镇青云中学	汕尾市陆丰市西南镇青塘楼社村
396		潭西镇民声学校	汕尾市陆丰市潭西镇深港村委会上曾新村
397		西南镇安溪小学	汕尾市陆丰市西南镇安溪村
398		附城镇新南小学	汕尾市海丰县永安达小区 4 栋 10A
399		公平镇中心小学	汕尾市海丰县长兴社区居委会附近
400		附城镇中心小学	汕尾市海丰县附城镇联河村委白石岗村
401		红草镇逸挥基金学校	汕尾市城区红草镇径口村东一巷 1 号
402		红草镇第二小学	汕尾市城区红草镇
403		红草镇中心小学	汕尾市城区红草镇青草居
404		凤山街道盐町头小学	汕尾市城区凤苑路
405		香洲街道光明小学	汕尾市城区香洲街道后径村
406		华侨管理区第五小学	陆丰市华侨管理区虚拟乡石古办事处
407		遮浪街道中心小学	汕尾市红海湾区遮浪街道通南路
408		陆河县水唇中学	汕尾市陆河县水唇镇水唇圩

续上表

序号	地市	学校名称	详细地址
409	汕尾	陆河县螺溪镇欧田小学	汕尾市陆河县螺溪镇欧田村
410		陆河县樟河中学	汕尾市陆河县上护镇樟河圩
411	河源	公园东小学	河源市源城区文昌路与永康路交汇处
412		金沟湾小学	河源市源城区金沟湾西四路
413		公园东中学	河源市源城区文昌路与永康路交汇处
414		临江中学	河源江东新区临江镇杨梅山
415		崇文学校	东源县新源新村
416		民族中学	东源县漳溪畲族乡
417		黄沙中心校	东源县船塘镇
418		双江中心校	东源县双江镇
419		灯塔中学	东源县灯塔镇
420		紫金县城富士康希望小学	紫金县紫城镇紫五路 67 号
421		紫金县城第二小学	紫城镇永安大道北 43 号
422		紫金县上义中心小学	紫金县上义镇
423		紫金县凤安中学	紫金县凤安镇新凤路 64 号
424		紫金县上义中学	紫金县上义镇母亲路
425		紫金县紫城第二中学	河源市紫金县新紫路 635 号
426		龙川县贝岭中学	河源市龙川县贝岭镇街道环城路 16 号
427		龙川县丰稔中学	龙川县丰稔镇十二排街道
428		和平县彭寨镇中心小学	和平县彭寨镇
429		和平县福和高级中学	和平县阳明镇福和大道 9 号
430		连平县上坪中学	连平县上坪镇东南村
431		连平县上坪镇中心小学	连平县上坪镇惠西村
432		连平县陂头中学	连平县陂头镇
433		连平县绣缎镇中心小学	连平县绣缎镇
434		连平县元善镇中心小学	连平县元善镇富民小区
435		连平县田源中学	连平县田源镇
436	阳江	阳江市第一中学	阳江市江城区城南新区雅白线
437		阳江市城东学校	阳江市江城区新江东路
438		阳江市阳东区一同学校	阳江市阳东区迎宾大道
439		阳春春城街道第一小学文塔分校	阳春市春城镇春城街道

续上表

序号	地市	学校名称	详细地址
440	阳江	阳春市石望中学	阳春市石望镇
441		阳春市马水中学	阳春市马水镇
442		阳春市河朗学校	阳春市河朗镇
443		阳春市莲平小学	阳春市春城街道大安路
444		阳春市三甲镇中心小学	阳春市三甲镇
445		海陵岛经济开发试验区海陵中心小学	阳江市海陵岛经济开发试验区海陵镇
446		阳春市陂面中学	阳春市陂面镇
447		阳春市实验小学	阳春市春城镇龙脊中路 88 号
448	清远	清城区横荷中学	清远市清城区横荷街三号区
449		清城区东城街新桥学校	清远市清城区东城街新桥村委会
450		清城区源潭镇青龙小学	清远市清城区源潭镇青龙村委会
451		清新区禾云镇新洲学校	清远市清新区禾云镇
452		清新区龙颈镇南冲学校	清远市清新区龙颈镇
453		清新区太平镇集华小学	清远市清新区太平镇
454		英德市九龙镇中心小学	英德市九龙镇峰林路 100 号
455		英德市沙口中心小学	英德市沙口镇
456		英德市浛洸中心小学	英德市浛洸镇
457		英德市石灰铺中学	英德市石灰铺镇
458		英德市英红中学	英德市英红镇
459		英德市英西中学	英德市浛洸镇
460		连州市龙坪镇中心小学	连州市龙坪镇教育路 67 号
461		连州市星江中学	连州市星子镇星江路 43 号
462		连州市西岸镇中心学校	连州市西岸镇西中路 80 号
463		连州市九陂镇中心学校	连州市九陂镇白云山村
464		佛冈县石角中学	佛冈县石角镇文园路 48 号
465		佛冈县第三小学	佛冈县石角镇
466		连山壮族瑶族自治县福堂中心小学	清远市连山壮族瑶族自治县福堂镇
467		连山壮族瑶族自治县加田田家炳学校	连山壮族瑶族自治县加田镇
468		连南瑶族自治县寨岗镇寨南中心学校	清远市连南瑶族自治县寨岗镇吊尾村
469		连南瑶族自治县大麦山镇大麦山中心小学	连南瑶族自治县大麦山镇
470		阳山县秤架民族学校	秤架瑶族乡光明路 68 号
471		阳山县杜步中心小学	阳山县杜步镇杜步街

续上表

序号	地市	学校名称	详细地址
472	清远	清远市职业技术学校	清远市清新区黄坑滨江路 98 号
473	东莞	东莞市望牛墩镇中心小学	东莞市望牛墩镇
474		东莞市常平镇中心小学	东莞市常平镇振兴西路
475		东莞市常平第二小学	东莞市常平镇田尾村第一工业区
476		东莞市常平镇袁山贝小学	东莞市常平镇袁山贝新地园 73 号
477		东莞市东坑镇中心小学	东莞市东坑镇东兴东路 394 号
478		大岭山镇第五小学	东莞市大岭山镇
479		大岭山镇向东小学	东莞市大岭山镇
480		大岭山镇连平小学	东莞市大岭山镇
481		东莞市企石镇江南小学	东莞市企石镇博夏村
482		东莞市寮步镇石龙坑小学	东莞市寮步镇石龙坑村校园中街 6 号
483		东莞市石龙镇实验小学	东莞市石龙镇黄洲欧仙三横路 3 号
484		东莞市石碣镇中心小学	东莞市石碣镇
485		东莞市黄江镇梅塘小学	东莞市黄江镇
486		东莞市沙田镇第一小学	东莞市沙田镇立沙新区
487		高埗镇中心小学	东莞市高埗镇振兴东四横路 50 号
488		东莞市洪梅镇中心小学	洪梅镇河西路 21 号
489		东莞市黄江中学	东莞市黄江镇
490		东莞市东坑中学	东莞市东坑镇科技路 168 号
491		东莞市常平镇振兴中学	东莞市常平镇教育路 1 号
492		东莞市洪梅中学	洪梅镇长桥东路 56 号
493		东莞市高埗文康学校	东莞市高埗镇横滘头村
494		东莞市南城东晖实验学校	东莞市莞太路白马段 358 号
495		东莞市常平恒正学校	东莞市常平镇袁山贝村
496	中山	中山市濠头中学	中山市濠东路 18 号
497		中山市港口镇大南中学	中山市港口镇福源路大南沙大桥侧
498		中山市南区良都小学	中山市渡头兴福路 2 号
499		中山市南朗镇云衢中学	中山市盈彩美地 17 栋 1112 号
500		中山市三角中学	中山市三角镇岗北南路 1 号
501		中山市纪中三鑫凯茵学校	中山市东区凯茵新城小区内
502		中山市纪中雅居乐凯茵学校	中山市火炬开发区凯茵新城憧憬路 15 号
503		中山市沙溪镇虎逊小学	中山市沙溪镇虎逊村沙平村口

续上表

序号	地市	学校名称	详细地址
504	中山	中山市东凤东海学校	中山市小沥村东海五路旁
505	潮州	潮州市潮安区古巷镇枫洋初级中学	潮州市潮安区古巷镇枫洋官桥头
506		潮州市潮安区江东镇独树小学	潮州市潮安区江东镇独树村
507		潮州市潮安区颜锡祺中学	潮州市潮安区浮洋镇中段
508		潮州市潮安区凤塘镇凤和中学	潮州市潮安区凤塘镇南陇村
509		潮州市潮安区凤塘镇鹤陇华侨中学	潮州市潮安区凤塘镇鹤陇村
510		潮州市潮安区东凤镇正英学校	潮安区东凤镇大寮村东四路 2 号
511		潮州市潮安区东凤镇中片中学	潮州市潮安区东凤镇东彩路昆江路段
512		潮州市潮安区凤凰镇福南小学	潮州市潮安区凤凰镇福南村
513		潮州市潮安区归湖怀慈中学	潮州市潮安区归湖镇慈惠路 1 号
514		潮州市潮安区登塘镇林妈陂小学	潮安区登塘镇林一村大桥头
515		潮州市潮安区彩塘镇宏安小学	潮州市潮安区彩塘镇宏安乡
516		潮州市潮安区归湖镇凤嗜小学	潮州市潮安区归湖镇溪口村
517		饶平县第四中学	饶平县饶洋镇
518		饶平县第五中学	饶平县浮山镇
519		饶平县凤洲中学	饶平县黄冈镇
520		饶平县柘林中学	饶平县柘林镇
521		饶平县三饶中学	饶平县三饶镇
522		饶平县东山中学	饶平县东山镇
523		饶平县新圩中学	饶平县新圩镇
524		饶平县饶洋镇水西小学	饶平县饶洋镇
525		饶平县建饶镇饶中小学	饶平县建饶镇
526		饶平县浮山镇东官小学	饶平县浮山镇
527		饶平县新圩镇中心小学	饶平县新圩镇
528		饶平县大埕镇贡天学校	饶平县大埕镇
529		潮州市湘桥区意溪镇西都小学	潮州市湘桥区意溪镇西都村
530		潮州市湘桥区田中小学	潮州市湘桥区凤新街道田中村
531		潮州市湘桥区春光小学	潮州市湘桥区春光谢厝田下路 1 号
532		潮州市枫溪区前进小学	潮州市枫溪区前进村
533		潮州市湘桥区铁铺镇铺埔慈云小学	潮州市湘桥区铁铺镇铺埔村头
534		潮州市体育运动学校	潮州市湘桥区北园路中段
535	揭阳	揭阳第二中学	榕城区榕华大道

续上表

序号	地市	学校名称	详细地址
536	揭阳	榕城区榕东街道办事处燎原小学	榕城区榕东街道办事处
537		榕城区梅云厚洋小学桥头分教点	梅云街道办事处桥头经联社
538		揭阳市榕城区新兴学校	榕城区榕湖路中段
539		揭东区新亨镇英花小学	揭东区新亨镇英花村
540		揭东区第五小学	揭东区曲溪镇圩埔社区
541		揭东区埔田莲洋小学	揭东区埔田莲洋村
542		揭阳空港经济区地都镇第一初级中学	揭阳空港经济区地都镇埔尾社区
543		揭阳空港经济区京冈街道副业小学	揭阳空港经济区京冈街道办事处榕新路旁
544		揭阳空港经济区砲台镇石牌初级中学	揭阳空港经济区砲台镇石牌村
545		揭阳产业转移工业园白塔镇红坡小学	揭阳产业转移工业园白塔镇红坡村
546		揭阳产业转移工业园南河小学	揭阳产业转移工业园磐东街道南河社区
547		惠来县神泉中学	惠来县神泉镇东观路165号
548		惠来县东港中学	惠来县东港镇白坑村
549		惠来县狮石学校	惠来县周田镇狮石村
550		惠来县明德学校	惠来县东港镇百岭管区
551		惠来县河林林樟小学	惠来县惠城镇林樟村
552		首都师范大学附属惠来学校	惠来县隆江大道
553		揭西县大溪镇中心小学	揭西县大溪镇
554		揭西县钱坑镇钱坑小学	揭西县钱坑镇
555		揭西县城北中学	揭西县棉湖镇
556		揭西县五经富中学	揭西县五经富镇
557		揭西县上砂镇一洲学校	揭西县上砂镇
558		普宁市洪阳镇林惠山小学	普宁市洪阳镇林惠山村
559		普宁市南径镇民智初级中学	普宁市南径镇
560		普宁市燎原中学	普宁市燎原街道
561		普宁市占陇镇旧地小学	普宁市占陇镇
562		普宁市赤岗中学	普宁市赤岗镇
563		普宁市大坪农场梅星小学	普宁市大坪农场
564		普宁市后溪中学	普宁市后溪乡
565		普宁市陈宝文学校	普宁市流沙东街道
566		普宁市广太镇胶塘小学	普宁市广太镇
567		普宁市第一中学	普宁市洪阳镇

续上表

序号	地市	学校名称	详细地址
568	揭阳	普宁市城北中学	普宁市流沙北街道
569		普宁市下架山中学	普宁市下架山镇
570		普宁市梅峰中学	普宁市梅塘镇
571		普宁市启航学校	普宁市大南山街道
572		普宁市大长陇中学	普宁市军埠镇
573		普宁市大南山街道陂沟小学	普宁市大南山街道
574	云浮	云浮市云城区腰古镇中学	云城区腰古镇新江大道 54 号
575		云浮市云城区河口中学	云浮市云城区河口街道民新一路
576		云浮市云安区六都镇启秀小学	云浮市云安区六都镇
577		云浮市云安区富林镇高二小学	云浮市云安区富林镇
578		云浮市云安区都杨镇杨柳中学	云浮市云安区都杨新区
579		云浮市云安区石城镇茶洞中学	云浮市云安区石城镇
580		罗定市黎少中学	罗定市黎少镇中学路 106
581		罗定市连州中学	罗定市连州镇南街 15 号
582		罗定市连州镇中心小学	罗定市连州镇居委南街 14 号
583		罗定市罗定第一小学	罗定市罗城街道沿江五路
584		华石镇中心小学	华石镇华福路 1 号
585		金鸡镇中心小学	金鸡镇居委教育路 29 号
586		罗定第二中学	罗定市龙华西路 180 号
587		罗定市替滨镇中心小学	罗定市替滨镇
588		新兴县蚕岗中学	新兴县太平圩镇
589		新兴县新城镇昌桥小学	新兴县新城镇城东岗根村路口
590		新兴县祥顺实验学校	新兴县新城镇升平路西侧
591		新兴县水台镇初级中学	新兴县水台圩镇
592		郁南县连滩中学	云浮市郁南县连滩镇
593		郁南县建城镇初级中学	云浮市郁南县建城镇
594		郁南县连滩镇初级中学	云浮市郁南县连滩镇
595		郁南县河口镇初级中学	云浮市郁南县河口镇
596		郁南县通门镇中心学校	云浮市郁南县通门镇

20. 2019 年广东省“全国足球特色幼儿园”名单

序号	幼儿园名称	幼儿园类型	详细地址
1	中山市机关第二幼儿园	A	中山市东区街道兴文路 13 号（近新宁街）
2	中山市东区德福幼儿园	B	中山市东区银湾东路七号之一
3	中山市火炬开发区明珠苑幼儿园	B	中山市火炬开发区港城路 11 号 188 幢
4	中山市沙溪镇中心幼儿园	A	中山市沙溪镇宝珠西路 177 号
5	中山市港口镇中心幼儿园	A	中山市港口镇港福路 23 号
6	中山市南朗镇中心幼儿园	A	中山市南朗镇美景大道
7	中山市三乡镇雍陌幼儿园	B	中山市三乡镇雍陌村
8	中山市东凤中大外语幼儿园	B	中山市东凤镇凤安路 1 号
9	中山市古镇镇古三幼儿园	A	中山市古镇镇古三村北宛路
10	中山市大涌镇中心幼儿园	A	中山市大涌镇育才路 1 号
11	惠州市机关幼儿园	A	惠州市惠城区南坛北路 1–1 号
12	惠州市机关第一幼儿园	A	惠州市惠城区江北文明一路 22 号
13	惠州市龙门县蓝田瑶族乡中心幼儿园	A	惠州市龙门县蓝田瑶族乡上长墩蓝田派出所对面
14	惠州市龙门县德爱幼儿园	B	惠州市龙门县西林路 193 号—3
15	惠州市龙门县永汉中心幼儿园	A	惠州市龙门县永汉镇增龙路
16	惠州市龙门县新希望幼儿园	B	惠州市龙门县龙城街道原陈村小学内
17	惠州市仲恺高新区潼侨镇安琪幼儿园	B	惠州市仲恺高新区潼侨镇侨光路 123 号
18	惠州市仲恺高新区惠环和畅幼儿园	B	惠州市仲恺高新区惠环街道洋里村 410 号
19	惠州市博罗县华基江山幼儿园	B	惠州市博罗县中洲半岛城邦小区内
20	惠州市博罗县龙溪宝麒幼儿园	B	惠州市博罗县龙溪镇上埔路 11 号
21	广东省育才幼儿院二院	A	广州市越秀区农林东路 26 号之四
22	广州市第一幼儿园	A	广州市越秀区北较场路 5 号
23	广东省体育局幼儿园	A	广州市校场东路
24	广州市海珠区富泽园幼儿园	A	海珠区革新路富泽二街 15 号
25	广州市海珠区蓝色康园幼儿园	A	海珠区滨江东路蓝康街 20 号
26	广州市荔湾区芳村幼儿园	A	广州市荔湾区龙溪大道芳和街 2 号
27	广州市天河区金穗幼儿园	A	广州市天河区珠江新城金穗路 73 号
28	广州市天河区美好居幼儿园	A	广州市天河区中山大道 71 号（美好园区）
29	广州市白云区龙归城幼儿园	A	广州市白云区太和镇龙归城龙悦新街 236 号
30	广州市黄埔雅思幼儿园	B	广州市黄埔区沙步村沙步大街自编一号 B 商铺
31	广州市番禺区北城幼儿园	A	广州市番禺区市桥繁华路乐华街 33 号
32	广州市花都区幼林培英幼儿园	A	广州市花都区新华街龙珠路 1 号
33	广州市南沙区实验幼儿园	A	广州市南沙区黄阁镇麒麟新城一期东侧

续上表

序号	幼儿园名称	幼儿园类型	详细地址
34	广州市从化区第二幼儿园	A	街口街凤仪东路 2-1 号
35	广州市增城区东湖幼儿园	B	增城区增江街东湖路 63 号
36	广州市第一商业职工幼儿园（南岸园区）	A	广州市荔湾区南岸路 31 号之十三
37	广州市白云区金沙馨园幼儿园（馨园园区）	A	广州市白云区环洲三路 136 号
38	广州市黄埔区九龙中心幼儿园	A	广州市黄埔区新龙镇镇龙大道 531 号
39	广州市番禺区大龙街中心幼儿园	A	广州市番禺区大龙街傍西村中和东路 14 号
40	广州市南沙区南沙街红星幼儿园	A	广州市南沙区进港大道碧桂园天玺湾 2 号门旁
41	广州市增城区群星中英文幼儿园	B	广州市增城区新塘镇大塘美街 8 号
42	广州市越秀区东方红幼儿园	A	广州市寺贝通津十五号
43	广州市海珠区海鸥幼儿园	A	海珠区东晓路 278 号
44	广州开发区第二幼儿园	A	广州市黄埔区永和街道禾丰新村西门
45	广州市天河区天润幼儿园	A	广州市天河区天润路 35 号
46	广州市白云区金沙馨园幼儿园（御金沙园区）	A	广州市白云区礼居街 60，62 号
47	广州市花都区保利水晶幼儿园	A	广州市花都区秀全街岭东路 93 号
48	广州市番禺区荣达幼教集团富豪幼儿学校	B	广州市番禺区市广路 232 号富豪山庄小区内
49	广州市人民政府机关幼儿园	A	广州市天河区穗园东街 23 号
50	广州市花都区深航幼儿园	A	广州市花都区迎宾大道 101 号深航花园小区内
51	华南师范大学附属南沙幼儿园	A	南沙区星河山海湾
52	广州市白云区太和镇中心幼儿园东湖映月园区	A	广州市白云区锦州一街 2 号
53	广州市荔湾区芳村儿童福利会幼儿园	A	荔湾区芳村大道西芳雅苑 1 号
54	广州市南沙区黄阁镇中心幼儿园	A	广州市南沙区黄阁镇麒龙东路中心里 2 号
55	广州市增城区凤雅幼儿园	B	广州市增城区新塘太平洋工业区七路 3 号
56	广州市增城区小状元幼儿园	B	广州市增城区荔城街夏街大道 119 号
57	广州市从化区商业幼儿园	B	街口街西宁中路五巷 13 号
58	广州市从化区木棉幼儿园	A	太平镇神岗木棉村
59	梅州市梅江区龙丰幼儿园	A	梅江区江北东山大道
60	梅州市梅江区实验幼儿园	A	梅江区江南实验路 1 号
61	梅州市梅江区文玉幼儿园	B	梅江区江南爱心路 4 号
62	梅州市梅江区朝阳幼儿园	B	梅州市梅江区勤力苑
63	兴宁市第一幼儿园	A	兴宁市环城东路
64	兴宁市齐昌幼儿园	A	兴宁市福兴街道办
65	兴宁市兴南幼儿园	A	兴宁市兴南大道中段
66	五华县第三幼儿园	A	五华县文化街 62 号

续上表

序号	幼儿园名称	幼儿园类型	详细地址
67	五华县实验幼儿园	A	五华县华兴北路 62 号
68	五华县示范幼儿园	A	五华县水寨镇文化街 56 号
69	梅州市直属机关幼儿园	A	梅州市梅江区沿江东路 10 号
70	梅州市莲新幼儿园	A	梅州市梅江区江北
71	大埔县田家炳实验幼儿园	A	大埔县城青梅路
72	广东梅县外国语学校幼儿园	A	梅县区扶大镇
73	梅州市梅县区实验幼儿园	A	梅县区新县城宪梓中路新满街
74	梅州市梅县区程江镇中心幼儿园	A	梅县区程江镇岗子上
75	梅州市梅县区南口镇中心幼儿园	A	梅县区南口镇圩镇
76	平远县第二幼儿园	A	梅州市平远县湖滨东路 15 号
77	蕉岭县润玉幼儿园	A	蕉岭县东门路 8 号
78	丰顺县丰良镇公立中心幼儿园	A	丰顺县丰良镇大坝开发区府前路 2 号
79	深圳幼儿园	A	深圳市罗湖区洪湖五街 8 号
80	深圳市梅林一村幼儿园	A	深圳市福田区梅林一村三区
81	深圳市第五幼儿园	A	深圳市福田区益田村中心广场旁
82	深圳市第八幼儿园	A	深圳市福田区益田村 117 栋
83	深圳实验幼儿园	A	深圳市福田区安托山七路侨香村 21 栋
84	深圳市彩田幼儿园	A	深圳市福田区莲花支路彩田村
85	深圳市福田区华强职业技术学校附属幼儿园	B	深圳市福田区华新村 31 栋
86	福田区基建幼儿园	B	深圳市福田区园岭五街 6 号
87	深圳银鹰第二幼儿园	B	深圳市福田区笋岗西路 4003
88	深圳市罗湖区教工幼儿园	A	深圳市东门北路 2044 号
89	深圳市南山区机关幼儿园	A	深圳市南山区桃园路前海花园 15 栋
90	深圳市南山区桃源第二幼儿园	B	深圳市南山区桃源村 95 栋旁
91	深圳市南山区科技幼儿园	B	深圳市南山区科技园翠溪路 3 号
92	深圳市盐田区梅沙幼儿园	A	深圳市盐田区望翠路 8 号
93	燕川幼儿园	B	深圳市宝安区松岗街道
94	深圳市龙岗区龙岗街道中心幼儿园	A	深圳市龙岗区龙岗街道紫苑街 88 号
95	深圳市龙岗区坂田街道明道第五幼儿园	B	深圳市龙岗区坂田街道万科第五园小区内
96	深圳市龙华区中英文实验学校幼儿园	B	深圳市龙华区龙华街道
97	深圳市光明区马田翰林幼儿园	B	深圳市光明区马田街道田园路
98	深圳市坪山区坪山中心幼儿园	A	深圳市坪山区马峦街道同富路 20 号
99	中山市南区正邦远图幼儿园	B	中山市南区城南二路 120–128 号
100	中山市黄圃艺海幼儿园	B	中山市黄圃镇金城路 13 号

21. 广东省第一届青少年校园足球专家委员会名单

名誉主任（顾问）：陈　琦
主任委员：刘江南
副主任委员（按姓氏笔画排列）：
王晓东　庄　弼　阿拉木斯　陈玉良　罗伟坤　周　毅　赵　刚

一、秘书处

秘 书 长：周　毅
副秘书长：肖建忠　周兴生　郭　际　林子平　丁金兴
专职干事：梁勇锋　王忠亮

二、教学组

组　长：周　毅（兼）
副组长：肖建忠（兼）　杜光宁
秘　书：周兴生（兼）
委　员：周　毅　肖建忠　杜光宁　周兴生　刘飞振　赵　升　刘景宗　胡永红
杨海平　黄镇敏　黎小平　利伟文　严庆中　冯伟华　钟卫东　潘国洪

三、训练组

组　长：赵　刚（兼）
副组长：洪　毅　钟建明　席　兵
秘　书：秦　毅
委　员：赵　刚　洪　毅　钟建明　席　兵　秦　毅　丘乐威　侯梦儒　叶敬春
孙　颜　廖　培　赵利红　钟远金　李　健　孙永霞　赖　健　欧阳耀星

四、竞赛组

组　长：罗伟坤（兼）
副组长：阿拉木斯（兼）　徐　红　郭惠宜　岑亦斌
秘　书：杨大轩
委　员：罗伟坤　阿拉木斯　徐　红　郭惠宜　岑亦斌　杨大轩　陈红辉　廉建军
张晓宇　李海新　邹小驹　高　凯　单　伟　郑　勇　洪　雯　徐圣和

五、科研组

组　长：庄　弼（兼）
副组长：樊莲香　卢三妹　宋　卫
秘　书：车　纯
委　员：庄　弼　樊莲香　卢三妹　宋　卫　车　纯
梁　伟　蒋新国　廖伟德　李　伟　刘　军

六、新闻宣传组

组　长：王晓东
副组长：黄晓春　丁金兴（兼）
秘　书：廖慧平
委　员：王晓东　黄晓春　丁金兴　廖慧平　植绮华　罗　峰　王　伟　梁俊杰

22. 广东省教育厅关于举办青少年校园足球总结系列活动的通知

广 东 省 教 育 厅

广东省教育厅关于举办
青少年校园足球总结系列活动的通知

各地级以上市教育局，各普通高校，各省属中职学校，广东实验中学、华南师范大学附属中学、华南师范大学附属小学：

为贯彻落实《教育部等 6 部门关于加快发展青少年校园足球的实施意见》《广东省关于推进青少年校园足球发展的实施意见》，全面总结和展示我省青少年校园足球 5 年来的成绩和经验，研讨进一步推动我省校园足球在教学、训练、竞赛等方面快速健康发展的对策，经研究，定于 2019 年 12 月 25-27 日举行广东省青少年校园足球总结系列活动。现将有关事宜通知如下：

一、活动组织

（一）主办：广东省青少年校园足球工作领导小组办公室。

（二）承办：广州体育学院。

（三）协办：广东省青少年校园足球专家委员会，各市校足办。

二、时间与地点

2019 年 12 月 25-27 日，在广州体育学院举行。其中，25 日全天报到，27 日上午离会（活动具体安排和报到、离会的具体事宜由承办单位以补充通知形式告知）。

三、参加人员

邀请全国校足办有关领导；省青少年校园足球工作领导小组成员单位代表；各市校足办负责人；第一届广东省青少年校园足球专家委员会成员；各奖项最终获奖个人和单位代表；媒体代表。

四、活动内容

（一）校园足球工作总结

请各市教育局（市校足办）于12月13日前将本市青少年校园足球5年（2015-2019年）工作总结电子版发往指定邮箱（gdxxty@163.com）。根据总结材料和实际工作情况，确定现场发言名单（将在补充通知中明确发言名单和顺序，需准备对应的汇报PPT，可准备相关视频）。

（二）校园足球论坛

1.专家主题报告。邀请国家和省内青少年校园足球专家作专题报告。

2.专题研讨和经验交流。围绕青少年校园足球教学、训练、竞赛等内容（分组）进行专题研讨和经验交流。

（三）表彰活动

1.奖项设置。优秀试点县区、优秀特色学校、优秀特色学校校长、优秀校园足球教师、优秀校园足球教练员、优秀校园足球裁判员、优秀组织承办单位（组织承办校园足球竞赛、夏令营、绩效评估等）、优秀媒体合作伙伴、优秀企业合作伙伴、校园足球“未来之星”、校园足球“感动人物”。

2.各奖项评选过程。

（1）优秀试点县区、优秀组织承办单位、优秀媒体合作伙伴、优秀企业合作伙伴由省校足办与省青少年校园足球专家委员会（以下简称专家委员会）提名，专家委员会评审并报省校足办确定获奖单位。

（2）优秀特色学校、优秀特色学校校长、优秀校园足球教师、优秀校园足球教练员、优秀校园足球裁判员、校园足球“未来之星”、校园足球“感动人物”等奖项，由各市校足办根据评选要求和数量（见附件1），向省校足办推荐候选人（单位）名单，同时提供支撑材料。由专家委员会组织评审并报省校足办确定最终获奖单位和个人。

（3）各高校可推荐优秀校园足球教师、优秀校园足球教练员、优秀校园足球裁判员各1名候选人（填写附件2，并提供支撑材料，经学校盖章后报送）。由专家委员会组织评审并报省校足办确定最终获奖个人。

五、工作要求

（一）各单位要高度重视此次总结系列活动，认真总结5年来当地推动校园足球开展情况，并以此为契机，进一步推动当地青少年校园足球工作开展。

（二）各单位在产生各奖项推荐人选过程中，要遵循公平、公正、客观和择优的原则，严格按照评选要求，做好遴选和推荐工作。

（三）按时提交材料，并确保材料真实、准确，对申报材料弄虚作假的单位和个人，将取消其评选资格。请各单位于11月

30日前将材料原件邮寄至广州体育学院足球学院，电子版材料发送至指定邮箱（359712910@qq.com，邮件统一命名为“**市/学校校园足球总结活动材料”）。

六、活动经费

本次总结系列活动所需经费在已下达至广州体育学院的2019年校园足球资金中列支（粤财教〔2019〕71号），请广州体育学院按照财务管理制度规定，做好财务保障，并确保资金安全和活动顺利进行。

广东省教育厅

2019年10月23日

（联系人：省校足办：李华，电话：020-37626353，13926456169；专家委员会：周兴生，电话：020-38027535，13725345477）

公开方式：主动公开

抄送：省学生体育艺术联合会。

校对人：李华

附件略。

23. 广东省首届青少年校园足球总结系列活动各奖项名单

（1）小学、初中、高中阶段获奖名单

奖项名称	获奖学段 / 数量	学校名称 / 姓名	所在地市
优秀特色学校 20 所	小学 12 所	天河区渔沙坦小学	广州
		福田区下沙小学	深圳
		金湾区第一小学	珠海
		龙湖区龙湖小学	汕头
		顺德区容边小学	佛山
		五华县横陂第二小学	梅州
		龙门县龙城第二小学	惠州
		麻涌镇古梅中心小学	东莞
		中山市朗晴小学	中山
		茂名市福华小学	茂名
		云浮市第一小学	云浮
		湘桥区卧石侨英学校	潮州
	初中 6 所	广州市第 117 中学	广州
		南山外国语学校文华学校	深圳
		兴宁市实验学校	梅州
		雷州市白沙镇第二初级中学	湛江
		清城区松岗中学	清远
		四会市黄田学校	肇庆
	高中 2 所	广东实验中学	广州
		东莞市电子科技学校	东莞
优秀特色学校校长 38 人	小学 20 人	黄埔区新港小学：温丽珍	广州
		增城区石滩镇江龙学校：张雨学	广州
		深圳市园岭小学：梅燕歧	深圳
		深圳淘金山小学：邓少勇	深圳
		香洲区第十六小学：严文桂	珠海
		汕头市东厦小学：黄汉辉	汕头
		龙川县老隆镇第二小学：黄民东	河源
		梅县区程江镇中心小学：李伟	梅州
		兴宁市汉芬小学：罗君平	梅州
		惠阳区竹贤学校：叶碧雄	惠州
		陆丰市洲渚小学：黄志宁	汕尾

奖项名称	获奖学段 / 数量	学校名称 / 姓名	所在地市
优秀特色学校校长 38 人	小学 20 人	南城阳光第五小学：张林	东莞
		古镇镇曹二小学：邱波	中山
		新会区会城天禄小学：梁满诚	江门
		阳春市圭岗学校：杨昌柳	阳江
		湛江市第四小学：陈春艳	湛江
		茂名市光华小学：林祥庆	茂名
		怀集县中洲镇中心小学：梁旺兴	肇庆
		清城区石角镇中心小学：肖军宣	清远
		罗定市素龙街中心小学：李孔奇	云浮
	初中 11 人	汕头市第二中学：李伟光	汕头
		容桂外国语学校：李升旺	佛山
		翁源县官渡中学：曾朝全	韶关
		和平县阳明中学：李海洋	河源
		仲恺高新区第三中学：翟寨军	惠州
		东莞市寮步中学：李杨威	东莞
		中山市古镇初级中学：敖万军	中山
		高新区漠南中学：莫辰仲	阳江
		雷州市调风初级中学：杨太四	湛江
		怀集县桥头镇初级中学：龙文明	肇庆
		云浮市第一中学：曾彬	云浮
	高中 7 人	华南师范大学附属中学：肖朝云	广州
		广州市第五中学：裘志坚	广州
		深圳沙井中学：金如湘	深圳
		梅县区华侨中学：张建辉	梅州
		鹤山市鹤华中学：邓祺伟	江门
		清远市华侨中学：雷俊星	清远
		湛江市第八中学：洪杰	湛江
优秀校园足球教师 38 人	小学 20 人	天河区渔沙坦小学：潘宏朋	广州
		坪山区金田小学：张宇洋	深圳
		濠江区葛陈小学：刘涛	汕头
		三水区西南街道中心小学：邓昭亮	佛山
		紫金县城富士康希望小学：彭国帆	河源

续上表

奖项名称	获奖学段 / 数量	学校名称 / 姓名	所在地市
优秀校园足球教师38人	小学20人	兴宁市大坪中心小学：黄敬桃	梅州
		梅县区丽群小学：李广其	梅州
		博罗县泰美中心小学：邓运南	惠州
		陆丰市洲渚小学：黄锐果	汕尾
		南城中心小学：陈家洛	东莞
		南城阳光第二小学：庞文	东莞
		中山市朗晴小学：陈兴	中山
		江城区双捷镇中心小学：林杏旭	阳江
		徐闻县城北乡中心小学：钟学品	湛江
		高州长坡镇长坡中心学校：张超颖	茂名
		肇庆市第八小学：梁彦波	肇庆
		阳山县第一小学：谢伟力	清远
		潮安区沙溪镇贾里小学：陈浩	潮州
		揭西县灰寨镇灰寨小学：张毅	揭阳
		云安区六都镇第二中心小学：黄庆浩	云浮
	初中12人	广州市玉岩中学：徐剑平	广州
		深圳市荣根学校：夏宪扬	深圳
		汕头市东厦中学：黄海	汕头
		乐昌市第三中学：张炎	韶关
		恩平市独醒中学：梁任明	江门
		和平县阳明中学：曾波泽	河源
		平远县石正中学：王松钦	梅州
		仲恺高新区仲恺中学：李伟青	惠州
		陆丰市内湖中学：陈伟杰	汕尾
		松山湖学校：李俊清	东莞
		佛山市华英学校：钟学平	佛山
		遂溪县杨柑中学：陈华永	湛江
	高中6人	广东实验中学：姚文霖	广州
		佛山市北滘中学：周斌	佛山
		中山市华侨中学：刘勇	中山
		吴川市第一中学：陈景生	湛江
		清远市第一中学：张满斌	清远
		肇庆市第一中学：谢冠雄	肇庆

续上表

奖项名称	获奖学段 / 数量	学校名称 / 姓名	所在地市
优秀校园足球教练员 20 人	小学 11 人	海珠区后乐园街小学：肖乐彬	广州
		香洲区湾仔小学：张凯雄	珠海
		龙湖区龙湖小学：韦飞	汕头
		佛山南海区丹灶镇金沙小学：陈国溪	佛山
		中山市三乡平岚小学：兰彪	中山
		汕头市长厦小学：郑玉龙	汕头
		深圳市淘金山小学：唐杰	深圳
		广州市黄埔区怡园小学：符成武	广州
		梅州市梅县区新城中心小学：曾令诗	梅州
		清远市清城区石角镇中心小学：邓艳萍	清远
		阳江市城西学校：范宜强	阳江
	初中 6 人	龙岗外国语学校：吴俞言	深圳
		佛山三中初中部：刘方上	佛山
		兴宁市实验学校：范凯东	梅州
		惠州仲恺中学：陈旭	惠州
		中山古镇初级中学：蔡文中	中山
		东莞中学南城学校：杨建华	东莞
	高中 3 人	华南师范大学附属中学：张勇瑞	广州
		东莞电子科技学校：陈剑峰	东莞
		云浮市第一中学：曾绍强	云浮
优秀校园足球裁判员 4 人	4 人	增城区增江街第二小学：唐本昭	广州
		番禺区钟村中心小学：唐士智	广州
		南海区映月中学：黄良斌	佛山
		龙川第一小学：邹微风	河源
校园足球“未来之星”24 人	小学男 6 人	深圳市宝安区东方小学：谭俊超	深圳
		鹤山市沙坪中学：吴卓彬	江门
		茂名市光华小学：唐僖	茂名
		佛山市第十三小学：廖九州	佛山
		中山市三乡镇平岚小学：刘泽森	中山
		河源市东源县实验中学：赖煌轩	河源
	小学女 6 人	吴川市建兴小学：文巧慧	湛江
		江门市新会区会城天禄小学：雷于卉	江门

续上表

奖项名称	获奖学段 / 数量	学校名称 / 姓名	所在地市
校园足球“未来之星”24 人	小学女 6 人	珠海市香洲区第十六小学：曹俪聍	珠海
		广州市黄埔区新港小学：杨一琳	广州
		惠州市博罗县泰美中心小学：张咏钰	惠州
		广州市海珠区晓港东马路小学：张惠敏	广州
	初中男 3 人	深圳市坪山实验学校：刘志鹏	深圳
		中山市实验中学：陈嘉星	中山
		化州市第一初级中学：宁明厚	茂名
	初中女 3 人	龙岗区新亚洲学校：王媛媛	深圳
		梅州市梅江区梅州中学：张筠钰	梅州
		茂名市新世纪学校：周雅菲	茂名
	高中男 3 人	深圳市沙井中学：陈锦鸿	深圳
		清远市第一中学：梁家铭	清远
		广东梅县东山中学：尹璞	梅州
	高中女 3 人	惠州市仲恺高新区仲恺中学：陈冰冰	惠州
		佛山市三水区华侨中学：葛欢	佛山
		珠海市北大附属实验学校：涂轩宇	珠海
校园足球“感动人物”	3 人	天河区渔沙坦小学：潘国洪	广州
		广州市教育研究院：郭际	广州
		罗湖区校足办：高凯	深圳
优秀试点县（区）	3	中山市	中山
		龙门县	惠州
		梅江区	梅州
优秀试点县（区）长	1 人	深圳市福田区，区委副书记，区人民政府区长、党组书记：黄伟	深圳
优秀组织奖	6 个	梅州市教育局	梅州
		清远市教育局	清远
		中山市教育和体育局	中山
		华南理工大学	
		广州体育学院	
		广东省学生体育艺术联合会	
优秀媒体合作伙伴	4 个	广东教育杂志社	
		“广东校园体育”微信公众号	

续上表

奖项名称	获奖学段 / 数量	学校名称 / 姓名	所在地市
优秀媒体合作伙伴	4 个	广东电视台体育频道	广州
		《中国体育报》广州记者站	广州
优秀企业合作伙伴	1 个	路克士（广州）体育有限公司	广州

（2）高校获奖名单

奖项名称	获奖数量	学校名称 / 姓名	备注
优秀校园足球教师	6 人	华南农业大学：陈存志	
		华南师范大学：刘飞振	
		广州体育学院：周兴生	
		广东第二师范学院：房祚铭	
		深圳职业技术学院：廖培	
		广州民航职业技术学院：贾志亮	
优秀校园足球教练员	4 人	广州体育学院：郑谋荣	
		广州体育学院：吕康强	
		嘉应学院：叶佳春	
		华南理工大学广州学院：邹小驹	
优秀校园足球裁判员	5 人	广州体育学院：李海新	
		私立华联学院：吴丹霞	
		广东轻工职业技术学院：梁松尚	
		广东省外语艺术职业学院：林燕荣	
		北京理工大学珠海学院：孙韧	

24. 2018 年广东省青少年校园足球夏令营最佳阵容名单

（1）小学

①混合组

序号	姓名	场上位置	所在学校
1	李景阳	守门员	中山市三乡载德小学
2	吴伟江	守门员	东方小学
3	林俊轩	中场	广州市海珠区后乐园小学
4	李玮昊	中场	兴宁叶塘中心小学
5	黄煜斌	后卫	广州市海珠区晓港东马路小学
6	练坤雄	后卫	广州市江南新村第二小学
7	谭冰雨	后卫	龙城第二小学
8	李紫荧	后卫	五华县南山小学
9	叶友亮	前锋	广州市江南新村第二小学
10	杨一琳	前锋	广州市黄埔区新港小学

②男子甲组

序号	姓名	场上位置	所在学校
1	苏家纬	守门员	广州市江南新村第二小学
2	刘沛华	守门员	中山市小榄西区小学
3	黄启家	后卫	麻涌镇古梅中心小学
4	丁炜翰	后卫	广州市番禺区东怡小学
5	吴卓彬	后卫	鹤山市沙坪第六小学
6	曾文杰	后卫	河源中学实验学校小学部
7	丁实杰	后卫	湘桥区卧石侨英学校
8	黄恒毅	后卫	阳东广雅小学
9	刘泽森	中场	中山市三乡平岚小学
10	陈嘉星	中场	中山市东区朗晴小学
11	杨贺飞	中场	中山市东凤同安小学
12	冼海辉	中场	博罗县惠博小学
13	司徒浩宇	前锋	香洲区第十六小学
14	陈韦充	前锋	龙田中学
15	严国珅	前锋	麻涌镇古梅中心小学
16	谢宇航	前锋	路溪学校

③男子乙组

序号	姓名	场上位置	所在学校
1	王逸舟	守门员	桂江小学
2	李梓宏	守门员	阳东广雅小学
3	潘一天	后卫	松山湖实验小学
4	潘梓泉	后卫	广宁县江屯镇中心小学
5	黄子超	后卫	龙田第一小学
6	叶信成	后卫	湛江市第十七小学
7	苏俊齐	后卫	葵涌第二小学
8	黄志鸿	后卫	金厢镇洲渚小学
9	潘锘均	中场	宝安区荣根学校
10	廖九州	中场	佛山市第十三小学
11	温瑞遄	中场	龙城第三小学
12	刘祺森	中场	江门市紫茶小学
13	李铭忠	前锋	广州市海珠区后乐园小学
14	黄宽钊	前锋	金厢镇洲渚小学
15	刘鑫培	前锋	东方小学
16	蓝宏政	前锋	松山湖实验小学

④女子甲组

序号	姓名	场上位置	所在学校
1	彭晓雯	守门员	葵涌第二小学
2	马丹娜	守门员	鹤边镇泰小学
3	郭勤	后卫	麻涌镇古梅第一小学
4	丁爱君	后卫	兴宁汉芬小学
5	王君怡	后卫	龙田中学
6	郑雪儿	后卫	广州市南沙区南沙小学
7	彭华	后卫	寮步镇横坑小学
8	李静仪	后卫	清远市清新区第三小学
9	谌沐羲	中场	坪山第二小学
10	叶诗淇	中场	珠海市平沙实验小学
11	周敏烨	中场	广州市白云区人和镇第二小学
12	周诗思	中场	梅江区乐育小学
13	彭巧玲	前锋	坪山第二小学
14	王慧芝	前锋	龙田中学
15	邱艳美	前锋	凤岗镇镇田小学
16	温子丽	前锋	沙溪小学

⑤女子乙组

序号	姓名	场上位置	所在学校
1	蔡琳琳	守门员	博罗泰美中心小学
2	江颖思	守门员	广州市白云区鹤边镇泰小学
3	叶芷柔	后卫	广州市白云区人和镇第二小学
4	林莹莹	后卫	阳江市江城区双捷镇中心小学
5	黎顺仪	后卫	江门市良山小学
6	袁晓晴	后卫	东城第三小学
7	曾姿	后卫	湛江市第二十二中学
8	王剑菲	后卫	珠海市平沙实验小学
9	黄毅欣	中场	广州市荔湾区双桥学校
10	温翔钧	中场	惠东县实验小学
11	张依晗	中场	惠东县实验小学
12	赵向芸	中场	平山小学
13	魏雨轩	前锋	仲恺新华小学
14	潘奕	前锋	湛江市第二十五小学
15	谢梓颖	前锋	广州市白云区人和镇第二小学
16	陈慧琪	前锋	葵涌第二小学

（2）初中

①男子甲组

序号	姓名	场上位置	所在学校	所属地市
1	龙梓锋	守门员	广州市第五中学	广州
2	林杰	守门员	斗门区城南学校	珠海
3	杨辉威	后卫	中山市古镇初级中学	中山
4	钟昌宏	后卫	深圳实验学校	深圳
5	伍磊磊	后卫	中山市五桂山学校	中山
6	陈俊鸿	后卫	湛江一中恒盛实验学校	湛江
7	谢锋达	后卫	梅县区高级中学	梅州
8	杨晨	后卫	梅江区梅州中学	梅州
9	陈志权	后卫	龙田中学	惠州
10	龙昊	后卫	广州市第五中学	广州
11	黄锐添	中场	中山市古镇初级中学	中山
12	吴坤	中场	湛江市第八中学	湛江
13	梁家铭	中场	清远市清城区东城一中	清远
14	涂轩宇	中场	珠海市拱北中学	珠海
15	黄宝焜	中场	广州市第五中学	广州

续上表

序号	姓名	场上位置	所在学校	所属地市
16	麦炜坤	中场	梅江区西阳中学	梅州
17	陈鸿泰	前锋	深圳实验学校	深圳
18	陈俊亦	前锋	大岭中心学校	惠州
19	陈凯翔	前锋	龙田中学（惠州）	惠州
20	肖锦熙	前锋	广州市第五中学	广州
21	徐俊杰	前锋	佛山市顺德区梁开初级中学	佛山
22	侯文坚	前锋	梅江区西阳中学	梅州

②男子乙组

序号	姓名	场上位置	所在学校	所属地市
1	钟靖宇	守门员	东莞中学南城学校	东莞
2	景俊	守门员	广州市第五中学	广州
3	刘洋	后卫	中山市古镇初级中学	中山
4	苏健富	后卫	江门市第一中学景贤学校	江门
5	涂俊凯	后卫	深圳实验学校	深圳
6	苏符林	后卫	中山市五桂山学校	中山
7	王鹏	后卫	中山市良都中学	中山
8	许峻毓	后卫	广州市第一中学	广州
9	刘宇杰	后卫	江门市第一中学景贤学校	江门
10	何国栋	后卫	梅江区西阳中学	梅州
11	蒋宗翰	中场	珠海市拱北中学	珠海
12	吴亚伦	中场	深圳实验学校	深圳
13	关炜乐	中场	鹤山市沙坪中学	江门
14	邱皓朗	中场	广州市第五中学	广州
15	金正显	中场	清远市清城区清城中学	清远
16	吴梓昊	中场	江门市第一中学景贤学校	江门
17	高锦生	前锋	佛山市华英学校	佛山
18	肖立伟	前锋	梅江区梅州中学	梅州
19	黎熇晟	前锋	梅县区高级中学	梅州
20	田邦	前锋	坪山中学	深圳
21	刘奕志	前锋	广州市荔湾区真光实验学校	广州
22	李俊杰	前锋	东莞市松山湖实验中学	东莞

③女子甲组

序号	姓名	场上位置	所在学校	所属地市
1	欧小敏	守门员	南海区狮山镇大圃初级中学	佛山
2	王家宜	守门员	清远市清城区石角镇第二初级中学	清远
3	曾丽萍	后卫	珠海市三灶中学	珠海
4	许伟玲	后卫	湛江市第八中学	湛江
5	林嘉琪	后卫	广州市番禺区沙湾镇象达中学	广州
6	梁婷婷	后卫	佛山市第十四中学	佛山
7	伍凤盏	后卫	龙田中学	惠州
8	林静仪	后卫	云安区石城中学	云浮
9	徐樱嫦	后卫	阳江市城西学校	阳江
10	罗钰盈	后卫	惠州实验学校	惠州
11	钟晓朗	中场	湛江市第八中学	湛江
12	曹倩柔	中场	广州市南武中学	广州
13	黄朝琳	中场	阳江市城西学校	阳江
14	杨琳	中场	梅江区梅州中学	梅州
15	梁萍萍	中场	佛山市第十四中学	佛山
16	梁嘉怡	中场	博罗县杨侨中学	惠州
17	何棉棉	前锋	湛江市第八中学	湛江
18	郑颖	前锋	大埔县华侨第二中学	梅州
19	李湘	前锋	梅县区华侨中学	梅州
20	曾文怡	前锋	五华县兴华中学	梅州
21	潘敏莉	前锋	广州市荔湾区真光实验学校	广州
22	邱靖沂	前锋	清远市清城区松岗中学	清远

④女子乙组

序号	姓名	场上位置	所在学校	所属地市
1	陈俊滢	守门员	肇庆高新区大旺中学	肇庆
2	游惠敏	守门员	大岭中心学校	惠州
3	叶柳烽	后卫	梅江区梅州中学	梅州
4	葛欢	后卫	佛山市南海区狮山镇大圃初级中学	佛山
5	温小怡	后卫	梅县区华侨中学	梅州
6	游漫婷	后卫	雷州市白沙第二中学	湛江
7	陈昕	后卫	坪山中学	深圳
8	马瑞捷	后卫	珠海市三灶中学	珠海

续上表

序号	姓名	场上位置	所在学校	所属地市
9	戴蔚	后卫	广州市南武中学	广州
10	万嘉	后卫	广州市南武中学	广州
11	吴盈颍	中场	梅江区梅州中学	梅州
12	罗鋆	中场	梅县区华侨中学	梅州
13	方宇晴	中场	坪山中学	深圳
14	罗露露	中场	梅县区华侨中学	梅州
15	朱宝圆	中场	广州市荔湾区真光实验学校	广州
16	马瑶	中场	仲恺中学	惠州
17	张筠玉	前锋	梅江区梅州中学	梅州
18	邬炜莹	前锋	龙田中学	惠州
19	刘怡	前锋	梅江区梅州中学	梅州
20	禤华津	前锋	阳江市城西学校	阳江
21	左书绮	前锋	葵涌中学	深圳
22	曾可爱	前锋	龙田中学	惠州

（3）高中

①男子组

序号	姓名	场上位置	所在学校
1	蔡杭霖	守门员	深圳市翠园中学
2	殷叙活	守门员	龙门中学
3	朱航飞	后卫	梅江区梅州中学
4	艾克帕尔江·图尔荪江	后卫	珠海市实验中学
5	黎昊荣	后卫	广州市第五中学
6	黄荣超	后卫	广州市第五中学
7	陈思杭	后卫	梅县区高级中学
8	严慧龙	后卫	东莞市电子科技学校
9	许清华	后卫	广东广雅中学
10	徐梓锋	后卫	广州市玉岩中学
11	阿拉帕提·多力昆	中场	珠海市实验中学
12	杨荣裕	中场	广州市第五中学
13	罗永浩	中场	兴宁第一中学
14	梁伟政	中场	广东实验中学

续上表

序号	姓名	场上位置	所在学校
15	余旭龙	中场	阳江市两阳中学
16	招雄斌	中场	广东广雅中学
17	池文浩	前锋	广州市旅游商务职业学校
18	段瀚宁	前锋	广州市真光中学
19	高康浩	前锋	东莞市电子科技学校
20	郭豫林	前锋	深圳市翠园中学
21	曾晓东	前锋	兴宁宁中中学
22	戴梓熙	前锋	珠海市第一中学

②女子组

序号	姓名	场上位置	所在学校
1	叶婉婷	守门员	南海狮山高级中学
2	陈萍	守门员	东莞市电子科技学校
3	吴佩嫦	后卫	梅江区联合中学
4	苏芷茵	后卫	广州市花都区新华中学
5	陈梦静	后卫	湛江第八中学
6	邹莹莹	后卫	湛江第八中学
7	宋燕英	后卫	三水华侨中学
8	骆楚敏	后卫	广州市南武中学
9	朱乐怡	后卫	平冈中学
10	叶敏仪	后卫	东莞高级中学
11	凯迪尔耶·麦麦提艾力	中场	珠海市实验中学
12	郭晓琪	中场	平冈中学
13	梁舒慧	中场	湛江第八中学
14	胡新棠	中场	广州市真光中学
15	唐文霞	中场	三水华侨中学
16	丘宇婷	中场	东莞市电子科技学校
17	张思越	前锋	广州市花都区新华中学
18	陈子莹	前锋	广州市第一中学
19	孙源烛	前锋	广州市玉岩中学
20	李柔	前锋	东莞市电子科技学校
21	钟舒棋	前锋	湛江第八中学
22	许昕璐	前锋	珠海市第一中等职业学校

25. 2019 年广东省青少年校园足球夏令营最佳阵容名单

（1）小学

①混合组

姓名	性别	场上位置	所在学校	所属地市
杨艺海	男	守门员	珠海市香洲区第十小学	珠海
黄圳铸	男	守门员	洲渚小学	汕尾
刘佳豪	男	后卫	梅州市梅江区作新小学	梅州
张博桐	男	后卫	潮州市实验学校	潮州
黎芷源	女	后卫	云浮市第一小学	云浮
陈可欣	女	后卫	梅州市梅县区松口镇中心小学	梅州
李嘉豪	男	中场	江门市江华小学	江门
杨烨楠	男	中场	东莞松山湖实验小学	东莞
周亮成	男	前锋	茂名市新世纪学校	茂名
杨一琳	女	前锋	广州市黄埔区新港小学	广州

②男子甲组

姓名	场上位置	所在学校	所属地市
陈诚希	守门员	广州市海珠区后乐园街小学	广州
黎梓杨	守门员	广州市海珠区江南新村第二小学	广州
郑荣俊	后卫	深圳市育才一小	深圳
余玮宸	后卫	梅州市梅江区光远小学	梅州
邱洪玮	后卫	中山市三乡镇平岚小学	中山
黄俊涛	后卫	中山市古镇镇古三小学	中山
帅忠君	后卫	广州市海珠区后乐园街小学	广州
吴卓彬	后卫	鹤山市沙坪六小	江门
刘志鹏	中场	深圳市坪山区坪山实验学校	深圳
方嘉信	中场	佛山市南海区石门实验小学	佛山
邓奕伦	中场	东莞市凤岗镇镇田小学	东莞
游华森	中场	深圳市福田区皇岗小学	深圳
洪敏超	前锋	东莞市凤岗镇镇田小学	东莞
吴政贤	前锋	高州市长坡中心学校	茂名
胡嘉梁	前锋	东区雍景园小学	中山
钟家壕	前锋	云城区云硫小学	云浮

③男子乙组

姓名	场上位置	所在学校	所属地市
庞锐楠	守门员	东莞市凤岗镇镇田小学	东莞
汪嘉鑫	守门员	东方小学	深圳
李泽锴	后卫	肇庆市第十五小学	肇庆
唐僖	后卫	茂名市光华小学	茂名
孙国钟	后卫	中山市实验小学	中山
戴智深	后卫	深圳市坪山区坪山实验学校	深圳
赖煌轩	后卫	东源县第一小学	河源
潘子昊	后卫	广州市荔湾区龙溪小学	广州
施乐观	中场	东莞市塘厦第三小学	东莞
谭俊超	中场	东方小学	深圳
许皓杨	中场	茂名市光华小学	茂名
王梓轩	中场	珠海市香洲区第十六小学	珠海
杨庚唯	前锋	梅州市兴宁市第一小学	梅州
郭秉锐	前锋	坣岗小学	深圳
伊锐	前锋	深圳市坪山区坪山实验学校	深圳
刘辰翰	前锋	东方小学	深圳

④女子甲组

姓名	场上位置	所在学校	所属地市
曹俪聍	守门员	珠海市香洲区第十六小学	珠海
林春余	守门员	茂名市新世纪学校	茂名
张悦	后卫	宝安区东方小学	深圳
张铧文	后卫	宝安区东方小学	深圳
赵阳洋	后卫	东莞市麻涌镇古梅第一小学	东莞
文巧慧	后卫	吴川市建兴小学	湛江
雷于卉	后卫	江门市新会区会城天禄小学	江门
华鑫悦	后卫	赖新小学	韶关
赵向芸	中场	深圳市南山区平山小学	深圳
刘静雯	中场	东莞市麻涌镇古梅第一小学	东莞
杨雨涵	中场	吴川市塘缀镇中心小学	湛江
易学静	中场	惠州市惠东县实验小学	惠州
左婉欣	前锋	蚝业小学	深圳

续上表

姓名	场上位置	所在学校	所属地市
蔡佳慧	前锋	广州市海珠区聚德西路小学	广州
易美欣	前锋	江门市新会区会城天禄小学	江门
翁慧君	前锋	东莞市麻涌镇古梅第一小学	东莞

⑤女子乙组

姓名	场上位置	所在学校	所属地市
何怡	守门员	五华县转水镇惠民小学	梅州
周雅研	守门员	东方小学	深圳
钟海燕	后卫	深圳市大鹏新区葵涌第二小学	深圳
丁玉琰	后卫	潮州市湘桥区卧石侨英学校	潮州
李梓茵	后卫	湛江市第四小学	湛江
李静茹	后卫	东莞市麻涌镇古梅第一小学	东莞
郭嘉颖	后卫	福田小学	深圳
张惠敏	后卫	广州市海珠区晓港东马路小学	广州
张钰曦	中场	江门市新会区会城天禄小学	江门
程思婷	中场	东方小学	深圳
张咏钰	中场	惠州市博罗县泰美中小学	惠州
林嘉薇	中场	福田小学	深圳
刘静希	前锋	广州市白云区鹤边镇泰小学	广州
赵燕	前锋	珠海市平沙实验小学	珠海
黄颖琳	前锋	福田小学	深圳
周雅婷	前锋	广州市海珠区晓港东马路小学	广州

（2）初中

①男子甲组

姓名	场上位置	所在学校	所属地市
黄凯骏	中场	潮州市湘桥区阳光中英文（国际）学校	潮州
胡楷森	后卫	佛山市华英学校	佛山
冯泽麟	前锋	佛山市华英学校	佛山
何柏霖	守门员	广州市中山大学附属中学	广州
景俊	守门员	广州市第五中学	广州
谢文庆	后卫	广州市第五中学	广州
胡潮杰	中场	广州市第五中学	广州

续上表

姓名	场上位置	所在学校	所属地市
戴建辉	中场	惠州市龙门县龙田中学	惠州
李嘉焮	中场	梅县区高级中学	梅州
钟俊鹏	前锋	梅江区梅州中学	梅州
刘子扬	后卫	清城区松岗中学	清远
余乐天	中场	清城区松岗中学	清远
刘钧皓	前锋	清城区松岗中学	清远
朱文建	后卫	广东韶关实验中学	韶关
刘泽斌	前锋	深圳市红岭中学	深圳
文嘉星	前锋	深圳实验学校	深圳
杨柳成	后卫	中山市实验中学	中山
邹天	后卫	中山市实验中学	中山
陈鸿基	后卫	中山市实验中学	中山
赵伟林	后卫	中山市实验中学	中山
周锦阳	中场	中山市实验中学	中山
崔洪澎	前锋	中山市实验中学	中山

②男子乙组

姓名	场上位置	所在学校	所属地市
杨百川	前锋	东莞中学南城学校	东莞
董嘉浚	守门员	广州市玉岩中学	广州
谢锦智	守门员	广州市第五中学	广州
梁狄	后卫	广州市第五中学	广州
庞杰	后卫	广州市第一中学	广州
胡家滨	前锋	广州市第五中学	广州
朱冠	后卫	东源县实验中学	河源
黄世贸	后卫	惠州市龙门县龙田中学	惠州
黄继翔	中场	惠州市体育运动学校	惠州
潘梓恒	前锋	惠州市龙门县龙田中学	惠州
李嘉俊	中场	江门市第一中学景贤学校	江门
宁明厚	中场	化州市第一初级中学	茂名
张柏权	后卫	梅县区高级中学	梅州
李恒书	中场	梅江区梅州中学	梅州

续上表

姓名	场上位置	所在学校	所属地市
冯坤龙	前锋	梅县区高级中学	梅州
李灏	后卫	深圳市蛇口育才教育集团育才二中	深圳
宇文俊祺	后卫	深圳市红岭中学	深圳
李柏俊	后卫	深圳沙井中学	深圳
钟景成	中场	北京师范大学南山附属学校	深圳
邓天维	前锋	北京师范大学南山附属学校	深圳
杨贺飞	中场	中山市实验中学	中山
潘康民	前锋	中山市实验中学	中山

③女子甲组

姓名	场上位置	所在学校	所属地市
徐冰冰	后卫	东莞市虎门第五中学	东莞
任镏溜	前锋	东莞市光明中学	东莞
陈俊滢	守门员	佛山市三水区金本中学	佛山
谢雨彤	前锋	佛山市顺德区君兰中学	佛山
廖紫欣	后卫	惠州市龙门县龙田中学	惠州
苏韵绮	中场	惠州市仲恺高新区仲恺中学	惠州
周雅菲	中场	茂名市新世纪学校	茂名
刘怡	后卫	梅江区梅州中学	梅州
叶柳烽	中场	梅江区梅州中学	梅州
许灿	后卫	龙岗区新亚洲学校	深圳
方宇晴	中场	深圳市坪山区坪山中学	深圳
邹丽娜	前锋	龙岗区新亚洲学校	深圳
陈惠敏	前锋	梅山中学	深圳
陈俏汝	守门员	高新区漠南中学	阳江
禤华津	中场	阳江市城西学校	阳江
莫云惠	后卫	雷州市白沙镇第二初级中学	湛江
王建宁	中场	廉江市第一中学	湛江
游漫婷	前锋	雷州市白沙镇第二初级中学	湛江
袁彩蝶	后卫	怀集县永固初级中学	肇庆
杨胜花	后卫	中山市黄圃镇中学	中山
何荧思	后卫	中山市黄圃镇中学	中山
陈怡嘉	前锋	中山市实验中学	中山

④女子乙组

姓名	场上位置	所在学校	所属地市
陈弘珊	后卫	东莞市光明中学	东莞
廖若希	中场	东莞中学南城学校	东莞
陆培慧	前锋	佛山市顺德区翁佑中学	佛山
马丹娜	守门员	广州市第七中学实验学校	广州
李文丹	后卫	广州市南武中学	广州
王芷柔	后卫	惠州市龙门县龙城第一中学	惠州
王慧芝	前锋	惠州市龙门县龙田中学	惠州
张芷澄	前锋	惠州市龙门县龙田中学	惠州
陈映美	前锋	惠州市仲恺高新区仲恺中学	惠州
罗洁仪	前锋	惠州市龙门县龙田中学	惠州
胡锦丽	后卫	大埔县华侨第二中学	梅州
邱钰	中场	梅江区梅州中学	梅州
杨宝仪	中场	梅县区广益中学	梅州
赖彩霞	后卫	英德望埠镇初级中学	清远
郎蕊	中场	广东韶关实验中学	韶关
苏佳铃	守门员	龙岗区新亚洲学校	深圳
王媛媛	后卫	龙岗区新亚洲学校	深圳
陆嘉逸	后卫	新安中学	深圳
彭巧玲	中场	深圳市坪山区坪山中学	深圳
谌沐羲	前锋	深圳市坪山区坪山中学	深圳
许金丽	后卫	廉江市第一中学	湛江
钟昕玲	中场	雷州市白沙镇第二初级中学	湛江

（3）高中

①男子甲组

姓名	场上位置	所在学校	所属地市
麦豪强	守门员	东莞市电子科技学校	东莞
江奕佳	守门员	广州市第八十六中学	广州
李浩然	后卫	广东实验中学	广州
陈锦鸿	后卫	宝安区沙井中学	深圳
艾克帕尔江	后卫	珠海市实验中学	珠海
李佳承	后卫	宝安区沙井中学	深圳

续上表

姓名	场上位置	所在学校	所属地市
刘裕涛	后卫	广东实验中学	广州
唐瑜阳	后卫	深圳实验学校高中部	深圳
陈俊达	后卫	珠海市第一中学	珠海
陈杰锋	后卫	广州市第五中学	广州
梁柱俊	中场	广州市第八十六中学	广州
李浩楠	中场	深圳沙井中学	深圳
罗永浩	中场	兴宁市第一中学	梅州
李尧辉	中场	东莞市电子科技学校	东莞
曾殷明	中场	梅州中学	梅州
夏宁	中场	广东实验中学	广州
黄子鸿	前锋	吴川市第一中学	湛江
梁志迅	前锋	广东实验中学	广州
努尔艾力	前锋	广州市第六中学	广州
杨俊轩	前锋	广东广雅中学	广州
胡景弼	前锋	北大希望之星实验学校	珠海
黄少科	前锋	清远市华侨中学	清远

②男子乙组

姓名	场上位置	所在学校	所属地市
林杰	守门员	珠海市第一中等职业技术学校	珠海
吴晨	守门员	深圳市第二实验学校	深圳
尹璞	后卫	东山中学	梅州
何山明	后卫	中山市实验中学	中山
林昊	后卫	广州市番禺区象贤中学	广州
黄健民	后卫	坡头区第一中学	湛江
王鹏宇	后卫	翠园中学	深圳
李永生	后卫	惠州市龙门县龙门中学	惠州
刘俊延	后卫	珠海市第一中学	珠海
吴禹阳	后卫	珠海市第一中学	珠海
黄廷苡	中场	东莞市电子科技学校	东莞
官正杰	中场	湛江市第二中学	湛江
涂轩宇	中场	北大附属实验学校	珠海
颜伦凯	中场	深圳市第二实验学校	深圳

续上表

姓名	场上位置	所在学校	所属地市
杨华龙	中场	中山市实验中学	中山
林子博	中场	吴川市第一中学	湛江
刘祺	前锋	广东实验中学	广州
李怿诚	前锋	湛江第一中学	湛江
高祖棋	前锋	广宁中学	肇庆
徐俊杰	前锋	佛山市第一中学	佛山
古智浩	前锋	梅州中学	梅州
陈狄豪	前锋	深圳市第二实验学校	深圳

③女子甲组

姓名	场上位置	所在学校	所属地市
陈萍	守门员	东莞市电子科技学校	东莞
罗伟芳	守门员	梅县区华侨中学	梅州
何梦圆	后卫	梅县区华侨中学	梅州
刘柳汾	后卫	梅江区乐育中学	梅州
宋燕英	后卫	佛山市三水区华侨中学	佛山
罗子程	后卫	惠州市龙门县龙门中学	惠州
黄祺荣	后卫	东莞市电子科技学校	东莞
朱晓昀	后卫	湛江市第八中学	湛江
吴少榕	后卫	封开县南丰中学	肇庆
钟文慧	后卫	中山市实验中学	中山
汪粤	中场	深圳市平冈中学	深圳
黄艳萍	中场	梅县区华侨中学	梅州
李艺萌	中场	中山市实验中学	中山
唐文霞	中场	佛山市三水区华侨中学	佛山
钟莉春	中场	东莞市电子科技学校	东莞
陈晓君	中场	清远市华侨中学	清远
古海英	前锋	梅县区华侨中学	梅州
原心仪	前锋	中山市实验中学	中山
钟敏	前锋	中山市实验中学	中山
冯婉盈	前锋	广州市南沙鱼窝头中学	广州
李柔	前锋	东莞市电子科技学校	东莞
黄紫蕊	前锋	清远市华侨中学	清远

④女子乙组

姓名	场上位置	所在学校	所属地市
周倩	守门员	新安中学高中部	深圳
张宝	守门员	东莞市电子科技学校	东莞
赖文静	后卫	深圳市新安中学	深圳
黄茹蓉	后卫	梅县区华侨中学	梅州
胡翠婷	后卫	深圳市新安中学	深圳
付锦荣	后卫	广州市番禺区象贤中学	广州
植炜铃	后卫	封开县南丰中学	肇庆
郭翠帆	后卫	梅县区华侨中学	梅州
刘倩文	后卫	广州市番禺区象贤中学	广州
伍凤盏	后卫	惠州市龙门县龙门中学	惠州
李乐怡	中场	东莞市电子科技学校	东莞
王好	中场	深圳市新安中学	深圳
张婕莹	中场	佛山市三水区华侨中学	佛山
高美娇	中场	封开县南丰中学	肇庆
蔡佳玲	中场	广州市番禺区象贤中学	广州
杨琳	中场	英德市第一中学	清远
胡嘉慧	前锋	新安中学高中部	深圳
温柔	前锋	鹤山市第一中学	江门
肖新欣	前锋	梅县区华侨中学	梅州
王姿匀	前锋	东莞高级中学	东莞
侯铭淇	前锋	封开县南丰中学	肇庆
黄燕艳	前锋	珠海市第一中等职业技术学校	珠海

26. 2015—2019 年广东省入选“全国校园足球最佳阵容”学生名单

序号	学生姓名	所在学校	入选学段	入选年份
1	魏清娴	广东广州市云山中学	小学女子组	2015 年
2	陈竹炳	广东省青少年竞技体育学院	小学女子组	2015 年
3	梁金艳	广东省体育运动学校	小学女子组	2015 年
4	伍子壕	顺德区振华小学	小学男子乙组	2016 年
5	邬炜莹	龙门县龙田第一小学	小学女子乙组	2017 年
6	吴金灿	深圳中学西校区	初中男子乙组	2017 年
7	吴民峰	东莞电子科技学校	高中男子组	2017 年
8	王成龙	东莞电子科技学校	高中男子组	2017 年
9	魏耀清	东莞电子科技学校	高中男子组	2017 年
10	苏家纬	广州市江南新村第二小学	小学男子甲组	2018 年
11	陈嘉星	中山市东区朗晴小学	小学男子甲组	2018 年
12	丁炜翰	广州市番禺区东怡小学	小学男子甲组	2018 年
13	刘泽森	中山市三乡平岚小学	小学男子甲组	2018 年
14	彭巧玲	坪山第二小学	小学女子甲组	2018 年
15	叶诗淇	珠海市平沙实验小学	小学女子甲组	2018 年
16	钟昌宏	深圳实验学校	初中男子组	2018 年
17	陈俊亦	大岭中心学校	初中男子组	2018 年
18	龙昊	广州市第五中学	初中男子组	2018 年
19	吴坤	湛江市第八中学	初中男子组	2018 年
20	黄宝焜	广州市第五中学	初中男子组	2018 年
21	梁家铭	清远市清城区东城一中	初中男子组	2018 年
22	龙梓锋	广州市第五中学	初中男子组	2018 年
23	景俊	广州市第五中学	初中男子组	2018 年
24	邱皓朗	广州市第五中学	初中男子组	2018 年
25	吴亚伦	深圳实验中学	初中男子组	2018 年
26	涂俊凯	深圳实验中学	初中男子组	2018 年
27	田邦	坪山中学	初中男子组	2018 年
28	钟晓朗	湛江市第八中学	初中女子组	2018 年
29	李湘	梅县区华侨中学	初中女子组	2018 年
30	何棉棉	湛江市第八中学	初中女子组	2018 年
31	张�玉	梅江区梅州中学	初中女子组	2018 年
32	葛欢	佛山市南海区狮山镇大圃初级中学	初中女子组	2018 年

续上表

序号	学生姓名	所在学校	入选学段	入选年份
33	杨荣裕	广州市第五中学	高中男子组	2018 年
34	余旭龙	阳江市两阳中学	高中男子组	2018 年
35	段瀚宁	广州市真光中学	高中男子组	2018 年
36	高康浩	东莞市电子科技学校	高中男子组	2018 年
37	曾晓东	兴宁宁中中学	高中男子组	2018 年
38	刘志鹏	深圳坪山实验学校	小学男子甲组	2019 年
39	吴卓彬	江门鹤山沙坪第六小学	小学男子甲组	2019 年
40	帅忠君	广州海珠区后乐园街小学	小学男子甲组	2019 年
41	谭俊超	深圳宝安东方小学	小学男子乙组	2019 年
42	汪嘉鑫	深圳宝安东方小学	小学男子乙组	2019 年
43	施乐观	东莞市塘厦第三小学	小学男子乙组	2019 年
44	唐僖	茂名市光华小学	小学男子乙组	2019 年
45	李灏	深圳育才二中	初中男子乙组	2019 年
46	苏韵绮	惠州市仲恺高新区仲恺中学	初中女子甲组	2019 年
47	邱钰	深圳龙岗新亚洲学校	初中女子乙组	2019 年
48	王媛媛	梅州中学	初中女子乙组	2019 年
49	陈锦鸿	深圳市宝安区沙井中学	高中男子甲组	2019 年
50	李浩然	广东实验中学	高中男子甲组	2019 年
51	赖宇翔	华南师范大学附属中学	高中男子甲组	2019 年
52	林昊	广州市番禺区象贤中学	高中男子乙组	2019 年
53	李永生	惠州市龙门县龙门中学	高中男子乙组	2019 年
54	尹璞	广东梅县东山中学	高中男子乙组	2019 年
55	刘祺	广东实验中学	高中男子乙组	2019 年
56	何梦圆	梅县区华侨中学	高中女子甲组	2019 年

27. 2015—2019 年广东省“省长杯”足球联赛全省总决赛名次

主办单位：广东省教育厅、广东省体育局

（1）2015 年广东省“省长杯”足球联赛全省总决赛名次

①高中组男子名次
第一名：广州市旅游商务职业学校
第二名：深圳市翠园中学
第三名：深圳市沙井中学
第四名：清远恒大足球学校
第五名：广州市真光中学
第六名：湛江旅游职业技术学校
第七名：华南师范大学附属中学
第八名：吴川市第一中学

②大学甲组名次（普通高校）
第一名：华南理工大学
第二名：华南理工大学广州学院
第三名：广东工业大学
第四名：电子科技大学中山学院
第五名：广东医学院
第六名：广东财经大学
第七名：暨南大学
第八名：嘉应学院

③大学乙组名次（高水平）
第一名：广东工业大学
第二名：华南理工大学
第三名：广东体育职业技术学院
第四名：华南师范大学
第五名：广州体育学院
第六名：嘉应学院
第七名：韶关学院
第八名：广东第二师范学院

④大学丙组名次（高职院）
第一名：深圳职业技术学院
第二名：广州民航职业技术学院
第三名：广东轻工职业技术学院
第四名：广东交通职业技术学院
第五名：广东环境保护工程职业学院
第六名：广州铁路职业技术学院

第七名：顺德职业技术学院
第八名：广州南洋理工职业学院

注：①大学甲组：本科院校中非体育类专业本科学生；大学乙组：体育教育、社会体育指导与管理、运动人体科学、运动康复、休闲体育等体育类专业的专科、本科和研究生；大学丙组：普通高等专科学校（高等职业技术学院）中非体育类专业学生。

②高中、高职组承办单位及比赛地点：广东省学生体育艺术联合会、广东省青少年训练竞赛中心、广东省足球协会、广东金融学院、广东食品药品职业学院、广州市玉岩中学、广州科学城中学；大学组承办单位及比赛地点：华南理工大学、华南农业大学、广东食品药品职业学院。

（2）2016年广东省“省长杯”足球联赛全省总决赛名次

①高中组男子名次
第一名：深圳实验学校高中部
第二名：梅州市梅县区高级中学
第三名：广东实验中学
第四名：广州市玉岩中学
第五名：华南师范大学附属中学
第六名：中山市实验中学
第七名：英德市第一中学
第八名：顺德区北滘中学

②中职男子组名次
第一名：广州市旅游商务职业学校
第二名：东莞市电子科技学校
第三名：佛山市三水区工业中等专业学校
第四名：湛江市旅游职业技术学校
第五名：深圳市第一职业技术学校
第六名：珠海市第一职业技术学校
第七名：清远市清新区职业技术学校
第八名：梅州市职业技术学校

③大学甲A组名次
第一名：嘉应学院
第二名：广东财经大学
第三名：广东工业大学
第四名：华南理工大学广州学院
第五名：广东医科大学
第六名：电子科技大学中山学院
第七名：华南理工大学
第八名：暨南大学

④大学甲 B 组名次
第一名：中山大学
第二名：广东外语外贸大学
第三名：广州大学
第四名：吉林大学珠海学院
第五名：广州航海学院
第六名：广东药科大学
第七名：广东警官学院
第八名：广东技术师范学院天河学院
⑤大学乙组名次
第一名：华南理工大学
第二名：嘉应学院
第三名：广东体育职业技术学院
第四名：广东工业大学
第五名：华南师范大学
第六名：惠州学院
第七名：韶关学院
第八名：广东第二师范学院
⑥大学丙 A 组名次
第一名：深圳职业技术学院
第二名：顺德职业技术学院
第三名：广东环境保护工程职业学院
第四名：广州南洋理工职业学院
第五名：广州民航职业技术学院
第六名：广东铁路职业技术学院
第七名：广东交通职业技术学院
第八名：广东轻工职业技术学院
⑦大学丙 B 组名次
第一名：广州城建职业学院
第二名：广东岭南职业技术学院
第三名：佛山职业技术学院
第四名：私立华联学院
第五名：广东农工商职业技术学院
第六名：惠州经济职业技术学院
第七名：广东科学技术职业学院
第八名：广东工贸职业技术学院

注：高中、高职组承办单位：梅州市教育局，比赛地点：嘉应学院、广东梅县东山中学、梅州农业学校、梅州市曾宪梓中学；大学组承办单位及比赛地点：华南理工大学、广

东工业大学、广东金融学院、广东司法警官职业学院、广东食品药品职业学院。

（3）2017 年广东省“省长杯”足球联赛全省总决赛名次

①高中男子组名次

第一名：华南师范大学附属中学

第二名：梅县区高级中学

第三名：深圳市沙井中学

第四名：深圳市翠园中学

第五名：广东实验中学

第六名：广州市第五中学

第七名：梅江区梅州中学

第八名：中山市实验中学

②高中女子组名次

第一名：惠州仲恺高新技术产业开发区仲恺中学

第二名：中山市实验中学

第三名：广州市南武中学

第四名：乐昌市第一中学

第五名：佛山市三水区华侨中学

第六名：湛江市第八中学

第七名：兴宁市田家炳中学

第八名：龙川县第一中学

③中职男子组名次

第一名：东莞市电子科技学校

第二名：广州市旅游商务职业学校

第三名：佛山市三水区工业中等专业学校

第四名：湛江市旅游职业技术学校

第五名：深圳市第一职业技术学校

第六名：肇庆市四会中等专业学校

第七名：肇庆市工业贸易学校

第八名：梅州市职业技术学校

④大学男子甲 A 组名次

第一名：广东工业大学

第二名：广东财经大学

第三名：嘉应学院

第四名：华南理工大学广州学院

第五名：广东医科大学

第六名：中山大学

第七名：电子科技大学中山学院

第八名：广东外语外贸大学

⑤大学男子甲 B 组名次
第一名：广州大学
第二名：广东技术师范学院天河学院
第三名：广东科技学院
第四名：华南农业大学
第五名：广东警官学院
第六名：暨南大学
第七名：深圳大学
第八名：广东金融学院
⑥大学男子乙组名次
第一名：广州体育学院
第二名：广东工业大学
第三名：华南理工大学
第四名：岭南师范学院
第五名：华南师范大学
第六名：嘉应学院
第七名：广东体育职业技术学院
第八名：广东第二师范学院
⑦大学女子乙组名次
第一名：广州体育学院
第二名：嘉应学院
第三名：广州中医药大学
第四名：广州体育职业技术学院
第五名：华南师范大学
第六名：广东第二师范学院
第七名：韩山师范学院
⑧大学男子丙 A 组名次
第一名：广东岭南职业技术学院
第二名：深圳职业技术学院
第三名：广州南洋理工职业学院
第四名：顺德职业技术学院
第五名：广州铁路职业技术学院
第六名：广州城建职业学院
第七名：广州民航职业技术学院
第八名：广东环境保护工程职业学院
⑨大学男子丙 B 组名次
第一名：广东科学技术职业学院
第二名：广东食品药品职业学院

第三名：广东水利电力职业技术学院
第四名：惠州经济职业技术学院
第五名：私立华联学院
第六名：广东轻工职业技术学院
第七名：佛山职业技术学院
第八名：阳江职业技术学院

注：高中、高职组承办单位及比赛地点：肇庆市教育局、肇庆市体育局、肇庆市工业贸易学校、肇庆学院附属中学、肇庆市鼎湖中学、北京师范大学（珠海）肇庆附属学校；大学组承办单位及比赛地点：华南理工大学、华南农业大学、华南师范大学、广东技术师范学院、广东金融学院、广东食品药品职业学院。

（4）2018年广东省“省长杯”足球联赛全省总决赛名次

①高中男子组名次
第一名：广州市第五中学
第二名：华南师范大学附属中学
第三名：深圳市翠园中学
第四名：广东实验中学
第五名：珠海市第一中学
第六名：吴川市第一中学
第七名：深圳市沙井中学
第八名：韶关市第五中学

②高中女子组名次
第一名：梅州市梅县区华侨中学
第二名：广州市南武中学
第三名：中山市实验中学
第四名：佛山市三水区华侨中学
第五名：清远市华侨中学
第六名：深圳市龙岗区平冈中学
第七名：惠州市仲恺高新区仲恺中学
第八名：江门市棠下中学

③中职男子组名次
第一名：广州市旅游商务职业学校
第二名：深圳市第一职业技术学校
第三名：东莞市电子科技学校
第四名：湛江市旅游职业技术学校
第五名：中山市建斌中等职业技术学校
第六名：肇庆市工业贸易学校
第七名：珠海市第一中等职业学校
第八名：江门鹤山市职业技术学校

④大学男子甲 A 组名次
第一名：广东工业大学
第二名：广东技术师范学院天河学院
第三名：广东警官学院
第四名：华南理工大学广州学院
第五名：广东财经大学
第六名：华南师范大学
第七名：嘉应学院
第八名：广州航海学院
⑤大学男子甲 B 组名次
第一名：华南理工大学
第二名：广东外语外贸大学
第三名：暨南大学
第四名：广东金融学院
第五名：深圳大学
第六名：广州大学
第七名：广州商学院
第八名：五邑大学
⑥大学男子乙组名次
第一名：华南理工大学
第二名：华南师范大学
第三名：广州体育学院
第四名：嘉应学院
第五名：广东工业大学
第六名：广东体育职业技术学院
第七名：岭南师范学院
第八名：广州大学
⑦大学女子乙组名次
第一名：广州体育学院
第二名：嘉应学院
第三名：华南师范大学
第四名：阳江职业技术学院
第五名：广东第二师范学院
第六名：韶关学院
第七名：广州大学
第八名：韩山师范学院
⑧大学男子丙 A 组名次
第一名：广东岭南职业技术学院

第二名：广州工程技术职业学院
第三名：广东工贸职业技术学院
第四名：广东理工职业学院
第五名：广州铁路职业技术学院
第六名：顺德职业技术学院
第七名：广东交通职业技术学院
第八名：广州城建职业学院
⑨大学男子丙 B 组名次
第一名：深圳职业技术学院
第二名：广东环境保护工程职业学院
第三名：广州民航职业技术学院
第四名：佛山职业技术学院
第五名：广东水利电力职业技术学院
第六名：广东食品药品职业学院
第七名：私立华联学院
第八名：广东职业技术学院

注：高中、高职组承办单位及比赛地点：清远市人民政府，清远市民体育公园、清远市第三中学、清城区清城中学、清城区飞来湖中学；大学组承办单位及比赛地点：华南师范大学、广东外语外贸大学、广州大学。

（5）2019 年广东省“省长杯”足球联赛全省总决赛名次
①高中男子组名次
第一名：广州市第五中学
第二名：广东实验中学
第三名：湛江市第二中学
第四名：佛山市第一中学
第五名：华南师范大学附属中学
第六名：汕头市新溪第一中学
第七名：梅州市梅江区梅州中学
第八名：吴川市第一中学
②高中女子组名次
第一名：梅州市梅县区华侨中学
第二名：广州市南武中学
第三名：清远市英德市第一中学
第四名：湛江市第八中学
第五名：中山市实验中学
第六名：佛山市第三中学
第七名：乐昌市第一中学
第八名：东莞高级中学

③中职男子组名次
第一名：东莞市电子科技学校
第二名：广州市旅游商务职业学校
第三名：深圳市第一职业技术学校
第四名：珠海市第一中等职业学校
第五名：湛江市旅游职业技术学校
第六名：清远工贸职业技术学校
第七名：惠州市龙门县职业技术学校
第八名：肇庆市四会中等专业学校
④大学男子甲 A 组名次
第一名：华南理工大学广州学院
第二名：广东工业大学
第三名：广东警官学院
第四名：广东金融学院
第五名：华南师范大学
第六名：嘉应学院
第七名：暨南大学
第八名：广东外语外贸大学
⑤大学男子甲 B 组名次
第一名：中山大学
第二名：广东医科大学
第三名：电子科技大学中山学院
第四名：广州工商学院
第五名：广东科技学院
第六名：广东白云学院
第七名：广州商学院
第八名：汕头大学
⑥大学男子乙 A 组名次
第一名：广州体育学院
第二名：嘉应学院
第三名：华南师范大学
第四名：广东第二师范学院
第五名：韶关学院
第六名：惠州学院
第七名：广东科学技术职业学院
第八名：广州大学
⑦大学男子乙 B 组名次
第一名：广州体育学院

第二名：华南理工大学
第三名：广东工业大学
第四名：嘉应学院
第五名：华南师范大学
第六名：广东体育职业技术学院
第七名：广州大学
第八名：广州体育职业技术学院
⑧大学女子乙组名次
第一名：广州体育学院
第二名：嘉应学院
第三名：华南师范大学
第四名：广东第二师范学院
第五名：韩山师范学院
第六名：广州大学
第七名：广州体育职业技术学院
第八名：韶关学院
⑨大学男子丙A组名次
第一名：深圳职业技术学院
第二名：广东工贸职业技术学院
第三名：广东水利电力职业技术学院
第四名：广东环境保护工程职业学院
第五名：广东岭南职业技术学院
第六名：广州民航职业技术学院
第七名：顺德职业技术学院
第八名：广东交通职业技术学院
⑩大学男子丙B组名次
第一名：私立华联学院
第二名：广东创新科技职业学院
第三名：广州南洋理工职业学院
第四名：广东机电职业技术学院
第五名：阳江职业技术学院
第六名：广东食品药品职业学院
第七名：清远职业技术学院
第八名：广州番禺职业技术学院

注：高中、高职组承办单位及比赛地点：中山市教育和体育局、中山市第一中学、中山市实验中学、中山市良都中学、中山市西区铁城初级中学、中山市兴中体育场；大学组承办单位及比赛地点：华南理工大学、广东外语外贸大学、广东金融学院。